헌 집 줄게

고전소설의 근대적 변개와 콘텐츠

새 집 다오

권순긍(權純肯, kwon, sun-keung)

1955년 마지막 날, 경기도 성남에서 태어났으며 어려서부터 이야기를 하거나 듣는 것을 좋아했다. 대학을 다니며 소설을 써서 문학상을 받은 바 있지만, 능력이 부족함을 깨닫고 소설의 원류를 찾아 대학원에 들어가 고전소설을 공부했다. 1990년 성균관대학교 대학원에서 활자본 고소설을 연구해 박사학위를 받았으며 지금은 고전소설을 대중화시켜 많은 사람들에게 읽히는 일과 이를 콘텐츠로 만드는 일에 관심을 두고 연구하고 있다.

경신고등학교 교사와 성균관대학교 강사를 거쳐 1993년부터 현재까지 세명대학교 미디어문화학부 교수로 학생들을 가르치며 연구하고 있다. 2008년 국제교류재단의 지원으로 헝가리 부다페스트(Budapest) 엘테(Elte) 대학교에서 한국학과를 창설하고 객원교수로 헝가리 학생들에게 '한국문학'과 '한국문화'를 가르친 바 있다. 한국고소설학회와 우리말교육현장학회, 한국고전문학회 회장을 두루 지냈다.

지은 책으로는 『활자본 고소설의 편폭과 지향』(2000), 『고전소설의 풍자와 미학』(2005), 『고전소설의 교육과 매체』(2007), 『고전, 그 새로운 이야기』(2007), 『살아있는 고전문학교과서』(2011, 공저), 『한국문학과 로컬리티』(2014), 『고전소설과 스토리텔링』(2018) 등과 문학평론집 『역사와 문학적 진실』(1997)이 있으며, 고전소설 『홍길동전』, 『장화홍련전』, 『배비장전』, 『채봉감별곡』 등의 작품을 읽기 쉽게 풀어 펴냈다.

헌 집 줄게, 새 집 다오 고전소설의 근대적 변개와 콘텐츠

초판 1쇄 발행 2019년 4월 25일

초판 2쇄 발행 2019년 12월 10일

지은이 권순긍 **펴낸이** 박성모 **펴낸곳** 소명출판 **출판등록** 제13-522호

주소 06643 서울시 서초구 서초중앙로6길 15, 1층

전화 02-585-7840 **팩스** 02-585-7848 **전자우편** somyungbooks@daum.net **홈페이지** www.somyong.co.kr

값 39,000원 ⓒ 권순긍, 2019

ISBN 979-11-5905-408-2 93810

이 저서는 2015년 정부(교육부)의 재원으로 한국연구재단의 지원을 받아 수행된 연구임(NRF-2015S1A6A4A01012542)

헌 집 줄게

고전소설의 근대적 변개와 콘텐츠

GIVE YOU AN OLD HOUSE, GIVE ME A NEW HOUSE
THE MODERN MODIFICATIONS AND CONTENTS OF THE CLASSICAL NOVELS

새 집 다오

권순긍 지음

소명출판

일러두기

• 고전의 한문원문 중 한국고전종합DB(http://db.itkc.or.kr)에 의거한 것은 사이트 주소를
  별도로 표기하지 않는다.
• 직접인용이나 작품명은 원문 그대로 표기하는 것을 원칙으로 삼는다.
• 약호(기호)의 사용은 고전소설, 전래동화와 같은 글명일 경우 「 」,『 』로 표기하고 판소리와 같은
  예술작품명일 경우 〈 〉로 표기한다.
• 본문은 한글 사용을 원칙으로 하고 필요시 한자를 병기해서 사용한다.

책을 내면서

대학원에 진학하여 본격적으로 고전문학을 공부한 지 40년이 가까이 됐음에도 아직도 못 읽은 자료나 모르는 것이 너무 많고, 제대로 연구해 놓은 것도 별로 없다는 걸 요즘 새삼 느낀다. 정년定年이 바로 코앞이니, 정말 오자서伍子胥의 탄식처럼 "날은 저무는데 갈 길은 멀다[日暮途遠]"는 말이 실감난다. 그 길의 끝자락에서 고전소설의 변개와 콘텐츠를 연구한『헌 집 줄게, 새집 다오』라는 책을 펴내 위안이자 변명으로 삼는다.

그동안 고전소설을 연구하면서 특히 '변개modification'와 '콘텐츠contents'에 각별한 관심을 가졌었다. 1990년에 쓴 저자의 박사논문도 고전소설이 활자본으로 새롭게 변모한 개작과 신작을 검토한 것이어서 그 주제와 무관하지 않다. 케케묵은 고전소설의 이야기들이 근대에 들어와서도 소멸되지 않고 살아서 새로운 형태로 변개되는 것이 흥미롭고도 대견스러웠다. 대체 그 이야기의 힘과 질긴 생명력은 어디서 나오는 것일까? 이런 문제의식을 갖고 오래 전부터 고전소설의 다양한 변개와 콘텐츠들을 살펴보곤 했었다. 개작이나 신작 고전소설과 근대소설을 비롯한 전래동화와 숱한 공연물, 영화와 드라마, 애니메이션 등의 영상물들을 찾아서 고전소설의 이야기들이 어떻게 변개됐는가를 검토하면서 연구를 이어왔다. 이 작업은 새것에 대한 호기심에서 시작된 것이지만 미지의 경지를 탐구하는 것이어서 연구하는 즐거움이 적지 않았다.

사실 우리의 오래된 이야기, 고전소설이 교육용으로서가 아닌 다음에는 현대인들에게 그대로 읽히기는 쉽지 않은 일이다. 그러기 위해서는 오늘에 맞는 새로운 양식이나 매체로의 변개가 필요하다. 이른바 '법고창신法古創新'이라는 고전의 '창조적 계승'이 바로 그것이 아닌가. 오늘날 수많은 고전작품의 변개와 콘텐츠를 보면서 시간적 한계를 뛰어넘어 지금까지 살아 움직이는 우리 이야기의 왕성한 생명력을 느낄 수 있었다. 이것을 찾아 그 비밀을 밝히는 것이 애초 생각했던 연구의 목표였다. 그러기에 고전소설의 변개와 근현대 콘텐츠들을 분석하고 그 의미를 찾는 작업뿐만 아니라 앞으로 고전소설의 오래된 이야기들이 어떻게 변개되고 콘텐츠로 만들어져야 하는지의 전망도 담으려고 했다.

검토와 연구의 과정에서 모든 고전소설 작품들이 근대적 변개를 이루고 콘텐츠로 전환된 것이 아니라 「춘향전」이 압도적으로 많고, 「심청전」, 「흥부전」, 「배비장전」 등의 판소리계 소설들과 「홍길동전」, 「장화홍련전」 등의 작품들이 주로 변개되었음을 확인하게 되었다. 영화콘텐츠를 예로 든다면 「춘향전」이 무려 20편, 「홍길동전」이 12편, 「심청전」이 8편, 「장화홍련전」이 6편, 「흥부전」이 5편이나 제작된 반면 다른 작품은 한두 편으로 미미하다. 그만큼 이 작품들이 대중들에게 익숙한 이야기의 구조를 갖추고 있기 때문일 것이다.

고전소설이 아닌 다른 매체와 장르로 변개된 작품을 다루는 것이니만큼 거기에 맞는 논리를 펼치는 것이 중요한 일인데 사실 저자로서는 그 다양한 매체와 장르의 문법을 충분히 습득하지 못해 분석의 한계를 느꼈다. 그러다 보니 매체나 장르별로 논리의 편차가 큰 점은 부인할 수 없다. 이를테면 공연 콘텐츠의 경우 50편이 넘는 공연물을 가진 「춘향전」을 마땅히 다루어야 했는데 그러지 못했다. 엄청난 공연 자료를 찾아 열람하는 것도 쉽지 않지만 모두 다룰 수 있는 저자의 문제의식과 능력이 부족하기도 했다. 해서 비교적 다루기 쉬운 「심청전」과 「배비장전」만 다루었음을 솔직히 고백한다. 게다가 고전소설의 영상콘텐츠로 중요한 TV드라마도 다루어야 했지만 우선 영화를 다루었기에 다음으로 미루었다. TV드라마는 텍스트를 검토하는 시간도 만만치 않아 충분한 시간을 두고 검토할 예정이다. 무엇보다도 '내러티브narra-tive'를 중심으로 고전소설의 이야기들이 근대소설이나 공연물 혹은 영상물에서 어떻게 변개됐는가를 살펴 그 시대적 의미를 찾으려 했음을 밝힌다.

책의 전반적인 내용은 앞에서는 고전소설 변개와 콘텐츠에 관한 이론적인 부분을 다루고, 뒤에서는 각 장르 혹은 매체로 변개되거나 재생산된 것을 다루었다. 소설이나 전래동화 등으로 바뀐 것은 같은 활자매체이기에 '변개'라고 명명했고, 매체가 다른 공연물이나 영상물은 산업적인 면을 강조해 '공연콘텐츠'와 '영상콘텐츠'로 각각 성격을 달리 규정해 논의를 펼쳤다. 그것이 매체나 장르가 다른 변개물의 특징을 잘 보여주리라 여겨서이다. 그리하여 장르나 매체별로 소설, 전래동화, 공연콘텐츠, 영화콘텐츠를 각각 한 장씩으로 배분하고, 서두에 콘텐츠 이론과 '스토리텔링story-telling'에 대한 예비적 검토를 넣은 다음 맨 뒤에 콘텐츠의 활용과 전망 부분을 추가해 모두 6장으로 구성했다.

시각을 넓혀 보면 고전소설이라는 낡은 양식은 오래된 '헌 집'인 셈이고, 이를 근대적 매체와 양식에 맞추어 새롭게 변개시키는 일은 '새 집'을 짓는 일일 것이다. 고전소설의 변개와 근현대 콘텐츠의 재생산은 바로 오랫동안 이어져온 이야기, 헌 집들을 새로운 집으로 개축하는 일인 셈이다. 흙으로 집을 만들면서 아이들이 부르는 동요에서 따온 책의 제목 '헌 집 줄게, 새 집 다오'는 실상 그런 의미를 지니고 있다. 그 새 집이 헌 집에 비해 쓰임새가 유용하도록 질 좋은 콘텐츠를 만드는 일이 앞으로 필요할 것이다. 대상이 되는 모든 고전소설들을 다 다룰 수 없어 많이 활용된 작품들을 중심으로 연구를 진행했지만 이 분야에 연구된 것이 많지 않다 보니 저자의 작업은 고전소설을 대상으로 콘텐츠와 스토리텔링에 관한 시론적 성격이 짙다. 그만큼 허술하고 문제점도 많으리라 여긴다. 동학同學들의 질정을 기대한다.

마침 2015년 연구재단에서 시행한 인문저술지원 사업에 채택되어 책으로까지 엮게 되었다. 애초의 계획은 고전소설의 변개와 콘텐츠에 관해 그간 써왔던 논문들을 모아서 책으로 엮으면서 하나의 통일된 문제의식으로 자료들을 다시 정리해 일관되게 서술하는 것이었다. 집짓기에 비유하자면 하나씩 지었던 헌 집들을 부수고 쓸만한 자재들을 활용해 전체 통일된 시각으로 커다란 새 집을 지으려 했던 것이다. 하지만 그 작업이 만만치 않고 저자의 능력 또한 부족하여 헌 집들의 낡은 부분들이 생경하게 그대로 드러난 데가 적지 않다. 아마도 개별 논문으로서 독자성이 강해 전체와 조화를 잘 이루지 못한 부분일 것이다. 그저 고전소설의 근대적 변개와 콘텐츠의 양상을 다양한 장르와 매체의 시각으로 검토한 것에서 위로를 얻고자 한다.

경인網人 임형택林熒澤 선생님께서는 공부를 밭 가는 것에 비유해 연구하고 글을 쓰는 것을 '필경筆耕'이라 하셨다. 농부가 밭을 갈 듯이 평생 '글밭'을 가꾸셔서 풍성한 소출을 얻으셨고, 지금도 쉬지 않고 그 일을 계속하신다. 도시에서 살았던 저자는 농사를 짓지 않았으니 그 경지를 체험할 수 없어 글 쓰는 일을 집짓는 것에 견주었다. 집의 형태를 생각하여 설계도를 그린 다음 건축 자재를 모아 집을 짓는 일이 자료를 모아 논리를 가다듬어 글을 쓰는 일에 비견되기 딱 알맞았다. 여기서 시도한 고전소설의 콘텐츠를 연구하는 일 역시 새 집을 짓는 일과 마찬가지로 보완할 점이 적지 않아 저자의 집짓기와 보수는 앞으로도 계속될 것이다.

그동안 학문의 길로 이끌어주셨던 선생님들과 같은 길을 걸어가며 나를 일깨워 준 동학들과 후학들, 그 모두에게 고마움을 전하고 싶다. 문학연구를 통해 세상을 바로 볼 수 있는 안목을 갖게 되었으며 자신을 일으켜 세울 수 있었고, 또한 고전소설을 연구하면서 그 속에서 즐거움을 얻으며 살 수 있었다. 인생길을 동반한 아내 선옥과 아들 용득이의 배려와 지지도 남편과 아버지 일에 소홀했던 나에게 큰 힘이 되었다. 책을 예쁘게 만들어 준 소명출판의 식구들에게도 고마움을 전한다.

2019년 늦봄, 樂民齋에서
권순긍 삼가 쓰다

차례

제1장

'이야기'의 변개와 스토리텔링story-telling

1. 서사전통의 '창조적 계승'으로서 고전소설의 변개

우리 서사문학사에서 흥미로운 현상이 하나 있다. 주로 조선 후기에 널리 읽혔으며 설화보다 다소 복잡하고 긴 이야기인 '고전소설'[1]이 근대에 들어와서도 죽지 않고 살아나 다양한 형태로 새롭게 변모했다는 사실이다. '소설의 시대'라 할 정도로 조선 후기 문학사에서 주류를 차지했던 고전소설은 실상 근대의 도래와 함께 문학사에서 도태될 운명이었다. 하지만 당시 '구소설舊小說'이라는 다소 낡고 유폐적인 명명命名에도 불구하고 '근대'라는 낯설고 강력한 타자와 조우하면서 새로운 생존방식을 찾아 낯선 시대에 적응해 나갔다. 오랜 시간을 두고 형성되어 온 고전소설의 '서사'[2] 혹은 '이야기'가 왕성

---

1   일반적으로 '고소설'과 '고전소설'을 특별히 구분하지 않고 사용하지만, 여기서는 "오랫동안 많은 사람에게 널리 읽히고 모범이 될 만한 문학 작품"이라는 '정전(正典)'의 의미를 강조하기 위해 많이 읽힌 작품의 경우 '고전소설'이란 용어를 사용한다.

한 생명력으로 새로운 형태로 변개되거나 부활한 것이다. 당시 새로운 이야기를 표방했던 '신소설新小說'의 대표 작가 이해조李海朝(1869~1927)는 이에 대해 이렇게 발언해 주목된다.

「春香傳」을 보면 정치를 알겠소. 「沈淸傳」을 보고 법률을 알겠소. 「洪吉童傳」을 보아 도덕을 알겠소. 말할진대 「春香傳」은 음탕교과서요, 「沈淸傳」은 처량교과서요, 「洪吉童傳」은 허황교과서라 할 것이니, 국민을 음탕교과서로 가르치면 어찌 풍속이 아름다우며 처량교과서로 가르치면 어찌 정대한 기상이 있으리까.[3]

개화와 계몽의 격랑 속에서 소설은 마땅히 시대가 요구하는 '정치'와 '법률'과 '도덕'을 일깨워줘야 하는데 사람들은 낡은 고전소설의 세계에 빠져 있으니 한심한 일이라고 개탄한 것이다. 이는 고전소설에 대한 '퇴출선고'지만, 뒤집어 본다면 그만큼 고전소설이 당시 대중 속에서 강력한 전파력을 가지고 읽혔음을 반증한다. 이해조는 근대의 담론인 정치와 법률과 도덕을 가르치기 위해 '음탕하고', '처량하고', '허황된' 고전소설의 세계를 과감히 부정함으로써 새로운 소설 개량을 시도하려했지만, 결국 일제의 강제병합과 더불어 자신이 그토록 부정했던 고전소설 「춘향전」과 「심청전」의 세계로 되돌아가 「옥중화獄中花」와 「강상련江上蓮」 등의 작품을 『매일신보每日申報』 1면에 연재하는 일을 시도했다. 소설에 대한 역사적 요청을 강력히 주장했지만 모든 조건을 충족시키는 새로운 이야기를 만들기는 쉽지 않았던 탓이다. 이

---

2 '서사'란 '이야기(story)'를 의미하는 용어로 '내러티브(Narrative)'나 '스토리텔링(Story-telling)' 등을 포괄하는 개념으로 사용한다. 필요에 따라 이 용어들을 같은 개념으로 사용하기도 한다.
3 이해조, 『自由鐘』, 博文書館, 1910, 10면. 표기는 현대어로 고쳤다.

야말로 고전소설사의 아이러니가 아닐 수 없다.

다른 장면을 하나 더 보자. 흔히 고전소설을 가리켜 인물과 사건, 주제 등이 '천편일률'적이라고 폄하한다. 물론 리얼리즘에 기반한 근대소설의 창작 방법을 기준으로 볼 때 그렇다는 말이다. 이런 고전소설의 근대적 리얼리티의 결여를 근대소설의 대표 작가인 이태준李泰俊(1904~1970)은 이렇게 신랄하게 지적했다.

> 먼저 구식소설에서 대강 한마디 말하려는 것은, 그들은 현재 문단에서 문학으로서 대우되지 못하는 사실과 그 원인이다. 천우신조의 망상을 그대로 수법으로 고진감래, 사필귀정 식의 충효예찬과 권선징악을 일삼은 고대소설은 물론이요, 그 시대의 실제인물, 실제생활을 쓰기 시작한 이인직 전후의 신소설이란 것도, 소설사에서는 취급이 되되 문학으로, 예술로 예우되지 못하는 것은 마찬가지 운명이다. 「장화홍련전」, 「흥부전」, 「춘향전」 같은 작품들이 우리의 고전문학으로 재음미되고 있기는 하나 현대인의 소설 관념에서는 극히 먼 거리에 떨어져 있는 것이다. 한마디로 말하면 표현에 진실이 없었던 까닭이다. 인물 하나를 진실성이 있게 묘사해 놓은 것을 찾기가 어렵다. 장화의 계모 허 부인, 흥부 형 놀부, 춘향이나 이 도령이나 하나 제대로 그려나간 것이 없다. (…중략…) '진실'이란 근본적으로 염두에 두지 않은 표현이다.[4]

이태준은 고전소설에서 인물과 사건의 표현에서 진실성을 찾기 어렵다고 했지만 근대 초기에 등장했던 역사전기물, 시사토론체 소설, 신작 고소설,

---

4 이태준, 「조선의 소설들」, 상허학회 편, 『이태준전집』 5-무서록 외, 소명출판, 2015, 58~59면.

신소설, 활자본 고소설, 번안소설, 통속소설, 단편소설, 근대소설 등 다양한 서사의 존재방식들을 완결된 하나의 근대서사의 잣대로 어떻게 일률적으로 재단할 수 있을까? 이른바 '근대주의'의 입장에서 보자면 근대라는 목표점을 설정해 두고 다양한 서사들이 단선적으로 근대소설을 향해 나아간다고 하는 것인데, 실상은 각각의 지점에서 서로 다른 존재방식으로 그 시대의 정신을 담기에 적합한 서사 양식을 창출했다고 보는 것이 타당하다. 애초 이야기를 어떻게 만들었는가의 이야기 발생과 존재방식이 달랐던 것이다. 즉 당시에 유행했던 서사들을 하나의 기준으로 보지 말고 창작과 유통, 향유방식 등이 완전히 다른 별개의 이야기들로 이해해야 한다는 것이다. 그러기에 고소설→신소설→근대소설의 도식이나 고소설과 신소설이 근대소설 형성에 지대한 영향을 주었다는 식의 설명은 곤란하다. 근대의 완결된 서사를 기준으로 볼 것이 아니라 다양한 이야기들이 그 시대에 맞는 각자의 서사방식으로 존재했던 것으로 이해해야 한다.

시대의 정신을 글에 담고자 할 때, 근대 초기에 유행하던 논설투의 글이 아닌 모든 사람이 공감할 수 있는 새로운 서사, 곧 흥미로운 이야기를 만든다는 것은 어렵고도 중요한 일이었다. 단재丹齋 신채호申采浩(1880~1936)도 "社會 大趨向은 宗敎 政治 法律 갓흔 大哲理 大學問으로 正ᄒᆞ는 비 아니라 諺文小說의 正ᄒᆞ는 비라"[5] 하여 국문소설을 가리켜 '국민의 혼魂'이라 했지만 단재도 결국 국민의 마음을 움직이게 할 수 있는 흥미로운 이야기를 만들지는 못했다. 소설의 육신을 온전히 갖추기에는 시대의 흐름이 급박했고 미래에 대한 구체적 전망도 불투명했기 때문이다. 그러기에 임화林和(1908~1953)

---

5   신채호, 「近今 國文小說 著者의 注意」, 『대한매일신보』, 1908.7.8.

도 적절하게 지적했듯이 "재래의 형식을 빌어 새 사상을 표현하는 절충적인 곳에서 출발"[6]한 것이 바로 계몽기 소설의 실상인 것이다.

하지만 설화나 고전소설 등의 고전서사는 오랜 시간 축적된 익숙한 방식의 이야기 구조를 가지고 있었다. 곧 대중들에게 친숙한 서사의 틀을 이미 확보하고 있었기에 이를 활용하여 새로운 시대정신을 담을 수 있는 가능성을 열어둔 것이다. 근대 초기에 여러 방식으로 고전서사가 존재하고 이를 토대로 다양한 변개가 일어났던 것은 이런 이유에서다. 고전소설의 경우에는 내부의 자기 갱신을 통하여 새로운 형태의 '신작 고소설新作古小說'도 나타나기도 했지만, 대개는 다른 매체나 장르로의 전환을 시도하였다. 즉 근대소설이나 전래동화, 공연물, 영화 등 근대에 새로이 등장한 신생 장르로의 변개와 전이가 일어났던 것이다.

고전소설이 이야기의 생존 환경이 다른 근대에 이르러서도 소멸되지 않고 소생하여 시대에 맞는 다양한 방식으로 변신을 시도한 것인데, '법고창신法古創新'이라는 말처럼 이른바 고전의 '창조적 계승'을 이룬 셈이다. 어떻게 시대에 뒤떨어진 '옛날이야기'들이 다양한 서사의 방식으로 변개를 이룰 수 있었던가? 그 생명력이 어디에 기인하는가? 그 다양한 변개와 콘텐츠의 근거와 양상을 살펴보고 앞으로의 전망과 활용 방안을 모색해 보고자 하는 것이 이 책의 목표다.

우선 고전소설의 변개와 다양한 콘텐츠의 개념을 정리하고, 이를 생성하게 했던 요인을 일단은 '이야기'에서 찾아 실마리를 풀고자 한다. 설화로서의 이야기가 아닌 보다 근본적인 개념으로서 이야기, 곧 '서사성'에서 고전

---

6   인화, 임규찬 · 한진일 편, 『신문학사』, 한길사, 1993, 131면.

소설의 근대적 변개의 요인을 찾으려 한다. 이야기는 유기체처럼 존재한다. 근대소설은 어느 작가에 의해 '창작'된 고정불변의 '닫힌 텍스트closed-text'지만 고전소설은 수많은 작자나 창자들에 의해 끊임없이 보태지고 바뀌면서 '만들어'진 '열린 텍스트open-text'다. 고전소설의 수많은 이본이 바로 이런 증거다. 그 중심에 이야기가 있고, 이야기는 살아 움직이면서 변개하여 새로운 서사물을 만들고 더 나아가 다양한 콘텐츠들을 만드는 것이다. 이 장에서는 애초에 이야기들이 무엇 때문에 움직이고 변개했는가의 근본적인 원인을 밝히려고 한다.

2. 변개와 콘텐츠contents, 그리고 스토리텔링story-telling

고전소설은 주로 조선 후기에 유행한 장르이지만 근대 이후에도 활자본 고소설을 통해 활발히 읽히고 다양한 변개가 일어났음은 주지의 사실이다. 그 변개의 양상은 우선 고전소설 자체에서 일어났다. 기존 「춘향전」을 바탕으로 내용을 새롭게 첨삭한 이해조의 「옥중화獄中花」처럼 「춘향전」을 개작하는 형태나 「추풍감별곡秋風感別曲」처럼 완전히 새로 쓴 신작이 나타나기도 했다. 그런데 신작의 경우는 기존의 작품이 변개되었다고 보기는 어렵다. 변개는 어떤 작품을 바탕으로 변모가 일어난 것을 말하기 때문이다. '변개mod-ification'란 곧 변해서 다른 작품으로 바뀐 것을 의미한다.

변개는 '개작adaptation'과 비슷한 개념이지만 개작은 작가를 중심으로 본 것이고, 변개는 작품을 중심으로 본 것이라는 차이가 있다. 구비설화의 경우 뚜렷한 발화자를 알 수 없더라도 이야기는 존재하고 떠돈다. 누가 변개시켰는지 알 수 없기 때문에 작품이 어떤 시대적 환경과 조우하면서 스스로 살아 움직이며 변개했다고 보는 것이 타당하다. 대부분 작가를 알 수 없는 고전소설도 마찬가지 경우다. 그래서 여기서는 작가보다도 작품에 초점을 맞춰 변개라는 용어를 사용한다.

다음은 근대소설이나 전래동화, 희곡 등 근대문학 내의 다른 장르로 변모가 일어난 경우다. 작품의 서사, 즉 이야기에 초점을 맞춘다면 인물을 그대로 가져와 새로운 사건을 구성하는 경우도 있겠고, 사건은 그대로 두고 새로운 인물을 추가하거나 빼는 경우도 있겠다. 그런데 서사에서 인물과 사건은 유기적으로 연결되기에 어느 부분이 주도적이고 부수적이냐의 차이는 있을 수 있지만 인물과 사건, 어느 한 부분만이 변모하는 경우는 없고 대부분 인물과 사건이 동시에 변개될 수밖에 없다.

그렇다면 변개의 범주를 어떻게 설정해야 하는가? 일단 주동적 인물과 중심 사건의 존재 여부가 중요하다. 인물관계가 어떻게 되더라도 춘향이 빠진 「춘향전」의 변개를 생각할 수 없으며, 만남과 사랑, 그리고 이별과 수난에 이르는 「춘향전」의 기본 서사가 배치돼야 한다. 즉 인물의 성격을 달리 설정하더라도 원작에 근거를 두고 춘향이라는 주인공과 사랑과 수난이라는 핵심 사건이 있어야만 변개로 볼 수 있다는 말이다. 그런 주동적인 사건의 바탕 위에서 인물의 성격을 달리 규정한다거나 사건에 변화를 주고 배경을 달리 설정함으로써 작품의 변개를 시도하게 된다.

이를테면 영화 〈방자전〉은 주동인물인 춘향을 중심으로 이몽룡이 아닌 방자와의 사랑과 수난이 이어지기에 「춘향전」의 변개라고 볼 수 있지만, 영화

〈탐정 홍길동〉은 '의적'으로서의 홍길동 캐릭터와는 무관하고 사건도 '활빈活貧'을 행하는 핵심 사건과는 전혀 다른 현대 탐정물이기에 이름만 차용했을 뿐이지 변개로 볼 수는 없다는 것이다. 이런 변개의 개념과 양상은 개별 작품을 분석하면서 귀납적으로 구체화될 것이다.

다음은 '콘텐츠contents'의 개념을 살펴보자. 첨단 정보화 시대 다양한 매체환경이 조성되면서 아마도 가장 많이 쓰이는 단어가 콘텐츠가 아닌가 싶다. 콘텐츠란 원래 내용이나 목차 등을 의미하는 말인데 디지털미디어 시대에 맞춰 우리나라에서 문화산업의 개념을 설명하기 위해 새로 만들어진 용어다. 문화산업진흥법(2001)에 따르면 콘텐츠를 "부호, 문자, 음성, 음향, 및 영상으로 표현된 모든 종류의 자료 또는 지식 및 이들의 집합물"로 규정하여 그런 모든 종류의 다양한 내용물이 콘텐츠인 것인데, 여기에 콘텐츠의 내용을 규정하는 '문화'라는 말이 덧붙어 '문화콘텐츠culture contents'로 확대하여 사용되고 있다.

흔히 문화산업을 미국에선 상업적인 면을 강조하여 '엔터테인먼트Entertainment' 산업으로, 영국에서는 창조적인 면을 강조하여 '크리에이티브Creative' 산업으로, 일본에서는 전달 매체의 측면을 강조하여 '미디어Media' 산업으로 부르는데, 우리나라에서는 문화산업의 내용적인 측면을 강조하여 '문화콘텐츠' 산업으로 부르고 있다.[7] 그만큼 우리의 문화콘텐츠에선 내용이 중요시되는 것이다.

문화콘텐츠는 곧 지식의 내용물을 담는 도구 혹은 그릇인 셈인데, 문화콘텐츠진흥원(2002)은 "창의력, 상상력을 원천으로 '문화적 요소'가 체화되어 경

---

7   정창권, 『문화콘텐츠 스토리텔링』, 북코리아, 2008, 23~24면 참조.

제적 가치를 창출하는 문화상품Cultural Commodity"인 음반, 방송, 게임, 애니메이션, 캐릭터, 만화 등의 장르를 문화콘텐츠로 정의하였고, 문화관광부(2002)는 디지털 기술의 발전이 기존의 문화콘텐츠(출판, 영상, 게임, 음반 등)의 제작, 유통, 소비되고 있는 것을 문화콘텐츠로 규정하였다.[8] 말하자면 창의력을 기반으로 문학작품이 하나의 소스가 되어 방송, 영상, 게임, 만화, 캐릭터, 음반, 공연 등으로 다양하게 나타나는 것이 문화콘텐츠의 실체인 것이다.

이를 고전소설에 적용시킨다면 고전소설의 이야기가 하나의 소스가 되어 영화, TV드라마, 애니메이션과 같은 영상이나 만화, 게임, 캐릭터, 공연물 등으로 다양하게 확대되어 나타난 것이 바로 고전소설의 문화콘텐츠인 셈이다. 그 내용물은 당연히 콘텐츠로 규정되며 여기서는 콘텐츠로 많이 활용되는 다양한 공연물과 영화를 중심으로 한 영상물을 다룬다.

그럴 수밖에 없는 것이 고전소설 콘텐츠 중에서 게임이나 만화는 주목되는 작품이 없으며, 캐릭터도 논의하기가 마땅치 않다. '캐릭터character'는 어떤 특정한 인물이나 동물이 고유의 정체성을 지니면서 문화콘텐츠의 모든 분야에 공통분모로 존재하여 매개체의 역할을 하는 것으로 일정한 서사를 지니고 있어 이것을 매개로 콘텐츠의 각 분야를 아우르게 된다. 이처럼 캐릭터는 만화나 애니메이션 등에서 대중적 인지도를 확보한 다음 캐릭터로 나아가는 것이 순서이지만 우리나라에서는 해당 지자체에서 연고만 있으면 고전소설의 캐릭터를 선점하여 지역의 캐릭터로 등록하였기에 대중적으로 활용되는 고전소설 관련 캐릭터는 거의 없는 셈이다.

실상 고전소설의 캐릭터로 가장 유명한 것은 '홍길동'이다. 관공서나 학교의 대부분 서식에서 이름을 적는 난은 모두 홍길동으로 통일되어 있어 한국에

---

8   함복희, 『한국문학의 문화콘텐츠화 방안』, 북스힐, 2007, 5면 참조.

서는 가장 흔한 이름이 되었다. 홍길동이 그렇게 우리에게 친숙한 이름인데도 왜 마땅한 캐릭터가 없을까? 2006년 12월 전라도 장성군에서 (주)디아이스페이스와 공동 개발하여 시의 캐릭터(〈그림 1〉)로 독점 사용하고 있기 때문이다. 홍길동의 생가와 묘가 장성군 황룡면에 있다는 설성경의 학설[9]을 근거로

〈그림 1〉 장성군의 홍길동 캐릭터

장성군은 전국에서 가장 먼저 홍길동 캐릭터를 상표 등록하였고, 이 때문에 법적으로 다른 지역이나 상업적 목적으로 사용할 수 없는 처지가 되었다.

성춘향   이몽룡

춘향도 예외는 아니다. 「춘향전」의 주요 배경이었던 남원시에서 성춘향과 이몽룡을 시를 상징하는 캐릭터(〈그림 2〉)로 개발하여 활용하고 있으며 상표 등록을 해서 법적으로 다른 곳에서는 함부로 사용할 수가 없게 되었다.

〈그림 2〉 남원시의 성춘향과 이몽룡 캐릭터

많은 사람들에게 친숙한 고전의 캐릭터를 그 배경이 되는 지역에서만 독점해서는 안 된다. 그것이 생산된 배경으로서 지역문화의 창조적 의미는 충분히 인정하지만 다른 지역과 배타적으로 캐릭터가 활용돼서는 안 될 것이다. 사실 홍길동 캐릭터는 허균의 고향인 강릉과 홍길동의 생가라는 장성군

---

9   설성경, 「실재했던 홍길동의 생애 재구 가능성」, 『동방학지』 96, 연세대 국학연구원, 1997. 여기서 설 교수는 홍길동이 장성군 출신으로 무덤도 그곳 황룡면에 있다고 밝혔다. 『경향신문』 1997년 4월 24일 자에도 설성경 교수의 발표가 「연산군 시대 실존인물 홍길동 일대기 되살려」로 기사화된 바 있다.

의 분쟁이 이미 있었던 터이다. 춘향은 남원만의 춘향이 아니라 우리 민족 모두의 춘향이 되어야 한다. 우리에게 익숙한 고전소설의 인물들을 지자체가 독점해서 이에 대한 법적 권리를 주장한다면 그만큼 일반인에게서는 멀어져 간다. 오히려 모두가 사용하는 친숙한 캐릭터로 발전시켜 남원의 춘향에서 우리 민족의 춘향으로 부각돼야 한다.

게다가 춘향과 이몽룡의 캐릭터의 형상은 작품과 연관된 인물다운 특징이 없다. 춘향은 기생의 형상을 부각시켰기에 진주의 논개 캐릭터와 비슷하다는 주장도 제기되고 있다. 캐릭터의 형상은 인물의 특징적인 면을 부각시켜 강조해야 하는데, 디자인 회사에서 일괄적으로 수주를 하다 보니 지역적 특성을 무시하고 어느 지역이나 대동소이하다. 이런 이유로 애니메이션을 통해 인기를 얻어 성공한 캐릭터인 '둘리'나 '뽀로로'처럼 강렬한 인상을 주지 못한다. 이런 상황으로 우리의 고전 캐릭터는 기반서사는 충분히 갖추고 있으면서도 국민적인 캐릭터로 자리 잡지 못하고 있는 실정이다.

캐릭터를 개발하기 이전에 고전서사를 바탕으로 '둘리'의 예처럼 만화나 애니메이션으로 만들어져 많은 사람들에게 인기를 얻고 사랑받아야만 한다. 「춘향전」의 경우는 친숙한 서사에도 불구하고 극장용 애니메이션은 앤디 김 감독이 만든 〈성춘향뎐〉(1999) 1편밖에 없으며 이마저도 985명의 관객만 볼 정도로 철저하게 외면당했기에 캐릭터로서 필요충분한 조건을 갖추지 못하게 된 것이다. 모든 사람들에게 친숙하고 공감을 주는 서사를 갖추고 있음에도 홍길동이나 춘향이 미미한 캐릭터로 일반인들에게 알려지지 않은 것은 이런 이유일 것이다.

논의를 정리하자면 고전소설 원작이 근대에 들어와 다른 서사 작품으로 바뀌는 것을 변개라 하고, 특별히 영화, 드라마, 애니메이션, 만화, 게임, 캐릭터,

공연물 등으로 변개되는 것은 문화산업의 측면을 고려해 콘텐츠로 정의해 논의를 펼친다. 고전소설이 재료가 된 콘텐츠 역시도 개념상으로는 원작품이 변개된 것이지만 콘텐츠라는 용어를 사용함으로써 특히 문화산업적인 면을 고려하고 전망을 모색하고자 한다.

콘텐츠를 어떤 자료와 지식의 종합물이라고 규정했는바, 이를 담을 수 있는 그릇, 곧 매체가 중요하다. 원작 고전소설을 콘텐츠로 할 때 그것을 어떤 매체에 담느냐에 따라 이야기 하는 방식, 곧 이야기가 달리 만들어진다. 「홍길동전」이라는 작품이 근대소설이나 동화로 변개됐을 때와 만화나 영화로 변개됐을 때 매체나 장르에 따라 그 내용은 분명 달라진다. 여기에 필요한 것이 바로 '스토리텔링story-telling'이다.

스토리텔링은 '스토리'를 '텔링'하는 것으로, 스토리를 이야기라 한다면 '이야기 짓기' 혹은 '이야기하기' 더 나아가 '이야기 만들기'로 생각할 수가 있다. 그런데 그냥 이야기를 하는 것이 아니라 여기에 어떤 매체나 형식을 활용하여 이야기를 만들거나 짓는 경우에 해당되는 말이다. 그래서 스토리텔링은 "이야기를 매체의 특성에 맞게 표현하는 것"[10]이나 "어떤 매체와 형식으로 사건을 서술하여 스토리가 있는 것(이야기, 서사물, 작품, 텍스트, 담화 등)을 짓고 만듦으로써 무엇을 표현·전달하고 체험시키는 활동"[11]이라고 할 수 있다. 고전소설의 이야기가 다양한 매체를 통해서 어떻게 다른 방식으로 이야기되는가가 이를테면 스토리텔링인 셈이다. 그러기에 스토리텔링은 다양한 문화콘텐츠의 제작에 핵심원리로 작용한다.

애초에 고전소설이 형성되는 과정에서도 이야기가 있었다. 처음에는 구전

---

10 정창권, 앞의 책, 36면.
11 최시한, 『스토리텔링 어떻게 할 것인가』, 문학과지성사, 2015, 64면.

되는 이야기로 떠돌았다. 그때에도 '구연口演'이라는 스토리텔링 방식이 있었다. 즉 화자와 청중이 만나는 현장에서 구연이라는 행위에 따라 이야기가 만들어지게 된 것이다. 이야기가 무슨 메시지를 담고 있는가가 아니라 왜 그렇게 이야기가 만들어지는가를 보면 스토리텔링의 방식을 이해하게 된다. 고전소설이 형성되면서 그 이야기는 얼굴을 맞대고 앉아 있는 이야기판의 청중이 아니라 불특정 사람들을 대상으로 하는 보다 정밀하고 체계적인 이야기로 만들어지고 문자로 기록되게 되었다. 게다가 많은 사람들에 의해 상업적 혹은 비상업적으로 필사되어 다소 길고 복잡한 이야기로 만들어져 퍼지면서 구연자 혹은 필사자에 따라 거기에 새로운 이야기가 첨가되어 다양한 이본들이 형성되기에 이르렀다.

그런데 근대가 되면서 고전소설은 근대소설이나 전래동화, 혹은 희곡으로 변개되는가 하면 신생 장르인 만화나 영화, 애니메이션, 캐릭터, 게임 등의 콘텐츠로 활용되었다. 다른 매체로 변개되어 다른 방식으로 이야기가 된 것이고, 이것이 바로 매체에 맞는 스토리텔링에 해당한다. 말하자면 원작 고전소설이 근대 매체로 변개된 것이 콘텐츠이고, 어떻게 이야기됐는가라는 콘텐츠의 내용이나 작용원리가 스토리텔링인 것이다. 콘텐츠는 원작이 문화산업의 의도에서 변개된 것을 통칭하며, 스토리텔링은 각각의 매체에 맞게 만들어진 이야기 혹은 그 내용이나 원리인 셈이다.

중요한 것은 스토리, 곧 이야기다. 이 이야기는 텍스트 자체의 서사를 의미하는 이야기이기도 하지만 콘텍스트로서의 이야기, 곧 메타스토리meta-story를 의미하기도 한다. 이를테면 「춘향전」의 스토리텔링으로서 전시나 축제를 구성할 경우 「춘향전」의 이야기는 전시나 축제의 주제나 콘셉트concept로서 메타스토리를 구성하기도 한다. 이 경우는 작품의 이야기와는 구별된다. 그러기에 문학에서의 스토리텔링은 이야기를 작가가 얼마나 잘 표현하느냐가 중요하지만, 문화콘텐츠에서는 이야기를 각종 매체나 분야의 특성에 맞게 얼마나 효과적으로 활용했느냐가 더 중요한 것이다. 어떤 매체에 얼마나 효과적으로 이야기가 결합하는가가 스토리텔링의 질을 가늠하는 셈이다. 스토리텔링을 크게 분류하면 엔터테인먼트 스토리텔링, 인포메이션 스토리텔링, 비즈니스 스토리텔링, 일상생활 스토리텔링 등이 있는데, 여기서 다루고자 하는 드라마, 영화, 애니메이션, 게임, 캐릭터, 공연 등은 엔터테인먼트 스토리텔링에 해당된다.[12]

3. '이야기'의 변개와 스토리텔링의 원리

하나의 서사narrative, 곧 '이야기'는 어떻게 생성되며 존재하고 활동하는가? 이야기를 구성하는 가장 작은 단위인 '화소motif'로부터 비교적 독립된 이야기인 '삽화episode'에 이르기까지 마치 유기체처럼 소멸되거나 생성과 변이의 과정을 거치면서 새로운 이야기로 변개되기도 하고 같은 이야기가 반복되기도 한다. 그래서 이야기는 생물체처럼 살아있어 재생과 변이의 과정을 겪고 있다고 한다. 곧 이야기는 왜 이렇게 만들어졌는가 혹은 왜 이렇게 바뀌었는가라는 나름대로의 존재근거를 가진다는 것이다.

---

12 정창권, 앞의 책, 39면.

리처드 도킨스Richard Dawkins는 생물체의 유전자를 분석하면서 문화적 전달이 유전자의 전달 방식과 유사함을 발견하고 그 문화적 DNA를 '밈meme'으로 규정했다. 밈의 예로는 이를테면 곡조, 사상, 표어, 의복의 유행, 단지 만드는 법, 아치 건조법 등이 있는데 밈은 인간의 문화라는 풀pool 내에서 모방이라 할 수 있는 과정을 거쳐 뇌에서 뇌로 건너다닌다. 그래서 예를 들어 누군가 어떤 이야기를 듣거나 읽으면 다른 사람에게 이를 전달하는데 그 이야기가 흥미롭고 재미있어 인기를 얻게 되면 이 뇌에서 저 뇌로 퍼져가면서 이야기의 개체 수가 늘어날 것이다. 그래서 밈은 비유가 아니라 엄밀한 의미에서 살아있는 구조라고 부른다. 바이러스가 숙주세포에 기생하면서 그 유전 기구를 이용하는 것과 같이 뇌는 그 밈의 번식을 위한 운반자, 곧 메신저가 되어 버리는 것이다.[13]

생물체의 유전자 복제와 변이에 대한 도킨스의 학설은 이야기의 전달과 변개를 설명하는데 많은 시사를 준다. 이야기 역시 언어라는 전달 매체를 통해 복제와 변개를 반복하면서 살아남게 된다. 물론 그 과정에서 여러 이유로 변이되거나 소멸하는 이야기도 적지 않다. 그러면 어떤 이야기가 소멸하고, 어떤 이야기가 살아남아 생존하는가?

이야기가 생존하거나 전달자에 의해 전파·전승되기 위해서 그 속에 생물체의 DNA처럼 '메시지massage'[14]를 간직하고 있어야 한다. 그 메시지가 강력하고 당대 사람들에게 유용한 것이라면 이야기는 확산될 것이고, 그렇지 못하면 소멸될 것이다. 이야기가 스스로 생존하기 위해서 강렬한 교훈성을 띠거나 너무

---

13 리처드 도킨스, 홍영남·이상임 역, 『이기적 유전자』, 을유문화사, 2010, 318~335면 참조.
14 '메시지'는 전언(傳言)이나 의도, 정보 내용 등의 사전적 의미로 번역되지만 그 이상의 포괄적 의미를 지니고 있어 여기서는 그냥 '메시지'라는 용어로 사용한다.

나 강렬해서 잊을 수 없을 정도로 잔인한 행위가 수반되는 것도 이 때문이다. 일종의 생존전략인 셈인데 그렇게 전달 수단을 강화해서 마치 숙주를 통해 유전자를 전달하듯이 메시지를 담은 이야기를 확산시키는 것이다.

그런데 가장 작은 이야기의 단위인 '화소'는 그 자체만으로 메시지를 담기에는 그릇이 너무 적다. 이를테면 전국적으로 가장 널리 분포된 '장자못 전설'을 예로 든다면 "부자가 중에게 쇠똥을 주었다"(학승虐僧 화소)나 "며느리가 돌이 되었다"(화석化石 화소) 등은 이야기의 한 부분을 형성할 수는 있지만 "남에게 모질고 인색한 사람은 하늘의 벌을 받는다"는 교훈적 메시지를 전달하기에는 부족하다. 적어도 몇 개의 화소가 연결되어 인과관계를 갖춘 독립된 이야기인 '삽화'가 돼야 메시지를 담을 수 있는 그릇으로 가능하게 된다. 부자가 중에게 쇠똥을 주어 어떻게 됐는지, 왜 며느리가 돌이 되었는지의 인과관계를 이야기는 설명할 수 있어야 된다. 그렇게 인과관계를 지닌 사건이 연결되면 그 이야기는 독립된 하나의 삽화로 그 안에 메시지를 충분히 담을 수 있는 그릇으로 역할을 한다.

하지만 변이가 일어나는 지점은 삽화 단위가 아니라 핵심화소다. '이야기의 씨'라고 할 수 있는 핵심화소에서 변이가 일어남으로써 삽화 전체가 다른 메시지를 띠게 된다. 어떤 물질의 특성과 무관한 원자가 바뀌면서 물질의 성질을 지니고 있는 분자의 구조가 바뀌는 것과 마찬가지 경우다. 신동흔은 화소가 스토리의 씨앗으로서 특이하고 인상적인 내용으로 돼 있어서 쉽게 파괴되지 않고 용이하게 기억되며 독립적 생명력을 지니고 있기에 그 힘을 매개로 하여 스토리의 전달과 기억, 재현이 이루어진다고 한다.[15] 전달과 재현

---

15 신동흔, 『스토리텔링 원론』, 아카넷, 2018, 119~151면 참조.

도 화소에서 일어나지만 변이 역시 화소에서 시작된다. 이야기를 재현하여 전승하고자 하는 입장에서 보면 화소가 유전자의 DNA처럼 이를 유지시켜 주는 매개가 되며 변개의 입장에서 보더라도 바로 그 단위에서 변이가 일어 난다.

다음 절에서 분석할 '신숙주 부인 일화'가 그 예일 것인데, "신숙주가 죽은 줄 알고 부인이 자결하려 했다"는 짤막한 일화가 각기 시간과 언술을 달리 하면서 다른 이야기로 변개되는 상황을 목격할 수 있을 것이다. 신숙주와 윤 씨 부인이라는 인물과 남편이 죽은 줄 알고 자결하려 했다는 사건은 그대로 두고 배경화소의 시간을 적절히 활용함으로써 전혀 다른 메시지를 지닌 이 야기로 변개시켰던 것이다.

이야기가 새로운 환경을 만나 변개된 것인데, 그러면 이야기를 변개시키 는 새로운 환경은 무엇인가? 우선 '구연상황'을 들 수 있다. 흔히 이야기를 만드는 기본 조건은 화자와 청중이지만 이야기판의 상황, 곧 구연상황이 이 야기의 내용에 결정적인 역할을 한다. 이야기를 하고자 하는 화자의 의도가 이야기의 방향을 결정하지만 그것은 청중을 만나면서 다시 조정된다. 청중 의 요구나 반응에 따라 달리 이야기가 될 수 있는 것이다. 그래서 이야기는 살아있다고 한다. 화자도 제어할 수 없게 이야기는 자신의 논리를 가지고 스 스로 변개하며 성장해 가는 것이다. 화자를 정확히 알 수 없는 이야기인 경 우에 더욱 그렇다.

하지만 이야기가 기록에 의해서 전해지는 경우에는 기록자의 의도가 이야 기를 바꾼다. 기록자가 왜 이야기를 바꾸는가? 여기서는 구연상황이 아닌 '시대성'이 중요한 역할을 한다. 어느 특정한 시대가 지니고 있는 보편적인 인식과 시대적 요구 등이 그것이다. 자신의 이름을 밝히고 이야기를 기록하기에 시대의 제약으로부터 자유로울 수 없고 여기에 이야기가 변개될 수 있는 여지가 생기는 것이다. 이야기의 입장에서 보자면 그 시대에 맞추어 변개되는 셈이다. 이를 도식으로 정리하면 이렇다.

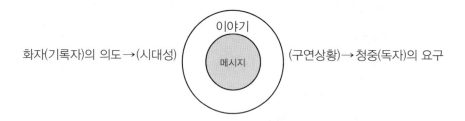

화자(기록자)의 의도 →(시대성) 이야기/메시지 (구연상황)→ 청중(독자)의 요구

그런 이야기의 스토리텔링, 곧 이야기의 만들기의 방식을 '신숙주 부인 일화'를 통해 우선 검토하여 점검하려 한다. 신숙주 부인 윤 씨는 조선 초기에 실존했던 인물이다. 그런데 "신숙주 부인이 남편의 변절로 죽으려 했다"는 이야기는 끊임없이 이어져 오면서 근대에까지 이어져 다양한 매체에 기록되었으며 고전소설이나 근대소설로도 만들어졌다. 왜 신숙주와 그 부인의 행적이 이야기되는가를 살펴보면 거기에는 그 이야기를 필요로 하는 시대적 요구, 곧 시대성이 들어있다. 시대성은 기록자와 독자 혹은 화자와 청중 간에 당대 역사에 대한 나름대로의 해석이고 문제제기이며 논쟁인 것이다. 이것이 이른바 역사의 스토리텔링이 아니겠는가?

4. '신숙주 부인 일화'의 소환과 '역사'의 스토리텔링

조선시대 단종端宗과 사육신死六臣에 관한 이야기는 정치적으로 가장 민감한 사안이었으며 여기에 관련된 신숙주 부인에 관한 이야기도 마찬가지였다. "신숙주 부인이 (단종복위 사건 과정에서) 남편이 죽을 줄로 여기고 자결하려 했다"는 '신숙주 부인 일화'는 실제 사건과 다르게 여러 일화집에 실려 전하고 근대 이후에는 '최초의 역사소설'이라는 월탄月灘 박종화朴鍾和(1901~1981)의 「목 매이는 여자女子」(1923)와 동일한 이야기의 활자본 고소설 「신숙주부인전申叔舟夫人傳」(회동서관, 1930)으로도 변개되었으며,[16] 조용만趙容萬(1909~1995)의 희곡 〈신숙주와 그 부인夫人〉(1933)으로도 소환되었다. 그 외에도 이광수李光洙(1892~1950)의 「단종애사端宗哀史」(1929)와 신작 고소설 「생육신전生六臣傳」(신구서림, 1929)에도 부분적인 삽화로 차용되었으며, 신린범愼麟範의 사화史話 「만고의부 윤부인萬古義婦尹夫人」(1935)으로도 창작되었다.

그런데 역사적 사실을 검토해 보면 신숙주 부인인 윤 씨는 단종복위 사건이 있던 1456년(세조 2) 1월 23일에 병으로 먼저 죽는다. 단종복위 사건이 있던 때가 6월 2일이니, 그 때는 윤 씨가 이미 죽고 없었다. 앞서 부인이 죽을 무렵

---

16 활자본 고소설의 형태로 출판된 「신숙주부인전(申叔舟夫人傳)」과 박종화의 「목 매이는 여자」는 검토해 본 결과 글자 하나 안 틀리는 같은 작품이다. 회동서관(匯東書館)에서 펴낸 「신숙주부인전」이 월탄의 작품 내용을 그대로 두고 표지만 바꾼 것이어서 당시 출판 관례상 특이한 경우다. 곽정식의 「「신숙주부인전」의 역사 수용 양상과 소설사적 의의」(『새국어교육』 83, 한국국어교육학회, 2009)는 이런 점을 검토하지 않고 「신숙주부인전」을 신작 고소설로만 다루었으며, 김성철은 「「단종대왕실기」와 「단종애사」의 허구적 여성인물에게 투영된 작가 의식」(『우리문학연구』 43, 우리문학회, 2014, 77면)에서 그 점을 지적했으나 "문체를 고소설화 해서 다시 출판"했다고 하여 마치 근대 역사소설을 고소설화한 것으로 오해하도록 서술했다. 이에 그 오류를 바로 잡는다.

신숙주는 사은사로 북경에 가 있어서 세조가 친히 장례를 챙겨 자신의 측근에 대한 각별한 관심을 보이기도 했다.[17]

역사적 사실과 다르게 죽은 신숙주 부인이 단종복위 사건의 와중에 등장하여 남편을 나무라거나 죽으려고 했다는 이야기는 왜 생겨나서 확대·재생산된 것일까? '신숙주 부인 일화'의 변개 과정을 통하여 하나의 이야기가 어떤 계기로 어떻게 바뀌는지의 의미와 기능들을 스토리텔링의 관점에서 살펴보고자 한다. 그럼으로써 역사적 사실과는 무관하게 혹은 그것과는 다른 방식으로 운동하고 소통했던 이야기의 생명력과 그 기능을 확인하고자 한다.

1) '신숙주 부인 일화'의 생성과 '역사'를 위한 변명

신숙주 부인에 관한 최초의 일화는 이기李墍(1522~1604)의 『송와잡설松窩雜說』에 기록되어 전한다. 그 전체적인 내용은 이렇다.

고령(高靈 : 고령은 고을 이름으로 봉호(封號)) 신숙주(申叔舟)의 부인 윤 씨는

---

17 『조선왕조실록』에 의하면 "임금이 대제학(大提學) 신숙주(申叔舟)의 처(妻) 윤씨(尹氏)의 병이 위독하다는 말을 듣고, 명하여 그 오빠인 동부승지(同副承旨) 윤자운(尹子雲)에게 약을 가지고 가서 구료(救療)하게 하였더니, 갑자기 부음(訃音)을 듣고 임금이 놀래고 애도하여 급히 철선(撤膳)하게 하였다. 어찰(御札)로 승정원에 교시하기를, '신 대제학(申大提學)은 다른 공신의 예(例)와 다르고, 또 만리(萬里) 외방에 있으며, 또 여러 아들이 다 어리니, 나의 애측(哀惻)함을 다 진술할 수가 없다. 정원(政院)에서 포치(布置)하여 관(官)에서 염장(殮葬)하게 하며, 또 관원을 보내어 치제(致祭)하는 등의 일을 상실(詳悉)히 아뢰도록 하라'고 하였다(上聞大提學申叔舟妻尹氏病劇, 命其兄同副承旨尹子雲齎藥往救, 俄以訃聞, 上驚悼遽撤膳. 御札示承政院曰 '申大提學非他例功臣, 而又在萬里之外, 且諸子皆幼, 予之哀惻, 莫能盡述. 政院布置, 官爲斂葬, 其遣官致祭等事, 詳悉以啓')." 세조 2년(1456) 병자(丙子) 정월 23일.

윤자운(尹子雲)의 누이동생이다. 숙주는 영묘(英廟 : 세종) 때에 8학사(學士)에 참여하였고, 성삼문(成三問)과는 더욱 친하였다. 광묘(光廟 : 세조) 병자년 변란 때에 성삼문 등의 옥사(獄事)가 발각되었는데, 그날 저녁에 신숙주가 자기 집에 돌아오니, 중문(中門)이 활짝 열렸고 부인은 보이지 않았다. 공은 방으로 행랑으로 두루 찾다가, 부인이 홀로 다락에 올라 손에 두어 자 되는 베를 쥐고 들보 밑에 앉아 있는 것을 발견하였다. 공이 그 까닭을 물으니, 부인이 답하기를,

"당신이 평소에 섬삼문 등과 서로 친교가 두터운 것이 형제보다도 더하였기에 지금 성삼문 등의 옥사가 발각되었음을 듣고서, 당신도 틀림없이 함께 죽을 것이라 생각되어, 당신이 죽었다는 소문이 들려오면 자결(自決)하려던 참이었소. 당신이 홀로 살아서 돌아오리라고는 생각지 못하였소."

하였다. 공은 말문이 막혀 몸 둘 곳이 없는 듯하였다.

상고하건대, 이 일은 을해년 여름 노산군이 왕위에서 물러나고 세조가 임금의 자리에 오르던 날에 있었던 일로, 사대부들 사이에 미담(美談)으로 전해오던 것이다. 그러니 이 기록은 잘못 전해 듣고서 쓴 것이다. 부인은 병자년 정월에 죽었고, 육신(六臣)의 옥사는 그해 4월에 일어났으니, 이러저러한 말이 어찌 있을 수 있겠는가?[18]

이 일화는 당시 사대부들 사이에서 미담으로 전해오는 이야기를 기록한 것[此錄]을 그대로 옮겨 적은 것처럼 서술하고 있다. 그래서 간주間註를 통해

---

18 李堅, 「松窩雜說」, 『국역 대동야승』 14, 민족문화추진회, 1975, 136~137면. "申高靈叔舟之夫人尹氏, 子雲之妹也, 叔舟在英廟朝, 與於八學士之流, 而尤與成三問最善, 至光廟丙子之難, 三問等獄事發覺, 其日之夕, 叔舟還家, 中門洞開而夫人不在, 公歷探房廡, 見夫人獨上抹樓, 手持數尺之布, 坐於樑下, 公問其故, 答曰君於平日, 與三問輩相厚, 不啻如兄弟, 今聞三問等獄事已發, 意君必與之同死, 將俟君凶聞之及而自決, 不圖君之獨爲生還也, 公屈, 悵然若無所容, 按此事 蓋在於乙亥夏魯山遜位 光廟受禪之日 搢紳間相傳以爲美談 此錄言出於傳聞之未詳耳 夫人卒於丙子正月 而六臣之獄起於四月 安得有云云之說也."(강조는 인용자)

서 "잘못 전해 듣고서 쓴 것[言出於傳聞之未詳]"이라고 그 기록이 잘못됐음을 강조했다. 그 이야기는 원래 1455년(세조 1), 단종이 선위하던 날 있었던 일인데 단종복위 사건이 있었던 1456년(세조 2)으로 기록됐다는 것이다. 그렇다면 이기의 『송와잡설』 이전에 누군가가 이 일화를 기록했다는 말이 된다. 하지만 신숙주 부인의 일화가 기록된 것은 이 자료가 처음이다. 그렇다면 이기는 지금은 전하지 않는 그 기록을 실제로 보았거나 본 것처럼 위장했을 가능성도 있다. '사대부들 사이에 전해오는 미담[搢紳間相傳以爲美談]'이라고 하고 그 내용을 그냥 적으면 될 텐데 왜 이렇게 텍스트를 복잡하게 만들어 서술했을까?

비록 100년 이상 지났다 하더라도 계유정란癸酉靖難으로부터 단종복위 사건에 이르는 그 피바람 몰아치는 '역사'와 여기에 대한 평가는 어느 누구도 제대로 기록하거나 말할 수 없는 금기사항이었다. 사림정치士林政治가 수립됐다는 선조 시절에도 남효온南孝溫(1454~1492)의 「육신전六臣傳」을 선조에게 거론했다가 선조가 이를 보고 분노하여 남효온은 조정의 죄인이라며 끝까지 추국하여 죄를 다스리겠다고 했을 정도다.[19] 바로 이기도 이 무렵에 살았던 사람이다. 그러니 자신이 서술한 민감한 기록들에 대하여 비록 일화라 하더

---

19 『조선왕조실록』 선조 9년(1576) 6월 24일 첫 번째 기사. "이제 이른바 「육신전」을 보니 매우 놀랍다. 내가 처음에는 이와 같을 줄은 생각지도 못하고 아랫사람이 잘못한 것이려니 여겼었는데, 직접 그 글을 보니 춥지 않은 데도 떨린다. 지난날 우리 광묘(光廟)께서 천명을 받아 중흥(中興)하신 것은 진실로 인력(人力)으로 할 수 있는 것이 아니었는데 저 남효온이란 자는 어떤 자이길래 감히 문묵(文墨)을 희롱하여 국가의 일을 드러내어 기록하였단 말인가? 이는 바로 아조(我朝)의 죄인이다. 옛날에 최호(崔浩)는 나라의 일을 드러내어 기록했다는 것으로 주형(誅刑)을 당하였으니, 이 사람이 살아 있다면 내가 끝까지 추국하여 죄를 다스릴 것이다(今見所謂六臣傳, 極可驚駭, 予初不料至於如此, 乃爲下人所誤, 日見其書, 不寒而栗, 昔我光廟, 受命中興, 固非人力所致, 彼南孝溫者何人, 敢自竊弄文墨, 暴揚國事, 此乃我朝之罪也, 昔崔浩以暴國史見誅, 此人若在, 予必窮鞫而治之矣)"라고 했다.

라도 심사숙고에 숙고를 거듭했을 것이다. 그래서 텍스트를 복잡하게 세 단계의 층위로 나누어 서술했던 것으로 보인다. 세 층위의 이야기는 이렇게 구분된다.

① 단종 선위 때(1455년) 자결하려 했다고 사대부들 사이에 미담(美談)으로 전해지는 일화

② 단종복위 사건 시(1456년) 신숙주가 죽을 줄 알고 같이 죽으려 했다는 알 수 없는 기록

③ 그 기록을 그대로 옮겼는데 실상은 윤 부인이 먼저 죽었기에 잘못됐다는 자신의 고증

이런 복잡한 텍스트 구성을 통해 적어도 두 가지 효과를 드러냈을 것이다. 하나는 분명 사육신의 처형은 안타까운 일이고, 다른 하나는 그 반대편에 있었던 신숙주의 변절은 대의명분에 어긋나는 일임을 신숙주 부인의 자결기도 사건을 통해서 말하고자 했던 것이다. 그것을 드러내 놓고 말할 수 없는 민감한 사안이기에 어떤 불특정 기록물을 빙자하여 하고자 하는 얘기를 한 다음 그것이 사실 잘못된 것이라고 덮어 버리는 방식을 취했다. 이런 방식을 통해 신숙주 부인의 죽음과 단종복위 사건이 어긋난다 하더라도 적어도 신숙주가 변절하여 세조의 편에 선 것에 대하여 이를 오인하여 목을 매려고 했던 사실은 '미담'으로 남게 되었다는 것이다.

이강옥은 이기의 이런 태도는 양변론을 넘어서기 위한 지식인으로서의 간절한 바람의 소산이며, 그 근저에는 한산 이씨 선조들이 보여주는 행적이 작용했다고 한다. 즉 이기의 직계인 이계전李季甸은 세조를 적극 지지하여 공신

이 됐지만, 호장공계 이계주李季疇의 아들인 이개李塏(1417~1456)는 사육신의 길을 택하여 처형당하는 운명을 맞았다. 이런 상이한 행적을 보인 선조들에 대한 내면적 성찰의 결과 어느 한쪽만을 선택하지 않고 사대부로서의 이념적 원칙을 저버리지 않을 수 있는 양극단을 넘어서는 길을 택한 것이라 한다.[20]

이런 양극단을 넘어서려는 의도를 지닌 이기는 신숙주의 변절을 드러내 놓고 비난할 수 있는 입장이 아니기에 신숙주 부인의 행위를 통하여 오히려 사대부들 간에 전해지는 미담, 잘못된 기록의 제시, 그것을 옮긴 자신의 기록과 간주들을 통해 행간의 의미를 파악하는 비판적 읽기를 유도했던 것이다. 그것이 단종복위 사건에 대한 일화의 기록이기에 더욱 조심스러울 수밖에 없는 것이다. 그럼에도 분명한 그의 입장은 (역사적 사실과는 어긋나지만) 사육신의 죽음을 지지하는 신숙주 부인의 언행은 대의명분을 지켰던 '아름다운' 이야기라는 것을 강조하려고 했던 것이다.

이기가 정착시킨 '신숙주 부인 일화'는 허균許筠(1569~1618)에 의해 다시 소환된다. 허균 역시 의리와 명분을 중시하고자 하는 방외인 문학의 계보를 잇고 있기에 세조정변과 단종복위에 대해서는 동일한 문제의식을 지녔던 것으로 보인다. 허균이 서술한 일화의 전문은 이렇다.

癸酉靖難이 있던 날에 泛翁[신숙주의 자]은 대궐에 있었다. 그의 부인은 泛翁이 반드시 죽었을 것이라 생각하고 스스로 목매어 죽으려고 치마끈으로 목을 매고 소식이 오기를 기다렸다. 저물 녘에 "물렀거라"는 소리가 들리므로 알고 보니 泛翁이 돌아왔다는 것이다. 부인이 치마끈을 풀면서

---

20 이강옥, 「『송와잡설』의 서사적 재현과 이기의 의식세계」, 『일화의 형성원리와 서술미학』, 보고사, 2014, 424~429면 참조.

"나는 당신이 죽은 줄로 생각했소."

하니, *泛翁*이 매우 부끄러워하였다.[21]

　허균의 기록은 간결하게 사건의 전말만을 보여준다. 그러면서 제목도 「계유정란 때 신숙주 부인이 목을 매려했다[癸酉靖難 申叔舟夫人 欲自經]」라고 하여 "목매려 했다"는 것을 강조했다. 그런데 여기서는 날짜가 다르다. 사대부들에게 미담으로 전해지는 단종이 선위하는 날이나 단종복위 사건의 실패로 연루된 신하들이 처형당하던 날이 아닌 세조정변이 일어나던 그 날을 문제 삼았다. 왜 그랬을까? 이는 단순한 착오라기보다 민감한 문제를 피하려고 했던 의도로 보인다.

　계유정난 당시는 조정 중신들이 명분을 따를 것인가, 세조정변을 지지할 것인가의 분명한 입장을 강요당했던 때이다. 게다가 계유정난을 벌인 한명회韓明澮(1415~1487)가 이른바 '생살부生殺簿'를 만들어 자신들과 입장을 달리 하는 신하들을 살해했던 끔찍한 일들이 벌어지고 있었다. 신숙주는 세조의 최측근으로 계유정난 당시 이미 우승지의 지위에 있었고, 한명회와는 사돈 관계이기에 그날 신숙주가 죽었을 것이라 생각하는 것은 정치적 역학관계에서 볼 때 있을 수 없는 일이다. 그렇다면 단종복위 사건처럼 민감한 사안을 피해서 일부러 논점을 흐리는 서술방식으로 실제 일어난 사건의 인과관계와는 무관하게 "남편이 죽을 줄로 여기고 자결하려 했다"는 사실을 강조하려 했던 것이다.

21　허균, 『허균전집』. 「惺所覆瓿藁 卷23」, 「惺翁識小錄」, 성대 대동문화연구원, 1981, 211면. "靖難之日, 泛翁在省中, 夫人意必死之, 將自經結裙帶俟之, 向夕有呵喝聲, 問之泛翁回也, 夫人解其帶曰, 吾意君死也, 泛翁甚媿之."

이기와 허균의 기록을 모두 문제 삼은 것은 이긍익李肯翊(1736~1806)의 『연려실기술燃藜室記述』이다. 여기에 기록된 일화는 『송와잡설』과 거의 같은 내용이며 다만 간주를 통해 "『송와잡기松窩雜記』·『식소록識少錄』에는 정난靖難하던 날이라 하였다. 신숙주 부인이 병자년 정월에 죽었고 육신六臣의 옥사는 4월에 있었다"[22] 하여 앞의 두 기록을 문제 삼고 있지만 계유정난이 일어났던 날로 기록한 것은 허균의 「성옹식소록惺翁識小錄」에만 해당되는 말이다. 신숙주 부인이 사육신의 옥사가 있기 전에 죽었다는 것은 이미 이기도 제시한 바 있어 새로운 의견은 아니다. 그렇다면 『연려실기술』의 기록은 『송와잡설』의 기록을 따라 신숙주 부인의 사건이 오류가 있었다고 인정하면서 다시 그 얘기를 끄집어 낸 것이다. 역사적 사건으로서는 시대착오가 있지만 그럼에도 신숙주 부인의 자결기도가 계속 이야기의 핵심화소로 소환되는 이유가 무엇일까?

여러 문헌에 기록된 '신숙주 부인의 일화'는 다음과 같은 공통적인 화소를 지니고 있다.

① 신숙주는 평소에 성삼문과 친밀했었다.
② (단종복위 사건)으로 사육신의 옥사가 일어날 때 부인은 신숙주가 죽을 줄 알았다.
③ 부인이 죽으려고 목을 매고 있었는데 신숙주가 살아오니 뜻밖이라고 했다.
④ 신숙주가 부끄러워 몸 둘 바를 몰랐다.

---

22 李肯翊, 『燃藜室記述』 5 「世祖朝 相臣」. "松窩雜記識少錄 作靖難之日 盖申夫人卒於丙子正月 六臣獄起四月."

일화에서는 신숙주의 변절을 드러내 놓고 말하지는 않았지만 성삼문과 친했다는 사실을 통해서 그가 성삼문과는 다른 길을 택했음을 말한다. 그래서 부인도 당연히 신숙주가 죽을 줄 알았다. 이는 곧 부인의 자결기도와 연결된다. 어차피 살아서 노비가 되어 욕을 당하느니 죽는 게 낫다는 입장이다. 이 일화의 핵심은 변절한 신숙주와 죽을 줄 알고 자결기도를 한 부인의 극명한 대비를 통하여 어느 쪽이 명분이 있는가를 얘기하는 데 있다. 모든 일화들이 신숙주 부인은 남편이 죽은 줄 알았다 했다. 하지만 신숙주는 멀쩡히 살아 돌아왔고 "당신이 죽은 줄로 알았다"는 부인의 말에 신숙주는 몸 둘 바를 모를 정도로 부끄러워했다. 단종의 뒷일을 부탁받은 문종의 고명대신顧命大臣으로 부인이 예상했던 대로 의로운 길을 가지 않았기 때문이다. 반면 자결을 하려했던 부인은 당당하다. 실제로 그랬다기보다 그렇게 이야기가 만들어지고 기록된 것이다. 신숙주 부인의 목소리가 곧 화자 혹은 서술자의 목소리인 셈이다.

'신숙주 부인 일화'는 변절한 신숙주와 극명하게 대비되는 부인의 자결기도를 통해 지나간 역사에서 무엇이 잘못 됐는가를 얘기하고 있다. 계유정난에서 단종복위 사건에 이르기까지 피 비린내 나는 역사의 소용돌이 속에서 감히 '역사'에 대하여 거론할 수 없었던 시대에 신숙주 부인을 통해 그 '역사'의 횡포에 맞서는 스토리텔링을 만들었던 것이다.

그 사건이 계유정난 당시에 있었던 일인지(『성옹식소록』), 단종 선위禪位 때에 일어나 미담으로 전하는 일인지(구비전승), 단종복위 사건의 실패로 사육신이 옥사를 치를 때 벌어진 일인지(『송와잡설』·『연려실기술』)는 중요하지 않다. 오히려 시간 화소를 엇갈리게 설정함으로써 이야기가 거짓이라고 진실을 숨기는 수법을 취했다. '신숙주 부인 일화'에서 스토리텔링을 통해 말하려고 한 것은 연약한 여자의 몸으로 그 부당한 역사에 대해 자결을 시도하려 하여 몸으로 대의명분을 밝혔다는 점이다. 비록 그것이 "절의는 중하고 목숨은 가볍다[義重命輕]"고 하는 「이생규장전李生窺墻傳」 여주인공의 독백처럼 비장하고 처절한 분위기를 풍기지 않는다고 하더라도 사육신의 처형을 거론하여 신숙주와 같이 권력을 쫓는 사대부들을 부끄럽게 만들었던 것이다. '신숙주 부인 일화'의 스토리텔링은 승자의 역사로 기록되어 감히 거론할 수조차 불가능한 시대에 이야기 통해 지워진 역사에 대하여 변명하고 복원하려는 시도인 것이다.

2) '신숙주 부인 일화'의 확산과 '역사'를 통한 성찰

근대에 들어오면서 중세시대 금기시되던 역사에 대한 언급이 허용되어 많은 이야기들이 만들어지고 확산됐다. '신숙주 부인 일화' 역시 단종에 얽힌 이야기와 함께 재소환되어 다양한 이야기들로 만들어졌는데 이를 우선 시대순으로 정리해 보면 다음과 같다.

① 박종화, 「목 매이는 女子」(『白潮』 3, 1923)
② 이광수, 「端宗哀史」 191회 (『東亞日報』, 1929.11.2)
③ 활자본 고소설 「生六臣傳」(新舊書林, 1929)
④ 활자본 고소설 「申叔舟夫人傳」(匯東書館, 1930)
⑤ 조용만, 단막희곡 〈申叔舟와 그 夫人〉(『朝鮮中央日報』, 1933.7.16~7.23)
⑥ 신린범, 史上揷話 〈萬古義婦尹夫人〉(『別乾坤』, 1935.2)

근대문학이 본격적으로 개진됐던 1920~1930년대에 대부분 만들어졌으며 주로 근대 작가에 의하여 스토리텔링이 이루어졌다. 이 중에서 「단종애사端宗哀史」와 「생육신전生六臣傳」은 '신숙주 부인 일화'가 부분적인 이야기로 삽입된 것이고, 「만고의부 윤부인萬古義婦尹夫人」은 역사 이야기인 사화로 만든 것이다. 한편 「신숙주부인전申叔舟夫人傳」은 「목 매이는 여자」를 그대로 가져온 것이어서 내용보다도 활자본 고소설로 외양으로 바꾼 매체 전환이 문제가 된다. 가장 주목되는 텍스트는 '최초의 역사소설'이라는 「목 매이는 여자」와 단막희곡 〈신숙주申叔舟와 그 부인夫人〉이다. 조선 초기 세조정변을 배경으로 명분과 의리를 내세웠던 '신숙주 부인 일화'가 어떻게 해서 최초로 근대 역사소설과 희곡의 자료로 활용된 것일까?

(1) 「목 매이는 여자」와 '변절'에 맞서는 '역力의 인간'

주지하다시피 박종화는 통정대부通政大夫 정3품 훈련원 첨정僉正을 지낸 송암松巖 박태윤朴台胤의 손자로 태어나 5세부터 12년간 한학을 수학한 경력이 있었으며, 우리 역사에 대한 관심이 남달랐다 한다.[23] 마침 집의 사랑채에서 지송욱池松旭이 근대 초기 최대 서적상이었던 신구서림新舊書林을 운영하고 있었던 탓에 애국계몽기부터 출판된 『대한역사』, 『대한지지』 등의 책들을 쉽게 접할 수 있어 우리의 역사에 대해 지적 욕구를 채울 수 있었다고 한다. "내가 내 국가의 역사를 알고 지리를 짐작하고 한글을 깨닫게 된 것은 순전히 '신구서림'이 내 집에 있는 때문이었다"[24]라고 회고했다.

---

23 윤병로, 『미공개 月灘일기─朴鍾和의 삶과 문학』, 서울신문사, 1993, 283면, 연보 참조. 이 자료는 앞으로 「일기」라 약칭하고 괄호 속에 면수만 적는다.
24 朴鍾和, 「新舊書林」, 『月灘 회고록─歷史는 흐르는데 靑山은 말이 없네』, 삼경출판사, 1979, 313면. 이 자료는 앞으로 괄호 속에 「회고」라 약칭하고 면수만 적는다.

하지만 기본적인 역사 지식에 만족할 수 없어 보다 전문적인 역사서적을 찾아 읽게 되었다. 서당에서 12년 한학을 수학하여 한문을 능숙하게 읽을 수 있기에 "때마침 광문회에서 발간한 『삼국사기』, 『연려실기술』, 『삼국유사』, 『동국통감』, 『동사강목』, 『동국세시기』 등 무수한 우리의 고전을 밤을 새워 가며 읽어 (…중략…) 이것이 내가 독학으로 우리나라 역사를 전공해 본 것"(「회고」, 437~438면)이라고 한다.

근대 지식인들에게 있어서 우리의 역사를 안다는 것은 단순한 지식 이상으로 우리의 정체성을 확인하는 의미가 있었다. 월탄도 근대 초기 "새로운 자아를 찾으려는 운동이 서민층에 일어났다"(「회고」, 437면)고 말할 정도로 당시 우리 역사를 알려는 움직임이 중시되고, 확산되었다. 애국계몽기에는 특별히 우리의 역사교재가 널리 읽히고 역사교육이 강조되었으며 국난을 극복한 민족 영웅이 소환되어 역사전기물로 만들어지기도 했다. 하지만 식민지 지배가 시작되자 민족을 호명했던 숱한 역사교재와 역사전기물들이 대부분 압수되고 발매금지 처분이 내려졌다. 가능한 방법은 '역사'를 계몽의 수단이 아닌 이야기로 만들어 널리 읽히는 일이다.

1910년대 활자본 고소설이 성행하면서 신작으로 유난히 '역사소설'이 두드러진 것도 이런 경향과 무관하지 않다. 250여 종의 활자본 고소설 중에서 무려 100종 이상이 역사소설이라 할 정도로 역사의 이야기 만들기는 두드러졌다.[25] 활자본 고소설이 당시 '이야기책'이라 불렸던 점을 염두에 둔다면 근대 초기 '역사'가 왜 신작 고소설이나 야담의 소재로 널리 활용됐던 가를 알 수 있다. 역사의 스토리텔링, 곧 '역사'가 사람들의 관심을 충족시키기 위

---

25 이승윤, 「한국 근대 역사소설의 형성과 전개」, 연세대 박사논문, 2005, 46~49면 참조.

해 사실의 고증보다 다양한 이야기로 만들어져 유포되고 수용됐기 때문이다. 이런 역사의 스토리텔링 속에서 근대 역사소설도 태동할 수 있었다. 월탄이 「목 매이는 여자」를 썼던 때의 정황을 보자.

1920년이 되었다. 만세운동 후에 일인들은 무단정치를 버리고 문화정치를 표방하면서 암흑천지인 조선에서 신문과 잡지의 발행을 허락했다.

나는 우리말 우리글로 쓰는 자유시를 쓰는 한편 역사소설을 구상해 보았다. 이때 東仁·想涉·憑虛·稻香들이 제작 발표하는 단편들은 신변잡사로 새로운 단편의 경지를 개척하는 것이었다. 나는 나대로의 하나의 장르를 구상하고 싶었다. 역사적 지식을 바탕으로 한 역사소설이었다. 1923년 9월에 발간된 『白潮』 제3호에 발표한 「목 매이는 여자」가 이의 결실이다.(「회고」, 438면)

월탄의 「회고」에 의하면 '역사소설'은 곧 역사적 지식을 활용해서 '역사'를 이야기로 만든 것이다. 그런데 무수한 역사적 사실 속에서 무엇을 선별하여 이야기를 만들 것인가가 문제다. 월탄이 가장 먼저 선택한 화두는 '변절'이었다. 1920년대 지식인의 변절과도 연결될 수 있는 문제기 때문이다. 이를 이야기로 만들기 위해서는 모범적인 행동을 보인 인물의 변절과 여기에 맞서 대의명분을 고수하는 인물이 필요했다. 『연려실기술』에 실려 있는 '신숙주 부인 일화'가 선택된 것은 이런 이유에서다. 월탄의 「회고」는 그 대목을 이렇게 증언한다.

世宗 때 집현전 학사로 있다가 端宗 때 成三問 등 死六臣에 끼지 못하고 실절했다는 이름을 듣는 申叔舟가 어찌해서 死六臣이 되지 못하고 부귀영화를 누렸는가

하는 그 고심을 심리적으로 묘사했다. 여덟 아들의 慈父愛를 그려서 그 죽지 못하는 인간상을 그렸고, 그와 반대로 8형제 아들을 둔 慈母이면서 節義에 죽지 못한 그 남편의 행위를 부끄럽게 생각해서 목을 매어 자결한 그 아내 윤씨의 죽음을 그려서 道義와 實存 두 틈에 끼어 있는 부부상을 그린 것으로 우리나라 역사소설의 첫 번째 기도였다.(「회고」, 438면)

그런데 앞에서 확인했듯이 신숙주 부인은 단종복위 사건이 있기 전인 그해 정월에 이미 죽었고, 목을 매고 죽은 것이 아니라 병으로 죽었음이 밝혀진 바 있다. 월탄 역시 앞의 「회고」처럼 조선광문회에서 발간된 『연려실기술』(1914)[26]을 보고 소설을 구상한 바 있어 '필연적인 시대착오'[27]를 범했다고 볼 수 있다. 왜 그랬을까? 단종에 대한 충성을 맹세했던 동료들이 형벌을 받고 죽어나가는 장면을 극적으로 만들기 위해서 계유정난이나 단종선위 무렵이 아닌 단종복위 사건의 실패로 사육신이 처형당하던 그때로 시간을 설정했으며, 신숙주의 변절이 보다 극명하게 드러나도록 실제로는 이미 죽은 부인이 목을 매 자결한 것으로 이야기를 만든 것이다. 「목 매이는 여자」의 이야기 구성은 여섯 개의 삽화가 이어져 각 이야기에 번호가 매겨져 있는데 그 소제목을 정리하면 다음과 같다.

---

26 『연려실기술』은 당시 두 종류가 출간됐는데 일본인들이 만든 조선고서간행회본(1912)와 최남선의 조선광문회본(1914)이 그것이다. 월탄(月灘)은 그의 「회고」대로 조선광문회에서 펴낸 책을 본 것이다.

27 '필연적인 시대착오(norwendige Anachronismus)'는 G. Lukács가 헤겔의 개념을 빌려 역사소설을 분석하면서 사용한 용어다. 즉 재현된 대상의 내적 실체는 동일하게 남지만 다른 시대로의 표현과 형상을 위해서는 어떤 변형을 불가피하게 요구한다는 것이다. G. Lukács, 이영욱 역, 『역사소설론』, 거름, 1999, 74~78면 참조.

이 작품에는 무엇보다도 8명의 아들 때문에 절의를 꺾어야 했던 신숙주의 심리적 고민과 갈등, 그 뒤에 오는 수치감이 주요하게 부각돼 있다. 갈등의 중심에는 8명의 아들이 있어 "여듧 아들의 목숨을 살리기 위하야 충신이라는 아름다운 이름을 버리리라 하얏다. 여듧 아들의 목숨을 살리기 위하야 불의의 놈, 고약한 놈이 되고자 하얏다"[28]고 각별한 '자부애慈父愛'를 드러냈다. 실상 「목 매이는 여자」는 신숙주에게 이야기의 초점이 맞춰져 그의 변절은 인간적으로서는 어쩔 수 없는 선택으로 보일 정도로 서사적 필연성을 갖추고 있다.

그런데 변절의 길을 택할 수밖에 없는 신숙주의 내적 갈등을 주요하게 다루고 있지만 그것으로 일관하지 않고 그 대척점에 부인을 두고 있다. 윤 부인은 남편이 성삼문을 따라 당연히 죽으리라 여기고 "죽음만 갓지 못하다. 욕을 보고 삶이 죽음만 갓지 못하다"(「목」, 42면)고 자결을 결심한 터이다. 월탄의 「회고」처럼 실존을 택한 신숙주와 도의를 추구한 윤 부인의 입장이 팽팽하여 어느 한 쪽도 우위를 점할 수 없는 형국이다. 이 두 방향 서사의 팽팽

---

28 박월탄, 「목 매이는 女子」, 『백조』 3, 文化社, 1923, 32면. 앞으로 이 자료는 일일이 각주를 달지 않고 괄호 속에 「목」이리 적고 면수민 표시한다.

한 긴장관계를 깨는 것이 바로 윤부인의 자결이다. 여기서 '신숙주 부인 일화'가 소환된다. 조선시대 일화에서 서사가 주로 동원된 것은 신숙주의 변절과 이에 문제를 제기하는 부인의 질문, 뒤따르는 신숙주의 부끄러움이었다. 그런데 「목 매이는 여자」는 이를 보다 적극적으로 변개했다.

> 숙주가 아무런 긔운 업시 댓돌에 막 올라설 째에 윤 씨는
> "웨 영감은 죽지 안코 돌아오셔요!"
> 하였다. 숙주의 얼굴은 벌개지었다. 그는 고개를 숙이고 입안읫 말로
> "아이들 째문에―"
> 하고 중얼거렷다. 윤 씨는 숙주의 꼴이 긋업시 더러워 보엿다. 그는 자긔 남편의 절개 업는 게 퍽 분하얏다. 평시에 밤낫 충신은 두 님군을 섬기지 안는다고 말하든 숙주의 입이 똥보다도 더 더러웟다. 그는 자긔도 모르게 분함을 이기지 못하야 숙주의 얼굴에 침을 탁 배터 버렷다. 이 무안을 당한 숙주는 아모 말 업시 바로 사랑으로 나아갓다.
> 그 이튼 날 동이 환하게 틀 째이엇다. 마당을 쓸러 안으로 들어 갓든 하인은 놉다란 누마루 대들보에 길다란 허연 무명수건에 목을 걸고 늘어진 주인 마님 윤씨 부인의 屍體를 보앗다. (「목」, 46면)

윤 씨의 극단적 행위는 사실 조선시대 여성으로서는 불가능한 일지만 이렇게 과격하게 남편을 타매唾罵함으로써 신숙주의 변절을 보다 두드러지게 한다. 더욱이 윤 부인의 자결은 남편의 변절에 분노해서 이루어진 것이다. 조선시대 일화에서는 신숙주가 처형될 줄 알고 욕을 당하고 사느니 같이 죽으려 했던 정도인데, 여기서는 남편의 변절이 수치스러워 대의를 지키고자

자결을 택한 것으로 죽음의 이유가 달라진 것이다. 역사적 사실과는 전혀 다른 새로운 이야기로 이를 통해서 "절의는 중하고 목숨은 가볍다"는 대의명분의 우위를 입증했던 것이다. 그런데 어떻게 조선시대 '절의담론節義談論'이 1920년대에 스토리텔링의 원리로 작용한 것일까?

월탄은 휘문고보 시절 문우인 정백鄭栢, 홍사용洪思容 등과 깊이 교유했는데 졸업을 앞두고 일어난 3·1운동은 이들 세 사람에게 사회와 민족에 대해 인식을 전환하는 계기로 작용했다. 정백과 홍사용은 3·1운동에 참가했다가 체포됐지만 곧 석방되었으며, 월탄은 독립선언서를 배포하고 탑골공원의 만세운동에 참가하게 되었다. 3·1운동 참여는 이들에게 죽음·체포·고문·도피 등을 목격 혹은 체험케 했고, 고통·공포·분노·격정을 느끼게 했다. 이를 통해 개인의 실존의식이나 사회의식, 민족의식이 심화되고 성숙하는 계기가 됐다고 한다.[29] 월탄은 당시의 상황을 "乙未의 큰 바람이 지나간 뒤에 불붙는 젊은 사람들의 가슴은 마치 풀무 도간이에 녹아 끓는 白灼된 무쇠묵과 같았다. 밖으로 밖으로 터지지 못하는 情熱은 藝術로 藝術로 文學으로 젊은 사람의 意氣를 꼈다"[30]고 증언했다.

이들 혈기 왕성한 3·1운동의 후예들이 1922년 1월 『백조白潮』를 창간했을 때 동인들은 박종화, 홍사용을 비롯하여 박영희, 나도향, 현진건, 이상화, 노자영, 오천석 등이었으며 거기에 이광수도 있었다. 당시 상해임시정부 청년당에서 활동하던 현정건(현진건의 형)은 『백조』 창간호의 동인으로 이광수가 있는 것을 확인하고 "歸順狀을 쓰고 항복해 들어간 李光洙"를 동인에서 제거할 것을 요청했고, 동인들이 이를 수락해 2호부터는 동인에서 제외시켰다.[31]

---

29 정우택, 「『문우』에서 『백조』까지」, 『국제어문』 47, 국제어문학회, 2009, 39면 참조.
30 박종화, 「나도향 10년기─추어편」, 『靑苔集』, 영창서관, 1942, 180면.

당시 젊은이들의 우상이었던 이광수가 일제에 귀순한 것은 3·1운동에 직접 참여했던 이들 지식인들에게는 큰 충격이었다. 독립운동을 한다는 대의명분보다 허영숙과의 사랑을 택했던 춘원의 반민족적인 행보는 당시 지식인들에게 비난의 대상이 되기에 충분했으며 월탄은 이 정황과 생각을 1922년 8월 1~9일의 일기에 자세히 적고 있다.[32] 여기서 월탄은 "아! 이 추악! 어쩌할꼬? 이것이 인간의 고결한 체하는 半面이다. 지식 계급의 인물이라 하여 대구리 짓을 하는 자들의 眞面目이다. 肉의 敗者! 肉의 腐者! 불쌍한 운명에 떠노니는 李春園이여! 실로 가엾은 사람이다"(「일기」, 48면)라고 이광수를 질타하고 있다.

이와 반대로 조선 독립을 위하여 자신의 몸을 던지는 행위도 당시 허다하게 존재했다. 월탄을 이것을 '역力의 인간'이라고 하여 1923년 1월 15일의 「일기」에서 이렇게 주장했다.

사람은 糊口하는 그것만으로 살 수 없는 것이다. 마치 예술이란 것이 歇價의 연애로만 아름다운 예술이 될 수 없는 거와 같이 '力의 예술'이라야 그 예술다운 예술이 될 수 있는 것처럼 사람은 '力의 인간'이 아니고는 가장 崇嚴한 생명을 전개시킬 수 없는 것이다. 진지에 존귀한 생을 경영하는 인간이 되어야 한다. 자유에 활약하는 인간이 眞境의 살림을 차려야 한다.

건설자가 되기가 가장 어려우나 叛逆者가 되기가 극히 어렵다.(「일기」, 66면)

---

31 「회고」, 434면 참조.
32 「일기」, 45~49면을 참조하면 이광수 귀순사건의 전말은 이렇다. 춘원(春園)이 동경유학생으로 허영숙과 사랑에 빠져 이혼을 하고 결혼을 하려던 중 3·1운동이 일어났고 독립운동에 뜻을 둔 춘원은 상해로 건너갔다. 그런데 조선으로 건너와 병원을 열었던 허영숙은 옛 애인이었던 진학문(秦學文)을 다시 만나 그에게 결혼해 줄 것을 요구했고, 이들은 상해로 가서 춘원을 만나 담판을 지으려 했다. 하지만 신의주에서 허영숙은 체포되어 경찰의 보호아래 오히려 춘원을 빼내오려는 역할을 맡게 된 것이다. 춘원을 찾아가 다른 사람과 결혼하겠으니 허락해 달라 요구하자 춘원은 사랑을 택해 모든 것을 팽개치고 허영숙을 따라 조선으로 들어오게 되었다.

이처럼『백조』동인이었던 이광수의 변절과 도피행위를 두고 '가엾은 인간'이라며 인간적으로 이해할 수는 있지만 그 행위 자체는 추악하기 그지없다고 비판했으며, 그 대안으로 월탄은 "반역자가 되기가 극히 어려운" '역의 인간'을 제시하고 있다. 「목 매이는 여자」에서 남편인 신숙주를 몰아붙이고 스스로 목숨을 끊어 대의명분을 바로 세웠던 윤 부인이 바로 그런 '역의 인간'인 셈이다. 월탄은 '신숙주 부인 일화'를 소환하여 자결을 기도했던 윤 부인의 형상을 과감히 자결을 실행하는 적극적인 인물로 변개시킴으로써 절의를 지킨 '역의 인간'으로 이야기를 만들어 냈던 것이다.

(2) 〈신숙주申叔舟와 그 부인夫人〉과 자결의 이유

총독부 기관지인『매일신보』기자였던 조용만의 단막희곡 〈신숙주와 그 부인〉은 이태준李泰俊(1904~?)이 학예부장으로 있던『조선중앙일보』1933년 7월 16~23일에 모두 8회에 걸쳐 연재된 작품이다. 「목 매이는 여자」가 변절의 길을 택할 수밖에 없는 신숙주의 내적 고민과 갈등을 주로 그린 데 비해 이 희곡은 단종복위 사건의 실패로 사육신이 처형당하는 그 날을 배경으로 신숙주 부인 윤 씨와 원남(14~15세), 이남(12~13세) 등 두 아들이 중심인물로 등장하여 왜 죽어야 하는가를 얘기하고 있다.

단종복위 사건의 경과와 실패를 윤 부인이 두 아들에게 설명하는데 그 과정에서 원남이 "성승지가 끼셨는데 아버지가 안 끼셨겠니!"[33]라며 성삼문과의 친밀한 관계를 들어 신숙주의 참여를 당연한 것으로 기정사실화한다. 윤 씨 또한 남편의 죽음을 당연한 것으로 받아들이고 "이번 일이 결코 납분 일이 아

---

33 『조선중앙일보』, 1933.7.17. 앞으로 작품의 인용은 괄호 속에 연재된 날짜만 표시한다.

니다. 지극히 오른 일이다"라며 자식들에게 대의명분을 강조하고 "너이들은 인제 금부라졸禁府邏卒들이 올테니 정색으로 정당하게 죽엄을 바더라"(7.17)라고 아들들에게 당당히 죽을 것을 권할 정도로 가족 모두가 이미 죽음을 각오했음을 보여준다.

하지만 신숙주가 죽지 않고 살아 돌아온다는 소식을 들은 윤 부인은 "그럴 리가 잇슬가? 천만에 그럴 리가 잇슬가? 조상님들의 면목을 보고 어린 자식들을 봐서라도 그 량반들을 배반할 리가 잇나?"(7.20)라고 독백하며 죽으려고 베 한필을 꺼내 든다. 신숙주의 변절은 "간신 신숙주 죽여라"(7.20)라는 군중들의 소리를 통해 확인시켜 준다.

죽으려는 윤 부인과 신숙주가 다락에서 조우하고 무려 2회에 걸쳐 윤 부인은 신숙주를 꾸짖는다. 변명하는 신숙주의 논리는 "신 씨 일문을 위해서 조상님들과 자식들을 위해서 기피 생각한 것"(7.22)이라고 한다. 하지만 부인은 여기서 물러서지 않는다.

아까 내가 원남이 허구 이남이를 불러다가 대궐 이야기를 하니까 두 아이가 아버지도 의례히 참례하섯을 것이라고 말합듸다. 저의들도 벌서 죽을 것을 각오하얏소. 아주 태연히 죽을 것을 각오하고 잇섯소. 어린 것들도 이 죽엄을 떳떳이 알고 잇소. 그리든 것들이니 지금 대감을 뵈면 얼마나 섭섭히 생각하겟소. 대감은 무슨 낫으로 자식들을 대할테요. (…중략…) 조상께서도 충신 때문에 집안이 망하는 것을 영광으로 아실테요. 한때는 망하지만 영원히 빗나기 때문이요. (소리를 노펴서) 자손에 간신(奸臣)이 잇다면 조상님이 얼마나 슬허하실테요. 아버지가 간신이라면 자식들은 얼마나 슬허할테요.(7.22)

윤 부인의 논리는 살아서 부귀를 누리는 것보다 죽어서 충성스러운 이름을 남기라는 것이다. 그것이 조상들에게도 영광이고, 자식들에게도 떳떳하다는 것이다. 그것은 "한 때는 망하지만 영원히 아름답게 빛나기 때문"이다. 그래서 어린 아들에게도 당당히 죽음을 맞으라고 권유할 정도다. 윤 부인이야말로 한 치의 양보도 없이 오직 대의명분만을 염두에 두고 질주하는 인물이다. 심지어는 정치적으로 민감한 신숙주의 선택을 '간신'이라고 매도하기도 한다. 그래서 남편의 변절을 알고 "그러타 남편의 죄를 내가 속贖해야겟다. 내가 지하에 계신 선왕과 조상님들을 위로해야겟다"(7.23)라며 조금의 망설임도 없이 목을 매고 자결한다.

조용만은 유난히 신숙주 부인의 죽음을 강조했다. 조선시대에 형성된 '신숙주 부인 일화'와는 다르게 월탄의 「목 매이는 여자」 이후 이야기가 만들어지는 과정에서 윤 부인의 죽음은 당연한 것으로 고착화된다. 이 작품은 그 죽음을 탐구하여 신숙주의 부인이 왜 죽을 수밖에 없었는가에 초점을 맞춰 이야기를 만든 것이다. 그래서 일화에는 없는 자식들도 등장시켜 모자간의 대화를 통해 사건의 경과와 죽음을 맞이하는 자세까지 얘기하도록 했다. "남편과 같이 죽으려 했다"는 애초의 이야기가 확대·재가공되어 '사死의 찬미'가 된 것이다.

하지만 윤 부인의 형상은 너무 대의명분에 경도되어 인간으로서의 고민과 갈등이 보이지 않는다. 조용만은 경성제국대학 학생이던 1931년 『동광東光』에 동학농민항쟁을 소재로 〈가보세〉라는 희곡을 써서 등단한 바가 있다. 이 무렵 만주사변으로 파시즘이 강화되면서 총독부 기관지인 『매일신보』에 근무하는 조용만으로서는 친일파로 매도될 수 있는 여지가 충분했기에 그렇지 않다는 자신의 존재증명이 필요했고, 그것이 〈가보세〉나 〈신숙주와 그 부인〉과 같은 작품으로 나타난 것이다. 등단작인 〈가보세〉에 나타난 투쟁과 비장한 패배로 점철된 다소 격양된 분위기가 그대로 〈신숙주와 그 부인〉에게 영향을 미쳐 윤 부인을 절의의 화신으로 과장되게 그렸던 것이다. 그것이 조용만이 시도했던 스토리텔링의 방식이었다.

(3) '신숙주 부인 일화'의 역사 이야기로의 소환

'신숙주 부인 일화'가 소환되어 작품의 일부분으로 삽입된 경우가 『동아일보』에 연재된 이광수의 「단종애사」(191회, 1929.11.2)와 현수봉玄秀峰의 「생육신전」(신구서림, 1929)에서다. 해당되는 부분이 어떤 방식으로 '신숙주 부인 일화'를 소환했는지 살펴보도록 하자.

「단종애사」에서는 사육신들이 처형장으로 끌려가고 신숙주가 귀가하는 길에 성삼문의 집 앞을 지나는 장면을 넣어 "대궐에서 삼문이 자기를 노려보든 눈을 숙주는 어두움 속에 보는 듯하야" 두려움과 죄의식에 사로잡히게 만들었다. 집에 돌아와서 부인을 찾아다니다 다락 속에서 베 한 폭을 쥐고 있는 부인을 발견한다. 부인은 신숙주를 향하여 "나는 대감이 살아 돌아오실 줄은 몰랏구려. 평일에 성승지와 대감이 얼마나 친하시엇소? 어대 형데가 그런 형데가 잇슬 수가 잇소. 그랫는데 들으니 성학사, 박학사, 여러분의 옥사가 생겻스니 필시 대감도 함께 돌아가실 줄말 알고 돌아가시엇다는 긔별만 오면 나도 딸하 죽을 량으로 이러케 기다리고 잇는데 대감이 살아 돌아오실 줄을 뉘 알앗겟소?" 하자 신숙주는 무안해 하면서 "그러니 저것들을 어찌하오?"라며 여덟 형제를 가리킨다.

조선시대의 일화에서는 무안해 하는 것으로 끝을 맺는데 근대에 들어와서 신숙주의 변절에 근거를 만들기 위해 대부분 여덟 아들을 등장시킨 것이다.

여기서 윤 부인의 죽음은 급작스럽다. 이 말을 하고 신숙주가 돌아서니 "부인은 벌써 보끝에 목을 매고 늘어지엇다"고 한다. 작품 전체에서 중요한 기능을 하는 삽화가 아니라 신숙주와 관련해서 기존의 일화를 소환해서 이야기를 만든 것으로 윤 부인은 남편의 변절의 대가로 죽음을 택할 수밖에 없었고, 여덟 아들에 대한 인간적 고뇌도 그대로 수용되어 서사화된 것으로 보인다.

천안에서 홍남서시興南書市를 운영했던 현수봉이 쓴 「생륙신전」은 「사륙신전」과 짝을 이루는 작품으로 '역사'를 이야기로 만들어 낸 신작 고소설이다. 현수봉은 이 외에도 「불가살이전」(광동서국, 1921)과 「박문수전朴文秀傳」(경성서적조합, 1926)을 지은 바 있는데, 이기영李箕永(1895~1984)에 의하면 이 작품들이 "先生의 名譽를 爲해서는 그리 빛나는 것이 못" 되며, "窮餘의 一策으로 賣筆을 든 것"에 불과하다는 것이다.[34] 근대 사회주의 리얼리즘의 작가인 이기영의 눈으로 보기에는 치밀하게 구성된 소설이 아닌 엉성한 역사 이야기들이 그저 글을 팔아먹고 살기 위한 방책으로 보였을 것이다. 그렇다면 '신숙주 부인 일화'를 소환해서 어떻게 이야기를 만들었는가? 해당 부분을 보자.

그 부인은 자긔 남편도 사형장으로 나가는 것을 보랴고 길거리에 나서서 사형장으로 나가는 죄수를 보고 섯더니 쯧밧게 자긔 남편은 사형을 면하게 되얏다. 사형만 면할 쓴 아니라 사형장으로 나가는 죄수의 뒤를 싸라 초헌(軺軒)을 타고 나간다. 부인은 자긔 남편이 세조에게 굴복한 줄을 알고 욕지기가 나게 분하야 자긔 남편의 얼굴을 향하야 침을 배앗고 도라섯다.

---

34 이기영, 「病後餘談－秀峰先生」, 『동아일보』, 1939.2.18, 4면 참조. 현수봉은 현병주(玄丙周)로 1910년 무렵에 천안읍내에서 홍남서시(興南書市)를 운영했고, 이기영은 학교를 졸업한 뒤 그곳에서 잠시 서점 일을 도왔다. 이 글은 현병주가 죽고 1년 뒤 그를 회고하며 쓴 것이다.

신숙주는 자긔 부인이 자긔를 타매함을 보고 얼골이 확근하얏지만 사형장으로
단여와 자긔 부인 압헤 "여덜 룡(龍)이 잇스니 엇지 할 수 업다"
는 사과를 하니 여덜 룡이란 것은 자긔 아들이 여덜이라는 말이다.[35]

「생육신전」은 전체적으로는 생육신에 대한 각 인물들의 일화의 소개와 당
시의 역사적 상황을 그려낸 작품이다. 비교적 역사적 사실에 근거하여 이야
기를 만들었으며 문헌에 기록된 여러 일화들을 인용해 이야기를 만들었다.
구성이 치밀한 완성도 높은 소설이라기보다 역사 일화집에 가깝다.

하지만 현수봉은 "漢學을 專攻한" 사람답지 않게 늘 "새로운 空氣를 接觸
하고 싶어"했고, "新學問에 대한 理解도 깊엇다" 한다.[36] 여기서도 '신숙주 부
인 일화'를 가져다 당시 근대적 사고에 부합되게 여덟 아들 때문에 세조에게
굴복할 수밖에 없다는 점을 강조했고, 「목 매이는 여자」와 마찬가지로 신숙
주의 얼굴에 침을 뱉는 장면을 넣어 남편에 대한 분노를 드러냈다. 하지만
윤 부인에 대한 기록에 없기에 역사적 사실을 넘어서지 않는 선에서 윤 부인
의 죽음은 언급하지 않았다.

신린범이 지은 「만고의부 윤부인」은 근대 취미·교양잡지인 『별건곤別乾坤』
1935년 2월호에 실린 작품으로 '역사 이야기'라는 의미의 '사상삽화史上揷話'라
는 표제가 붙어 있다. 여기서 신숙주 부인은 목을 맨 것이 아니라 약을 먹고
자결한 것으로 나온다. 내용은 〈신숙주와 그 부인〉처럼 신숙주 부인이 죽을
수밖에 없는 상황을 집중적으로 거론했다. 아들들에게도 단종복위 사건의 정
당성을 훈시하고 남편은 절대 변절할 리가 없다고 강조했다. 더욱이 "신숙주

---

35 「生六臣傳」, 新舊書林, 1929, 15면.
36 이기영, 앞의 글.

자신도 자긔 부인과 사불여의事不如意하거든 죽으라는 맹세까지 하얏다"[37]고 한다. 그런 신숙주가 변절하고 아내를 설득하고자 모자의 정을 앞세워 여덟 자식들 때문에 변절했다는 이유를 댄다. 하지만 윤 부인은 자식들에 대한 인정보다 대의명분을 따라 "자긔 남편이 사랑으로 나감을 타서 미리 준비하얏든 약을 마시고 종용히 오른 길을 밟은 것"[38]이라 한다.

(4) '신숙주 부인 일화'의 근대적 변개와 스토리텔링

근대에 들어와 '신숙주 부인 일화'가 작품 전체 혹은 부분으로 삽입되어 새로운 스토리텔링이 이루어졌는데 이를 주요 사건의 화소를 중심으로 정리하면 〈표 1〉과 같다.

애초 '신숙주 부인 일화'에서 "(단종복위 사건 당시) 남편이 죽을 줄 알고 자결하려 했다"는 핵심화소가 전승되면서 변개되어 다양한 이야기들을 만들어냈다. '신숙주 부인 일화'가 소환되어 많은 이야기를 파생시킨 것은 분명 시대적 요청이었다. 곧 식민지 시대의 시대성으로 인해 절의를 메시지로 하는 '신숙주 부인 일화'는 사라지지 않고 작가의 의도에 따라 계속 변개되어 살아남을 수 있었던 것이다.

'신숙주 부인 일화'는 앞서 언급한 바, ① 신숙주는 평소에 성삼문과 친밀했었다. ② (단종복위 사건)으로 사육신의 옥사가 일어날 때 부인은 신숙주가 죽을 줄 알았다. ③ 부인이 죽으려고 목을 매고 있었는데 신숙주가 살아오니 뜻밖이라고 했다. ④ 신숙주가 부끄러워 몸 둘 바를 몰랐다 등의 중심화소를 지니고 있는데 이 화소들이 근대 작품으로 만들어 지면서 어떻게 변개가 이

---

37 「萬古義女尹夫人」, 『別乾坤』 8-2, 개벽사, 1935, 25면.
38 위의 글, 25면.

<표 1> '신숙주 부인 일화'의 화소별 편차

작품명	성삼문과의 관계	윤 부인의 행동	변절의 이유	윤 부인 자결 여부
「목 매이는 女子」	친밀	타매(唾罵)	여덟 아들 때문	목매어 죽음
「신숙주와 그 夫人」	친밀	분노, 꾸짖음	여덟 아들 때문	목매어 죽음
「端宗哀史」	친밀	원망	여덟 아들 때문	목매어 죽음
「生六臣傳」	언급 없음	타매	여덟 아들 때문	언급 없음
「萬古義婦尹夫人」	친밀	분노, 꾸짖음	여덟 아들 때문	음약자살

루어졌는가?

우선 사육신의 대표격인 성삼문과 친밀했다는 화소는 대부분의 후대 작품에서도 그대로 전승되어 기능을 한다. 그래야만 동지를 배반하고 변절한 것이 잘 드러나기 때문이다. 남효온의 「육신전」에서 성삼문은 집현전 학사들과 단종복위 거사를 모의할 때 "신숙주는 나와 사이가 좋지만, 죄가 중하여 죽여야 한다"[39]고 했다. 두 사람 사이가 형제 이상으로 친밀했지만 단종복위 사건 당시는 이미 세조의 측근으로 병조판서 겸 예조판서의 지위에 있을 무렵이었으니 당연히 변절자로 여겨 제거의 대상이 됐던 것이다.

그런데 대부분 후대 작품에서 신숙주의 변절을 단종복위 사건이 실패로 끝나고 사육신들이 처형장으로 끌려가고 난 뒤에 부인이 알게 됐다는 식으로 얘기하고 있다. 왜 그런 시대착오가 일어난 것일까? 이미 조선시대의 일화에서부터 단종복위 사건이 있었던 날로 이야기됐기 때문에 그것이 그대로 수용된 것이지만 사건을 보다 극적으로 전개시키기 위해 그날을 선택한 것이다. 같이 마음을 나누었던 동지가 국문을 받고 처형장으로 끌려가는 모습과 변절자의 구차한 모습을 대비하여 극적 효과를 주고자 했음이다.

신숙주가 성삼문과 친밀하여 거사에 참여해 당연히 죽을 줄 알았다는 윤

---

39   南孝溫, 『秋江集』 「六臣傳」. "申叔舟吾所善, 然罪重不可不誅."

부인의 말은 신숙주의 변절을 직접 증거하는 행위로서 의미를 갖는다. 그러기에 조선시대의 일화에서는 함께 죽을 줄 알았는데 살아오니 뜻밖이라고 했지만, 근대의 이야기 만들기에서는 이보다 한층 강화되어 분노하고 꾸짖고 심지어는 더럽다며 침까지 뱉는다. 조선시대 일화에서는 민감한 정치적 문제이기에 변절을 직접 문제 삼지는 않았지만 식민지 시대에는 지식인들의 변절이 분노와 증오의 대상이기에 보다 과격한 이야기로 만들어진 것이다. 실상 '신숙주 부인 일화'가 소환된 것도 이런 시대의 요구가 있기 때문이다.

여덟 명의 아들 때문에 변절했다고 하는 대목은 조선시대 일화에서는 없었던 부분이다. 변절을 문제 삼을 수 없었고 다만 같이 처형되지 않고 살아온 것에 의문을 품었기 때문이다. 하지만 근대의 이야기 만들기에서는 변절이 중요한 문제로 대두된다. 월탄이 「목 매이는 여자」에서 집중적으로 탐구했던 문제가 왜 신숙주가 변절했는 가의 문제다. 그러니 자연 여기에 이유가 될 수 있는 근거를 만들어야 하고 그것이 바로 여덟 명의 아들이다. 그들에 대한 애정과 책임감 때문에 절의를 지키는 길로 가지 못했다고 하는 것은 서사적 필연성을 갖는다.

그럼에도 신숙주의 행위는 비난받아 마땅하다. 사정을 이해할 순 있지만 그 행위는 결코 용서할 수 없는 것이다. 대부분 근대의 작품에 등장하는 윤부인의 자결은 그런 의미를 갖는다. 조선시대 일화에서는 목을 맬 베만 들고 앉아 자결을 기도했지만 근대의 작품들에서는 주저 없이 목숨을 끊는다. 「목 매이는 여자」에서는 자결한 뒤의 장면만 등장하는데 〈신숙주와 그 부인〉에서는 남편의 죄를 대속하겠다는 의도를 당당히 밝힌다. 반면 「만고의부 윤부인」에서는 약을 먹고 목숨을 끊는다. 이는 분명 절의를 위해서 목숨을 버리는 조선시대 '절의담론'이지만 변절에 맞서기 위해서 동원된 것이다. 당시는 세조정변에 맞서 절의를 위해 목숨을 끊는 행위가 (실제로 많이 일어났다 하더라도) 추앙되거나 기록될 수 없었다. 그러기에 그 금지된 이야기들을 다시 복원하여 식민지 시대의 변절에 맞서게 했던 것이다.

여덟 아들 때문에 죽지 못하고 변절자가 된 신숙주와 이를 보고 분노하며 꾸짖고 심지어는 더럽다고 침까지 뱉고 결국에는 목숨을 끊는 윤 부인은 분명 근대에 들어와 새로 만들어진 형상이다. '신숙주 부인 일화'를 소환하여 새롭게 이야기를 변개시킨 것이다. 일제의 유화적인 문화통치가 시작되면서 지식인 변절자들이 속출하는 식민지 현실 속에서 이에 대한 분노와 원망이 그렇게 이야기를 만든 것이다. 세조정변에서 단종복위 사건으로 이어지는 폭력의 시대에도 공분이 있었지만 기록되거나 거론되지 못했다. 짤막한 '신숙주 부인 일화'가 조선 초 시대를 증거하는 불씨가 되고 식민지 시대를 성찰하는 스토리텔링으로 다시 살아난 것이다.

3) 독본讀本류 교재에의 삽입과 '역사'를 통한 계몽

'신숙주 부인 일화'는 문학작품으로만 스토리텔링이 이루어진 것은 아니다. 애국계몽기와 식민지 시대 교과서를 표방한 장지연張志淵(1864~1921)의 『녀ᄌ독본』(광학서포, 1908)과 이윤재李允宰의 『문예독본文藝讀本』(한성도서출판주식회사, 1931)에도 게재되어 교육용으로 활용되기도 했다. 『녀ᄌ독본』은 모두 5장 64과로 구성되었는데 「윤부인」은 내조의 중요함을 강조하는 3장 '부덕婦德'에 배치되어 있다. 전문을 인용하면 이렇다.

신문츙공 슉쥬의 부인 윤시는 윤상국 ᄌ운의 누의라. 셰조 병ᄌ에 셩삼문등의 륙신이 츙졀에 죽으매 문츙이 그 날 대궐노부터 집에 도라온듸 윤부인이 두어자 되는 뵈를 가지고 루상에 안졋다가 글ᄋ듸 그듸 평일에 셩모들과 됴화흠이 형뎨 ᄀᆺ흐매 내 그듸도 반듯시 흠쯰 죽을가 쯧ᄒ고 나도 ᄌ결코져ᄒ얏더니 엇지 홀노 사라오ᄂᆞ뇨 흔듸 문츙이 듯고 붓그러움을 품으니라.[40]

여성들에게 수신의 목적으로 편찬했기에 주제가 분명하게 드러나도록 간략하게 일화의 핵심만을 소개하고 있다. 사건의 화소를 정리하면 ① 사육신이 처형당했지만 신숙주는 집에 돌아왔다. ② 윤 부인이 베를 가지고 죽으려고 앉았다가 어찌 홀로 살아 돌아왔느냐 물었다. ③ 신숙주가 듣고 부끄러워했다 등이다.

조선시대 '신숙주 부인 일화'에서는 신숙주를 주체로 이야기가 진행된다. 집에 들어 온 신숙주가 여기저기 부인을 찾다가 윤 부인이 다락에 올라 두어자 되는 베를 쥐고 있어 그 까닭을 물어본 것이다, 그런데 여기서는 윤 부인이 신숙주가 오는 것을 보고 왜 살아오느냐고 먼저 말을 던진 것이다. 내용은 같더라도 행위의 주체가 다르다. 이는 부덕을 강조하는 수신교과서『녀ᄌ독본』실려 있기에 여성의 입장에서 행위를 서술했기 때문이다.

「윤부인」을 '부덕'의 항목에 배정한 것은 남편이 하는 대로 따라 가는 것이 아니라 잘못했으면 그것을 깨우쳐 주라는 것이다. 그러기에 윤 부인의 언행은 충절을 바로 세우지 못한 남편의 잘못을 지적하고 이를 깨우치게 한 것이다. 애국계몽기에 여자들의 역할이 중요해지면서 전통적인 '삼종지례'가

---

40 장시연,『녀ᄌ독본』, 廣學書舖, 1908, 45~46면.

아닌 시대에 맞는 새로운 부덕이 요구된 것이고 그 모범적인 사례가 바로 윤부인이었는데, 근대 이전에 그 사례를 찾기는 쉽지 않은 일이었다.

이강옥도 「윤부인」을 가정 안 여성을 형상화한 작품 중 가장 문제적인 경우라 하여 남편보다 아내가 이념적으로 더 떳떳한 것으로 부위부강夫爲婦綱의 상이 파괴됐다고 한다. 단종복위 사건의 충격으로 가정 질서가 파괴된 사연을 부각시킨 것은 가정에 국한되어 살아가던 여성들로 하여금 정치적 감각을 터득하도록 하기 위한 것이라 볼 수 있으며 여성들도 이제 정치적으로 각성해야 한다고 주장하는 것은 '수시이변隨時而變'을 강조한 것이라 한다.[41]

식민지 시대 최초의 읽기 교재를 표방한 『문예독본』에는 월탄의 「목 매이는 여자」의 마지막 부분[六]이 「윤씨尹氏의 사死」라는 제목으로 실려 있다. 이 책은 당시 읽을 만한 글들을 모아 편찬한 일종의 '문학교과서'로 외국 작품은 배제하고 1910~1920년대 활동한 민족주의 진영 문인들의 작품으로 구성되었다.[42] 「목 매이는 여자」가 목욕하는 장면이 빠지고 일부 들어가게 된 내막은 월탄의 「회고록」에도 언급되어 있다. "한글학자로 洪原 감옥에서 옥사한 환산 이윤재 형은 당시 우리나라의 처음 되는 『문예독본』을 편집, 발행하면서 나의 「목 매이는 여자」를 옮겨 실었는데 제호를 「尹氏의 死」라 했다. 내가 작품 속에서 윤 씨가 적나라한 알몸으로 목욕하는 장면을 묘사, 그 여인의 육체미가 그의 정신면과 함께 깨끗한 것을 과시해 그렸는데, 환산 이윤재 형은 이 목욕하는 장면은 빼고 옮겼다. 당시 학자들은 이같이 완고했다"(「회고」, 438면) 한다. 학교에서 사용하는 독본이기 때문에 여자의 알몸이 묘사된 것이 교육상

41 이강옥, 『한국야담연구』, 돌베개, 2006, 558면.
42 구자황·문혜윤, 「근대문학의 정전형성과 『문예독본』」, 이윤재 편, 『文藝讀本』, 경진문화, 2009, 255~259면 참조.

적절치 못하다고 제거한 것이 너무 지나치다는 월탄의 회고다.

이 『문예독본』은 작품 선별에 이태준, 변영로, 이은상, 주요한 등이 도움을 주었으며[43] 「궁예의 활」(이광수), 「근화사槿花詞」(정인보), 「의기론義氣論」(이광수), 「낙화암을 찾는 길에」(이병기), 「백두산 갓든 길에」(변영로), 「조선의 진맥」(양주동), 「이충무공 묘에서」(이광수), 「행주산성 전적」(유광렬), 「고산자古山子의 대동여지도」(정인보) 등 '민족'의 호명한 글들이 다수 수록되어 있다. 「윤씨의 사」 역시 그런 맥락에서 선별된 것이다.

독본류 교재에 '신숙주 부인 일화'가 소환된 것은 철저하게 '계몽'을 위한 의도에서지만 그것은 당시 시대의 요구에 기인한다. 『녀ᄌ독본』의 「윤부인」은 애국계몽기 여성교육의 차원에서 진정한 부덕이란 남편을 따라가는 '부창부수'가 아니라 바른 길로 가도록 깨우쳐야 한다는 '수시이변'의 논리를 드러냈으며, 「윤씨의 사」 역시 민족의 이름으로 호명되어 왕위찬탈의 혼란스러운 정국에 절의를 세운 대표적인 인물로 윤 부인을 계몽의 수단으로 내세운 것이다.

4) '신숙주 부인 일화'의 스토리텔링과 그 의미

이야기는 어떻게 살아서 움직이고 복제 혹은 변개되는가? 이야기의 DNA인 메시지가 핵심화소를 통해 전승되면서 그것이 발아할 시대환경을 만나 뿌리를 내리고 줄기가 자라며 꽃을 피운다. 스스로 그렇다기보다 화자(혹은

---

43 「例言」, 위의 책, 12면 참조.

기록자)와 그것을 듣는 청중(혹은 독자)들에 의해 그렇게 소환되는 것이다. 그런 기록된 이야기의 '행로'를 살펴보았다.

'신숙주 부인 일화'는 곧 신숙주의 '변절'에 대한 문제제기이자 질책이다. "신숙주 부인이 (단종복위 사건 과정에서) 남편이 죽을 줄로 여기고 자결하려 했다"는 핵심화소의 중심 메시지는 '변절'이다. 실제로 신숙주申叔舟(1417~1475)는 세종을 도와 한글의 창제에 많은 업적을 남겨 세종이 문종에게 "신숙주는 국사를 부탁할 만한 자이다"⁴⁴라고 할 정도로 신임을 얻어 '조선 최고의 천재 관료'로 이름을 남겼다. 한글의 창제뿐만 아니라 압록강 유역을 평정하고 국방을 안정시켜 그 경과를 『북정록』으로, 서장관으로 일본에 다녀와 일본을 관찰한 기록을 『해동제국기』로, 예조판서로 있으며 예법의 기본이 되는 『국조오례의』로 펴내기도 했다. 이렇게 한글 창제를 비롯하여 국방, 외교, 국가제도의 정비에 많은 업적을 남겨 종묘에 배향配享될 정도로 당대 최고의 영광을 누렸다. 현대에 들어와서도 업적을 기려 2002년 10월 '이달의 문화인물'로 선정되기도 했다.⁴⁵

집현전集賢殿 학사로 시작하여 여섯 명의 왕을 섬기고, 네 번이나 공신에 책봉됐으며, 두 번의 영의정을 지낼 정도로 최고의 지위를 누렸지만 사육신과 의리를 저버린 '처세에 능한 변절자'라는 이름은 늘 신숙주를 따라 다녔다. 여기서 신숙주를 평가하자는 것이 아니다. 그렇게 대단한 지위를 누리고 엄청난 업적을 내었음에도 불구하고 신숙주는 '변절'의 아이콘으로 사람들에게 인식됐다. 「졸기卒記」에는 "죽게 되자 듣는 자가 애석해 하지 않는 이가

---

44 『조선왕조실록』 성종 6년(乙未) 6월 21일(戊戌) 「領議政 申叔舟 卒記」. "世宗嘗謂文宗曰 '叔舟可付國事者'."

45 신숙주에 대한 개괄적인 업적은 강신항, 『신숙주』, 문화관광부, 2002, 23~47면 참조.

없었고, 눈물을 흘리는 자까지 있었다"[46]고 하지만 민중들의 입장은 그와 반대였다. 녹두나물이 "쉽게 상하고 변질된다" 하여 그것을 '숙주나물'로 명명하여 신숙주를 미워하고 저주했던 것이다. 신숙주의 시호는 '문충文忠'이고, 성삼문은 글자의 순서가 뒤바뀐 '충문忠文'이다. "도덕을 지키고 문장에 박학한 것을 문文이라 하고, 자신이 위태로우면서도 임금을 받드는 것을 충忠"[47]이라 했지만, 그 충이 서로 상반됐으며 민중들의 지향은 분명 성삼문 쪽에 있었다. 신숙주는 '충절'의 상징인 성삼문과 친했기 때문에 성삼문으로 대표되는 사육신의 반면교사였다.

이런 신숙주의 변절에 대한 민중들의 미움이 다양한 이야기를 만들어냈으며 그중 일부가 역사적 사실과는 다른 '신숙주 부인 일화'로 정착된 것이다. 조선 초 그 피바람 몰아치는 사건을 겪으면서 무수한 이야기들이 발생했을 것이다. 하지만 말로만 이야기될 뿐 기록되지는 못했다. 역사적 사실과도 다르게 이미 죽은 신숙주 부인을 등장시켜 그 사건을 증언하게 하고 그것을 기록했던 것은 이런 이유일 것이다. 정면으로 이야기할 수 없기에 여귀가 등장하는 『금오신화金鰲新話』처럼 우회해서 얘기하게 한 것이다. 실제로 이미 죽은 신숙주 부인의 입을 통해 민중들의 생각을 증언하게 했던 것이다. 그러기에 여러 문헌에 기록된 '신숙주 부인 일화'는 많은 이야기들의 화석이자 대의명분이 사라진 부끄러운 역사에 대한 변명인 셈이다.

일제 식민지 시대를 맞아 그 이야기는 다시 발아했다. 현대 작가들에 의해 소환되고 가공되어 다양한 작품으로 나타난 것이다. 이미 그때는 '역사'에

---

46 『조선왕조실록』 성종 6년(乙未) 6월 21일(戊戌)「領議政 申叔舟 卒記」. "及卒, 聞者莫不惜之, 至有掩涕者."
47 위의 글. "道德博文文, 危身奉上忠."

대한 금기가 풀려 전승들이 필요 없었고 기록된 작품들이 다수 나타나게 되었다. 신숙주의 '변절'을 분명히 증명하기 위해 성삼문과의 친밀한 관계가 드러나고, 그 이유를 설명하기 위해 여덟 명의 자식들이 등장했다. 여기에 대응하는 윤 부인의 태도도 강경하여 꾸짖는 것은 물론 침까지 뱉을 정도로 극단적이며 결국에는 목을 매거나 약을 먹고 죽음으로써 신숙주의 변절을 도저히 용서할 수 없는 것으로 규정지었다. 식민지 시대의 현실, 곧 당대의 시대성이 이야기를 그렇게 만든 것이다.

왜 같은 인물이 등장하는 이야기가 이렇게 달라지는가? 시대환경에 따라 스토리텔링이 다르게 된 것이다. 신숙주가 엄청난 업적을 남기고 최고의 지위를 누렸지만 민간에서는 아직도 '상하고 변질하는' 숙주나물을 부르며 신숙주를 비웃고 있다. 관에서 주도하는 역사적 평가와 상관없이 이야기는 살아 움직이며 민중들이 생각하는 진실을 증거하는 역할을 한다. 말은 초점을 맺지 아니 하며 자취도 남기지 않고 말하는 순간 소멸되는 덧없는 것이지만, 말은 하나의 사건으로 위치한다.[48] 그래서 역사에 대한 이야기가 중요한 것이다. 역사는 현재와 과거의 대화라고 하지만 사람들은 그 역사의 필요한 부분을 소환해서 거기서 하고자 하는 얘기를 추출해내는 경우가 많다. 역사적 '사실'을 바꿀 수는 없기에 그것을 재배치하고, 재조립하여 사실과는 다른 새로운 역사의 '이야기'를 만들어낸다. 역사적 사건이나 인물에 얽힌 일화나 설화들이 그렇다. 말하자면 '역사'를 통해 그 실상이 어떻다는 것을 알려주는 것이 아니라 기록자 혹은 화자의 의도대로 변개된 이야기나 새로운 이야기들을 만들어 냄으로써 역사에 대한 해석을 던지고 논쟁을 시도했던 셈이다.

---

48 월터 J. 옹, 이기우·임명진 역, 『구술문화와 문자문화』, 문예출판사, 1995, 53~56면 참조.

제2장

고전서사 문맥으로 풀어 낸 당대 현실
근대소설로의 변개

1. 고전소설의 근대적 변개 방식

고전소설의 이야기들이 근대와 조우하면서 새로운 내용과 틀을 만들고 여기에 민첩하게 적응해 나갔던 것은 주지의 사실이다. 다른 장르가 아닌 서사양식을 그대로 유지하면서 변개된 방식들을 정리해 보면 ① 고전소설 자체 내에서의 변개, ② 활자매체로 전이된 활자본 고소설에서 나타난 개작 혹은 신작, ③ 신소설 혹은 근대소설로의 변개 등으로 구분된다.

첫 번째 경우가 필사본의 방식으로 나타난 '신작 고소설'이다. 지금까지 밝혀진 바에 의하면 「미인도美人圖」, 「산촌미녀山村美女」, 「정씨복선록鄭氏福善錄」, 「봉래신선록蓬萊神仙錄」, 「호섬전虎蟾傳」, 「춘몽春夢」, 「압록강鴨綠江」, 「홍선격악록興善擊惡錄」, 「삼생옥초전三生獄樵花傳」 등의 작품들로 고전소설 내부의 이야기 변개를 통하여 근대의 문제를 담으려 했다. 주목되는 작품은 「정씨복선록」으로 「홍길동전」과 같은 영웅소설의 방식으로 '자주개화'와 '부국강병'의 근대적 문제를 형상화하여 주목된다. 고전소설의 익숙한 이야기 방식을 통해서도 근대의 과제들을 다룰 수 있다는 가능성을 보여준 셈이다.

두 번째 경우는 활자본 고소설의 개작과 신작의 작품들이다. 주지하다시피 1910년대 이후 활자본 고소설들이 대거 등장하면서 옛것을 그대로 출판하기도 했지만 내용을 개작한 작품이나 새로운 작품들이 등장하기도 했다. 그 출판의 정도가 대단하여 당시의 상황을 안자산安自山(1886~1946)은 이렇게 말했다.

古代小說의 流行은 其勢가 漢學보다 오히려 大하야 八十餘種이 發行되니 此舊小說은 舊形대로 刊行함도 잇고 名稱을 變更한 것도 잇스니 春香傳은 獄中花라 하고 沈淸傳은 江上蓮이라 하다. 何如턴지 文學的 觀念은 七八年 전보다 進步되야 漸次 小說을 愛讀하는 風이 盛하얏나니 此로 因하야 新小說의 流行도 大開하다.[1]

1912년 이후 「옥중화」, 「강상련」 등 이해조의 판소리 개작 고소설이 등장하여 인기를 얻는다는 것은 고소설의 변개가 성공적이었음을 보여주고, 이 유행 때문에 신소설도 많이 읽히게 됐다는 사실은 활자본 고소설이 당시 독서물의 주류였음을 알 수 있게 한다.

주목되는 것은 활자본 고소설이 단지 매체의 형태만 전대의 소설과 달리 활자로 인쇄된 것이 아니라 전혀 다른 출판과 유통의 방식인 '근대적 대중출

---

1   安自山, 『朝鮮文學史』, 韓一書店, 1922, 128면.

판물'로 등장했다는 점이다. 방각본의 경우 18~19세기 당시로는 목판인쇄를 통하여 출판되었기에 공적인 성격을 갖는 것이라도 그 앞에 '대중'이라는 수식어를 붙이기는 어려웠다. 수공업적인 영세성과 제한된 유통 방식으로 인해 근대 자본주의적인 대중상업 출판과는 구별되기 때문이다.

하지만 활자본 고소설들은 근대적인 인쇄·출판 방식에 의해 간행됐고 책의 체제 역시 전대와는 다른 방식을 보여주었으며, 120여 개소에 달하는 서적상과 수많은 서점, 책장수들에 의한 근대적인 유통망을 갖추고 있었다. 게다가 1912년부터 『매일신보』 1면에 안자산이 언급한 이해조의 「옥중화」와 「강상련」 등의 판소리 개작소설이 연재되고 나서 활자본 고소설들이 본격적으로 출판되기 시작했는데, 근대 대중매체인 신문에 실렸고 또 단행본으로 출판되었다는 점에서 활자매체를 통한 대중출판물로의 변개가 일어났다고 보아도 무리가 없다. 이는 전대의 수용 방식과는 다른 다수 독자들의 동시다발적 수용을 전제로 한 근대적 향유 방식인 것이다. 이 과정에서 내용상의 변개가 일어났음은 당연한 일일 것이다. 그 변개의 양상을 「춘향전」의 변개인 「옥중화」를 통하여 살펴본다.

세 번째 경우는 신소설이나 근대소설로의 변개다. 먼저 신소설의 경우는 단적으로 말한다면 고전소설의 서사 방식을 빌려와 외피만 새롭게 한 것이다. 「옥중금낭獄中錦囊」이나 「구의산九疑山」처럼 고소설의 이야기를 신소설에 맞게 변개한 작품도 있고, 삽화를 일부 수용한 작품도 많지만, 신소설은 전반적으로는 고소설의 구조 자체를 그대로 가져와 이를 변용했음이 여러 논사늘에 의해 밝혀지기도 했다.

일찍이 신소설의 문학사적 성격을 날카롭게 적시한 임화林和(1908~1953)는 "아직 자기의 형식을 발견하지 못하여 방황하던 나신裸身의 새 시대 문학

정신에다 풍우風雨를 피할 의장을 입혀준 것이 또한 이조의 언문문학"[2]이라고 했고, 조동일도 신소설의 삽화와 유형과 인간형을 고소설과 비교하여 "새 시대의 모습이 신소설에 아무리 광범위하고 다채롭게 나타나 있다 해도, 신소설의 구조나 인간형은 전대소설의 긍정적인 계승으로 이루어졌다"[3] 하여 신소설이 고전소설의 서사를 그대로 답습했음을 밝혔다.

말하자면 신소설은 새로운 내용을 담았다고 하지만 그 형식은 전적으로 고전소설에 의지할 수밖에 없었다. 신소설은 단순화시키면 "낡은 소설 양식에 새로운 정신을 담은 작품"(임화, 156면)에 불과한 것이다. 곧 "신소설은 새로운 배경과 새로운 인물군을 가졌음에도 불구하고 천편일률로 선인, 악인의 유형을 대치하는 구소설의 구조를 거의 그대로 습답하고 권선징악이란 구소설의 운용법을 별로 개조하지 않고 사용한"(임화, 164면) 소설인 셈이다.

그러면 새로운 사상을 담았다는 신소설은 어떤 방식으로 고전소설의 서사를 수용했는가? 신소설은 고전소설 중에서도 특히 가정소설의 서사를 집중적으로 활용하고 있다. 임화의 지적을 참고하면 "사실 대부분의 신소설은 그 구조와 생기하고 발전하고 전개하고 단원團圓되는 사건에 있어 구가정소설의 역閾을 얼마 넘지 못하고 있"기에 "신소설이 대부분 소위 가정소설에 속하는 것임을 기억할 필요가 있다"(임화, 165~169면)고 한다. 임화의 논리를 빌자면 신소설은 곧 가정소설의 변개인 셈이다.

왜 신소설은 가정의 범주를 벗어나지 못하는 것일까? 개화와 계몽의 이념을 형상화할 수 있는 가장 적절한 이야기 방식이 '가정서사'였던 것이기 때

---

2   임화, 임규찬 · 한진일 편, 『신문학사』, 한길사, 1993, 133면. 앞으로의 이 자료의 인용은 괄호 속에 '임화'라 약칭하고 면수만 표시한다.
3   조동일, 『신소설의 문학사적 성격』, 서울대 한국문화연구소, 1973, 78면.

문이다. 청산해야 할 봉건적 문제들을 피부로 느낄 수 있는 지점이 가정이기에 신소설의 서사는 가정과 가족관계에 집중될 수밖에 없었다. 신소설이 아직 사회 현실의 구조를 총체적으로 인식할 수준에는 도달하지 못했기에 객관적 전망은 그만큼 제한적일 수밖에 없었다. 개화를 외치는 목소리는 높았지만 그것을 육화시켜 구체적 형상을 가진 이야기로 만드는 것은 쉬운 일이 아니었다. 작가가 주변에서 실질적으로 보고 듣고 느낄 수 있는 공간과 인물이 바로 가정이고 가족이기에 당시의 시각으로는 구체적 형상과 세부묘사가 이를 통해서 가능했던 것이다.

신소설의 서두를 장식하는 「혈의누」(1906)도 청일전쟁으로 인한 김관일 가족의 이산과 만남에 이야기의 중심이 있으며, 「귀의성」(1906~1907)과 「빈상설」(1907)은 한 가정 내에서 일어나는 처첩 갈등을, 「치악산」(1908)은 후처가 전실 자식의 아내를 박해하는 계모 갈등을 다루고 있어, 전자는 「최척전」이나 「사씨남정기」에, 후자는 「장화홍련전」 등에 그 서사의 맥이 닿아있다. 신소설에서 가정이 중심이 되는 이유는 "가정과 가족이야말로 구세계의 유일한 사회요, 그 기점이기 때문이다. 여기에 신소설의 대부분이 부자, 처첩, 적서, 고부 등의 봉건적 제갈등을 근간으로 하고 있는 원인이 있으며, 낡은 「장화홍련전」 등과 같은 낡은 가정소설의 면모를 정루하고 있는 원인도 있다"(임화, 164~165면)고 한다.

그러면 신소설에서 가정소설의 서사를 가져와 이를 어떤 방식으로 변개하여 계몽적 내용을 형상화했는가? 실상 이야기의 구조는 고전소설의 가정소설을 그대로 가져와 인물만 당시의 인물로 바꾼 것에 불과했다. 그런데 그 인물들의 위치를 바꾸거나 구시대의 인물과 신시대의 인물을 대비시켜 개화의 필요성을 강조하고 봉건사회의 모순을 비판했다. 즉 「귀의성」은 부패한 양반 김 승지에 의해 첩이 된 강동지의 딸 길순의 고난과 죽음을 통해, 「빈상설」은 첩 평양집에 의해 쫓겨나 모진 고난을 당하는 이 씨 부인의 수난 과정을 통해, 「치악산」은 홍 참의의 후실 김 씨가 며느리 이 부인을 학대하고 이 부인이 수난을 당하는 과정을 통해 봉건적 인물들의 부정적 모습을 드러내어 그 사회의 모순을 비판한 것이다.

다음 근대소설로의 변개는 신소설처럼 구조를 통째로 빌려온 것이 아니라 중심인물과 주요 사건을 가져와 당대에 맞게 변개한 것이다. 그러니 변개의 방식도 신소설과는 판이하다. 근대소설은 리얼리즘의 방식에 의해 이야기가 만들어져 이른바 '문제적 개인'이 주인공으로 등장하는 바, 이 지점에서 대중서사를 지향하는 고전소설과는 이야기를 구성하는 방식 자체가 달라진다. 그런데 근대소설을 리얼리즘의 방식으로 이야기가 만들어지기에 다른 유형의 소설보다는 비교적 인물과 사건의 일상성과 현실적 삶의 구체적 형상이 잘 드러난 판소리계 소설이 근대소설로 빈번히 소환되어 변개가 이루어졌다.

여기서 다루고자 하는 근대소설로의 변개 양상을 정리하면, 「홍길동전」은 오히려 역사소설의 방식으로 홍길동의 활빈活貧 활동을 중심으로 당대의 사회적 문제들을 형상화하고 있다. 조선 후기에 이미 「홍길동전」을 변개한 야담들이 '군도담群盜談'의 형태로 등장했으며, 애국계몽기에는 당대 역사적 실체였던 활빈당을 다룬 「소금강小金剛」도 등장했다. 근대에 들어와서는 가장 먼저 아동물로 개작한 김유정의 「홍길동전」(1935)이 있고, 해방 이후 박태원의 『洪吉童傳』(1947)을 비롯하여 정비석의 『홍길동전』(1956), 박양호의 『서울 홍길동』(1979) 등의 작품들이 주인공인 홍길동을 등장시키고, 주요 사건인 활빈당 활동을 변개시켜 당대 사회적 문제들을 제기하고 새로운 방식으로 해결을 시도하고 있다.

「춘향전」의 경우는 근대소설은 아니지만 이해조의 「옥중화」(1912)가 근대적 변개의 길을 열었고, 이광수의 「일설 춘향전」(1925~1926)을 비롯하여 김규택의 「억지 춘향전」(1941), 이주홍의 『탈선 춘향전』(1955), 조풍연의 『나이롱 춘향전』(1955), 조흔파의 『성춘향』(1956~1957), 최인훈의 「춘향뎐」(1967), 임철우의 「옥중가」(1991), 김주영의 『외설 춘향전』(1994), 김연수의 「남원고사에 관한 세 개의 이야기와 한 개의 주석」(2005), 용현중의 『백설 춘향전』(2014) 등의 작품들이 「춘향전」의 인물과 사건을 다르게 설정하여 새로운 사랑의 방식을 제시하기도 했으며 당대 정치적인 문제를 우의적으로 풍자하기도 했다.

「심청전」은 유난히 채만식이 근대소설로 많이 변개하였는데 「보리방아」(1936), 「동화」(1938), 「병이 낫거든」(1941) 등 세 편의 '보리방아 연작'과 『심봉사』(1944·1949)라는 제목의 두 편의 장편소설이 있어 단연 돋보인다. 김유정의 단편소설 「심청」(1936)이 있으며 황석영의 장편소설 『심청』(2003)과 방민호의 장편소설 『연인 심청』(2015)도 있어 「춘향전」 다음으로 근대소설로의 변개가 두드러진다.

「흥부전」은 채만식의 『태평천하』(1938)와 「興甫氏」(1939), 「흥부傳」(1947)를 비롯하여 최인훈의 「놀부뎐」(1966) 등을 통하여 가난하고 선량한 인간이 세상과 어떻게 부대끼는가를 다루거나 놀부를 통하여 냉혹한 자본주의 사회를 풍자하고 있다.

「심청전」은 연극에서 다루기에 여기서는 근대적 문제의식을 두드러지게 형상화한 「홍길동전」, 「춘향전」, 「흥부전」의 근대적 변개소설을 다룬다.

2. 저항과 정의구현의 메시지, 「홍길동전」

1) '의적전승'의 수용과 '활빈' 메시지의 전승

「홍길동전」은 주지하다시피 적서차별, 농민저항, 이상국 건설 등 당대 사회의 모순을 복합적으로 문제 삼은 사회소설이다. 이야기의 전개나 인물, 배경 등이 모두 이와 연관되어 있다. 앞부분에서는 가정을 무대로 적서차별을, 중간 부분에서는 국내를 배경으로 수탈에 저항하는 농민저항을, 뒷부분에서는 조선을 벗어난 율도국이라는 지역을 배경으로 이상국 건설을 주로 다루고 있다. 여기에 따라 인물도 서자에서 활빈당 행수, 병조판서로 나아가고 나중에는 율도왕까지 이르게 된다.

이런 세 가지 문제의식은 후대로 전승되면서 다양한 변개 작품과 콘텐츠를 만들어 냈는데 근대 이후에 전승된 대부분 이야기는 적서차별이나 율도국 건설보다도 '의적'의 형상에 주목하여 수탈에 저항하는 내용을 주로 문제 삼았다. 「홍길동전」은 원작 자체가 활빈당 활동을 통한 사회성이 두드러지기에 당대 시대성과 만나 '저항'과 '개혁'의 메시지를 담도록 변개가 일어났던 것이다.

우선 조선 후기 야담에 도둑들의 이야기를 다룬 '군도담'이 다수 나타났으며 그중에는 「홍길동전」과 거의 유사한 내용의 「녹림객유치심상사綠林客誘致沈上舍」[4]라는 작품이 있어 주목된다. 이 이야기를 5개의 단락으로 나누어 보

---

4   원래는 『靑邱野談』에 실려 있으며, 『東野彙輯』에는 「三施計攫取重寶」라는 제목으로 바뀌어 게재됐고, 이우성·임형택 편역, 『이조한문단편집』(하)(일조각, 1978), 30~41면에도 「홍길동

면 아래와 같다.

① 심 진사가 군도의 꼬임에 빠져 소굴로 납치되어 대장이 된다.
② 해인사를 약탈한다.
③ 호곡 부호의 재물을 턴다.
④ 함흥감영을 약탈한다.
⑤ 조용히 소굴을 빠져나와 집으로 돌아온다.

전체적인 이야기는 벼슬을 멀리하고 사회에 불평이 많은 호방한 선비가 군도의 대장이 되어 지략을 편 다음 그들이 재물을 충분히 모은 것을 보고 조용히 빠져나와 자신의 위치로 돌아갔다는 것이지만 구체적인 사건을 통해 「홍길동전」이 지니고 있는 문제의식을 상당수 수용하고 있음을 알 수 있다. 우선 해인사를 약탈하고, 함흥감영을 터는 삽화가 「홍길동전」과 거의 유사한 내용으로 등장한다. 「홍길동전」의 삽화를 그대로 차용한 것이다. 게다가 심 진사가 자기를 대장으로 추천한 이유를 묻자 군도들이 "이 산채는 홍 대장 홍길동으로부터 우금 백여 년을 내려왔습니다"[5]라고 증언하여 작품 속의 인물이 홍길동을 직접 언급했다는 점이다. 작품 속 인물의 언행은 서술자에 의해 결정된다고 한다면 서술자가 어디선가 그 얘기를 들었고 야담으로 기록하는 과정에서 「홍길동전」의 의적전승을 확인해 준 셈이 된다.

다음은 작품에 등장하는 군도들이 다름 아닌 가혹한 수탈로 땅을 잃고 떠돌아다니는 유민들의 무리로 그늘이 하는 일이 불의한 재물을 빼앗아 가난

이후」란 제목으로 소개하고 있다.
5   이우성·임형택 편역, 앞의 책, 33면. "此柵自洪主帥吉同 于今白有餘年."

한 백성들을 돕는 일이란 점이다. 그들은 심 진사에게 자신의 처지를 이렇게 말한다.

저희들은 동서남북으로 유랑하던 사람들로 배불리 먹고 마음 놓고 살기 위해서 구름처럼 몰려들어, 드디어 이렇게 일군을 이룬 것입니다. 불의의 재물을 빼앗고 빈곤하여 갈 데 없는 사람들을 받아들이는 것이, 우리가 일상 하는 일이지요.[6]

그러기에 이들 군도의 무리들이 호곡부호를 털 때도 "그대는 곡식을 만 섬이나 쌓아두고 단 한 명의 곤궁한 사람도 구제하지 않았다"[7]라며 가난한 사람을 살리는 '활빈活貧'을 명분으로 내세웠다. 이렇게 본다면 수탈에 항거하는 농민저항으로서 활빈당 활동이란 「홍길동전」의 메시지가 군도담으로 전승·수용된 셈이다.

하지만 주인공인 선비가 도적의 대장으로 명성을 얻다 어느 정도 재물이 모인 것을 보고 조용히 집으로 돌아간다는 결말에서 변개의 방식이 기록자인 사士의 시각에서 이루어졌음을 알 수 있다. 「홍길동전」처럼 수탈에 저항하는 의적으로서 계속 나아가 결국에는 율도국을 건설하는 데에 이르지 못하고 유민들의 가난한 처지만 해결해 주고 다시 자신의 위치로 돌아간 것이다. 기록자인 사의 의도가 개입하여 변개가 이루어진 결과다. 조선 후기 가혹한 수탈로 대대적인 유민이 발생했던 시대성과 만나 「홍길동전」의 활빈 활동을 핵심화소로 수용했지만 기록자인 사대부들의 의식이 개입하면서 그

---

6   위의 책, 33면. "僕等以東西南北之人 爲飽暖放縱之計 鳩合蟻附 苤成一軍 攫取不仁富之財 招納
     窮無告之人 日以爲常耳."
7   위의 책, 41면. "君積穀萬箱 而未得救一民之窮."

일을 계속 이어나가지 못하는 한계를 드러낸 것이다. 의적전승의 측면에서 사대부 계층의 한계를 드러낸 부정적 변개의 경우다.

야담에 수용됐던 활빈당 활동은 역사적으로 19세기 말 일제의 침탈에 저항하여 일어났던 역사적 실체인 무장단체 '활빈당活貧黨'의 행동강령으로도 연결된다. 주지하다시피 1894년 농민전쟁 이후 1895년 민비시해와 단발령에 대한 반발로 일어났던 1차 의병은 다음해 고종의 아관파천과 김홍집 내각 붕괴 후 대부분 해산한다. 거기에 참여한 무장농민들의 일부는 서진西進을 결행하여 훗날 항일독립운동의 기초를 다지지만 대부분은 일상으로 돌아가거나 또 다른 무장집단으로 변모하였다.

매천梅泉 황현黃玹(1855~1910)은 『매천야록梅泉野錄』에서 "이때 의병으로 있다가 흩어진 자들이 토비土匪로 바뀌어 사건이 끊이지 않았다"[8]고 한다. 토비 곧 화적으로 변한 셈인데, 그중 일부는 조직력을 갖추고 '활빈당'을 결성하기도 했다. 이들 주력은 의병전쟁에 참가한 농민군으로 1차 의병이 해산된 뒤 대략 1899년경부터 일어나 1906년까지 활동했다고 전한다.[9] 그리고 2차 의병이 일어난 1907년에는 대부분 의병 부대로 흡수된다. 황현도 "충청남북도에서 도적떼가 봉기하여 자칭 활빈당이라 하고 대낮에도 약탈을 일삼았다. 내포內浦 지방으로부터 관동 지방의 여러 고을에 만연하므로 그들을 토벌하도록 청하는 전보가 연이어 왔다"[10]고 한다.

활빈당 중에서도 "충청도 사람으로 갑오년(1894)에는 농민전쟁에 참가하

---

8   황현, 임형택 외역, 『역주 매천야록』(상), 문학과지성사, 2005, 501면. "是時 義兵散者 轉成土匪 警報不絶."

9   강재언, 「활빈당 투쟁과 그 사상」, 『근대 조선의 민중운동』, 풀빛, 1982, 247면; 박찬승, 「활빈당의 활동과 그 성격」, 『한국학보』 35, 일지사, 1984, 153면.

10 황현, 임형택 외역, 『역주 매천야록』(하), 45면. "忠淸南北道盜起 自號活貧黨 白晝剽掠 自內浦 蔓延關東府郡 連電請勦."

고 병신년(1896)에는 의병으로 활동했는데 도망자들을 불러 모아 수백 리 사이를 홀연히 출몰하니 관군이 그를 추적하지 못했던"[11] 마중군馬中軍 패가 특히 유명했는데, 맹감역孟監役과 더불어 활빈당의 저명한 수령으로 속리산을 중심으로 활동했다. 이들 활빈당의 행동강령 역시 "불의한 재물을 탈취하여 가난한 사람들을 돕는" 의적으로서의 명분을 내세우고 있다.

그런데 당시 활빈당 활동을 중심으로 다룬 작품이 한일강제합병 직전인 1910년 1월 5일~3월 6일 『대한민보大韓民報』에 총 47회에 걸쳐 연재된 빙허자憑虛子의 「소금강小金剛」이다. 갑신정변에 가담했던 개화파 구도사의 아들 구홍서는 '갑오풍진' 이후 세상이 돌아가는 것을 보며 개화사상의 한계를 느끼고 친구 정달빈, 안규원과 같이 철원 지방 활빈당 조직인 '소금강단'에 투신하여 두령이 되어 활동하다가 사태가 여의치 않자 서진을 결행하여 간도로 가서 독립운동 기지를 건설한다는 이야기다.

애초 구홍서는 개화운동에 참여했으나 민중들의 참상을 목격하면서 소위 지식인 중심의 개화운동이 얼마나 허무한 것인가를 깨닫고 탐관오리의 재물을 빼앗아 빈민을 구제하는 활빈당에 참여하게 된다. 활빈당은 분명 의병의 잔존 세력으로 농민전쟁과 의병전쟁을 계승한 것으로 사찰과 양반, 부호가에 대한 습격, 관아습격, 장시습격, 탈취재화의 빈민분급, 외국인 습격이 주활동이었다.[12] 이미 이해조의 「고목화枯木花」(1907)에서는 활빈당이 단순한 화적패로 등장하지만 여기서는 반외세·반봉건 투쟁에 앞장선 민중 무장조직으로 그리고 있어 주목된다.

---

11 위의 책, 33면. "馬胡西人 甲午投東匪 丙申投義兵 亡命嘯聚 倏忽數百里 官軍莫之跡."
12 박찬승, 앞의 글, 146면.

이는 재물에 탐욕을 내어 사람을 죽이고 촌에 불질러 무단이 재산을 겁탈하는 것이 아니라 각박한 행위와 괴휼한 수단으로 온당치 않게 치부집과 가혹한 형벌과 탐학한 정치로 백성의 기름을 빨아가는 관리를 차례로 겁박하야 불쌍한 사람과 가난한 동리를 구제하기로 목적을 삼으니 비리의 재산가진 자는 밤에 잠을 편히 못자고 자주 놀라되 민한한 인민들은 도리어 환영을 하여 그 도당을 활빈당(活貧黨)이라 일컫더라.[13]

그래서 구흥서도 "비록 법을 범하는 패류의 하는 바이나 실지로 그 본의를 궁구하면 남아의 국축지안인 기개로 권도를 행함이라 어찌 구구히 적은 규모를 지키어 우리 이천만 빈한 동포의 참혹히 죽는 것을 등한히 보리오 차라리 저 당에 투신하여 강한 자를 억제하고 약한 자를 붙잡으리라"(7회) 하고 활빈당의 두령이 된다.

소설의 구조는 '군도담'의 틀을 따라 능력 있고, 의기 있는 자가 백성을 구제할 목적으로 의적의 두령이 되는 것이지만, 그 속에 당시 복잡한 정세를 삽입하여 활빈당 투쟁의 정당성을 부여하고 있다. 이는 국내에서의 투쟁에 한계를 느끼고 간도로 건너가는 후반부의 이야기에서 더 분명하게 드러난다.

소금강단은 "그 후로 총을 다수 무역해 들이고 탄환을 적지 아니 제조할뿐더러 대오를 정제히 하고 기율을 엄숙히 하니 그 당당한 기세가 향하는 바에 적군이 없을 듯하더라"(21회)고 하지만 실상은 일본군에 대항해서 장기적인 투쟁을 전개하기가 쉽지는 않았다. 2차에 걸친 의병전쟁 뒤 간도나 연해주로의 이주는 장기적인 투생에 대비하는 기지로서 중요한 의미가 있다. 「소금

---

13 憑虛子, 「小金剛」, 『대한민보』, 1910.1.9(5회). 앞으로 작품의 인용은 괄호 속에 연재 회수만 표기한다.

강」은 신소설에서 유일하게 그 점을 다루어 역사적 실상과도 일치할뿐더러 항일독립투쟁에 대한 낙관적 전망도 보여주고 있다. 애초에 발단은 구두령으로부터 시작됐다.

> 지금 이곳에 소금강 단체가 되었음은 자기 억울불평한 회포가 있어 마지못함에 나온 일이나 이는 남아의 한번 시험해 본 바인즉 엇지 장구지계를 삼을 수 있소. 하물며 지금 성천자가 위에 계셔 장차 승평연월을 볼지어늘 병기를 작만하고 무예를 숭상함은 치안에 방해가 될지니 여러분은 아무쪼록 활시위를 고치고 바퀴를 바꿀 좋은 계교를 연구하시기 바라오.(22회)

두령인 구홍서는 계속 무력투쟁을 할 것이 아니라 무력투쟁이 아닌 다른 대안을 생각해 보자고 제안한다. 명백한 의식의 한계고 전선에서의 후퇴인 셈이다. 양반으로서 가지고 있는 계급적 입장을 버리지 못한 결과인 셈이다. 많은 '군도담'에서도 이와 유사한 면을 볼 수 있으니, 녹림의 두령이 되었던 양반이 일을 끝내고 자신의 위치로 다시 돌아오는 것과 같다. 당시로 본다면 양반 출신 개화파의 한계도 아울러 짐작할 수 있는 지점이다.

구두령의 이런 제안에 대해 민중 계층이 주를 이루고 있는 참모들은 적극 반대한다. 당연한 것이 활빈당은 주로 행상, 무직자, 프로화한 빈농, 초보적 노동자, 걸인 등[14]으로 구성되어 있으니 돌아갈 자리가 없는 이들이 대부분이기 때문이다. 척후관 박지륜은 이렇게 말한다.

---

14 박찬승, 앞의 글, 150면.

책임을 받자와 날마다 산밖 일을 살펴보온 즉 시랑과 사갈같은 관리배가 우리 소금강을 일망타진 하려고 사나운 어금니와 이로운 발톱을 베풀어 날로 엿보고 때로 엿보는데 병기를 버리고 무예를 주장치 아니하여 개현역철(改絃易轍)을 하게 되면 우리 수백명이 속절없이 되올지니 (22회)

이들 활빈당에게 항복이나 귀순은 곧 죽음이다. 어차피 계속 싸워나갈 수밖에 없는 것이 이들의 입장이다. 하지만 전력에서의 엄청난 열세를 어떻게 극복할 것이냐가 문제인 것이다. 계속 싸워 이길 수만은 없는 노릇이고 언젠가는 중과부적이어서 질 수 밖에 없는 것이 현실이다. 이점에 유의하여 안규원, 정달빈 두 참모는 다음과 같이 제3의 대안을 말한다.

지금 이두령이 하신 말씀이 충실무의하오나 무단히 저항만 할 것이 아니라 아무쪼록 시의에 적당하도록 후회없이 처사를 하여야 가할 바이라, 가령 우리가 지금으로 병기를 버리고 단체를 해산하였다가는 저 시랑같은 관리 수중에 참혹한 죽음을 모조리 할 것이오 또한 그 일을 두려워서 이곳에 장구히 웅거하야 관군을 대적할진댄 백전백승하라는 대도 없고 어느 때까지 면치 못할지니 미련한 소견 같건대 서간도나 북간도나 두 곳중 들어가 일변으로 진황지를 개척하여 농업을 힘쓰며 기계를 제조하여 실업을 발달하며 일변으로 기십만명 양병을 하여 외국인의 침탈을 물리치고 우리나라 잃었던 판도를 도로 찾으면 공으로는 국토를 확장하겠고 사로는 죄명을 씻을가 하나이다.(23회, 강조는 인용자)

이 두 사람의 참모는 이미 앞서서 시세가 어지러운 것을 보고 북간도로 가던 차에 구홍서를 만나(8회) 같이 활빈당에 참여한 터이다. 시각을 넓혀 본다면 일본군의 힘이 미치지 않는 곳으로 가서 실력을 양성하며 군사력을 키워 국토를 회복하겠다는 주장은 지극히 당연하다. 바로 그런 까닭에 역사적으로도 간도나 연해주가 일제하 무장독립운동의 기지로 그 역할을 한 것이다. 또한 당시 독립전쟁의 대안이기도 했다. 이 작품에서 우리는 국내에서의 투쟁이 한계에 부딪힌 상황에서 의병이 해외에서의 독립투쟁으로 발전해가는 전개 과정을 자세히 볼 수 있다. 역사적 실상과 소설이 일치한 셈이다.

그 뒤 "옛적 우리나라 판도"(31회)였던 서간도로 건너가 "기지를 개척하고 근거를 확실케 하여 일변 농업을 힘쓰며 일변 공업 상업을 발달하야 생활상 의복 음식 등 제반 경제에 구차함이 없도록 하며 우리나라 사람으로 타국에 입적하는 자를 금단할 뿐 아니라 이왕 입적한 자를 자국사상으로 인도하야 차례로 환적을 시키고 곳곳에 학교를 설립하여 후진 아이들을 열심 교습케 함으로"(41회) 그 일대가 번화하게 되었다. 완전히 새 세상이 되어 이상국이 건설된 셈이다. 그런가 하면 반일투쟁의 근거지를 굳건히 하여 동포를 괴롭히는 마적들을 소탕하는 일도 벌여나간다. 마지막 부분에 중국 마적과의 싸움에서 승리를 거둠으로써 일제에 대한 무력투쟁을 통해 국권회복의 가능성을 열어보이기도 한다.[15]

「소금강」은 주인공이 개화사상의 한계를 깨닫고 민중 무력투쟁인 활빈당에 가담하고, 그 활빈당이 의병투쟁으로, 다시 간도의 독립투쟁으로 발전해가는 과정을 보여줌으로써 역사적 실상과도 일치할 뿐더러 의병전쟁에 대한 낙관적 전망을 보여주는 작품이다. 진정한 자주개화와 부국강병이 무엇인가를 현실 가능한 구체적 사건들을 통하여 거시적 시각에서 전망하고 있는 것

---

15 「소금강」에 대한 분석은 권순긍, 「抗日義兵의 문학적 형상화」, 『비교어문연구』 19, 비교어문학회, 2005, 145~152면 참조.

이다. 당시 실정을 볼 때 일제에 대한 저항의 방식은 해외에 독립기지를 건설하고 항일무력투쟁을 전개하는 것이 가장 바람직한 대안이었다. 1907년 이후 2차 의병 세력의 서진西進이 바로 그런 사례다. 실존했던 활빈당이나 무장투쟁 세력에 근거하여 「홍길동전」의 활빈당 활동을 변개하여 반외세 저항의 이념을 효과적으로 수행했기 때문일 것이다.

이런 활빈 활동은 근대에 들어와서도 그대로 전승된다. 변개된 작품이나 콘텐츠들에서 당대 현실과 무관한 적서차별보다는 불의에 항거하는 의적으로서의 존재가 더 부각될 수 있는 여지가 있는 것이다. 다양한 문제가 내포된 이야기가 전승되는 과정에서 후대에 그것이 수용되면서 당시에 필요한 화소를 취하게 되는데 「홍길동전」이야말로 불의에 저항하는 이야기가 가장 매력적인 스토리텔링으로 자리하게 되는 것이다.

하지만 「홍길동전」의 근대소설로의 수용과 변개는 그리 많지 않은 편이다. 주지하다시피 「홍길동전」의 주요 문제의식 중 적서차별, 활빈당 활동 등을 온전히 수용하여 근대소설로 변개된 작품은 모두 4편으로 이를 정리하면 다음과 같다.

① 김유정, 「洪吉童傳」, 『新兒童』 2, 신아동사, 1935.10.

② 박태원, 『洪吉童傳』(협동문고 4-4), 금융조합연합회, 1947.

③ 정비석, 『홍길동전』 상·하, 학원사, 1956.[16]

④ 박양호, 『서울 홍길동』, 도서출판 은애, 1979.

---

16 정비석의 『홍길동전』은 '중학생 종합잡지'를 표방한 『學園』의 창간호인 1952년 11월호부터 연재되기 시작하여 1956년 학원사에서 단행본으로 출판됐다. 그 뒤 1985년부터 『소설 홍길동』으로 제목을 변경해 고려원에서 출판됐으며, 2008년부터는 같은 제목으로 열매출판사에서 발행하고 있다. 여기서는 1985년 고려원에서 출판한 것을 텍스트로 삼는다.

「홍길동전」은 당대 사회에 대한 비판이 두드러진 사회소설로 어느 작품보다도 근대적 수용과 변개가 활발하리라 여기지만 「춘향전」과 같은 판소리 작품의 변개에 비해선 월등히 적은 편이다. 근대소설이 추구하는 리얼리즘의 입장에서 보면 구체적 현실의 디테일이 잘 묘사되지 않았기 때문이다.

게다가 김유정의 작품은 아동물로 개작한 것으로 인물과 사건에 별다른 변개가 없이 축약한 것으로, 이민희는 '아동용 독서물'로 개작됐음을 전제하고 이 작품이 율도국 건설 부분을 제거했지만 고소설 서사의 표현과 자장에서 벗어나지 못하고 있어 개작에 따른 작가의 문제의식을 제대로 담지 못했다고 밝혔다.[17] 박양호의 『서울 홍길동』은 자유당 말기부터 4·19까지 부정부패가 만연한 당대 사회를 비판·풍자한 작품으로 의적 활동을 통해 사회 정의를 실현한다는 문제의식은 가져왔지만 주동적 인물과 사건에서는 「홍길동전」과 다소 차이를 보인다. 이런 이유로 활빈의 메시지와 핵심화소를 온전히 갖추고 있는 박태원과 정비석의 작품을 통해 「홍길동전」의 근대소설로의 변개 양상과 의미를 살펴본다.

17　이민희, 「김유정 개작 『홍길동전』(1935) 연구」, 『인문학연구』 45, 조선대 인문학연구원, 2014, 365면.

2) '혁명'으로 완수하지 못한 활빈당의 저항, 『홍길동전洪吉童傳』

대표적인 근대 소설가 박태원朴泰遠(1909~1986)의 『洪吉童傳』[18]은 조선금융조합연합회에서 '농민의 계몽'을 목적으로 '협동문고' 중 4-4로 출판됐다. 협동문고는 특권자들이 독점했던 서책을 대중들의 수준에 맞추어 대중들에게 개방하기 위해 간행된 책으로[19] 1부는 학술, 2부는 농민계몽, 3부는 고전, 4부는 민중예술로 나눠지며, 4부는 채만식의 『허생전』을 비롯하여 김영석의 『이춘풍전』, 이명선의 『홍경래』, 박태원의 『洪吉童傳』 등의 네 작품이 간행됐으며, 김남천의 『토끼전』과 안회남의 『춘향전』은 저자의 월북으로 발간되지 못했다 한다.[20] 그런데 발간된 책의 목록을 보면 당대 사회를 비판·풍자한 고전소설 변개 작품이 주류를 이루고 있다. 이미 「간행의 변」에서 "特權者들에게서 解放된 書冊을 通하야 文化民族으로서의 資格을 갖추"[21]기 위해 간행했다고 그 목적을 밝혔던 바, 그런 연유로 봉건시대 특권자들의 '악폐惡弊'를 비판하는 내용을 주로 다루고 있는 것이다.

그러면 박태원은 고전 「홍길동전」을 가져와 어떻게 변개했는가? 우선 이야기의 삽화를 17장으로 구분된 소제목에 의거해 나누어 본다.(원작품과 달리 변개된 삽화는 진하게 표시)

---

18 「홍길동전」의 표기 방식은 책의 형태와 표제를 중시하고 혼동은 피하기 위하여 각각 고선소설 『홍길동전』과 박태원의 『洪吉童傳』, 정비석의 『홍길동전』으로 달리 표기한다. 다만 일반적인 작품을 지칭할 때는 「홍길동전」으로 표기한다.
19 「협동문고 간행의 변」, 박태원, 『洪吉童傳』(협동문고 4-4), 금융조합연합회, 1947, 177~178면.
20 유승환, 「해방기 박태원 역사서사의 의미」, 『구보학보』8, 구보학회, 2012, 91면.
21 「협동문고 간행의 변」, 177~178면.

① 집을 나간다

② 不幸한 時節

③ 善山의 洪道令

④ 孤兒 音全이

⑤ 採紅使, 採靑使

⑥ 火賊志望

⑦ 山으로 들어간다

⑧ 海印寺事件

⑨ 咸鏡監營事件

⑩ 活貧黨(1)

⑪ 活貧黨(2)

⑫ 討捕使

⑬ 聞慶에서

⑭ 토끼벼루에서

⑮ 鐘樓의 榜文

⑯ 풀을 뽑자면

⑰ 新王萬歲!

큰 틀에서 보자면 「홍길동전」에서 가정 내의 적서차별과 율도국 정벌 부분이 빠지고, 시대 배경을 학정이 심했던 연산군 때로 설정해 활빈당 활동을 중심으로 이야기를 전개시키면서 이를 중종반정과 연결시키고 있다. 박태원도 「책 끝에」에서 "홍길동과 그의 활빈당이 눈부신 활약을 하고, 그들의 활약이 충분히 뜻있는 것이기 위하여는 아무래도 어두운 시절, 어지러운 세상이어야만 하겠다"며 "역사 위에 있어 가장 어둡고 어지러웁고 또 추악했던 인군 연산燕山의 시절을 빌기로 하였다"[22]고 한다.

작가의 말처럼 홍길동의 행위에 의미를 부여하기 위해서는 시대가 어지러웠던 연산군 시대가 되어야 했고, 그 시대의 실상을 보여주기 위해서 기존의 이야기 외에 새로운 삽화가 추가되어 변개됐다고 하지만 주지하다시피 실존 홍길동은 연산군 때의 도둑이니 오히려 역사적 실존인물로 돌아간 셈이다. 해인사와 함경감영을 습격하고 활빈당을 결성해 의적 활동을 한 것을 제외하고는 대부분 새로운 내용을 추가해 원작 「홍길동전」을 전혀 다른 이야기로 변개시켰다. 짙게 표시한 ①~⑦ 삽화와 ⑭~⑰ 삽화가 바로 변개된 부분이다.

그런데 박태원은 「홍길동전」의 문맥을 수용만 한 것이 아니라 이를 가져와 여기에 논평을 가하고 독자들에게 이야기를 직접 던지는 방식을 시도해 전혀 다른 텍스트로 나가고자 했던 것이다. 박태원은 원작 「홍길동전」에 대하여 소설 속에서 다음과 같이 말한다.

고본 「홍길동전」은, 단순히 소설로 볼 때에는 흥미가 아주 없지는 않으나 문헌으로서의 가치는 별로히 없는 저술이다.

『얘기책』―, 고대소설이라는 것이 흔히 그렇듯, 이 「홍길동전」도 사실에 없는 허황맹랑한 수작이 너무나 많다.

길동이가 둔갑법을 쓰고, 축지법을 쓰고, 구름을 타고서 하늘을 달리고, 초인(草人)으로 저와 똑같은 길동이 여덟을 만들어 팔도에 배치하고……. 나중에 율도

---

22 박태원, 앞의 책, 175면. 앞으로 이 책의 인용은 각주를 달지 않고 괄호 속에 면수만 표시한다.

국으로 가서 왕이 되는 것은 그만 두고라도, 애초에 집을 나서는 동기부터 사실과는 모두 틀리는 수작이다.(83면)

「홍길동전」이 둔갑법이나 축지법, 초인으로 여덟 길동을 만든 것 등 허황된 내용이 많다는 일종의 논평이다. 이해조도 일찍이 "「홍길동전」은 허황교과서"[23]라고 언급했듯이 근대 작가의 눈으로 보기에 고전소설이 당연히 그럴진대 『洪吉童傳』 속에서 굳이 왜 이런 논평이 필요했을까? 「홍길동전」의 서사를 수용하지만 작가의 말처럼 "나의 홍길동전은 이와는 이야기가 매우 다르다"(175면)는 것을 증명하기 위해 원작 「홍길동전」이 '사실'과 다르게 허황되다는 것을 자신의 소설 문맥에서 직접 비판했던 것이다.

말하자면 소설의 문맥 외에 설명 내지는 논평의 서술을 삽입하여 원작 「홍길동전」의 층위와 자신이 쓰는 『洪吉童傳』의 서술 층위를 구분하고자 했다. 그럼으로써 「홍길동전」의 서사를 수용하여 이를 자신이 만든 새로운 서사의 틀 속에 넣어 환골탈태시킴으로써 새로운 「홍길동전」을 만들고자 했다. 변개의 방식은 우선 호풍환우하는 비현실적인 요소를 제거하여 사실성을 확보한 다음 홍길동의 행위를 당대 사회의 모순과 연결시켜 의미를 획득하게 하려는 방식을 취한 것이다. 『洪吉童傳』에 드러난 이런 비판적 논평을 정리하면 이렇다.

① 애초에 집을 나가는 동기부터 사실과는 모두 틀리는 수작이다.(83면)
② '해인사 사건' 하나만은 대체로 사실과 부합한다. 그러나, 그때 길동이가 거

---

23 이해조, 『자유종』, 博文書館, 1910, 10면.

느린 도적의 수효는 옳지 않다.(83면)

③ 여기에는, 길동이가 함경감영을 들이치는데, 토끼벼루패를 데리고 가서 한 것처럼 되어 있으나 그것은 옳지 않다, 그는 조생원과 단 둘이서만 함경도로 갔던 것이다.(87면)

④ 그러면, 길동이가 팔도를 골고루 돈 목적은 어디 있는가? 독자는, 얼른 생각에, 그것은 각도에 있는 탐관오리들을 징계하고, 그들의 부정한 재물을 빼앗기 위함이라고 할지도 모른다. (…중략…) 그는 활빈당 사업을 전국적으로 급속하게 전개하고 싶었기 때문이다.(93면)

⑤ 새로 도임한 경상감사가, 길동이를 달래는 방을 써 붙인 것은 좋으나, 그것을 보고 길동이가 감영으로 형을 찾아 왔다 함은, 사실과 어긋나는 수작이다.(155면)

①의 서술은 집을 나가게 되는 동기를 문제 삼은 것이고, ②~③에서는 해인사를 털고 함경감영을 습격한 사건을 『홍길동전』에서 그대로 가져왔지만 인원수에 대한 실증적인 문제를 제기했다. ④는 홍길동이 팔도를 두루 다닌 이유가 조직을 전국적으로 확대하기 위해서라고 설명했으며, ⑤는 경상감사로 내려온 형을 찾아가 자수한 것이 사실과 어긋난다고 했다.

"애초 집을 나서는 동기부터 사실과는 모두 틀리"다는 작가의 말처럼 『洪吉童傳』에는 가정 내의 적서차별과 이에 따른 가출이 등장하지 않는다. 물론 서호정西湖亭에서 유자광의 아들에게 서자라고 멸시를 받기는 했지만 그것보다는 자신의 아버지인 홍 판서가 '간악한 무리'에 섞인 '사모紗帽 쓴 도둑놈'으로 매관매직을 일삼고 부정을 자행하기에 자신의 집안에 대한 회의가 들어 집을 나서게 된 것이다. "나는 웨, 하필 골르듸 골라서, 이러한 시절에, 이러한 집안에, 이러한 신세로 태어났단 말인가?"(18면)라고 자신의 집안을 부정하고 자신의 처지를 고민하다가 천지에 자기 한 몸 의지할 데가 없을까라고 집을 나서게 되었다. 자신의 친부인 홍 판서가 이런 탐관오리이니 굳이 '호부호형呼父呼兄'을 금지한 것이 한으로 남거나 나중에 아버지를 구하기 위해 형을 찾아가 자수할 이유도 없는 것이다. 이런 변개로 인하여 적어도 '서자의 한'은 작품의 문제의식에서 사라지고 활빈당 활동이 주요 서사로 부각하게 된 것이다.

홍길동이 집을 나서서 바로 적굴賊窟로 찾아간 것이 아니라 유모가 있는 경상도 선산善山 고을로 우선 몸을 피해 내려간 뒤, 적당賊黨에 참여하기까지는 시간이 필요했다. 무언가 계기가 있어야 하는데 여기에 작가는 "원작에는 없는 인물로, 나는 '음전音全'이란 소녀와 '조생원'이란 기인을 꾸어왔다"(175면)고 한다. 홍길동이 은근히 마음을 두었던 옆집 처녀 음전이가 채홍사採紅使에게 끌려가다 목을 매어 자결한 사건이 있고 나서 홍길동은 세상에 대한 분노로 음전이의 복수를 할 마음을 품게 되었고, 그러던 차에 평소 "어데 마땅한 적굴을 하나 점거하여 놓고, 천하의 불평객들을 규합하여, 한번 대사를 도모해 보고 싶은"(57면) 조생원이 나서서 길동을 '토끼벼루패'의 두령으로 만든 것이다.

이런 사실성에 근거하고, 당대 사회의 실상과 연결되는 방식으로 「홍길동전」에서 '홍길동의 가출 사건'을 완전히 다른 이야기로 만들었다. 그럼으로써 활빈당 활동에 적극적으로 나설 수 있는 토대를 마련한 것이다. 작가도 "조생원이 곁에서 그렇듯 충동이지 않고, 또 음전이가 그렇듯 죽는 일이 없었다 하더라도 그러한 시절에 있어, 길동이는 결국 '활빈당'의 맹주가 되지 않고는 못 배겼으리라 믿는다"(175면)고 서술하여, 타락이 극에 달했던 연산군 시대의 모순을 총체적으로 드러내고 여기에 맞서는 전형적 인물로 홍길동을 설정한 것이다.

당연히 홍길동의 활약은 작품의 중심이 되는 활빈당 활동에서 찾을 수 있는데, 작가는 ⑧'해인사 사건'과 ⑨'함경감영사건', ⑮'종루鐘樓의 방문榜文'(어전회의) 부분에서 경판 24장본 「홍길동전」의 문맥을 그대로 가져와 작품에 삽입함으로써 자신의 서술과 충돌이 일어나게 했다. '해인사 사건'의 서술방식을 보자.

그가 해인사를 들이친 전후곡절에 관하여는, 그가 세상을 떠난 뒤에 저술된 고본 「홍길동전」에 다음과 같이 기록되어 있다.

(…중략…)

이후로 길동이 여러 사람으로 더부러 무예를 연습하여, 수월지내에 군법이 정제한지라. (…중략…) "장부 이만 재조 없으면 어찌 중인의 괴수 되리오."

(…중략…)

그러한 중에 이 '해인사 사건' 하나만은 대체로 사실과 부합한다. 대개 이대로 믿어도 좋다.

그러나, 그때 길동이가 거느린 도적의 수효는 옳지 않다.

"이윽고 도적 수백 명이 일시에 달아 들어……"

하고, 이 책에는 씌어 있고, 또 실상 그때 세상 사람들도 모두 그런 줄로 믿고 있던 모양이나, 당시 토끼벼루패는 아직 그렇게 큰 적당이 아니었다.

길동이의 지휘 아래 실제로 해인사를 습격한 인수는 불과 삼십여 명이었다.(80~83면)

특이하게도 자신의 작품 속에 해인사 사건을 서술한 「홍길동전」의 대목

(강조 표시)을 그대로 가져와 2장이 넘게 서술했다. 작품의 서사적 흐름을 방해하면서까지 이런 이질적인 텍스트를 활용한 이유가 어디에 있을까?

박태원의 『洪吉童傳』은 고전소설 「홍길동전」을 근대 서사로 변개시킨 첫 시도다. 윤백남이 대본을 썼던 이명우·김소봉 감독의 영화 〈홍길동전〉(1935)이 있었지만 「홍길동전」과는 무관하다시피 한 흥미 위주의 통속적인 작품으로 활빈당 활동은 제대로 다루지 못했다. 그러다 보니 작품의 중심 이야기인 활빈당 활동을 다루는 데 당시 대중들에게 많이 읽히고 있었던 익숙한 활자본 「홍길동전」[24]에 대한 언급이 필요했기에 복수의 텍스트를 사용한 것이다. 여기에 대해 김미지는 "작가는 원전이랄 수 있는 선행본과 원전을 의식하지 않을 수 없는 후행 텍스트 사이에 '사실'을 둘러싼 대결을 만들어 놓음으로써, 사실과 허구의 경계를 교란시키는 흥미로운 상호텍스트성을 보여주고 있다"[25]고 한다.

서술의 층위가 다른 복수의 텍스트를 사용함으로써 두 텍스트 간에 사실성에 대한 논쟁을 야기시키고 작가가 여기에 비판적 논평을 가함으로써 「홍길동전」의 문맥을 자신의 이야기 속에 편입시켰다. 왜 그런 방식을 취했을까? 「홍길동전」에는 '수백 명'이라 했지만 사실은 '삼십여 명'이라고 한다. 어차피 소설은 허구일 것인데 이런 사실성에 대한 논평을 가함으로써 자신의 소설 문맥을 '역사적 사실'로 믿도록 유도하기 위해서다. 즉 자신이 쓴 허구를 역사적 사실로 믿도록 원작 「홍길동전」을 허구의 모델로 교묘히 활용

---

24 읽기 쉬운 활자본 「홍길동전」은 일제 식민지 시대 신문관(1913, 육전소설)을 시작으로 덕흥서림(1915), 대창서원(1920), 경성서적조합(1921), 동양서림(1925), 회동서관(1925), 신구서림(1929), 동양대학당(1929), 세창서관(1934) 등 아홉 군데 서적상에서 출판되어 많이 읽혔다. 최호석, 「활자본 고전소설 총량에 대한 연구」, 『고전문학연구』 43, 한국고전문학회, 2013, 283~285면 참조.

25 김미지, 「박태원 소설의 고전 수용 양상과 고전 새로 쓰기의 방법론」, 『사이間SAI』 11, 국제한국문학문화학회, 2011, 44면.

한 것이다.

왜 '사실'이 중요한가? 역사상 실제로 있었던 일이기 때문에 그만큼 이야기
로서 설득력이 있기 때문이다. 허구로 만들어진 이야기가 이런 상호텍스트 비
교를 통해 역사적 사실성을 확보함으로써 힘을 얻게 되는 것이다. 앞서 살폈
듯이 조선 초기 세조정변의 와중에서 신숙주 부인이 남편의 변절에 부끄러워
죽으려 했다는 '신숙주 부인 일화'는 사실과는 다르게 허구가 사실처럼 여러
문헌을 통해 전해지며 논란이 되었고, 결국 애국계몽기 수신서인 장지연張志淵
(1864~1921)의 『녀ᄌᆞ독본』(광학서포, 1908)에 '사실'로 게재되어 '부덕婦德'을
가르치는 교육용 자료로 활용되기도 했다.

박태원은 이런 사실성 확보 전략을 통해서 연산군 학정에 저항하는 활빈
당 활동을 소설의 중심에 두고 있는데, 무슨 이야기를 어떻게 변개시켰는가?
먼저 원작 「홍길동전」의 문맥처럼 해인사와 함경감영을 습격하고 활빈당을
결성하는데 시작 지점의 명분부터가 다르다.

> (가) 그들의 주장은, 이왕 도적질을 할 바에는 백성들의 기름과 피를 빨아서 배
> 가 부를대로 부른 탐관오리들의 재물을 빼앗자는 것이었다.
>
> 그것은 본래 그자들의 것이 아니다. 모두가 불쌍한 백성들의 재물이었다. 그러
> 한 까닭에, 그것은 빼앗는 것이 아니라 그들에게 부당하게 빼앗겼던 것을 모두 찾
> 는 것이다.
>
> 그래 가지고는, 그것을 본래의 주인인 백성들에게 골고루 나누어 주자는 것이
> 다. 가난한 자, 의지 없는 자들을 넓리 구휼(救恤)하여 주자는 것이다.
>
> 이렇게 되면, 도적질도 그냥 심상한 도적질이 아니었다. 과연, 그것도, 도적질이
> 라고 부를 수 있을지, 그것부터 문제다. 다만, 그 수단과 방법이 비상(非常)하딜

따름이지, 그것은, 한편 탐학한 관원들을 징계하고, 또 한편, 불상한 백성들을 건지는 한 개의 의거(義擧)요, 쾌거(快擧)요, 장거(壯擧)이었다.(88면)

(나) 이후로 길동이 주호를 활빈당이라 ᄒ여 됴션 팔도로 단니며 각읍 슈령이 불의로 모은 직물이 이시면 탈취ᄒ고, 혹 지빈무의 흔 지 이시면 구졔ᄒ며 빅셩을 침범치 아니ᄒ고, 나라의 쇽흔 직물은 츄호도 범치 아니ᄒ니, 이러므로 졔격이 그 의취를 항복ᄒ더라.[26]

(가)는 『洪吉童傳』의 문맥으로 원작인 (나)와 비교하면 탐관오리들의 재물을 빼앗아 가난한 백성들을 돕자는 주장은 유사하나 그 재물의 성격을 분명히 밝혀 "부당하게 빼앗겼던 것"이니 "본래의 주인인 백성들에게 골고루 나누어 주자는 것"을 당연한 일로 규정했다. 즉 활빈당 활동의 명분을 구체적으로 규정한 셈이다. 그래서 그들의 행위는 '의거'로 연결될 수 있는 것이다.

주지하다시피 의적의 행동강령을 보면 홉스보옴E. J. Hobsbawm도 지적했듯이 대부분 '의적전승'에서 당시 '정의의 원천인 왕이나 황제'는 결코 의적의 적이 되지는 않는다.[27] 중세 봉건시대의 도덕적 기준으로 보아 왕은 훼손될 수 없는 절대적 가치이기에 왕의 어진 덕화를 가로막는 탐관오리나 악덕 지주가 바로 의적의 적일뿐이다. 그래서 원작 「홍길동전」에서도 국가의 재산은 조금도 범하지 않았다 강변한다. 대신 의적은 '사모 쓴 도적놈들'인 탐관오리를 징치懲治하고 가난한 백성들을 구제하는 일에 주력한다.

---

26 김일렬 역주, 「경판 홍길동전」, 『홍길동전・전우치전・서화담전』, 고려대 민족문화연구소, 1996, 36면. 이하 작품의 인용은 괄호 속에 '경판'이라 적고 면수만 표시한다.
27 E. J. 홉스보옴, 황의방 역, 『의적의 사회사』, 한길사, 1978, 49면 참조.

그런데 박태원의 『洪吉童傳』에서는 선산부사, 의성현령, 상주목사 등 '삼맹호'라 일컬어지는 탐관오리들을 징치하는 일에서 그치지 않고 왕을 바꾸자는 반정反正으로 연결된다. 이것이 「홍길동전」 서사의 근대적 변개에 가장 주목되는 지점인데, 그러기 위해서는 우선 홍길동의 세력이 중앙 조정과 맞설 수 있는 규모가 돼야 했다. 이를 위해서 홍길동은 자신의 직속 부대인 문경의 토끼벼루패를 중심으로 양근의 용문산패, 공주의 계룡산패, 익산의 용화산패, 진주의 비봉산패, 이천의 광복산패, 영흥의 태박산패, 재령의 장수산패, 귀성의 굴암산패 등 전국 팔도의 군도들과 연합하여 '활빈당'의 이름으로 동맹을 결성한 것이다. "길동이가 팔도를 골고루 돈 목적은 (…중략…) 활빈당 사업을 전국적으로 급속하게 전개하고 싶었기 때문이라고 하는 것이 그것이다. 우선 각도에 있는 대당들을 활빈당에다 가맹시키고, 그들에게 이 거대한 사업의 참된 의의를 이해시켜야만 하였던 것이"(93면)라고 한다. 원작 「홍길동전」에서 초인 일곱을 만들어 팔도에 각각 내려 보내 활빈당의 과업을 수행하게 한 것을 당시의 실정에 맞게 조선 팔도의 도적들을 연합하여 '활빈당 동맹'을 결성한 것으로 변개한 것이다. 그래야만 봉건정부와 맞설 수 있는 세력이 되기 때문이다.

그런데 홍길동이 왕과 맞서기 위해서는 거기에 맞는 명분이 필요했다. 시대를 연산군 때로 설정했기 때문에 연산군의 학정이 일차적인 요인이 되지만 거기에 맞서고자 홍길동도 오랜 고민 끝에 이런 결론에 도달한다.

문제를 근본적으로 해결하려 안하였던 곳에 크나큰 잘못이 있었던 것이다. 땅 위의 풀잎만 보고, 땅 속에 깊이 박힌 뿌리는 생각을 아니 했다. 뿌리는 버려두고, 풀잎만 뜯어본다. 뜯어두 뜯어도 뒤에서 연달아 새싹이 나온다—.

이제까지의 활빈당 사업은 뿌리는 버려두고 오직 풀잎만을 뜯어 온, 슬프고 헛된 노력이었다. '뿌리를 뽑자! 그렇다. 인군을 갈자! 그를 그대로 두어 두고는, 모든 일이 다 헛된 수고다!'(158~159면)

의적전승의 공식대로 탐관오리를 징치하고 가난한 백성들을 구하는 일을 계속 수행하다가 이르게 된 결론이다. 탐관오리를 아무리 제거해 봐야 계속 다른 사람이 내려오니 소용이 없는 일이다. 그래서 그 근본이 되는 왕을 바꾸자는 결론에 이르게 된 것이다. 왕을 제거하고 새로운 왕을 세우자는 반정인데, "인군을 갈자"는 것 외에는 '공화정'과 같은 새로운 형태의 국가를 세우고자 한 것은 아니지만, 적어도 왕의 지위를 훼손시키지 않는 고전소설 『홍길동전』에 비해선 훨씬 진전된 모습을 보인다.

활빈당 행수 홍길동의 이름으로 "무도한 인군을 죽이는 도리는, 자고로, 그 예가 없는 것이니, 모든 백성은 우리 의병義兵을 따르거라"(151면)라는 방문을 붙이고 "그것이 곧, 앞으로 자기의 취할 길"(159면)이라 여겨 활동을 시작한 것이다. 애초 종루에 임금을 갈자는 방문이 붙어 많은 사람이 고초를 겪자 홍길동이 이를 자신의 이름으로 다시 붙인 바 있다. 조정에서 홍길동을 잡으려고 하자 병조판서를 시켜주면 자수할 것이라고 방문을 붙였던 고전 『홍길동전』의 서사를 임금을 몰아내자라는 반정의 슬로건으로 변개시켰다. 자연 '호부호형'의 문제는 아예 제기되지도 않았고, 아버지를 하옥하고 자수를 권유하니 어쩔 수 없어 경상감사인 형을 찾아가 스스로 잡혀갔다는 것은 작품의 문맥에서 사라지게 된다. 작가가 개입해 그것이 "사실과 어긋나는 수작"(155면)이라고 논평한 것도 그런 이유에서다.

그렇다면 활빈당의 이름으로 연맹을 맺은 팔도 도적의 무리들이 부패한 조정과 한바탕 격전을 치룰 것인가? 작가도 분명 이 대목에서 고민했던 것 같다. 하지만『洪吉童傳』은 근대 역사소설로 창작됐기에 당대 역사적 실상을 외면하기 어려워 일단 반정을 기정사실화하고 박원종, 성희안 등이 주도했던 중종반정과의 연결을 시도하고자 노력은 기울였다. 그 가교의 역할을 맡은 사람이 바로 우포장이었던 이흡이다. 원작에서는 홍길동을 잡고자 문경에 내려왔던 인물로 홍길동은 잡지 못하고 봉변만 당했지만 여기서는 오히려 홍길동에게 감복하여 용문산패의 두령이 되어 활빈당에 참여한 것이다. 우포장인 이흡의 존재는 원작의 인물 형상을 완전히 전도시킨 것으로 당시 조정이 얼마나 부패했으며, 반대로 활빈당이 당대 민중들에게 얼마나 지지를 받고 있는가를 보여주는 좋은 증거가 된다.

이흡의 편지를 통한 활빈당의 반정군 합류 제안에 성희안과 박원종은 "아무리 사람이 없다 하더라도 적당의 힘을 빈다는 게 원체 온당치 않은 일이고, 또 그래서 요행 일을 성공한다 하더라도 뒤에 큰 화근을 맨드는 게 아니겠습니까?"(166면)라고 하며 "활빈당 행수 홍길동이란 자가, 딴 뜻을 품고 있을지 모를 일"(166면)이라고 단호하게 거절한다. '딴 뜻'이란 홍길동 스스로 왕으로 나서는 일일 것이다. 결국 홍길동은 연산군을 몰아내는 반정에 아무런 힘도 행사하지 못하고 농군의 복장을 하고 군중들에 섞여 "전하는, 지금, 이 모든 백성들의 만세 소리를 들으시오? 전하! 전하는 착하고 어즌 인군이셔야만 하오!"(172면)라고 새로운 임금을 향해 자신의 마음을 중얼거리는 것으로 그친다. 이제까지 조선 팔도의 화적패를 활빈당의 이름으로 규합하고 치밀하고 조직적인 활동으로 일관했던 것에 비추어보면 결말은 매우 소극적인 처신이 아닐 수 없다.

박태원의『洪吉童傳』에서 이 부분은 이제까지의 활빈당 활동을 결산하는 의미로서 매우 중요한 의의를 지닌다. 그런데 왜 홍길동은 연산군을 몰아내는 일에 적극 가담하지 않았을까? 반정군 측에서 거절했다면 독자적으로 움직여도 될 일이다. "정말 홍길동이가 팔도의 활빈당을 모조리 거느리고, 당장, 이 자리로 쳐들어 온다더라도, 내 모를 일이다"(157면)라고 언급한 것처럼 활빈당 연맹과 썩은 봉건정부와 대대적인 싸움도 가능한 일이었다. 게다가 반정군 내부에서도 "우리가 하든 안하든, 그런 것은 상관 않고, 활빈당은 이 일을 하고야 말 것이오"(165면)라고 언급할 정도로 활빈당의 반정의지는 강했다. 그런데 왜 결정적인 순간에 아무런 행동도 하지 않았을까?

역사적 실상에 비추어 허구의 공간이 그만큼 협소하기 때문에 홍길동이 비집고 들어갈 틈이 없기 때문일 것이다. 작가도 사실성에 바탕을 두고 고전 「홍길동전」의 문맥을 논평하고 변개한 바 있다. 게다가 자신의 작품이 역사적 사실과 일치한다는 의도를 내비치기도 했다. 이 경우 루카치George Lukács가 언급했던 것처럼 실존했던 주요 인물이 아닌 '중도적 인물'[28]을 통해서 연산군 시대의 정치적 실상과 반정의 움직임을 포착할 수 있는데, 주도적 인물인 홍길동을 내세우다 보니 그 일이 불가능해진 것이다. 아마도 이흡을 통해서 그 일을 수행하려 했던 것으로 보이는데 반정에 가담하지도 못하고 시작부터 거절당하고 말았다. 조선 팔도 활빈당 조직을 통괄하는 행수인 홍길동이 반정에 참여했다는 것은 누가 보아도 시대착오적인 발상이기에 반정에 참여하지 못했던 것이다. 홍길동을 대단한 인물로 변개시켰지만 결국은 아무런 일도 수행하지 못한 아쉬움을 작가는 "모처럼 홍길동이란, 인물을 살려 보자고 붓을 들었던 노릇이, 결말에 이르러 아주 죽이고 말았다"(176면)고 불

---

28 G. 루카치, 이영욱 역, 『역사소설론』, 거름, 1987, 31~77면 참조.

만으로 토로했다. 작가가 작심을 하고 만든 인물의 형상이 결국은 실제 역사 공간에서 아무런 활약도 펼칠 수 없었기 때문이다.

이문규는 박태원 작품에서 홍길동이 새 역사 창조의 필요성을 자각하는 단계에까지 이르렀으나 이를 위한 구체적 행동을 전개하지는 못해 활빈당 활동은 시대적 의미를 상실하고 말았다고 비판했다.[29] 당연한 지적인데 만약 그렇게까지 나아갔다면 역사적 실상과는 무관한 황당한 활극이 됐을 것이다. 반정에 참여하지 못한 것이 오히려 근대 역사소설로서 리얼리티를 가능하게 하지 않았는가 여겨진다.

이런 「홍길동전」 변개는 해방 공간에서 '새로운 국가 건설'의 열망이 고조되던 무렵 '항일인물전'을 집필했던 박태원의 행적과도 연관이 있다. 박태원은 해방 직후 소설을 집필하기보다는 민영환, 이준, 안중근, 이상설 등의 항일인물의 열전을 지어 『조선독립순국열사전』(유문각, 1946)을 펴냈으며 김원봉의 증언을 토대로 『약산과 김원봉』(백양당, 1947)을 집필해 일제에 항거했던 인물들을 지면에 다시 살려냈다. 이 무렵인 1946년 11월부터 박태원은 조선문학가동맹의 중앙집행부 위원으로 선출되어 대중화 노선을 펼치기도 했다. 항일인물전의 작업은 지나간 일제 식민지를 되돌아보고 자랑스러운 항일인물들을 소환하자는 취지였다. 그런데 이런 작업들을 통하여 작가는 일제 식민지 지배에 대한 저항의 방식을 현실적으로 제시할 수는 있었지만, 해방 이후 새로운 국가 건설이라는 과제에는 전망을 구체적으로 제시하기 쉽지 않았던 것이다. 이런 새로운 국가 건설에 대한 전망 부재가 『洪吉童傳』의 연산군 폐위와 중종반정에의 개입 문제를 그렇게 애매하게 그려낸 것으로 보인다.

---

29 이문규, 「허균·박태원·정비석 「홍길동전」의 비교 연구」, 『국어교육』 128, 국어교육학회, 2009, 651면 참조.

3) 정의를 구현한 치세의 영웅, 『홍길동전』

정비석의 『홍길동전』은 청소년 교양 종합잡지인 『학원學園』 창간호(1952.11)부터 연재되기 시작하여 1956년 학원사에서 단행본으로 출판된 작품이다. 독자층을 청소년으로 상정하여 고전 「홍길동전」의 서사를 청소년의 눈높이에 맞춰 비교적 자유롭게 변개한 것으로, 「작가의 말」에서도 "나는 그 시대를 조선 오백 년 중에서도 정치적으로 가장 어둡고 어지러웠던 연산군 시절을 빌려다가 그 당시의 실재 인물들과 그 시대의 혼란한 시대상 같은 것을 안배하여 그려가면서, 만인이 추앙하여 마지않는 진정한 치세治世의 영웅 『홍길동전』을 써보고자 나대로의 『홍길동전』을 새로 꾸며 보았다"[30]라고 밝혔다.

「홍길동전」의 서사를 가져와 어떻게 변개했는가를 알기 위해 정비석의 『홍길동전』 이야기 단락을 나눠본다. 모두 52편의 삽화들이 모여 전체 서사를 구성하고 있는데, 서로 연관된 이야기를 덩어리로 묶으면 8개의 '중간 이야기'[31]로 나눌 수 있다. 이를 정리하면 이렇다.(괄호 속은 저자가 붙인 삽화의 번호이며, 고전 「홍길동전」과 달리 새롭게 변개하여 추가된 이야기는 진하게 표시한다.)

① 서자의 서러움(1~3)

② 금강산에서의 무술수련(4~8)

③ 활빈당 결성과 의적활동(9~14)

④ 홍 판서의 투옥과 구출(15~28)

---

30 정비석, 『소설 홍길동』 1, 고려원, 1985, 9면. 여기서는 1985년 고려원에서 출판한 『소설 홍길동』 1·2를 텍스트로 삼는다. 앞으로 작품의 인용은 괄호 속에 권수와 해당 면수만을 적는다.
31 '중간 이야기'는 단일한 이야기인 삽화보다는 크지만 완결된 이야기는 아니고 하나의 주제 아래 통일된 이야기로 묶을 수 있는 단위로 저자가 설명의 편의를 위하여 임의로 붙인 개념이다.

⑤ 봉건정부와의 대결(29~37)

⑥ 얌전이의 체포와 구출(38~42)

⑦ 함경감영과 해인사 습격(43~47)

⑧ 중종반정 참여(48~52)

「홍길동전」에 드러난 적서차별이 앞부분에서 잠깐 드러나 있고 이야기의 대부분은 박태원의 『洪吉童傳』처럼 활빈당 활동으로 전개된다. 시대 배경을 정치적 타락이 극심했던 연산군 시절로 설정하고, 활빈당 활동의 귀결점으로 반정에 가담하려고 하는(박태원의 『洪吉童傳』은 반정군의 거부로 참여하지는 못했지만) 것과 홍길동을 좋아하는 여인이 등장하는 것도 박태원의 작품과 유사하다. 그 여인이 묘하게도 박태원의 작품에서는 '음전'이고 정비석의 작품에서는 '얌전이'로 나온다. 이런 여러 측면에서 정비석의 작품은 박태원의 작품과 유사한 점이 많다. 정비석은 『홍길동전』을 쓰면서 당대 최고 작가 중한 사람인 박태원의 『洪吉童傳』을 의식했을 것이고 이 작품과 비교하면서 자신이 어떻게 「홍길동전」을 변개시킬 것인가를 고민했을 것이다. 그런 점에서 정비석의 『홍길동전』은 원작 「홍길동전」과 박태원의 『洪吉童傳』에 대한 이중의 변개 과정을 거친 셈이다.

박태원은 『洪吉童傳』 대부분의 내용이 활빈당의 전국적인 조직으로서 세력 확장에 있었다. 활빈당을 대규모 조직으로 갖추어 봉건정부와 맞서게 했고 결국은 나라의 "뿌리를 뽑자"며 임금을 바꿀 계획까지 세운다. 비록 반정군에서 참여를 거절당해서 거기까지는 나가지 않았지만 그 의지만은 충분했다. 반정군 측에서 거절했다면 독자적으로 움직여도 될 일이었다. "정망 홍길동이가 팔도의 활빈당을 모조리 거느리고, 당장, 이 자리로 쳐들어 온다더라도, 내 모를 일이다"라고 언급한 것처럼 홍길동의 활빈당 연맹은 썩은 봉건정부와 대결해도 승산이 있을 정도였다. 박태원이 다루려 했던 것은 바로 이런 '혁명'으로 완결하지 못한 봉건왕조에 대한 민중들의 저항을 보여주려고 한 것이다.

그러면 정비석은 고전 「홍길동전」을 가져와 박태원의 『洪吉童傳』을 의식하고 무엇을 변개하고자 했을까? 정비석은 「작가의 말」에서 "고대 「홍길동전」과 나의 『홍길동전』은, 그 정신에 있어서는 추호도 다름이 없다 할지로되, 소설 내용에 있어서는 대중도 안 될 만큼 크게 다르다. 홍길동이라는 이름으로 그의 정신만을 빌려다가 나는 나대로의 『홍길동전』을 써 본 것이 바로 이 『소설 홍길동』인 것이다"(1-9면)라고 하였다. 그러면 작가가 생각하는 원작 「홍길동전」의 정신이 무엇인가? "'홍길동'이란 이름은 정의의 대명사처럼 되어 버렸다"(1-8면)라고 하는 말에서 알 수 있듯이 그 정신은 바로 '정의'인 것이다. 곧 정비석은 「홍길동전」의 변개를 통하여 '정의구현'이라는 메시지를 전하고자 했음인데, 이는 곧 "어지러운 세상을 바로잡아 만인이 골고루 잘 살아 갈 수 있는 세상을 만들려고 분투노력한 그의 고매한 정신과 과감한 투쟁력"(8면)이라고 말할 수 있다.

그런 정의를 실현하는 인물로서 홍길동을 적극적으로 변개시켰다. ① '서자의 서러움' 부분에서 기존 「홍길동전」처럼 적서차별의 상황이 드러나는데, 임사홍의 아들 임승재와 유자광의 아들 유남상 등과 서호정西湖井 활터에서 시비가 붙어 "재주는 제법이다마는, 아깝게 썩겠구나"(1-22면)라는 임승재의 조롱에 "오냐! 나는 첩의 아들이다. 그러나 너희 놈들 같은 나라의 간신배를, 내 궁술로 기어이 멸종시키고 말 테니 두고 보아라!"(1-22면)라며 서자의 한을 드러낸다. 이 장면은 박태원의 『洪吉童傳』에서도 똑같이 드러나는 장면으로 기존 「홍길동」에는 없는 부분인 바, 뒤에 연산군의 측근인 임사홍, 임숭재와 대결구도를 만들기 위해서 이렇게 처음부터 대립의 양상을 보이도록 변개한 것으로 보인다. 이는 결국 이야기의 중심이 서자로서의 설움보다는 간신배들과의 대결에 있음을 보여준다.

그래서 홍길동이 집을 나가게 되는 이유도 다르게 설정했다. 주지하다시피 원작 「홍길동전」에서는 적서차별을 받아오던 중 자신을 해치려는 자객 '특재'의 침입으로 그를 죽이고 살인자가 되어 어쩔 수 없이 망명도생亡命圖生을 결심하게 된 것이다. 그런데 여기서는 침입한 자객 엄장한이 자신을 살려주자 나중엔 홍길동을 도와 오히려 그의 심복이 되기도 하며 "도련님께서 학문과 무예가 도저하심을 아옵고, 도련님을 해치려는 무리가 매우 많은 듯하오니, 도련님께서는 세상이 바로 잡힐 때까지 깊은 산중으로 몸을 피하시는 것이 어떨까 하옵니다"(1-29면)라고 조언까지 하여 홍길동이 집을 떠나는 계기를 제공한다. 이처럼 홍길동은 세상을 구하기 위해 큰 뜻을 품고 집을 떠나게 된 셈이다.

박태원의『洪吉童傳』에서는 부친인 홍 판서가 간악한 무리와 더불어 부정부패를 일삼기에 집에 미련을 두지 않고 떠날 수 있었고, '호부호형'의 문제와 무관할 수 있었다. 그런데 정비석의『홍길동전』에서는 홍 판서가 충신의 일원으로 오히려 홍길동의 가출을 당연한 일로 받아들이고 "어서 떠나거라! 큰 고기는 바다에서 살아야 한다고, 집을 나가는 게 너를 위해 오히려 좋을 게"(1-32면)라고 격려까지 한다. 실상 홍 판서는 홍길동의 가출을 내심 반겼다. "음……, 아무리 돌아보아도 나라에 사람이 없어 큰일이로다!" 하며, "길동이 비록 첩의 소생이라 할지라도, 그 인물이 범상하지 않음을 이미 알고 있었다. 그러기에 그가 집을 떠나겠다는 말을 들었을 때, 내심으로는 은근히 기뻐하였고, 장차로는 반드시 나라에 큰 공을 세울 인물임을 믿고 있었다"(1-33면)라고 한다. 이렇게 함으로써 뒤에 홍길동이 활빈당을 결성하여 탐관오리를 징치하는 의적 활동을 수행하고 나중에는 반정으로 자연스럽게 이어지도록 이야기를 변개하였다. 말하자면 나라를 구하기 위해 미리 홍길동을 준비시켰던 셈이다.

②'금강산에서의 무술수련'은 원작 「홍길동전」에는 없는 부분으로 정비석의 독창적인 변개다. 실상 홍길동이 활빈당의 행수로 활약하기 위해서는 지략과 무예가 절대적으로 필요한 것인데 이에 대한 합리적인 해결책으로 무술수련이 등장한 것이다.[32] 학조學祖 대사에게서 3년 동안 학문과 무술수련을 마치고 "네가 세상에 나가서, 만인이 평화롭게 살아갈 수 있도록 어지러운 세상을 한번 바로잡아 보아라!"(1-71면)라는 가르침을 받고, 범수의 안내로 드디어 '활빈당'의 '행수行首'에 오르게 된다. 그 활빈당은 애초 도수령都首領이던 범수가 "나라를 바로 잡을 결심을 먹"고 "팔도강산에서 가족들을 데리고 모여 온 청년"(1-86면)들 40명으로 결성한 '의사단義士團'이 토대가 되어 이름을 바꿔 출범한 조직이다. "1. 가난한 사람들의 재물을 탐내지 말 것. 1. 놀고먹을 생각을 하지 말 것. 1. 옳은 일을 위해서는 목숨을 아끼지 말 것"(1-90면)이라는 '법칙'도 세웠다. 이를테면 의적으로서의 명분을 획득하는 장면인데 원작에 비해 부자나 수령들이 불의로 모은 재물을 탈취하여 가난한 사람들을 돕는다는 가장 중요한 '활빈'의 행동강령이 빠져 있다. 대신 비교적 근대적 행동강령인 무의도식無爲徒食에 대한 금지조항이 붙어 있다.

---

32 이 무술수련은 5장의 「홍길동전」 영화콘텐츠 부분에서도 다루겠지만 활극을 강조하는 1960~70년대 〈홍길동전〉 영화에 빈번히 등장하는 바, 그 서사의 시작은 정비석의 『홍길동전』인 것으로 보인다. 이는 작품 내에서 홍길동의 능력에 대한 합리적인 설명이 필요해서일 것이다.

가난한 사람을 돕는다는 '활빈'이 행동강령에 빠져 있다는 것은 활빈당 활동이 최종 목표가 아님을 암시하는 것이다.

그러기에 ③ '활빈당의 결성과 의적활동'은 중심 서사로서 활빈당 활동을 미약하게 다루었다. 원작 「홍길동전」에서는 "여둛 길동이 팔도의 단니며 호풍환우ᄒᆞᄂᆞ 술법을 힝ᄒᆞ니, 각읍 챵곡이 일야간의 종젹업시 가져가며 셔울 오ᄂᆞᆫ 봉물을 의심 업시 탈츆ㅣ ᄒᆞ니, 팔도 각읍이 쇼요ᄒᆞ여 밤의 능히 줌을 ᄌᆞ지 못ᄒᆞ고 도로의 힝인이 ᄭᅳ쳐시니, 이러므로 팔되 요란ᄒᆞ지라"(경판, 38면)고 한다. 수령의 부정한 재물은 물론이고 서울로 보내는 봉물짐도 털어 조선 팔도가 소란하다고 할 정도로 대규모 활동을 전개했었다. 그런데 여기서는 구체적으로 금화군수를 징치하는 일에 만족한다. 이미 금강산 가던 길에 채홍사로 뽑힌 얌전이를 금화군수의 손아귀에서 빼내온 적이 있던 터이다. 금화군수로 하여금 스스로 자신의 잘못을 뉘우치고 곡식을 백성들에게 나누어 준다는 방을 붙이게 했다. 이런 지방의 탐관오리를 징치하는 일로 "홍길동과 활빈당의 이름은 날로날로 퍼져 나갔다"(1-129면)고 한다. 홍길동의 활동 반경이 금화군에 머물지 않고 전국적으로 뻗어나간다는 증거다.

④ '홍 판서의 투옥과 구출'은 원작 「홍길동전」에서는 임금이 홍길동의 내력을 묻자 "홍길동은 젼님 니죠판셔 홍모의 셔ᄌᆞ오, 병죠좌랑 홍인형의 셔졔오니, 이제 부ᄌᆞ를 나리ᄒᆞ여 친문ᄒᆞ시면 ᄌᆞ연 아르실가 ᄒᆞᄂᆞ이다"(경판, 46면)고 아뢰어서 이런 말을 이제야 하느냐고 "홍모ᄂᆞᆫ 금부로 나슈ᄒᆞ고, 먼져 인형을 즈바드려 친국"(경판, 48면)하면서 이루어진 조치다. 인형이 "신의 아비 죄를 샤ᄒᆞ샤, 집의 도라가 죠병케 ᄒᆞ시면, 신이 죽기로써 길동을 즈바 신의 부ᄌᆞ의 죄를 속ᄒᆞ올가"(경판, 48면) 한다고 하자 임금이 감동해서 홍 판서는 사면했지만, 여기서는 이예 죽이려고 간신들에 의해 옥에 갇히게 된 것으로

변개하였다.

그런데 여기 홍 판서의 구출 부분에 와서 홍길동이 비로소 나라를 바로 세울 수 있는 중요한 인물로 부각된다. 나중에 반정의 주역이 된 실존인물 성희안成希顔(1461~1513)을 만나 그간의 사정을 듣는 것으로 이야기를 변개하였다. 부친 홍 판서가 옥에 갇히게 된 사연은 이렇다.

　"자네 어르신네와 나 같은 사람이 이 세상에 살아있다는 것은, 간신의 무리들한테는 아마 눈엣가시와 같았을 걸세! 그래서 그들은 어떤 구실로든지 우리를 없애버리려고 했던 모양인데 그때 마침 홍길동이라는 인물을 괴수로 하는 소위 활빈당 일파가 금강산 속에서 역적 도모를 하고 있다는 소문이 돌았단 말이야! 그 소문을 들은 간신배들은, 홍길동이란 바로 사 년 전에 집을 나간 홍 판서의 자제라는 것을 알게 되자, 자네 어른과 나를 역적이라는 죄명으로 잡아 가두더란 말일세! 아예 죽여 버리려는 생각이었지!"

　"그렇다면 가친은 어째서 아직까지 살려 두셨을까요?"

　"허허! 그야, 자네를 붙잡기 위한 볼모로 살려 둘 수밖에! 나한테만은 사형을 내리고, 자네 어른을 아직 살려둔 이유는 그 어른을 미끼로 자네를 잡자는 목적이야!"(1-155~156면)

성희안은 주지하다시피 김종직의 제자로 당시 연산군을 풍자하는 시를 썼다가 강등당할 정도로 절개를 지킨 문신으로 중종반정에 주도적으로 참여한 인물이다. 그런 인물이 홍 판서와 막역한 사이고 홍길동에 대한 기대도 커서 "학조 대사는 나와 함께 천하대세를 우려하던 끝에, 어지러운 세상을 바로 잡을 인물은 홍길동밖에 없다고 하시면서 자네가 서울에 오거든 꼭 만나라고 하시대. 그래서 그날부터 점쟁이치레를 하고 동대문 밖에서 가다렸"(1-160면)다고 한다. 홍 판서가 옥에 간힌 것보다 홍길동과의 만남이 더 중요하게 부각되었다. 그만큼 작품에서 홍길동은 비중 있는 인물로 성희안이 "서울 안 일은 미흡한 대로 내가 맡을 테니 자네는 전국적으로 일을 일으켜 주게"(1-160면)라고 부탁할 정도로 반정을 계획하고 준비하는 데 꼭 필요한 행동대장이었던 것이다.

정리하자면 충신 조직이 성희안을 중심으로 어지러운 나라를 바로 잡으려고 준비를 하고 있었고, 홍길동을 학조 대사에게 미리 보내 훈련을 통해 반정을 준비시켰던 것이다. 홍 판서는 간신들에 의해 하옥된 상태지만 다행히 성희안은 옥리의 도움으로 옥에서 나와 홍길동을 기다리고 있었던 것이다. 이 모든 일들은 실상 연산군을 폐위시키려는 반정과 연결된다. 이제 홍길동은 단순한 도적패의 두령이 아니라 도탄에 빠진 국가를 위기에서 구할 영웅으로 드러나기 시작한 것이다. 활빈당 행수 홍길동의 이름으로 학조 대사가 "만천하 동포들은 오늘의 도탄에 낙심 말고 대의광명의 새 날이 올 것을 굳게 믿고 기다리라"(1-260면)고 방문을 붙이고, 홍길동은 백운대에서 활빈당에 들어온 235명에게 일장연설을 펼치기도 한다.

⑤'봉건정부와의 대결'은 이제 본격적으로 홍길동이 연산군 조정과 싸움을 벌이는 부분이다. 앞서도 언급했듯이 의적의 적은 왕이 아니다. 지방의 탐관오리가 의적의 적일뿐인데 홍길동은 의적의 범주를 벗어나 반정군의 중심인물로 부각했다. 그 행동은 우선 당시 간신들의 우두머리였던 영의정 한지령을 비롯해 임사홍, 유자광과 싸움을 벌이는 일이다. 지방의 탐관오리를 징치하는 일이 아니라 조정의 중신들을 공격 대상으로 삼아 이들과 싸움을 벌이는 것은 곧 봉건정부와의 싸움이나 마찬가지일 것이다.

『연산군일기』를 보면 "강도 홍길동이 옥정자玉頂子와 홍대紅帶 차림으로 첨지僉知라 자칭하며 대낮에 떼를 지어 무기를 가지고 관부官府에 드나들면서 기탄없는 행동을 자행하였"[33]다고 한다. 「홍길동전」에서도 그 정황을 "팔되 요란흔지라"고 했다. 조선팔도 곳곳에 홍길동이 출몰하여 조정을 어지럽게 한 것이다. 여기서는 한치형, 임사홍, 유자광 등의 조정 간신들을 집중적으로 공격함으로써 조정을 어지럽게 했다.

그런데 『연산군일기』에 의하면 1500년(연산군 6)에 홍길동이 잡히자 당시 영의정 한치형, 좌의정 성준, 우의정 이극균이 "듣건대, 강도 홍길동을 잡았다 하니 기쁨을 견딜 수 없습니다. 백성을 위하여 해독을 제거하는 일이 이보다 큰 것이 없으니, 청컨대 이 시기에 그 무리들을 다 잡도록 하소서"[34] 하여 축하한 일이 있다. 물론 원전 「홍길동전」에는 등장하지 않는데 여기서는 포도대장 김태곤이 가짜 홍길동을 만들어 잡았다고 보고를 하고 "대감……, 홍길동이란 놈을 체포했다니, 이 이상에 기쁜 일이 어디 있소! 전에는 그 놈 때문에 밤저녁이면 대문 밖에 나오기도 무시무시하더니, 이제는 야심 삼경이라도 무서울 것이 없구려. 하하하"(2-42면) 하며 한치형, 유자광, 임사홍 등이 홍길동 체포를 축하한 것으로 이야기를 만들었다. 게다가 「홍길동전」에서 우포장 이흡을 가죽부대에 넣어 북악에 매달아 놓은 사건을 홍길동을 잡으려는 포도대장 김태곤을 가죽부대에 넣어 종로 보신각 추녀에 매달아 놓은 사건으로 변개하였다.

⑥ '얌전이의 체포와 구출'에서는 홍길동을 따르던 여인 얌전이가 포교들

33　『연산군일기』39, 연산군 6년 12월 29일 己酉. "强盜洪吉同頂玉帶紅, 稱僉知, 白晝成群, 載持甲兵, 出入官府, 恣行無忌."

34　『연산군일기』39, 연산군 6년 10월 22일 己卯. "領議政韓致亨, 左議政成俊, 右議政李克均啓: '聞, 捕得强盜洪吉同, 不勝欣抃. 爲民除害, 莫大於此. 請於此時窮捕其黨' 從之."

에게 체포되었다가 구출되는 이야기로 「홍길동전」과는 무관하지만 홍길동을 좋아해서 따르는 여인이 등장하는 것은 박태원의 소설에서도 그렇듯이 근대소설로의 변개의 중요한 특징이다.

뒤이어 원전 「홍길동전」의 주요 삽화인 ⑦ '함경감영과 해인사 습격'을 변개하여 이야기를 만들었다. 원래 「홍길동전」에서는 해인사와 함경감영 습격이 활빈당을 결성하기 이전에 행수로서 홍길동의 능력을 입증하고 군도의 식량과 무기를 충당하기 위해 벌인 사건이었다. 그런데 여기서는 함경감사 천병준이 활빈당을 탄압하기에 급히 가서 조치하라는 성희안의 급보를 받고 함경도로 내려가 함경감영을 들이친 것으로 바꾸었다. 해인사를 친 것도 활빈당 조직을 정비하는 차원이었다. 모두 반정을 앞두고 활빈당 조직을 정비하는 차원에서 이루어진 조치다.

그런데 이 과정에서 홍길동은 활빈당원들에게 국가와 백성들, 그리고 활빈당의 목적에 대하여 이렇게 역설한다.

가령 한 국가에서 임금과 대신들은 무엇 때문에 있는가, 하는 문제를 다 같이 한번 생각해 보십시다. 두말할 것도 없이 임금과 대신은 백성들 위해 있는 것입니다. 그럼에도 불구하고 오늘날 우리나라에서는 임금이나 대신들이 마치 자기가 주인인 척하면서, 백성들을 자기네를 위한 노예로 생각하고 있습니다. 그러기에 도처에서 탐관오리가 발호하고, 임금은 임금대로 향락만 일삼고 있는 것입니다. 오늘날 우리의 백성들이 도탄 속에서 허덕이게 된 것은 오로지 주객이 전도되었기 때문입니다. 임금이나 대신들이 나라를 다스리기를 만백성의 뜻대로 다스려 주었다면 결코 오늘날처럼 어지러워졌을 리가 없었을 것입니다. 오늘날 우리 활빈당의 목적은 우리나라의 그러한 그릇된 점을 시정하자는 데 있습니다.(2-195면)

이 말은 조선 후기 활빈당의 행수 홍길동의 말이라기보다 1950년대 작가 정비석의 말이기에 '필연적인 시대착오'를 범했다고 할 수 있다. 그래서 작가가 직접 소설 속에 나서서 "그 시대에는 오늘날 우리가 사용하는 '민주주의'라는 말은 물론 없었다. 그러나 그런 말이 있거나 없거나, 홍길동의 정신은 오늘날 우리가 말하는 민주정신 그대로였다. 그리고 그는 자기정신을 용감하게 실천하는 민주 영웅이기도 하였다"(2-196면)라고 부언했다. 곧 홍길동의 행위가 민주주의에 입각하고 있으며 더욱이 활빈당의 신념에 대해서도 "탐관오리를 소탕하고 만민이 골고루 잘살아 갈 수 있는 세상을 만들어 보겠다는 애국애족에 불타는 신념"(2-203면)이라고 했다. 이렇게 본다면 홍길동을 중세의 의적이 아닌 애국애족의 불타는 신념으로 민주주의를 신봉하는 근대의 정치 운동가로 변개시킨 셈이다.

이런 여러 정황으로 볼 때 ⑧'반정 참여'에서 홍길동이 연산군을 폐위시키고 반정에 주도적으로 참여하는 것은 자연스러운 일이다. 활빈당의 조직도 단순히 지방의 탐관오리를 징치하는 일로 끝나는 것이 아니라 국가의 혁신에 모아지고 있었다. 이미 성희안에게 홍길동이 "세상을 바로 잡자면, 제 생각 같아서는 암만해도 연산군을 폐위시키는 도리밖에 없을 것 같"(2-239면)다는 말을 먼저 꺼내기도 했으며, 전국의 활빈당원 들에게 "우리들이 오래 전부터 고대하여 마지않던 대정 혁신의 날은 드디어 눈앞에 가까웠"(2-251면)다고 지령문을 보내기도 했다. 그 지령문에는 거사의 날을 맞아 전국에서 일제히 탐관오리를 공격하여 체포하고 재물을 백성들에게 골고루 분배하라는 내용이 명시되어 있다. 그래서 홍길동은 성희안의 움막에서 모인 반정의 최후 모임에 학조 대사와 같이 참여하기도 한다. 이날 모인 반정의 주도 세력은 "금강산에서 내려온 학조 대사를 위시하여, 성희안 대감과 홍길동 그리고 지중추부사 박원종, 우의정 김수동, 이조판서 유순정의 여섯 사람이었다"(2-256면)고 한다. 학조 대사와 홍길동은 허구적 인물인데, 반정군의 핵심인물로 참여하여 "그날이 오기를 기다리며, 정의의 승리를 위해 만반의 준비를 착착 갖추고 있었다"(2-257면) 한다.

결국 홍길동은 반정군의 주력 부대를 이끌고 창덕궁을 들이쳐 연산군을 체포하기에 이르러 "여러분! 저 분을 천하 만민의 뜻에 의하여 결박을 지으시오!"(2-264면)라며 연산군을 직접 결박 짓기도 한다. 그렇다면 실제 역사적 사건인 중종반정은 어떻게 진행됐는가? 작품에 등장하는 성희안, 박원종, 유순정은 직접 거사에 참여했던 인물로『중종실록』은 당시의 상황을 이렇게 전한다.

지중추부사(知中樞府事) 박원종(朴元宗)·부사용(副司勇) 성희안(成希顔)·이조 판서 유순정(柳順汀) 등이 주동이 되어 건의(建議)하고서, 군자 부정(軍資副正) 신윤무(辛允武)·군기시 첨정(軍器寺僉正) 박영문(朴永文)·수원 부사(水原府使) 장정(張珽)·사복시 첨정(司僕寺僉正) 홍경주(洪景舟)와 거사하기를 밀약(密約)하였다.

거사하기 하루 전날 저녁에 희안(希顔)이 김감(金勘)·김수동(金壽童)의 집에 가서 모의한 것을 갖추 고하고, 이어 박원종·유순정과 더불어 훈련원(訓鍊院)에서 회합하였다. 무사와 건장한 장수들이 호응하여 운집하였고, 유자광(柳子光)·구수영(具壽永)·운산군(雲山君) 이계(李誡)·운수군(雲水君) 이효성(李孝誠)·덕진군(德津君) 이활(李濊)도 또한 와서 회합하였다. 여러 장수들에게 부대를 나누어 각기 군사를 거느리고 뜻밖의 일에 대비하게 하였다가, 밤 삼경에 원종 등이 곧바로 창덕궁(昌德宮)으로 향하여 가다가 하마비동(下馬碑洞) 어귀에 진을 쳤다. 이에 문무백관(文武百官)과 군민(軍民) 등이 소문을 듣고 분주히 나와 거리와 길을 메웠다. 영의정 유순(柳洵)·우의정 김수동(金壽童)·찬성 신준(申浚)과 정미수(鄭眉壽), 예조 판서 송일(宋軼)·병조 판서 이손(李蓀)·호조 판서 이계남(李季男)·판중추(判中樞) 박건(朴楗)·도승지 강혼(姜渾)·좌승지 한순(韓恂)도 왔다. (…중략…) 궁궐 안에 입직(入直)하던 여러 장수와 군사들 및 도총관(都摠管) 민효증(閔孝曾) 등은 변을 듣고 금구(禁溝)의 수채구멍으로 먼저 **빠져나가고**, 입직하던 승지 윤장(尹璋)·조계형(曺繼衡)·이우(李堣)와 주서(注書) 이희옹(李希雍), 한림(翰林) 김흠조(金欽祖) 등도 수채구멍으로 **빠져 나갔으며**, 각문을 지키던 군사들도 모두 담을 넘어 나갔으므로 궁궐 안이 텅 비었다.[35]

그런데 여기에 홍길동을 개입시켜 중종반정을 주도했으니 역사적 실상과 크게 어긋난 셈이고 대단한 시대착오다. 소설로서 허구가 허용되더라도 역사적 사건에 있어서는 면밀한 고려가 필요하다. 박태원의 『洪吉童傳』에서 홍길동이 적극적으로 반정에 가담하지 못한 것은 그런 이유에서다. 여기서 홍길동은 중종반정군의 주력 부대였고 실제로 모든 일을 주관하였다. 그렇다면 이런 홍길동의 행위가 역사적 실제 사건이기에 황당한 일로 여겨진다. 루카치가 지적했듯이 역사와 직접 조우하지 않는 허구적이며 '중도적 인물'이 필요한 이유가 여기에 있다.

---

35 『中宗實錄』 중종 1년 9월 2일 무인(戊寅). "知中樞府事朴元宗, 副司勇成希顔, 吏曹判書柳順汀等, 首謀建議, 乃與軍資副正辛允武, 軍器寺僉正朴永文, 水原府使張珽, 司僕寺僉正洪景舟密約擧事. 前一日夕, 希顔詣金勘, 金壽童家, 具告其謀, 仍與朴元宗, 柳順汀會于訓鍊院, 武夫, 健將, 響應雲集, 柳子光, 具壽永, 雲山君 誠, 雲水君 孝誠, 德津君 濊亦來會. 部分諸將, 各領軍士, 以備不虞. 夜三鼓, 元宗等直向昌德宮, 結陣於下馬碑洞口. 於是文武百官, 軍民等, 聞風奔赴, 塡街塞道. 領議政柳洵, 右議政金壽童, 贊成申浚·鄭眉壽, 禮曹判書宋軼, 兵曹判書李蓀, 戶曹判書李季男, 判中樞朴楗, 都承旨姜渾, 左承旨韓恂亦來 (…中略…) 闕內入直諸將, 軍士及都摠管閔孝曾等, 聞變, 由禁溝水竇先出, 入直承旨尹璋·曺繼衡·李堣, 注書李希雍, 翰林金欽祖等, 亦自水竇出, 各門把直軍士, 亦皆踰墻而出, 闕內一空矣."

게다가 홍길동은 중종반정을 성공시킨 뒤 병조판서의 제안을 일언지하에 거절하고 미련 없이 조정을 떠난다. 물론 삶의 지향이 다르기에 병조판서에 미련을 갖지 않을 수도 있다. 그런데 거절의 사유가 자신이 '죄인'이기 때문이라는 것이다. "나는 백성 된 몸으로 임금님을 찬위시키었소. 세상에 그런 큰 죄가 어디 있겠소. 권세를 탐내어 그런 것은 아니지만 그러나 이유 여하를 막론하고 죄인은 죄인이오. 그러니 무슨 면목으로 낯을 들고 다니겠소"(2-275면)라고 한다. 그렇다면 "어지러운 세상을 바로잡아 만인이 골고루 잘살아 갈 수 있는 세상을 만들려고 분투 노력"(8면)했던 이제까지의 활동과 투쟁이 무슨 의미가 있는가? 연산군을 폐위시키는 반정으로 밖에 사태를 해결할 수 없다고 하고 반정을 성공시킨 뒤에 죄를 지었다고 하니 근대적인 '민주 영웅'이라고 거론하다가 졸지에 조선시대의 '충신'으로 돌아간 형국이다.

정비석의 『홍길동전』은 홍길동을 탐관오리를 징치하는 의적으로서 보다는 조정의 충신으로 영웅시하여 중종반정의 핵심인물로 만들어버렸다. 이는 애초 홍 판서와 성희안을 연결해서 홍길동이 집을 나가면서부터 기획되었던 일이었다. 그리하여 홍길동은 민중들에 의해 만들어진 영웅이 아니라 조정의 충신들에 의해 길러진 '치세의 영웅'으로서 역사적 인물 형상이 너무 강하다. 활빈당 연맹을 통해 조정에 맞섰던 박태원의 『洪吉童傳』에서는 위로부터의 개혁인 반정에 참여하지도 못하는데, 정비석의 『홍길동전』에서는 반정을 주도하는 것이 그런 이유에서다. 나중에 병조판서를 거부하면서 죄인 논리를 내세우는 것도 그런 단적인 증거가 된다. 정비석은 『홍길동전』을 통해 정의를 구현하는 진정한 치세의 영웅을 그린다고 했지만 그 형상이 당시의 역사적 현실과 어긋나기에 역사성을 획득하지 못하고 황당한 활극에 머물고 말았다.

3. 새로운 애정 담론과 정치적 알레고리, 「춘향전」

　신분이 다른 남녀의 사랑이라는 「춘향전」의 스토리텔링은 그 자체가 워낙 흥미롭고 기복이 심해 근대문학기에도 최고의 베스트셀러로서 지위를 누렸다. 「춘향전」은 연간 7만 권 정도가 팔리고, 200여 종의 이본을 파생시킨 일제시기를 대표하는 소설 작품으로 역설적이게도 '신문학' 또는 '근대소설'의 대표작이 되었으며,[36] 이런 인기에 착안하여 김기진金基鎭(1903~1985)은 신경향파 소설을 「춘향전」식으로 쓰자는 주장도 내놓기도 했다.[37]

　이런 흥미로운 스토리텔링 때문인지 「춘향전」의 신소설, 근대소설로의 변개도 다른 작품에 비해 두드러진다. 1912년 이해조의 「옥중화」로부터 2010년대까지 변개된 작품은 모두 12편으로 시대순으로 정리하면 다음과 같다.[38]

　　① 이해조, 「獄中花」, 박문서관, 1912.

　　② 이광수, 「一說 春香傳」, 『동아일보』 1925.9.30~1926.1.3.

36　천정환, 『근대의 책 읽기』, 푸른역사, 2003, 70~76면 참조. 그런데 「춘향전」을 근대문학 시기 최고의 베스트셀러로 만든 것은 다름 아닌 판소리 변개소설인 이해조의 「옥중화」다.

37　김기진은 「通俗小說小考」(『조선일보』 1928.11.9~11.20)에서 "극도로 곤란한 객관적 정세하에서 (…중략…) 오늘보다도 더 심하게 ××(탄압)당한다면 「춘향전」 중의 "金樽美酒千人血, 玉盤佳肴萬姓膏, 燭淚落時民淚落, 歌聲高處怨聲高" 이 정도의 표현을 가지고서라도 우리들의 작품을 만들어내야 할 것이다"(11.20)라고 「춘향전」의 한 대목을 인용하면서 신경향파 소설의 창작 방향을 제안했다.

38　이는 저자가 확인한 목록이며, 조택원의 「新稿 춘향전」, 조혼파의 「성춘향」은 노지승, 「'춘향전' 패러디 소설과 1955년 영화 〈춘향전〉」(『한민족어문학』 55, 한민족어문학회, 2009, 56~57면) 참조. 한편 자주 거론되는 안수길의 단편 「이런 춘향」(『자유문학』, 1958.11)은 포주의 의붓딸인 진주가 서로 사랑했던 미군 병사 페터슨에게 버림받는 내용으로 제목에 '춘향'이 언급될 뿐 인물과 주요 사건은 「춘향전」과 무관하여 근대적 변개로 보기는 어려워 제외했다.

③ 김규택, 「억지 춘향전」, 『조광』 7권 2호~7권 7호, 1941.2~7.

④ 이주홍, 『脫線 春香傳』, 남광문화사, 1951.

⑤ 조풍연, 『나이롱 춘향전』, 진문사, 1955.

⑥ 조택원(조상원 편저), 『新稿 춘향전』, 현암사, 1956.

⑦ 조흔파, 「성춘향」, 『女苑』, 1956~1957.

⑧ 최인훈, 「춘향뎐」, 『창작과 비평』, 창작과비평사, 1967.여름.

⑨ 임철우, 「옥중가」, 『물 그림자』, 고려원, 1991. ※『금호문화』, 1990.4(비매품)

⑩ 김주영, 『외설 춘향전』, 민음사, 1994.

⑪ 김연수, 「남원고사에 관한 세 개의 이야기와 한 개의 주석」, 『나는 유령작가 입니다』, 창작과비평사, 2005.

⑫ 용현중, 『백설 춘향전』, 노블마인, 2014.

이 12편의 변개 작품들은 「춘향전」의 주요인물과 사건을 이야기의 중심으로 다루고 있다는 점에서 패러디의 범주를 크게 벗어나지 않았다. 이 근대적 변개 소설들은 세 방식으로 변개가 이루어졌는데, 첫째로는 「춘향전」의 '애정서사'를 어느 정도 유지하면서 패러디한 것으로 이해조, 이광수, 김규택, 이주홍, 조풍연, 조택원, 조흔파, 김주영 등 대부분의 작품들이 여기에 해당한다. 둘째로는 「춘향전」의 이야기를 알레고리화하여 '정치서사'로 패러디 한 것으로, 최인훈, 임철우의 단편소설들이 그렇다. 셋째로는 「춘향전」의 이야기를 완전히 해체하여 전혀 색다른 이야기로 만든 것으로 김연수와 용현중의 작품이 그렇다.

1) 새로운 애정윤리와 '풍속개량', 「옥중화獄中花」

「춘향전」의 근대적 변개소설로 가장 이른 시기에 그 통로를 개척했던 작품은 이해조李海朝(1869~1927)의 「옥중화」다. 판소리 개작소설인 「옥중화」는 1912년 1월 1일~3월 6일 『매일신보每日申報』 1면에 연재되었고, 연재가 끝나자 그해 8월 박문서관博文書館에서 단행본으로 출판되어 활자본 고전소설의 전성기를 열었던 작품으로 그 뒤 활자본으로 출판된 「춘향전」류가 대부분 이 「옥중화」를 저본으로 하고 있다는 데서[39] 그 인기를 짐작할 수 있다.

「옥중화」의 인기 비결은 판소리나 고전소설을 통해 접한, 이미 익숙한 서사의 방식에도 영향이 있지만 복잡다단한 가정사나 개화, 계몽의 이념보다 신분이 다른 남녀의 애정에 초점을 맞춘 대중서사, 곧 멜로드라마의 방식이 당시 사람들에게 흥미를 주었던 것이다. 남녀의 애정사愛情事는 누구나 즐겨 찾는 이야기지만 개화와 계몽의 격랑 속에서 남녀의 애정을 본격적으로 다루기 힘든 현실에서 「옥중화」는 대중서사의 길을 일찍부터 열었던 셈이다. 당시 유일한 신문이었던 『매일신보』의 1면에 연재되었고 이어서 단행본으로 출판되었다는 점도 대중화에 크게 기여했을 것으로 보인다. 새로운 매체를 통한 소설의 유통과 수용은 이 시기 문학유통의 일반적인 방식인 바, 「옥중화」 역시 그 경로를 활용하여 대중들에게 다가갔다.

「옥중화」는 무엇을 바탕으로 개작한 것일까? 작품의 서두에 "名唱 朴起弘 調 解觀子刪正"이라고 표시되어 있는 것을 보아, 박기홍의 〈춘향가〉를 채록하였다고 여겨지나 명창 박기홍이 당시에 생존했을 지가 의문이어서 신빙성

---

39 1913년 신문관(新文館)에서 출판된 「古本 春香傳」을 제외하고는 대부분 「옥중화」를 바탕으로 하여 약간씩 수정한 정도다. 설성경, 『춘향전의 형성과 계통』, 정음사, 1986, 143면 참조.

이 적다. 또 「박기홍조朴起弘調 춘향전春香傳」이 있으나, 이 작품은 오히려 「옥중화」를 저본으로 필사된 것이며 이 때문에 「옥중화」는 신재효의 '동창童唱', '남창男唱' 〈춘향가〉를 바탕으로 개작된 것으로 여겨진다.[40]

그러면 신재효의 〈춘향가〉를 다시 개작한 「옥중화」는 어떻게 구성됐는가? 작품을 보면 전반부는 '남창'의 골격 안에서 판이 짜지면서 '동창'적 요소가 여러 군데 끼어들게 된다.[41] '동창'적 요소를 들어보면 ① 이몽룡의 인물묘사, ② 이몽룡의 독서 장면, ③ 이별시 이몽룡의 행동, ④ 이별시 춘향이의 행동 등이다. '동창'은 이몽룡을 욕망을 추구하는 '세속적 인간형'을 그려낸 것이다.[42] 그렇다면 명문대가의 양반 자제인 이몽룡에 대하여 집중적으로 세속화시킨 이유가 어디에 있을까? 주지하다시피 '남창'에서 가장 양반적 면모를 보여주는 것은 이몽룡이다. 멋과 풍류를 알지만 춘향과의 사랑에서 도리에 어긋나지 않고 품위를 잃지 않는다. 마지막 순간까지 봉명사신奉命使臣의 체모를 중요시 하여 만신창이가 된 춘향이를 냉정하게 외면하고 집으로 돌려보낼 정도로 냉정함을 지닌 인간이다.

「옥중화」에서는 바로 이런 권위주의적인 양반의 모습을 집중적으로 폄하시켰다. 그래서 이몽룡을 놀기를 좋아하는 "호협흔 긔남즈"[43]로 설정했는가 하면, 그네 타는 춘향이를 보고 "몸이 웃슬웃슬 소름이 쪽 끼치니 정신 암암 일신을 벌벌"(옥, 5면) 떨며, 춘향이를 만나고 싶어서 안절부절 못하는 인물로 그려내고 있다. 또 이별시에도 어쩔 줄 몰라 하여 두 번씩이나 춘향집을

---

40 최원식, 「李海朝 文學硏究」, 『韓國近代小說史論』, 창작과비평사, 1986, 149면 참조.
41 이 점은 위의 글, 152면에도 지적됐다.
42 김흥규, 「申在孝 改作 春香歌의 판소리史的 位置」, 『韓國學報』 10, 일지사, 1978, 36면.
43 이해조, 「옥중화」, 博文書館, 1912, 2면. 앞으로 작품의 인용은 괄호 속에 '옥'이라 적고 면수만 표시한다.

찾아가는 이몽룡을 작품에서 드러내고 있다.

그렇다고 이몽룡을 '동창'처럼 완전히 세속적 인간으로 그린 것은 아니다. 춘향이를 만나서 점잖게 한시로 뜻을 전하는 것이나, 춘향과의 결연結緣시에 월매를 사이에 끼고 수작하는 것이나, 이별시에도 '동창'처럼 호들갑을 떨지 않고 "미간에는 수식이오 면상에 눈물 흔적"(옥, 34면)을 보이는 것은 양반적 체모를 어느 정도 유지하고 있다는 증거가 된다. 즉 이몽룡은 자신에게 있어서는 철저히 세속적이지만 남과의 관계에 있어서는 어느 정도 체면을 유지하고 있다. 철저하게 세속적 욕망을 추구하는 것도 아니고 권위주의적인 양반의식에 매여 있는 인간도 아닌 것으로 묘사된다.

춘향도 예외는 아니다. '남창'의 골격을 따라 사대부가의 규수처럼 덕과 품위를 갖춘 인물로 등장하지만 이별의 장면에 가서는 세속적 인물로 바뀌어 발악을 한다. 그런가 하면 어사가 된 이몽룡과의 상봉에서 오히려 원망을 퍼붓는다. 자신에 대한 신의를 저버렸기 때문이다. 춘향의 모습이 상당히 여성화되어 있음을 알 수 있다.

이부사李府使 내외가 서울로 올라가면서 춘향에 대한 배려를 한다는 것도 이와 무관하지 않다. 전대의 어떤 「춘향전」 이본에서도 없는 부분이다. 세속적 모습을 보였던 '동창'에서조차 이부사는 자신의 자식이 하향천기下鄕賤妓와 놀아난 것을 꾸짖을 정도였다. 중세적 규범 속에서 당연한 행동이다. 하지만 「옥중화」에서는 꾸짖기는커녕 돈과 곡식을 보내 춘향을 곧 데려갈 거라고 위로한다. 말로만 안심시키는 것이 아니라 돈과 곡식을 보낸 것이 특이하다.

그 후 사쏘의옵셔 부인과 수작(酬酌)ᄒ시고 츈향 불너 보시랴다가 다시 생각ᄒ

니 도령님의 장습(長習)도 될터이오 하인소시(下人所視)에 아니 되어 은근히 방즈 불너 돈 숨천량 닉여주며 이것갓다 츈향모를 주고 이것이 약소ㅎㄴ 가용(家用)에 보틱쓰고 도령님이 급뎨ㅎ면 장츳 다려갈 터이니 모녀간 셜워 말고 부듸 잘 잇스라 방즈가 예—이

대부인이 리방 불너 빅미빅셕의츠(白米百石衣次)언져 슌금삼작(純金三作) 너 어 주며 이것 갓다 츈향 주고 나 차던 노리기니 ㄴ본다시 져 가지고 슈히 다려갈 터이니 셜워 말고 안보(安保)ㅎ라 이르라 (옥, 48~49면)

이부사는 '돈 삼천 냥'을 보내고 대부인은 '백미 백 석'과 '순금 삼 작'을 보냈다. 남원부사와 대부인에 의해 춘향이 이미 며느리로 인정받기에 여기서 기생이라는 신분은 하등 문제가 되지 않는다. 이런 춘향에 대한 배려와 물질적 보상은 곧 신분이 크게 문제되지 않는 근대적 면모와 밀접하게 관계된다. 일반적으로 「춘향전」에서는 애정을 추구하는 데 있어서 신분 갈등이 심각하게 드러난다. 그렇기에 신분이 다른 두 남녀가 중세의 신분적 속박 속에서 현실의 어려움을 헤치고 부부가 됐다고 하는 것은 신분 해방의 의미로 이해된다.

하지만 「옥중화」는 신분 갈등이 문제되지 않는 1910년대 사회의 소산이다. 그렇기에 신분 갈등은 약화될 수밖에 없다. 처음 춘향이의 신분을 말할 때 "기싱의 ㅈ식이나 근본"(옥, 1면)이 있다는 점을 강조했다. 그 근본은 '회동 셩 참판의 셔녀'라는 것이다. 춘향의 그네 뛰는 모습을 본 이몽룡이 방자를 시켜 춘향을 데려오라 하자 춘향은 "이 녀석 도령님만 량반이오 나ᄂᆞ 량반이 아니냐"(옥, 9면)고 반문하는 데서 그 실상을 확인할 수 있다. 춘향의 의식 속에는 자신도 양반이라는 것이 내재해 있다. 방자는 춘향을 가리켜 "너

는 절놈발이 량반"(옥, 9면)이라고 했지만 그것은 심각하게 문제되지 않는다. 이미 춘향의 신분을 양반으로 격상시켜 이몽룡과의 관계에서 어떠한 신분적 갈등도 느끼지 않게 작품 내에서 배려를 해 두었다.

게다가 이몽룡이 춘향집을 찾아갔을 때 월매가 "근본이 잇는 고로(…중략…) 내 지벌부족地閥不足ᄒ니 진상가宰相家 부당ᄒ고 상천비常賤輩는 부족ᄒ야"(옥, 24면) 결혼시키기 어렵다고 한 데서도 춘향과 이몽룡의 결합이 어렵지 않으리라는 것을 짐작케 한다. 서로 증서를 교환하고 부부가 될 것을 약속하는 데도 춘향이나 월매의 굴욕적인 태도는 보이지 않는다. 잊지 않겠다는 시혜적인 불망기가 아니라 "혼셔례장사주단지婚書禮狀四柱單子 겸ᄒ야 증서證書"(옥, 25면)를 써줌으로써 동등한 자격으로 혼인을 하는 것이다. 그 증서에는 "텬장디구天長地久에 히고석란海枯石爛이라 천디신명天地神明이 공증츠밍公證此盟이라"(옥, 25면) 하여 근대적 법률 개념인 '공증公證'이라는 말이 드러나 있다. 서로의 결합에 천지신명이 증인이 되어 '공증'했다는 것이니 정식 부부가 되는 절차로 부족함이 없다. 더욱이 서울로 이몽룡이 올라간 뒤 이몽룡의 집안에서 춘향이를 며느리로 인정하는 것은 애정 추구에 있어서 신분 갈등이 조금도 문제되지 않는다는 것을 최종적으로 확인시켜 준다.

그렇다면 애정의 추구에서 신분 갈등이 약화된 자리에 무엇이 대체되는가? 춘향의 첫 시련은 이몽룡이 혼자만 서울로 올라감으로써 나타난다. 당시에 이몽룡은 "량반의 ᄌ식이 미장가 젼에 외방外方에 천첩賤妾ᄒ엿단 말이 ᄂ면 족보에 쩨고 사당제祠堂祭 참례를 못ᄒ다"(옥, 36면)고 둘러 대자 춘향은 성을 발끈 낸다. 그 이유는 서울로 데려갈 줄 알았는데 그렇지 못한 데 있다. 즉 자신을 기껏해야 노리개로 알았다는 데 대한 반발이다. 그래서 춘향이는 "무엇이 엇지 ᄒ여요 무엇시릿소 말 좀 ᄒ오 엇지 ᄒ야 천첩 무엇 천첩 이 따위

말이 몇 가지나 되시오"(옥, 36면)라고 대든다. 여기서 비로소 애정의 원리로 '상호신뢰'가 문제로 제기되고 있음을 알 수 있다.

대부분의 이본에서는 춘향이가 이몽룡을 전송하기 위해 오리정五里亭에 나간다. 그런데 「옥중화」에서는 거꾸로 이몽룡이 두 번씩이나 춘향의 집에 찾아와 춘향을 달랜다. 이것은 사랑의 신뢰를 저버린 것에 대한 뉘우침인 것이다. 이몽룡의 행동은 신뢰 회복과 동시에 '천첩'이라고 실언했던 것에 대하여 춘향을 한 인격체로서 존중한다는 의미가 내포되어 있다. 상대방을 한 인격체로서 존중해야만 거기서 진정한 신뢰와 애정이 생겨날 수 있음은 당연하다. 이 점에서 이몽룡의 행동은 확실히 근대적이다. 더욱이 서울로 올라간 이부사 부부가 춘향에 대해 자상한 배려를 보인 것은 신뢰의 범위가 이몽룡 한 개인에서 그 집안으로 늘어났음을 보여준다. 춘향이 이몽룡 집안의 며느리로 인정받은 셈이다.

두 번째 시련은 변학도로 인해서 발생한다. 춘향이는 이몽룡의 집안으로부터 인정을 받았지만 합법적인 절차를 밟은 건 아니다. 육례六禮를 갖추어 혼인을 한 것은 아니고 며느리로 데려갈 것이라는 언약만 받았다. 변학도는 바로 이 합법적인 절차를 거치지 않은 춘향을 편법을 써서 부른다. 그것은 양반의 서녀로서 기생이 아닌 춘향이를 기생으로 만드는 것이다.

> 내 드르니 춘향은 원기(原妓)의 ㅈ식이오 쏘흔 인물이 일식이라 ㅎ니 기안(妓
> 案)에 착명(着名)ㅎ고 밧비 현신(見身)식이라(옥, 61~62면)

인물 좋은 춘향이를 기안妓案에 넣어서 기생으로 만든 다음 부르는 것이다. 그러기에 여기에 대한 춘향의 저항은 열이나 충과 같은 봉건윤리 규범을 내세우는 것이 아니라 개인의 권리를 주장하는 것으로 드러난다. '남창'에서처럼 '절행'을 들먹거리거나 「완판열녀수절가」처럼 두 임금을 섬길거냐고 '충忠'을 내세우지는 않는다. '수절부녀억탈'이라고 하는 인간의 존엄성을 주장하게 된다. 그래서 변학도가 자신을 범하는 것은 백성을 잘 보살펴야 하는 지방관의 도리에 어긋나고 '부정남녀'의 행위라 주장한다. 부정남녀不貞男女를 강조한 것은 남녀의 관계에 있어서 상호 애정과 신뢰가 바탕이 되어 있어야 한다는 말과 다름 아니다. 변학도의 행위는 지방관의 권리를 사용해 그것을 깨뜨리는 것이고 춘향은 한 자유인으로서 여기에 저항한 것이다. 주지하다시피 「춘향전」에서의 수청 거부는 당시의 봉건적 규범인 열烈을 최대한 이용해 자신의 목적을 달성케 하는 것이었다. 그 열은 봉건적 규범의 외피를 쓰고 있긴 하지만 오히려 그것을 부정하는 자유로운 인간성으로부터 비롯된다.

하지만 「옥중화」에서는 오히려 목민관의 도리를 강조한다. 한 여성의 인간성을 짓밟는 사또의 행위라던가 사랑과 신뢰가 있어야 할 남녀 관계를 부정하는 요구를 거부하는 것이 그것이다. 결국 춘향의 수청 거부는 신분 해방을 이루려는 싸움이 아니라 한 여성으로서 개인의 권리 혹은 인간의 존엄성을 지키기 위한 싸움이다. 이러한 경향의 새로운 윤리관과 애정관은 어사인 이몽룡을 원망하는 춘향의 태도에서 집약적으로 드러난다.

결정적인 것은 암행어사 출두 대목이다. 암행어사로 내려온 이몽룡이 마지막 순간까지 춘향을 속여 "어사슈청이 엇더"(옥, 149면)하냐고 마음을 떠본 다음 옥지환을 건네주며 자신이 이몽룡임을 밝히자 춘향은 다른 이본에서처럼 대상에 올라 이몽룡을 안고 기뻐 날뛰는 대신 오히려 그 무정함을 원망한다.

춘향이 얼골을 드러 대상(臺上) 삷혀보니 엇져녁 옥문 밧게 왓든 랑군이 분명하고나 춘향이가 대상에 쒸여 올나 어사도를 안꼬 울며 춤추고 논다 하되 춘향이가 무삼 그럴리가 잇나냐 (…중략…) 우름울며 모지도다 모지도다 셔울 량반 모지도다 엇겨녁 옥에 오셔 늬 형상을 보셧스니 나더러만 말슴 흐고 마음 눗코 잇스라면 지는 밤 그 간쟝을 안 녹이고 안심 힛슬 걸 져 년 엇지 아니 죽나 죽는 쏠을 보래는 걸 어리셕은 춘향이는 이를 갈고 아니 죽고 항여나 살아나셔 랑군을 다시 맛는 지닌 고싱 다 바리고 빅년종사(百年從事) 흐오리라 단단 밍셔 지닌 년을 불상히는 아니 알고 죽이기로 드신 마음 늬 몰낫지 늬 몰낫셔 그 마음 알엇드면 늬가 발셔 업슬 걸 아이 아이 (옥, 150~151면)

이렇게 울부짖으며 춘향이가 혼절하자 이몽룡이 직접 간호까지 하며 돌본다. 춘향이의 발악은 자신이 겪었던 고통에도 불구하고 마지막 순간까지 자신의 정절貞節을 시험한 이몽룡에 대한 야속함 때문이다. 춘향은 이몽룡을 믿었지만, 이몽룡은 춘향을 완전히 믿지 않았던 것이다. 춘향이 발악한 것은 바로 상호존중의 신뢰가 무너져 내린 절망감에 기인한다. 비록 그것이 공사를 엄정히 처리해야 하는 암행어사의 입장에서 어쩔 수 없는 것이라 하더라도 자신의 고통을 모른 척 한 데 대한 원망이 더 크게 자리한다. 옥에 갇힌 춘향이로서는 죽을 날을 기다리며 간장을 다 녹이고 참기 어려운 고통을 겪었기에 그 원망이 절규로 나타난 것이다.

춘향이가 옥중에서도 이몽룡을 기다린 것은 상호 인간존중에 근거한 애정과 신뢰 때문이다. 신분 갈등이 없기에 신분 상승에 대한 욕구는 없었다. 거지가 된 이몽룡이 찾아왔을 때도 비록 그가 자신을 구원해 줄 수 없음을 알았지만 실망하지 않는다. 애정과 신뢰를 확인했기 때문이다. 그래서 암행어사에게 불려 길 때도 거지가 된 이몽룡을 찾는다.

츈	옥문 밧게 누가 잇ᄂ 보아라
향	아무도 업셔오
츈	쏘 보아라
향	아모도 업셔오
츈	턴디간 모진 량반 엇져녁 오셧슬 졔 신신당부 ᄒ엿것만 오일(午日)이 넘엇스되 오시지 아니 ᄒ고 쇼식도 돈졀(頓絶)ᄒ니 나 죽ᄂ 것 안 보랴 고 엇의 잇고 아니 오나 (…후략…)(옥, 145면)

춘향이가 이몽룡을 찾는 것은 그 애정과 신뢰가 변함없음을 확인하고자 한 것이다. 그런데 그 낭군이 어사란 사실을 확인하자 자신이 지녔던 원망이 폭발해 버린다. 자신이 겪었던 고통에도 불구하고 이몽룡은 마지막 순간까지 자신의 정절을 시험하는 야속함을 보였기 때문이다. 진실한 애정에는 신뢰가 있어야 하는데 이몽룡의 태도는 그렇지 못했다. 춘향은 이몽룡을 믿었지만, 이몽룡은 춘향을 믿지 않았던 것이다. 춘향이가 원망한 것 바로 이 점이다. "그 마음 알엇드면 늬가 발셔 업슬 걸"(옥, 151면)이라는 춘향의 말은 상호존중의 신뢰가 무너져 내린 절망감에서 비롯된다. 「옥중화」는 자신을 마지막까지 시험한 이몽룡에 대한 원망을 통해 춘향을 보다 인격화시키고, 남녀동등의 상호존중과 신뢰라는 근대적 애정윤리를 제시하고 있다.

「옥중화」는 열烈을 내세운 중세적 남녀의 관계를 뛰어 넘어 근대적 남녀관계의 규범을 제시한 것이다. 그것은 서로가 동등한 인격체로 상대방을 존중하는 것이다. 당시 상호존중이라고 하는 것은 필연적으로 여성존중의 의미를 갖는다. 「옥중화」에서 이별시 이몽룡이 두 번씩이나 춘향을 찾아간 것이나, 춘향의 원망을 듣고 손수 춘향을 간호하고 서울에 올라가기까지 배려했다는 것은 그 현저한 증거가 될 것이다. 이런 점은 「옥중화」가 지어졌던 시기가 근대 전환기인 1910년대이기 때문에 가능했고, 「자유종」에서 보이는 것처럼 선구적인 여권론자였던[44] 이해조의 의식이 반영된 결과일 것이다.

한편 변학도의 학정에 대해서 "공사公事 엇지 하야 밥 잘 먹고 술 잘 먹고 홈의질 잘 하고 갈키질 잘 하고 심지어 소시랑질까지 잘 하니 그 우에 명관 없고"(옥, 111면)와 같이 암시적으로 표현되어 있으며, 더욱이 마지막 부분에서 "남아의 탐화貪花함은 영웅열사 일반이라 (…중략…) 본관이 아니면 춘향 절행 엇지 아오릿가 본관의 수고함이 얼마쯤 감사하오"(옥, 155면)라고 봉고 파직은커녕 덕분에 춘향의 절행이 확인됐다고 선치善治를 부탁할 정도에 이른다. 이는 명백히 춘향의 수청 거부가 갖는 정치적 의미를 왜곡시킨 것으로 파악되었다.[45]

하지만 변학도의 처리는 작품의 전체를 왜곡했다기보다 작품의 중심 메시지가 이동했음을 뜻한다. 말하자면 작품의 중심이 신분 해방이나 봉건통치의 폭력에 맞서는 것에서 남녀관계의 근대적 규범으로 이동한 것이다. 「옥중화」는 정치적이고 사회적인 관점에서가 아니라 풍속을 개량하는 애정윤리의 관점에서 개작된 것으로 볼 수 있다.[46] 작품 내에서도 풍속개량은 농부들이 부르는 "亽회에 영수領袖되야 법률범위위월法律範圍違越 말고 / 일동일정一動一靜 지피지기知彼知己 인기셰이도지因其勢而導之ᄒ야 / ㄱ량풍속ᄒ는 것도 되쟝부의 일이로다"(옥, 109면)는 〈장부사업가〉를 통해서 직접 강조되기도 한다.

이는 이해조가 일찍이 「자유종自由鐘」에서 근대의 담론인 정치와 법률과

---

44 최원식, 앞의 책, 47면 참조.
45 위의 책, 154면 참조.
46 권순긍, 『활자본 고소설의 편폭과 지향』, 보고사, 2000, 159~160면 참조.

도덕을 강조하면서 "음탕하고", "처량하고", "허황된" 고전소설의 세계를 과감히 부정함으로써 소설개량을 시도하려했던 바, 특히 「춘향전」을 노골적인 애정 묘사로 인해 '음탕교과서'로 규정하고 풍속의 차원에서 이를 바로잡고자 「옥중화」를 썼음을 알 수 있다. '음탕한' 「춘향전」에 대한 애정윤리의 대안은 남녀동등의 상호존중과 신뢰인 것이다. 이를 통해 근대적 애정윤리를 제시하고자 했다. 이 때문에 「옥중화」는 「춘향전」을 정치적 관점에서 변개한 것이 아니라 윤리적 관점에서 변개한 것이다. 그러니 중심 메시지는 바로 '풍속개량'인 것이다.

하지만 이러한 풍속개량은 실상 일제에 의해 각종 산업개발에 민간자본과 노동력의 동원을 위해 '민풍개선'의 명목으로 주도된 것이다. 당시 개화를 주장하는 한국인 실력양성론자의 입장에서도 그 필요성을 공감하고 있는 처지였기 때문에 일제의 민풍개선론은 한국인 신지식층의 구사상, 구관습 개혁론자들에게도 일정한 영향을 미치게 된 것이다.[47] 그러기에 이해조의 풍속개량 역시 정치적 한계를 지니는 것이지만 개화와 계몽의 이념이 가정서사가 아닌 당시 가장 인기 있었던 애정서사의 육신을 취한 것은 분명한 사실이다. 이 애정서사의 육신은 당시 무수히 등장했던 「부용芙蓉의 상사곡相思曲」, 「추풍감별곡秋風感別曲」, 「청년회심곡靑年悔心曲」 등의 신작 고소설의 애정소설과 번안소설 「장한몽長恨夢」을 거쳐 이광수의 『무정無情』으로 이어지면서 근대 초기 소설사를 장식하게 된다.

---

47 박찬승, 『한국 근대정치 사상사 연구』, 역사비평사, 1992, 317면 참조.

2) 서사 구조의 반복과 근대적 세부묘사의 활용,

「일설 춘향전-說 春香傳」

1912년에 나온 이해조의 「옥중화」가 워낙 근대적 변개의 성공작이었고, 1920~1930년대에도 베스트셀러로 많이 읽히고 있었기에 그 뒤에 나오는 「춘향전」의 근대적 변개 작품들은 「옥중화」를 의식하지 않을 수 없었다. 「옥중화」가 최고의 인기를 얻으며 읽히자 「옥중가인獄中佳人」, 「옥중미인獄中美人」, 「열녀 춘향」 등 수많은 아류작들이 나타나게 됐는데 대부분 「옥중화」를 모본母本으로 하여 약간의 변개를 거친 것들이고 제목도 「옥중화」와 유사하게 붙여 상업적 이득을 얻고자 했다.

1925년 9월 30일~1926년 1월 3일, 96회 분량으로 『동아일보』에 연재된 이광수의 「일설 춘향전」도 그렇다. 이미 『무정』으로 문명文名을 얻었고, 수많은 근대소설을 양산하여 당대 최고의 작가로 이름을 날렸지만 「춘향전」의 변개에서는 풍속개량을 시도하고 상호신뢰라는 근대적 애정윤리를 제시했던 「옥중화」의 문제의식을 넘기가 쉽지 않았다. 처음 『동아일보』에 연재할 때의 제목은 「춘향」이었지만 연재를 마치고 1929년 한성도서주식회사에서 단행본으로 출간할 때는 당시 출판된 수많은 「춘향전」을 의식해 "하나의 이야기"란 의미의 '일설一說'이라는 표제를 덧붙였다.

그러기에 「일설 춘향전」은 「춘향전」의 서사 구조를 크게 바꾸지 않았다. ① 연분緣分, ② 사랑, ③ 이별離別, ④ 상사相思, ⑤ 수절守節, ⑥ 어사御使, ⑦ 출또 등 고전 「춘향전」의 서사 구조를 그대로 단락으로 나누어 이야기를 전개시켰으며, 춘향의 신분도 "대비 바치고 속량하여 기안에 이름을 어였으니 기생은 아니"[48]라 하여 대부분의 내용이 완판 84장본 「열녀춘향수절가」를 따르고 있음을 알 수 있다. 춘향이가 옥지환을 받고 어사가 이몽룡임을 알고 나서 반가워하는 대목을 보자.

그제야 춘향이 눈물을 씻고 자세히 보니, 과연 삼년 전에 이 도령이 이별할 때에 신물로 준 지환일시 분명하다. 일변 놀라고 일변 반가와'

"이것이 웬 일인가?"

하고 지환을 집어 든다.

몽룡이 갑갑하여 본시 음성으로,

"눈을 들어 나를 보라."

그 음성이 귀에 익구나. 그 음성이 귀에 익다. 정녕 님의 음성이로다. 하고 눈을 들어 치어다 보니 철관풍채(鐵管風采) 수의어사(繡衣御史) 미망낭군(未忘郞君)이 정녕하다. 천근같이 무겁던 몸이 우화이등선(羽化而登仙)할 듯하여 한 번 뛰어 올라가 몽룡에게 매어달려 몸을 비비 꼬고 한참이나 말이 없다가,

"꿈이오? 생시오? 내가 죽어 혼이 오니까?"

하고는 더 말이 없이 울고 쓰러진다.

몽룡이 춘향의 등을 어루만지며,

"기특하다— 기특하다."

하고는 못내 반겨하고 칭찬한다.(일, 366면)

「옥중화」에서는 오히려 "춘향이가 대상에 쒸여 올나 어사도를 안ㅅ고 울며 춤추고 논다 하되 춘향이가 무삼 그럴 리가 있나냐"(옥, 150면)며 어사또의

---

48 이광수, 「일설 춘향전」, 『이광수전집』 3, 삼중당, 1962, 211면. 앞으로 이 작품의 인용은 일일이 각주를 달지 않고 괄호 속에 '일'이라 적고 면수만 표시한다.

매정함을 원망함으로써 상호존중의 애정윤리를 드러냈는데, 여기서는 「열녀춘향수절가」의 문맥을 차용하여 원래의 「춘향전」으로 다시 회귀하였다. 그러면 이광수는 고전 「춘향전」을 어떻게 변개하려고 한 것일까?

우선 근대적 시각에서 불합리한 부분을 합리적으로 변개하였다. 먼저 춘향과 이몽룡의 만남에서 춘향이 이몽룡의 존재를 이미 알고 있어 방자가 춘향을 찾아가 이몽룡이 보자고 한다는 말을 전하자 "책방 도련님이 풍채 좋고 재주 있단 말은 춘향도 들었던 터이라 한번 보았으면 하는 맘도 없지 아니하건마는"(일, 213면) 부른다고 쉽게 갈 수 없어 거절했던 터이다.

다음은 이몽룡이 자신의 마음을 편지로 전하는 부분이다. 많은 「춘향전」 이본이나 「옥중화」에서는 춘향이 이몽룡에게 자신을 찾아오라는 것을 은근히 암시하거나 "안수해雁隨海 접수화蝶隨花 해수혈蟹隨穴"(옥, 11면)이라는 문구를 제시하는데 「일설 춘향전」에서는 근대적 통신 수단(물론 방자가 인편으로 전달하지만)인 편지를 활용하고 시조로 마음을 전하는 것이 특이하다. 당시 이광수 자신과 최남선 등의 국민문학파에서 주장한 '시조부흥운동'과 맥을 같이하고 있다. '조선심朝鮮心'을 운율로 표현한 것이 시조라는 주장으로 작품에서도 이몽룡은 "어지어 내일이어 인연도 기이할사 / 언뜻 뵈온 님이 그 님일시 분명하이 / 광한루 예 보던 벗이 찾아온다 일러라"(일, 220면)라며 가고자 하는 뜻을 전하고 춘향 역시 "이몸의 정렬함이 삼생에 뻗었으니 / 천상 천하에 날 안달 님 없으련만 / 그처로 찾으시는 님을 막을 줄이 있으랴"(일, 222면)라고 오신다면 막지 않겠으니 자신을 찾아오라는 은근한 뜻을 시조로 전했다.

이부사가 이몽룡이 밤마다 춘향을 만나는 행실을 알고 꾸지람을 하는 대목도 등장한다. "내 들으니 밖에 괴악한 말이 간간 있으니 양반의 집 자식이 아직 이십도 못되어서 청루주사에 다닌다는 것이 외문이 칭피하고 또 그런

소리가 서울까지 들린다 하면 혼인길까지 막힐 것이요. 또 미장가전 아이놈이 하향천기 작첩을 하였다면 사당 제사 때도 참예를 못하는 법이야. 내가 해괴한 소리를 들은 지 오래되 네가 그치기만 기다리고 아무 말도 하지 않았다마는 다시는 용서치 못할 것이니 썩 나가거라!"(일, 258면)며 이몽룡과 춘향의 관계를 문제 삼는다. 현실적으로 보자면 아버지인 이부사가 이몽룡의 행실을 모를 리가 없다. 많은 「춘향전」의 이본에서 이부사가 이미 내막을 알고 있다는 것이 문맥으로 전해진다. 「옥중화」에서는 이몽룡 몰래 며느리 대접을 해주는데 여기서는 이부사가 등장해 직접 꾸짖는 것이다.

한편 미미한 존재였던 정 낭청郞廳도 "판은 대바른 사람이라, 이따금 곧잘바른 소리를 하다가는 부사에게 핀잔을 먹"(일, 294면)는 인물로 「일설 춘향전」에서는 분명한 존재감을 드러낸다. 변학도가 춘향을 수청들게 하려고 기생들에게 자신이 얼마나 후덕하게 대했는지를 늘어놓자 낭청이 나서서 기생들에게 인색하게 대한 것을 조목조목 열거하고 "내가 본 대로 하면 사또께서 (…중략…) 언제 평양서 윤녕 변 부사로 가시어서 기생 행하를 그리 후하게하였소?"(일, 296면)라며 험담을 늘어놓아 변학도를 난처하게 만들기도 한다. 이처럼 정 낭청은 변학도에 대항해 춘향이를 옹호하고 두둔하는 발언을 하는 인물로 등장한다.

이몽룡이 과거에 장원급제하고 암행어사가 되기까지 옥에 갇힌 춘향이가 삼 년이나 지냈다는 것도 합리적으로 변개하였다. "이로부터 춘향은 옥중에 매인 몸이 되어 겨울 가고 봄이 오고 봄이 가고 여름 오고 봄 겨울이 다녀가기 두 번이나 세 번이나 되었건만"(일, 308면)이라 하여 삼 년의 시간이 지나갔음을 밝혔다. 춘향이가 옥에 갇혀 삼 년의 세월이 지났다는 부분을 보자. 춘향이 옥에서 보내는 시간의 순서는 「열녀춘향수절가」에서 〈십장가〉 대목

→서울로 편지 보내는 대목→옥중탄식→황릉묘 대목→꿈 해몽 대목으로 동일한 시간대에서 이어진다. 그런데 「일설 춘향전」에서는 옥에 갇힌 삼 년의 시간을 자세히 묘사하고 있다.

> 변 부사는 술 취한 때 심사난 때 궁금한 때 한 달에 세 번 좌기할 때, 춘향을 끌어 들여 얼리고 달래고 조르고 수뇌하고, 호령하고, 때리고 하건마는, 춘향의 굳은 마음 다질수록 더 굳으니, 털끝마치나 변할 리 있으랴마는 갈수록 변하고 쇠하는 것은 춘향이 몸이라. 목숨이 모질어 붙어있기는 하건마는, 살은 다 떨어지고 피골 이 상접하였으니 옛날에 곱던 양자 다시 볼 길이 바이없다.(일, 308면)

삼 년의 세월을 옥에서 보내면서 춘향이 당한 수난과 이에 따르는 심신의 변화를 묘사한 부분이다. 「춘향전」은 판소리의 특성인 '부분의 독자성' 때문에 〈십장가〉와 〈옥중 탄식〉, 〈황릉묘 방문〉 등의 대목이 중간 과정 없이 이어지게 되고, 장면을 달리해서 이몽룡의 과거 장면이 등장한다. 춘향이 옥에서 얼마를 보내고 무슨 고초를 겪었는지는 청자 혹은 독자들은 상상으로 채웠다.
그런데 이광수의 「일설 춘향전」은 판소리가 아닌 근대 문장체 소설의 서술 방식으로 「춘향전」을 변개한 것이다. 첫날밤 대목에서도 〈사랑가〉를 통해 성행위를 장면화 하는 것이 아니라 구체적인 디테일로 고전 서사의 빈틈을 메우고 있는 것이다.

> 월매도 가고 방자도 가니 밤은 벌써 깊어 삼경이 지났다. 춘향이 일어나 비를 들어 먼지 안 일이만큼 방을 치우고 '어쩔까나' 하는 듯이 웃목에 우두커니 서서 몽룡을 바라보더니,

"들어가세요?"

하고 묻는다.

"누가?"

"도련님이."

"내가 어디로 들어가?"

하고 몽룡의 눈이 둥그레지는 것을 보고 춘향이 웃으며,

"그러면 여기서 주무시고 들어가세요?"

하고 부끄러운 듯이 고개를 숙인다.

몽룡이 웃으며,

"내가 아나? 마누라 처분이지."

춘향이 보에 싸 얹었던 금침을 내어 활활 펴고, 아랫목에는 큰 베개를 놓고 그 곁에 조그마한 낡은 베개를 놓고 나서 몽룡의 곁에 와 서며,

"옷 끄르세요."

몽룡이 일어나 띠 끄르고 도포 벗으니 춘향이 받아 차곡차곡 개어 병풍에 걸어 놓고,

"곤하신데 어서 주무세요."

"너는 안 잘래?"

"먼저 옷 끄르고 누세요. 그러면 나도 자지요."

몽룡이 여자 앞에서 옷 벗기가 장히 거북하여,

"너 먼저 벗고 누워라."

"어서 도련님 먼저 벗으세요."

몽룡이 저고리 고름에 손을 대이다가 그치고,

"아니다. 네가 주인이니 네가 먼저 벗어라."

춘향이 웃으며,

"주인 말대로 어서 도련님 먼저 벗으세요."

몽룡이 하릴없이 춘향이 하라는 대로 바지저고리 벗어 놓고 중의 적삼 바람으로
우두커니 서서,

"자, 인제는 너도 벗어라."

"내 불 끄고 눕게 어서 들어가 누세요."(일, 245면)

기존 「춘향전」에서는 월매와 방자가 나간 다음에 옷을 벗기느라 실랑이
하는 장면이 나오고 바로 〈사랑가〉로 넘어간다. 이를 통해 두 사람의 첫날밤
성행위를 장면화시키고 있는데, 「일설 춘향전」에서는 성행위에 이르게 되는
구체적인 과정을 더 자세히 묘사하고 있다. 바로 이런 근대적 디테일을 통하
여 「춘향전」을 변개시켰기에 김용제는 "舊式 春香을 現代小說로 표현한 功도
적지 않다. 그러나 傳統的인 春香을 완전히 脫皮하고 春園만의 獨特한 春香으
로 人物革命을 浮彫시키기는 어려웠"[49]다고 말한다. 「일설 춘향전」은 새로운
이야기나 인물을 창조했다기보다 근대적 디테일을 통해 근대 독자들에게 읽
기 쉬운 '하나의' 「춘향전」을 만든 셈이다. 더욱이 「옥중화」처럼 새로운 애
정의 방식을 제시하지도 못했다. 근대문학기 최고의 베스트셀러였던 「옥중
화」를 의식해 "「獄中佳人」 등의 수많은 '一說'보다 完形의 現代小說로 만든
솜씨는 類作中 가장 뛰어난 '一說'"[50] 정도로 평가한 점은 바로 그 때문이다.

---

49 김용제, 「해설」, 『이광수전집』 3, 566면.

50 위의 책, 566면.

3) 1950년대 민주정치와 여권 신장에 대한 염원, 『탈선 춘향전』

이주홍李周洪(1906~1987)의 『탈선 춘향전』은 애초 1949년 부산 동래중 연극부의 공연을 위해 단막의 희곡으로 창작되었으며 『대중신문』에 연재되었다. 1950년 1막 '광한루 편'에 '월매집 편'이 추가되어 2막으로 늘려 재상연을 거듭하면서 1월 1일부터 『부산일보』에 연재를 시작했고, 이를 장편소설로 개작해 1951년 남광문화사에서 『탈선 춘향전』으로 처음 출간된 바 있다.[51] 이 작품은 애초 '재담극才談劇'으로 창작됐기에 소설에서도 해학적인 면이 강하게 남아 있으며 최근에도 연희단거리패에 의해 재담극으로 계속 상연되고 있다.[52] 재담극을 소설로 개작하여 '유-모어 소설'이란 부제가 붙은 『탈선 춘향전』은 모두 10장으로 구성됐으며 각 장의 제목과 간략한 내용은 아래와 같다.

① 꽃과 달과 물찬 제비	광한루에서 춘향을 보고 반한 이몽룡이 방자를 통해 만나려고 시도하지만 강경한 춘향의 태도에 물러선다.
② 와서 웃고 가서 울고	방자를 앞세우고 춘향을 찾아가지만 판수가 등장하여 춘향과 이몽룡이 이별할 거라고 예견하여 사랑은 나누지도 못하고 집에서 쫓겨 나온다.
③ 루팡 때문에	가짜 이몽룡이 등장하여 오히려 이몽룡이 투옥되어 곤욕

---

51 이주홍, 「後記」, 『脫線春香傳』, 신구문화사, 1955, 260면 참조. 이 책자는 1951년 남광문화사에서 간행한 판권이 신구문화사로 넘어가면서 1955년 재발간 됐다. 앞으로 작품의 인용은 여기에 근거하고 괄호 속에 '탈'이라 적고 면수만 표시한다.
52 재담극 〈탈선 춘향전〉은 향파 이주홍 탄생 100주년을 맞아 2006년 부경대에서 공연된 이래 2007년 밀양공연예술축제를 비롯한 많은 연극축제에서 빈번하게 공연되고 있는 실정이다. 최근에는 2013년 8월 26일~9월 1일에 연희단거리패에 의해 대학로 예술극장에서 공연되었다.

을 당한다.

④춘향의 샛서방 　춘향과 이별하고 서울로 가다가 남원역에서 잠깐 졸
　　　　　　　　던 중 꿈속에서 춘향이 가짜 이몽룡과 동침하는 현장
　　　　　　　　을 목격한다.

⑤향단은 댄스가 좋아 　방자와 결혼한 향단이 사교댄스에 **빠져있고** 방자는
　　　　　　　　강냉이 튀밥을 팔아 살아간다.

⑥계집될 뻔한 변학도 　신임부사로 내려온 변학도가 춘향에게 수청을 강요했
　　　　　　　　지만 춘향이 거부하자 매를 때리던 중 졸도하여 앰뷸런
　　　　　　　　스에 실려 병원으로 간다.

⑦분렬식 뒤에 오는 것 　변학도는 여자로 태어날 자신의 액땜을 위해 생일잔
　　　　　　　　치에 옥에 갇힌 춘향을 죽이려고 하고, 춘향의 편지를
　　　　　　　　전하려는 방자는 이몽룡을 만나 운봉옥에 갇힌다.

⑧꿈이 사람을 꾸다 　변학도는 꿈에 방망이가 자신을 공격하는 것을 보고,
　　　　　　　　암행어사가 된 이몽룡은 월매를 찾아가나 욕만 먹고
　　　　　　　　쫓겨난다.

⑨춘향의 탈옥사건 　춘향의 꿈을 판수가 해몽한 뒤 마침 옥문이 열려 광한
　　　　　　　　루로 갔다가 대기하던 이몽룡을 만났으나 수하에 의
　　　　　　　　해 다시 옥으로 들어온다.

⑩돌아온 향가취 　암행어사로 내려 온 이몽룡과 극적으로 해후한다.

　소제목부터 1950년대의 풍물세태를 반영하고 있으며 '럭키스트라이크(양
담배)', '동까스', 피난민, '국제시장', '댄스', '브랜디', '삐라', '향가취' 등 당
대의 풍물이 등장하고 당시 유행어를 서술에 적극 활용하였다. '만남-사랑

—이별—수난—재회'로 이어지는 「춘향전」의 고정된 서사 구조는 그대로 유지하고 있지만 시대 배경을 뒤섞어 놓고 인물의 역할과 사건을 대폭 변개하여 색다른 이야기로 만들었다.

그런데 이런 방식의 변개는 이미 1930~1940년대 웅초熊超 김규택金奎澤(1906~1962)에 의해 만문만화漫文漫畫〈모던 춘향전〉(『제일선』, 1932~1933)과 소설 「억지 춘향전」(『조광』, 1941)으로 이루어진 바 있다. 만문만화〈모던 춘향전〉은 만화에 사설이 추가된 것으로 1930년대 문화적 코드인 '모던'과 만나 형성됐으며[53] 소설 「억지 춘향전」은 소설을 주로하고 삽화가 덧붙여져 이 도령과 춘향이 춘향집에서 만나는 6회 분량까지만 연재되었다. 「억지 춘향전」은 〈모던 춘향전〉이 보여 주는 '에로 그로' 이미지를 벗어나 현실감 있게 세태를 반영하여 이 도령과 춘향의 만남에 이르기까지 다양한 에피소드를 전개함으로써 작품의 흥미를 높이고, 방자를 통해 당대의 세태나 신분적 문제에 대한 비판의식을 비중 있게 드러냈다고 한다.[54]

이런 「춘향전」의 모던화 연장선상에 이주홍의 『탈선 춘향전』이 위치한다. 그런데 여기서 두드러진 것은 춘향과 방자의 인물 형상과 여기에 따르는 사건의 변개다. 우선 춘향의 형상을 보자. 광한루에서 그네 뛰는 춘향을 보고 반한 이몽룡이 방자에게 춘향을 "데빌구 오라"(탈, 38면)고 시켜 말을 전하자 "그놈은 제 아비 덕에 두둑이 배나 불리고 들어 앉았을 일이지 가문 팔구 세도 팔아서 남의 집 미혼 처녀 농락하는 것만 직업이라더냐?"(탈, 38면)라고 거침없이 욕설을 내뱉으며, 관가를 들먹이는 방자를 향해 "그따위 대갈머리

53 여기에 대한 자세한 고찰은 고은지, 「1930년대 대중문화 속의 '춘향전'의 모던화 양상과 그 의미」, 『민족문학사연구』 34, 민족문학사연구소, 2007, 274~276면 참조.
54 최혜진, 「김규택 판소리 문학작품의 근대적 특징과 의미」, 『판소리연구』 35, 판소리학회, 2013, 275면.

는, 개밥통을 만들어버려두 부족한 게라구 그래. 난 서푼어치도 못되는 권력에 누질려서 사랑의 신성을 더럽힐 그런 천하고 썩어빠진 여성은 아니라"(탈, 38면)고 이몽룡의 초청을 당당히 거부한다. 춘향의 반응은 당당함을 넘어서 권력에 대한 강한 거부감을 드러냄으로써 그만큼 양반들의 권력에 강하게 저항하는 인물로 등장한다. 춘향의 이런 매몰찬 거절에 대해 작가가 텍스트에 개입하여 "이러다간 이 연극이 약속과는 달리 결렬이 되고 말게 아닌가"(탈, 38면) 하고 우려를 표할 정도다.

이 대목은 세속적인 형상이 두드러진 이고본李古本 「춘향전」의 춘향 형상과 유사하다. 방자의 전갈에 춘향은 "눈흘기며 욕을 하되, '애고 망칙해라. 재미X(씹) 개X(씹)으로 열두다섯발 나온 년석, 누깔은 어름의 잣바진 경풍한 쇠누깔갓치, 최생원의 호패 구역갓치 또 뚜러진 년석이, 대갈이는 어러동산의 문달래 따먹든 덩덕새 대갈이갓튼 년석'"[55]이라고 상스럽게 욕을 해댈 정도로 비속한 인물로 등장한다. 이 이고본 「춘향전」은 1940년 당시 많은 문학인들이 애독하던『문장』에 소개되었고, 이 잡지를 중심으로 '조선적인 것'에 대한 탐구가 이루어지던 무렵이니 많은 작가들이 여기에 관심을 기울일 수밖에 없었다. 이주홍 역시 1940년 집필한 시나리오 〈전원회상곡〉 속에 극중극의 형태로 1939년 조선성악회에서 공연한 신창극 〈춘향전〉 장면을 삽입하여 결말 부분을 작품의 반전에 활용하기도 했다. 이주홍에게 '조선적인 것'에 대한 탐구는 익숙한 것이었고, 문화운동의 측면에서 「춘향전」은 각광받는 소재였으니 당시 소개됐던 이고본 「춘향전」의 비속한 표현이 자연스럽게 수용된 것으로 보인다.[56]

---

55 이고본 「춘향전」,『문장(文章)』2-10, 문장사, 1940. 자료는『李明善全集』2, 보고사, 2007, 294면. 앞으로의 인용은 괄호 속에 '이'라 적고 면수만 표시한다.

광한루에서 실패한 이몽룡이 결국 방자의 인도로 밤에 무작정 춘향집으로 찾아가서 춘향을 만나게 되는데, 여기서도 춘향의 입장은 변함이 없다. 백년가약을 맺자는 몽룡의 말에 "백년가약을 하면 뭘 하나요?"(탈, 96면)라고 되묻고, "우리가 두 내외 되어서는 나는 벼슬을 구하여 당상 높이 백성을 호령"(탈, 96면)한다고 하자 "그래 벼슬이 되거들랑 백성의 수족이 되어 알뜰히 나라에 충성을 바침이 마땅하겠거늘, 높은 자리에 뭉개고 앉아 도리어 세도 지위로 백성을 괴롭히려드니, 이 어찌 내 낭군될 자격이 있겠소"(탈, 97면)라며 거절 의사를 밝힌다. 정치에 대한 자신의 입장을 분명히 밝혀, 지인지감을 느껴 사랑에 빠지는 『춘향전』의 춘향 형상과는 큰 차이가 있다. 이는 물론 춘향의 입을 빌렸지만 작가인 이주홍의 정치관일 것이다.

당대 정치에 대한 것뿐만 아니라 여성의 인권에 대한 입장도 단호하다. 어떻게 될 것인가라는 춘향의 물음에 "당신은 내 귀부인이 되어 여보게— 하고 부르거덜랑 네— 하고 노상 내 옆을 떠나지 않을 것이요"(탈, 98면) 하자, 춘향은 "그럼, 나는 아무 생명 없는 나무 둥치가 돼서 연장처럼 당신 시키는 대로만 해야 된단 말이오? 아예 난 갑니다"(탈, 98면)고 자리를 떠나려 해 결국 이몽룡이 "그래, 난 백성의 수족이 되어 당신의 인권을 존중하고 헐 테니 제발 그대로 일어서지나 마우"(탈, 98면)라며 자신의 입장을 수정할 정도로 춘향은 여성의 인권에 강경함을 보인다. 1950년대에는 여성이 남성의 보조적인 역할에 머물렀던 시절이었기에 이런 여권에 대한 강경한 입장은 당시의 실정으로는 진보성을 띤다.

춘향의 인물이 이렇게 강경하고 단호하니 이몽룡과 둘이 사랑을 나누는

---

56   김남석, 「1940~50년대 『탈선 춘향전』의 변모과정 연구」, 『한국문학이론과 비평』 61, 한국문학이론과 비평학회, 2013, 7~12면 참조.

첫날밤은 아예 등장하지도 않는다. 점치는 판수가 나타나 이몽룡이 춘향을 버리고 떠난다고 예언하자 월매가 이몽룡을 두들겨 패 내쫓고, 그 와중에 가짜 이몽룡이 나타나 이몽룡을 사칭하고 처녀들을 겁탈하고 다니는 바람에 진짜 이몽룡이 체포되고 옥에 갇혀 곤욕을 당하는 일까지 벌어진다. 「춘향전」과 전혀 다른 3~4장의 이야기가 여기에 해당한다. 그래서 이몽룡은 춘향과 "백년가약 맺은 몸이 사랑가 한번 못해보고 말"(탈, 128면)았다고 한다. 이는 『탈선 춘향전』이 애정서사의 형태를 띠고 있지만 실상 그 본질은 당대 정치와 세태를 풍자하는 이야기이기 때문이다.

그런데 이몽룡을 사칭하고 돌아다닌 도둑과 서울로 가기 위해 남원역에서 잠깐 잠이 들렸던 이몽룡이 조우를 하는데, 그 도둑이 다름 아닌 홍길동의 형상을 하고 있다. 종의 몸에서 태어났으며 이름의 항렬을 보아 "홍길동의 후예"(탈, 152면)임이 틀림없다 하여 「홍길동전」의 서사가 끼어들기도 한다. 이는 이몽룡과 춘향이 해후한 뒤 "이어서 어디선지 장중한 음악이 흘러왔다. 그것은 전날 이몽룡과 똑같이 생겼다는 시원스런 그 도적이, 지금 어디 머나먼 섬에서 이상국을 이루고 살면서 전파로 보내온 승리 축하의 대교향악이 었던 것이다"(탈, 258면)라고 『탈선 춘향전』의 이야기가 「홍길동전」과 무관하지 않음을 보여준다. 그것은 곧 '이상국'으로 대변되는 이상사회에 대한 바람을 메시지로 전한 것이다. 결국 작가는 춘향의 형상과 이에 따르는 사건 변개를 통해 1950년대 민주정치와 당당하고 주체적인 여성상에 대한 염원을 드러내고자 했으며, 그 여장서상에서 「홍길동전」의 이상국 이야기가 개입된 것이다.

한편 춘향의 형상 못지않게 두드러진 인물이 방자다. 방자는 '나용쇠'라는 이름을 가지고 있을뿐더러 이몽룡의 언행에 사사건건 시비를 걸고 비난하기도 하며 풍자를 해대기도 한다. 그런 점에서 단순히 수동적 하인이라기보다 신분 갈등을 느끼면서 양반의 권위에 도전하는 능동적 인물이다. 이몽룡과 같이 광한루로 가던 중 '방자'라 부르며 하대下待하는 소리에 심기가 불편해 방자는 이렇게 대든다.

> "아이 도령님도! 세상에 허다한 구실 다 두구서 이런 방자된 것만도 원통한데 하필 밑구멍을 파내서 부를 건 무업니까?"
> 눈을 딱 부릅뜨고 대드는 쎄가 상하구별도 잊어먹은 태도다. (…중략…)
> "그런데 그 많은 사람 가운데 하필 절 부르길 꼭 '애 방자야!' 하고 부른단 말씀 이죠."
> "그래서"
> "그러자 하니 화가 나서 견디겠어요? 그래서 '이놈아, 다 같이 타구난 인생에 다 같이 주장할 인권이 있다! 양반은 씨가 있으며, 방자는 뱃속부터 생긴 방잔줄 아느냐!' 하구는 요렇게 한 대 쥐어질렀죠."
> 도령의 턱밑으로 주먹이 들어온다.(탈, 14~15면)

방자는 이 도령 앞에서 전임부사 아들을 혼내준 얘기를 하면서 당당하게 자신의 '인권'을 주장한다. 물론 이는 조선 후기가 아니라 1950년대의 인식으로 「춘향전」을 변개하여 방자와 같은 하층민들도 누구나 인권이 있음을 주장한 것이다. 그러기에 방자는 당당하다. 이런 방자의 태도는 춘향의 집을 가는 과정에서 노골적으로 드러난다. 이몽룡이 춘향 집을 알기 위해 "끓어오르는 생각 같아서는 금방이라도 빰따귀가 올라갈 일이로되 거실리자니 사세 난관이라 하는 수없이 또 이쪽에서 무릎을 꿀 수밖에 없다"(탈, 49면)며 "형님!

방자 형님! 그 심성 좋던 방자 형님이 각중에 맘이 변하셨단 말씀이오. 그 몸이야 비록 천할망정 그 심성의 어질고 점잖음이야 어찌 공자 맹자에 뒤질 게 있으며……"(탈, 50면)라고 아부를 하는 지경에 이르고, 무명 바지저고리, 한산모시 두루마기, 삼성 버선, 공단 조끼까지 해 주기로 약속하지만 "방잣 놈은 몽룡의 진을 잔뜩 빼놓을 양으로 골목이란 골목은 빠짐없이 돌아다니"(탈, 63면)며 지치게 한 다음 마지막에 춘향의 집을 찾아 간다. 역시 이고본 「춘향전」에서 춘향을 불러오라는 전갈에 "반상분의班常分義 내버리고 형우제공兄友弟恭 하옵시다"(이, 293면)고 하여 자신을 형으로 부르도록 하며, 춘향 집을 찾아갈 때는 아예 "아버지"(이, 300면)라고까지 부르게 할 정도로 이몽룡을 조롱했으니 이런 방자의 형상을 『탈선 춘향전』에서 활용했으리라 보인다.

춘향 집에 이르러서도 갖은 방법을 이용해 이몽룡을 조롱하다가 「배비장전」의 뒤주 장면을 활용한다. 개구멍을 통해 간신히 빠져 나와 춘향 집으로 들어왔는데 향단이가 나타나 "지 지 지금 말씀이 경을 읽고 있으니까 비몽사몽간에 신령님이 말씀하시기를 춘향 아씨가 갑자기 앓게 된 것은, 오늘 광한루에서 어떤 맘에 맞잖은 일을 당한 까닭이라구…… 그래, 그 병 준 귀신은 목신이라고 한다니, 제 생각으로는 도령님 성인 이가가, 나무 목 밑에 아들 자 했으니 영락없이 도령님일 것 같애요"(탈, 77면)라며 호들갑을 떨며 월매가 떡메를 들고 나온다고 전하여 몽룡과 방자는 뒤주 속에 숨는 지경에 이른다. 월매는 "남원천지 넓은 땅에 어디 갈 데가 없어 하필 내 집으로 찾아 들어왔노. 이 원수 놈의 목신아 떡메 받아라, 횟세!"(탈, 79면) 하며 떡메로 뒤주를 내리치고 그 속에서 방자와 몽룡이 나와 "넌 이놈의 새끼 뉘집 자식고!"(탈, 80면)라는 욕설을 들어가며 갖은 망신을 다 당한 뒤에야 이 도령으로 대접을 받는다.

방자와 이몽룡의 관계는 천민이라 사람 취급을 안 하고 사사건건 무시당하는 신분 갈등에서 촉발되어 주객이 전도된 '역할 바꾸기'[57]로까지 발전하게 된다. 작품의 전반적인 경향은 해학을 위주로 전개되지만 방자와의 관계에서는 「배비장전」을 패러디했듯이 조롱과 해학의 수준에 머물러 있는 「춘향전」보다는 훨씬 통렬한 풍자가 들어있는 「배비장전」에 가깝다. 이주홍도 이와 관련해 "「裵裨將傳」이니 「장끼傳」이니 하는 諷刺文學"(260면)을 언급한 바 있다. 그런 면에서 방자는 양반의 질서를 위반하고 충동적인 반항심을 노출하는 '전복형 인물'인 셈이다.[58]

그런데 방자의 형상은 이몽룡과의 대척점에서 양반 세력에 대하여 비판하고 풍자하는 전복형 인물로서 그치지 않는다. 작품에서 이몽룡과 춘향의 사랑이 제대로 진행되지 않자 그 애정서사의 빈자리를 방자와 향단의 사랑이 메꾼다. 처음 춘향을 부르러 갈 때도 그렇거니와 이몽룡을 춘향 집에 데려가서는 밖에 기다리라 하고 자신은 향단과 오래도록 사랑을 나누기까지 한다. 첫날밤 장면에서 방자와 향단이는 오히려 춘향과 이몽룡이 언쟁을 하고 떠난 빈자리를 차지하고 앉아 유쾌하게 백년가약을 맺는 지경에 이른다.

> 방자와 향단이는 이 도령이 앉았던 자리로 올라가서 버젓이 자리를 잡고 앉았다.
> 내려다보니 만수성찬이 눈을 어지럽힌다.
> "자, 너두 먹어라."
> 양반은 두고 보는 모양이지만, 상놈은 먹고부텀 보는 판이다. (…중략…)
> "잡소리 집어치구서, 우리가 장차 내외가 된다면 당신은 뭘 하겠수?"

57 한채화, 『개화기 이후의 「춘향전」 연구』, 푸른사상, 2002, 108~110면 참조.
58 김남석, 앞의 글, 13면.

"만년 방자지, 뭐 될 게야? 그래, 방자도 좋아. 똥구루마를 끌더라도 뜻만 맞으면 되지 뭐."

"뜻이 어쩌면 맞을까?"

"뭐 별것 있어, 당신 돈 벌어 오문 쌀사구."

"쌀 사서는?"

"내가 밥 짓구." (…중략…)

"그럼 오-케이!"

두 사람은 웃으면서 쨍그렁! 하고 술잔을 마주쳤다. (탈, 100~101면)

춘향과 이몽룡의 인연은 쉽게 이루어지지 않아 서로 신경전을 펼치지만 방자와 향단의 사랑은 보다 적극적이고 유쾌한 모습을 띠고 있다. 결국 이들은 결혼에 이르고 아들 깨돌이를 낳아 행복한 가정을 꾸리게 된다. 방자는 가정생활에도 적극적이어서 말집에 취직했다가 이발소를 차리고 나중에는 강냉이 튀밥을 팔아 가족을 부양하며 살아간다. 그런데 방자네 집은 "피난민들 통에 방 한 칸 구하기란 하늘의 별 따기보다 어려운 형편"(탈, 173면)으로 월매 집에 얹혀 사는데 향단은 당시 유행이던 사교댄스에 빠져 춤추러 다니고 방자는 이를 못마땅하게 여기지만 사세가 그러하여 어쩔 수 없이 따른다. "그러나 어이하랴. 이것도 선진국을 따르려는 선각자들의 개명운동이라 함에야"(탈, 173면)라고 향단의 춤바람을 인정한다. 한국전쟁 후의 사회상과 세대를 슬쩍 끼워 넣어 향단이의 행태를 통해 여권 신장을 드러내고자 함이다.

『탈선 춘향전』은 춘향과 이몽룡의 관계를 통해서 1950년 당대 민주정치의 이상과 여권 신장을 실현시키는 장치로 활용했으며, 대신 결여된 애정서사의 빈자리를 방자와 향단의 유쾌하고도 통속적인 사랑으로 메꾸고 있다.

그런 점에서 오히려 애정서사의 중심축은 방자와 향단에게 있는바, 이들의 결혼 후 생활까지 보여줌으로써 한국전쟁 이후 사회상과 세태를 적절히 반영하고 있다.

『탈선 춘향전』은 당대 정치적 이상과 지배 계층에 대한 비판을 「춘향전」의 인물과 사건을 변개하여 흥미롭게 전개시키고 있는 작품으로 미학적 주조는 해학이다. 춘향, 이몽룡은 물론 방자와 향단, 월매까지 다소 우스꽝스럽게 비틀어서 웃음을 자아내고 그 과정에서 작가가 보여주고자 했던 1950년대의 정치적 이상을 펼쳐 보이고 있다. 한 대목을 보자.

> 나도 이때까지는 이 나라의 위대한 문학가가 될 양으로 그 방면의 공부만을 두문불출 전공해 왔었소. 시전(詩傳)이나 고문진보(古文眞寶)쯤은 벌써 어금니 나기 전부터 졸업을 했었소. 궤-테도 거쳤소. 섹스피어도 다 알아왔소. 그러나 나는 밝은 정사인(政事人)의 출현이 오늘날처럼 시급을 요하는 시대가 없음을 알았소. 나는 지금 법학 전공을 하여 영예스러운 벼슬의 문(門)에 오르랴는 것이오. 나 한사람의 출세를 위한 수단도구로서의 벼슬이 아니라, 진실로 만백성의 권익과 복리를 위해서 몸을 받힐 수 있는 건전하고도 영예스러운 벼슬이 될 것이오.(탈, 139면)

오리정五里亭에서 춘향과 이별하는 이몽룡의 이 발언은 시대착오적이고 우스꽝스럽지만 그 속에는 자유당 정권의 부정부패가 만연했던 1950년대의 정치적 이상과 염원이 들어 있는 것이다. 그 절정은 원전과 마찬가지로 춘향이 수청을 거부하면서 변학도에게 대들거나 매를 맞으며 부르는 〈십장가〉 대목이다. 변학도가 춘향의 발악을 "저 년이 법 맛을 못 봐서"(탈, 189면) 그런다고 하자 "법이라니 말 잘 했소. 유부녀 강간하라는 법은 어느 육법전서에 쓰여 있소?"(탈, 189면)라고 대들며 "벼슬을 주셨을 젠 백성 잘 다스리라 일르셨지 없는 죄 만들어 씌워 사람 치라고 하셨소?"(탈, 189면)라고 오히려 변학도를 공격한다.

더욱이 〈십장가〉 대목에서는 매의 숫자에 해당하는 사설을 현재화시켰다. 원전 「춘향전」의 정절과 연관된 전례와 고사성어처럼 여기서는 '이번 매'에 "이십 세기는 아닐망정 이상의 정치는 민주정치, 이치에 맞잖는 사리사욕에 이 나라 이 법을 망치려오"(탈, 189~190면) 하며, '삼번 매'에는 "삼일의 정신 으로 합쳐질 관민마음의 삼팔이란 웬 말이요"(탈, 190면)라고 1950년대 자유 당 독재정치에 대한 비판과 민주정치와 민족통일에 대한 염원을 드러내고 있다.

옥에 갇혀 죽게 된 춘향과 암행어사로 내려온 이몽룡이 재회하는 마지막 부 분에서 남원의 '과부동맹'에서 내건 "브랑카-드"를 통해서도 작품의 정치적 지향이 어디에 있는가를 분명히 강조하고 있는데, 그 내용은 "여성을 노예로 부터 해방하라! 정치의 민주화 만세!"(탈, 248면)다. 곧 이 작품은 「춘향전」의 서사 구조를 그대로 따라가되 각 장면들을 당대의 재담과 해학의 방식을 활용 하여 1950년대 자유당 독재정권에 대한 비판과 민주정치에의 염원, 여성의 동등한 권리를 주장하는 것으로 변개한 것이다. 재담을 통한 이런 해학과 풍 자의 방식은 원래 판소리가 지니고 있는 본질적인 생명력이고 『탈선 춘향 전』은 그런 미학적 장치를 복원한 셈이다. 작품의 「후기」에서 "나는 諧謔의 面 을 通하여 이 古典을 뚫고 들어다보는 것도 意義없는 일은 아니라고 생각해 왔다. 그것은 곧 이 古典을 現代化 하는 데의 좋은 지름길이 되는 한 樣式이 될 것이기 때문이다"(「후기」, 260면)라고 작가가 강조한 것이 바로 그 점일 것 이다.

4) 1960년대 '어두운' 정치현실의 알레고리, 「춘향뎐」

최인훈崔仁勳(1936~2018)의 「춘향뎐」은 "가장 어두운 중세의 밤을 보낸 여자"[59] 춘향을 소개하는 것으로 작품을 시작한다. 원전 「춘향전」에서 춘향은 수청 거부로 인한 변학도의 폭력을 이겨내고 이몽룡과 다시 만나 행복한 삶을 살았던 여자다. 춘향은 그렇게 수난의 과정을 겪으며 양반의 노리개가 아닌 주체적 여성으로서의 삶을 살고자 했다. 그런 점에서 스스로 '신분 해방'을 이루었다고 평가한다. 그런데 왜 가장 '어두운' 중세의 밤을 보냈다고 했을까?

최인훈의 「춘향뎐」 변개는 바로 춘향이 옥에 갇힌 '어두운' 지점에서부터 문제를 제기하고 이야기를 변개하였다. 만약 이몽룡이 집안에 문제가 생겨 과거에 급제하지 않았다면 어떻게 됐을까? 그래서 아무런 힘도 행사하지 못한다면 춘향의 운명은 어떻게 됐을까? 그런데 정말로 이몽룡이 아닌 다른 사람이 암행어사가 되어 나타났다면 어떤 일이 벌어졌을까? 최인훈의 「춘향뎐」은 이렇게 「춘향전」의 인물 역할과 주요 사건들을 비틀고 변개해서 이야기를 만들었다. 작품은 여러 사건들이 서로 얽혀 있는데, 주체나 시점에 따라 6개의 삽화로 나누면 이렇다.

① 옥에 갇힌 춘향(춘향)

② 멸문지화를 당한 이몽룡(이몽룡)

③ 춘향을 굴복시키려는 변학도(변학도)

---

59 최인훈, 「춘향뎐」, 『웃음소리』, 민음사, 1996, 56면. 이 작품은 처음 『창작과 비평』 1967년 여름호에 실렸었다. 작품의 인용은 일일이 각주를 달지 않고 괄호 속에 '춘'이라 적고 면수만 표시한다.

④ 월매를 찾아간 이몽룡(이몽룡)

⑤ 작가의 설명과 춘향·이몽룡의 '밤도망'(작가)

⑥ 심마니 노인과의 조우(심마니 노인)

이런 6개의 각기 시점을 달리한 삽화들이 모여 「춘향뎐」을 이루었다. 그런 점에서 「춘향뎐」은 다층적인 시선의 여러 이야기가 모여 형성된 작품이다. 그만큼 작가가 전하려는 메시지도 단순하지 않고 하나의 사건도 여러 관점에서 볼 수 있는 여지를 남기고 있다.

①삽화는 옥에 갇힌 춘향의 시점에서 이야기가 전개된다. 「춘향전」의 문맥대로 춘향은 오로지 이몽룡만을 생각하며 하염없이 기다리고 있는데 그 앞에 녹의홍상을 입은 귀신이 나타나 자신의 신세를 한탄하며 "정렬貞烈도 한갓 뜬구름, 부질없는 사로잡힘"(춘, 57면)이라고 주장한다. 춘향에게 살 길을 찾으라고 하는 것이다. 이 귀신은 원전 「춘향전」의 옥중 꿈속에 등장하는 황릉묘黃陵廟의 이비二妃를 비롯한 숱한 열녀들을 변개한 것으로 「춘향전」에서는 열烈의 가치를 드높이는 역할을 했는데, 여기서는 정반대의 말로 회유한다. 현대적 변개라고도 할 수 있겠지만 실상은 변학도가 춘향의 마음을 돌리기 위해 기생 홍도紅桃에게 시킨 일이다. 옥중 꿈 속 삽화를 정반대의 실제 사건으로 바꾼 셈이다.

②삽화는 멸문지화滅門之禍를 당한 이몽룡의 처지에서 사건이 벌어진다. 이 대목은 「춘향전」 어느 이본에도 없는 부분으로 최인훈의 독창적인 변개다. 이몽룡의 부친이 역적으로 몰려 귀양을 갔으며 자신은 역적의 자손으로 아무런 희망도 없었기에 남원으로부터 올라온 춘향의 상황을 알리는 급박한 편지는 "얼마 남지도 않았을 그의 넋을 마저 빼버린 것"(춘, 58면)이었다. 그

래서 이몽룡은 춘향보다도 "더 어두운 밤을 밝히고 있었다"(춘, 57면)고 한다. 정말 "춘향을 살릴 힘이 그에게는 없었"(춘, 58면)다. 앞으로 춘향의 운명은 어찌 될 것인가?

③ 삽화는 시점이 변학도로 바뀌었다. 춘향의 수청 거부가 그에게는 도저히 용납하기 힘든 일이었다. 더욱이 이몽룡이 멸문지화를 당해 희망이 없는데도 버티는 심사는 변학도의 자존심을 자극했다. 그래서 변학도는 "지금으로서는 그에게 남은 것은 오기밖에 없었다. 정히 끝까지 항명하면 물고를 내어 관장의 지엄함을 보여야 할 것이라고"(춘, 59면) 결심한다. 실상 「춘향전」에서도 '관장발악官長發惡'한 것을 문제 삼아 춘향을 매질하고 옥에 가두었으니 관장의 자존심 회복이라는 측면에서는 원전과 동일한 논리를 보여준 셈이다.

④ 삽화는 월매를 찾아간 이몽룡의 이야기다. 「춘향전」에서는 비록 남루한 차림을 했지만 암행어사가 되어 춘향을 살릴 수 있는 능력을 지니고 있기에 당당함을 감추고 있었다. 거지꼴을 한 이몽룡에 대한 월매의 핀잔이나 춘향의 낙담도 오히려 사실을 알고 있는 청자나 독자들에게는 결말의 극적 반전에 대한 즐거움을 배가 시켰다. 하지만 「춘향뎐」에서는 이미 집안이 망해 과거에는 참여할 수 없고 더욱이 "부친 이공은 배소에서 약사발을 받았던 것"(춘, 59면)이기에 더욱 절망적이었다. 그럼에도 이몽룡은 춘향을 살려보려고 남원을 찾았던 것이다. 「춘향뎐」의 표면적인 이야기는 기존 「춘향전」의 문맥대로 진행되지만 이야기 속에 담긴 의미는 완전히 상반된다. 이를테면 이몽룡을 위한 월매의 기원祈願이 「춘향전」에서는 과거급제의 축수祝手처럼 보이지만 「춘향뎐」에서는 "독 묻힌 화살"(춘, 60면)로 가슴에 박힌다. 옥방의 춘향을 찾아보고 나서도 "오냐 춘향아 서러워마라. 인명이 재천인데 설만들

죽을 소냐"(춘, 62면)고 하지만 암행어사가 아니기에 그 말은 확신이 없다. 그럼에도 불구하고 암행어사가 아닌 이몽룡은 춘향을 살리기 위해 모종의 일을 계획하고 있었다. 월매와 사랑방에서 늦도록 이야기를 나눈 끝에 "자네 심정은 내가 알겠네. 이 지경에 별 도리가 있겠는가. 고마우이"(춘, 63면)라며 월매가 말을 건네는 것을 보아 서로 간에 모종의 계획이 묵인됐음을 알 수 있다.

⑤삽화는 작가가 본격적으로 텍스트에 개입하여 이제까지의 상황을 정리해 설명하고 "여기서 우리는 원본 춘향전과 갈라져야 되겠다"(춘, 63면)고 선언하면서 「춘향전」 서사와는 전혀 다른 방향으로 이야기를 끌고 간다. 이제까지 암암리에 단순한 수화자로 존재하던 독자들을 내포독자로 끌어들여 작가와 같이 '공동 창작자'가 되도록 책무를 부여한 것이다.[60] 텍스트 자체의 문맥을 변개하여 이를 현실과 대체시키고 그 변개의 공모자로 독자들을 끌어들이기 위한 전략이다. 그만큼 이제부터 진행되는 서사의 변개가 중요한 까닭이다.

여기서 핵심적인 사건은 누군지 알 수 없는 암행어사의 등장이다. 기존 「춘향전」에서처럼 암행어사가 출두했지만 그는 당연히 이몽룡이 아니다. 춘향은 "동헌 뜰에 높이 앉은 암행어사가 갈 데 없는 서방님 이몽룡이거니 한 춘향의 아름다운 환상은 얼굴을 들라 소리에 기다렸다는 듯이 올려다보는 참에 쉽사리 깨어졌다"(춘, 64면)고 한다. 이는 「춘향전」의 낭만적 결구를 인정하지 않으려는 냉족한 현실의 개입이다.

문제는 변학도에 대한 처리다. 그런데 춘향의 문제와 별개로 여기서 작가

---

60 황혜진, 『춘향전의 수용문화』, 월인, 2007, 132~133면 참조.

가 개입하여 변학도의 처지를 설명하고 변호까지 한다. 작가의 얘기를 정리하자면 변학도는 「춘향전」 이야기의 공식대로 '봉고파직封庫罷職'되었지만 과연 그럴만한 죄를 범했는지는 따져봐야 한다는 것이다. 여염집 여자에게 수청을 강요한 것을 가지고 폭정을 했다고 몰아붙이는 것은 여러모로 생각해봐야 한다고 말한다. 그리고는 느닷없이 작품을 썼던 1960년대와 비교하면서 "우리처럼 인권이 완전히 보장돼서 관에 의한 사생활의 침해가 완전히 없는 현대 한국 시민의 생활 감정으로 재어볼 때 그렇다는 것이고 권력에 갇힌 어두운 중세의 밤을 살던 옛사람들에게는 그 한 가지만 가지고 지방관장을 좋다 나쁘다 할 수는 없었다는 이야기다"(춘, 63면)라고 엉뚱한 주장을 한다. 춘향에게 수청을 강요한 것이 작가가 살았던 당시의 상황에서 볼 때는 문제가 되지만 춘향이 살았던 시대에는 그리 큰 문제가 되지 않는다는 것이다.

무슨 메시지를 전하기 위해 작가가 개입하여 당시와 비교하여 변학도를 옹호하려한 것일까? 바로 작가가 살았던 1960년대, 곧 "인권이 완전히 보장돼서 관에 의한 사생활 침해가 완전히 없는" 당대를 풍자하기 위해서다. '완전히'라는 말이 한 문장에서 두 번이나 반복될 정도로 인권이 보장되고, 사생활의 침해가 전혀 없는 그런 시대라고 강조했지만 이것이야말로 통렬한 아이러니다. 작품이 발표됐던 1967년은 주지하다시피 군사정권의 담당자인 박정희가 재선에 도전한 6대 대통령선거에서 숱한 부정에도 불구하고 야당 후보 윤보선을 30만 표차로 아슬아슬하게 이기는 일이 벌어진 해이며 선거 결과에 놀란 군사정권에서는 '중앙정보부' 등의 정보기관을 더욱 강화해 국민에 대한 감시와 인권침해가 매우 고도화된 시기이기도 했다. 그러니 작품에서 얘기하는 인권보장과 사생활 침해는 실상 정반대의 주장이 된 것이다.

그런데 작가가 하고 싶은 얘기는 여기서 끝나지 않는다. 변학도의 봉고파직이 "개인 변학도가 감당할 죄가 아니요 구정권의 이데올로기에 돌려져야 할 화살"(춘, 64면)이라는 것이다. 그렇다면 변학도는 앞 시대 정권 이데올로기의 희생양이라는 얘기다. 1961년 5·16군사쿠데타로 집권한 군사정권의 구정권은 '어두운 밤'을 강조한 자유당 정권으로 그 전횡도 문제 삼았다.

문제는 변학도를 봉고파직 시킨 암행어사가 결코 춘향에게 우호적이지 않다는 것이다. "춘향을 소실로 소망"하여 "열녀를 맞아 부귀영화를 같이하고 싶다"(춘, 65면)는 말을 월매에게 전하고 월매는 "뜻을 받들어 모시겠다고 연통을 하"(춘, 65면)였던 것이다. 늑대를 피하려다 호랑이를 만난 격으로 "이몽룡 성춘향 양인의 앞에는 여전히 캄캄한 밤이 기다리고 있었다"(춘, 64면)고 한다. 오히려 춘향에게는 더 암담한 상황이 펼쳐져 있는 것이다.

> 춘향은 눈앞이 캄캄하였다. 옥중에서 새운 밤은 이에 비하면 아무것도 아니었다. 지금 경우는 기다릴 이몽룡도 없고 믿을 모친도 없었다. 한 사람은 장모 눈치 보는 기둥서방이요, 한 사람은 적이었다. 그날 밤 그들 두 남녀의 방에서는 늦게까지 두런두런 말하는 기척이 들렸다. 캄캄한 밤이었다.(춘, 65면)

도와줄 사람 하나 없는 춘향과 이몽룡의 처지는 1960년대 군사정권 시대의 정치상황과 겹치며 작가는 당시가 '옥중에서 새운 밤'에 비하면 아무 것도 아니라고 노골적으로 말한다. 이제 이들이 서로의 사랑을 지키기 위해서 할 수 있는 일은 '밤도망' 밖에 없어 그날 밤 그들은 군사정권으로 상징되는 '캄캄한 밤'을 피해 소맥산맥 기슭으로 숨어 들어간다.

작가가 개입하여 변학도를 변호하고 봉고파직을 정치적 역학관계에 의해 자행된 일로 해석했다. 그 과정에서 '구정권의 이데올로기'라든가 '인권보장'과 '관에 의한 사생활 침해'를 언급함으로써 「춘향뎐」의 서사를 노골적으로 1960년대 정치적 알레고리로 읽히도록 변개하였다. 이 부분에 와서 작가가 개입하여 독자를 공모자로 끌어들여 그렇게 몰고 간 것이다. 그러다 보니 「춘향전」의 문맥을 따라 진행됐던 앞선 이야기들이 정치적 자장으로 재소환된다.

춘향은 "가장 어두운 중세의 밤을 보낸" 여자라고 했다. 다분히 정치적 함의가 있어 보인다. 해방 이후 우리의 정치사가 그러지 않았던가. 그런데 사랑하는 사람인 이몽룡은 배소에서 사약을 받은 '역적'의 자손으로 멸문지화를 당해 춘향을 구할 아무런 능력도 없다. 그럼에도 변치 않고 사랑한다. 그 고귀한 사랑은 변학도로 상징되는 자유당 정권의 압력과 회유에도 굴하지 않는다. 심지어는 능력도 없지만 춘향을 옥에서 빼낼 결심을 했다. 그리곤 새로운 암행어사가 춘향에게 수청을 요구하자 그들의 사랑을 지키기 위해 소백산 기슭으로 숨어 들어간다. '정렬貞烈'이라는 중세의 도덕적 잣대로는 잴 수 없는 이들 끈질긴 사랑의 정체는 무엇인가? 변학도가 구정권, 곧 자유당 정권이고 신임 암행어사가 쿠데타의 세력이라면 이들이 지키고자 하는 진정한 사랑은 4·19혁명에서 5·16군사쿠데타를 거치면서 자유당 정권과 군사정권의 폭압과 회유 속에서도 꺾이지 않는, 진정한 민주주의를 지키려는 노력과 의지가 아닐까?

그런데 ⑥ 삽화에서 이들은 폭력의 세계를 피해 '밤도망'을 해서 소백산 기슭에 숨어들었다가 어떤 심마니 노인에 의해 발견되었다. 성춘향과 이몽룡이 아니라 '아낙네'와 '남정네'라는 익명성으로 발견된 것이다. 심마니 노인이 기억하는 것은 이들이 이 더러운 세상과 대비되는 "정결한 산의 식구" (춘, 67면)들이었다는 사실이다. 아낙네도 "이 세상사람 같지 않게 아름다웠"

(춘, 66면)으며, 집과 살림살이도 깨끗하고 깔끔해 보였다. 다만 남정네가 세상에 관심이 많아 "세상 돌아가는 일을 이것저것 물으면서 긴 이야기를 바라는"(춘, 66면) 처지로 세상에 대한 통로를 열어두고 싶어 했다. 특히 사약을 받고 죽은 아버지에 대한 소식이 그랬다.

하지만 이마저도 아낙네는 매몰차게 거부한다. 그래서 세상 소식을 듣고 싶어 하는 남정네의 언행에 다음과 같이 비속한 말로 꾸짖는다.

> "씨팔놈의 세상일 알아서 뭐 할랍디여?"
> 그러자 웅얼웅얼하는 남정네의 목소리.
> "오매 속 뒤집는 소리 마씨요잉. 효도에도 양반 상놈 있습디여."
> 이번에는 남정네의 대꾸가 없다.(춘, 67면)

이런 비속한 말투는 '아름다운' 아낙네와 어울리지 않는다. 바로 어둠이 지배하는 더러운 세상을 상징하기 때문이다. 이런 말을 통해 밖의 세상을 조롱한 것이다. 저 더러운 세상과 차단하여 자신들만의 세상을 구축, 정결한 산의 세계와 어둡고 더러운 세상을 이분법적으로 나누어 그들의 정결한 세계를 지키고자 했던 것이다. 그래서 다시 그곳을 찾아간 심마니 노인은 결코 그들을 만날 수 없었다. 이른바 그곳이 '무릉도원武陵桃源'이었던 셈이다.

하지만 심마니 노인은 그들을 만나지 못하고 대신 "양귀비 허벅다리"(춘, 68면) 같은 엄청나게 큰 산삼을 발견한다. 사람들의 말에 얼굴이 뜨거워지는 것을 느끼지만 결코 그들의 얘기를 꺼내지 않았다. 심마니 노인이 다시 찾아갔지만 찾을 수 없다는 것은 「도화원기桃花源記」가 그렇듯이 어쩌면 그 이상향이 현실에서는 존재하지 않는다는 반증이기도 하다. 그렇다면 엄청나게 큰 산삼은 무엇인가? '탈인격화되고 육감적인 이미지로 전환'[61]된 것이지만 흔히 전기傳奇소설을 보면 환상 속에서 사건이 전개되고 난 뒤 정신을 차리고 보니 증거물이 남아 있는 것처럼 '양귀비 허벅다리' 같은 산삼은 희망의 증거로 현실에서 남아 있는 것이다.

그럼에도 세상은 '칠흑 같은 어둠'이 여전히 남아 있다고 한다. 게다가 춘향은 그 어둠을 "그토록 사랑하면서 그토록 두려워"(춘, 68면)하기까지 했다. 5·16군사쿠데타 이후 군사정권의 폭압적인 정치현실이 '칠흑 같은 어둠'으로 남아 그것을 물리칠 어떤 구체적 전망도 부재하지만 적어도 그 현실을 인정하면서 어둠을 몰아낼 소망이 기적의 산삼처럼 남아 있는 것이 아닐까? 어둠의 세상을 피해 익명성으로 자신들의 존재를 감춘 채 소백산에 들어가 서로의 사랑을 지킨 이들 춘향과 이몽룡의 애절한 사랑이 산삼으로 남았다는 암시가 그것이 아닌가. 최인훈은 「춘향뎐」의 알레고리를 통해 1960년대 '어두운' 정치현실을 노골적으로 드러내면서 그 속에 민주주의에 대한 희망의 씨앗을 사랑의 소산인 '산삼'으로 남겨두었던 것이다.[62]

61 한혜선, 「최인훈의 「춘향뎐」을 읽는다」, 『한국 패러디소설 연구』, 국학자료원, 1996, 126면.
62 차봉준, 「최인훈 「춘향뎐」의 패러디 담론과 역사인식」,(『한국문학논총』 56, 한국문학회, 2010, 472면)에서 작가의 의도가 "모든 인물들이 당면한 현실을 '어둠'으로 인식함에서 출발하여 춘향과 몽룡의 사랑이 비현실적 세계에서라야 그 실현이 가능할 것이라는 암울한 예견으로 마무리되고 있다". 하지만 산삼의 존재를 염두에 둔다면 미래에 대한 희망을 남겨둔 것으로 읽힌다.

5) 1990년 '3당 합당'에 대한 신랄한 풍자, 「옥중가」

최인훈이 「춘향뎐」을 통해 1960년대 정치현실을 알레고리화했다면 임철우林哲佑(1954~) 역시 「옥중가」를 통해 1990년의 정치현실을 우의寓意로 표현하고 있다. 「옥중가」 역시 제목이 그렇듯이 이야기는 춘향이 갇힌 '남원 옥'으로부터 시작된다. 하지만 그곳은 「춘향뎐」의 감옥처럼 어둡고 절망적인 곳이 아니라 온갖 인간 군상들이 모여 시장바닥처럼 소란스런 곳이다. 그곳에서부터 왜 춘향의 이야기를 시작하는가? 기존 「춘향전」의 공식처럼 변학도에게 수청을 거부하여 들어오게 됐는데, 실상은 "처음부터 끝까지 월매의 치밀하고도 영악하기 그지없는 계산과 조종에 의해 이루어진 일이었"[63]기 때문이다. 변학도에게 수난을 당하는 장치로 기능함으로써 독자들이 예상했던 '기대지평'을 완전히 전복시키고 전혀 다른 이야기를 하기 위해서 기존 「춘향전」의 이야기를 시작부터 대폭 변개한 것이다.

춘향은 이몽룡이 떠난 뒤 "그동안 그 어린 녀석에게 부어 넣은 밑천이나마 보충하기 위해서라도 돈을 벌어야겠다는 생각"(가, 293면)에 월매와 같이 술장사에 뛰어들었는데, "이 대감 댁 책방 도령이 귀밑머리를 풀어주고 훌쩍 떠난 뒤부터 춘향이가 억지 생과부로 수절을 하기로 했다는 소문에"(가, 291면) 춘향을 보려고 사람들이 모여 들어 "월매네 집 문전은 늘상 북적였"(가, 293면)다고 한다. "뭇 사내들의 구미를 당기는 미끼는 바로 그 '정절 높은 열녀'라는 소문일 거였다"(가, 294면)고 한다. 이를테면 '청루열녀靑樓烈女'이 츈

---

63 임철우, 「옥중가」, 『물 그림자』, 고려원, 1991, 299면. 처음 이 작품은 금호문화재단에서 비매품으로 발행하는 『금호문화』 1990년 4월호에 실렸다. 앞으로 작품의 인용은 일일이 각주를 달지 않고 「옥중화」와 구별하기 위해 괄호 속에 '가'라 적고 면수만 표시한다.

향을 보기 위해 늘 문전성시를 이룬 셈이다. 돈만 내면 누구나 가까이 할 수 있지만 그 기생이 자신만을 위해 절개를 지켜주기 바라는 남성들의 이중적인 심리가 '열녀 기생'의 이미지를 만들었고, 춘향은 바로 그런 이미지를 상품화 하여 술장사에 성공한 것이다.

그러던 차에 월매가 이몽룡이 장원급제했다는 소식을 알아냈다. "머나먼 한양 땅에까지 비상연락망을 좌악 깔아 놓았던 것인지, 과거 시험 결과가 나온 지 불과 사흘이 채 되기도 전에 월매는 그 소식을 정확히 입수하는 놀라운 능력을 발휘했"(가, 290~291면)던 것이다. 이제 술장사는 문을 닫고 '안방 차지'를 이루려고 수절을 한다는 '여론 조성'을 위해서 애쓰던 차에 일이 잘 되느라고 변학도의 수청을 거부함으로써 감옥에 들어온 것이다.

그러던 차에 일이 신통하게 맞아떨어지느라고 그랬는지, 신관 사또 변학도가 느닷없이 수청을 들랍시고 춘향에게 이방을 보내왔던 것이다. 예전 같으면야 버선 코가 날아갈 듯이 반색을 하며 달려가고도 남을 일이었지만, 이번만은 월매도 여러 가지로 곰곰이 머리를 굴린 끝에, 한양으로 떠난 이 도령을 위해 수절하고 있는 형편이니 춘향을 보낼 수 없노라고 이방을 돌려보내었다.

당연히 상투가 꼿꼿해지도록 부아가 치민 변 사또는 당장 춘향을 끌어오도록 분부를 내렸는데, 그 자리에서도 춘향은 끝끝내 두 낭군을 섬길 수 없노라며 버티는 바람에, 사또와 관속은 물론이고 온 남원 고을 사람들을 깜짝 놀라게 만들었다. 물론 그건 처음부터 끝까지 월매의 치밀하고도 영악하기 그지없는 계산과 조종에 의해 이루어진 일이다.(가, 298~299면)

「춘향전」에서 춘향이 감옥에 들어오게 되는 상황과 표면적인 행위는 같지만 이면적인 의도는 완전히 다르다. 「옥중가」에서는 이제 곧 암행어사로 내려 올 이몽룡에게 보이기 위한 '연극'으로 '열녀 시늉'을 위해 의도적으로 감옥에 들어오게 된 것이다. 여기서 춘향은 이몽룡과 진정으로 사랑했던 것은 아니었다. 모든 것이 월매의 주도면밀한 계산에 의해 움직였는데, 그게 잘 맞아떨어져 '열녀'라는 증거를 만들기 위해 이곳 감옥까지 오게 된 것이다. 그동안 진행됐던 월매의 계산과 춘향의 행위를 「춘향전」의 주요 서사 단락을 중심으로 정리하면 이렇다.

① 광한루에서의 만남 (월매가 춘향이에게 미리 광한루에 가서 그네 타고 있으라 시켜서 넋이 나간 이몽룡을 만나다.)

② 춘향과 이몽룡의 사랑 (남다른 정을 주기는 했지만 양반 댁 정실로 안방차지를 하리라고는 믿지 않았다.)

③ 이별 (이몽룡에게 들인 '본전' 생각으로 혹시라도 장원급제를 하면 '안방마님'으로 들여앉혀 줄지 몰라 투자하는 셈치고 오류정에 나가 눈물 콧물 억지로 짜내며 이별 시늉을 했다.)

④ 변학도에게 수난 (이몽룡이 암행어사가 되어 남원에 오리라는 정보를 알고 '만고열녀'라는 증거를 만들고자 했는데 때마침 변학도가 수청을 거부한다고 옥에 가두어 주었다.)

「춘향전」의 주요 서사가 외형적으로는 변개된 것은 아닌데 월매의 치밀한 계산과 각본에 의해 완전히 다른 의도로 진행된 것이다. 사건이 진행되는 동인動因 자체가 바뀐 셈이다. 월매는 춘향에게 "인생은 한판 노름판이나 매양 한가지인 법이니라. 노름판에서야 양심이니 지조니 하는 개뼉다귀 같은 소리는 통하지 않는 거여. 먹느냐 먹히느냐, 판쓸이를 하느냐 알거지로 털리느냐, 그것이 문제인 법이여. 자고로 계집 팔자는 뒤웅박 팔자라지 않더냐. 기회가 오면 잡아야지"(가, 299면)라며 인생을 노름판으로 보고 한판 잡으라고 강조한다.

「춘향전」에서 춘향과 이몽룡의 진정한 사랑이 한판 잡아야 하는 '노름판'이 아닌 것은 분명하다. 그렇다면 이는 남녀의 관계가 아닌 한판 잡아야 하는 다른 관계, 곧 정치적인 권력 관계를 보여주는 것이다. 진정성이 없는 남녀 관계는 바로 민심을 가지고 도박을 하는 한국정치의 상황과 유사하지 않은가? 더욱이 월매는 "'확실한 선택', 바로 일순간의 그 선택이 평생을 사지 쭉 뻗고 살 수 있느냐 없느냐를 결정해 주는 것"(가, 299면)이라 한다. '확실한 선택'은 당시 야당 정치인 김영삼이 자주 사용했던 독특한 어법이며, 「옥중가」가 한국정치와 긴밀하게 연결돼 있다는 것을 보여주는 확실한 단서이기도 하다.

그런데 「옥중가」는 여기서 더 나아가 마지막 반전을 보여준다. 이몽룡이 암행어사로 출도했을 때, "아무것도 모르는 양, '일편단심 춘향이를 차라리 죽여주시오' 하고 절절히 애원을 하"(가, 303면)면 「춘향전」의 결말처럼 모든 게 해피엔딩으로 끝날 텐데, 일이 틀어져 암행어사인 이몽룡이 남원에 들르지 못하는 것이다. 이유인 즉 "이 도령이 장원급제를 하긴 했지만 서도 알고 보니 그게 다아 뒷전으로 외교를 잘한 덕택이라지 뭐요. 심사위원 중에 변 판서라는 어른이 이 도령의 춘부장하고는 오래전부터 막역한 사이라는디, 그 변 판서한테는 사팔뜨기인 외동딸이 있답디다. 그래서 그 병신 딸하고 이 도령하고 혼인을 시키기로 부모들끼리는 이미 약조가 돼 있"(가, 305면)으니 변 판서를 작은 아버지로 둔, 남원의 변학도에게는 내려올 수가 없어 이몽룡은 남원에 들르지도 않고 바로 담양으로 내려갈 수밖에 없는 처지가 된 것이다. 그러자 춘향도 '차선책'을 택해 변학도의 첩으로 들어가는 길을 택한다.

오냐, 그래 그래, 잘 생각했다. 꿩 대신 닭이라고, 참말로 '학실하게' 선택 잘했다. 잘했어. 아암. 날이 밝는 대로 변 사또 나으리께 달려가서, 우리 춘향이가 드디어 마음을 '학실히' 비웠노라고, 이 기쁜 기별을 아뢰어 드릴란다.(가, 306면)

「춘향전」의 행복한 결말을 가져와 비튼 이 부분은 노골적으로 1990년 한국정치의 알레고리로 읽히도록 서술했다. 이몽룡에 대한 애정이 있었던 것도 아니고 철저하게 계산된 각본에 의해 '한판' 잡으려고 했던 일이 어그러져 차선책으로 변학도의 애첩으로 들어가는 설정은 1990년 '3당 통합'을 통해 이른바 보수대연합을 결성했던 김영삼의 정치적 배신행위를 노골적으로 풍자하고 있다. 1987년 '6월항쟁'을 겪으면서 증폭된 정치적 민주화에 대한 염원이 대통령 선거를 통해 처참하게 무너지고, 1990년 3당 통합이라는 보수대연합의 결성으로 진정한 민주주의를 열망했던 민중들은 철저하게 배신당했다. 이몽룡에 대한 '열녀 시늉'도 계산된 것이듯이 "오로지 국민만을 생각한다"는 당시 야당 정치인의 말도 표를 얻기 위한 고도의 계산이지 않았겠는가. 게다가 춘향이가 주저 없이 변학도에게로 "학실한" 선택을 하듯이 느닷없이 광주를 피로 진압한 신군부의 주도로 만들어진 '민정당'으로 들어가 3당 통합을 결행한 것이야말로 민주화를 염원했던 '국민'에 대한 배신에 다름 아닐 것이다. 춘향은 이몽룡이 아니라 오히려 변학도를 선택한 것이 "꿩 대신, 아니지 닭 대신 꿩이다"(가, 306면)라고 강변한다. 3당 통합도 야당 정치인의 계산에는 결과적으로 "닭 대신 꿩"이지 않았겠는가? 작가는 당시의 심정을 이렇게 분명히 말한다.

> 한동안 유행되었던 '학실한 선택'이라는 소제목을 달고 있었다. 그 즈음은 소위 저 3당 통합인가 뭔가 하는 해괴한 정치적 사건이 벌어진 지 얼마 되지 않아서였고, 그 때문에 생긴 가슴앓이에 울화증으로 다만 한숨만 푹푹 쉬고 있을 무렵이었다.(가, 46면)

6) 민중들의 개입과 주도로 이루어진 사랑, 『외설 춘향전』

김주영金周榮(1939~)의 장편 『외설 춘향전』은 "이 작품이 가지고 있는 기본의 틀을 크게 허물지 않고 이른바 사실事實과 사실寫實을 보다 극명하게 묘사하자는"[64] 「작가의 말」처럼 「춘향전」의 서사 구조를 크게 파괴하지 않으면서 새로운 인물인 장사꾼 장돌림과 성 참판의 본부인인 최 씨를 등장시켜 인물과 사건을 새롭게 변개시키고 있다. 그럼으로써 「일설 춘향전」이나 『탈선 춘향전』처럼 세부묘사를 통해 고전서사의 빈틈을 메우고자 했다. 우선 편의상 '만남−사랑−이별−수난−재회'로 이루어진 「춘향전」의 서사 구조를 고려하여 전체 이야기의 단락을 나누어 본다.

> ① 춘향의 출생담
> ② 광한루에서 이몽룡과 춘향의 만남

---

64 김주영, 「작가의 말」, 『외설춘향전』, 민음사, 1994, 335면. 앞으로 이 작품의 인용은 괄호 속에 '외'라 적고 면수만 표시한다.

③ 이몽룡과 춘향의 첫날밤

④ 이한림의 부승지 승직과 이별

⑤ 성 참판의 본실 최씨 부인의 행패

⑥ 이몽룡의 처지와 장돌림의 구원

⑦ 변학도의 부임과 장돌림의 활약

⑧ 춘향의 수난과 구출

처음 ①~④의 이야기는 춘향의 출생담과 만남—사랑—이별의 서사 구조를 그대로 이어 간다. 다만 고전서사에서 부족한 세부묘사를 보완했는데, 이광수나 이주홍처럼 근대적 시각에서 세부묘사를 보완한 것이 아니라 「작가의 말」처럼 오히려 고전의 문맥과 어휘를 활용하여 당대의 사실들을 사실적으로 그리고자 했다. 심지어 당대에 쓰던 말을 그대로 사용하여 작품의 뒤에 「어휘 해설」을 부기하기도 했다. 어떻게 고전서사의 빈틈을 메웠는가? 한 대목을 보자.

(가) 한 꿈을 어든이, 셔긔반공ᄒᆞ고 오치영농하더니, 일위션녀 쳥학을 타고 오넌듸, 머리의 화관이요 몸의난 치의로다. 월픽 소ᄅᆞ 졍졍ᄒᆞ고 손으난 게화 일지를 들고 당의 오르며 거슈장읍ᄒᆞ고 공순이 엿자오듸

"낙포의 딸일넌니 반도 진상 옥경 갓다 광한전의셔 젹송자 맛나 미진졍회 ᄒᆞ올 차의, 시만ᄒᆞ미 죄가 되야 상계 듸로하사 진퇴의 닉치시민 갈 바을 몰나더니 두유산 실영계셔 부인쯱으로 지시ᄒᆞ기로 왓사오니 어엽비 여기소셔."[65]

---

65 설성경 역주, 「열녀춘향수절가」, 『춘향전』, 고려대 민족문화연구소, 1995, 18~20면. 앞으로 이 작품의 인용은 괄호 속에 '열'이라 적고 면수만 표시한다.

(나) 비몽사몽간에 한 꿈을 얻었더라. 어느덧 주위에 서기(瑞氣)가 차고 하늘 또한 영롱하더니 한 선녀가 푸른 학을 타고 하늘로부터 내려오고 있었다. 머리에는 꽃관을 쓰고 입은 옷이 또한 꽃무늬 수놓은 얇은 비단이었다. 손에 월계수 가지를 들고 재단 앞에 내려온 선녀는 월매에게 공손히 절하고 난 뒤 사근사근 뼈 씹는 소리로 물었다.

"어디 사는 뉘신지요?"

"남원땅에 사는 퇴기 월매요."

"퇴기란 무엇이요?"

"기적(妓籍)을 박탈당하여 여염으로 물러나 앉은 퇴물을 일컬음입니다."

그 말을 듣고 난 선녀의 입에서 노루꼬리만치 짧은 한숨소리 흘러 나왔겠다. 괴이쩍게 생각한 월매가 물었다.

"이 경개 좋은 산정에서 한숨소리가 어인 까닭입니까?"

"내 처지와 퇴기의 처지가 방불함에 그리한 것입니다."

"방불함의 내막은 무엇이오?"

"저는 원래 옥황상제께서 살고 있는 백옥경(白玉京)에서 시중들던 선녀랍니다. 옥황상제의 분부에 따라 복숭아를 들고 광한전(廣寒殿)으로 갔다가 그곳에서 적송자라는 신선을 만나 회포를 풀다가 백옥경으로 돌아갈 시각을 깜빡 잊어먹고 말았답니다. 하지만 이 속계에 선녀가 묵을 곳이 어디 있겠으며 속계의 구미(口味)에도 버릇 들지 못했으니 갈 바를 몰라 하던 중이었다오. 그런데 때마침 두류산(頭流山) 신령께서, 지리산 산정에 부인이 있으니 가보라시기에 이곳으로 찾아온 것이니 어여쁘게 여기시고 내치지 마시기 바라오."(외, 13~14면, 강조는 인용자)

월매의 태몽 부분으로 (가)는 「열녀춘향수절가」이고 (나)는 『외설 춘향전』으로 작품의 인용에서 강조 부분이 작가가 새로 추가한 부분이다. 월매와의 문답에서 퇴기라는 말을 듣고 천상 백옥경에서 인간세상으로 귀양 온 자신의 처지와 비슷하다고 말을 건네는 내용인데, 선녀에게서 천상계 인물이 아닌 인간적인 체취를 느끼게 하는 흥미로운 장면이다. 앞서 다룬 『탈선 춘향전』은 「춘향전」의 인물과 사건 구조를 가져와 남원에서 기차를 타고 서울로 가는 등 현대적인 디테일로 이를 변개했는데 여기서는 고전의 문맥과 구별되지 않게 어휘와 문체를 활용하여 세부묘사를 채웠다. 이런 방식으로 작가는 고전소설의 문맥 속으로 들어가 서사의 빈틈을 채우고 인물과 사건을 변개시켰던 것이다.

「춘향전」의 도식대로 '만남―사랑―이별'로 이어지는 ①~④의 이야기는 사건의 틀을 그대로 유지한 채 인물과 세부묘사에서 변개를 시도했다. 우선 주목되는 변개가 이몽룡이란 인물이다. 원래 "년광은 이팔이요, 풍치는 두목지라. 도량은 창히 갓고 지혜 활달ᄒ고 문장은 이빅이요, 필법은 왕히지라"(열, 22면)는 인물이지만 여기서는 "그런 한량이 없었고 그런 팔난봉이 있을 수 없을"(외, 25면) 정도로 천하에 난봉꾼으로 등장한다. 그런 인물이기에 춘향이를 보기 위해 방자에게 '형님'이란 말을 서슴없이 해대며 주색잡기에 빠져 파락호로 전락했을 때는 남원 이방을 만나 술사라고 조르고 옥에 갇힌 춘향의 신세는 개의치 않고 월매에게 돈까지 빌릴 생각을 한다. 이런 이몽룡의 몰락에서 구원의 손길을 내민 새로운 인물이 바로 장돌림이다.

장돌림은 실상 작품 속에서 진정한 주인공이라 여길 정도로 사건을 기획하고 주도해 나가는 인물이다. 작가도 "이몽룡은 장돌림이라는 대리인의 돌격적인 활동을 통해서만 자신의 포부와 이상을 완성해 나갈 수밖에 없었다"(외, 335면)고 하여 장돌림이 사건의 중심인물임을 밝혔다. 상돌림은 장사꾼이다. 난봉꾼 이몽룡과 칠패 저잣거리 채련의 술집에서 만나 시비가 붙던 중 이몽룡의 처지를 딱하게 여겨 돕기로 작정한 것이다. 그런 인물이기에 '사대부의 처지'를 들먹이는 이몽룡을 향해 이렇게 꾸짖는다.

> 댁은 서슬퍼런 사대부요, 시생은 조선팔도를 정처없이 떠도는 미천한 장돌림인 것을 왜 모르겠소. 그러나 우리들이 입씨름을 하게 된 시단이 해웃값만 건네주면 속곳바지를 홀떡 벗어던지고 지체없이 알궁둥이를 둘러대는 논다니 계집으로부터 비롯된 것이 아니겠소. 시생이 듣건데, 사대부는 그 체통을 엄중하게 여겨서 나물 먹고 물 마시고 팔베개로 잠을 청하는 궁핍을 겪을 지라도 몸가짐에 괴팍하여 한길가 저자거리의 잡되고 추한 것에 삼엄한 경계를 둔다 하였소. 그래서 사대부는 장거리에 볼일이 있다 하여도 삼가서 그 수하의 노복으로 하여금 장거리로 내보낸다는 것은 댁에서도 모를 리 없겠지요. 그러나 외람되게도 댁은 사대부의 지체로 장거리 한가운데 있는 창부의 집에 와서 왜자한 소리로 스스로 사대부의 이름자를 더럽히고 있음이 아닙니까. 사대부의 지체란 그래서 스스로 경계하여 거두지 않으면 자칫 더럽혀지기 십상이 아니겠습니까. 댁이 기어코 결기를 삭일 수 없다면 주먹을 들어 시생의 뺨다귀를 치시오. 시생이 감내해 드리리다.(외, 138~139면)

장돌림이 오히려 사대부 같이 당당하고 이미 주색에 찌들어 몰락할 대로 몰락한 처지인 이몽룡은 오히려 초라해 보인다. 이런 이몽룡을 구해 자신의 '포부와 이상'을 실현하게 만드는 역할을 장돌림이 맡는다. 이를 통해 양반과 민중들의 연대, 곧 "신분을 넘어선 의리가 무엇이라는 것을 보여"(「작가의 말」, 335면)주고자 했던 것이다.

장돌림은 이몽룡이 할 수 없는 역할을 맡아 변학도의 부임과 여기에 따르는 여러 사건들을 주도해 나간다. 변학도의 배행背行을 가장해 과천에서 채련과 짜고 변학도를 관아 밖으로 끌어낸 다음 스스로 변학도로 위장해 신연행차를 남원으로 끌고 가서 변학도를 곤경에 빠뜨리는 일련의 행위를 장돌림이 주도한다. 나중에는 이방과 짜고 남원 세곡의 이문을 15만 냥 어음으로 바꿔 이를 옥에 갇힌 춘향과 교환해 이몽룡과 만나게 함으로써 자신의 임무를 완수한다.

장돌림이 이몽룡의 구원자라면 최씨 부인은 춘향의 조력자인 셈이다. 최씨는 드센 성격과 "왜자한 용력"(외, 97면)을 지닌 성 참판의 본처로 남편을 죽게 만든 월매를 찾아와 설전을 벌이는 중에 춘향이가 나서서 '어머님'이라며 말리자 화가 사그라져 춘향을 자식으로 여기게 되고 춘향도 어머니로 여겨 극진히 봉양한다. 마침 춘향을 잡으러 온 나졸들과 최 씨는 시비가 붙어 관아로 끌려가고 수청을 거부하던 춘향이 최씨 부인의 방면을 대가로 옥졸들에게 봉변을 당한 변학도의 약시중을 드는 사태가 벌어진다.

여기서 「춘향전」의 문맥대로 춘향을 기안妓案에 넣고 수청을 강요하는 변학도와 죽기로 이를 거부하는 춘향의 설전이 벌어지는데 변학도가 "모반하는 자는 능지처참이요, 관장을 조롱하는 자는 대매에 쳐죽이고 관장의 분부를 거역하는 자는 정배定配시킨다"(외, 276면)고 열거하자 춘향이 "그중에서 유부녀 겁탈하려는 자는 하초에 달린 생고기를 잘라버린다는 것은 왜 빠트리십니까?"(외, 276면)라고 하여 분노한 변학도가 춘향을 매질하고 옥에 가두는 지경에 이른다. 이는 「춘향전」의 문맥 "유부겁탈 하난 거슨 죄 안이고 무어시오?"(열, 140면) 대목을 속되게 바꾼 것이다. 그 뒤 모진 매를 맞고 옥에 갇힌 춘향을 빼내기 위해 최씨 부인은 월매와 달리 적극적인 행동에 나서고 어음과 춘향이를 교환하는 과정에서도 춘향이를 데리고 사라지는 역할을 맡기도 한다.

뒷부분인 ④~⑧의 이야기는 「춘향전」의 문맥을 이탈하여 장돌림에 의해 사건이 주도되고 여기에 최 씨가 가세하여 의외의 방향으로 이야기를 끌고 가지만 마지막 부분에서 운봉영장과 이몽룡의 만남을 계기로 원래의 「춘향전」의 이야기와 변개된 이야기가 서로 만난다. 그 대목을 보자.

이몽룡이가 기생과 노닥거리고 있는 것을 먼 발치에서 바라보고 있던 운봉영장이 가만히 대청을 내려와서 다가와 이몽룡을 손짓하였다. 이몽룡이 마지못해 일어나서 운봉영장의 뒤를 따라 동헌 뒤곁 반빗간 쪽으로 갔다. 이몽룡을 뚫어져라 바라보고 있던 운봉영장이 나직한 목소리로 물었다.

"자네, 춘향이를 찾아온 사람 아닌가?"

정곡을 찔렸음에 쑥스럽고 무안하였으나 실토정하지 않을 수 없었다.

"내막인즉 그렇소."

"자네 알성급제(謁聖及第)하여 마패 차고 왔는가?"

"시생 또한 학수고대 바라고 있는 것이었습니다만 신세 딱하게 되어 그렇지가 못합니다."

"그럼 일은 대단히 잘못되었네. 춘향은 여기 없네."

"춘향이가 없다니요. 저 흉물스런 사또가 토옥에 내려가둔 것이 아닙니까?"

"한양 삼개(마포)에 있다는 경주인이 데리고 간 지 달포나 되었네."

"춘향이가 파옥(破獄)을 한 것입니까?"

"춘향이가 파옥한 일은 없지만 최씨 부인과 함께 경주인을 따라 간 것은 분명하니, 남원에서 춘향을 찾을 게 아니라 한양 삼개에 가서 찾아보게."(외, 324~325면)

한 서사의 공간 속에서 두 개의 시점이 다른 이야기가 서로 충돌한다. 운봉영장은 고전 「춘향전」에 속한 인물로 이미 이몽룡이 암행어사로 내려왔음을 알아차렸지만 여기서 이몽룡은 변개된 『외설 춘향전』의 인물로 전혀 그렇지 못하다. 이 부조화는 무엇인가? 과거에 급제해 암행어사가 됨으로써 옥에 갇힌 춘향을 구할 수 있다는 환상을 전복시키는 일일 것이다. 그래서 양반 이몽룡이 아닌 민중인 장돌림의 주도로 춘향이 구출되는 것으로 사건이 마무리된다.

『외설 춘향전』은 「춘향전」을 이몽룡과 춘향에 의해 서사화되는 것이 아닌 피지배 계층인 민중에 의해 주도되는 일들로 변개하고자 했을 것이고, 이런 변개의 방식을 통해서 상대적으로 지배층인 양반 계층의 무능과 한계에 대해서 '풍자'하고자 했던 것이다. 일련의 사건을 주도하는 역할을 장돌림에게 부여함으로써 민중의 주도에 의한 「춘향전」을 다시 만든 것이다. 작가도 "양반과 천민이라는 철저한 계급 구조 속에서 속박을 당하고 있던 장돌림은 그러나 철저하게 양반 계급인 변학도와 이몽룡을, 때로는 익살로 때로는 완력으로 농락하"여 "기존의 「춘향전」에서 방자 혼자만 감당해 왔던 활력과 익살을 더 한층 보강하려"(외, 335면) 한 것이다.

작품의 마지막에서 "이몽룡이가 알성과謁聖科에 급제를 한 것은 그로부터 삼 년 뒤인 알성시謁聖試에서였다"(외, 325면)라고 과거 급제를 춘향의 구출과 아무런 관련이 없는 후일담으로 다루고 있으며, 탐관오리의 학정을 고발하는 시도 곁들여 언급하고 있다. 「춘향전」에 등장하는 낭만적인 결구가 여기서는 이미 시의성時宜性이 지났음을 알리고자 함이다.

4. 가난한 현실과 냉혹한 세상에 대한 풍자, 「흥부전」

인기 있던 세 편의 작품 중에서 「춘향전」이나 「심청전」에 비해 「흥부전」의 근대소설로의 변개와 수용은 그리 많지 않은 편이다. 채만식의『태평천하』(1938)를 비롯하여 「흥보씨興甫氏」(1939), 「흥부傳」(1947)과 최인훈의 「놀부뎐」(1966)이 두드러진다.

「흥부전」은 주지하다시피 탐욕스러운 형과 착한 동생, 동일한 행위의 반복, 보은과 복수, 권선징악 등 민담적 구조를 온전히 지니고 있기에 근대문학 초기에 아동문학가들에 의해 이미 '전래동화'로 정착되어 그렇게 인식되어왔다. 「흥부전」이 소설이 아닌 대표적 동화로 인식되었기에 일반 독서물로서 수용의 폭은 그만큼 제한적일 수밖에 없었다. 어쩌면 이 점이 「흥부전」이 다른 작품에 비해 현대소설로의 변개와 수용이 적은 이유이기도 하다.

하지만 「흥부전」의 핵심적인 메시지는 가난과 빈부 갈등이다. 곧 '돈'을 문제로 삼는 것이다. 그러기에 실상은 어느 작품보다도 돈과 윤리 혹은 심성의 문제를 심각하게 제기하고 있다. 바로 이 지점에서 근대문학으로의 수용과 변개가 활발하게 이루어질 수 있는 여지가 있는 것이다.[66] 근대는 이른바 자본주의가 정착하여 돈이 위력을 발휘하는 시대다. 그러기에 당대 현실을 다루는 근대소설은 이 문제가 가장 민감한 주제로 대두될 수밖에 없는 것이다. 곧 「흥부전」의 메시지는 돈이 힘을 발휘하는 오늘날에 매우 유용한 것이

---

66 김종철, 「흥부전」(『고전소설연구』, 일지사, 1993, 557~559면)에서 「흥부전」과 근대문학과의 관계 양상을 항목화하여 빈부 갈등의 형상화, 놀부와 같은 서민 부농의 역사적 행방, 흥부와 놀부에 대한 작가의 시각을 들었다. 특히 빈부 갈등은 근현대문학에서 아직도 유효하게 거론되고 있다고 한다. 저자 역시도 같은 입장으로 「흥부전」의 근대적 수용과 변개를 다룬다.

어서 여기서 돈과 윤리 혹은 심성의 문제가 「흥부전」의 근대적 수용과 변개를 통해 어떻게 나타나는가를 살펴보고자 한다.

1) 흥부와 놀부의 근대적 수용과 가난의 문제, 채만식의 「흥부전」 변개

(1) 놀부와 흥부의 수용, 『태평천하』와 「흥보씨」

주지하다시피 채만식은 어느 작가보다도 판소리와 밀접하게 관련돼 있다. 많은 판소리 작품들을 자신의 문학적 자산으로 수용하여 패러디했으며, 판소리의 미학인 풍자를 자신의 소설 창작방법으로 활용하여 식민지 시대의 실상을 폭로하였다.

채만식은 1936년 조선일보사의 기자직을 그만두고 본격적으로 소설을 쓸 생각으로 개성으로 이사한다. 그 무렵 어떻게 소설을 쓸 것인가를 고민하며 「소설小說 안 쓰는 변명辨明」을 친구에게 편지 보내는 형식으로 써서 자신의 소설 쓰기에 대해 이야기를 하고 있는데, 거기서 "끝으로 지금 내 처지에 있어 가지고 남에게 참고될 권언勸言을 한다는 것은 퍽 외람된 일이오마는 군이 고전을 연구하는 데서부터 재출발하겠다는 것은 나도 찬성이라고 해두겠소. 그중에도 「춘향전」은 우리가 문학을 뜻하는 때에 반드시 한번은 속속들이 씹어 맛볼 무한한 가치가 있다고 나는 생각하오"[67]라고 판소리에서 그 단서를 찾아 이를 활용할 생각을 한다.

---

67   채만식, 「小說 안 쓰는 辨明」(『조선일보』, 1936.5.26~30), 『채만식 전집』 10, 창작과비평사, 1989, 85면. 앞으로 이 자료집은 『전집』으로 약칭하고 면수만 적는다.

하지만 채만식은 「춘향전」을 활용하여 작품을 창작하지는 못하고 대신 「심청전」을 패러디한 희곡 〈심봉사〉를 쓰지만 『문장』에 발표하려다가 검열로 삭제되는 비운을 겪게 된다. 그 때부터 본격적으로 판소리를 변개한 작품들을 발표하는데 이를 정리하면 다음과 같다.

「심청전」 변개	희곡 〈심봉사〉(1936 · 1947), 「보리방아」(1936), 「동화」(1938), 「병이 낫거든」(1941), 「심봉사」(1944 · 1949)
「흥부전」 변개	『太平天下』(1938), 「興甫氏」(1939), 「흥부傳」(1947)
「배비장전」 변개	「배비장」(1943)
〈적벽가〉 변개	희곡 〈조조〉(1933)

1937~1938년에 채만식은 가장 왕성한 창작활동을 보여 『탁류』와 『태평천하』(처음 연재할 당시는 『천하태평춘』) 같은 기념비적 대작들을 생산한다. 그런데 이 작품들은 묘하게도 「심청전」, 「흥부전」과 깊은 연관성을 보여준다. 계봉이를 등장시켜 사회의 밑바닥을 전전하는 한 여인의 수난사를 다룬 『탁류』는 문제의식에서 「심청전」의 그것과 닮아 있다.(이 문제는 「심청전」의 연극적 변개를 다루는 데서 본격적으로 언급한다.)

『태평천하』는 잘 알려진 것처럼 판소리의 서사 구조와 「흥부전」의 놀부를 수용하여 식민지 시대를 총체적으로 풍자한 작품이다.[68] 그 풍자의 방식은 윤 직원의 절규에서 극명하게 드러나듯이 이 고난에 찬 식민지 시대가 이른바 '태평천하'라는 것이다.

68　신상철, 「놀부의 현대적 수용과 그 변형」(『흥부전 연구』, 집문당, 1991, 522~530면)에서 윤 직원을 현대판 놀부로 보고 그 수용의 전모를 자세히 분석했다.

화적패가 있너냐아? 부랑당 같은 수령(守令)들이 있너냐? …… 재산이 있대야 도적놈의 것이요, 목숨은 파리 목숨 같던 말세(末世)년 다 지내가고오 …… 자 부아라, 거리 거리 순사요, 골골마다 공명한 정사(政事), 오죽이나 좋은 세상이여 …… 남은 수십만 동병(動兵)을 히여서, 우리 조선놈 보호히여 주니, 오죽이나 고마운 세상이여? 으응? …… 제것 지니고 앉아서 편안허게 살 태평세상, 이걸 태평천하라고 하는 것이여 태평천하!(『전집』 3, 191면)

윤 직원은 놀부가 「흥부전」에서 수행했던 역할을 그대로 물려받아 "우리만 빼놓고 어서 망해라"라고 하듯이 극도로 이기적이고 탐욕스러운 인물로 등장한다. 놀부가 그랬던 것처럼 반사회적이면서 동시에 반민족적인 인물이다. 이 놀부를 망하게 하기 위해서 '보수박'에서 수많은 사람들이 나와 재산을 빼앗아 가듯이 자식, 손자들이 "피로 낙관을 친 재산"을 탕진하고 마지막에는 가장 믿었던 종학이 마저 '사회주의'에 참여하여 경시청에 피검됨으로써 도저히 회복할 수 없는 파국을 맞게 된다.

부정적 인물을 통해서 세상에 대한 관점을 전도시킨 다음 그 인물을 비판·풍자함으로써 당대 사회를 총체적으로 문제 삼는 풍자의 방식으로 채만식은 반민족적이고 반사회적인 윤 직원을 풍자했던 것이다. 그러기에 윤 직원에 대한 풍자에서는 어떤 동정심도 유발되지 않고 오히려 거부감, 불쾌감, 경멸감, 분개감만 일어나는 것이다.[69]

부정적 인물을 풍자함으로써 새로운 길을 모색하는 '부정에 의한 역설'은 그 풍자의 길닐은 날가로웠지만 긍정적 대안을 작품에서 보여주지는 못하는

---

69 M.S 까간, 진중권 역, 『미학강의』 I, 벼리, 1989, 207면 참조. 까간은 이런 적대자에 가해지는 웃음을 '냉소(sarkasm)'라고 하였다.

한계가 있다. 채만식도 이런 경향에 대한 김남천의 지적을 인정하면서 풍자는 풍자로서 그 가치가 있다는 점을 「자작안내自作案内」라는 글을 통해서 이렇게 역설하였다.

사실 나도 그 길을 평생 두고 가려고는 않고, 그 길—부정면(不定面)만 골라내는 것이 위험하다는 것을 또한 우리네 스승이 경계한 바이라 잊어버린 것은 아니다.

그러나 부정면을 통하여 기실 긍정면을 주장하기 위해서는 부정면은 결단코 유독하지 않은 것이다. 더구나 그렇게밖에는 붓[筆]을 맬 수 없는 사정이나 부정면을 통해서야만 그 긍정면이 도리어 박력있어 보여질 수법상의 경우가 또한 없는 게 아니다.

아무튼지 나는 눈치를 먹더라도 한동안 『천하태평춘』 방향도 버릴 수는 없다. 그러한 부정면의 대(對) 긍정면의 관계를 알아볼 줄 모르고 문학적으로 표현된 현실의 '추(醜)'를 문학적 '미(美)'로 보지를 못하고서 '문학적 추'로 여기는 '성자(聖者)'들이 있으나, 그런 분들이 독자의 한 사람인 것을 나는 대단히 괴로와하는 동시에, 그들에게는 손쉽게 '기꾸찌깡'이나 읽고 있으라고 권면을 해둔다.(『전집』 9, 520~521면)

당시의 상황을 보면 1937년 중일전쟁 이후 일제의 파시즘이 강화되면서 『태평천하』가 연재되던 1938년에는 '국가총동원법'을 식민지 조선에도 적용시켰고, 그 다음 해에는 '국민징용령'을 내리기도 하였다. 이런 절박한 시점에서 정면승부가 용이하지 않기에 어떤 인물의 부정적 측면을 풍자함으로써 긍정적 측면을 부각시켰던 것이다. 분명 채만식의 창작방법은 카프의 그 것과는 달랐다.

하지만 웬일인지 1939년에 쓴 「홍보씨興甫氏」에는 이런 통렬한 풍자가 사라지고 없다. 식민지 시대 놀부를 향해서는 그토록 신랄하게 풍자의 칼날을 휘둘렀지만 정작 궁핍한 홍부를 대해서는 아무런 긍정적 대안도 제시하지 못한 것이다. 과연 「홍보씨」를 통해서 작가가 말하려고 했던 메시지는 무엇이었을까?

「홍보씨」는 서두부터 "한 편짝 손에다가는 오리쓰메를 한 개, 다른 한 편짝 손에다가는 두 홉들이 정종을 한 병…… 이렇게 이야기 허두를 내고 보면"[70]이라 하여 판소리 광대의 방식으로 작품을 전개시킬 뿐 아니라, 작품 곳곳에서도 '~입니다'식의 구어체 문장을 사용하여 이야기를 직접 들려주는 느낌을 준다. 이 작품은 'XX심상소학교의 소사小使 현 서방'의 하루를 그리고 있는 작품으로 현 서방이 바로 현대판 홍부인 셈이다. 그 현 서방을 묘사하는 부분을 보면 영락없이 놀부에게 곡식을 꾸러가는 홍부의 복색사설을 연상시킨다.

사십 몇 년을 햇볕과 비바람에 찌들어 기미가 끼고 거무튀튀 그은 바탕인데 조는 듯 뜬둥만둥 답답한 두 눈, 위아랫 노랑수염도 내시가 아닌 표적으로 마지못해 시늉 뿐이고, 입도 그다지 푸짐하진 못하고 코도 그저 오래 주린 빈대 형용이어서 말하자면 섭섭한 편이고, 이렇듯 각 방면으로 미흡함을 홀로 제라서 대신하여 단연코 분풀이를 한 듯이 위대하게(즉 不具스럽게) 큰 두 개의 귀, 그리고 속일 수 없는 흰머리…… 그런데 하물며…… 풀가루가 희뜩번득 시꺼먼 고꾸라 양복은 그나마 호주머니에다간 무엇을 그다지도 넣어쌓는지 불룩한 것이 요새날 쇠X알

70 채만식, 「홍보씨」, 『채만식전집』 7, 창작과비평사, 1989, 419면. 앞으로 「홍보씨」의 인용은 일일이 주를 달지 않고 괄호 속에 '홍보'라 적고 면수만 표시한다.

처럼 추욱 쳐졌고, 설마 그 무게에 몸이 앞으로 숙었을 리는 없겠지만 허리는 구부정 다리도 꾸부정 국방색 운동화 뒤축을 지축지축 끌면서 걸어가고 있는 태도 태려니와, 그 발뒤꿈치에서는 부연 먼지가 쌍으로 완연히 연막을 치는 비행기 이상인데야 오월의 맑은 햇살은 그만 여지없이 유린이 되지 않을 수가 없었던 것입니다.(홍보, 421~422면)

볼품없는 인물과 복색은 흥부가 그랬던 것처럼 그가 현실에 잘 적응하지 못하는 인물임을 쉽게 알 수 있게 해 준다. 하지만 여기서는 현 서방의 처지가 흥부처럼 절박한 것이 아니기에 그리 심각하게 다가오지는 않는다. 실상 「흥부전」에서 흥부는 극도의 가난에 내몰리게 되어 이를 벗어나고자 짚신을 삼아 팔았으며 다음에는 부부가 품팔이로 나서고 이것마저 여의치 못해 결국에는 매품까지 팔지만 가난의 굴레는 벗어날 수 없었다. 반면 현 서방은 흥부의 처지와는 달리 상대적으로 여유있게 묘사되어 있다.

　이고 답답 설운지고 엇던 스름 팔즈 조화 되광보국숭녹되부 삼티뉵경 되여ᄂ셔 고되광실 조혼 집의 부귀공명 누리면서 호의호식 지ᄂ는고 닋 팔즈 무슴일노 말만 흔 오막집의 셩소광어공경ᄒ니 집웅 말닋 별이 뵈고 청텬한운셰우시의 우되량이 방등이라 문밧긔 셰우오면 방안의 큰 비 오고 폐셕초갈 찬 방의 헌 즈리 벼룩 빈되 등의 피를 쌘라 먹고 압문의는 살만 남고 뒷벽의는 외만 나무 동지 셧달 한풍이 살 쏘듯 드러오고 어린 즈식 졋 달ᄂ고 즈란 즈식 밥 들ᄂ니 참ᄋ 셜위 못 살깃닋 (경판 25장본)[71]

71　김태준 역주, 『흥부전/변강쇠가』, 고려대 민족문화연구원, 1995, 18면. 자료는 원문을 인용하되 띄어쓰기는 현행대로 하며 일일이 각주를 달지 않고 괄호 속에 판본과 면수만 밝힌다.

그 덕에(마누라가 예수교에 입교하여 금주하려고 한 것—인용자) 아무려나 시방은 모주꾼을 면했고, 사십 원이 채 못되는 월급이지만 아들놈 순석은 상업학교까지 보내면서, 네 식구에 그다지 살림이 옹색하진 않고, 순동이를 위해서 이 원짜리와 일 원 오십 전짜리 해서 두 몫이나 든 간이보험도 잘 부어가고……

이렇게 말하자면 팔자를 고치다시피한 일을 가끔 생각할 때에는 처음 당할 제는 다 참 싫고 야속스럽고 했어도, 이게 모두 마누라의 억지 센 덕인가 하면, 곰곰이 고마운 정이 솟곤 하던 것입니다.(흥보, 442면)

앞의 인용은 「흥부전」에서 흥부가 얼마나 극도의 가난으로 내몰리게 됐나를 보여주는 자료고, 뒤의 인용은 현 서방의 처지와 형편을 보여주는 자료다. 소학교 소사인 현 서방은 억센 마누라 강씨 부인이 살림을 틀어잡아 운영을 잘 한 덕에 궁핍에서 벗어나 그럭저럭 소시민적 안정을 누릴 수 있게 되었다고 한다. 이렇게 보면 애초 「흥부전」의 핵심이었던 빈부 갈등이 「흥보씨」에 와서는 자취를 감추게 된 것이다. 최원식은 땅을 잃은 농민의 고통을 대표하는 흥부를 선량하지만 무기력한 소시민으로 파악하여 「흥부전」의 현실성을 사라지게 했고, 이 때문에 「흥보씨」는 도시 하층민의 문제를 올바르게 제기하는 데 실패했다고 한다.[72] 그렇다면 「흥보씨」는 현대판 흥부 현 서방을 통해서 무엇을 애기하고자 한 것일까?

「흥보씨」는 여러 가지로 일이 꼬였던 현 서방의 하루를 그리고 있는 작품이다. 새벽에 제비 새끼가 떨어져 마음이 상하는 것을 시작으로 운보와 술을 마시다 마누라에게 들켜 집에 들어가지도 못하고 문 밖에서 새우잠을 자는

---

[72] 최원식, 「蔡萬植의 고전소설 패러디에 대하여」, 『民族文學의 論理』, 창작과비평사, 1982, 174면.

것으로 끝난 현 서방의 일과가 어떻게 꼬였는가를 자세히 살펴보자.

우선 새벽에는 나래치기를 익히던 제비 새끼가 토방으로 떨어져 현 서방이 올려주었지만 그 어미가 주둥이로 밀어 다시 떨어뜨렸던 일이다. 몇 번을 이렇게 반복했지만 결과는 마찬가지였다. "제비란 짐승은, 둥지에서 사람의 (손이 닿아) 냄새가 나면 그 둥지엔 두 번 다시 깃들지 않고, 새끼의 몸에서도 사람의 냄새가 나면 밀어내버리고 기르지 않는 야릇한 습성이 있음을 현 서방은 몰랐던 것"(홍보, 438면)이라고 한다. 「홍부전」의 경우와 정반대로 현 서방의 친절이 제비들에 의해 거부되는 것이다.

둘째로 교장 선생님에게 얻은 '오리쓰메(나무 도시락)'를 길에서 만난 아이들에게 먹이려고 하다가 "길에서 먹으문 거지래!" 하는 아이들의 말을 듣고 마음 상했던 일이다. 아이들은 나무 도시락에 든 음식을 먹고 싶어 하지만 "그렇다고 그 애들 말마따나 이 번잡한 길바닥에서 벤또 반찬 나부랭이를 꺼내서 움줄움줄 먹인대서야, 생판 남의 집 귀한 애기들을 거지 새끼 구실을 시키는 노릇이고…… 또 그 짓을 하고 섰는 나도 체면이 아니"(홍보, 431면)기에 거두었던 것이다.

사실 이 '오리쓰메'는 집에 있는 불구자인 딸 순동이를 위해서 주려고 가져가던 것이었다. 길에서 학교 아이들을 만나 그들이 먹고 싶어 하자 내주려고 한 것인데 길에서 무엇을 먹으면 안 된다고 해서 그만 두었던 것이다. "결단코 딸 순동이를 가져다 주겠던 것이라서 조금치라도 아까운 생각이 들거나 하던 것은 아닙니다"(홍보, 431면)라고 한다. 이 역시 현 서방의 아이들에 대한 사랑과 배려가 좌절된 경우다.

셋째로 김 순사네 집에 정종과 같이 딸 순동이를 주려고 했던 '오리쓰메'까지 준 일이다. 집에 혼자 있는 순동이에게 '오리쓰메'를 가져다 주려고 가는 길에 이웃에 사는 김 순사를 만나고 정종을 집에 가져다 놓겠노라 약속하여 정종병을 내미는데 "어쩌하자고 저편에서는 오리쓰메마저 받으려고 손을 둘 다 내뻗치"(홍보, 433면)는 바람에 모두 주고 말았던 것이다. "아니올시다, 그것만 드리고, 이건 안 드릴 거랍니다 하면서 오리쓰메를 든 손일라컨 뒤로 잡아당길 용기는 도저히 낼 수가 없는 현 서방인 동시에, 또한 처지이겠다 해서 꼼짝 못하고서 두 가지를 다 뺏기곤 돌아서자니, 그만 주저앉아 엉엉 울고 싶을 지경"(홍보, 433면)이라고 한다.

넷째로 일이 이렇게 되어 결국 순동이에게 맛있는 음식을 먹이기 위해서 남대문 밖까지 가서 '벤또'를 샀지만 집에 오는 길에 모주꾼인 윤보를 만나 술을 마시다 마누라에게 들켜 집에도 못가고 문 밖에서 밤을 새운 일이다. 처음엔 한사코 거절했지만 "성님 사정 모르잖습니다! …… 그렇지만 모처럼 만나서, 게, 성님이 제 술 한잔 안 잡숫는대서야, 온 어디 인사유?"(홍보, 444면)하며 끄는 통에 어쩔 수 없이 자리를 하게 되었다. 남의 부탁을 거절하지 못하는 우유부단한 성격 탓이다. "더 끌지 않아도, 더 뒷걸음을 칠 기운은 현 서방에게 영영 아주 없어지고 말았"(홍보, 444면)다 한다.

이상의 네 가지 일은 모두 거절을 못하고 대책 없이 착하기만 하기에 일어난 일이다. 바로 홍부의 심성이다. 주지하다시피 「홍부전」의 홍부는 놀부에게 내몰려 모든 것을 다 뺏기고 빈손으로 집에서 쫓겨나지만 동네 사람들에게 시끄러울까봐 순순히 물러날 정도로 착한 심성을 지니고 있다. 게다가 곡식을 꾸러갔다가 놀부에게 두들겨 맞고도 "이고 형님, 이거시 우에 일이오? 빙악무인 노척이도 이의셔 성현이오, 무지불측 관숀이도 이의셔 군지로다. 우리 형뎨 엇지ᄒ여 이다지 극악ᄒ고"(경판, 24면)라고 울부짖기만 하며 집에 돌아와서는 오히려 "형님이 셔울 가고 아니 계시기의 그져 와습ᄂᆡ"(경판, 26

면)라고 놀부를 두둔하기까지 한다.

흥부가 가난을 벗어나기 위해 짚신 장수, 날품팔이, 매 품까지 팔 정도로 발버둥을 친 것을 보면 그가 분명 게으르고 소극적인 인물은 아니다. 오히려 그 착하고 여린 심성으로 인해 냉혹한 현실에 적응하기가 어려웠던 인물로 봐야 한다. 채만식의 「흥보씨」는 흥부의 바로 이런 심성을 수용하여 인물화한 것이다. 즉 가난을 극복하기 위해서 발버둥치는 흥부의 딱한 형상이 아니라 냉혹한 현실을 헤쳐 나가기 어려운 착하고 여린 심성을 그리려고 했던 것이다. 그러기에 「흥보씨」에는 빈부 갈등이 사라지고 험한 세상에 부대끼며 상처받는 현 서방의 심성만 부각된 것이다.

현 서방은 순동이와 같은 아이들과 이웃은 물론 바둑이, 고양이, 제비 등 동물들까지 극진히 사랑하는 인물이다. 작품에서도 순동이를 현 서방의 첫째 애물이라고 하고 바둑이와 고양이가 그 다음의 애물이라고 한다. 그래서 이들에게 극진한 사랑과 친절을 베푼다. 하지만 그 사랑과 친절이 번번이 거부당한다. 제비 사건이 그렇고 길에서 아이들에게 음식을 먹이려고 했던 것이 그렇다. 게다가 김 순사 집에 정종과 오리쓰메까지 준 것이나 윤보를 만나 술을 사양 못 한 것은 모두 거절하지 못하는 여린 마음 때문에 생긴 일이다.

이런 현 서방의 착한 심성과 여린 마음은 냉혹한 현실 앞에 여지없이 망가진다. 채만식이 의도했던 것은 바로 이것이다. 『태평천하』의 '놀부'인 윤 직원을 통해서 그를 둘러싼 세상을 신랄하게 풍자했다면, 「흥보씨」의 '흥부'인 현 서방을 통해서는 이 냉혹한 세상에서 착하고 여린 심성이 어떻게 수난을 당하는지를 보여주려는 것이다.

그런데 문제는 착하고 여린 심성에 위해를 가하는 냉혹한 현실이 현 서방에게는 그리 심각하지 않다는 것이다. 윤보와 술을 마시다 마누라에게 들켜 집에도 못 들어가고 문 밖에서 쭈그리고 앉아 밤을 지새우지만 "인제 두어 시간만 더 기다리면 날이 샐 테고, 날이 새면 어떻게든지 가만히 순동이를 불러내어 이 벤또를 줄 수가 있습니다. 그 좋아할 얼굴을 생각하면서, 현 서방은 빙그레 바둑이의 머리에다가 볼을 비비"(홍보, 448면)고 행복해 하며 밤을 지새운다.

현 서방과 그를 둘러싼 세계의 모습은 객관적으로 냉혹함을 유지하고 있지만 현 서방 스스로는 이를 제대로 인식하지 못하고 동화적 세계 속에 갇혀 있다. 현 서방의 행위가 냉혹한 현실과 긴밀히 연결되지 않기 때문에 심각함을 드러내지 않는다. 채만식은 현대판 홍부를 통해 가난에 시달리는 식민지 민중들의 현실을 문제 삼기보다는 착하고 여린 심성만을 가져와 그 세계가 어떻게 훼손되는지를 보여줌으로써 결과적으로 현실에 대해서는 아무런 문제도 제시하지 못한 채 동화적 세계로 도피한 꼴이 되었다.

1939년 무렵부터 채만식은 『태평천하』와 「치숙」 같은 풍자를 통해서 현실을 비판하는 작품을 더 이상 쓰지 못하고 현실 문제에 관한 한 식물인간 행세를 했다고 한다.[73] 「홍보씨」가 발표된 때는 이른바 '전시동원령'이 내렸고, 그 다음 달에는 악명 높은 '창씨개명'이 시작되기도 했다. 이런 상황으로 인해 채만식은 궁핍한 현실에 대해 아무런 문제도 제기하지 못한 채 현대판 홍부, 현 서방을 동화의 세계에 가두어 놓고 그 여린 심성이 부대끼는 모습만을 그렸던 것이다.

---

[73] 이주형, 「蔡萬植의 생애와 작품세계」, 『채만식 전집』 10, 창작과비평사, 1989, 627면 참조.

(2) 가난에 대한 현실적 형상화, 「흥부傳」

해방 이후 1947년 발표한 「흥부傳」[74]은 이해조가 심정순沈正淳 창을 바탕으로 산정한 「燕의 脚」을 수용하여 변개한 것으로 보인다. 「흥부傳」과 「연의 각」의 삽화를 살펴보면 흥부와 놀부가 '연' 씨인 것을 비롯하여 다음과 같은 공통점을 보인다.

①흥부의 이름이 '연흥부'인 점

②5대조 묘막에 가서 살라고 한 점

③흥부 부부의 품팔이 사설

④곡식을 꾸러 놀부 집을 찾아감

⑤환곡을 얻으러 갔다가 이방에게 매품 제의를 받음

⑥매품팔이에 대한 자세한 경과

⑦흥부 집을 찾아온 놀부의 행패

⑧놀부의 박에서 나온 인물－양반, 노승, 무당패, 소경들, 사당패

이 삽화들은 실상 경판본으로부터 「연의 각」으로 이어진 '기록 전승'으로 궁핍으로부터 어떻게든 벗어나려는 흥부의 노력과 놀부에 대한 부정적인 시각을 두드러지게 나타내고 있다고 한다.[75] 여기에 채만식 나름의 세부묘사를 부연하여 독특한 이본을 만들었던 것이다. 채만식은 어수선한 해방공간에서 어떤 방식으로 「흥부전」을 수용·변개했는가?

우선 작품의 서두에 "놀부는 심술이 대단히 사나운 사람이었습니다"[76]라

---

74 기존의 「흥부전」과 구별하기 위해 채만식의 「흥부傳」은 발표 당시의 작품 표제를 그대로 쓴다.

75 정충권, 「흥보가(전)의 傳承樣相 硏究」, 『판소리 연구』 13, 판소리학회, 2002, 361~373면 참조.

고 하고 시주하는 중에게 두엄을 퍼주는 '장자 못 설화'의 삽화를 가져다 놀부의 심술을 더욱 과장하였다. 그 과정에서 흥부가 중의 바랑을 가져다가 빨아주니 놀부가 성을 내면서 매질을 하던 끝에 놀부 마누라가 "아주 내쫓고 말아요. 두고 그 꼴을 어떻게 보우?"(1편 32면)라 하여 쫓겨나게 된 것이다. 경판본이나 「연의 각」에는 근거 없이 쫓아내는데 여기서는 시주승에게 부린 행패를 흥부가 수습하자 이를 빌미로 그리 한 것이다. 내쫓기는 과정을 시주승 사건으로부터 일관되게 그리고 있으며 놀부의 심술을 통해 부정적인 면을 더 강조한 것이다.

무엇보다도 채만식의 「흥부傳」에서 핵심이 되는 것은 흥부의 가난과 이를 벗어나려는 눈물겨운 노력이다. 5대조 산막으로 살림을 나는 장면도 "이 너저분하고도 궁끼가 흐르는 차림을 하고서 울레줄레 소슬 대문을 나서는 것이 천석거리 부자 놀부의 친아우 흥부가 명색이 세간을 나는 광경이오 실속으로는 형의 쫓겨가는 광경"(1편 34면)이라고 처참하게 그리고 있을 뿐만 아니라 이 척박한 곳에서 흥부네가 살아가는 과정은 그야말로 고군분투다.

이 부분은 어느 이본에도 없는 독특한 내용으로 살아가기 위해 발버둥치는 흥부의 노력이 돋보이는 대목이다. 동네 이름조차 석밭골[石田洞]일 정도로 척박한 곳에서 무엇인가 식량을 마련하기 위해 때가 많이 늦었지만 보리를 심고자 한다. 보리씨가 없으니 가지고 온 양식에서 싸래기를 주고 보리씨서 되를 바꾸었지만 심을 밭이 문제다. 가족이 모두 달려들어 밭을 일구는데 그 정황을 이렇게 그렸다.

---

76 「흥부傳」, 『문학사상』, 2004.3, 문학사상사, 2004, 24면. 원 작품은 1947년 7월 『금융조합』 12호에 게재된 것인데 『문학사상』에서 자료를 발굴해 3~4월에 걸쳐 실었다. 앞으로 이 자료는 일일이 주를 달지 않고 괄호 속에 편수와 연수만 표시한다.

흥부 내외와 열여섯 살박이 큰 놈과 셋이서 오늘도 저물도록 밭에서 풀뿌리를 뽑고 있습니다. 무섭게 쩌른 풀뿌리는 캐내도 캐내도 한정이 없습니다. 그동안 벌써 닷새나 두고 세 식구가 이른 아침부터 저물게까지 밭에만 매달려 있었으나 보리씨 서 되를 뿌릴 한 말지기 밭을 갈지 못하였습니다.

서속 한 말, 수수 한 말, 피 한 말, 싸래기 한 말 이것이 도통 타 가지고 온 양식이니 먹긴들 배불리 먹을 리가 없는 것, 시장한 허리띠를 몇 번이고 졸라 매면서 깊이 쩌를 풀뿌리를 몽당 호미로 캐느라고 꼬부라졌던 흥부 마누라가 문득 호미 자루를 놓고 먼산 바래기를 하다가 휘유 한숨을 쉽니다.

"이다지 애를 쓰고 심어야 먹을지 말지 한 것을."(1편 35면)

온 가족이 달라붙어 힘든 노동을 바쳐도 소출을 기약할 수 없는 처지는 흥부가 얼마나 처참하게 살아가는가를 단적으로 보여준다. 흥부의 가난에 대한 형상화가 어느 이본보다도 구체적이고 현실감 있다.

이러한 눈물겨운 노력의 연장선상에 흥부 부부의 품팔이가 위치한다. 먹을 것이 없어 사흘을 굶다가 드디어 품팔이로 나선 것이다. 그런데 여기서도 "품을 판다고 하였지만 동네가 원체 가난한 동네가 되어서 우난 품팔이도 별로 없었습니다. 더욱이 흥부의 아낙은 빨래 품, 바느질 품, 대사大事치는 집에 가서 어울러주기, 이런 것이 품팔이 거리인데 가난한 농군들만 모여사는 동네에 그런 호강스런 집의 품 거리가 흔하게 있을리가 없"(1편 37면)다고 현실성 있게 바꾸었다. "그래서 무엇이고 품 거리가 있기만 하면 진 일, 구진 일, 상관 아니 하고 내외가 나서서 부지런히 품팔이를 하여 하루 한 때씩이라도 어린 것들과 함께 입에 풀칠을 하고 그거나마 없는 날이면 할 일 없이 앉아서 굶"(1편 37면)었다 한다.

그나마 품팔이도 엄동에는 없어 나흘 째 굶다가 놀부에게 식량을 꾸러 가게 된다. 같은 '기록 전승'의 맥락에 있는 경판본이나 「연의 각」에는 놀부에게 식량을 꾸러 가는 삽화가 먼저 등장하는데 여기서는 추운 겨울이 와서 품팔이도 할 수 없게 되자 할 수 없어 놀부에게 간다. 가난을 벗어나려는 흥부의 노력을 강조하기 위해 순서를 바꾼 것이다. 그 다음에 놀부에게 식량을 구걸하다가 매만 맞고 나서 도저히 살아갈 방도가 없어 환곡을 얻으러 갔고 거기서 매품을 제의받게 된다.

매품에 대한 것은 이 작품에서 특별한 위치를 차지한다. 매품을 제의받은 것에서 시작하여 나라에 경사가 생겨 사면령을 내린 것에 이르기까지 채만식의 「흥부傳」은 전체의 1/4이 넘는 분량을 할애해 이 대목을 다루고 있을 정도다. 경판본 「흥부전」에서 '놀부 박타는 대목'이 중심이라면 여기서는 '매품 파는 대목'이 중심이 된다. 채만식은 왜 매품 파는 대목에 집착했을까? 그 진행 과정을 구체적으로 살펴보자.

우선 길청으로 이방을 찾아가 그에게 매품에 대한 자세한 설명을 듣고 30냥을 받는 것으로 계약한 다음 우선 노잣돈으로 닷 냥을 받고나서 흥부는 집에서 굶고 있을 자식들을 위해서 쌀을 산다. 그 벅찬 감회를 작품은 이렇게 전한다.

어린 자식을 데리고 나흘째 굶은 흥부였습니다. 나흘째 굶고서 형 놀부에게 양식 구걸을 갔다가 욕만 먹고 매만 맞고 형수에게까지 밥주걱으로 뺨을 맞은 흥부였습니다.

그리고서 맨손으로 돌아가 어린 자식들과 함께 송사리 죽음을 하게만 된 흥부였습니다.

그런 막다른 골에서 돈이 생긴 흥부이고 보매, 뒷일이야 어찌 되었든, 기쁘지 아니할 이치가 없었습니다. 사뭇 겨드랑 밑에 날개가 돋힌 것 같았습니다.

장거리로 나와 우선 쌀 서너 되를 사서 자루에 넣어 들쳐 메니 이제는 어린 것들을 살려냈구나 더욱 신이 납니다.(1편 45면)

굶고 있을 자식들에 대한 가장의 책무 때문에 몸을 훼손시킬 수밖에 없음을 얘기한다. 집으로 가는 길에 만난 동네 아이와의 문답에서도 "우리 아이들이 배고파하는 건 나 매 맞기 보담 더 아픈 거"(47면)라고 말할 정도다. 비장과 골계가 뒤섞여 있는 판소리와는 달리 처절한 비장으로 일관하고 있다. 그 비장한 행보의 중심에 저 유명한 〈돈타령〉이 있다.

그런데 대부분의 작품에서 바로 돈을 가지고 집으로 와서 마누라에게 돈을 보여주며 좋아라고 〈돈타령〉을 부르는 것과는 달리 상당히 긴 돈과의 수작이 이어진다. 주막에 들어가 술국과 막걸리를 마신 다음 돈을 보고나서 정신이 나가 엉뚱한 행동을 하는 것이다.

흥부는 동구 밖을 다 못 나가 비틀걸음을 치기 시작하였습니다. 쌀자루는 어깨에 들쳐 메고 이리 비틀, 저리 비틀.
"좋다. 흐흐. 돈이로구나. 돈. 쌀이로구나. 쌀. 흐흐, 좋다, 얼씨구."
하고 연방 흥얼거리며 행길을 휩씁니다.
헌 갓은 뒷꼭지에가 붙고 중추막은 띠가 풀어져 너덜너덜 너풀거립니다. 얼마를 그렇게 가다가 무슨 생각이 나서 허리에 찬 돈 귀미를 죄다 뽑아들고 게슴츠레한 눈으로 한참을 들여다보더니 그대로 길바닥에가 두 가랑이를 벌리고 펄쩍 주저앉아 돈과 주거니 받거니 수작을 합니다.

"네가 적실(的實)히 돈이렷다, 돈."

"네, 적실히 돈이올시다."

물론 흥부 제가 말하고 제가 대답하는 것입니다.

"그래, 어데 갔다 이제야 왔어."

"제주 갔다가 이제 왔어요."

"흐흐, 이 잡것아, 날 실컷 울리고, 이제야 와."

"그립다 만나야 더 반갑지요."

"아무렴, 그렇고 말고, 내 간간이야 얼씨구 좋다, 흐흐 돈 봐라 돈, 돈 봐라 돈, 죽는 사람을 살리는 돈, 우는 사람을 웃기는 돈, 돈 봐라, 돈, 얼씨구 좋다. 흐흐."(1편 46면)

「운수 좋은 날」의 인력거꾼 김 첨지와 비슷하게 실성한 사람처럼 돈과 주고받는 대화는 흥부의 상황이 얼마나 절박한 가를 잘 보여준다. 여기에 골계가 끼어들 여지가 없다. 그래서 여러 이본에서 다소 골계스러운 〈돈타령〉을 여기서는 절망의 푸념으로 바꾸었다. 채만식 스스로가 골계의 통로를 차단한 것이다.

흥부 아내가 남편이 매 맞으러 간다는 사실을 안 것도 동네 사람 몽돌이에게 들어서이다. 게다가 흥부가 매 맞으러 갔다가 돌아오는 동안 흥부 아내가 마음 졸이며 애태우는 과정을 자세히 그리기도 했다. 그 끄트머리에서 남편이 어쩌면 매를 맞아 죽었을 지도 모른다고 여기며 "원수의 가난이, 원수의 가난이"(1편 24면) 하며 자신의 처지를 저주하기도 한다.

채만식이 「흥부傳」에서 특별히 매품 부분을 확장하고 부연한 것은 흥부가 얼마나 가난하며 이를 극복하고 제대로 살아가기가 얼마나 힘든 것인가를 보여주기 위해서다. 오죽했으면 자신의 몸을 훼손시켜가며 매품을 팔려고 했을까? 그러기에 이에 대한 자세한 과정을 보여준 것으로 보인다. 대부분 「흥부전」에는 없는 구체적인 세부묘사를 보완하고 서사의 틈새를 메웠던 것이다.

이제 남은 것은 흥부를 부자로 만드는 일이다. 그런데 이제까지 작품에서 흥부의 가난을 현실성 있고 구체적으로 그려냈기에 정작 부자로 만드는 것은 쉽지 않은 일이다. 어떻게 할 것인가? 채만식은 기존의 낭만적인 방식과 적당한 선에서 타협을 모색했다. '보은박'에서 이상한 사람들이 나와 "강남 제비왕의 영을 받고 연생원한테 은혜를 갚어드리려 왔"(2편 31면)다고 하며 술을 한 잔씩 나누어 주어 잠들게 하고 그 사이에 흥부를 부자로 만든 것이다. 부자라기보다 그저 서민이 살기에 넉넉한 살림이 장만된 정도다.

옷은 수수한 무명으로 새로 지어진 "농부와 그 가족이 입기 좋은"(2편 32면) 것이며 집은 "새 집이라도 네 귀에 풍경단 개와집은 아니요, 농군의 집으로 알마진 상하채 초가집"(2편 32면)이라고 한다. 논과 밭이며 살림살이 들이 모두 당시의 현실에 맞게 살만한 형편으로 바뀐 것이다. 그래서 흥부의 아내는 "꿈에라도 이런 넉넉한 세상 한번 살아보니 나는 원이 없"(2편 33면)다고 말할 정도다.

이는 놀부가 흥부를 찾아와 행패 부리는 곳에서도 확인된다. 놀부는 흥부가 부자가 됐단 소문을 듣고 집에 와 행패를 부리고 "흥부를 앞세우고 다니면서 벽장, 다락, 건넌방, 아랫방, 사랑, 광, 장독간, 부엌…… 아무리 다 뒤져도 돈이며 금은보화며 비단 등속은 찾아내지 못하였"(2편 37면)다고 한다.

부에 대한 지나친 과장은 작품의 현실성을 떨어트릴 수가 있기에 적당한 선에서 타협을 모색했고 그것이 흥부가 그저 큰 불편 없이 자영농으로서 요족하게 사는 것이다. 박에서 나온 인물들에 의해서 놀부가 완전히 망하고 나중에는 팔과 다리가 부러진 병신이 되었지만 흥부가 "제 큰 아들로 양자까지 정하여 평생토록 잘 봉양"(2편 44면)했다는 설정도 현실성에 입각한 개작이다. 비록 놀부에 대한 공분公憤은 인정하지만 이제 아무 것도 남은 것 없이 병신이 된 놀부를 어떻게 하겠는가? 보살펴 줄 사람은 동생인 흥부밖에 없는 것이다.

「흥부傳」은 흥부의 가난과 이를 벗어나기 위한 노력을 현실적으로 그리고자 했던 작품이고 그러다 보니 놀부에게는 다소 풍자가 허용되지만 흥부에게는 해학적인 면이 사라지고 현실적이고도 처절한 비장만이 남게 되었다. 흥부의 형상은 작품에서는 비록 몰락 양반인 '연 생원'으로 등장하지만 최하층민의 모습이다. 채만식은 해방공간에서 이미 「논 이야기」(1946)에서 보여주듯이 잘못 가고 있는 세상에 대해 풍자를 해대지만 가난한 사람들에 대해서는 마땅한 대안을 제시할 수 없었다. 그래서 현대판 흥부를 통해 가난을 벗어나는 것이 얼마나 힘든 것인가를 얘기하고 있는 것이다. 이 작품은 이미 1939년 식민지 현실을 외면한 채 동화의 세계로 도피한 흥부에 대한 해방 이후의 비관적 재해석인 셈이다.

2) 1960년대 냉혹한 세상에 대한 풍자, 「놀부뎐」

최인훈은 이미 상당한 고전을 현대 작품으로 수용하여 변개하였고, 특히 판소리계 소설의 주요 작품인 「흥부전」, 「춘향전」, 「심청전」을 각각 소설 또는 희곡으로 패러디하여 「놀부뎐」(1966), 「춘향뎐」(1967), 희곡 〈달아 달아 밝은 달아〉(1978)로 작품화하였다.

특히 「놀부뎐」(1966)은 놀부의 시점으로 변개한 「흥부전」이다. 작품의 서두부터 "세상의벗남네야 이내푸념 들어보오 광대글쟁이 심사를볼작시면 세상일다아드키 못본일 옥황상제염라대왕 승지노릇지낸듯이 남의일 제일같이 잘도주워섬기지만 무딘붓 함부로놀려 무고인생해친것이 가히 도척의뺨치겠다"[77]고 소설쓰기에 대한 비판을 제기하면서 판소리의 광대 사설로 이야기를 시작하고 있다. 표기는 완연히 고소설 방식이고, 띄어쓰기는 호흡 단위로 된 활자본 고소설의 형태를 가져왔다. 게다가 「흥부전」의 유명한 사설들을 그대로 가져와 작품에 활용하기도 했다. 일종의 「흥부전」 '비틀기'인데, 최인훈은 이런 「흥부전」의 변개를 통해 어떤 메시지를 전하려고 했을까?

우선 작품의 서사단락을 이야기의 틀이 유사한 경판 25장본 「흥부전」에 맞추어 나눠보도록 한다. 괄호 속은 경판본 「흥부전」이다.

① 성실, 근면한 놀부의 축재 과정(놀부 심술 대목)
② 흥부의 딱한 처지(흥부의 딱한 처지)
③ 흥부의 매품 팔기(짚신장수, 품팔이, 매품팔이)
④ 놀부에게 식량구걸(놀부에게 식량구걸)
⑤ 놀부의 인생관, 가치관(흥부의 〈돈타령〉)
⑥ 놀부가 부자 된 흥부 찾아감(제비 치료해줘 흥부 부자 됨)
⑦ 흥부가 부자 된 내력 들음(흥부에게 찾아가 행패 부림)
⑧ 훔친 재물을 돌려주러갔다가 붙잡힘(놀부가 제비다리 부러뜨려 보수표 받음)

---

77 최인훈, 「놀부뎐」, 『우상의 집—최인훈 전집 8』, 문학과지성사, 1993, 243면. 앞으로 자료의 인용은 괄호 속에 '놀부'라 약칭하고 작품의 면수만 적는다.

⑨ 전주감영에 잡혀가 고초를 겪다가 죽음(박 속에서 나온 인물들에게 재산 빼앗김)

    이야기의 전반적인 틀은 경판본 「흥부전」을 따르지만 구체적인 내용은 완전히 다르다. 놀부의 시점으로 이야기가 전개되며 「흥부전」의 서사를 완전히 전복시키고 있다.

    우선 주인공인 놀부를 보자. 축재 과정을 보면 대부분 「흥부전」에서는 부모의 재산을 혼자 차지하고 이를 고리대 등을 통해 불렸다고 알려져 있는 바, 「놀부뎐」에서는 "한짝버선 나누어들듯이 꼭같이나누어가지고"(놀부, 243면) 부부가 죽도록 일해서 "닷섬논에 일곱섬가웃"이나 거두고 "내외가 일시를쉬지않고 정한일궂은일 가림이없"이 "이러기를다섯해더니 곳간에그득하니 곡식각도물산이요 문전옥답이 걸음마다문안이요 포목주단이기백필이요 원근에놓은빛이 수백"(놀부, 244면)이라고 한다. 근검절약하는 생활 자세, 부지런한 노동과 합리적인 재산 관리를 통해 재산을 모은 것이고 그러기에 놀부에게서 반사회적이고 반윤리적인 모습은 찾을 수가 없다. 오히려 「흥부전」에 보이는 흥부 부부의 '품팔이 사설'이 여기서는 놀부 부부의 부지런한 노동의 모습으로 대체된다.

    게다가 세상을 바라보는 시각 역시 냉철하고 현실적이다. 식량을 구걸하러온 흥부를 꾸짖으면서 "네사는 이세상이 옷임금격양가에 순임금성댄줄알았더냐 도척이가도포입고 관숙이가육모방망이잡은 말세난센줄 네모르는게 악하구느"(놀부, 246면) 할 정도로 세상을 냉정하게 보고 있다. 이 냉혹한 현실은 격양가를 부르는 태평성대가 아니라 도척盜跖이 벼슬을 하고 관숙管叔이가 떵떵거리는 어지러운 곳이다. 그러기에 이 험난한 세상을 살아가기 위해서는 "호방의호방되고 이방의이방되어 있는재물속이고 세납금줄여잡고 하나주고열언자니 소매밑뇌물이요 신관사또청연에도 칭병코발뺌"(놀부, 248면) 할 수밖에 없는 것이다. 그저 확실하게 믿을 것은 변치 않는 재물 밖에 없다. 그래서 가문 날에 비 만나듯 돈을 보고 좋아 어쩔 줄 모르는 흥부의 〈돈타령〉이 여기서는 놀부의 차지가 된다.

> 놀부 이사람이 엽전속에길을보니 어느것이 높다하며 어느것을 낮다하랴 앉아서도돈이요 누워서도돈이요 이리돌려돈이요 저리돌려돈이요 풀어놓은돈이요 몰아놓은돈이요 나아가서돈이요 들어오며돈이요 다리건너며돈이요 밭에가서돈이요 물리면서돈이요 대들면서돈이요 비껴놓고돈이요 바로놓고돈이요 되로주고돈이요 말로받고돈이요 조득돈하면석사라도가애라(놀부, 247면)

놀부는 그야말로 이 냉혹한 현실 속에서 돈의 위력을 제대로 인식하고 있는 인물이다. 그러기에 공자가 말한 "조문도朝聞道하면 석사가의夕死可矣"가 놀부에게는 "朝得돈하면 夕死라도 可矣"로 바뀌게 된다. 놀부는 "내곡식바라보기 토지문서매만지기 엽전궤은전함토닥거리기 게집보다즐기는 놀부군자"(놀부, 247면)로 말하자면 철저한 현실주의자이면서 배금주의의 화신인 것이다.[78] 반면 흥부는 게으르고 허랑방탕한 인물로 나온다. 일할 생각은 하지 않고 "마을의 게으르고못된잡놈 수삼인이작당하여 감언이설로꼬이는수작에 솔깃덤벙하여 하는말마다하고 논밭마지기깡그리잡히고 남경배장사에일확천금을 협뜨더니" "빈털털알거지가되었"(놀부, 244면)다고 한다. 이렇게 보면 흥

---

78 김치홍, 「놀부의 現代的 意味」, 『흥부전 연구』, 집문당, 1991, 501~513면 참조.

부는 오히려 「이춘풍전」의 허랑방탕한 이춘풍에 가깝다. 게다가 그 가족 모두가 게으르기 짝이 없다. "먹는입이일손이요 손마다일이고보면 가난할리만무커늘"(놀부, 245면)일은 안하고 음식투정만 한다. 「흥부전」에 등장하는 흥부 자식들의 음식투정을 이렇게 변개한 것이다.

애초 「흥부전」에 등장하는 흥부의 매품팔이는 도저히 살아갈 수 없는 극한 상황에서 나온 방책이다. 품팔이를 해도 살아갈 수 없고 식량을 구걸해도 주지 않으니 결국 매품을 판 것이다. 그런데 여기서는 몸을 훼손하는 불효막심한 행위로 나온다. 제대로 일할 생각은 하지 않고 기껏 한다는 것이 몸을 훼손하는 것이니 못나고 한심하다는 것이다.

게다가 스스로 일할 생각은 하지 않고 형에게 빌붙을 생각이나 하고 요행만 바라고 있다. 놀부에게 식량 구걸을 왔을 때 놀부가 두들겨 내쫓은 이유도 거기에 있다. 도척이가 도포입고 관숙이가 육모방망이를 든 이 험악한 세상을 어찌 살아갈지 막막하기 때문에 몽둥이로 정신을 차리게 한 것이다. "세상은고해화택이요 가난구제는 나라도못한다하였는데 흥부저사람심사보소 남에게싫은소리없이 제울타리지켜질까"(놀부, 246면)라고 놀부가 한탄할 정도로 흥부는 현실에 무능력하다. 흥부는 이 냉혹한 현실을 제대로 파악하지도 못하고 여기에 대처하는 능력도 부족해 허랑방탕하며 게으르기 짝이 없으며 그러다보니 요행만 바라는 인물로 나온다. 「흥부전」에서 흥부의 주저하고 나약한 심성을 가져와 이를 부정적으로 비튼 것이다.

그런데 작품이 후반부로 가면 놀부와 흥부가 다 같이 전라감영 옥중에서 죽는다. 현실을 제대로 읽지 못하는 흥부는 그렇다 하더라도 비교적 현실을 직시하는 놀부까지 왜 '옥방원혼獄房冤魂'이 된 것일까? 사건의 경과는 이렇다.

가난에 허덕이던 흥부가 돈을 물 쓰듯 쓴다는 말을 듣고 흥부를 찾아가 자초지종을 물었더니 「흥부전」처럼 제비 다리를 치료해줘서 박씨를 얻어 부자가 됐다는 말을 하는 것이 아닌가. "밝은천지에 이무슨 해괴한억설이란말인ᄀ"(놀부, 251면)라고 관가에 알리겠다고 하니 그제야 사실을 얘기하는데 산에 나무를 하러 갔다가 파헤친 흔적이 있어 파보니 철궤에 금은보화가 가득 들어서 이를 가져와 부자가 됐다고 했다. 놀부가 사태를 보니 분명 당쟁으로 봉고파직된 어느 양반이 은밀히 **빼돌린** 것인데 다시 복직하는 날에는 분명 사람을 풀어 찾을 것이니 미리 가져다 놓는 게 낫다고 여겼다. 두 형제가 보물을 다시 가져다 놓으려 산 중에 들어갔다가 숨어 있던 관원에게 잡혀 전주감영으로 압송됐다. 그 보화의 임자가 전라감사였던 것이다. 봉고파직될 때 감추어둔 것인데 복직되어 찾으러 갔다가 없어진 것을 알고 장정을 매복시켜 놓았던 것이다. 놀부와 흥부는 전라감영으로 압송되어 갖은 고초를 겪고 "날에날마다 돈울귀내는매질을"(놀부, 256면) 당하여 재산마저 다 털리고 결국에는 옥중에서 죽음을 맞이한다.

놀부는 분명 근검절약하는 생활 자세와 부지런한 노동 그리고 합리적인 재산 관리를 통해 부를 축적한 당대의 요호부민이다. 그래서 능률을 우선하고, 물질만능주의와 이기적인 사고방식으로 무장한 '현대 시민의 한 원형'을 보여주고 있다고 한다.[79] 과연 놀부가 부정적 인물인가? 어찌 보면 그럴 수도 있지만 놀부는 이 물신이 지배하는 세상의 논리를 그대로 따랐을 뿐이다. 이 세상은 "약한놈때려잡고 강한놈구슬러서 호의호식거드름"(놀부, 249면)피우는 약육강식이 판을 치는 곳이다. 그러니 도척이가 도포입고 관숙이가 육모방망이 잡을 수 있는 것이다. 아무런 명분과 원칙도 없이 그저 권력과 재

---

79 위의 글, 505~512면 참조.

물 있는 자만이 행세하는 곳이다. 놀부는 이러한 세상의 이치를 통달하고 '엽전 속에 길'이 있다고 여기고 충실하게 살았을 뿐이다.

그러기에 놀부보다도 그를 둘러싼 금전만능의 냉혹한 세상에 대해 풍자하고 있는 것이다. 이 때문에 우선 이 세상의 충실한 대변자인 놀부를 '옥방원혼'이 되게 만들었다. 놀부가 붙잡힌 건 실상 흥부 때문이다. 재물에 눈이 뒤집혀 "포도청도포도청이요 목구멍도포도청이라 이래죽으나저래죽으나 죽기는매일반이"(놀부, 253면)라 여기고 보물을 훔쳐 와서 "집을짓고 떵떵거렸으니"(놀부, 254면) 화가 미칠 것을 두려워하여 다시 갖다 놓으려다가 잡힌 것이다. 못난 인간 흥부를 위해 일을 무마하려다 그리 된 것이다. 늘 못난 흥부를 구박만 하고 못 본 척 하다가 그를 도와주는 순간 액운이 닥친 것이다. 그래서 "내형제 일생한번실수하여 옥방귀신되"(놀부, 255면)었으며 "패가망신끝에야 우애를 주"(놀부, 255면)었다고 한다. 놀부가 냉혹한 세상의 논리를 따라 살면 문제가 없었을 것이다. 그 논리를 어기고 인간성을 회복하고자 했기에 냉혹한 세상으로부터 버림을 받아 죽기에 이른다. 그 형제 화해의 모습을 작품은 이렇게 전한다.

옥으로돌아올때 형제가유혈이낭자하듯 형님이놈못난탓으로 이일을당하는구려 흥부이 목이메어하거늘 사람심사이상하듯 원망은커니와 어릴적괴이던마음 내왔소 왈칵솟으며 눈물이비오듯하는구나 이날밤형제가밤새워이야기하는데 십년막혔던마음이 봄눈스러지듯풀어지니 추야장긴긴밤이오히려 짧으며 옥마루판자요가 비난금침이더라(놀부, 254면)

놀부가 이제야 돈보다 더 소중한 인간관계를 회복한 것이다. 그리하고 나니 오히려 그토록 추구했던 재물이 하찮게 보인다고 한다. 게다가 형제의 목숨을 살리기 위해서 달라는 대로 돈을 준다. 돈만 알던 놀부가 따뜻한 인간으로 변한 것이다.

> 이몸한몸이면 알뜰한내재물을 이몸이 진토되어넋이라도있건없건 죽여도안내놓으런만 내형제 일생한번실수하여 옥방귀신되겠으니 돈자라는데가 목숨사는날이라 달라는대로주어준ᄃ 속으로구구셈에 재물은날마다축이나도 이내마음괴이터ᄅ 아깝기는커니와 오만간장이오뉴월소낙비끝처럼후련하ᄃ 부귀가일장춘몽이요 철령넘어가는뜬구름이구ᄂ 내형제심약하여 그를미워포악터니 큰칼차고꿇어앉아 형님동생부를적에 오기는간곳없고 춘삼월눈녹는바람이 따스하더ᄅ (놀부, 255면)

최인훈은 이 냉혹한 금전만능의 세상을 놀부를 통하여 보여준 다음 그 놀부가 따뜻한 인간성을 회복한 순간 일어설 수 없는 나락으로 떨어지게 하였다. 그럼으로써 이 세상이 따뜻한 인간성이 메마르고 냉혹한 자본이 지배하는 사회임을 거꾸로 보여주고 있다. 최인훈의 「놀부뎐」은 놀부가 아닌 바로 이러한 냉혹한 금전만능의 세상에 대한 비판이자 풍자인 것이다.

그런데 여기서 보여주는 냉혹한 금전만능의 세상은 과연 구체적으로 어떠한 사회일까? 여기서 작품 속에 등장하는 전라감영의 모습을 주목할 필요가 있다. 감사가 숨겨둔 보물을 회수했으니 법대로 처리하면 될 일인데 온갖 트집을 잡아 재물을 뺏는다고 한다.

> 주야연일 있는트집 없는트집 국문하니 속셈이 따로있ᄃ 낮에는 이놈놀부야 문

서에본즉 네아비개불이와 네어미동녀가 종으로살다가 오밤중에도망한지 수십년 이거늘 이제야찾았구나 네어미와아비몸값이 삼천냥이니 당장에바치렷드 동헌마루에 앉은도둑이 빼앗으면 밤에는밤대로 옥방벼슬아치가 빈대처럼 뜯어먹으며 아니들으면 이뺨치고 저뺨치며 발로차고 뒹굴리며 주무르고잡아뜯고 밤낮으로 볶아댄드(놀부, 255면)

「흥부전」에 등장하는 '복수박'이 여기서 전라감영으로 바뀌었다. 박 속의 인물들에 의해서가 아니라 전라감영의 수탈로 인해 놀부가 전 재산을 다 빼앗긴 것도 흥미롭다. 사실 「흥부전」의 박은 탐욕스러운 놀부를 징치하는 민중들의 공분을 대변한 것이다. 그런데 「놀부뎐」의 전라감영은 중층의 수탈을 자행하는 국가 권력기구를 의미하고 있다. 이제 비로소 인간성을 회복한 놀부가 그 권력기구에 의해 전 재산을 강탈당한 것이다. 말하자면 관의 절대적인 권력이 놀부를 파멸로 이끈 것이다.[80] 이는 구체적으로 무엇을 의미하는 것인가?

이 작품이 발표되던 1966년은 군사정권에 의해 이루어진 1차 경제개발 5개년 계획이 완료되는 시점이었다. 이에 따라 외국자본의 진출과 더불어 관료자본주의가 일반화되던 때이기도 하다. 1965년에는 이른바 한일국교가 이루어졌으며, 1966년에는 월남파병이 거행되었다. 최인훈이 말하고자 하는 것은 바로 이런 관료자본주의의 모습이 아니었을까? '동헌마루에 앉은 도둑'이 설치며 '도척이가 도포 입고' '관숙이가 육모방망이를 잡은' 현실이란 바로 정경유착을 통해 건강한 자본들을 잠식시켰던 1960년대 관료자본주의의 실상

---

80 위의 글, 513면 참조.

인 것이다. 작품에서도 "호방이호방되고 이방이이방되어 있는재물속이고 세납금줄여잡고 하나주고열언자니 소매밑뇌물이"라고 한다. 이는 곧 국가권력에 의한 부정이 판을 치는 세상을 말하는 것이다.

작가가 「놀부뎐」에서 행했던 비판의 핵심은 여기에 있다. 놀부의 파멸을 통해 국가권력에 의한 관료자본주의의 폐해를 통렬하게 비난하고 풍자한 것이다. 단지 「흥부전」을 뒤집어서 놀부를 현대 자본주의 사회를 살아가는 긍정적 인물로 보고자 한 것이 아니라 그의 득세와 파멸을 통해서 1960년대 관료자본주의 사회의 부정부패를 간파해내고 이를 풍자한 것이다.

3) 「흥부전」의 변개에 드러난 돈과 윤리의 문제

「흥부전」의 현대적 변개는 자본(돈)과 밀접한 관련이 있다. 하지만 우리의 자본주의는 그리 순탄하게 발전하지 못했다. 일제에 의해 강제로 이식됐고, 해방 후에는 대미 종속이 심각해졌으며, 30~40년이라는 짧은 기간에 그 모든 과정이 이루어져 파행적 발전을 거듭했음은 주지의 사실이다. 이러다 보니 자본의 발전에 따르는 윤리, 곧 '돈의 철학'이 빈곤할 수밖에 없는 형편이다. 돈을 어떻게 벌고 어떻게 써야 할 것인가가 제대로 정립되지 못했다. 그래서 그저 돈이면 모든 것이 해결되는 금전만능의 풍조가 점점 팽배해졌다.

「흥부전」은 흥부와 놀부의 빈부 갈등을 통해 돈과 윤리의 문제를 제기한 작품이다. 현대적 수용은 당연히 돈과 윤리의 문제에 집중될 수밖에 없다. 넓게 본다면 식민지 시대에서 현대에 이르기까지 빈부 문제나 자본(돈)의 문제를 다룬 모든 작품은 「흥부전」 변개의 자장 안에 있다고 할 수 있다. 곧 문

제의식의 수용이라 하겠는데 이 모든 문학사의 궤적을 다루는 것은 만만찮은 일이다.[81]

여기서는 범위를 좁혀 직접 「흥부전」을 변개한 채만식과 최인훈의 작품을 다루었다. 채만식의 『태평천하』는 식민지 시대를 대변하는 현대판 놀부 윤 직원을 등장시켜 그를 통해서 당대를 풍자하고 있는 작품이다. 하지만 「흥보 씨」에서는 흥부의 착한 심성만을 현대로 가져와 그것이 험한 세상에서 어떻게 부대끼는가를 보여주었으나 현 서방의 행위들이 당대 현실과 긴밀하게 연결되지 않아 현실적인 가난에 대해서는 아무런 문제도 제기하지 못했다. 한편 해방 후 씌어진 「흥부傳」에서는 「흥부전」의 문맥을 따라 가면서 세부 묘사를 부연해 흥부의 가난을 현실적으로 형상화하였다.

최인훈의 「놀부뎐」은 자본주의적 삶의 방식을 체득한 놀부를 통해서 오히려 냉혹한 세상에 대해 풍자를 가하고 있는 작품이다. 근검절약하는 생활 자세와 부지런한 노동, 그리고 합리적인 재산 관리로 놀부는 물신이 지배하는 시대가 요구하는 인물이지만 그가 동생 흥부를 도와 인간성을 회복하는 순간 고초를 겪는다는 설정으로 이 타락한 세상을 풍자했다. 그가 풍자한 세상 은 구체적으로는 1960년대 부정부패가 판을 치는 관료자본주의의 사회다.

「흥부전」이 제기한 문제의식은 지금도 유효하여 다양한 방식으로 현대문학으로 수용되지만, 자본의 탐욕이 날로 증대되는 오늘날 그것은 문학보다는 오히려 문화적 혹은 사회적 현상으로 더 잘 드러나고 있다. 한 예로 1987년 '놀부보쌈'으로 시작해서 놀부부대찌개, 놀부집, 놀부명가 등 총 7개이

---

81 김종철도 앞의 글, 558면에서 신경향파 소설이나 그 이후의 프로문학의 지향점은 「흥부전」의 주제의식에 닿아 있으며 돈을 최고의 가치로 보는 냉혹한 현실을 다룬 점에서 이 작품의 주제는 오늘날도 여전히 유효하다고 하지만 이 모든 작품들을 아우르는 분석의 틀을 만드는 것은 쉽지 않은 일이다.

사업체와 600여 개의 점포를 거느린 '(주)놀부'가 있다. 그런데 그 성공신화의 이면에는 분명 탐욕스러운 놀부에 대한 동경이 자리하고 있음을 부인하기 어렵다. 좋은 이름 다 놔두고 오죽했으면 외식업체의 이름이 '(주)놀부'였겠는가. 거기엔 탐욕과 악행이라도 그 위에 황금탑을 쌓으면 모든 것이 정당화되는 이 사회의 가치관이 스며들어 있다. "개같이 벌어서 정승처럼 쓰라"는 말처럼 수단과 방법을 가리지 않고 돈만 벌면 정승이 될 수 있다고 이 황금만능의 사회는 가르치지 않는가.

우리 사회에서 부정적인 인물을 이렇게 회사의 상호로 내세운 경우는 아마도 (주)놀부가 유일한 것 같다. 『중앙일보』기사에 의하면 "옛 이야기 속의 놀부는 인색함과 심술의 상징이지만, 사실 적극적이고 자립심이 강한 인물이어서 '놀부'라고 지었다"고 한다.[82] 즉 어떻게든 돈만 잘 벌면 된다는 이 시대의 사고방식 속에 분명 놀부는 강력한 아이콘으로 수용되어 확대·재생산되고 있는 것이다.

학생들에게 「흥부전」을 가르치면서 흥부와 놀부 중 어느 한 인물을 택하여 그의 삶을 옹호하거나 비판하게 한 적이 있다. 대부분 부정적 인물인 놀부를 지지하는 것이 놀랍다. 부끄러워하지도 않고 당당하니 오히려 솔직하다고 해야 할까? "심정적으로 흥부에게 끌리나 현실적으로는 놀부 쪽으로 기우는 것이 나의 솔직한 고백"이라고 토로한다.[83] 자본의 탐욕이 날로 맹위를 떨치는 오늘날 문화적·사회적 현상을 포함해서 「흥부전」의 수용과 변개의 측면에서 자본(돈)과 윤리의 문제를 다시금 되짚어 볼 텍스트로서 「흥부전」이 위치한다.

---

82 인터뷰 「(주)놀부 회장 김순진 씨」,『중앙일보』, 2006.5.10.
83 권순긍 편저,『우리 소설 토론해 봅시다』, 새날, 1997, 169면 참조.

제3장

아동들의 관점에서 재화한 고전소설
전래동화로의 변개

1. '전래동화'의 발생과 방정환의 동화론

고전소설의 이야기들은 많은 부분이 민담으로부터 전승되어 소설로 정착된 것이기에 거꾸로 약간의 '재화再話' 과정을 거치면 그대로 전래동화로의 변개가 가능하다. '전래동화'는 주지하다시피 구비나 기록으로 전승되는 민담과 달리 어린이를 위하여 이를 재구성하거나 재창작한 것으로 근대에 들어와 생긴 신생 장르다. 동화의 개념을 처음 정착시킨 소파小波 방정환方定煥 (1899~1931)도 "童話의 童은 아동이란 童이요, 話는 說話이니 童話라는 것은 兒童의 說話 또는 兒童을 위하여의 說話이다"[1]라고 하여 동화가 단순한 설화

---

1   방정환, 「새로 개척되는 '童話'에 관하야」, 『開闢』 31, 개벽사, 1923, 19면. 앞으로 이 글의 인용은 괄호 속에 면수만 표시한다.

가 아니라 아이들에 맞게 재화한 설화라는 것을 강조했다. 말하자면 전래동화는 생경한 민담 그대로가 아니라 동화 작가에 의해 다듬어진 근대의 신생 장르로 "근대적 아동관과 문학관에 의해 재구성된 옛이야기"[2]라 할 수 있다. 그러기에 전래동화는 전승되는 민담과 달리 '재화자'에 따라 얼마든지 다양한 형태로 재창작될 수 있는 것이다.

가장 먼저 '전래동화'의 존재를 언급한 논의는 방정환의 동화론 「새로 개척되는 동화童話에 관하야」이다. 우리나라에서 아동문학을 개척했던 소파는 유학기간 중 일본 아동문학의 영향을 받고 귀국하여 1922년 7월에 번안동화집 『사랑의 선물』을 개벽사에서 출간했으며, 『개벽開闢』에 전래동화를 현상모집하여 1923년 2월부터 게재함으로써 동화운동을 전개했던 바, 그 토대가 되는 「새로 개척되는 동화에 관하야」라는 글을 1923년 『개벽』 1월호에 실었다. 말하자면 소파의 글은 동화에 대한 최초의 본격적인 논의인 셈이다.

그런데 동화가 무엇인가를 설명하는 자리에서 "童話라는 것은 누구나 아는 바, 「해와 달」, 「흥부와 놀부」, 「콩쥐 팟쥐」, 「별주부(톡긔의 간)」 등과 같은 것"(19면)이라고 여러 고전소설 작품들을 예로 들어 정의를 내렸다. 소파가 언급한 작품 중에서 「해와 달」(「해와 달이 된 오누이」)을 제외하고는 모두 대표적인 고전소설이다. 1923년 당시에 전래동화에 해당하는 작품을 필사본이나 방각본이 아닌 당시 유행하던 활자본 고소설을 통하여 그 실상을 접했을 것으로 추정된다. 당시 활자본 고소설 중에서 비교적 "아동의 설화 또는 아동을 위한 설화"라는 동화적 특성을 잘 보유하고 있는 고전소설 작품을 예로 든 것이다. 그런데 왜 고전소설이라 하지 않고 군이 '동화'라는 명칭을 사용했을까?

---

2   염희경, 「소파 방정환 연구」, 인하대 박사논문, 2007, 166면 참조.

우선 이 작품들은 고전소설 중에 민담적 구조가 두드러진 작품들이다. 주지하다시피 「흥부전」은 탐욕스러운 형과 착한 동생의 대립, 동일한 행위의 반복, 보은과 복수 등 민담적 구조를 온전히 지니고 있으며, 세부묘사는 작품의 반 이상을 박타는 대목에 할애하고 있다. 「토끼전」은 동물우화를 기본 구조로 하여 『삼국사기三國史記』의 '구토지설龜兎之說'로부터 유래된 것이며, 「콩쥐팥쥐전」도 다양한 형태의 '과제 제시형 계모박해담'이 취사선택되고 정제되어 소설로 형성된 것이다.[3] 이들 작품들은 모두 민담적 구조를 지니고 있기에 소파는 특히 소설 속에 들어있는 민담적인 사유방식을 통해 동화적 특성을 발견한 것이다.

소파는 동화 장르를 "고대로부터 다만 한 설화—한 이야이로만 취급되어 오던 동화는 근세에 이르러 '童話는 兒童性을 잃지 아니한 藝術家가 다시 兒童의 마음에 돌아와서 어떤 感激 — 혹은 현실생활의 反省에서 생긴 理想 — 을 童話의 독특한 표현방식을 빌어 독자에게 호소하는 것이다'고 생각하게까지 진보되어 왔다"(20면)고 설명한다. 소파는 전래동화의 재화에서 이처럼 아동성兒童性을 중시하였으며 이 '영원한 아동성'이야말로 야생적인 민담과 동화 작가에 의해 재화된 전래동화를 가르는 시금석이 된다고 여긴 것이다.

"깨끗하고 곱고 맑은" 마음의 고향인 '영원한 아동성'의 입장에서 보자면 부러진 제비 다리를 치료해 주고 '보은박'을 통하여 복을 받는 흥부와 재물을 얻고자 제비 다리를 부러뜨려 '복수박'을 통해 벌을 받는 탐욕스런 놀부가 등장하는 「흥부전」이나, 수많은 물고기와 동물들이 등장한 가운데 기지로서 사지에서 벗어나는 토끼와 용왕에게 충성을 바치는 자라의 지혜겨룸을

---

3   권순긍, 「「콩쥐팥쥐전」의 형성과정 재고찰」, 『고소설연구』 34, 한국고소설학회, 2012, 266~272면.

다룬 「토끼전」, 계모의 박해를 굳건하게 견디며 하늘의 도움을 받아 힘든 과제를 해결하고 전라감사와 결혼하는 「콩쥐팥쥐전」 같은 작품은 그런 '영원한 아동성'의 요소를 많이 지녔다고 할 수 있다.

같은 글에서도 소파는 이런 동화의 특성, 곧 영원한 아동성을 많이 지닌 고소설이 책장사(서적상—저자)의 상업적 의도에 의하여 동화가 아닌 소설로 읽히는 것을 못마땅하게 여기기도 했다.

> 다소 민간에 읽혀진 興夫傳이나 또는 鼈主簿傳이나 朴天男傳 등이 동화 아닌 것은 아니나 그것은 영리를 위하는 책장사가 당치 않은 문구를 함부로 늘어놓아 그네의 소위 소설체를 만들어 古代小說이라는 冠을 씌워 염가로 방매한 까닭이요, 책의 내용 그것도 동화의 자격을 잃은지 오래였고, 그것을 구독하는 사람도 동화로 알고 읽은 것이 아니고 古代小說로 읽은 것이었다.(21면)

아동을 위하여 동화를 창작하고 수집하여 동화운동을 전개해야 하는 소파의 입장에서 본다면 당시 유행하던 활자본 고소설의 존재는 성인들을 위하여 '당치 않은 문구를 함부로 늘어놓은' 허무맹랑한 대중출판물로서 독서물에 불과한 것이었다. 예로 든 「흥부전」, 「토끼전」 등의 고전소설이 원래 '영원한 아동성'이란 동화의 자질을 보유하고 있었지만 책장사들이 영리를 위하여 고전소설로 만들어 그 순결성을 훼손시켰다고 아쉬워한다. 그래서 소파는 이 작품들이 성인을 위한 대중 독서물인 '고대소설'보다는 아동을 위한 전래동화로 읽혀져야 한다고 여겼던 것이다.

당시 활자본 고소설들은 '고담책古談冊' 혹은 '이야기책'이라 불리듯이 대중들에게 설화와 별 차이 없이 수용되는 상황이었고, 특히 소파가 예로 든 「흥부전」, 「토끼전」, 「콩쥐팥쥐전」 등은 어느 작품보다 민담적 이야기 방식이 강하게 드러난 작품이다. 다만 「박천남전」의 경우는 우리의 고전소설이 아니라 조선서관朝鮮書館의 주인인 박건회朴健會가 일본의 대표적인 민담 「모모타로桃太郎」를 국내를 무대로 변개시켜 펴낸 것으로, 복숭아에서 태어난 아기장수가 개와 원숭이를 데리고 가서 섬의 요괴를 물리치고 정벌한다는 호전적인 내용으로 일제의 침략적 성향이 두드러진 작품이다.

그런데 동화를 정의하는 데서 주목할 대목이 있다. "동화는 특히 시대와 처소의 구속을 받지 아니하고 대개는 그 초두가 '옛날 옛적'으로 시작되는 고로 동화라면 '옛날이야기'로 알기 쉽게 된 까닭이"(19면)라는 것인데, 말하자면 시공간이 규정된 현실과는 동떨어진 초월적인 세계를 그린다고 하는 점이다. 그래서 동화가 정착하고 나서 시간이 지나면서 초현실적인 시공간을 배경으로 하는 허구의 이야기에 대해서는 '동화', 현실적인 시공간을 배경으로 하는 허구의 이야기에 대해서는 '소년소설'이라는 명칭이 자리 잡게 되었다 한다.[4] 곧 방정환은 아이들을 위한 설화로 민담적 사유방식이 풍부한 초월적인 것을 동화로 인식하다보니 그런 세계가 그려진 고전소설에 주목하게 되었고, 당시 활발하게 출판되어 대중 독서물로 자리를 차지한 활자본 고소설이 동화의 자리를 빼앗아간다고 못마땅하게 여겼던 것이다.

이런 시대와 처소의 구애를 받지 않는 동화의 세계는 어떤 것일까? 방정환이 주장하는 보편주의 동화관의 핵심은 현실과는 아무런 연관도 갖지 않는 아동성, 곧 '영원한 아동성'으로 귀착된다. 그 대목을 자세히 보자.

---

4   원종찬, 「한국동화 장르에 관한 연구」, 『민족문학사연구』 30, 민족문학사연구소, 2006, 336면.

우리는 누구나 가지고 있는 '永遠한 兒童性'을 이 아동의 세계에서 保持해가지 않으면 안될 것이요, 또 나아가 세련해가지 아니하면 아니된다. 우리는 자주 그 깨끗한 그 곱고 맑은 故鄕－아동의 마음에 돌아가기에 힘쓰지 않으면 아니된다.

아동의 마음! 참으로 우리가 사는 세상에서 兒童時代의 마음처럼 자유로 날개를 펴는 것도 없고, 또 순결한 것도 없다. 그러나 우리는 연령이 늘어갈수록 그것을 차츰차츰 잃어버리기 시작하고 그 대신 여러 가지 경험을 갖게 되고, 따라서 여러 가지 복잡한 지식만을 갖는다하면 그것으로 무엇을 하랴. 경험 그것이 무익한 것이 아니요, 지식이 무익한 것도 아니다. 그러나 그것만이 늘어간다는 것은 결코 아름다운 인생으로서의 자랑할 것은 못되는 것이다. 더구나 그 경험, 그 지식이 느는 동안에 한 편으로 그 순결한, 그 깨끗한 감정이 소멸되었다 하면 우리는 어쩌랴…… 그 사람은 설사 냉냉한 마르고(枯), 언(凍)지식의 소유자일망정 인생으로서는 역시 타락한 자일 것이다.

아아, 우리는 항상 시시로 천진난만하던 옛 故園－아동의 세계에 돌아가 마음의 순결을 빌지 아니하면 아니 된다.(21~22면, 강조는 인용자)

동화의 생명을 '영원한 아동성'에 두고 이를 극찬한 말이다. 아동의 마음, 곧 순결하고 깨끗한 감정을 중시하다보니 당시 성인물인 활자본 고소설이 이 세계를 훼손시켰다고 여겼을 것은 당연하다. 그래서 옛날이야기가 순결한 동화로 정착하지 못하고 성인용 독서물인 '고대소설'로 읽혀지는 것을 못마땅하게 여겼던 것이다.

방정환은 일본동화 「모모타로」의 예에서 보듯이, 민족성과 역사성을 잘 드러내고 있는 민담의 세계조차 '동화'란 이름아래 '영원한 아동성'으로 몰고 간다. "세계동화문학계의 重寶라고 하는 독일의 그림동화집은 그림형제가 오십 여년이나 장세월을 두고 지방 지방을 다니며 고생고생으로 모은 것"(23면)이라 하지만 그림 형제가 독일 민담을 수집한 동기는 나폴레옹의 침략에 대항하기 위한 독일 민족정신의 고취에 있었다. 자연 그림 형제가 수집한 독일의 민담은 그러한 독일의 민족정신을 강하게 드러낸다.

인류 보편적인 민담들이 각 지역으로 전파되면서 그 민족성을 드러내는 것으로 변개되어 정착되었고 이것이 당대의 사회성과 역사성을 담고 있는 소설로 발전된 것은 문학사의 일반적인 발전 과정이다. 김태준은 『조선소설사』에서 '동화・전설의 소설화'라는 단원을 설정하여 「심청전」・「흥부전」・「토끼전」・「콩쥐팥쥐전」 등을 예로 들어, "그와 같은 동화・전설은 우리나라에 들어와서 몇백 년 몇천 년 동안 서로 유전하는 사이에 우리네의 문화와 조화하고 우리네의 풍속・습관・신앙・전설 등과 절충하야 구대의 원형을 변하여 버리고 점점 가극・타령・강담・소설의 류로 변천하여 버렸다"[5]고 주장하여 설화의 토착화를 강조한 바 있다.

하지만 방정환은 이런 흐름과는 반대로 소설에 반영된 당대 현실의 구체적 모습들을 제거하고, 우리 민담이 가지고 있는 민족성과 역사성의 다양한 요소들도 무시한 채 오직 인류 보편적인 '영원한 아동성'만을 내세워 동화를 수집하고 재화하고자 했다. 그 결과 전래동화가 재화되는 과정에서 애초 고전소설이 지니고 있던 풍부한 디테일을 잃어버리고 단순하고 보편적인 형태로 나아가게 된 것이다.

물론 아동을 계몽운동의 주체로 세우고자 하는 방정환의 의도가 아동문학운동, 특히 동화운동을 시내석 요구로서 부각시킬 수밖에 없었던 것은 당연

---

5   김태준, 『조선소설사』, 학예사, 1939, 125면.

한 일이지만 그 내용을 채우는 데도 미흡한 면이 적지 않았다. 문제는 이런 방정환식의 동화관은 그 뒤 수많은 작가들에 의해 동화를 재화하고 창작하는 중요한 시금석이 되었다는 것이다. 방정환이 직접 전래동화를 개작한 것은 아니지만 『개벽』지를 통하여 최초로 동화론을 발표하고 전래동화를 현상모집 하는 등의 동화운동을 주도했던 방정환의 영향력은 절대적이었다. 방정환은 동화에 관심을 가진 최초이자 가장 강력한 영향력을 지닌 사람이었으며, 『개벽』이라는 당대 최고의 매체를 실질적으로 주도했던 인물이었기 때문이다. 그러기에 1920년대 초 전래동화가 정착되고 정전화正典化되는 과정에서 방정환의 '동심 천사주의' 동화관은 시금석이 되고 나침판이 될 수밖에 없었던 것이다. 고전소설이 왜 역사성이나 현실성이 거세된 채 단순한 구조의 전래동화로 변개하게 됐는가의 이유가 여기에 있다.

2. 관념적 화해 혹은 응징, 「놀부와 흥부」

1) 빈부 갈등의 제거와 관념적 화해

1924년 조선총독부에서 전국의 민담을 채집해 『조선동화집朝鮮童話集』이란 이름으로 최초의 전래동화집을 발간했다. 이 『조선동화집』은 무엇보다도 우리나라 최초의 전래동화집이기에 이후 전래동화의 형성에 지대한 영향을 끼쳤다. 모두 25편의 작품이 실려 있는데, 특히 「혹 떼이기 혹 받기」, 「심부

름꾼 거북이」, 「종을 친 까치」, 「은혜를 모르는 호랑이」, 「금방망이 은방망이」, 「겁쟁이 호랑이」, 「천벌 받은 호랑이」, 「놀부와 흥부」, 「선녀의 날개옷」 등 10여 편은 이 작품집에 수록된 이래 한국 전래동화의 대표적 작품으로 늘 뽑혀온 것이라 한다.[6] 대표작 10편에 「흥부전」과 「토끼전」에 관련된 「놀부와 흥부」, 「심부름꾼 거북이」가 들어 있거니와 그 뒤 이 두 작품은 대부분의 전래동화집에 포함되어 고전소설이 아니라 대표적인 전래동화로 자리잡는 계기가 된다.

우선 동화 「놀부와 흥부」를 보자. 완연히 경판본 「흥부전」의 동화적 변개다. 흥부가 3통의 박을 타서 부자가 되고, 놀부는 13통의 박을 타면서 망해가는 과정이 동화에도 그대로 드러나 있으며 그 박에서 나온 다양한 인간 군상들과 물품들도 경판본과 일치한다. 즉 흥부의 박에서는 ① 선약仙藥, ② 살림용품, ③ 곡식과 보물, 목수가 나와 흥부를 부자되게 하지만, 놀부의 박에서는 ① 가야금 타는 악사, ② 노승, ③ 상제, ④ 무녀巫女, ⑤ 만 명이 넘는 사람─점안경覘眼鏡, ⑥ 초란이, ⑦ 양반, ⑧ 사당거사祠堂居士, ⑨ 왈짜曰者패거리, ⑩ 맹인, ⑪ 장비張飛, ⑫ 맛있는 액, ⑬ 똥 등이 나와 놀부를 완전히 망하게 한다. 차이가 나는 곳은 동화에는 없는 흥부의 네 번째 박이다. 경판본 「흥부전」에서는 '양귀비'가 나와 흥부의 첩이 되지만 동화에서는 생략되었다. 아동들의 수준에 맞게 고치다 보니 첩이 나오는 부분은 정서에 맞지 않아 삭제했음이 분명하다. 이렇게 동화 「놀부와 흥부」는 경판본의 동화적 변개인데, 그 구체적 내용은 어떤가?

문제는 세부묘사가 소략하여 인물의 모습이 제대로 형상화되지 못하고 평

---

6   권혁래, 「조선동화집의 성격과 의의」, 『조선동화집』, 집문당, 2003, 181~182면. 강조는 인용자.

면적이며 사건 역시 구체적이지 못하다는 점이다. 놀부를 그리는 대목을 보면, "놀부는 욕심이 얼마나 많은지 이웃사람들에게 늘 피해를 주었고, 뿐만 아니라 하나밖에 없는 동생이 가난해서 힘들게 살고 있었지만 조금도 도와주지 않고 자신만 잘 먹고 잘 살았습니다"[7]라고 되어 있다. 경판본의 '놀부 심술 대목'이나 흥부를 두들겨 내쫓은 대목과 비교해 보면 현격한 차이를 보인다. 설명적인 묘사는 아무래도 구체적 형상화에 부족함이 많다. 그러다 보니 놀부가 그리 못된 사람은 아니라고 하는 데까지 도달할 수 있다. 실제로 「흥부전」을 동화로 접한 많은 학생들은 놀부가 못됐다고 인식하지 않고 억척스럽고 돈이 많아 매우 매력적인 인물로 생각하고 있다.[8] 오죽하면 '놀부 보쌈'이나 '놀부 부대찌개'로 유명한 '(주)놀부'가 성업 중에 있겠는가.

흥부 역시도 얼마나 기막힌 가난을 체험하고 힘들게 사는 지에 대한 구체적 언급이 없다. 그저 "동생은 형과는 정반대로 정말 유순하고 열심히 일하였지만 운이 따르지 않았는지 가난함을 벗어날 수 없었습니다. 게다가 아이들이 많아서 흥부네 집은 하루라도 배불리 먹는 날이 없이 힘들게 하루하루를 보냈습니다"(조선, 141면)라고 그려져 있다.

경판본에 의하면 흥부의 가난은 놀부가 부모의 유산을 독차지하고 흥부를 빈손으로 쫓아낸 데서 비롯된다. 마땅히 나누어 받아야 하는데 놀부에게 빼앗긴 것이다. 일종의 강탈인 셈이다. 경판본에서는 가난의 구체적 실상이 치밀하게 묘사되고 있다. 놀부에게 빈손으로 쫓겨나 건넛산 밑에 수숫대 반짐

---

7 「놀부와 흥부」, 위의 책, 141면. 앞으로 이 자료는 일일이 주를 달지 않고 괄호 속에 '조선'이라 적고 면수만 표시한다.

8 권순긍, 『우리소설 토론해 봅시다』, 새날, 1997, 135~165면 참조. 학생들에게 흥부와 놀부 중에서 어느 한쪽을 택해 변호하라면 월등히 놀부 쪽이 많다. 이런 평가를 내리는 데에는 그 내용이 치밀한 세부 묘사가 있는 소설보다 간략한 전래동화를 통해 수용됐다는 점이 영향을 미치고 있다.

으로 집을 짓고 통곡하는 흥부 아내를 보자.

익고 답답 셜운지고 엇던 스룸 팔ㅈ 조화 디광보국슝녹디부 삼티뉴경 되여ㄴ셔
고디광실 조혼 집의 부귀공명 누리면서 호의호식 지ㄴ는고 늬 팔ㅈ 무슴일노 말만
흔 오막집의 셩소광어공경ㅎ니 집웅 말늬 별이 뵈고 쳥텬한운셰우시의 우디량이
방둥이라 문밧긔 셰우오면 방안의 큰 비 오고 폐셕초갈 찬 방의 헌 ㅈ리 벼록 빈디
등의 피를 쌘라 먹고 압문의는 살만 남고 뒷벽의는 외만 나ㅁ 동지 셧달 한풍이
살 쏘듯 드러오고 어린 ㅈ식 졋 달ㄴ고 ㅈ란 ㅈ식 밥 들ㄴ니 참ㅇ 셜워 못 살갓늬9

가난이 추상적 개념으로 설명되는 것이 아니라 그 구체적 실상이 자세히
그려져 있다. 으리으리한 고대왕실이 아니라 산 밑에 말[斗]만 한 오막살이
를 짓고, 비가 새고 찬바람이 들어오는 상황에서 흥부와 그의 처는 배고파
우는 자식들의 참상을 지켜봐야 하는 처지에 놓여 있다. 총체적 상황에서 생
존의 문제에 직면해 있는 것이다. 그러기에 생존하기 위해 짚신 장사, 품팔
이 노동을 했으며 심지어는 매품까지 팔아보려 했지만 지독한 가난의 굴레
를 벗어날 수는 없었다. 말하자면 개인의 노력이 부족해서가 아니라 사회의
구조적 문제로 극심한 가난에 처해있는 셈이다.

그런데 동화에서는 "운이 따르지 않"(조선, 141면)아서 가난을 벗어날 수
없었다고 한다. 이야말로 현실적인 문제를 관념적인 '운運'으로 돌린 것이다.
게다가 "아이들이 많아서"(조선, 141면) 항상 배고프게 살아야 했다고 말하는

---

9   김태준 역주, 『흥부전/변강쇠가』, 고려대 민족문화연구원, 1995, 18면. 자료는 원문을 인용하되
     띄어쓰기는 현행대로 하며 앞으로 인용은 일일이 각주를 달지 않고 괄호 속에 '흥부'라 적고
     면수만 밝힌다.

데, 이런 식이라면 대책 없이 자식을 많이 낳아 배고프게 된 것이 흥부의 잘못이라는 주장이 가능해진다. 전래동화를 통한 이러한 단순한 방식의 「흥부전」의 수용은 결국 흥부를 부정하고 놀부를 긍정하는 데까지 이르기도 한다.

실상 「흥부전」의 핵심은 가난이다. 이 가난의 문제를 어떻게 다루고 해결하는가가 작품의 중심 과제다. 흥부에게 보이는 가난은 농촌 계층 분화 과정에서 발생한 빈농의 처지인 것이다. 토지로부터 유리된 흥부는 소작의 기회마저도 얻지 못하고 모든 생산수단을 상실하여 품팔이꾼의 신세로 전락한 것이다. 온갖 방법을 다 써가며 살아보려 했지만 강고한 현실이 그를 용납하지 않는다. 그러기에 흥부의 가난이 타고난 운이라거나 게으르고 소극적이기 때문에 당연한 결과라는 주장은 설득력이 약하다. 형에게 모든 것을 다 뺏기고 냉혹한 현실에 내던져져 가난의 굴레를 벗어날 수 없게 된 것이다.

게다가 「흥부전」은 단순히 흥부의 가난만을 문제 삼아 해결하고자 하는 것이 아니라 흥부와 놀부의 대립을 통해서 빈부 갈등을 드러내고 있다. 흥부같이 착한 사람은 피나는 노력에도 불구하고 굶주려야 하는 반면 놀부 같이 탐욕스럽고 이기적인 사람은 부자로 잘 살고 있는 현실의 구조적 모순, 곧 빈부모순을 비판하고 있는 것이다.[10] 그러기에 전래동화의 텍스트가 됐던 경판본 「흥부전」은 흥부가 어떻게 부자가 되는가 보다 놀부가 어떻게 망해가는가에 작품의 반 이상을 할애하고 있다. 13통의 박을 타며 망해가는 과정이 작품의 대부분이라 해도 과언이 아니다. 흥부에 대한 동정보다 놀부에 대한 공분公憤이 더 크게 자리하고 있는 것이다.

하지만 동화에서는 현실의 구체적 모습이 그려져 있지 않기에 흥부와 놀

---

10 임형택, 「흥부전의 역사적 현실성」, 『한국문학사의 시각』, 창작과비평사, 1984, 185면 참조.

부의 대립, 빈부 갈등이 드러나지 않는다. 가난한 동생 흥부는 "박 덕분으로 크게 형편이 좋아져서 행복하게 살게 되었"(조선, 144면)고, 욕심이 많은 형 놀부는 "이제 어찌할 도리가 없"(조선, 151면)을 정도로 완전히 망해 버린다. 서로 만나거나 부딪히지 않고 각기 다른 시공간에서 문제가 제기되고 해결된다. 이를 테면 「흥부전」에 보이는 것처럼 흥부가 놀부에게 양식을 얻으러 갔다가 매를 맞는다거나, 흥부가 부자가 된 뒤 놀부가 찾아와 추궁하는 대목 등이 빠져있다. 동화에서는 "그런데 놀부가 이 이야기를 듣게 되었습니다. 이 욕심 선생이 어떻게 가만히 있을 수 있겠습니까?"(조선, 145면)라는 식으로 처리되었다.

게다가 각각의 박에서 나온 물품이나 인물들에 대한 반응이 거의 없다보니, 그것이 얼마나 절실하고 끔찍한지가 작품에 드러나지 않는다. 흥부는 세 통의 박을 타고 부자가 됐는데 "행운이 이렇게 갑자기 찾아왔"(조선, 144면)다는 정도로 덤덤하게 그리고 있다. 경판본 「흥부전」에서 그리고 있는 바, "우리 가난ᄒ기 일읍의 유명ᄒ민 듀야 셜워ᄒ더니 부지허명 고디쳔냥 일조의 어더스니 엇지 아니 조흘소냐"(흥부, 40면)식의 폭발하는 환희는 어디에도 없다.

이는 놀부 박타는 부분도 마찬가지다. 놀부가 박에서 나온 인물들에게 어떻게 수난을 당하고 돈을 뺏기는 지가 구체적으로 그려져 있지 않다. 이를테면 「흥부전」의 가장 요란스런 부분인 왈짜ᄐ牌가 등장하는 곳에서, 소설은 왈짜들이 박에서 나와 온갖 난리를 치며 놀부를 혼내주고 돈을 빼앗아 가는데, 동화에서는 "이번에도 또한 놀부는 호되게 당하고 게다가 큰돈을 빼앗기고 말았습니다"(조선, 149면)라고 결과만을 서술하는 방식으로 일관하고 있다.

이렇게 동화는 박에서 나온 물품과 인물에 대한 구체적인 형상화나 반응이 없고 결과만을 간략하게 서술하는 방식을 취하고 있는데, 이는 결국 착한 사람은 복을 받고 악한 사람은 벌을 받는다는 상투적인 사실을 확인하는 데에 불과하고 그것이 현실에 어떻게 구체적으로 적용되는지는 작품의 문맥에서 모호하게 된다. 곧 현실감이 없다고 하겠는데, 그러기 때문에 그것이 첨예한 갈등으로 발전하지 못하고 어설픈 화해로 결말을 맺는다. 경판본 「흥부전」을 보면,

놀뷔 어이업셔 가슴을 치며 ᄒᆞ는 말이, "이런 일도 ᄯᅩ 잇는가. 이러홀 듈 아르시면 동냥홀 박으지ᄂᆞ 가지고 나오더면 조흘 번ᄒᆞ다." ᄒᆞ고 쌘쌘ᄒᆞ 놈이 쳐ᄌᆞ를 잇글고 흥부를 ᄎᆞᄌᆞ가니라. (흥부, 92면)

하여 서로 만나 화해하는 장면도 등장하지는 않고 놀부가 흥부를 찾아가는 장면에서 작품이 끝난다. 게다가 '뻔뻔한 놈'이라는 것을 보아 그 마지막 장면에서도 놀부에게 냉소를 보내고 있다. 하지만 동화는 흥부와 놀부의 의례적인 화해로 끝을 맺는다.

놀부는 이제 어찌할 도리가 없었습니다. 정말이지 고집 세고 영문을 알 수 없던 놀부였지만 이제 와서는 완전히 할 말을 잃었습니다. 놀부는 흥부네 집을 찾아갔습니다. 후회의 눈물을 흘리며 지금까지 흥부에게 했던 나쁜 짓을 사과하고 흥부에게 도움을 청했습니다. 흥부는 놀부가 마음을 바꿔먹은 것을 알고 너무 기뻐하였습니다. 그리고 놀부의 가족을 자기 집에서 살게 하며 사이좋게 지냈습니다. (조선, 152면)

앞의 박타는 대목에서 보았듯이 동화는 구체적 형상화나 감정의 표현은

드러내지 않고 사실들만을 서술하고 있다. 구체적 세부묘사가 없기에 흥부와 놀부의 화해가 절실하게 다가오지 않는다. 일종의 관념적 화해인 셈이다. 첨예한 갈등이 드러나지 않았으니 화해 역시 그럴 수밖에 없는 것이다. 이처럼 동화 「놀부와 흥부」는 각 인물들의 살아 움직이는 생생한 모습을 추상화시켰으며, 첨예하게 드러나는 빈부 갈등도 없애고, 마지막에는 관념적 화해를 이룸으로써 「흥부전」이 지니고 있는 조선 후기 현실의 구체적 모습을 제거해 버려 단순한 '형제 우애담'으로 이야기를 변개시켰다.

더욱이 『조선동화집』은 특히 교훈성의 강화를 동화재화의 주요 원리로 설정했던 바, 어떤 동화집보다 윤리적 덕목을 강화시켰다. 그 구체적 항목이 "효, 우애 및 우정, 자비, 성실, 착함, 은혜를 아는 마음, 유순함, 친절함" 등이다.[11] 여기에는 '유순함'이나 '친절함' 같은 일본식 덕목들도 있거니와 「놀부와 흥부」야말로 '우애'를 강조하기에 적합한 자료인 것이다.

의례적인 개과천선에 따른 관념적인 화해는 사회의 구조적 모순이나 선악을 온전히 개인적인 문제로 환원시킨다. 그래서 어린이들이 접하게 되는 이 세계는 모순되고 갈등이 있는 '현실'이 아니라 완벽하게 결점이 없는 순결무구한 '낙원'으로 소환되는 것이다. 그런데 어린이들이 접하는 현실의 세계가 그렇지 않기에 문제가 되는 것이다. 현실에 비추어 동화의 세계는 일종의 속임수이며 현실회피인 것이다. 곧 무방비한 개과천선과 관념적 화해는 부조리한 현실에 대한 교묘한 봉인인 셈이다.[12]

더욱이 조선인인 송금선宋今璇(1905~1987)이 1930년 우리의 전래동화를 일본어로 번역하여 『경성일보京城日報』에 연재한 것[13] 가운데 「흥부와 놀부」

---

11 권혁래, 앞의 글, 167면 참조.
12 최기숙, 『어린이 이야기, 그 거세된 꿈』, 책세상, 2001, 164면 참조.

를 보면 『조선동화집』보다 개작의 정도가 심하다. 『조선동화집』의 「놀부와 흥부」는 경판본의 박타는 과정이 그대로 재현되지만, 송금선의 「놀부와 흥부」에서는 놀부가 단 3통의 박을 타고 망한다. 그 박에서 나온 인물도 ① 거지, ② 병자들, ③ 도둑놈들 뿐이다. 박타는 과정이 대폭 축약되어 그만큼 현실감이 떨어진다. 물론 빈부문제나 가난에 대한 심각한 갈등도 드러나지 않으며 완연한 『조선동화집』의 축소판이다.

주지하다시피 「흥부전」은 선과 악의 대립, 동일한 행위의 반복, 보은과 복수 등 민담의 구조적 특징을 온전히 지니고 있는 작품이다. 동화적 개작은 이러한 민담의 원형으로서의 회귀라 하겠다. 하지만 이러한 단순한 민담에 조선 후기의 경제적 실상이 첨가되어 첨예한 빈부 갈등을 드러내는 「흥부전」이 만들어졌던 바, 동화 「놀부와 흥부」는 그 세부묘사를 제거함으로써 우리의 정체성이 사라진 국적불명의 '형제 우애담'으로 만들어버렸다.

이런 까닭에 일본의 동화 「혀 잘린 참새舌切雀」와 비슷하여 일제시대 '보통학교' 교과서에 실려 내선일체 교육을 위한 자료로 활용되기도 하였다. 1915년에서 1921년에 걸쳐 전 6권으로 간행된 『보통학교조선어급한문독본普通學校朝鮮語及漢文讀本』에 「흥부전」은 또 다른 전래동화 「혹부리영감」과 같이 실려 있으며 「혀 잘린 참새」와의 유사성이 강조되어 내선일체의 이데올로기에 동원되기도 했다.[14] 현실의 구체적인 모순과 갈등이 드러나지 않기에 일본의 동화들과 동질성을 보인 것이다. 더욱이 '우애'라는 교훈성의 강조로 일본과 조선이 형제처럼 사이좋게 지내야 한다는 의식이 암암리에 주입되기도 한 점을

---

13 이 자료는 덕성여대 출판부에서 1978년, 『조선동화집』이란 제목으로 영인 출판되었다.
14 김웅교, 「한국 「흥부전」과 일본 「혀 잘린 참새」, 그리고 문화교육」, 『인문과학』 41, 성균관대 인문과학연구소, 2008, 110면 참조.

간과할 수 없다. 일종의 미필적 고의로 우리의 전래동화 「놀부와 흥부」가 일제의 내선일체 정책에 교재로 활용된 셈이다.

2) 놀부에 대한 분노와 응징

1926년 심의린沈宜麟(1894~1951)이 조선어로 펴낸 『조선동화대집朝鮮童話大集』의 「놀부와 흥부」는 흥부와 놀부의 관계에서 조선총독부가 펴낸 『조선동화집』과 차이를 보인다. 우선 흥부와 놀부의 경제적 상황을 설명하는 대목에서도 "재산도 놀부에게 모두 **빼앗기고** 곤궁하게 지내되, 조금도 형을 탓하는 일이 없어 처자를 거느리고 화락하게 살아"[15]간다고 하여 『조선동화집』에는 없는 '놀부의 재산 강탈'이 부연되어 있다.

흥부와 놀부가 박을 통해서 부자가 되거나 패망하게 되는 사실도 약간의 차이를 보인다. 흥부의 박에서는 각각 상품재목, 일등목수, 각종 세간, 남녀하인, 각종 포목, 금은보패, 오곡 등이 나와 "졸지에 거부가 되었"(대집, 212면)다 하여 경판본에 등장하는 흥부박의 물품들을 세분하여 제시하였다.

하지만 놀부의 박은 사정이 다르다. 박에서 각각 굿중패, 초라니, 각종 걸인 등이 나와 놀부에게 돈을 **빼앗아가고** 마지막에 강도떼가 나오는 것이 특이하다. "강도떼가 쏟아져 나오며, 일제히 몽둥이를 들고 놀부를 두들기며 금은보패를 내놓으라 하므로, 매에 못이겨 도망하여 왔"(대집, 214면)다 하다. 경판본 「흥부전」에서 왈짜들이 나와 놀부를 징치하는 부분을 이렇게 개작했

---

15   심의린, 신원기 역해, 『조선동화대집』(1926), 보고사, 2009, 211면. 앞으로 이 자료의 인용은 괄호 속에 '대집'으로 적고 해당 면수만 밝힌다.

으리라 보여진다.

　게다가 놀부의 집이 똥에 파묻히는 것이 아니라 "이 놈들이 집에 불을 놓고 가서 놀부는 집도 없게 되었"(대집, 214면)다고 하는 점도 현실감 있게 개작한 것으로 보인다. 그리고 마지막 부분에서 "할 수 없이 아우 흥부한테 가서 머리를 숙이고 얻어먹다가 죽었"(대집, 214면)다고 하여 "놀부의 가족을 자기 집에서 살게 하며 사이좋게 지냈"다고 하는 『조선동화집』의 결말과 현격한 차이를 보인다.

　적어도 형제의 관념적인 화해는 배제되어 있다. 경판본의 결말에 등장하는 "뻔뻔한 놈이 처자를 이끌고 흥부를 찾아"(흥부, 92면) 간다는 서술의 연장선상에 위치해 있다. 흥부가 어쩔 수 없이 도와주었겠지만 "얻어먹다가 죽었"다는 말처럼 형제가 그리 행복하게 화해를 이룬 것 같지는 않고 놀부에 대한 분노와 응징이 돋보인다.

　한편 1940년 6월 학예사에서 출판된 박영만朴英晚(1914~1981)의 『조선전래동화집朝鮮傳來童話集』의 「놀부와 흥부」는 고전소설이 아닌 민담으로부터 전래동화로 재화된 대표적인 경우로 대부분 동화의 채록된 지명을 밝히고 있다. 「놀부와 흥부」도 '평안남도 안주군 입석'으로 표기되어 있다. 민담이기에 자연 고전소설과는 이야기가 다르게 재화되어 있다. 흥부의 박에서는 ① 금덩이, ② 진주, ③ 돈, ④ 쌀이 나와 부자가 되고, 놀부의 박에서는 사람들이 나와 놀부에게 돈을 빼앗아가는 것이 아니라 ① 왕지네, ② 똥, ③ 말벌, ④ 독사뱀 들이 나와 놀부를 괴롭힌다.

　게다가 마지막에는 "그런데 똥바가지에서 똥이 줄줄 자꾸자꾸 흘러나와서 똥탕수가 생겨, 놀부의 집이 허물어지는 바람에 그만 똥에 묻히어서 죽고 말았다고 합니다"[16]라고 서술되어 있다. 지극히 민담적인 발상이다. 흉물들이 나와 놀부를 괴롭히고 마지막에는 박에서 나온 똥에 놀부가 파묻혀 죽게 되었다는 것은 형제가 사이좋게 살았다는 의례적인 동화의 결말과는 달리 놀부에 대한 철저한 응징이 돋보인다. 조선총독부나 일본인들에 의한 조선전래동화의 재화에서 보이는 의례적인 화해와는 달리 민중들의 공분에 의한 철저한 응징이 돋보이는 바, 이는 광복군 활동을 했던 박영만의 민족의식과 무관하지 않는 것으로 보인다.

이상에서 보듯이 동화 「놀부와 흥부」는 초창기에 대부분 경판본 「흥부전」이 변모되어 형성되었다. 조선총독부에서 펴낸 『조선동화집』은 형제가 화해하는 결말을 보여준 반면, 심의린이 펴낸 『조선동화대집』은 "아우 흥부한테 가서 머리를 숙이고 얻어먹다가 죽었"다 하여 놀부에 대한 분노와 응징이, 박영만이 편내 『조선전래동화집』에서는 놀부가 똥에 묻혀서 죽었다는 데까지 이르러 놀부에 대한 철저한 응징이 돋보인다.

동화가 형성됐던 식민지 시대 3대 동화집이 이런 편차를 보이지만 오늘날 볼 수 있는 숱한 전래동화 「흥부와 놀부」는 천편일률적으로 흥부와 놀부의 의례적인 화해에 이르는 결말만을 보여준다. 그래서 형제 우애담의 대표적인 작품으로 전래동화 「흥부와 놀부」가 그 위치를 차지한 것이다. 게다가 놀부 박에서 나온 천민군상들도 대폭 축소되거나 추상화되었다. 판소리 자체도 후대로 갈수록 '놀부 박타는 대목'이 축소되거나 아예 사라지고 있어 놀부 박까지 완창完唱하는 경우는 박봉술과 그 제자 송순섭 뿐이라고 한다.[17]

후대로 내려올수록 빈부 갈등에 대한 문제의식이 희박해지니 후대의 동화들도 그 부분이 축소되고 추상화되는 것은 당연한 일이다. 하지만 문제는 그

---

16 박영만·권혁래 역, 『조선전래동화집』(1940), 한국국학진흥원, 2006, 131면.
17 김종철, 「흥부전」, 『고전소설연구』, 일지사, 1993, 559면 참소.

과정에서 놀부에 대한 분노와 응징이 약화된다는 것이다. 더욱이 놀부로 대변되는 반사회적이고 이기적인 탐욕이 거꾸로 칭송되기에 문제가 된다. 어찌해서 후대의 동화에서는 놀부에 대한 분노와 응징이 사라지고 무조건적인 우애만이 강조됐을까? 거기엔 분명 일제 식민지 시대에는 '내선일체'를 강조하는 식민지 당국의 묵시적인 의도가 내재해 있었고, 1960년대 이후로는 경제개발 과정에서 요구되는 자본주의적 인간형에 대한 찬미가 자리하고 있었을 것으로 보인다.

3. 토끼와 자라의 지혜 겨룸과 풍자,
「별주부」와 「자라사신」

「토끼전」은 우화소설이니만큼 작품의 태생 자체가 이미 민담적 구조를 지니고 있다. 애초 『삼국사기』 중 「김유신열전金庾信列傳」의 '구토지설龜兎之說'로부터 유래된 동물담의 성격이 분명히 드러나거니와 그것이 기원이 되어 판소리 〈수궁가〉나 「토끼전」이 형성되었으니 어느 작품보다도 전래동화로의 변개가 수월했을 것이다.

1924년 조선총독부에서 발행한 최초의 전래동화집인 『조선동화집』에는 대표작 10편 중에 「놀부와 흥부」뿐만 아니라 「토끼전」에 관련된 「심부름꾼 거북이」와 「교활한 토끼」가 들어 있거니와 그 뒤 이 두 작품은 대부분의 전래동화집에 포함되어 대표적인 전래동화로 자리 잡게 된다.

1) 교활한 토끼의 형상

우선 「심부름꾼 거북이」를 보면 고전소설 「토끼전」을 개작했다기보다 그 근원설화인 『삼국사기』의 '구토지설'을 아동들에 맞게 재화한 것으로 보인다. 용왕이 아니라 용왕의 딸이 병이 나서 토끼의 간을 구하러 가고, 중도에서 거북이에게 내막을 들어 알게 된 토끼가 간을 두고 왔다고 기지를 발휘하여 위기를 모면하는 등의 내용이 설화와 그대로 일치한다. 이 작품은 고전소설이 아닌 설화 '구토지설'로부터 재화가 이루어진 경우이기에 실상 고전소설과는 무관하다고 할 수 있다.

다음으로 동화 「교활한 토끼」는 '호랑이를 속인 토끼' 유형에 해당하는 일반적인 민담과 「토끼전」 창본唱本에 등장하는 삽화를 수용해 형성된 작품이다. 우선 민담 부분을 보면, 토끼의 꾀에 호랑이가 속아 곤경에 처하게 되는 부분을 특이하게 개작했다. 기존의 민담과 비교해 보면 유래를 찾을 수 없도록 이질적인데, 첫째, 힘만 세고 남을 괴롭히는 호랑이가 마음씨 좋고 정직한 동물로 그려진 점. 둘째, 호랑이가 두부를 먹고, 토끼가 고기를 먹는다는 점. 셋째, 다소 얄밉지만 지혜로운 토끼, 그리하여 약한 자가 살아가는 법을 나름대로 보여주던 토끼가 간교하고, 교활하고, 심성이 못된 동물로 그려진 점. 넷째, 기존의 호랑이와 토끼 간의 구도가 역전되어, 호랑이가 토끼의 꾀에 속아 억울하게 죽고 간교한 토끼는 천벌을 받아 죽었다고 결말 지어진 점 등을 들 수 있다.[18] 특히 토끼가 호랑이를 잡아먹는 장면은 우리 민담에서는 유래를 찾아볼 수 없을 정도로 섬뜩하다.

---

18 권혁래, 앞의 글, 172면 참고.

하지만 이미 꼬리는 물에 얼어붙어 뺄낼 수가 없게 되었습니다. 끝까지 성질이 좋지 않은 토끼는 호랑이가 움직일 수 없는 상태가 된 것을 확인하고는 이번에는 호랑이의 몸에 불을 붙여 마침내 태워죽이고 말았습니다. 호랑이를 불태워 죽인 토끼는 그 고기를 먹어버리려고 가까운 여관에서 식칼을 빌려 그 고기를 잘라 배 불리 먹었습니다. (조선, 47면)

'호랑이를 속인 토끼' 유형의 민담을 동화로 재화하는 과정에서 괴기스럽고 엽기적인 일본 민담의 화소가 끼어든 것이 아닌가 여겨진다.[19] 호랑이가 두부를 먹는다는 점이나 토끼가 호랑이 고기를 먹는다는 것이 특히 그렇다.

그 다음에는 「토끼전」의 창본에 두루 등장하는 '그물 위기'와 '독수리 위기' 삽화를 차용하였다. 이른바 '교토탈화狡兎脫禍 설화' 삽화로 가람본 「별토가」를 비롯하여 〈이선유 수궁가〉, 〈박봉술 수궁가〉, 〈정권진 수궁가〉, 〈김연수 수궁가〉, 〈박초월 수궁가〉 등에 모두 나타나고, 당시 인기가 높았던 이해조의 「토의간」에도 등장한다. 활자본 고소설 중에 가장 먼저 1912년 유일서관에서 출판한 「불노초不老草」에는 '독수리 위기'만 나온다. 이 삽화들은 토끼가 위기를 지혜로 극복하는 이야기로 설화의 형태로 소설에 수용된 것이 아니라 오히려 그와 반대로 소설 쪽의 이야기가 설화로 파생되었을 가능성이 크다고 한다.[20] 애초 판소리 광대들에 의해 형성된 이야기로 판소리와 소설에 널리 있었던 것이 민담으로 퍼지게 된 것이다.

그런데 「토끼전」의 창본에 무수히 나타나는 '그물 위기'와 '독수리 위기'

---

19 권혁래는 위의 글, 179~180면에서 총독부의 정치적 의도가 개입되어 '발랄하고 꾀 많은 토끼'를 낯설고 부정적인 형상으로 변형한 것이 아닌가 조심스레 문제를 제기하고 있다. 저자 역시 재화의 과정에서 일본 민담의 화소가 끼어든 것으로 보인다.

20 인권환, 『토끼전・수궁가연구』, 고려대 민족문화연구원, 2001, 80면 참조.

가 동화 「교활한 토끼」에서는 천벌을 받는 계기로 작용하고 있음이 독특하다. 실상 「토끼전」에서 이러한 위기들은 험난한 세상을 살아가야 했던 당대 민중들에게 닥치는 고난이며 위기였다. 곧 '세사팔란世事八難'으로 대변되듯 중세 봉건체제의 무제한적 침탈로부터 겪어야했던 고난, 그리고 어떻게든 그것을 견뎌내야 했던 하층민의 현실적 삶을 문학적으로 형상화한 것으로 보인다.[21]

그럼에도 토끼는 지혜를 발휘하여 위기를 돌파한다. 위기/극복의 계속되는 반복 구조는 토끼의 삶이 결코 순탄하지 않음을 보여주지만 동시에 세상의 어떠한 고난이라도 쉽게 극복하리라는 믿음을 확인시켜 준다. 이런 반복 구조를 통해 어려움을 극복하면 할수록 세상에 대한 자신감은 더욱 강해지는 것이다.[22] 그러기에 「토끼전」의 '그물 위기'와 '독수리 위기'는 토끼의 민중적 전형을 형성하는 데 중요한 요소로 작용한다.

하지만 동화에서는 악한 토끼는 천벌을 받아 마땅하다는 교훈적인 계기로 작용했다. 같은 삽화가 정반대의 의미로 사용된 경우다. 그 부분을 보자.

"아, 매 양반, 당신은 내가 지금 어디로 가는지 아직 모르시오? 모른다면 내 말해 주지. 이 몸은 지금 옥황상제로부터 부르심을 받아 그곳에 가는 중이오. 그렇게 존귀한 이 몸을 당신이 발톱으로 감고 있는 것이오. 나를 붙잡아가고 싶다면 그렇게 해도 좋소. 하지만 그 대신 옥황상제님이 당신에게 천벌을 내릴 것이니 각오하시오" 하고 매를 겁주고 나서 토끼는 '내가 생각해도 너무 멋져. 이런 꾀를 생각해 내다니……'라고 생각하며 속으로 흐뭇해 했습니다. 그런데 이 말을 들은 매는 놀라

21 정출헌, 『조선 후기 우화소설연구』, 고려대 민족문화연구원, 1999, 319면 참조.
22 권순긍, 「토끼전의 인물 형상과 풍사」, 『판소리연구』 14, 판소리학회, 2002, 11면.

'큰일 났다. 옥황상제께서 벌을 내리신다니 보통 일이 아니네'

하고 자신도 모르는 사이 토끼를 쥐고 있던 발톱을 느슨하게 하고 말았습니다. 매의 발톱에서 풀려난 토끼의 몸은 까마득히 높은 하늘로부터 뱅글뱅글 돌면서 지면을 향해 맹렬한 속도로 떨어졌습니다. 땅에 떨어진 토끼는 이번에도 살아났을까요?

아닙니다. 이번에는 마침내 천벌을 받아 토끼의 몸은 산산조각이 났습니다.(조선, 49면)

물론 이 동화는 고전소설 「토끼전」을 온전히 변모시킨 것이 아니다. 전체 이야기는 교활하고 악한 토끼가 호랑이를 죽이고 결국 천벌을 받아 자신도 죽는다는 내용이지만, 그 가운데 '그물 위기'와 '독수리 위기'라는 「토끼전」의 '교토탈화' 삽화가 수용된 것이다. 기지로써 세상의 험난한 고비들을 극복한다는 원래 「토끼전」의 삽화가 정반대로 기능으로 사용된 것이다. 자연이 동화는 봉건체제를 문제 삼았던 원래의 「토끼전」과는 상반된 주제적 편차를 보여 준다.

2) 토끼와 자라의 지혜 겨룸

1926년대 출판된 심의린의 『조선동화대집』에도 동화 「별주부」가 실려 있는데, 『조선동화집』과 달리 소설 「토끼전」의 온전한 개작이다. 이본에 두루 나타나는 내용을 취사선택하여 재화한 것으로 보인다. 책의 '서'에도 "적당할 듯한 재료 몇 가지를 취택取擇하여 모아서"[23] 동화를 만들었다고 한다.

그래서 '구토지설'처럼 공주가 병이 든 것이 아니라 용왕이 병을 얻은 것으로 설정되어 있고, 토끼의 간을 구하러 갈 신하를 찾는 데도 저마다 나서지 않자 별주부가 나서며 "평일에 녹봉만 많이 먹고 권리 다툼만 하던, 소위 국가 책임을 가진 대관들이 이렇다 말 한마디가 없은 즉, 참 가통할 일이올시다"(대집, 153면)라고 신재효 본 〈퇴별가〉처럼 조정 중신들을 풍자하는 대목도 보인다.

더욱이 별주부가 육지에서 토끼를 만나 유혹하는 데서 이해조의 「토의간」에 있는 공주의 부마되기를 청하는 장면이 등장한다. 게다가 반신반의하는 토끼에게 "일국의 대사를 어찌 추호라도 속일 이치가 있습니까? 만일 그와 같이 의심하시고 결단치 못하시면, 어찌 산중호걸이라 하겠습니까? 용왕께 가서 그대로 말씀하와 파혼되게 하겠"(대집, 156면)다 하는 등 별주부의 언변도 만만치 않음을 보여준다.

이처럼 『조선동화대집』의 「별주부」는 「토끼전」을 토끼와 자라의 속고 속이는 이야기, 즉 기지담으로 변개하였다. 그러기에 나중에 자라가 어떤 행보를 택하고 용왕의 운명이 어떻게 되었는가 등의 봉건국가의 존재에 관한 심각한 문제는 드러나지 않는다. 대신 토끼와 자라와 지혜 겨루기가 두드러진다.

육지에 도착하여 거북이 내리라 하매, 토끼는 정신이 반짝 나서 강총 뛰어내리면서

"애고! 이제는 내가 살았구나. 이 흉악하고 괴악한 놈아! 네가 나를 꾀여다가 간을 꺼내려고 한다는 말이냐? 너희들이 아무리 약은 체 하여도 나한테 속았다.

---

23 심의린, 신원기 역해, 앞의 책, 69면.

이 곰 같이 미련한 놈들아! 간을 꺼내 놓고 다니는 짐승이 어디 있단 말이냐? 이놈 아! 어서 너 갈 데로 가거라. 소행을 생각하면 당장에 때려 죽일 터이나, 너도 너의 용왕을 위하여 그와 같이 한 것이니, 너의 충심을 생각하여 용서하여 보낸다."(대 집, 159면)

토끼의 완벽한 승리다. 그리고 그 승자의 여유에서 자라를 용서하여 돌려 보낸다. 신재효 본 〈퇴별가〉에서 "분수을 싱각ㅎ면 쳔션이 피요ㅎ고 게포구 ㅎ죄이요? 각위기군 ㅎ엿기로 십분 짐죽ㅎ여"[24] 돌려보낸다는 논리와 같다.

작품의 말미에 "무슨 일이든지 남을 속이려 하면 자기도 속는 법이오, 정 당한 일을 행하면 결코 남이 자기를 속이는 일이 없는 것"(159면)이라 하여 이 작품이 「토끼전」을 속고 속이는 기지담의 형태로 재화했음을 분명히 보 여준다.

3) 일제와 '친일주구'들에 대한 풍자

흥미롭게도 식민지 시대에 「토끼전」의 풍자 구조를 활용한 송영宋影(190 3~?)의 동화극 〈자라사신〉이 있는 바, 송영의 "〈자라사신〉은 고전동화 작품 「토끼의 간」(혹은 「별주부전」)을 동화극으로 한 것으로 당시 일제와 친일주구 들을 세상물정에 어둡고 역사 발전에 근시안이며 우둔한 자들로 비유했"[25] 다고 한다.

---

24 인권한 역주, 『토끼전』, 고려대 민족문화연구소, 1993, 150~152면.
25 송영, 「해방전의 조선아동문학」, 『조선문학』, 1956.8, 172면 참조.

작품의 줄거리는 용왕의 딸이 병이 나서 토끼 간을 먹어야 병이 낫는다는 '의사'의 말을 듣고 자라를 뭍으로 보내 토끼를 잡아왔지만, 토끼는 기지로써 위기를 모면한다는 기존의 이야기와 별 차이가 없다. 하지만 토끼가 두드러진 활약을 보이고 상대적으로 용왕과 그 신하들이 우둔한 인물로 등장한다. 특히 용왕의 어전에서 무슨 죄로 나를 죽이냐고 들이대는 토끼의 형상은 식민지 민중들의 분노를 대변하는 것으로도 읽힌다.

톡기	뭐요, 그럼 날 죽인단 말슴에요.
룡왕	그럿치. 그러나 너를 죽이면 장사는 잘 지내여주지.
톡기	(분이 나는 듯이 자라를 노려보다가 다시 왕을 치다보며) 엇재, 나를 죽이세요? 무슨 죄에요?
룡왕	죄야, 잇지. 톡기된 죄, 간 가진 죄, 또 우리 룡녀가 병드신 죄…… 허……
톡기	아니, 그게 죄야요(디리댄다).
룡왕	…… 그럼.
톡기	그럼 정말 죽이세요.
룡왕	물론이지.[26]

이 부분은 아무 죄도 없이 간을 내놓아야 했던 토끼처럼 한없는 침탈을 겪어야했던 식민지 민중들의 분노를 대변하는 것으로 보인다. 「토끼전」의 어떤 이본에도 없는 대목으로 카프KAPF의 활동가로서 『별나라』를 중심으로 연

---

26   송영, 「자라사신」, 『별나라』, 별나라사, 1927.10, 45면. 표기는 그대로 두고 띄어쓰기와 문장부호는 현행 맞춤법을 따른다. 잎으로 인용은 괄호 속에 '별'이라 쓰고 해당 면수만 밝힌다.

극운동과 아동문학운동을 주도했던 송영의 독자적인 개작이다. 자연 토끼의 형상은 어느 이본에서도 찾아볼 수 없을 정도로 강하고 지혜로운 민중적 전형을 보여주며 상대적으로 용왕과 그 신하들은 작가의 말처럼 우둔한 일제와 친일파들의 형상을 하고 있다. 간을 놓고 왔다는 토끼의 말을 곧이듣고 토끼를 보냈다가 "이 천하만물 중에 간을 써냈다 넛다 하는 데가 어듸 잇습니싸"(별, 47면)라는 의사의 말을 듣고서야 비로소 속은 줄 알고 분해할 정도로 용왕과 그 신하들은 어리석기 짝이 없다. 게다가 많은 이본, 특히 이해조의 「토의간」을 비롯해 「별주부전」(1912) 등 1910년대 이후 등장한 숱한 활자본들에서 극도로 미화된 자라의 충성이 여기서는 드러나지 않는다는 점도 흥미롭다. 오히려 자라는 충성의 화신이 아니라 우둔하고 미련한 용왕의 하수인으로 등장한다. 토끼를 놓치고 돌아와서는 다음과 같이 대처하는데서 그 정황을 잘 알 수 있다.

> 자라   (헐썩헐썩하며 황황하게 등장) 왕님 큰일낫습니다.
>
> 룡왕   (소리를 치며) 왜?
>
> 자라   아조 속앗습니다. 제가 요 언덕으로 톡기를 데리고 올나가지를 안앗습니싸. 그런데요 고(가슴을 치며)톡기가 쌍충쌍충 쒸여서 다라나면서 하는 말이 "이 멍텅구리 가튼 자라야, 너의 바보 왕님을 가 보고 천하의 간을 쌔놋코 사는 데가 어듸 잇느냐"고 막 놀니겟지요. 에구 분해……(발을 굴는다.)(별, 47면)

봉건체제나 이념을 풍자했던 「토끼전」의 풍자 구조를 당시의 정황에 맞게 일제 · 친일파/식민지 민중의 대립항으로 바꾸어 동화극으로 개작한 셈이다.

이렇게 본다면 「토끼전」이 전래동화로 개작된 작품으로는 현재 확인된 세 종류가 있는데, 『조선동화집』에는 '그물 위기'와 '독수리 위기'의 삽화가 수용된 「교활한 토끼」가 있으며, 본격적으로 고전소설 「토끼전」이 개작된 경우는 심의린의 『조선동화대집』의 「별주부」에 와서다. 다양한 「토끼전」을 취사선택하여 속고 속이는 기지담으로 동화를 재구성하였다. 한편 「토끼전」의 풍자 구조가 용왕과 조정중신들이 일제와 친일파로 대체되어 동화극 〈자라사신〉에 온전히 수용되기도 했다.

4. '동심 천사주의'와 근대적 합리성, 「콩쥐 팥쥐」

1) 전래동화의 등장과 「콩쥐 팥쥐」

전래동화 「콩쥐 팥쥐」의 근원을 찾기 위해 우선 민담을 보면, '콩쥐팥쥐 설화'는 현재 밝혀진 것이 모두 19편에 이른다.[27] 하지만 대부분이 1970~1980년대에 채록된 것이고, 동화 형성 초창기 자료로서 가치가 있는 것은 임석재가 전라북도에서 1918년과 1923년에 채록한 「콩쥐 퐅쥐」와 평안북도에서 1935, 1936, 1938년에 채록한 「콩중이 팍중이」와 언더우드 부인이 1906년에 채록한 「한국의 신데렐라」, 심의린이 1926년에 재화한 「콩쥐 팟쥐」가 있을 뿐이다.

---

27 오윤선, 「'콩쥐팥쥐 이야기'에 대한 고찰」(『어문논집』 42, 안암어문학회, 2000, 29~34면)에서 17편을 밝혔고, 저자가 두 편을 더 보태 모두 19편에 이른다.

소설로는 1919년에 대창서원大昌書院에서, 1928년에 태화서관太華書館에서 각각 발행한 활자본 「콩쥐팥쥐전」이 있다. 내용은 동일하며 서적상만 바꾸어 발행한 것이다. 더 이상 다른 곳에서 출판되지 않은 것으로 보아 활자본 고전소설로서 큰 인기는 얻지 못한 것으로 보인다. 그러면 이들 민담과 고전소설이 어떤 경로를 거쳐 전래동화 「콩쥐 팥쥐」로 재화된 것일까?

최초의 「콩쥐팥쥐전」은 1919년에 대창서원에서 활자본 신작고소설로 발간됐다. 전래동화 「콩쥐 팥쥐」 형성의 한 경로가 이 소설로부터 재화되어 이루어지기도 하거니와 소파도 분명 이 작품을 접했을 것이다. 그러기에 1923년 동화의 개념을 제시하면서 전래동화의 훌륭한 재료로서 「흥부전」, 「토끼전」과 더불어 「콩쥐팥쥐전」을 주목한 것이다.

더욱이 최남선崔南善(1890~1957)은 1929년 「조선朝鮮의 콩쥐퐛쥐는 서양西洋의 「신데렐라」 이약이」라는 글에서 조선의 대표적인 민담을 뽑는 중에 언제든지 빼지 못할 것이 「콩쥐 팥쥐」라 하여 그 근거를 "어린 아이들 특히 어머니의 무릅 밋헤 있는 계집 아이들의 文學的 衝動에 對하야 가장 몬저 또 가장 깁흔 滿足을 주는 것이 朝鮮에서는 「콩쥐 퐛쥐」 이약이가 될 것이다. 「콩쥐 퐛쥐」는 진실로 언제 어듸서든지 흔하게 보는 家庭의 葛藤을 題材로 한 것인 만큼 가장 深刻한 實感의 波紋을 어린이의 情的生活의 海上에 그리게 된 것이다"[28]라고 하였다. 어린 아이들에게 계모박해는 가정의 심각한 갈등으로 현실에서 가장 민감하게 겪어야 하는 문제이기에 널리 수용될 수 있다는 말이다. 최남선의 언급은 「콩쥐 팥쥐」가 소설로서는 그리 성공적이지 못했지만 아동을 위한 동화로서는 인기를 얻을 수 있다는 증거를 제공한다.

---

28 최남선, 「朝鮮의 콩쥐퐛쥐는 西洋의 「신데렐라」 이약이」, 『怪奇』 2, 동명사, 1929, 27면.

「콩쥐 팥쥐」와 비슷한 유형의 동화인 「신데렐라」도 그런 인기를 얻었다고 증언한다. 소파가 1922년 최초의 동화집 『사랑의 선물』을 출판하고 이를 통하여 동화구연을 했는데, 서울의 천도교당에서 토요일마다 개최되었던 동화회에는 2,000명 이상이 몰려드는 대성황을 이루었고, 길거리에서 군밤 파는 아이들조차 소파의 동화를 듣고 「산드롱 이야기」를 흉내낼 수 있을 정도였다고 한다.[29] 게다가 이화여자보통학교에서 「산드롱의 유리구두」로 동화구연을 할 때 계모에게 매 맞는 장면에서 학생들이 일제히 통곡하는 바람에 동화구연을 잠시 중단하고 학생들을 달래느라 무척 민망했다고 한다.[30]

계모박해담인 「콩쥐 팥쥐」는 아이들의 입장에서 보자면 실제 생활에서 겪는 감정을 가장 드러내기 좋은 전래동화였던 셈이다. 성장기에 있는 여자 어린이의 경우 자애로운 부모만이 아니라 잔인하고 비정한 의붓 부모 역시 필요한 존재이다. 어린이에게 자립의 가능성과 필요성을 깨닫게 하기 위해서는 부모가 당분간 못되고 학대하는 부모로 바뀔 필요가 있다는 것이다. 그래서 아이들은 부모로부터의 구박이나 야단맞을 때, 자신을 콩쥐나 신데렐라와 동일시하는 경향을 보인다고 한다. 이를 통해서 부모나 아이나 상당한 자기위안을 얻는 것이다.[31] 이 때문에 계모박해담인 「신데렐라」나 「콩쥐 팥쥐」가 아이들에게 많이 수용될 수 있었다.

1933년에 나온 김태준의 『조선소설사』에서도 '동화전설童話傳說의 소설화小說化'라는 항목을 설정하여 「콩쥐팥쥐전」을 언급하였다. '콩쥐팥쥐 이야기'를 "조선의 대표적 민담으로 가정의 갈등을 제재로 한 것인데 ㄱ의 내용과

29 독자, 「方定煥氏尾行記」, 『어린이』 3-11, 개벽사, 1925.
30 이기훈, 「1920년대 '어린이'의 형성과 동화」, 『역사문제연구』 8, 역사문제연구소, 2002, 38면 참조.
31 주경철, 『신데렐라 천년의 여행』, 산처럼, 2002, 51~53면 참조.

고유명사 같은—모든 것이 조선적 色態와 情調를 그대로 들어낸다"[32]고 하였다. 세계적 광포전설인 「신데렐라 이야기」가 우리의 현실에 맞게 소설화됐다는 것은 흥미로운 일이기에 최남선의 앞의 논지를 참고하여 소설사에서 「콩쥐팥쥐전」의 존재를 부각시킨 것이다.

이상의 「콩쥐 팥쥐」에 대한 논의를 검토해 보면 민담인 '콩쥐팥쥐 설화'보다도 대부분 소설 「콩쥐팥쥐전」을 논의의 대상으로 삼았음을 알 수 있다. 활자본 고소설이 구하기 쉬운 자료였고, 민담은 녹음 시설이 변변치 않은 당시 온전히 채록하기 어려운 상황이기에 소설을 통하여 민담의 전반적인 내용을 추정했던 것이다. 소파나 최남선, 김태준의 논의 모두 민담이 아닌 소설의 줄거리를 소개하고 있다. 오히려 1919년에 이루어진 소설 「콩쥐팥쥐전」을 통해 거꾸로 전래동화와 민담의 모습을 상정한 것이다. 1920, 1930년대에 소파가 번안하여 출판한 「신데렐라 이야기」인 「샹드룡의 구두」가 유행했기에 거기에 맞서는 조선판 신데렐라 이야기인 「콩쥐팥쥐전」이 부각된 것이 아닌가 싶다. 그러니 동화, 민담과 소설의 장르 구분이 분명치 않은 당시에 「콩쥐팥쥐전」이 소설보다는 동화로 인식되었을 것은 당연한 일이다.

담론이 아닌 본격적인 전래동화로 「콩쥐 팥쥐」가 등장한 것은 1926년 심의린이 편찬한 우리말로 된 최초의 동화집 『조선동화대집』에 와서다. 이 동화집은 모두 66편의 전래동화가 실렸는데 「콩쥐 팥쥐」뿐만 아니라 앞서 살펴 본 「놀부와 흥부」, 「별주부」 등도 실려 있다. 「서」에 의하면 "소년시대에 얻어 들은 바와 읽어 본 바 중에서, 본래부터 우리 朝鮮에 유행되던 동화로, 적당할 듯한 材料 몇 가지를 取擇하여 모아서"[33] 만들었다고 한다. 이 동화는

---

32 김태준, 『조선소설사』, 청진서관, 1933, 95면.
33 심의린, 신원기 역해, 앞의 책, 69면.

우리말로 정착된 최초의 동화로 자료사적 가치가 높다.

한편 1924년 『조선동화집』의 출현과 함께 일본인에 의해 한국의 전래동화를 정리하는 작업이 있었다. 같은 해인 1924년 마츠무라 다케오松村竹雄가 번역하여 출판한 『세계동화체계世界童話體系』의 일본편인 『일본동화집日本童話集』에 조선동화가 무려 27편이 수록되었는데 그중 「콩쥐팥쥐赤豆物語」도 실려 있다.[34] 『조선동화집』이 1924년 9월 1일 발행인데 『일본동화집』 역시 같은 9월 발행이어서 거의 같은 시기에 출판됐으리라 보인다. 25편의 전래동화가 실린 조선총독부의 『조선동화집』에는 「콩쥐 팥쥐」가 없는데 『일본동화집』에는 조선의 대표동화로 실려 있어 대조를 보인다.

1929년에 출판된 타나카 우메미치田中梅吉의 『일본석화집日本昔話集』에도 「소나무의 푸르름」, 「장승과 혹부리 영감」, 「술 나오는 돌」, 「개미의 허리」 등 4편의 전래동화와 함께 「콩쥐 팥쥐」가 실려 있다.[35] 자료를 자세히 검토한 것이 아니고 목록만을 참고한 것이어서 어떤 내용인지 전모는 알 수 없지만 적어도 1920년대 동화 장르가 형성되기 시작할 무렵에 「콩쥐 팥쥐」는 전형적인 한국의 전래동화로 자리를 잡았던 것으로 보인다. 「콩쥐 팥쥐」가 지니고 있는 '영원한 아동성'의 요소, 곧 세계 광포전설인 「신데렐라」와 마찬가지로 계모박해와 협조자의 도움으로 고난을 해결하고 복을 받는다는 내용이 아이들의 실생활 감정과 바람에 적합하기 때문에 널리 퍼질 수 있었던 것이다.

---

34 大竹聖美, 「近代 韓日 兒童文化敎育 關係史 硏究」, 연세대 박사논문, 2002, 83면 참조.
35 위의 글, 86면 참조.

2) 전래동화 「콩쥐 팥쥐」의 형성 과정

전래동화 「콩쥐 팥쥐」는 1926년 심의린이 펴낸 『조선동화대집』을 비롯하여 1987년까지 모두 10책 정도의 동화집에 실려 있다. 이를 정리하면 다음과 같다.[36]

　① 심의린, 『조선동화대집』, 한성도서주식회사, 1926.

　② 전영택, 『세계걸작동화집』, 조광사, 1936.

　③ 김상덕, 『한국동화집』, 숭문사, 1959.

　④ 임석재, 『옛날이야기』 3, 교학사, 1971.

　⑤ 박홍근, 『한국전래동화』, 을유문화사, 1975.

　⑥ 김요섭, 『곶감과 호랑이』, 동서문화사, 1976.

　⑦ 이원수·손동인, 『한국전래동화집』 3, 창작과비평사, 1980.

　⑧ 안현상, 『우리나라 전래동화집』, 교육사, 1982.

　⑨ 이준연, 『도깨비 방망이』, 햇빛출판사, 1985.

　⑩ 손춘익, 『자라가 준 구슬』, 현암사, 1985.

이들 작품을 통하여 「콩쥐 팥쥐」가 어떤 경로를 거쳐 동화가 되었는가를 살펴보도록 한다. 이 작품들 중에서 초기에 이루어진 전영택, 심의린, 임석재의 동화를 중심으로 고전소설에서 동화로 변개되어 재화된 경우와 완전히 다른 두 유형의 민담에서 각각 동화로 재화된 경우 등 세 경로를 검토한다.

36　심의린과 전영택의 동화는 저자가 찾은 것이고, 뒤의 8편은 최운식, 김기창이 정리한 것이다. 최운식·김기창, 『전래동화교육의 이론과 실제』, 집문당, 1998, 416~454면 참조.

(1) 고전소설에서 전래동화로의 변개, 전영택의 「콩쥐와 팥쥐」

전래동화 「콩쥐 팥쥐」의 형성 과정에서 가장 일반적인 경로는 고전소설을 전래동화로 재화한 것이다. 민담을 가지고 전래동화로 재화하는 것이 일반적인 경로일 것인데, 당시 민담 자료를 온전히 채록하는 것이 쉽지 않은 일이어서 이미 활자본으로 출판된 고전소설을 가지고 전래동화를 변개하는 것이 오히려 손쉬운 일이었을 것이다. 게다가 1912년부터 고전소설들이 활자본으로 대거 출판되면서 활자본 고전소설의 시대를 열었던 바, 당시 고전소설은 복잡한 구조를 갖춘 소설이라기보다 '이야기책'이라 불렸던 당시의 장르적 관습처럼 대중들에게 대개는 이야기, 즉 민담으로 수용되었다.

1919년에 박건회朴健會에 의해 신작 고소설로 출간된 「콩쥐팥쥐전」이 전래동화로 변개된 것은 소설가였던 늘봄 전영택田榮澤(1894~1968)에 의해 가장 먼저 이루어졌다. 1936년에 조광사에서 출간된 『세계걸작동화집』의 '조선편'에 모두 19편의 동화를 실었는데 「콩쥐와 팥쥐」, 「별주부」, 「심청전」, 「홍길동전」 등 고전소설과 관련된 전래동화가 4편 실려 있다. 그중 「콩쥐와 팥쥐」는 전영택이 모두 네 부분으로 나누어 개별 삽화의 번호를 붙여 재화하였는데 이를 정리하면 이렇다.

① 검은 암소의 도움으로 김을 다 매고 약과와 맛있는 음식을 얻어온다.
② 계모가 시킨 과제－물 붓기, 베 짜기, 겉피 말리기를 마치고 잔치에 가던 중에 신발을 잃어버려 이를 계기로 감사와 결혼한다.
③ 팥쥐가 콩쥐를 물에 빠트려 죽이고 콩쥐 행세를 한다.
④ 콩쥐가 꽃으로, 구슬로 변신하여 감사 앞에 나타나 사정을 말하고, 팥쥐는 처형된다.

이상의 내용을 보면 고전소설 「콩쥐팥쥐전」과 대부분 일치한다. 차이가 나는 곳은 세 군데인데, 콩쥐의 아버지가 죽었다는 것, 팥쥐가 꽃구경을 하자고 하여 연당蓮塘으로 유인한 것, 결말 처리가 간단한 것 등이다.

아이들을 대상으로 한 동화로 재화하다보니 계모의 박해를 강조하기 위해 아버지의 존재를 아예 작품에서 사라지게 했다. "얼마 후에 아버지까지 죽었습니다. 그래서 콩쥐는 계모와 동생에게 모질게 온갖 구박을 다 받았습니다"[37]라고 한다. 아버지의 존재를 자식 살해의 방조자로 그린 「장화홍련전」과는 달리 「콩쥐팥쥐전」에서 아버지 최만춘은 존재감을 느끼지 못할 정도로 미미하다. 처음 인물을 소개하는 부분과 콩쥐의 결혼을 허락하는 부분에 잠깐 등장할 뿐이다. 그렇다보니 재화하는 과정에서 죽은 것으로 처리해도 내용 전개에 크게 문제가 되지 않을뿐더러 오히려 계모의 박해와 콩쥐의 수난을 강조하는 데 더 유리한 점이 있다.

다음으로 팥쥐가 꽃구경을 시켜달라고 유인하는 것은 끔찍하게 이루어진 콩쥐의 살해를 아이들의 수준에 맞게 좀 더 온건하고 부드럽게 꾸미고자한 결과일 것이다. 「콩쥐팥쥐전」은 물론이고 대부분의 설화가 관아의 연못에서 목욕하다가 팥쥐가 콩쥐를 물에 빠트려 죽인다. 1979년에 채록된 전북의 민담 「콩조시 풋조시」만이 특이하게도 팥쥐가 뜨거운 팥죽을 가져와서 그것을 콩쥐에게 끼얹어서 살해한다.[38]

「콩쥐팥쥐전」에서는 "련당 읍헤 이르러셔는 문득 흔낫 묘게를 싱각ᄒᆞ고 콩쥐를 강권ᄒᆞ야 흥기 목욕ᄒᆞ기를 청흠으로"[39] 어쩔 수 없어 같이 목욕을 하

---

37 전영택, 『전영택전집』 4, 목원대 출판부, 1994, 120면. 앞으로 이 자료는 괄호 속에 『전집』이라고 약칭하고 면수만 표시한다.
38 「콩조시 풋조시」, 『한국구비문학대계』 5-1, 한국정신문화연구원, 1980, 272면.
39 『大鼠豆鼠[콩쥐팟쥐젼]』, 大昌書院, 1919, 13면. 이 자료는 「콩쥐팥쥐전」이라 표기하고 괄호

다가 변을 당하지만 동화에서는 꽃구경을 시켜달라고 연당으로 가서 "'언니, 언니, 저건 무슨 꽃이오? 그런데 저건 무슨 새요? 저 빨갛고 누르고 한 새말이야. 저 나무에……' 이 모양으로 떠들다가 틈을 보아서 별안간에 콱 떼밀어서 콩쥐를 밀쳐서 연못 물 속에 빠트렸"(『전집』, 123면)다고 한다.

마지막으로 결말 부분의 처리가 간단한 것은 끔찍한 장면을 배제하기 위한 조치다. 소설에서는 "감ᄉᆞᄂᆞ 즉시 팟쥐를 칼 씨워 하옥ᄒᆞ고 ᄉᆞ실을 샹ᄉᆞ에 보ᄒᆞ야 지령을 밧은 후 슈레에 씨져 죽이고 그 숑쟝을 졋담아 항아리 속에 긴봉ᄒᆞ야 가지고 팟쥐의 어미를 ᄎᆞᄌ 젼ᄒᆞ얏더라"(「콩쥐팟쥐전」, 17면)고 한다. 그 다음엔 팥쥐의 어미도 딸의 시체를 보고 놀라 죽는 장면이 이어진다.

하지만 동화에서는 "그리하여 팥쥐와 그 어미는 콩쥐를 몹시 구박하다가 마침내 죽이기까지 한 죄로 감옥으로 보내어 극한 형벌을 받"(『전집』, 126면)았다고 간단히 처리했다. 아동들을 대상으로 하였기에 전래동화를 재화하는 과정에서 잔인하고 끔찍한 장면을 삭제하기 위한 조치일 것이다.

그러면 전영택이 펴낸 전래동화 「콩쥐와 팥쥐」의 재화는 어떤 방식으로 이루어진 것일까? 우선 입말체, 즉 이야기를 들려주는 말투를 사용하고 있으며 아이들을 대상으로 했지만 '~ㅂ니다'의 경어체를 쓰고 있다. '~ㅂ니다' 체는 당시 어른들이 어린이들에게 일상의 대화에서 쓰던 말투와는 거리가 멀지만 많은 사람을 상대로 이야기를 들려줄 때 친근감을 주면서도 공식적으로 쓸 수 있는 말투여서 동화를 개척한 방정환이 재화할 때 즐겨 사용했다고 한다.[40] 소파에 의해 확립된 '경어투의 입말체'는 그 뒤 동화를 재화하거나 구연할 때 사용했던 전형적인 방식이었고, 늘봄 역시 동화를 재화할 때

속에 면수만 적는다.

40 염희경, 「소파 방정환 연구」, 인하대 박사논문, 2007, 172면 참조.

이 문체를 주로 사용했던 것이다. 개신교 목사이자 작가였던 늘봄으로서는 아이들에 대한 존중의 의도가 깊었기에 자연스럽게 경어체를 사용한 것으로 보인다.

다음으로는 대화체를 많이 사용하여 현장감을 살렸다. 고전소설의 문체는 직접적인 대화의 서술보다는 간접인용을 주로 사용한다. 하지만 팥쥐에게 문을 열어달라고 부탁하는 대목을 보면 설명에 의존하기보다는 직접 대화를 통해 상황을 이야기하고 있다.

집에서는 벌써 문을 딱 걸어 닫고 저녁밥을 지어서 계모와 팥쥐는 맛나게 먹고 있더랍니다. 콩쥐가 암만 문을 열어 달라고 빌어도 열어주지를 아니 합니다.

"애, 팥쥐야 팥쥐야, 내 약과랑 덕이랑 얻어온 걸 줄게 좀 열어주렴!"

콩쥐가 이렇게 달랬습니다.

"무얼 거짓부렁 약과는 웬 약과야"

하고 안 열어줍니다.

"아니란다. 참말이야. 약과가 여간 맛있지 않아 너 먹어보련?"

"어디 욜루 하나 들여보내 봐!"(『전집』, 121면)

이미 「화수분」에서 한 가난한 가족이 동사凍死하는 과정을 리얼하게 그렸을 정도로 묘사력이 탁월했던 늘봄에 의해 고전소설보다 전래동화가 훨씬 생동감 있게 재화된 것이다. 전영택은 전래동화 역시 소설과 마찬가지로 설명보다는 묘사에 의해 상황을 그려야 한다고 여겼고, 이 때문에 늘봄이 재화한 「콩쥐와 팥쥐」가 어느 전래동화보다 묘사력이 뛰어나 정전正典으로 자리 잡게 되는데 큰 기여를 하게 된다.

하지만 개신교 목사였던 늘봄으로서는 재화하는 과정에서 이야기의 문맥과 무관하게 '하나님'을 내세워 종교적 편향을 드러내기도 했다. 「콩쥐와 팥쥐」에서 감사가 콩쥐와 결혼하게 되는 일을 "감사가 마침 부인이 죽고 새로 아내를 구하던 차라 이것은 분명 **하나님이 시키시는 일**이라 하고 부랴부랴 잔치를 하고 콩쥐를 맞아다가 아내로 삼았습니다"(『전집』, 123면, 강조는 인용자)라고 한다. 실상 「콩쥐팥쥐전」에서도 이와 비슷하게 하늘의 도움을 받는 인물임을 알고 전라감사가 콩쥐를 마음에 두어 결혼하기에 이른다.

일작이 흔낫 아들도 두지 못ᄒ고 겸ᄒ야 부인니 별셰훈 이후로 심하에 씌여 첩도 두지 아니ᄒ고 마음을 가다듬어 가며 셰월을 보내는 터임으로 ᄌ연 이상훈 셔긔를 보자 그곳에서 식 신짝을 어더슴으로 그 스름을 차자보랴 훈 것인듸 의외에 관차는 관령만 중히 녁이고 남의 집 쳐녀를 다리고 왓는지라 깜작놀나며 엇더훈 쳐녀완듸 신짝에서 셔긔가 싱ᄒ는고 ᄒ며 ᄌ셰히 그 쳐녀의 외슘촌에게 무르니 그 외슉이란 자도 셔긔가 낫다는 까둙에는 듸답홀 슈 업슴으로 필경 콩쥐에게 친히 듸답ᄒ에 ᄒ얏는듸 이씌 콩쥐는 홀 슈 업시 긔이지 못홀 줄 알고 ᄌ초 모친 상ᄉ 당훈 일로붓터 셔모 비씨 들어온 이후에 고싱되는 것과 김매라 갓슬 씌에 검은 소가 ᄂ려와셔 쇠호미와 과실 쥬던 일이며 둑겁이가 물독 밧치던 것을 차례ᄎ례 이약이 ᄒ고 이번 외가에 올 씌에 셔모의 소위와 식졔가 것피 셕셥 벗겨 준 일로 직녀가 ᄂ려와 베도 쓰쥬고 의복도 쥬어셔 입고 오는 길에 감ᄉ씌문에 신짝을 닐허 버린 ᄉ유를 쎄지 안코 물 흐르듯 낫낫치 고ᄒ는지라 감ᄉ는 **듯기를 다ᄒ고 십분 경희ᄒ야 즁심으로 흠보ᄒ기를** 마지 아니ᄒ며(11면, 강조는 인용자)

신발에서 서기瑞氣가 비춰 이를 이상히 여겨 콩쥐의 말을 들이 보니 그것이 하늘의 도움이라는 사실을 알고 나서 감사는 콩쥐에게 청혼하게 된다. 퇴리退吏의 딸이었던 중인 신분의 콩쥐가 '종일품'의 양반인 전라감사와 결혼하게 된 것은 민담적 질서인 하늘의 도움에 의해서였다. 이 하늘의 도움이라는 민담적 질서를 늘봄은 '하나님이 시키시는 일'로 바꾼 것이다.

늘봄은 이 작품만이 아니라 그가 재화했던 많은 작품에서 하나님을 내세웠는바, 전래동화 「별주부」에서는 용왕이 "내가 오늘날까지 하나님의 명령을 받들어 동해왕의 위에 올라서"(『전집』, 128면) 다스린다고 했고, 전래동화 「심청전」에서도 인당수에 뛰어들기 직전에 "하나님전 비나이다. 하나님전 비나이다"(『전집』, 145면)라고 '하나님'께 기원한다. 물론 그 뒤 이어지는 사건에서도 '하나님'이 용왕에게 명령하여 심청을 구한다. 늘봄에 의해 하늘을 다스리는 자인 옥황상제의 개념이 기독교 유일신인 '하나님'으로 바뀐 것이다. 이처럼 늘봄은 전래동화 재화의 과정에서 민담이나 고전소설에 두루 나타나는 전통적인 하늘의 도움이나 인과응보의 개념을 '하나님'의 보살핌으로 환치시킴으로써 자신의 종교적 이념을 표면화시켰던 것이다.

일찍이 소파도 동화의 이런 초월적 요소에 대하여 "種種의 超自然 超人類的 要素를 包含한 童話에 依하야 宗教的 信仰의 基礎까지 지어"(19면)준다고 했으니 어쩌면 전영택이 전래동화를 재화한 것은 이런 초월적 사건전개에 매력을 느꼈던 것이 아닌가 싶다. 전래동화에 자주 등장하는 초월적 하늘의 섭리를 개신교 유일신 사상으로 바꿀 수 있기 때문일 것이다.

(2) 혼인담 없는 승천담에서 재화—심의린과 이원수의 「콩쥐 팥쥐」

1926년 초등학교 훈도였던 심의린에 의해 우리말로 된 최초의 동화집 『조선동화대집』이 간행되었다. 모두 66편의 전래동화를 실었는데 그중 「콩

쥐 팥쥐」(원문은 「콩쥐 팟쥐」)가 들어있다. 1919년에 간행된 「콩쥐팥쥐전」과
는 전혀 다른 방향으로 이야기가 재화됐기에 소설의 영향을 받은 것으로는
보이지 않는다. 동화는 모두 4개의 삽화로 구성되었다. 각 부분의 내용을 정
리하면 이렇다.

① 아버지가 죽고 계모의 학대를 받던 중 밑 빠진 가마솥과 독에 물 붓기를 시켰
　 지만 자라가 나타나 도와주었다.

② 나무 호미를 주어 억센 밭을 매게 하였지만 검은 암소가 나타나 밭을 매주고
　 과실까지 주었다. 팥쥐도 따라 했지만 오히려 끌려다니며 상처만 입었다.

③ 벼 열 섬을 찧도록 시켰지만 참새 떼가 나타나 껍질을 다 벗겨주었다.

④ 수수밭을 베던 콩쥐는 하늘에서 내려온 동아줄을 잡고 하늘로 올라가고, 팥
　 쥐는 썩은 동아줄을 잡고 올라가다 떨어져 죽었다.

물 붓기, 김매기, 벼 찧기, 수수 베기 등 모두 4개의 과제가 제시되고 하늘
의 도움을 받아 해결하는 이야기가 이어지면서 '혼인담' 대신에 단순한 '승
천담'으로 끝을 맺는다. 이 부분에서 「해와 달이 된 오누이」의 삽화를 차용
했다. 그런데 이 동아줄을 타고 하늘로 올라가는 삽화는 전북의 민담 「콩조
시 퐂조시」[41]의 결말 부분에도 나타나는 등 이른바 "하늘의 복을 받는다"는
의미로 민담에 널리 활용된 것으로 보인다.

오윤선과 저자가 검토한 결과 애초 '콩쥐 팥쥐 이야기'의 원형은 혼인담이
없는 승천담으로 이루어졌을 가능성이 높다.[42] 즉 처음 발생됐던 콩쥐팥쥐

41　「콩조시 퐂조시」, 앞의 책, 268~273면.
42　오윤선, 앞의 글, 38~39면; 권순긍, 「「콩쥐팥쥐전」의 형성과정 재고찰」, 『고소설연구』 34, 한국

이야기는 과제 제시형의 삽화가 계속 이어지면서 나중에는 하늘의 복을 받아 승천하는 것으로 끝을 맺는다는 것이다. 그런 점에서 심의린이 재화한 동화는 초기 형태의 민담을 바탕으로 재화됐을 가능성이 높다. 뒤에 혼인담이 추가되면서 콩쥐팥쥐 이야기가 보다 복잡하게 전개되었을 것이다.

「서序」에서도 "소년시대에, **얻어 들은 바와 읽어 본 바** 중에서, 본래부터 우리 조선에 유행하던 동화"[43]를 취사선택하여 동화집을 만들었다고 한다. 앞서 나온 『조선동화집』(1924)에는 「콩쥐 팥쥐」가 없으며 소설 「콩쥐팥쥐전」과도 내용이 완전히 다르니 '읽어본 바'는 아닐 것이고, 민담으로 '얻어 들은 바'를 전래동화로 재화한 것이 분명하다.

그렇다면 어떤 민담을 '얻어 듣고' 동화로 재화했을까? 저자가 조사한 바에 의하면 1926년 이전에 채록된 민담은 언더우드 부인이 채록하여 1906년 1월 *THE KOREAN REVIEW*에 발표한 「한국의 신데렐라」[44]와 1918년 임석재任晳宰(1903~1998)가 전북에서 채록한 「콩쥐 퐅쥐」[45]가 있을 뿐이다. 두 내용 모두 계모가 제시하는 과제는 유사하지만 관찰사 혹은 감사와의 혼인이 있고 콩쥐의 살해와 복수가 이어진다. 이런 점에서 두 민담의 전체적인 구조는 심의린이 재화한 동화와 완전히 다르다.

작품에서 단서를 찾는다면 동화에서 콩쥐가 계모의 구박을 견디다 못해 "오늘은 청천강 물에 풍덩 **빠져 죽**"(『대집』, 254면)겠다는 대목이 나온다. 청천강은 평안북도를 가로지르는 강이니 평북 지역에서 유포됐던 민담일 것이

고소설학회, 2012, 267면 참조.

43 심의린, 신원기 역해, 앞의 책, 69면. 강조 인용자.

44 L. H. Underwood, "A Korean Cinderella", *THE KOREAN REVIEW* VI, 1906.1, 10~23면. 이 글은 번역되어 이만열·옥성득 편역, 『언더우드 자료집』 III(연세대 국학연구소, 2007, 206~218면)에 실려 있다.

45 임석재, 『한국구전설화-전라북도편 1』, 평민사, 1990, 263~269면.

나, 1926년 이전에 채록된 자료는 없는 실정이다. 다만 임석재가 1935~38년 평안북도에서 채록한 민담 「콩중이 팟중이」[46]를 보면, 콩쥐가 나무 호미를 부러뜨려 울고 있자 암소가 나타나 도움을 주며 떡과 과자를 주지만 같은 행위를 팟쥐가 하자 암소가 끌고 다녀 피투성이가 됐다는 부분이 일치한다. 이로 추정해 본다면 임석재가 채록하기 이전에 평안북도에서 콩쥐의 승천을 다룬 '콩쥐팟쥐 이야기'가 전래되었고 이 민담을 바탕으로 심의린의 전래동화 「콩쥐 팟쥐」가 재화됐을 것으로 보인다.

그러면 어떤 방식으로 재화됐을까? 우선 재화자의 서술방식이 다층적임을 알 수 있다. 대부분 '~습니다'식으로 서술하다가 마지막에 와서는 "그 피가 전염이 되어서 수수깡마다 불긋불긋한 점이 그때 생겼다 합니다"(『대집』, 255면)로 서술의 방식이 바뀐다. 전자가 내용의 전달적 서술자라면 후자는 내용의 논평적 서술자라고 할 수 있다.[47] 이는 보다 객관적 거리를 확보하기 위한 배려다. 즉 '수수깡이 붉은 까닭'을 얘기하는 자리에서 내화內話는 입말체로 들려주듯이 구술을 하지만 외화外話인 배경을 설명하는 데서는 재화자가 객관적으로 납득할 수 없기에 '~합니다'라고 서술한다. 재화자의 생각이 아니라 사람들이 그렇게 말한다는 것을 옮긴 것이다.

이런 객관적 거리를 두는 서술방식은 어휘의 선택에도 영향을 주어 민담과는 다소 어울리지 않게 한자어를 많이 사용하였다. 한 예로 하늘에서 선녀들이 동아줄을 내려 보내는 대목을 보면 "별안간 공중에서 오색五色 채운彩雲이 떠 오더니, 풍악風樂 소리 들리면서 (…중략…) 성관星冠 월패月佩한 선녀들

---

46   임석재, 『한국구전설화-평안북도편 1』, 평민사, 1990, 133~139면.
47   신원기, 「조선 동화대집의 내용과 문학교육적 가치에 대한 고찰」, 심의린, 신원기 역해, 『조선동화대집』, 보고사, 2009, 43면 참조.

이 구름 속에서 동아줄 하나를 내려"(『대집』, 254면)보낸다고 하여 아이들에게 들려주는 일반적인 동화의 문맥으로는 이해하기 어렵게 보인다. 왜 이런 방식으로 어려운 어휘를 사용하여 재화했을까?

심의린은 『조선동화대집』 출간 당시 보통학교 훈도였으며, 1925년에는 『보통학교 조선어사전』을 편찬했고, 이후에도 조선어 독본과 교과서 교육용 음반을 제작하는 등 우리말 교육에 헌신했다고 한다.[48] 이런 재화자의 업적을 고려할 때, 심의린은 민담을 입말 그대로가 아니라 보다 정확한 개념의 어휘를 선택하여 재화하고자 했으며, 서술방식 역시도 객관성을 드러내기 위해 논평자의 어투를 빌어 표현했던 것이다.

교육자인 심의린은 민담을 그대로 전달하기보다 교사의 입장에서 교육적 의도를 가지고 재화했다. 「서」를 보면 "본래부터 우리 조선에 유행하던 동화로, 적당할 듯한 재료 몇가지를 취택取擇하여 모아서, 소년 제군에게 참고에 공供코저 차서此書를 편찬"(『대집』, 69면)했다고 한다. 책의 원제목도 『담화교재談話材料 조선동화대집朝鮮童話大集』이라 하여 아이들에게 재미를 위해서 전래동화를 들려주기보다 교육적 목적을 가지고 생활에 참고가 되도록 자료를 제공한 것이다. 같은 글에서 "그 생활에 적합한 사상과 감정을 수양하여, 상식을 풍부하게" 하는 것이 무엇보다도 필요하다고 역설하기도 했다. 즉 아이들이 전래동화를 통해 생활에 필요한 교훈을 얻고자 동화를 재화한 것이라고 볼 수 있다. 그래서 「서」에서도 "그러면 소년시대에 훈화, 동화가 여하한 힘이 있으며, 여하한 영향을 미침은 묻지 아니하여도 알 것이"라 하여 '훈화'와 '동화'를 유사한 개념으로 사용하고 있는 것이다.

---

48 박형익, 『심의린 편찬 보통학교 조선어사전』, 태학사, 2005, 12~13면 참조.

그런데 동화의 문맥을 보면 교훈적인 한자투의 서술과는 달리 율문체나 판소리투의 사설체도 보여 주목된다.

(가) 이번에 도 내가 죽는구나. 내일이면 내가 죽어, 가도록 태산이오, 넘도록 심산(深山)일세. 몇 번이나 죽을 이 인생이 천지신명 도와주사 아직껏 살았더니, 할 수 없고 할 수 없어, 내일이면 죽는구나. 기운 세찬 남자라도, 이틀 동안 벼 열 섬을 어찌 말려, 어찌 찧나? 하물며 약한 여자, 가망이나 있을소냐? 꼭 죽었지, 꼭 죽었지. 따뜻하고 따뜻한 부모님의 슬하에서 양육받아 육칠십을 산다해도 생각하면 우스운데, 참혹할사 내 신세는 부모양친 영별(永別)하고, 실낱같은 모진 숨, 일 각일시 맘 못 놓고, 수풀 밑의 새 몸처럼 무한 액운 한이 없네. 이웃집에 부모있는 아이들은, 부모님께 귀염받고 근심없이 지내는 일, 부럽기도 측량없네. 명천(明天)이 감응(感應)하사 후생에나 한을 풀게 선심(善心) 인도 하십소사. 애고애고 휘유……(『대집』, 252~253면)

(나) 별일도 많다. 별 일도 많구나. 하느님이 도우셨나? 부모님이 도우셨나? 부처님이 도우셨나? 옥황상제 도우셨나? 후토부인(后土夫人) 도우셨나? 산신령이 도우셨나? 도깨비의 장난인가?(『대집』, 253면)

(가)는 계모가 벼 열 섬을 말려서 찧어놓으라고 일을 시키고 가자 기가 막혀서 신세타령을 하는 대목이고, (나)는 참새들이 날아와 벼 껍질을 벗거놓고 날아가자 놀라서 하는 말이다. 판소리 사설체를 활용해 자신의 신세나 심정을 토로한 것이다. 이는 원민담의 문맥이기보다는 재화자의 서술로 보인다. 앞에서 밑 빠진 독에 불을 채우라고 하는 데서도 비슷한 표현이 보인다.

콩쥐의 절박한 심정을 사실적으로 드러내기 위해 민중들의 심정을 잘 묘사한 판소리 사설의 문체를 가져와 이를 표현한 것으로 보인다. 이 작품 외에도 「멸치의 꿈」이나 「네모진 보석」, 「반쪽 사람」 등이 모두 판소리체로 서술되었다. 권혁래는 심의린의 동화재화의 특징으로 해학성의 강화를 들었던바, 이는 곧 민족적 정서를 표현하기 위하여 판소리계 소설 기법을 활용한 개성적 표현방식인 셈이다.[49]

보통학교 훈도로 1925년 『보통학교 조선어사전』을 편찬하고 조선어연구회에 가담하여 우리말의 보급과 교육에 헌신하였던 심의린은 당연히 생활에 도움이 되는 교육적 자료, 우리말 자료로서 동화를 취급하였기에 민담을 모아 우리말로 된 최초의 동화집을 출간한 것이다. 교훈성을 강조하여 「콩쥐 팥쥐」를 인과응보적인 콩쥐의 승천담으로 재화했으며 서술 방식에서도 비교적 객관적 거리를 두고 합리적으로 서술하였다. 서술 문체는 민담 그대로의 문맥이 아니라 교훈적 어투의 문체를 사용하였고, 절박한 심정을 표현하는 부분에서는 민중적 정서를 드러내고자 판소리 사설체를 가져와 이를 활용하였던 것으로 보인다.

1926년에 심의린이 재화한 「콩쥐 팥쥐」는 1980년에 펴낸 이원수, 손동인의 전래동화 「콩쥐 팥쥐」[50]로 이어진다. 여기서도 물 붓기, 김매기, 쌀 찧기, 수수 베기 등 4개의 삽화가 등장하며 혼인담이 없이 콩쥐의 승천으로 작품이 마무리 되어 심의린이 재화한 동화의 구조를 그대로 이어받았다. 「머리말」에서도 "이 동화들 중에는 수십 년 전에 여러 학자들에 의해 채집된 것도 있"(『전래』, 4면)다고 하여 그 사실을 밝혔다.

---

49 권혁래, 「1920년대 민담의 동화화와 심의린의 『조선동화대집』」, 『민족문학사연구』 39, 민족문학사학회, 2009, 115면 참조.

50 이원수·손동인 편, 『땅속 나라 도둑 귀신-한국전래동화집 3』, 창비, 1980, 150~164면. 앞으로 자료의 인용은 괄호 속에 『전래』라 적고 해당 면수만 적는다.

다만 검은 소가 나타나 김을 매주고 과일을 주는 부분에서는 풀을 뜯어 먹는 대목은 그대로이나 과일을 주는 대목은 제외하였다. 또 과일을 얻으려고 동일한 행위를 반복한 팥쥐를 끌고 다니며 피투성이가 되게 한 대목도 제외시켰다. 현실적 근거가 희박하고 합리적이지 않기 때문일 것이다. 「머리말」에서도 "어느 것이나 채집 때 말해 준 사람의 어투나 간략하게 된 형식을 그대로 옮기지 않고 내용을 바로 전할 수 있는 동화 형식을 밟았다"(『전래』, 4면)고 한다. 심의린이 재화한 동화를 이원수는 현실주의 동화의 형식으로 바꾸었던 셈이다.

이원수의 동화는 어린이의 수준에 맞게 문학적 수식이나 세부묘사에 공을 들여 훨씬 현실적이고 아름다운 문장으로 서술하였다. 수수밭에서 자신의 신세를 한탄하는 대목을 보자.

> 날씨가 제법 서늘해졌건마는 콩쥐는 한여름에 입던 다해진 삼베옷 그대로였습니다. 산밭에 부는 바람이 살결에 찼습니다.
>
> "어머니, 아버지가 살아계셨더라면 얼마나 재미있게 지낼 것인가. 이런 고생도 하지 않고 남들처럼 즐겁게 살 수 있었을 텐데, 왜 나는 미움만 받고 살아야 하나?"
>
> 수숫대들이 몸부림치듯 바람에 흔들리는 것이 꼭 콩쥐 저 자신 같은 생각이 들었습니다.(『전래』, 161~162면)

콩쥐를 둘러 싼 스산한 배경과 절박한 심정이 일치를 이루도록 장면을 효과적으로 묘사하고 있음을 볼 수 있다. 게다가 계모가 회초리를 들고 올라오는 장면까지 추가하여 콩쥐의 승천이 현실적이고 당연한 결과임을 보여준다. "때 묻은 삼베옷을 입고 있던 콩쥐가 어느새 아름다운 선녀들의 날개옷과 같은 예쁜 옷을 입고 얼굴에 웃음을 띤 채 높이높이 하늘로 올라갔"(『전래』, 163면)다고 하고, 팥쥐는 동아줄이 중간에 끊어져 "높디높은 공중에서 수수밭으로 떨어지고 말았"(『전래』, 164면)다 한다. 일반적인 민담이나 심의린의 동화처럼 팥쥐의 피가 묻어 수숫대가 붉게 됐다고 하는 민담적 결구는 생략하였다. 심의린의 동화에서는 논평적 서술투인 "~생겼다 합니다"를 사용하여 객관적 거리를 유지했지만 여기서는 아예 그 대목을 생략했다. 사실적으로 서술하고자 했기 때문이다.

한편 이원수의 동화 외에도 1975년 을유문화사에서 펴낸 박홍근의 「콩쥐 팥쥐」 등 3편도 혼인담 없는 승천담으로 끝나는 내용으로[51] 1970~1980년대 이런 방식으로 「콩쥐팥쥐」가 많이 재화되었다.

(3) 선악 대립형 민담에서의 재화, 임석재의 「콩쥐 팥쥐」

전래동화의 일반적인 재화 방식은 민담을 토대로 이루어지는 바, 혼인담이 포함된 콩쥐팥쥐 이야기에서 재화되는 경우가 임석재의 「콩쥐 팥쥐」다. 이미 임석재가 1918년 전북 정읍에서 채록한 민담 「콩쥐 퐅쥐」,[52]와 1935년 평북 정주, 선천 등지에서 채록한 「콩중이 팍중이」,[53]는 소설 「콩쥐팥쥐전」의 형성에 밀접한 관계가 있으며[54] 선악의 대립, 동일한 행위의 반복, 보상과 징벌 등 민담의 전형적인 모습을 지니고 있다. 이를 토대로 1971년에 재화된 전래동화가 임석재의 「콩쥐 팥쥐」,[55]다. 이야기의 단락을 나누어 보면 다음과 같다.

---

51 최운식·김기창, 앞의 책, 317면 참조.
52 임석재, 『한국구전설화-전라북도편 1』, 263~269면.
53 임석재, 『한국구전설화-평안북도편 1』, 133~139면.
54 권순긍, 「「콩쥐팥쥐전」의 형성과정 재고찰」, 255~266면 참조.
55 임석재, 『다시 읽는 임석재 옛이야기 3-콩쥐 팥쥐』, 한림출판사, 2011, 59~78면. 이 책은 애초 1971년 교학사에서 『옛날이야기 선집』으로 출판되었는데 저자 사후에 현행 맞춤법에 맞게 고쳐 다시 펴냈다. 작품의 인용은 일일이 각주를 달지 않고 괄호 속에 '임석재'라 표기하고 해당 면수만 밝힌다.

① 콩쥐의 엄마가 죽고 계모가 팥쥐를 데리고 들어와 콩쥐를 구박했다.

② 콩쥐에게 나무호미로 자갈밭을 매게 했지만 하늘에서 암소가 내려와 맛있는 음식을 주고, 팥쥐도 맛있는 음식을 얻으려 같은 행동을 했지만 암소가 끌고 다녀 피투성이가 됐다.

③ 콩쥐에게 새 북과 콩을 주어 팥쥐와 베짜기 내기를 시켰지만 콩쥐가 이기고, 다음엔 헌 북과 찰밥을 주어도 콩쥐가 이겼다.

④ 일갓집 잔치에 가면서 계모가 여러 일을 시켰지만 참새가 날아와 벼껍질을 까주고, 두꺼비와 나타나 독 밑을 받쳐주고, 암소가 나타나 고운 옷과 신을 주어 잔치집에 갔다.

⑤ 잔칫집에 갔으나 계모가 때리려하여 뛰어나오다 신 한 짝을 잃어버렸지만 이를 주은 평양감사와 혼인하게 되었다.

⑥ 감사가 문을 열어주지 말라 했지만 팥쥐가 속이고 들어와 목욕하자고 유인하여 연못에 콩쥐를 빠트려 죽이고 콩쥐 행세를 했다.

⑦ 연못에서 예쁜 꽃이 피어나 감사가 그 꽃을 가져왔지만 팥쥐의 머리를 뜯고 할퀴고 하여 팥쥐가 아궁이에 넣고 불태어 버렸다.

⑧ 꽃은 구슬로 변신하여 불씨를 얻으러왔던 옆집 할머니에게 발견되고, 콩쥐는 할머니에게 억울하게 죽은 사연을 말했다.

⑨ 옆집 할머니가 감사를 초청해 잔치를 열고 젓가락을 짝짝이로 놓아 이를 의아하게 여긴 감사 앞에 콩쥐가 나타나 진실을 밝혔다.

⑩ 집에 돌아온 감사는 팥쥐에게 살인죄를 자백받고, 어미와 벌주어 먼 데로 귀양보냈다.

위의 내용을 보면 두 지역의 민담 중에서 특히 전북의 민담 「콩쥐 팥쥐」를 토대로 재화했음을 알 수 있다. 작품의 전반적인 줄거리가 일치할뿐더러 각 단락의 세부적인 사건도 일치한다. 재화의 방식은 민담의 형태를 손상시키지 않고 약간 손질을 해서 원형을 그대로 살려내는 것이다. 「이 책을 쓰며」에서도 "나는 우리나라의 여러 가지 옛날이야기를 캐어보는 동안에 수많은 동화를 찾아내었습니다. 그중에는 막 캐낸 보석처럼 거친 것도 있고, 혹은 이리 굴리고 저리 굴려서 지저분한 것이 묻어 있는 것도 있었습니다. 그래서 나는 그것들을 본디의 바탕이 상하지 않을 정도로 손질을 해 보았습니다"(임석재, 4면)라고 한다. 이렇게 재화했기에 민담의 고유한 특성을 다수 보유하고 있기도 하다.

우선 암소가 항문에서 음식을 꺼내준다는 부분을 보자. "콩쥐는 암소가 말한 대로 시냇물에 가서 아랫물에서 손과 발을 씻고 가운데 물에 가서 목욕하고 윗물에 가서 머리를 감고 암소 밑구멍에 손을 넣어 보았습니다. 그랬더니 그 속에서 밥이며 떡이며 다식이며 맛있는 음식이 많이 나왔"(임석재, 62면)다고 한다. 또한 같은 행위를 반복한 팥쥐는 암소에게 끌려 다녀 피투성이가 된다. 음식을 더 차지하려는 욕심 때문에 손을 놓지 못해 암소에게 끌려 다닌 것이다. 선악 대립의 전형적인 모습을 보여주며, 암소의 항문에서 음식이 나오는 발상이 특이하다. 암소가 음식을 저장할 수 있는 곳이 뱃속밖에 없으니 그렇게 처리한 것이지만 동물과 인간이 구분되지 않는 민담적 사유체계를 그대로 보여준다.

고도의 경제성장을 이룩한 1970~1980년대 이후에 채록된 『구비문학대계』의 이야기에서는 이 삽화가 사라지고 없다. 구연상황을 고려한다면 생활수준이 향상되고 위생시설이 개선됨에 따라 이런 행위가 불결하다고 여기기 때문일 것이다. 이 삽화는 임석재가 1918년, 1935년에 채록한 전북, 평북의 민담과 1926년에 펴낸 심의린의 동화에만 나오는 것으로 보아 초기의 민담에만 등장한다. 소설로 정리되면서 암소가 과일을 주는 것으로 바뀌었다.

다음은 콩쥐와 팥쥐의 대립이 두드러진다는 점이다. 이 역시 선악의 대립을 극명하게 드러낸 민담적 사유체계를 반영하고 있다. 암소의 항문에서 음식을 꺼내는 데서도 보이지만 특히 베짜기 등에 팥쥐와의 대립이 두드러진다. 콩쥐와 팥쥐가 베 짜기 내기를 하는데 처음에 콩쥐에게는 새 북과 콩을 볶아서 주고, 팥쥐에게는 길이 잘 들은 헌 북과 찰밥을 주었다. 하지만 팥쥐가 찰밥이 손에 붙어서 베를 제대로 짜지 못해 콩쥐에게 지고 말았다. 다음엔 바꾸어 주었는데 콩쥐가 찬물을 손에 묻혀 가면서 찰밥을 먹으니 손에 달라붙지 않아 이번에도 이겼다는 내용이다.

고전소설을 중심으로 본다면 '콩쥐팥쥐 이야기'의 기본 구조는 '과제 제시형 계모박해담'이다. 즉 '계모박해담'의 기본 구조에 나무호미로 자갈밭 매기, 물 긷기, 삼 삼기, 베 짜기, 벼 말리기, 벼 찧기, 조 찧기, 수수 베기, 밥하기 등의 구체적 사건들이 보태져 콩쥐팥쥐 이야기를 형성했다. 이 과제 제시와 해결의 항목은 구연자와 구연상황에 따라 얼마든지 더 확장될 수 있다.[56]

그런데 유독 임석재가 채록한 민담과 재화한 동화는 과제 제시보다는 콩쥐와 팥쥐의 대립 양상이 두드러진다. 대립을 강조하는 것은 민담이 이야기를 엮어가는 전형적인 방식이다. 그렇게 함으로써 이야기가 사람들에게 기억되고 살아남기 때문이다. 이 대립 양상은 감사와의 결혼 후 팥쥐가 콩쥐를 살해하고 나중에 콩쥐가 응징하는 데까지 이어진다고 할 수 있다. 임석재가 재화한 동화는 과제 제시형이 아닌 '선악 대립형 계모박해담'인 셈이다.

---

56 권순긍, 「「콩쥐팥쥐전」의 형성과정 재고찰」, 266면 참조.

이런 민담적 사유방식은 암소가 콩쥐에게 잔치에 입고갈 옷과 신발을 마련해주는 데에도 나타난다. 소설에서는 선녀가 나타나 콩쥐가 잔치에 입고갈 옷과 신발을 주지만 대부분 민담에서는 암소가 나타나 옷과 신발을 마련해준다. 암소가 어떤 존재인가? 콩쥐의 죽은 어머니의 분신인 것이다. 전북의 민담 「콩쥐 퐅쥐」에서도 "이 암소는 콩쥐 어매의 죽은 넋이라 놔서 늘 이렇게 콩쥐를 도와주었다"(임석재, 266면)고 한다.

전북의 민담에 근거한 임석재의 동화도 역시 암소가 나타나 옷과 신발을 준다. 이는 세계적으로 널리 분포된 「신데렐라 이야기」인 그림동화 「재투성이 하녀」에서 어머니의 무덤에 가서 나무를 흔들면서 "흔들어라, 흔들어라, 어린 나무야! 나에게 멋진 드레스를 내려다오" 하자 드레스와 구두가 떨어지는 것과 같다. 어머니 무덤에 심은 나무는 바로 어머니의 분신인 셈이다. 그림 형제의 동화에서는 민담적 발상이 두드러진 반면 페로의 동화 「상드리용 또는 작은 유리 구두」에서는 대모 요정이 나타나 옷과 신발을 주어 좀 더 다듬어진 면모를 보인다.[57]

이런 연장선상에 신발로 짝을 찾는 삽화가 위치한다. 그런데 임석재의 동화를 보면 신발의 임자를 찾는 과정에서 퐅쥐는 발가락을 잘라 억지로 신을 신으며, 계모는 발이 넓어 들어가지 않자 발 양옆을 자르는 잔혹함을 보인다. 극단적이게 하여 이야기가 오래 기억되고자 하는 민담적 사유방식을 반영한 것인데, 민담의 형태를 온전히 살린 그림 형제의 동화에도 동일한 행태가 등장한다. 신이 맞지 않자 큰딸은 발뒤꿈치를 자르고, 둘째 딸은 발가락을 자르는 끔찍한 행위를 한다. 게다가 감사와 결혼한 뒤에도 퐅쥐와 그 어미가

---

57 자료는 동화와 번역연구소·김정란의 『신데렐라와 소가 된 어머니』(논장, 2004, 66~194면) 참조.

무슨 해코지를 할까봐 오더라도 절대 문을 열어주지 마라는 금기를 말했지만 팥쥐가 뜨거운 팥죽을 쑤어 왔다고 속여 집으로 들어오게 된다. 팥죽을 가져오진 않았지만 착한 콩쥐가 팥쥐의 곤경을 무시하지 못해 금기가 깨진 것이다. 이런 금기 역시 민담적 사유방식이다. 금기가 깨진 것으로 인해 콩쥐의 불행이 예고된 것이다.

옆집 할머니에게 나타나는 과정에서도 「우렁 각시」의 삽화를 차용했다. 구슬 속에서 콩쥐가 나타나 자신의 억울함을 말하는 것이 아니라 구슬 속에서 콩쥐가 나와 할머니에게 밥을 차려줌으로써 자신의 존재를 드러낸다. 음식을 장만해 감사를 초청해 달라는 부탁을 하기 위해 미리 옆집 할머니에게 미리 음식을 차려주는 호의를 베푼 것이다.

임석재가 재화한 동화 「콩쥐 팥쥐」는 자신이 1918년 전북에서 채록한 민담을 토대로 내용 대부분을 그대로 재현하고 있다. 그래서 유난히 민담적 모습이 온전히 남아 있다. 재화하는 과정에서도 "그것들을 본디 바탕이 상하지 않을 정도로 손질을"(임석재, 4면) 했다지만 바탕을 다듬어서 그대로 옮긴 것으로 보인다.

임석재는 전래동화를 민담을 토대로 재구성하거나 재창작하기보다 약간만 다듬으면 된다고 여겼다. 「이 책을 쓰며」에서도 "우리나라에도 옛날부터 좋은 동화가 많이 있었습니다. 여러분들이 어른들한테서 재미있게 들은 옛날이야기도 그중의 일부"(임석재, 4면)라고 한 데서 그 근거를 찾을 수 있다. 옛날이야기 즉 민담이 바로 전래동화가 된다고 여겼던 것이다. 본래 전래동화는 민담을 토대를 이를 재구성하거나 재창작한 것인데 임석재는 그렇게 여기지 않았기에 그의 동화에는 다른 동화에 비해 민담적 사유방식과 특성이 두드러지게 나타난 것이다.

3) 전래동화 「콩쥐 팥쥐」의 형성과 그 의미

「콩쥐 팥쥐」는 적어도 세 가지 경로를 통해 정착이 됐음을 확인하였다. 소설 「콩쥐팥쥐전」이 변개되어 바로 동화가 재화된 경우와, 혼인담이 없는 승천담과 혼인담이 포합된 선악 대립형 민담에서 각각 전래동화가 재화된 경우를 살펴보았다. 첫 번째의 경우는 1936년 전영택에 의해 동화로 재화됐으며, 두 번째는 1926년 심의린에 의해 처음 재화되고 박홍근, 이원수, 손동인으로 이어졌다. 세 번째 경우는 1918년에 전북에서 채록한 민담을 토대로 1971년에 임석재에 의해 동화의 형태로 재화되었다.

세 종류의 동화는 각기 종교적 지향이나 교훈성과 사실성, 민담적 사유방식이 두드러지게 드러나 보인다. 하지만 전래동화 「콩쥐 팥쥐」가 정전화되는 과정에서 '영원한 아동성'에 입각한 전영택의 동화가 정전으로 자리 잡게 된다. 심의린이나 임석재처럼 개인 동화집이 아닌 우리의 대표적인 동화를 선별하는 과정에서 『세계걸작동화집』의 '조선편'에 대표성을 가지고 그 작품이 선택된 것이다. 그것은 다음의 여러 이유에서일 것이다.

첫째, 아이들을 위한 이야기이기 때문에 민담의 전승요인이 되는 잔혹한 부분이나 거칠고 생경한 표현은 재화 과정에서 부적절하다고 여겨 제외시켰다.

둘째, 소설적 구성을 갖춤으로써 이야기가 훨씬 다채롭게 전개되고 사건이 인과관계에 의해 배열되어 설득력이 있다.

셋째, 경어투의 입말체를 사용함으로써 아동들을 존중하는 느낌을 주고, 동화를 직접 들려주는 듯한 현장감을 느끼게 한다.

이런 이유에서 고전소설을 변개하여 재화한 전영택의 동화가 정전으로 선택되게 된다. 「콩쥐 팥쥐」에 대한 심의린의 동화는 너무 교훈적이고 아이들의 정서에 맞지 않은 어휘들을 사용했으며, 민담적 사유방식이 두드러진 임석재의 동화는 거칠고 생경하여 그것이 어린이들의 정서에 잘 맞지 않아 정전화의 과정에서 제외되었다.

이는 '신데렐라 이야기'가 우리나라에 정착되는 과정과도 유사하다. 1922년 방정환에 의해 번역된 페로의 동화 「산드룡의 유리 구두」와 1923년 최남선에 의해 『동명東明』에 수록된 그림 형제의 동화 「재투성이 왕비」가 1년의 시차를 두고 등장하게 되었는데 경쟁관계에서 요정 대모가 나타나 문제를 해결해주는 전자가 정전의 자리를 차지하고 민담적 특징이 두드러진 후자가 도태되는 결과를 낳았다. 이는 「재투성이 왕비」가 지닌 작품적 성격에 기인한다. 즉 발가락을 끊고 눈알을 뺀다는 잔인하고 폭력적인 장면, 무덤가, 버드나무 가지, 잿더미 속에 쏟아 부은 콩 등 이야기의 흐름과 무관한 부분, 또 그것이 야기하는 비인과적 전개 등이 「재투성이 왕비」가 도태되는 이유로 작용했던 것이다.[58]

여기서 우리는 민담이나 고전소설이 동화로 재화 혹은 변개되는 과정에서 근대적 합리성의 침윤을 목격하게 된다. 동화는 분명 민담과 다른 근대적 기획이다. 그러다보니 발가락을 칼로 자른다거나 암소가 항문에서 음식을 꺼내주는 등의 잔인하고 생경한 민담적 사유는 설득력을 얻기가 어려웠다. 결국 거칠고 생경한 민담보다는 비교적 사건들이 인과관계에 의해 잘 정리된 고전소설 「콩쥐팥쥐전」을 토대로 동화가 재화되는 것이 손쉽고도 합리적인 일이었다. 「콩쥐팥쥐전」은 1919년에 새로 만들어진 '신작 고소설'이다. 수많은 '콩쥐팥쥐 이야기'를 토대로 극단적인 대조나 비합리적인 요소들을 제

---

58 박현수, 「산드룡, 재투성이 王妃, 그리고 신데렐라」, 『상허학보』 16, 상허학회, 2006, 272~273 면 참조.

거하고 사건을 합리적으로 정리하여 소설이 된 것이다. 그 예는 암소가 콩쥐에게만 과실을 주는 것, 암소가 아니라 직녀가 하늘에서 내려와 베를 짜주고 옷과 신발을 주는 것, 콩쥐가 나이 든 전라감사의 재취로 들어가는 것, 팥쥐가 자연스럽게 콩쥐를 방문해 연못에서 목욕하다가 살해한 것, 콩쥐의 혼이 구슬 속에서 옆집 노파에게 일을 부탁한 것, 콩쥐의 혼이 감사에게 사실을 하소연 한 것, 콩쥐의 시신 찾기와 뒤처리 등이다.[59]

소파 방정환이 전래동화의 대표작으로 주목한 것이나 이를 토대로 재화한 전영택의 동화가 정전으로 선택된 것은 바로 이런 근대적 합리성 때문일 것이다. 게다가 소파가 주장하는 '영원한 아동성' 곧 '동심 천사주의'에 입각하여 발가락이나 발 양옆을 칼로 자르는 등의 잔혹한 행위나 암소의 항문에서 음식을 꺼내는 거칠고 생경한 표현이 제거되기에 오히려 동화의 정전으로 자리잡기가 수월했을 것이다. 거기에는 소설가였던 전영택의 묘사력도 큰 역할을 했다.

하지만 전래동화 「콩쥐 팥쥐」의 정전이 소설로부터 유래되었기에 사건의 인과관계나 세부묘사에 있어서는 탁월함을 보이지만 전래동화로서의 순수성은 다소 훼손되었다고 여겨 1923~1987년 동화집 수록 빈도수를 보면 모두 8편으로 100편의 동화 중 57위를 차지하는 정도에 머물렀다.[60] 초기에는 중심적 자리를 차지했지만 후대로 오면서 순수한 전래동화로 보기는 어렵다고 여겼기 때문에 전래동화 선별에서 다소 제외시켰던 것이 아닌가 싶다. 이는 전래동화의 정전화 과정에 막강한 영향력을 행사했던 1960년대 계몽사판과 민중서관판에서 「콩쥐 팥쥐」를 제외시킨 점과도 무관하지 않아 보인다.

---

59 권순긍, 「「콩쥐팥쥐전」의 형성과정 재고찰」, 274~277면 참조.
60 최운식·김기창, 앞의 책, 420면.

더욱이 정전의 위치를 차지한 전영택의 동화는 그 뒤에 팥쥐가 콩쥐를 살해하고, 콩쥐가 이를 응징하는 뒷부분이 제외된 이야기로 변모되어 「신데렐라」와 비슷하게 원님 혹은 사또와 결혼하는 것으로 끝을 맺고 있다. 그 전형적인 형태가 현행 '새로운 교육과정'의 초등 2-1『듣기 말하기』교과서에 실려 있는 「콩쥐 팥쥐」다. 내용을 단락으로 나누면 이렇다.

① 장사하러 아버지가 떠나자 계모는 콩쥐에게 온갖 일을 시키고 구박했다.
② 원님의 생일잔치에 초대받았지만 팥쥐만 데려가고 콩쥐에게는 일만 잔뜩 시켰다.
③ 두꺼비가 나타나 구멍을 막아주어 항아리에 물을 채우고, 참새 떼가 날아와 벼 껍질을 까주어 벼를 찧을 수 있었다.
④ 쥐들이 예쁜 옷과 비단 신발을 물고와 차려 입고 잔치에 갔으나 계모와 눈이 마주치자 놀라 도망 나오다 신 한 짝을 잃었다.
⑤ 콩쥐에 마음이 뺏긴 젊은 원님은 신 한 짝의 임자로 동네에 와서 콩쥐를 찾았다.
⑥ 원님은 못된 계모와 팥쥐를 벌하고 콩쥐와 결혼했다.

교과서에 실려 있는 이 동화는 밑 빠진 항아리에 물을 채우거나 벼를 찧으라는 ②, ③의 과제 제시와 해결, 콩쥐에게 신을 신기는 ⑤를 제외하고는 우리의 '콩쥐팥쥐 이야기'와 무관하게 보인다. 오히려 「신데렐라」를 모방해 재화한 듯이 보인다. 쥐들이 옷과 신발을 물어왔다거나 젊은 원님이 왕자처럼 콩쥐에게 반해 신발 임자를 찾으려 한 것이나 하늘에서 새떼가 나타나 계모와 팥쥐를 공격한 것은 페로의 동화에서 적당한 화소들을 차용한 것으로 보인다.

1950년대에 페로의 동화를 바탕으로 디즈니사의 장편 애니메이션〈신데렐리〉가 인기를 얻으면시 다양한 '신데렐라 이야기'들이 디스니판으로 통합되고 정리되었다. 우리의 전래동화 「콩쥐 팥쥐」도 「신데렐라」와의 혼합형으로 정전이 바뀌게 되어 「신데렐라」의 한국판 버전으로 변모되게 된 것이다. 실상 동화집의 선별과 무관하게 「콩쥐 팥쥐」가 인기가 있었던 점은 이런 신데렐라의 인기에 기인한 바가 크다. 뒷부분인 콩쥐의 죽음과 응징을 다룬 전래동화 「콩쥐 팥쥐」가 오히려 생소하게 여겨져 "우리가 몰랐던 콩쥐 팥쥐의 또 다른 이야기"라는 표제를 걸고 등장하기도 할 정도였다.[61]

---

61 동화 작가이자 교사였던 송언이 재화한 〈콩쥐 팥쥐〉(애플트리테일즈, 2009)가 그렇다.

제4장

절망적인 비장에서 흥겨운 해학까지

공연콘텐츠로의 재생산

1. 절망의 대사, 좌절의 몸짓—연극 〈심청전〉

〈심청전〉은 주지하다시피 여느 판소리 작품보다도 사건이 극적이며, 배경도 천상과 지상 그리고 수중을 오가며 입체적으로 펼쳐진다. 이처럼 이야기 자체가 극적이기 때문에 〈춘향전〉 다음으로 연극, 무용, 공연물 등으로 많이 만들어져 공연되었으며 영화로도 8편이나 제작될 정도로 인기가 있었다.[1] 여기서는 주로 근대 연극콘텐츠를 살펴보고자 한다. 창극이나 마당극, 마당놀이를 제외한 순수한 연극으로 공연된 것만 7편에 이르고 현재 모두 희곡이 남아 있는 상태다. 이를 공연 상황과 함께 시대순으로 정리하면 아래와 같다.

---

1   〈심청전〉은 〈춘향전〉의 뒤를 이어 모두 16편의 공연물이 있으며, 영화로도 8편이 제작되었다. 〈심청전〉 영화에 대한 전반적인 내용은 제5장에서 다룬다.

① 여규형, 「雜劇沈靑王后傳」, 『조선학보』 13, 1959.12. ※1921년 창작

② 만극(漫劇) 〈모던 심청전〉, 최동현·김만수, 『일제감점기 유성기 음반 속의 대중희곡』, 태학사, 1997, 363~367면. ※1934~1938 공연

③ 채만식, 〈심봉사〉(1936), 『채만식전집』 9, 창작과비평사, 1989. ※미공연

④ 채만식, 〈심봉사〉(1947), 『채만식전집』 9, 창작과비평사, 1989. ※미공연

⑤ 최인훈, 〈달아 달아 밝은 달아〉, 『세계의 문학』, 민음사, 1978.가을
 ※1979.9.6~9.12. 극단 시민극장, 연극회관 세실극장 초연.

⑥ 오태석, 『심청이는 왜 두 번 인당수에 몸을 던졌는가』, 평민사, 1994.
 ※1990.10.24~11.25. 극단 목화레퍼터리컴퍼니, 충돌소극장 초연

⑦ 이강백, 〈심청〉(미발표) ※2016.4.7~4.22. 극단 떼아뜨르 봄날, 나온씨어터 극장 초연.

왜 「심청전」의 이야기가 연극으로 이렇게 많이 소환되게 됐을까? 일찍이 신소설 작가인 이해조가 '처량교과서'[2]라 지칭했던 것처럼 「심청전」은 어떤 작품보다도 비극적 내용을 다수 지녔기에 초창기 영화사映畫史에서도 영화화하기 좋은 소재로 「심청전」을 최고의 작품으로 꼽았다. 이영일은 "당시 영화 만드는 현장에서 '슬프고 재미있게'가 금과옥조"였으며 "「심청전」은 눈물을 왕창 흘리게 하는 인기 있는 소재"였다고 증언한다.[3] 그런가하면 당시 연극계에서는 한 여인이 수난을 당하다 행복에 이르는 고전소설의 비극적 정서가 1910년대 신파극으로부터 1930년대 대중극에 이르기까지 일관된 주제적 특성이라고 한다.[4]

2　이해조, 『자유종』, 博文書館, 1910, 10면.
3　이영일, 『한국영화사 강의록』, 소도, 2002, 128면.

이런 분위기 속에서 「심청전」은 잘 만들어진 비극적 정서로 소환된다. 실상 고전소설 「심청전」은 사건이 비극적으로 전개되지만 결말은 그 모든 고난을 이기고 승리하는 이야기다. 그런데 왜 「심청전」에 빈번하게 '비극'이라는 부제를 붙여 공연 혹은 상영됐던 것인가? 이는 분명 「심청전」을 소환했던 당대의 시대적 요구와 긴밀한 관계가 있을 것이다. 사건을 서술하는 서사적 방식과 달리 희곡 혹은 연극은 말과 행동을 통해서 작가의 의도를 드러내는 양식이다. 「심청전」은 다양한 형태의 연극으로 소환되어 1921년부터 현재까지 100년 가까이 줄기차게 공연된 작품으로 근대적 시각으로 보자면 이해조의 언술처럼 낡고 '처량한' 이야기일 텐데 이런 이야기를 가져와 변개함으로써 작가는 무슨 메시지를 전하려고 했던 것일까?

잡극 〈심청왕후전〉과 만극 〈모던 심청전〉은 전통적인 방식의 잡극이나 세태를 풍자한 만극으로 본격적인 근대극으로 보기에는 어려움이 있어 이 글에서는 제외하고, 여기서는 1936년과 1947년에 각각 집필된 채만식의 〈심봉사〉, 1978년에 집필되어 이듬 해 공연된 최인훈의 〈달아 달아 밝은 달아〉, 1990년에 공연된 오태석의 〈심청이는 왜 두 번 인당수에 몸을 던졌는가〉, 2016년에 공연된 이강백의 〈심청〉 등 다섯 작품을 중심으로 「심청전」의 이야기가 어떻게 연극적으로 변개되었는가를 살핀다.

---

4   양승국, 「1910년대 신파극과 전통연희의 관련 양상」, 『한국 신연극 연구』, 연극과인간, 2001, 139면.

1) 식민지 시대와 해방공간의 왜곡된 현실과 절망, 〈심봉사〉

주지하다시피 채만식은 많은 판소리 작품들을 수용하여 근대소설로 패러디 했으며, 판소리의 미학인 풍자를 자신의 소설 창작방법으로 활용하여 식민지 시대의 실상을 신랄하게 풍자하기도 했다.

1936년 본격적으로 소설을 쓰기 위해 개성으로 이사할 무렵, 친구에게 「춘향전」을 살펴보아 창작에 도움이 될 수 있도록 편지로 권고한 바 있지만 정작 본인은 「춘향전」을 활용하지 못하고 먼저 「심청전」을 변개한 희곡 〈심봉사〉를 쓰게 된다. 이 작품을 『문장文章』에 발표하려다가 검열로 삭제되는 비운을 겪게 되면서 본격적으로 「심청전」, 「흥부전」, 「배비장전」, 〈적벽가〉 등 4편의 판소리 혹은 판소리계 소설을 희곡이나 소설로 변개한 작품들을 발표했다.

특히 〈심청전〉에 주목하여 가난한 농사꾼의 딸 용희를 등장시켜 고난 속에서 서울의 제사공장으로 돈 벌러 가는 「보리방아」를 쓰지만 농촌의 현실을 비판했다고 검열로 중단되고, 비슷한 내용으로 업순이라는 여주인공이 전주의 비단공장으로 팔려가는 사연을 다룬 「동화」를 썼다. 말하자면 「보리방아」나 「동화」는 심청이 인당수에 팔려가기까지의 내용인 셈인데, 그 뒤에는 속편인 「병이 낫거든」을 쓰기도 했다.[5] 그런가 하면 1936년 희곡 〈심봉사〉의 뒤를 이어 미완의 장편소설 『심봉사』를 해방 전후에 집필하기도 했으며, 1947년 「심청전」의 주요 사건을 추려 희곡 〈심봉사〉를 다시 창작한다.[6]

---

5 방민호, 『채만식과 조선적 근대문학의 구상』(소명출판, 2001, 173면)에서 이 세 작품을 「보리방아」 연작으로 묶어 이 작품들이 "「심청전」 모티프를 작품의 중요한 요소로 이끌어 들이되 그 직접적인 연관은 밖으로 드러나지 않도록 하는 방법"을 취했다 한다.
6 심봉사를 주인공으로 삼은 희곡과 장편소설 『심봉사』를 시대순으로 정리하면 모두 4편이다.

그런데 「심청전」을 변개한 희곡과 장편소설은 '심봉사'라는 제목이 암시하는 것처럼 작품에서 주인공인 심청보다도 그의 아버지인 심봉사에 초점을 맞추었음을 알 수 있다. 우선 가장 먼저 쓴 희곡 〈심봉사〉(1936)를 보면 모두 7막 20장으로 전반적인 내용은 아래와 같다.

① 서막 : 심청의 탄생

② 1막 1장 : 곽 씨 부인의 죽음 / 2장 : 장례 / 3장 : 젖동냥

③ 2막 : 부녀 대화

④ 3막 1장 : 심청(12세)의 밥 동냥 / 2장 : 동료들과 바느질

⑤ 4막 1장 : 탁발승 심봉사 구출 / 2장 : 공양미 300석 약속 / 3장 : 제수로 몸을 팜 / 4장 : 심봉사에게 장승상 댁 수양딸로 간다고 거짓말 함

⑥ 5막 1장 : 인당수로 가는 심청 / 2장 : 심청 사실을 말하고 심봉사 발악함

⑦ 6막 1장 : 심봉사 심청 생각 / 2장 : 장승상 부인 '망녀대' 지위줌 / 3장 : 뺑덕어미와 맹인잔치 감 / 4장 : 황봉사 만남 / 5장 : 뺑덕어미 황봉사와 도주

⑧ 7막 1장 : 장봉사(선주) 황후에게 심청의 죽음 알림 / 2장 : 심청의 죽음과 장가의 사고 / 3장 : 심청이 살아왔다는 거짓말에 눈을 뜨나 진실을 알고 눈을 찌름

내용의 대부분이 완판본 「심청전」[7]의 줄거리를 따라 가면서 약간만 변개

---

① 희곡 〈심봉사〉(7막 20장), 1936년 『文章』지 검열로 삭제, ② 장편소설 『심봉사』(미완), 『新時代』 1944.11~1945.2(4회 연재), ③ 희곡 〈심봉사〉(3막 6장), 『全北公論』 1947년, ④ 장편소설 『심봉사』(미완), 『協同』 1949.3~1949. 9(4회 연재) ※ 『蔡萬植全集』(창작과비평사)에 실려 있지 않음.

했는데 정도가 심하고 충격적인 부분은 눈을 뜬 뒤에 심청이가 살아 돌아온 것이 아님을 알고 자신의 눈을 찔러 다시 멀게 했다는 마지막 장면이다. 저 그리스의 비극 〈오이디푸스 왕〉의 마지막 장면처럼 딸을 만나 눈을 뜨는 익숙한 서사의 흐름을 일거에 뒤집어버린다. 심청이 살아나 황후가 되고, 심봉사가 눈을 뜨며 심지어 모든 봉사가 눈을 떠 "몰수이 다 눈이 발가스니 딩인에게난 천지기벽 ㅎ엿"[8]다는 「심청전」의 행복한 결말은 어디에도 없다. 그 장면을 보자.

> 궁녀 김씨　(전계로 나오면서) 아버지. (매달리지 않고 주춤 머물러 선다)
>
> 심봉사　오오 심청아 어데 보자. (눈도 떴다. 껴안으려고 달려든다.) 네가 띠어 주려던 눈도 시방이야 떴다.
>
> 궁녀 김씨　아이구머니 숭축해라! (돌아서서 전 안으로 들어가며) 장님이라더니 눈을 떴어요. (전 뒤로 퇴장) 심봉사 얼떨떨해서 멍하니 섰다가 전후 좌우와 위아래로 둘러본다. (특히 관객에게 눈 뜬 것이 보이도록) 장승상 부인과 왕후는 궁녀 김씨가 실패한 것을 당황하다가 심봉사가 눈 뜬 것을 알고 기뻐한다.
>
> 장승상 부인　어쩌면! (심봉사를 들여다보며) 정말 눈을 떴구료! 원 이런 신통한 도리가 또 있을까?
>
> 심봉사　네 하도 반가워서 눈이 그냥 번쩍 떠졌습니다. 그런데 그런데.

7　「심청전」의 이본은 경판 24장본(한남본)을 제외하고는 대부분 완판 71장본 계열이다. 활자본 「심청전」의 대다수를 차지하는 이해조의 「강상련」도 이를 약간만 변개한 것이다. 본 논의의 과정에서 「심청전」은 완판 71장본을 지칭한다. 정하영, 「해설」, 『심청전』, 고려대 민족문화연구원, 1995, 72~73면 참조.

8　완판 「심청전」, 위의 책, 204면.

장승상 부인	원 어쩌면 몽운사 부처님의 영험이 인제야 발현했나 보우. 그것도 다 심청이가 죽은 정성이지요.
심봉사	네 심청이가 또 죽었어요?
장승상 부인	네 아니 아이구 이걸 어쩌나 내가 입이 방정이야, 그 애가 또 아니라 하고 달아났지! 이건 어쩌면 좋습니까?
왕후	할 수 없지요. 일희일비라니 눈뜬 것이나 다행한 일이니 바른대로 말해 주시오.
장승상 부인	여보, 심생원 그런 게 아니라 심청이는 정말 심청이는 저 임당수에서……
심봉사	네, 임당수에서? 아니 아까 그건?
장승상 부인	아까 그건 거짓말 심청이고 그래서 심생원이 눈을 뜨니까 질겁을 해서 달아났다우. 그리고 정말 심청이는, 여보 심생원 정말 심청이는 임당수에서 아주 영영 죽었……
심봉사	(자기 손가락으로 두 눈을 칵 찌르면서 엎드러진다) 아이구 이놈의 눈구먹! 딸을 잡아 먹은 놈의 눈구먹! 아주 눈알맹이째 빠져 버려라.(마디마디 사무치게 흐느껴 운다) 아이구우 아이구우 무대 뒤에서 단소로 시나위를 아주 얕게 분다. 장승상 부인은 손을 대지도 못하고 서서 눈물을 흘린다. 다른 인물들도 뚜렷이 보고만 있다.[9]

〈심봉사〉(1936)의 이 비극적 결말을 어떻게 볼까? 채만식은 작품의 「부기」에서 "첫째 제호를 〈심봉사〉라고 한 것, 또 「심청전」의 커다란 低流가 되

---

9 채만식, 〈심봉사〉 7막 3장, 『채만식전집』 9, 창작과비평사, 1989, 100~101면. 앞으로 작품의 인용은 괄호 속에 막과 장, 면수만 표시한다.

어 있는 불교의 '눈에 아니 보이는 힘'을 완전히 말살 무시한 것, 그리고 특히 재래 「심천전」의 전통으로 보아 너무도 대담하게 결말을 지은 것 등에 대해서 저자로서 충분한 석명이 있어야 할 것이나 그러한 기회가 앞으로 있을 것을 믿고 여기서는 생략하고 다만 아무런 이유도 없이 그러한 태도로 집필을 한 것은 아닌 것만을 말해둔다"[10]고 변개 이유를 의미심장하게 적고 있다.

우선 작품의 제호를 〈심봉사〉로 한 것은 희곡의 중심인물이 심청이 아니라 심봉사에 초점을 맞춰 사건과 인물을 재배치했기 때문이다. 희곡의 모든 장면에서 심봉사가 등장하여 중심 역할을 수행하며 특히 6~7막에서 심청이가 죽은 뒤에 일어나는 일련의 사건들은 오로지 심봉사만을 중심으로 전개된다. 그 절정은 심청이가 살아온 줄 알고 기뻐 눈을 뜬 심봉사가 심청의 죽음을 확인하고 다시 자신의 눈을 찔러 멀게 하는 장면이다. 〈심봉사〉의 이 비극적 결말은 많은 논자들이 작품 내적인 문맥을 중시해 딸을 죽게 한 자신을 자책한 데서 이루어진 행위로 보아 "자책과 참회"[11] 혹은 "수오지심羞惡之心의 윤리적 각성"[12] 등으로 파악하고 있지만 앞의 사건과 깊은 연관이 없이 자행되는 그 극단성으로 인해 개인의 윤리적 차원만이 아닌 사회적 차원으로 확대해 살펴볼 필요가 있다.

더욱이 채만식은 마지막 유작인 미완의 장편소설 『심봉사』(1949) 말미에 「심청전」에 대해 "소재만은 넉넉 그리스 悲劇에 건질만한 것이 있으면서도 막상 온전한 悲劇文學이 되지를 못하고 만 것은 여간 섭섭한 노릇이 아닐 수 없는 일이다"[13]라고 심경을 밝히고 있다. 고난을 뚫고 승리한 구원의 이야기

---

10 위의 책, 101면.
11 장혜전, 「「심청전」을 변용한 현대 희곡 연구」, 『기전어문학』 12·13, 수원대 국문과, 2000, 148면.
12 임명진, 「채만식의 『沈봉사』 4부작 고찰」, 『국어문학』 62, 국어문학회, 2016, 276~280면.
13 정홍섭 편, 『채만식전집』(현대문학, 2009, 150면), 위의 글, 275면에서 재인용.

인 「심청전」을 다시 비극문학으로 돌리겠다는 의중이 보인다. 그래서 "나는 구소설 「심청전」을 줄거리 삼아 『심봉사』라는 이름으로 주장, 인간 심봉사를 그려냄으로써 새로운 「심청전」 하나를 꾸며 보겠다는 野心이 진작부터 있었고 이번이 그 두 번째의 機會인 것이다"[14]라고 한다. 처음 시도됐던 희곡 〈심봉사〉가 바로 그 첫 번째 기회인 셈인데 왜 채만식은 「심청전」의 익숙한 이야기 구조를 비틀어서 이런 비극으로 마무리 짓고자 했을까?

분명한 것은 채만식이 수행한 「심청전」 관련 작품을 보면 심청 혹은 심청이 겪는 고난은 일반적으로 식민지 시대 민족의 수난과 고통을 상징하고 있다는 것이다.[15] 이런 점에서 심봉사가 눈을 스스로 찔러 다시 멀게 했다는 결말은 분명 당시 식민지 상황에 대한 알레고리로 보인다. 심청과 심봉사가 겪는 지난한 고통은 분명 식민지 조선의 상황과 닮아 있다. 그래서 최윤영은 이런 심청과 심봉사의 처지를 현실에 직접 대입하여 심청의 죽음을 "일제강점기 국권을 상실한 조국"으로 보고 딸의 죽음을 깨닫고 눈을 스스로 찔러 다시 멀게 한 것은 바로 "식민지 조선의 참혹한 현실을 인정하려는 스스로의 의지 발현이자 또 다른 출발을 의미하는 것"[16]이라 분석한 바 있다. 콘텍스트의 측면에서 심청의 고난은 분명 식민지 시대의 조국 혹은 고통스러운 민족 현실의 알레고리로 의미를 갖는다.

아버지에 대한 사랑으로 심청 스스로 희생물이 됨으로써 맹인들 모두를 구원하는 「심청전」의 서사와 달리 희곡 〈심봉사〉(1936)에서는 독백을 통해

---

14 위익 글, 275면.
15 김동권, 『송영과 채만식 희곡 연구』, 박이정, 2007, 305면. 서연호, 이재명, 김만수 등의 연구자들도 당대를 우의적으로 표현했다고 언급했으며, 백현미, 『한국연극사와 전통담론』(연극과인간, 2009, 432면)에서도 "심청의 고난을 당대 한국인의 고난으로 형상화하였다"고 지적했다.
16 최윤영, 「1930년대 희곡의 고전 계승 양상」, 『미디어와 공연예술』 7-3, 청운대 방송예술연구소, 2012, 170면.

"몽운사 부처님도 영험이란 괜한 소리다. 눈을 떴을 바이면 그새 열 번도 더 떴으련만 괜히 금옥 같은 내 딸만 임당수에 제숙으로 넣고, 뜨자던 눈은 뜨지도 못하고 기맥힐 일이다"(6막 3장, 85면)라고 하여 눈을 뜨지 못하는 냉혹하고 암담한 현실을 알려준다. 채만식이 「부기」에서 "불교의 '눈에 아니 보이는 힘'을 완전히 말살 무시한 것"이 그것이다. 현실의 문맥에서 인정할 수밖에 없는 상황인 것이다. 당시의 식민지 상황은 죽음과 암흑만이 지배하고 있는 세상이며, 눈을 뜨지 못하는 '안맹眼盲'은 바로 식민지 현실을 전혀 보지 못하는 암흑 혹은 무지의 상태인 것이다.

더욱이 "시방 왕후의 아버지 되시는, 그러니 부원군이오마는 그이가 우리같이 장님이랍니다. 그래서 왕후가 장님을 가뜩이나 위한다든지, 아마 그래서 이번 장님 잔치도 연 것"(6막 4장, 90면)이기에 심청이 살아나 왕후가 되어 아버지를 찾기 위해 맹인 잔치를 연다는 텍스트의 기대지평은 완전히 어긋나 버린다. 더욱 기막힌 것은 왕후의 주도로 궁녀 김 씨를 심청으로 분장시켜 살아왔다고 연극을 꾸민 일이다. "눈을 뜬 사람이라면 좀 거북하기도 하고 부끄럽기도 하겠지만 눈이 멀어서 보지를 못하니 그저 아버지라고만 하고 살뜰히 시중만 들어주면 그만이다"(7막 3장, 98면)라는 장승상 부인의 말은 그 정황을 잘 보여준다.

그런데 이 현실의 왜곡에도 불구하고 심청이 살아왔다는 말에 딸을 보려고 심봉사가 눈을 뜬 것이다. 작품 속의 현실에서 다시 텍스트의 핵심 서사로 돌아왔지만 눈을 뜬 심봉사의 눈에 비친 것은 왜곡되고 거짓된 현실이다. 장승상 부인의 말처럼 진짜 심청이 아니라 '거짓 심청'이 나타난 것이다. 결국 자신의 눈을 찔러 다시 멀게 함으로써 이 거짓되고 왜곡된 현실과 스스로 절연한 것이다. 그 행위는 대부분 논자들이 지적했듯이 "딸을 잡아먹은" 자신의 처지에 대한 자책이지만 사회적 의미로 확대한다면 왜곡되고 암담한 식민지 현실 속에서 나라를 빼앗겨 이제는 다시 찾을 수도 없고 아무런 희망도 가질 수 없는 절망감의 표현일 것이다.

채만식이 〈심봉사〉를 쓸 무렵은 1937년 중일전쟁이라는 '전시동원체제'가 시작되기 직전이었다. 이미 조선은 전시동원체제로 가기 위한 파시즘의 전운이 감돌던 무렵이며, 그 임무를 수행하기 위해 조선군 사령관을 거쳐 당시 관동군사령관으로 있던 육군 대장 미나미 지로南次郎가 7대 조선총독으로 부임하여 '문화통치'를 폐기하고 창씨개명 등 '조선민족 말살정책'을 강제로 시행하던 시기였다. 채만식에게 이런 민족말살정책에 직면한 식민지 조선의 암담한 현실, 곧 민족의 정체성이 완전히 말살되고 다시 되찾을 희망이 없다는 절망감이 심청의 죽음을 확인하고 자신의 눈을 찔러 다시 멀게 하는 행위로 표현된 것이다.

그런데 채만식이 〈심봉사〉를 쓰기에는 여러 사람들의 도움을 받았음을 밝혔는데, "이것을 각색하는 데 있어서 많은 지도를 아끼지 아니한 李殷相, 朴珍 양 형 및 李基世, 異河潤 양씨로 재료를 구해주신 수고를 감사하여 마지아니한다"(「부기」, 101면)라고 적고 있다. 특히 연극운동에 투신한 박진과 이기세가 주목되는데, 이들로부터 〈심봉사〉를 집필하는 데 무슨 영향을 받지 않았을까?

정출헌은 이 마지막 장면을 "그리스 비극의 어설픈 모방과 천박한 일본 신파극의 냄새가 짙게 풍긴다"[17]고 지적했다. 특히 일본 유학시절 신파극을 익혀 귀국해 유일단唯一團을 창단하고, 개성좌開城座를 운영하여 신파극을 확산

---

17 정출헌, 「근대 전환기, 고전서사 전통의 이월과 갱신」, 『민족문학사연구』 66, 민족문학사학회, 2018, 33면.

시켰으며, 1920년대에는 윤백남과 같이 '예술협회'를 창설하고, 총독부 기관지인 『매일신보』의 발행인을 맡기도 했던 이기세李基世(?~1945)의 영향력이 절대적이었을 것을 부인하기 어렵다. 게다가 그는 1937년 영화사 기신양행起新洋行을 설립하여 안석영安夕影(1901~1950)을 감독으로 유사한 내용의 〈심청전〉을 제작하기도 했는데, 영화의 마지막 장면에서도 심봉사는 눈을 떴지만 심청은 이미 죽고 없어 절망하는 장면이 등장한다.[18]

심청이를 부르며 정처없이 걸어가는 영화의 엔딩은 "망녀대로 가자아"(7막 3장, 101면)고 절규하는 〈심봉사〉의 마지막 장면과 겹친다. 영화에서는 눈을 스스로 찔러 멀게 하지는 않은 것으로 보이지만 구원의 상징인 심청이 죽어 절망 속에서 끝을 맺는 것만은 동일하다. 국일관國一館을 운영하며 국방헌금을 헌납한 친일파 이기세와 식민지 현실을 풍자했던 채만식의 지향이 같을 수는 없지만 식민지 시대를 절망적으로 인식한 것만은 동일해 보인다.

그런데 채만식은 희곡 〈심봉사〉를 해방 후 1947년 다시 집필해 동일한 제목으로 발표한다. 3막 6장으로 구성된 이 〈심봉사〉(1947)는 「심청전」의 주요 사건만을 중심으로 구성해, 1막은 공양미 3백 석에 몸을 팔려 가는 심청을, 2막은 이 사실을 안 심봉사의 낙담과 송달, 홍녀의 가짜 심청 계획을, 3막은 눈을 뜬 심봉사가 다시 눈을 찔러 멀게 한 사건을 다루고 있다. 작품의 핵심 사건인 가짜 심청의 등장이 왕후에 의해 왕실에서 조직적으로 주도되는 것이 아니라 심청과 결혼하려던 송달과 그를 따르는 주모 홍녀에 의해 개인적으로 시도된다는 것이 다르다. 심청이 죽었다는 소식을 듣고 낙담한 심봉사의 심정과 처지를 송달이 걱정하자 그를 좋아하는 주모 홍녀가 심봉사

---

18 김종욱 편저, 『실록 한국영화총서』(상), 국학자료원, 2001, 363면 참조. 이에 대한 자세한 내용은 제5장 〈심청전〉 영화 부분에서 다룬다.

를 구제하기 위해 가짜 심청이 되기로 작정하여 사건이 발생한 것이다.

> **홍녀** 그럼 심생원은 사뭇 발광이 났겠네?
>
> **송달** 발광허시기 아니면, 돌아가시기지. (間) 뜨지도 못하는 눈 뜨자구 생
> 자식을 죽였으니, 발광 아니 한다면 되려 빈말이지.
>
> **홍녀** (잠깐 무엇을 생각하다가 별안간 송달의 팔을 잡아 흔들면서 호들갑
> 스럽게) 여보.
>
> **송달** 이 무슨 허겁인고?
>
> **홍녀** 청이가 살아온다면 어쩔 테요?
>
> **송달** 죽은 사람이 살아오는 수도 있나? 그럴 수만 있다면야 작히 좋으리.[19]

홍녀가 심청이 되기로 한 이 장면은 1936년 작품에 비해 심봉사를 위로하기 위해 주변 사람들이 벌이는 해프닝과 같은 사건이 삽입돼 비장미가 약화되고 심봉사가 희화화됐으며, 여러 장면에서 해학성이 드러나기도 한다. 이 점을 들어 여러 논자들은 이 작품에 현실적인 요소를 넣어 '극적 사실성'을 강화시켰다거나,[20] 심봉사의 경솔하고 이기적인 모습을 부각시켜 극의 내용에 타당성을 부여했다고도 한다.[21] 게다가 채만식의 〈심봉사〉 2편을 모두 '세속화'의 측면에서 설명하고 있지만[22] 1947년 작품에서 그런 경향은 더 농후하다. 그러기에 극적 사실성 혹은 현실성의 연장선상에서 눈을 찔러 다

---

19 채만식, 〈심봉사〉(1947) 2막 2장, 『채만식전집』 9, 192면. 이 자료의 인용도 괄호 속에 막과
    장을 표시하고 면수만 적는다.
20 김현철, 「판소리 〈심청가〉의 패러디 연구」, 『한국극예술연구』 11, 한국극예술학회, 2000, 303면.
21 박혜령, 「〈심청전〉 소재 현대 희곡고」, 『외대논총』 18, 부산외대, 1998, 6면.
22 황혜진, 「전승사의 관점에서 본 채만식의 〈심봉사〉 연구」, 『고전문학과 교육』 7, 고전문학교육
    학회, 2004, 253~256면 참조.

시 멀게 하는 마지막 장면은 작품 전체를 지배하는 비극적 장치이기보다는 심봉사 개인적인 자책으로 의미가 좁혀진다. 그 장면을 보자.

심봉사　　그럼, 그럼, 우리 청이는 영영 죽구?

송달　　　죽었어두 살았으나 다름없습니다. 만대나 살 효성 아녜요?

홍녀　　　지가 대신 따님 노릇 해 드리께요, 네?

심봉사　　(맹렬히) 영영 죽어? 영영 우리 청이가 죽어? 이 늙어빠진, 송장 다
　　　　　된, 아무 소용도 없는 애비 하나 눈 떠주자구, 그래 (광적으로) 우리
　　　　　청이가 죽어? 임당수 제숙으로 공양미 3백 석에 몸을 팔구서, 생 주
　　　　　검을 했어? 응응? 응응? (손가락 두 개를 벌려, 두 눈을 가리키면
　　　　　서) 이 눈구멍 때문에 자식을 죽여? 천하를 주어두 아니 바꿀 내 자
　　　　　식을, 우리 청이를 생으로 죽여? 응응. (이를 뽀도독, 가리키던 손가
　　　　　락으로 사정없이 두 눈동자를 찌른다.)

(송달과 홍녀, 놀라 달려들었으나 미급하였고)

심봉사　　(계속하여) 이 눈구멍 하나 뜨자구? (얼굴이 온통 유혈, 피 묻은 눈
　　　　　동자를 움켜 태질을 치면서) 이 원수의 눈구멍 (땅바닥에 가 쓰러진
　　　　　다)원수의 눈구멍. (송달과 홍녀 좌우에서 부축해 일으키려 애를
　　　　　쓰고 급히 막)(3막 1장, 196면)

1936년 〈심봉사〉에서는 왕후의 주도로 왕궁에서 '거짓 심청'을 만들었기에 자신의 눈을 찌르는 행위는 거짓되고 왜곡된 현실에 대한 저항 내지는 거부의 의미를 지니고 있었다. 하지만 해방 후의 〈심봉사〉(1947)에서는 그것이 송달과 홍녀의 개인적인 배려에서 비롯된 것이기에 자책의 의미로 좁혀진

다. 그래서 고려의 송도 왕궁에서 절규하며 끝나는 〈심봉사〉(1936)와는 달리 마지막 장면에서 바다를 바라보며 무작정 심청을 기다리는 심봉사와 송달의 모습이 더 추가됐다.

해방 후 1945~1948년은 새로운 민족국가 건설의 희망으로 부풀기도 하지만 친일파의 득세와 미군정의 실시로 진정 독립된 민족국가의 정체성을 확보했다고 보기는 어려운 시기이기도 했다. 이 무렵 채만식은 「맹순사」(1946)를 통해서 친일파의 득세를 풍자하고, 「논 이야기」(1946)을 통해서 '나라'가 백성들이 차지할 땅을 뺏어서 팔아먹는, 미군정의 토지정책을 비판하여 일제 식민지 시기나 다름없다고 역설한다. 이런 당대의 문제의식이 〈심봉사〉(1947)에서도 여실히 드러난다.

그런데 〈심봉사〉(1947)를 보면 1936년 작품에는 보이지 않는 심봉사의 과거급제에 대한 집착이 유난히 강하게 드러난다. 1막과 2막의 시작에서 심봉사의 글 읽는 장면이 등장하거니와 극의 시작에서부터 심청이를 마중 나갔다 개울에 빠지는 것이 아니라 글귀를 기억하지 못해 송초시를 찾아가다가 개울에 빠져 결국 공양미 삼백 석을 시주하는 사건으로까지 이어진다.

> **심봉사**   과거를 보아 장원급제를 해 흐음. (間) 아무렴 해야 하구 말구. (間) 해야 하구말구. 천하지부조묘장자ㅣ 과의니, 천하지부조묘장자ㅣ 과의니, 천하지부조묘장자ㅣ 과의니. (고개를 갸웃거리며 생각한다) (1막 1장, 173면)

> **심봉사**   (한 대문을 읽고 나서) 오늘은 막히지두 않고, 수울술 아주 잘 읽어진다. 아마 과거 보러 갈 날이 절로 가까워 오는 모양이지? (곰곰 생

각하다가) 번쩍 이제 눈이 떠질 테란 말이렷다. 번쩍번쩍 눈을 뜨고, 천지만물이 화안히 다 뵈구, 흐흐흐. (어깨를 들석거리면서) 먼 눈을 떠 광명을 다시 보구 과거를 보아 급제를 해서 벼슬을 해 영광을 누리어 조상과 가문을 빛내어 우리 청이를 실컷 호강을 시켜 흐흐. 그애가 와서 좋아하는 양이, 거, 기가 맥히렷다!(2막 1장, 186~187면)

예문은 1막과 2막에서 심봉사의 과거급제에 대한 집착을 드러낸 대사다. 대사 중에 '알묘조장揠苗助長' 고사에 관련된 『맹자孟子』의 「공손추 상公孫丑上」을 외는 장면이 등장한다. 송인宋人이 묘가 자라지 않는 것을 안타까워 뽑아주었더니 모두 말라죽었다는 고사로 억지로 일을 꾸며서는 안 되고 의義를 쌓아 때를 기다리라는 교훈이다. 바로 심봉사의 경우가 그렇다. 자신의 처지는 생각하지도 않고 눈이 빨리 떠서 과거에 급제해 심청이를 호강시켜 주겠다고 서두른 것이 결국 공양미 삼백 석으로 인해 심청이를 죽음으로 몰고 간 것이다. 심봉사가 외지 못하고 막힌 그 다음 대목이 바로 "무익하다고 해서 내버리는 자는 곡식을 심고 김매지 않는 자이며, 곡식을 억지로 자라게 돕는 자는 싹을 뽑아 올리는 자이다. 이런 일은 유익함이 없을 뿐만 아니라 도리어 해로운 것이다[以爲無益而舍之者, 不耘苗者也. 助之長者, 揠苗者也. 非徒無益, 而又害之]"이다. 이어진 문장에서 암시하듯 심봉사가 무리해서 싹을 뽑아 올리는 행위가 도리어 심청이를 죽음으로 몰고 가는 돌이킬 수 없는 폐해를 준 것이다.

그러기 때문에 심봉사의 눈을 찌르는 행위는 과거급제에 대한 집착이라는 잘못된 선택에 대한 자책의 의미가 더 크다. 이를 사회적 의미로 확대한다면 해방 정국의 혼란 속에서 당대 현실의 실상을 정확히 파악하지 못하고 자행됐던 무수한 '알묘조장'의 행위들이 마치 심청이를 죽음으로 몰고 간 것처럼 결국 통일된 민족국가의 수립에 피해를 준 것으로 읽힌다.[23] 1936년 작품에서는 일제의 현실왜곡에 대한 절망이 눈을 다시 멀게 했다면, 여기서는 '알묘조장'을 했던 과욕에 대한 자책이 자신의 눈을 찌르는 극단적인 행위로 나아간 것이다.

채만식이 두 편의 〈심봉사〉에서 제기한 것은 현실의 왜곡으로 결코 구원에 이를 수 없는 심청의 '희생'이다. 아버지의 눈을 뜨게 하려고 심청은 죽었지만 현실 속에서는 죽지 않았다고 거짓되게 왜곡했다. 반가움에 눈을 뜬 심봉사가 마주친 것은 거짓 심청이고, 왜곡된 현실이다. 심청이 살아와야지 진정한 구원이 이뤄지는 것인데, 현실은 그러지 못했다. 결국 스스로 눈을 찔러 이 왜곡된 현실과 스스로 맞섰다. 「심봉사」에서 심청이 살아나지 못하고 죽었듯이 식민지 시대와 해방정국 어디에서도 고귀한 희생은 있었지만 민족이 바라는 진정한 구원은 이루어지지 않았던 것이다.

2) 유신정권의 폭압과 좌절, 〈달아 달아 밝은 달아〉

최인훈의 희곡 〈달아 달아 밝은 달아〉는 1978년 『세계의 문학』 가을호에 발표한 작품으로 고전소설 「심청전」의 이야기를 '신화극神話劇'으로 대폭 변개하여 막과 장의 구분 없이 모두 15개의 장면으로 구성돼 있다. 이를 정리

---

23 방민호, 앞의 책, 188면에서 "일제 말에서 해방 공간에 이르는 시대를 살아간 인간 군상들의 내적 결핍을 보편적으로 드러내고 비판하는, 노 작가의 행적마저도 함께 비판하고 반성하는 의미를 함축할 수 있었다" 한다. 김동권, 앞의 책, 328~329면에서는 "작가는 이것을 심봉사라는 현실에 대한 대응력이 없는 무능력자를 대비시켜 해방공간의 혼란상 속에서 지식인이 처한 상황을 빗대어서 간접적으로 표출시켜 보여준다" 하여 좌우 이념논쟁을 펼치는 당대 식자층의 형태를 고발하는 것으로 보았다.

하면 다음과 같다.[24]

[장면 1]   공양미 3백 석 약속을 지키지 못한 심봉사의 악몽
[장면 2]   공양미 3백 석을 구할 치성을 드리는 심청과 뺑덕어미의 주선
[장면 3]   '대국'에 '기생살이' 팔려간 심청에 대한 심봉사의 회상
[장면 4]   색주가 '용궁'에서 강제로 몸을 파는 심청
[장면 5]   심청의 능욕 장면을 용의 그림자로 처리
[장면 6]   손님만 바뀌고 같은 장면이 반복
[장면 7]   조선인인 인삼장수 김 서방과의 만남과 사랑
[장면 8]   김 서방이 심청의 몸값을 지불하고 조선으로 가는 배에 태움
[장면 9]   해적들이 배를 약탈해 심청은 해적 소굴로 납치됨
[장면 10] 절구질을 하다 해적에게 능욕당함
[장면 11] 빨래를 하다 해적에게 능욕당함
[장면 12] 불을 때다가 해적에게 능욕당함
[장면 13] 해적들이 조선과의 전쟁(임진왜란)에 참전하면서 심청도 조선에 끌려감
[장면 14] 심청이 고향 가는 길에 죄인이 되어 잡혀가는 '이순신 장군'을 목격함
[장면 15] 늙고 눈까지 먼 심청이 아이들에게 용궁 이야기를 하며 거울을 꺼내 봄

〈달아 달아 밝은 달아〉는 기존 「심청전」의 인물은 그대로 두고 서사 구조를 완전히 바꾼 작품으로 「심청전」과 관련 있는 삽화는 아버지의 눈을 뜨게 하기 위해 공양미 삼백 석에 몸을 팔려가는 핵심 사건뿐이다. 그런데 제물로 팔려 물에 빠져 갔던 '용궁'이 바다 속이 아니라 중국의 색주가인 것이 충격

---

24   자료는 최인훈, 〈달아 달아 밝은 달아〉, 『옛날 옛적에 훠어이 훠이─최인훈전집 10』, 문학과지성사, 2018. 앞으로 작품의 인용은 괄호 속에 〈달아〉라 약칭하고 면수만 표시한다.

을 준다.[25] 중국의 색주가를 등장시켜 용궁에서 환생하는 「심청전」의 환상성을 냉혹한 현실성으로 대체한 것이다. 전체 이야기는 다섯 부분으로 나눌 수 있다.

① 심청이 공양미 3백석을 마련하기 위해 중국의 색주가로 몸을 팔려간다.(장면 1~3),
② 중국의 색주가 '용궁'에서 수많은 사람들에게 몸을 능욕당한다.(장면 4~6)
③ 인삼장수 김 서방을 만나 사랑을 나누고 조선으로 먼저 돌아간다.(장면 7~8),
④ 조선으로 가는 배가 해적에 납치당해 해적들에게 수없이 능욕당한다.(장면 9~12)
⑤ 조선으로 왔지만 늙고 눈까지 멀어 하염없이 아버지와 김 서방을 기다린다.(장면 13~15)

이런 변개를 통해 작가가 전하려는 메시지는 무엇일까? 주지하다시피 「심청전」은 눈먼 아비를 위한 고귀한 희생과 이에 따른 구원의 이야기다. 그런데 여기서는 고귀한 희생과 구원이 아닌 중국의 색주가와 일본의 해적 소굴에서 몸을 만신창이로 능욕당하는 고난이 이야기의 핵심이다. 구원의 손길은 어디에도 없으며 심지어 아버지 심봉사조차 뺑덕어미와 공모해 심청을 색주가에 팔도록 주선했다. 결국 〈달아 달아 밝은 달아〉의 핵심 메시지는 용궁환생이라는 환상성을 걷어내고 수난 받는 여성의 상처라는 현실성을 부여

---

25 심청이 간 곳이 바다 속 용궁이 아니라 중국의 색주가라는 설정은 〈심청전〉의 환상성을 걷어내는 작업으로 현대 패러디 작품에서 시도됐는데 황석영의 『심청』(문학동네, 2003)에서도 다시 반복된다.

한 데서 찾을 수 있는 셈이다.[26]

그런데 심청에 가해지는 능욕과 폭력의 정체가 작품에서 용의 그림자와 발에 걸어차이는 인형의 형상으로 제시된다는 점이 특이하다.

방문에 비치는

용의 그림자

비바람 소리

거칠어지는

물결

번개

바위를 짓부수는

물결 소리

천둥

꿈틀거리며

솟아오르고

으르렁거리는

용의 그림자(〈달아〉, 362면)

누워 있는 심청

이때 심청은

인형을 쏜다

---

26 김만수, 「설화적 형상을 통한 인간의 새로운 해석」, 『옛날 옛적에 훠어이 훠이』, 497면 참조.

해적, 인형을 발로

걷어차고

일어선다

인형, 벽에

부딪혔다가

바닥에 떨어진다(〈달아〉, 384면)

용의 그림자는 색주가와 해적소굴에서 모두 등장하지만 발에 차이는 인형은 해적소굴에서만 제시된다. 우선 심청을 능욕하는 용의 형상을 보자. 「심청전」에서 옥황상제의 명을 받아 심청을 보호해 육지로 곱게 보내는 용왕의 존재를 비틀어서 전혀 상반된 용의 형상을 만들었다. 용은 흔히 왕을 비유하거나 권력의 상징으로 등장한다. 여기서는 남성들의 폭력, 곧 성욕의 상징으로 보이지만 그 이면에는 파괴적인 권력이 감추어져 있다. 성적 폭력이 권력에 의한 폭력으로 대체될 수도 있는 것이다. 게다가 심봉사 역시 "갑진생 용띠"(〈달아〉, 342면)이기에 심청을 능욕하는 용의 집단과 동일한 이미지로 연결된다. 이미 뺑덕어미의 주선에 의해 심청이 중국의 색주가로 넘겨졌고 몸값으로 받은 공양미 삼백 석 중 반을 빼돌려 "색주가에 딸 판 놈이 색주가로 밥을 먹"(〈달아〉, 350면)듯이 타지에 가서 색주가를 차릴 요량인 것을 보면 그들이 심청을 유린하는 중국의 색주가와 크게 다르지 않음을 보여준다. 그래서 이들 뱃사람, 중국의 색주가, 심봉사와 뺑덕어미 등은 심청을 폭력의 희생양으로 만드는데 합의했으며, 그러기에 심청의 희생 역시 자발적인 것이 아니라 이들에 의해 강요됐다는 의미가 크다.[27]

다음, 인형의 형상은 심청의 수동성과[28] 해적 집단의 폭력성을 상징적으로 보여주기 위한 연극적 장치로 심청이 인형의 탈을 씀으로써 이루어지는 것이다. 즉 연극 속에서 인형은 심청의 분신으로 아무런 저항도 하지 못하고 짓밟히고 있는 것을 여실히 보여준다. 걷어차이고, 집어던져지고, 벽에 부딪히는 등의 학대를 심청이 인형을 쓰고 그 분신인 인형이 감당함으로써 심청에게 실제로 그런 행위가 자행되고 있다는 것을 보여준다. 작품 속에서 사건과 인물이 현실을 재현하는 것이 아니라 연극의 한 장면임을 보여주기 위한 양식적 배려로 보인다.[29] 그런 점에서 이런 장치는 인물에의 감정적 몰입을 차단하는 '낯설게 하기'로 왜 그런 일들이 심청에게 일어나는지를 깨우쳐 준다. 매음만 이루어지는 색주가와는 달리 왜구의 소굴에서는 성적 유린과 육체적 학대가 동시에 진행되는 바, 폭력성을 보다 강조하기 위해서다.

심청에게 구원이 어떻게 찾아오는가? 중국 색주가와 관련된 매파, 손님 등과 왜구의 두 집단이 심청에게 능욕과 위해를 가하는데, 색주가에서는 조선인 인삼장수 김 서방에 의해 구원받는다. 김 서방은 "인삼을 사가지고 와서 한밑천 잡으려다가 이곳 못된 놈들에게 속아 깡그리 날리고"(〈달아〉, 374면) 절망 속에서 심청을 만나 다시 일어선 사람으로, 이들의 사랑은 연극에서 사나운 용 그림자와는 대조적으로 다정한 모습의 '갈매기 두 마리의 그림자'로 형상화된다. 둘은 '백년가약'을 맺고 조선으로 가는 배를 구해 우선 심청을 조선으로 보냄으로써 이루어진다.

하지만 심청이 탄 배가 일본의 해적, 왜구들에게 나포됨으로써 김 서방의 구원은 물거품이 된다. 이제 성적 유린뿐만 아니라 육체적 폭력까지 수반된

---

27 사진실, 「〈달아 달아 밝은 달아〉의 구조와 의미」, 『한국 연극사 연구』, 태학사, 1997, 445면 참조.
28 위의 글, 437면에서 "해적에게 성적 유린을 당한 뒤에 나타나는 심청의 모습은 인형으로 표현됨으로써 마치 시체를 연상하게 한다"고 밝혀 심청의 수동성을 강조했다.
29 김만수, 앞의 글, 497면 참조.

다른 차원의 시련이 시작된 것이다. 두 번째의 구원은 "바다 건너온 도적들을 쳐서 이긴"(〈달아〉, 397면) 이순신에 의해 이루어진다. 임진왜란에 참전한 왜구들을 이순신 장군이 쳐서 이김으로써 심청은 비로소 놓여나게 된다.

그런데 구원자인 이순신 장군이 죄인이 되어 잡혀감으로써 두 번째 구원도 효력을 상실한다. 잡혀가는 이순신 장군과 조우함으로써 심청은 비로소 '임진왜란'이라는 역사적 사건 속으로 들어가게 된다. 심청은 잡혀가는 이순신 장군과 만나지만 정작 그가 누군지 모른다.

심청	이 장군이 누구예요?
아낙네	아니 이 장군이 누구라니, 바다 건너온 도적들을 쳐서 이긴 분이시지 누군 누구야
심청	바다 건너온 도적들을
아낙네	그럼
심청	그런데 왜? 저렇게 잡혀가요?
아낙네	그러니까 잡혀가는 게지
심청	네, 왜요?
아낙네	……? (〈달아〉, 397면)

실제로 이순신은 임진왜란 중에 조정을 속이고 임금을 업신여긴 죄[無君之罪], 적을 공격하지 않아 나라를 등진 죄[負國之罪], 남을 모함한 죄[陷人於罪], 방자하고 거리낌 없는 죄[無忌憚之罪] 등의 이유로 삭탈관직되고 죄인으로 끌려와 국문을 받는 일이 벌어지기도 했다. 여기서는 수군통제사로서 전공이 높아 사람들에게 비방을 받은 것으로 그려지고 있다.

그런데 왜 느닷없이 심청의 이야기 속에 이순신 장군이 등장하는가? 왜적을 물리친 이순신으로 대표되는 의로운 일들이 배척받는 당대 역사에 대한 알레고리지만, 심청 역시 고국에 돌아왔으나 같은 민족 구성원으로부터 버림받은 처지에서 동질성을 갖는다. 군중들이 모두 "여기저기서 옹기종기 일어나 / 마치 괴물을 보듯 / 심청을 본다"(〈달아〉, 398면)는 연극적 행위를 통해 심청이 이순신 장군을 흠모하는 사람들부터 소외됐음을 보여준다. 왜구를 물리친 이순신 장군도 죄인이 되어 잡혀가고, 심청도 상처받은 자신을 품어 줄 집단으로부터 배척당하는 현실은 이제 심청이 구원될 희망이 없음을 보여준다. 심청은 사람들에게 '난데없는 괴물'로 인식되고 아이들에게 "미친 청"이나 "늙은 청"(〈달아〉, 408면)으로 불러지며 홀로 내팽겨쳐진 것이다.

> 심청
> 품속을 더듬는다
> 한참 만에
> 반동강짜리 거울을 꺼내
> 보이지 않는 눈으로
> 들여다본다
> 심청
> 교태를 지으며
> 환하게 웃는다
> 갈보처럼(〈달아〉, 411면)

이 마지막 장면은 추함을 성스러움으로 대체하는 '성창聖娼의 어슴푸레한 흔적'[30]이 있다고 지적되기도 하지만 온전한 모습이 아닌 파경破鏡을 의미하는 '반동강짜리 거울'을 '보이지 않는 눈으로' 들여다 보는 심청의 형상은 무엇을 의미할까? 현실적으로 아무런 희망도 가질 수 없는, 파괴된 세계의 밑바닥에서 오히려 이를 거부하거나 인지하지 못하고 김 서방과 아버지를 기다리며 '환하게 웃는' 미친 심청의 모습에서 출구 없는 절망의 깊이를 짐작케 한다. 작가는 "민중은 육신의 수난을 통해서 높고 깊은 마음에 이르러야한다"[31]고 하지만 그 절망은 우리 역사의 횡포 속에서 민중들이 겪어야 했던 지난한 삶의 전형적 모습을 보여주는 것이기에 더욱 처절해 보인다.

그러면 최인훈이 굳이 소설이 아닌 희곡 장르를 통해 말하고자 하는 것은 무엇일까? 주지하다시피 최인훈은 이른바 '10월 유신'으로 1972년 12월 제4공화국이 수립되어 맹위를 떨치기 시작한 1973년 9월에 미국의 아이오와 Iowa 대학의 초청을 받아 건너가 그곳에서 3년간 머물다 1976년 5월에 귀국하여 발표한(미국에서 집필) 작품이 소설이 아닌 희곡 〈옛날 옛적에 훠어이 훠이〉다. 그 뒤 연이어 희곡을 발표하는데 당시 최인훈의 희곡 작업을 정리하면 이렇다.

① 〈어디서 무엇이 되어 만나랴〉(1970), 『옛날 옛적에 훠어이 훠이』, 문학과지성사, 1976.
② 〈옛날 옛적에 훠어이 훠이〉, 『세계의 문학』(창간호), 민음사, 1976.가을.
③ 〈봄이 오면 산에 들에〉, 『세계의 문학』, 민음사, 1977.여름.
④ 〈둥둥 낙랑둥〉, 『세계의 문학』, 민음사, 1978.여름.

---

30 이상일, 「극시인의 탄생」, 『옛날 옛적에 훠어이 훠이』, 486면.
31 최인훈, 「마음」, 『2회 공연 팸플릿』, 극단 시민극상, 1979.9.

⑤〈달아 달아 밝은 달아〉,『세계의 문학』, 민음사, 1978.가을.

⑥〈한스와 그레텔〉,『세계의 문학』, 민음사, 1981.가을.

⑦〈첫째야 자장자장 둘째야 자장자장〉,『옛날 옛적에 훠어이 훠이』(재판), 문학과지성사, 1993.

대부분 작품이 우리의 전통설화 혹은 고전소설과 깊은 연관성을 지니는 것으로 〈어디서 무엇이 되어 만나랴〉는 '온달 설화'를, 〈옛날 옛적에 훠어이 훠이〉는 '아기장수 설화'를, 〈봄이 오면 산에 들에〉는 '관탈민녀官奪民女 설화'를, 〈둥둥 낙랑둥〉은 '호동 설화'를, 〈달아 달아 밝은 달아〉는 「심청전」을, 〈첫째야 자장자장 둘째야 자장자장〉은 '해와 달이 된 오누이 설화'를 각각 소재로 삼아 희곡으로 변개하였다.

주목되는 작품은 미국에서 돌아와 1976~1978년에 발표한 〈옛날 옛적에 훠어이 훠이〉, 〈봄이 오면 산에 들에〉, 〈둥둥 낙랑둥〉, 〈달아 달아 밝은 달아〉 등 4편의 희곡인데, 세상을 개벽하고자 탄생한 아기장수가 부모의 두려움으로 죽음을 맞게 되거나, 관가의 무자비한 침탈에 몸을 피해 산속에 숨어 살거나, 낙랑공주의 쌍둥이 언니인 고구려의 왕비가 동생을 죽게 한 호동에게 복수하거나, 색주가와 왜구 소굴에서 유린당하고 만신창이가 되어 고국에 돌아왔으나 버려지는 심청의 비극적 이야기는 모두 발표 당시 유신정권 말기의 정치 상황과 무관하지 않아 보인다.

최인훈은 미국에서 돌아온 뒤 김인호와의 대담에서 "특히 유신이 한창이던『태풍』을 쓰고 있을 때는 내가 정말 소설을 써야 하는 것인지 아닌지 알 수 없을 정도로 고민이 심각했어요. 뭔가를 잘못 쓰면 죽기도 하는 그런 세상인데 뭘 쓰겠다는 생각이 도대체 무엇인지 알 수 없었던 그런 상태에 빠졌던 것이지요. 그리하여 난 다시 소설을 쓸 수 없었던 거"[32]라고 한다. 당대의 현실을 작가가 개입해서 객관적으로 그려야 하는 소설의 창작과 유신시대의 엄혹한 상황, 즉 "문서, 도서, 음반 등 표현물에 의하여 대한민국의 헌법을 부정, 반대, 왜곡 또는 비방하거나 그 개정 또는 폐지를 주장, 청원, 선동 또는 선전하는 행위"를 금지하는 이른바 '긴급조치 9호' 사이에서 엄청난 압박감과 공포를 느끼고 있었다. 김현과의 대담에서는 "예술가로서의 본능적인 공포"(대담, 84면)를 느꼈다고 솔직하게 고백하기도 했다.

그래서 소설의 길을 접고 희곡으로 방향을 전환한 것이다. 이미 1970년에 '온달 설화'를 소재로 〈어디서 무엇이 되어 만나랴〉를 쓴 바 있다. 그런데 미국 체류 기간 중 서적 창고에서 구입한 『평안도지平安道誌』에서 세상을 바꾸려는 아기장수의 꿈이 부모에 의해 좌절되는 「장수 잃은 용마의 울음」을 접하고, 그 감격을 "갖다두고만 있던 책을 시덥잖게 뒤척이다가 만난 이야기가 급하게 무엇인가를 말하고 있었다. 그 소리는 어딘가로 나를 부르고 있었다. 나는 무엇인가를 해야 했다. 마음에 드는 주제가 나를 부를 때의 기척에 틀림없었다"[33]고 증언했다. '마음에 드는 주제'란 비록 설화 속에서는 좌절했지만 세상을 바꾸려는 꿈일 것이다. 그래서 최인훈은 결국 그 꿈을 좌절시키지 않고 '예수의 생애'와 연결하여 승천하는 이야기로 바꿔 〈옛날 옛적이래도 좋고 아니래도 좋고, 휘어이 휘이래도 좋고 아니래도 좋은〉이라는 다소 긴 제목으로 희곡을 창작하여 '밤이 지배하는 고향'임에도 불구하고 결국 고향으로 돌아가기를 택한다. 그 정황을 "나는 이제는 두렵지 않았다 아니 두

---

32 최인훈(대담), 「기억이라는 것」, 『길에 관한 명상—최인훈전집 13』, 문학과지성사, 2010, 330 면. 앞으로 대담 자료는 괄호 속에 '대담'이라고 적고 책의 면수만 표시한다.
33 최인훈, 『화두』 1, 민음사, 1994, 461면.

렵지 않은 것은 아니었다. 그러나, 돌아가야 할 만큼만 두려웠다. 왜냐하면 내게는 꿈꾸는 힘이 남아 있"기 때문이라고 말한다.[34]

　희곡은 작가가 모든 것을 다 얘기해야 하는 소설과 달리 배우들의 대사와 행동을 통해 무엇인가를 보여주는 장르이기에 작가는 제3자처럼 무대 뒤편에 숨어 눈앞에 벌어지는 사건을 지켜볼 수 있는 장점이 있다. 최인훈도 희곡으로 방향을 전환한 것에 대하여 "소설이라는 장르는 얼마든지 개인주의적인 도구가 될 수 있는 것으로 내 자신이 늘 위험하게 생각해 왔는데, 희곡의 경우에는 그 형식 자체가 지문으로 대화의 집중성을 보완시킬 수 있는 길이 애당초 막혀 있으니까 거기에 신경이 상당히 날카롭게 되고, 그런 것이 괴물처럼 한정 없이 팽창하려고 하는 정신에 대해서 담담한 강세를 가하는 힘이 있"(대담, 86면)다고 한다. 그런가 하면 "희곡에는 이 '바탕글'이 없다. 눈에 보이는 배우의 몸, 그 몸의 움직임, 들리는 말—이것들이 그대로 바탕글이기도 하게 된다. 소설에서는 벌어지는 모든 일의 중심인 서술자의 간섭으로 충격은 시시콜콜 설명되고 따라서 완화된다. 연극에서는 이런 일은 불가능하다"[35]고 단언한다. 작가가 직접 작품에 개입하지 않고 유신시대의 엄혹한 상황을 무대 위에서 보여주기에 적합한 양식을 희곡에서 찾은 것이다. 그래서 "내 희곡은 피투성이예요. 작품마다 송장이 실려 나가고, 내 마음이 편치 못했던 거지요"(대담, 331면)라고 처절한 심경을 털어놓기도 했다.

　최인훈은 미국에서 돌아와 매년 한 편씩 전통적인 설화를 변개한 희곡을 발표했는데, 1978년 〈둥둥 낙랑둥〉에 이어 바로 〈달아 달아 밝은 달아〉를 발표한다. 게다가 이 희곡은 앞의 희곡들과 달리 소설에 근접해 있다고 김현

34　위의 책, 461~462면.
35　위의 책, 130면.

과의 대담에서 얘기한다.

기왕의 내 소설들하고 지금까지 쓴 희곡하고는 적어도 소재상에서는 단절이 있
었지요. 내 소설에서는 아까 얘기로 돌아가서 프로이트 전기적인 것하고 후기적인
것, 또 어떤 의미에서는 프로이트적인 것하고 프롬적인 것 두 개를 다 씨아질하려
고 했는데, 그러면서도 독자들에게는 좀 죄송한 말씀인지 모르겠으나 그렇게 방황
하는 것 자체에 의미를 부여하려고 한 면이 있었습니다. 그러나 희곡의 경우에는
후자의 것을 잘라버리고 그 대가로 완벽성을 획득했다고 저는 생각해요. 그런데
이번 가을에 발표하겠다는 것(〈달아 달아 밝은 달아〉를 가리킴 – 인용자)은 소설
에서와 마찬가지로 희곡 속에서 그 두 문제를 다 끌어안으면서 해결을 해볼까 그
렇게 해봤는데……(대담, 87면)

최인훈은 자신의 소설에서 '밀실'과 '광장', 곧 내면적인 것과 사회적인 것
을 두루 다루었지만 희곡은 주로 내면적인 세계에 집중해 완성도를 높였는
데, 새로 발표되는 〈달아 달아 밝은 달아〉에서는 그 두 세계를 모두 다루고
자 한다고 밝혔다. 즉 심청의 내면세계뿐만 아니라 중국의 색주가와 왜구 소
굴에서의 성적 학대와 폭력 등의 외부세계를 연극을 통해 보여주고자 한 것
이다.

그러면 심청을 수없이 능욕하고 폭행하는 세계는 무엇인가? 바로 당대 유
신정권의 폭압적 전횡에 대한 알레고리다. 주지하다시피 유신정권은 말기로
갈수록 그 정도가 심해져 '긴급조치'를 남발하고 유신정부에 반대하는 모든
사람들을 "법관의 영장 없이 구금, 압수 또는 수색"('긴급조치 9호')하는 공공연
한 폭력을 행사해 왔다. 민주화를 열망하는 사람들에게 가해지는 이 유신성권

의 폭력이 바로 심청에게 자행되는 성적, 육체적 폭력의 실체인 것이다.[36]

그런데 이순신 장군은 무엇인가? 주지하다시피 이순신 장군은 박정희 정권의 분신이다. 그러기에 이순신이 죄인이 되어 잡혀가는 것은 정의를 망각하고 불의를 공공연히 자행하는 일로, 당시 애국, 애족으로 대변되는 이순신의 고귀한 정신에 대한 훼손인 것이다. 박정희 정권 스스로가 영구집권 시나리오인 유신을 단행하면서 무소불위의 군부독재로 치달았고, 이는 그가 분신으로 내세운 이순신에 대한 일종의 모독인 셈이다.

희곡 〈달아 달아 밝은 달아〉는 중국의 색주가에서의 능욕→인삼장수 김서방에 의한 구원→왜구에 의한 성적, 육체적 폭력→이순신 장군에 의해 귀향→사람들에게 버려짐의 고난과 구원의 구조를 반복하여 심청의 고난을 1970년대 유신정권의 폭압으로 알레고리화하고 있지만 고난을 헤치고 승리하는 이야기가 아닌 끝내 좌절할 수밖에 없는 현실을 말하고 있다. 〈어디서 무엇이 되어 만나랴〉(1976)를 들고 '밤이 지배하는 고향'으로 돌아올 때만 해도 막연한 '꿈'을 기지고 있었지만 그 꿈이 '유신'이라는 광포한 현실 앞에 여지없이 부서진 결과일 것이다.

---

36 사진실은 앞의 글, 447~450면에서 심청에게 가해지는 폭력을 "독재정권 및 그와 결탁한 새로운 제국주의 세력의 한가운데서 힘없는 자들이 가장 고통당하는 상황"으로 규정하여 심청을 신제국주의 세력인 미국의 '기지촌 아가씨'와 일본인의 돈에 팔린 여인으로 구체화시켰다. 유신정권의 폭력성은 공감하지만 신제국주의 세력으로서의 미국의 기지촌 아가씨와 일본의 기생관광은 다소 무리가 있어 보인다.

3) 냉혹한 세상을 향한 절규,
〈심청이는 왜 두 번 인당수에 몸을 던졌는가〉

오태석吳泰錫(1940~)의 〈심청이는 왜 두 번 인당수에 몸을 던졌는가〉는[37]
막과 장의 구분 없이 모두 9개의 장면으로 구성되며 각 장면의 제목과 주요
사건은 아래와 같다.

①龍宮	용왕이 심청을 데리고 세상 돌아가는 형편을 살피려고 서울로 올라온다.	
②街販員	용왕이 가판 구경하다 소매치기 당하고, 이를 구해준 정세명은 다리를 다친다.	
③톱집 골목	잡화를 팔던 정세명이 톱날쟁이 구인수에게 포섭되어 화염병 제조업에 뛰어든다.	
④비닐하우스	심청이 비닐하우스에 불을 내어 정세명이 화상을 입고, 사주한 용왕은 잡혀간다.	
⑤病院	정세명이 심청에게 젖소 키운 얘기를 하고 '인간 타케트'가 되어 돈을 벌려 한다.	
⑥面會	심청이 용왕을 면회 가서 정세명이 인간 표적이 된 일을 말한다.	
⑦遊園地	'인간 타게트' 일을 하는 중에 손님이 흥분해 보조원을 살해하고, 용왕이 정세명에게 새웃배 타길 제안한다.	

---

37 자료는 오태석, 〈심청이는 왜 두 번 인당수에 몸을 던졌는가〉, 『심청이는 왜 두 번 인당수에 몸을 던졌는가』, 평민사, 1994. 앞으로 이 작품은 〈심청이는〉으로 약칭하고 작품의 인용은 괄호 속에 면수만 표시한다. 이 작품은 오태석이 직접 연출하여 목화 레퍼터리컴퍼니에 의해 1990년 10월 24일부터 11월 25일까지 충돌소극장에서 초연됐다.

⑧ 長項	승지에 의해 새우 잡이가 아니라 매춘사업을 하는 것으로 계획이 바뀐다.
⑨ 魚販場	어판장에서 여자들이 든 상자를 싣고 가다, 정세명이 유괴범이 되어 기자회견을 해 여자들을 구하려 하지만 몸값을 낼 전화가 오지 않아 모두 바다로 뛰어든다.

　오태석의 〈심청이는〉은 고전의 신화적 모티프를 차용한 '신화극'으로 「심청전」의 인물과 사건을 완전히 해체하여 심청이 용궁에 간 상태에서 다시 시작된다. 인신매매와 투신이라는 「심청전」의 핵심적인 사건을 문제 삼아 배경을 달리해 이야기를 만든 것이다. 「심청전」 이야기의 틀 속에서 사건은 "서른 살 안팎 농고 출신으로 지방에서 상경한지 삼사 년 되는 세일즈맨으로 미혼인"(〈심청이는〉, 12면) 정세명이란 인물의 삶의 여정을 따라 가면서 "어쩌다 세상이 이 모양이 됐는지 알아보"(〈심청이는〉, 12면)는 방식으로 재구성되었지만, 뒷부분에 인신매매와 인당수 투신이라는 핵심적인 사건이 위치한다. 우선 앞부분인 ①~⑦의 이야기는 새로운 인물인 정세명의 인생유전을 보여준다. 현대의 시공간으로 세상구경 나온 용왕과 심청의 1990년대판 '세상읽기'라고 할 수 있어 심청보다는 정세명이 작품의 핵심인물로 역할을 한다.

　정세명은 어떤 인물인가? 농촌에서 소 5마리를 가지고 열심히 키워 33마리에 월수입 230만원은 바라봤지만 금강 홍수로 모든 것을 다 잃고 집을 나와 성공하겠다고 상경한다. 후라이팬 장사를 하던 중 가판을 구경하던 용왕이 소매치기 당하는 것을 목격하고 소리를 질러 지갑은 되찾았지만 소매치기 일당에 의해 다리가 다치고 아킬레스건이 끊어지는 처참한 지경을 당한다. 불구가 된 정세명이 잡화를 팔다 톱날쟁이 구인수의 꼬임에 넘어가 삼송리 비닐하우스에서 화염병 제조를 하게 되고, 이를 저지하려던 심청이 불을 질러 화상을 입은 정세명은 흉측한 몰골이 된다. 그래도 돈을 벌어 젖소를 키우겠다던 꿈을 버리지 못해 결국 유원지에서 사람들이 던진 공에 맞는 '인간 타케트'가 되어 돈을 벌던 중 흥분한 손님이 보조원을 죽이는 사건이 벌어지자 이 일을 접고 새우잡이 배를 타자는 용왕의 권유를 받아들여 군산으로 내려간다.

금강의 홍수로 모든 것을 다 잃고 지독한 가난 속에서 상경하여 온갖 궂은 일을 하다 불구가 되고 얼굴까지 화상에 망가진 정세명의 삶의 궤적은 심청을 난지 이레 만에 부인을 잃고 자신은 앞을 보지 못하는 봉사인 데다 지독한 가난 속에서 핏덩어리 딸을 키워야 하는 심봉사의 절박한 처지와 닮았다.[38] 봉사나 화상 등 불구로 인해 세상과 단절된 삶을 산다는 것과 지독한 가난 속에서도 딸을 키워야 하고, 돈을 벌어 다시 일어나야 한다는 절박함에서 공통점을 갖는다. 더욱이 결과는 정반대로 드러나지만 심청이 비닐하우스에 불을 지른 사건은 아버지를 구하기 위해 인당수에 몸을 던진 것처럼 정세명을 구하기 위한 시도로 보인다. 여기에 대해 작가인 오태석은 이상란과의 대담에서 이렇게 말한다.

부처님께 공양미 삼백 석을 바치면 아버지가 눈을 뜰 수 있다는 이야기를 심청이가 듣지요. 아버지는 나를 낳아주셨는데, 내가 인제수(人祭需)가 되어 삼백 석을 구하면 아버지가 눈을 뜰 수 있을까 하고 17세의 소녀가 생각한 거죠. 그런 생각을 한 심청이가 오늘날 우리가 사는 세상에 올라온 거죠. 그럼 내가 이 사람을 위해

---

38 김현철, 앞의 글, 333면에서 어렵게 현실을 살아가고 있거나 공양미 삼백 석에 몸을 팔듯이 인간 타겟이 되어 상품화되는 장면을 근거로 윤세명을 '심청의 창조적 패러디'로 규정했지만 심청이 정세명을 구하려 했다는 점에서 동일인물이 같은 사건에서 서로 충돌된다.

서 몸을 던지면 그를 구할 수 있지 않을까. 심청이는 (고전 속의) 죄가 없었어요. 아버지가 잘못한 거죠. 그런데 이번 작품에서는 심청이가 정세명이 화염병을 못 만들게 하려고 불을 질러 사람을 망쳤잖아요. 나도 본의 아니게 잘못을 할 수도 있지 않을까. 이게 바로 고전에서 진일보한 거죠. 아버지가 눈이 멀어 세상과 벽이 있었듯이 정세명도 얼굴을 망쳐서 세상과 벽이 생긴 거죠.[39]

정세명을 구하려는 심청의 시도가 결국 그를 불구로 만들면서 심청은 관찰자의 위치에서 작품의 중심 사건 속으로 들어온다. ⑧~⑨의 후반부는 무대가 군산 부두와 바다 위로 바뀌고 심청과 용왕, 정세명이 서로 얽혀 인신매매와 투신 등 「심청전」의 핵심 사건과 연결된다.

실상 용왕의 권유로 새우잡이를 하려던 일은 여자들을 태우고 4개월간 섬으로 다니며 매춘을 하는 사업이었다. 그들 46명의 '야화夜花'는 빚을 지고 군산 항구에서 상자에 실려 팔려온 윤락녀들이었다. 그들이 진 빚은 "군산 제2부두 조합6공판장 B진열대 마2027 명춘자"의 경우 "총합이 (…중략…) 구백칠십칠만 팔천 원"(〈심청이는〉, 45면)인데 이 빚 때문에 4개월 동안 섬에 들어가 매춘을 해야 하는 기막힌 처지다. 그래서 이들 윤락녀들은 "이 애들도 한번 섬으로 들어가면 살아 나오지 못합니다. 거기 가느니 지금 여기서 물로 뛰어드는 편이 낫지 않겠느냐. 마흔여섯 명이 한 아이도 빠뜨리지 않고 이러고 죽기로 맹세한 것"(〈심청이는〉, 49면)이라고 한다.

심청이 자신을 제물로 팔아 인당수에 투신한 것은 아버지의 눈을 뜨게 하기 위한 자기희생이고 그 결과 구원에 이른 것이지만 〈심청이는〉에서는 정

---

39 「사회와 샅바 잡고 한 판 겨룬 작품—〈심청이는 왜 두 번 인당수에 몸을 던졌는가〉」, [한국예술평론가협의회] 2015.9.14. 인용은 괄호 속에 '대담'으로 적는다. http://cafe.daum.net/lifecharm

세명이 이들을 구하기 위해 스스로 유괴범이 되어 기자회견을 자청에 TV 생중계를 통해 세상에 호소하는 방식을 취하고 있다. 하늘이 감동해 구원을 내려준 것이 아니라 TV 방송이라는 미디어를 통해 사람들에게 호소한 것이다. 그들이 TV를 통해 호소하는 내용은 이렇다.

> 구자　(서약서 읽는다.) 서약서―어느 너그러우신 어른이 기셔서 내 빚을 갚어 주신다면 이 세상이 나를 영 버리지는 않은 곳이로구나 그려 살자 살아 은혜에 보답하자 그리고 한 번 우리 고향 순애 모양 애나 키우면서 살아보겠소만 누가 나를 찾아주는 어른이 없다면은 다 내 생년월생일생시 사주가 그런 줄 알고 그만 이 세상 하직하겠습니다. 서기 1991년 9월 추석을 앞두구서 허구자―지장 찍고.(46장 서약서 뭉치를 세명이한테 건넨다.)(〈심청이는〉, 48~49면)

　주지하다시피 심청의 희생은 심봉사의 눈만 뜨게 한 것이 아니라 모든 봉사가 다 눈을 떠서 '천지개벽'의 세상을 맞게 되는 구원으로 이어졌다. 하지만 이 집단 호소는 정세명이 유괴범을 자청해 주도한 것으로 모두 그러겠노라고 "나하고 이러고 서약했"(〈심청이는〉, 48면)기에 심청이의 투신처럼 자발성을 갖지만 정세명이 "동정심을 담보로 한 테러리스트로 변화"(대담)하여 극단적으로 치닫기에 보다 못한 심청이 다시 나서게 된다. 심청은 정세명을 물에 빠트리고 여자들을 구하기 위해 스스로 물에 뛰어들어 이미 「심청전」에서 자신이 행했던 투신을 다시 반복한 것이다.

　심청은 이들을 구하기 위해서 "전화를 주세요. 네? (용왕이 본다.) 약속 지키죠? 저 사람…… 안 지키면 나도 생각이 있다구요(치마를 들쓰고 물밑으로 사라진다)"(〈심청이는〉, 52~53면)라며 투신을 시도한 것이다. 오태석은 "심청이가 그전에는 아버지만을 위해 했는데, 이번에는 이들을 위해 펌프의 윗물, 마중 물이 될 수 있지 않을까?"(대담)라고 심청의 역할을 말했다. 심청은 마중물로 서 두 번이나 인당수에 빠짐으로서 세상을 향해 구원을 시도하여 윤락녀들이 집단으로 투신하는 1990년대판 '인당수 사건'의 주동자가 되기로 한 것이다.

심청이 두 번이나 바다에 뛰어들었지만 결코 구원의 전화는 오지 않아 결국 모든 여자들이 집단으로 "옥쇄"를 외치며 물로 뛰어드는 것으로 작품이 마무 리 된다. 그렇게 모두가 집단투신으로 삶을 끝낼 수밖에 없는 것은 이 세상의 냉혹함 때문이다. 작가는 "세상의 불행한 일이 나와 무관하다고 생각할 수 없 지요. 그런데 도움의 손길을 내놓지 않는 세상이지요"(대담)라고 한탄한다. 「심청전」의 신화적 세계가 냉혹한 현실의 벽 앞에 여지없이 무너진 것이다.

그 냉혹한 세상은 1990년의 현실이다. 저 뜨거웠던 이념의 1980년대가 저물면서 다국적 자본에 의한 세계자본주의 체제가 모습을 드러내 '이념의 시대'에서 '욕망의 시대'로 이행하면서 드러난 현실의 냉정한 모습이다. 민 주화를 열망했던 1980년대의 공동체적인 의식이 무너지고 그 위에 개인적 이고 파편적인 욕망들이 드러나게 됐는데 바로 이런 현실의 냉혹함과 자본 의 논리가 "사람도 송아지 모양 사고팔고"(〈심청이는〉, 12면) 하는 '인신매매' 를 횡행하게 했고, 결국은 거대한 자본의 벽 앞에 아무런 도움도 받지 못하 고 좌절하여 집단으로 투신하는 극단적 모습으로 나타난 것이다. 〈심청이 는〉은 바로 그런 1990년의 냉혹한 세상에 대한 절규이자 몸부림인 것이다. 작가는 관객을 향해 "내가 해볼 때까지 해봤는데 이제 당신들이 해보시라고 관객에게 넘겨 드리는 거지요 (…중략…) 사실 이 작품은 내가 이 사회와 살 바 잡고 한판 겨룬 거"(대담)라고 말한다.

4) 「심청전」의 해체와 '죽음'의 탐구, 〈심청〉

고전소설 「심청전」 이야기의 핵심화소는 앞서 살폈듯이 현실에서의 고난과 육친에 대한 사랑으로 인한 희생 그리고 구원이다. 각각 '고난', '희생', '구원'이라 정리할 수 있는데 앞서 채만식은 〈심봉사〉에서 심청의 희생을 왜곡하는 '거짓 현실'을 드러냈고, 최인훈은 〈달아 달아 밝은 달아〉에서 현실의 고난을 주로 다루었으며, 오태석의 〈심청이는 왜 두 번 인당수에 빠졌는가〉에서는 구원을 문제 삼았음을 확인했다.

그런데 이강백의 〈심청〉[40]은 제물로서의 희생이 아닌 보다 근원적인 '죽음'을 문제 삼았다. 「심청전」에는 등장하지 않는 선주船主를 주인공으로 내세워 한 번도 문제되지 않았던 심청의 죽음을 작품의 핵심 화두로 삼은 것이다. "왜 내가 죽어야 하는지 알고 싶소!"(12면)라는 제물인 간난의 말에 '생자필멸生者必滅'이라며 "지금 마마께서 죽음을 느끼시듯, 소인 또한 죽음이 가까이 다가오고 있음을 느낀"(12면)다고 한다. 그러기에 "제물의 죽음과 아버님의 죽음을 동일하게 느끼신"(24면)다는 삼남의 말처럼 선주 자신의 죽음과 제물의 죽음을 동일한 인식으로 보고 선주의 입장에서 이를 문제 삼은 것이다. 「작가의 말」에서도 "심청전을 뒤집으면 선주가 나온다. 심청전의 진짜 주인공은 심청이 아니라 선주인 것이다. 그런데 선주도 죽는다. 제물을 많이 바쳤다고 영원히 살 수는 없다. 제물과 제물을 바치는 자에게 죽음은 공평하게 찾아온다"[41]고 하여 심청의 희생보다 죽음의 문제를 다루고자 했음을 밝혔다.

---

40 이강백, 〈심청〉(미발표본) ※2016.4.7~4.22. 극단 떼아뜨르 봄날, 대학로 나온씨어터 극장 초연. 이 작품은 아직 출판돼지 않았음에도 자료를 기꺼이 제공해 준 이강백 작가와 극단 떼아뜨르 봄날에 감사를 표한다. 작품의 분량은 A4용지 43면인데 인용은 여기에 근거해 괄호 속에 해당 면수만 밝힌다.

작품에서 「심청전」은 바다에 바칠 제물들을 쉽게 구하고, 쉽게 설득하기 위해 선주가 지었던 것으로 설정되었다. 이 사실은 차남의 말을 통해 드러나는데, "아홉 척 배의 선주인 아버님이 효녀 심청 이야기를 책으로 인쇄하여 세상에 퍼트리고 노래로 만들어 소리꾼들을 고용해서 전국에 다니며 부르게 하였습니다. 그래야 바다에 바칠 제물을 구하기 쉽고, 또한 제물을 설득하기 쉽"(14면)기 때문이라고 한다. 그렇다면 여기서 「심청전」은 텍스트 속의 또 다른 텍스트, 곧 하이퍼텍스트hypertext로 위치하여 사건에 개입하고 암시하기도 하는 등 끊임없이 작품과 관계를 맺고 있다. 게다가 수십 명의 제물 중에는 "심봉사의 딸 심청이도 있"(5면)었다고 하여 하이퍼텍스트만이 아닌 작품 속의 현실에서도 심청이 존재하면서 영향을 미친다. 그런 점에서 〈심청〉은 원전이 되는 「심청전」을 해체하고 그 핵심적인 사건을 본격적으로 문제 삼았던 이중의 텍스트인 셈이다.

〈심청〉은 막과 장의 구별 없이 무대 조명과 고수의 북소리에 의해 장면이 바뀐다. 핵심이 되는 이야기를 중심으로 극의 전체 내용을 정리하면 아래와 같다.

① 선주가 제물로 팔려온 간난에게 편안히 죽기를 설득한다.
② 간난이 죽기를 거부해 출항을 사흘 연기한다.
③ 장남이 '효'를 강조하여 간난을 설득한다.
④ 차남이 '영생'을 할 수 있다며 간난을 설득한다.
⑤ 삼남이 '왕비'가 된다며 간난을 설득한다.

---

41 이강백, 〈작가의 말〉, 『이강백의 심청』(소책자), 떼아뜨르봄날, 2016.

⑥ 선주가 간난에게 도망을 권하나, 간난은 인당수에서 죽기로 작정한다.

⑦ 가난이 인당수로 떠나자 선주도 죽음을 맞는다.

「심청전」 이야기의 핵심은 심청의 희생, 곧 죽음의 문제다. 이 죽음의 문제는 「심청전」의 연구사에서 가장 핵심적인 의미로 파악된 바 있다. 즉 심청의 죽음에는 3중의 의미가 담겨 있는데, 직접적 목적은 아비의 눈을 뜨게 하기 위한 것이지만 그 죽음을 통해서 공양미를 불전에 시주하여 불사를 돕고, 선인들의 희생제의를 완성시켜 선인들의 안전한 항해를 보장하게 한 것이 그것이다.[42] 〈심청〉의 ③~⑤단락에서 선주의 세 아들들에 의해 그 문제가 제기되고 각자 해결하고자 시도한다.

장남은 「심청전」의 논리대로 '효'를 강조해 간난을 설득한다. 하지만 장남이 강조하는 효녀의 논리는 간난의 말에 의해 여지없이 부정된다.

간난   내 아비는 눈멀지도 않았고, 나를 젖동냥하여 키우지도 않았어! 나는
       내 아비가 차라리 봉사라면 좋겠소! 눈이 멀어 안 보이면 놀음도 못 할
       테고 오입도 못 할 테고, 나를 구박하며 매질도 못 할 테니까!

고수   울지 마십시오, 마마.

간난   난 아비가 밉소! 매정하게도 보리 스무 가마에 나를 팔았어! 그 보리
       스무 가마, 어떻게 할 건지 나는 알아! 배고픈 식구는 굶게 두고, 주막집
       에 맡겨 밤낮 술 퍼마실 거야!

장남   그러니까 낭자가 효녀지! 심청은 분명히 아버지에게 갚을 은혜가 있어

---

42 정하영, 「심청전」, 『한국고전소설작품론』, 집문당, 1990, 553면.

서 몸을 팔았네. 하지만 낭자는 갚을 것이 전혀 없는데도 몸 팔아 드렸어. 그럼 누가 더 효녀인가? 여기, 내 동생들 있으니 물어보게!

간난   그래 누가 더 효녀야?

차남 삼남   낭자가 심청보다 더 효녀지!

간난   점잖게 생긴 놈들이 입에 침도 안 바르고 거짓말을 하는구나! 나를 효녀라고 칭찬하면, 내가 좋다고 웃으면서 바다 속으로 뛰어내릴 것 같으냐? 어림없다, 어림없어!

(간난, 대접을 들더니 물을 삼형제에게 흩뿌린다.)(11면)

실상 「심청전」에서 인당수에 뛰어드는 심청의 행위는 봉건적 윤리규범인 '효'가 아니라, 난지 7일 만에 어미와 사별하고 죽을 수밖에 없는 자신을 지극 정성으로 보살펴 키워준 눈먼 아비에 대한 보답의 의미가 더 크다. 즉 온동네를 돌아다니며 젖동냥을 하여 자신을 키워 준 눈 먼 아비에 대한 인간적 보답, 아니 그러기 때문에 더할 수 없는 사랑인 것이다.[43] 그 부분을 〈심청가〉는 "내가 이리 진퇴함은 부친의 정情 부족함이라!"(한애순 창본)라고 증언했다. 그러니 여기 〈심청〉에서 보리 스무 가마에 팔려온 간난은 아비를 위해 물에 뛰어들 아무런 명분이 없다. 그럼에도 선주의 자식들은 효행을 강조하니 웃기는 일이다. 술과 오입과 자식에 대한 폭력을 일삼는 아비를 위해 어느 자식이 스스로 죽으려 하겠는가?

다음, 차남은 심청의 죽음을 통해 영생을 할 수 있다며 설득한다. "사람에

---

43   이런 입장은 정하영, 「'심청전'의 주제고」, 『한국고전소설연구』, 새문사, 1983, 467~468면; 정출헌, 「「심청전」의 민중정서와 그 형상화 방식」, 『민족문학사연구』 9, 민족문학사연구소, 1996, 162면 참조.

겐 영생이 왜 있느냐, 좋은 일 하고 죽은 사람은 영원한 행복을 누리고, 나쁜 짓 하다가 죽은 사람은 영원한 벌을 받도록 있는 거"(17면)라며 간난은 "수백 명 뱃사람들의 안전한 항해를 위해서 목숨을 바치"(17면)기에 연꽃에 실려 영생을 누릴 행복한 곳으로 간다는 논리다. 바로 만인을 위한 희생제물이 되면 영생을 얻는다는 얘기다.

하지만 선주와의 문답을 통해 죽은 뒤의 세계는 알 수 없다는 결론에 도달한다. 선주가 썼다는 「심청전」 속에서는 심청이 연꽃에 실려 나와 왕비가 됐는데, 그건 단지 지어낸 이야기일 뿐이다. "제물은 죽어서 왕비가 된다니, 제물을 바치는 선주는 죽어서 왕이 되지"(20면) 않겠느냐는 질문에 선주는 오히려 "죽음이 무엇인지…… 죽은 다음엔 어찌 되는지…… 전혀 몰라 막막합니다"(20면)는 말에 간난은 영생이 사람들이 만든 허구임을 깨닫는다.

마지막으로 삼남은 간난에게 왕비가 된다며 왕비 옷을 입혀 설득하려 한다. 효와 영생의 논리는 추상적인 것이지만 왕비 옷은 구체적인 사물이라 간난은 왕비 옷을 입고 비로소 "슬프고 괴로운 인생에서, 이런 최상의 행복"(32면)을 만끽한다.

하지만 왕비 옷을 입고 걸어가면서 자신을 판 아버지에 대한 노여움이 생기지만 결국에는 "선주를 용서하느라 아버지도 용서하"(34면)기에 이른다. 그래서 도망가라는 선주의 요청도 뿌리치고 "난 죽을 곳은 있는데…… 살 곳이 없"(40면)다며 인당수로 향한다. 자신을 죽게 만든 모두를 용서하고 인당수로 당당히 나가는 것이나. 왜 간난은 「심청전」에서 내세우는 논리를 부정하면서도 스스로 죽음을 받아들일까?

간난이 「심청전」의 어머니 산소를 찾아가는 부분을 읽고 어머니를 생각하며 울면서 모성을 소환함으로써 모성 이데올로기에 의해 죽음을 맞는다고 하지만[44] 이보다는 이미 앞서 글자를 배워 자신의 이름을 씀으로써 "나는 왕비로 사느니, 하루를 살아도 간난이로 사는 것이 좋겠소!"(35면)라는 외침처럼 진정한 주체의 발견에서 죽음, 곧 자기희생이 비롯된 것으로 보는 것이 타당하다.[45] 그렇다면 무엇을 위해서 죽음을 받아들였을까? 간난은 죽음을 결심하고 다음과 같이 선주에게 말한다.

심청이 제물 되어 죽은 곳에서, 나도 제물되어 죽을 테요. 심청이 두려워 떨던 곳에서, 나도 두려워 떨고…… 심청이 웃으며 뛰어내린 곳에서…… 나도 웃으며 뛰어내리겠소. 그런데 심청은 눈 먼 아버지의 눈 뜨기를 빌며 죽었지만, 내 아버지는 눈 뜬 사람이니…… 나는 무엇을 위해 빌어야 할까…… 아홉 척 뱃사람들이 모두 무사하기를 빌며 죽겠소.(40면)

이제까지 텍스트 속의 텍스트인 「심청전」을 해체하고 당대 현실의 논리를 내세워 「심청전」의 논리를 비판해 왔었다. 그러기에 「심청전」의 이야기와 간난의 사연은 서로 개입하고 간섭하지만 섞이지 않고 겉돌았다. 그런데 마지막 부분에 와서 비로소 일치하게 된 것이다. 그래서 심청이 아버지의 눈을 뜨게 하기 위해 죽음을 맞았듯이 간난도 아홉 척 뱃사람들이 모두 무사하길 빌며 죽음을 맞는다고 한다. 곧 희생제의를 완성시켜 선인들의 안전한 항해를 보장하게 한 행위인 것이다. 그러기에 간난의 죽음은 심청이 그렇듯이 자신의 주체를 자각한 뒤에 이루어지는 고귀한 자기희생의 의미를 갖는다.

---

44 김미도, 「죽음으로부터 자유, 혹은 초원 〈심청〉」, 『연극평론』 81, 연극평론가협회, 2016, 42면.
45 백두산, 「심청―후계의 불안과 자기희생의 문제」, 『공연과 이론』 65, 공연과 이론학회, 2017, 233~236면 참조.

반면 선주는 간난이 떠나고 나자 더 지체하지 못하고 바로 죽음을 맞는다. 자신의 버팀목이 사라졌기 때문이다. "마마께서 바다에 뛰어내릴 때, 소인을 기억해"(41면) 달라고 했지만 "나를 떠미는 얼굴이…… 인자하게 웃는 얼굴이 아니네"(43면)에서 알 수 있듯이 죽음을 당당하게 맞이하려는 간난과 달리 인당수에 빠지는 시각까지 기다리지 못하고 허망한 죽음을 맞는다. 작가는 오히려 선주의 덧없는 죽음을 통해 심청의 죽음조차도 일반화시키고 있다. 즉 선주의 죽음처럼 심청의 죽음조차도 알 수 없다는 말이다. 그러니 우리가 어찌 죽음이 무엇인지 알 수 있겠는가. 동전의 뒷면처럼 그것이 바로 삶이라고 말한다.

5) 시대를 향해 던지는 메시지, 연극 〈심청전〉

「심청전」을 변개한 희곡 5편은 심청의 고난과 희생, 그리고 구원의 이야기를 식민지 시대와 해방정국, 유신시대와 1990년대에 각기 시대적 의미를 담아 연극으로 재현하였다. 채만식은 특히 '희생'을 왜곡하는 '거짓 현실'을 문제 삼았다. 〈심봉사〉(1936)는 살아 돌아왔다는 말에 심청을 보려고 눈을 떴지만 거짓 심청이 나타난 것을 보고 다시 눈을 찔러 멀게 함으로써 왜곡되고 거짓된 현실과 절연한 것이다. 이른바 '전시동원체제'가 시작되기 직전 광범위하게 시행된 '조선민족 말살정책' 등 일제의 만행으로 민족 정체성이 완전히 말살되고 되찾을 희망이 없다는 절망감이 자신의 눈을 찔러 다시 멀게 하는 행위로 표현된 것이다.

한편 해방 이후에 쓴 〈심봉사〉(1947)에서는 고려 왕실에서 조직적으로 주도한 것이 아니라 심청의 약혼자인 송달을 좋아하는 주모 홍녀가 심청의 역할을 자원한 것으로 심봉사가 눈을 찌르는 행위는 자신의 잘못된 욕망에 대한 자책의 의미가 더 크다. 이를 사회적 의미로 확대한다면 해방 정국의 혼란 속에서 당대 현실의 실체를 정확히 파악하지 못한 무수한 '알묘조장揠苗助長'의 행위들이 결국 통일된 민족국가의 수립을 저해하고 피해를 준 것으로 읽힌다.

최인훈은 심청의 '고난'에 초점을 맞추었다. 〈달아 달아 밝은 달아〉(1978)는 중국의 색주가에 팔려가고 왜구에게 잡혀간 심청의 고난과 인삼장수 김서방과 이순신 장군에 의한 구원의 구조를 반복하여 심청의 고난을 1970년대 말기 유신정권의 폭압으로 알레고리화하고 있지만 고난을 헤치고 승리하는 이야기가 아닌 끝내 좌절할 수밖에 없는 절망을 말하고 있다.

오태석의 〈심청이는〉(1990)은 '구원'의 문제를 제기했다. 빚 때문에 섬으로 팔려가는 여자들을 위해 심청이 다시 바다에 뛰어들었지만 결코 구원의 전화는 오지 않는다는 내용으로 이는 다국적 자본주의의 체제가 강화되면서 공동체적 가치들이 무너지고 개인적이고 파편적인 욕망들이 드러나는 냉혹한 1990년대 사회에 대한 절규인 것이다.

한편 이강백의 〈심청〉(2016)은 심청의 '희생' 혹은 '죽음'을 선주船主의 시각에서 그린 작품으로 제물로 쓸 처녀를 쉽게 구하기 위해 선주는 「심청전」을 짓게 하여 유포시켰음을 전제로 한다. 세 아들이 등장하여 장남은 「심청전」을 읽어주며 심청보다 효녀라고 강조하고, 차남은 여러 사람을 위해 죽어 영생을 이루라고 하며, 삼남은 왕비가 될 거라며 왕비 옷을 입혀 설득하지만, 간난이 현실적 논리에 의해 여지없이 무너진다. 하지만 아버지를 용서하고 자신의 주체성을 자각함으로써 멀리 도망가서 살라는 선주의 권유를 뿌리치고 죽음을 맞이하러 인당수로 떠난다. 그 시각에 선주는 간난에게 인당수로 빠질 때 자신을 기억해 달라며 죽음을 맞이한다. '죽음'을 마주한 사람들의 모습이 어떠한가를 다루고자 하여 「심청전」을 이중의 텍스트로 삼아 연극으로 변개한 것이다. 〈심청〉은 「심청전」을 완전히 해체하고 문제 삼아 그 핵심이 되는 희생, 곧 죽음을 선주를 통해 탐구한 작품이다. 심청의 '희생'을 죽음의 문제로 일반화하여 오히려 삶의 문제를 다루고자 했던 것이다.

희곡 혹은 연극은 작가가 모든 이야기를 다 해야 하는 소설과 달리 자신의 존재를 드러내지 않으면서 배우들의 대사와 몸짓을 통해 무대 위에서 보여주기만 하면 된다. 작품에 대한 해석은 전적으로 관객들의 몫이다. 그러기에 작품을 알레고리화하거나 해석의 지평을 넓게 하여 메시지들을 그 속에 담아 관객들에게 전할 수 있는 장점이 있다. 채만식이 〈심봉사〉를 통해 왜곡된 시대의 절망을 말하거나, 최인훈이 긴급조치를 남발하던 유신정권의 절정기에 '아기장수 설화'를 변개한 〈옛날 옛적에 훠어이 훠이〉를 들고 '밤이 지배하는 고향'으로 돌아올 수 있었던 것도 '꿈꾸는 힘'을 가능하게 한 희곡 덕분이다. 이 때문에 희곡은 소설에서 얘기하기 힘든 시대적 메시지를 강력하게 전할 수 있는 통로의 역할을 해 왔으며 특히 비극적 내용이 두드러진 「심청전」은 시대의 고통스러운 현실을 증거하는 역할을 효과적으로 수행해 왔다.

2. 풍자가 제거된 흥겨운 해학의 무대, 〈배비장전〉

「배비장전」은 '창을 잃은' 판소리 일곱 마당 중의 하나로 현재는 소설로만 전해지지만 발생 초기에는 판소리의 형태로 존재했을 것으로 추정된다. 가장 이른 시기 자료로 1754년에 지어진 유진한柳振漢(1712~1791)의 「만화본 춘향가晚華本 春香歌」를 보면 "제주에선 배비장의 이빨을 남겨두었네"[46]라 기록되어 18세기 중엽에도 이미 〈배비장타령〉이 불러졌음을 증거하고 있다. 또 1843년에 씌어진 송만재宋萬載(1758~1851)의 「관우희觀優戲」에도 「배비장전」에 관한 내용이 전하는 바, "애랑에게 빠져 자신의 몸 돌보지 않고, 상투 자르고 다시 이빨 뽑기 마다 않네. 잔치 자리에서 기생을 업은 배비장, 이로부터 멍청이라 다른 사람들의 비웃음을 받는구나"[47]라고 기록되어 있다.

이런 기록들을 살펴보면 「배비장전」은 이른 시기부터 판소리 열두 마당의 하나로 불러졌던 것을 알 수 있게 한다. 더욱이 판소리 사설을 정리한 신재효申在孝(1812~1884)의 〈오섬가烏蟾歌〉에는 「배비장전」의 내용이 비교적 자세히 전해진다. "제쥬기싱 이랑이가 정비중을 후리랴고 강두에 이별할졔 거짓스랑 거짓우름"을 지으며 '알비장'을 만드는 장면을 자세히 사설로 전하며, 끝에 가서 "비비즁 또 둘너셔 궷속에 줍어녁코 무슈한 죠롱죽난 엇지 아니 허망ᄒᆞ며"[48]라고 궤 속에서 조롱당하는 내용을 전하고 있어 그 전모를 짐작하게 한다. 「배비장전」은 판소리 발생 초기부터 이미 존재해 왔으며 19세

---

46 柳振漢, 송하준 역, 『국역 만화집』, 학자원, 2013, 201면. "濟州將留裵將齒."
47 이혜구, 「宋萬載의 〈觀優戲〉」, 『판소리연구』 1, 판소리학회, 1989, 283면 참조. "慾浪沈淪不顧身 肯辭剃髻復挑齦 中筵負妓裵裨將 自是侘傺可笑人."
48 신재효, 『판소리 사설집』, 민중서관, 1971, 684면.

기 후반까지 분명 불러졌다.

그런데 무슨 이유로 창을 잃고 소설로만 정착하게 되었을까? 단순하게 본다면 판소리 향유층 일반의 요구에 미달됐기[49] 때문이지만, 그 요구가 무엇인지에 대해선 다양한 의견이 개진되었다. 아마도 지나친 풍자에 기인한 것이 아닌가 싶지만 여기서는 그 내용을 자세히 검토하지는 않겠다. 창을 잃은 「배비장전」이 그 서사를 바탕으로 어떤 다양한 장르와 매체, 특히 공연콘텐츠로 변개됐느냐는 것을 살펴보고 그 의미를 파악하고자 하기 때문이다.

현재 「배비장전」의 이본은 필사본을 바탕으로 김삼불金三不이 교주한 국제문화관본[50]과 1916년 신구서림에서 발간한 활자본[51]이 있을 뿐이다. 김삼불 교주본은 교주자가 임의로 뒷부분 15장을 제외시키고 '군말'을 삭제하여 정본으로서의 품격을 떨어뜨렸으며, 신구서림본은 제주목사의 배려로 배비장이 정의현감에 임명되어 애랑과 재결합하는 결말 부분이 포함되었으나 근대적 개작의 흔적이 보인다. 판소리 초기부터 오랜 기간 불렸던 작품으로서 이본이 두 종류 밖에 없다는 것은 특이한 현상이다. 이는 창을 잃고 사라진 것과도 무관하지 않을 것이다. 이본이 많지 않더라도 「배비장전」은 이미 1930년대부터 다양한 매체와 장르로 변개되어 확산되었으며 풍성한 공연콘텐츠를 만들었는데 초연을 시대순으로 정리하면 아래와 같다.

① 조선성악연구회 제1회 시연회 희창극 〈배비장전〉(1936.2.9~2.13)

---

49 김종철, 「창이 전승되지 않는 판소리의 종합적 연구」, 『판소리의 성서와 미학』, 역사비평사, 1996, 250면.
50 김삼불 교주, 『배비장전 옹고집전』, 국제문화관, 1950. 이 자료는 뒤에 정병욱에 의해 그대로 옮겨졌다. 정병욱 교주, 『배비장전・옹고집전』, 신구문화사, 1974. 작품의 인용은 괄호 속에 '원작'이라 적고 해당 면수만 표시한다.
51 『新訂繡像 裵裨將傳』, 新舊書林, 1916.

② 박용구, 뮤지컬 〈살짜기 옵서예〉, 예그린 악단, 서울시민회관, 1966.10.26~10.29.

③ 임성남 안무, 코믹발레 〈배비장〉, 국립발레단, 1984.4.

④ 김상열, 마당놀이 〈배비장전〉, 마당세실극장, 1987.11.

⑤ 김지일, 마당놀이 〈배비장전〉, 극단 미추, 서울문화체육관, 1987.11.10~11.29

⑥ 김지일, 마당놀이 〈애랑전〉, 극단 미추, 1997

⑦ 김상열 희곡, 〈신배비장전〉, 극단 진화, 대학로 단막극장, 2001.2.14~4.22.

⑧ 김상열 작, 뮤지컬 〈Rock 애랑전〉, 극단 TIM, 대학로 인아소극장 2006.1.14~2.5.

⑨ 국립창극단 〈배비장전〉, 해오름극장., 2012.12.8~16/2013.12.14~18.

⑩ 더 뮤즈 오페라단 〈배비장전〉, 해오름극장, 2015.1.17~18.

⑪ 제주 오페라단, 오페라 〈拏: 애랑&배비장〉, 제주 아트 센터, 2013.11.15~11.17.

「배비장전」의 변개와 콘텐츠 양상을 일견하면 우선 독서물 보다는 공연물이 두드러지는 것을 알 수 있다. 대부분 창극, 영화, 뮤지컬, 마당놀이, 오페라 등 공연물이다. 이는 「배비장전」이 애초 공연예술인 판소리로 출발했기에 장르 특성상 공연물로서의 성격을 보유하고 있는 것과 무관하지 않을 것이다.

우선 신구서림본의 뒷부분까지 포함하여 「배비장전」의 전체 서사 구조를 장면화하면 ① 제주까지의 여정, ② 애랑과 정비장의 이별, ③ 향연과 목사·애랑의 공모, ④ 한라산 유산과 애랑의 유혹, ⑤ 편지를 통한 구애, ⑥ 자루와 궤 속에 들어가 조롱당함, ⑦ 정의현감으로의 부임 등의 일곱 장면으로 짜여 있다.[52] 각각의 부분들은 인물들의 희극적이고 과잉된 행동, 사건의 과감한

---

52 김삼불은 75장의 전사본을 교주하면서 절정 부분인 59장까지만 수록하였다. 60장 이후는 "문장과 어법으로 보아 후인이 덧붙임이 분명하기로 제외한다"(「일러두기」)고 하였다. 이는 고소설

생략과 급박한 진행, 격정적이고 골계적인 대사 등 서사보다는 극 장르적인 속성을 많이 지니고 있어 무대화하기에 유리한 측면이 있다. 게다가 판소리 창으로 각 부분들이 구연됐기에 각기 독자성을 지니고 장면화되어 장면을 중시하는 영화나 공연물인 창극, 뮤지컬, 마당놀이, 오페라 등에 적합한 속성을 지니고 있다.

더욱이 「배비장전」의 내용 자체가 「심청전」이나 「흥부전」처럼 인간의 모진 운명이나 비참한 삶과 관련된 것이 아니라 도덕 군자인 척하는 양반의 호색적인 성격을 폭로하는 것이니 심각함을 수반하지 않고 마음껏 웃고 즐길 수 있는 유쾌한 공연물로 적절한 것이어서 초기인 1936년부터 '창을 잃은' 일곱 마당 중에 유일하게 살아남아 '희창극'으로 공연된 바 있다. 그러기에 〈배비장전〉을 아예 희극물로 여겨 국립창극단의 예술감독 김성녀는 "국립창극단의 인기 레퍼토리 중 가장 흥겨운 무대가 펼쳐졌던 작품으로 단연 창극 〈배비장전〉을 꼽을 수 있다"[53]고 한다.

이처럼 「배비장전」의 골계적 성격을 부각시킬 때 전체 서사의 중심이 되는 사건은 궤 속에 들어가 조롱당하는 후반부라 하겠는데 박일용 역시 후반부는 소위 마당놀이 등에나 적합한 아니리 중심의 골계로 판을 짤 수밖에 없는 성격을 지니고 있다고 한다. 즉 배비장이 애랑을 발견하고 안달을 하는 장면 이후부터는 구성이 모두 인위적인 골계적 장면으로 구성되어 있어 후반부의 연행에서는 재담 중심의 즉흥적 연행을 잘하는 소리꾼이 아니면 소

의 결구를 인정하지 않으려는 명백한 교수자의 오류나. 교주자의 사상적 경향 때문에 해체를 인정하지 않고 신랄한 풍자에서 매듭지려 했던 것 같다. 하지만 신구서림에서 1916년에 출간한 활자본은 '활동사진'과 같은 용어가 보이는 등 현대적 개작의 흔적은 보이나 서사적 전개는 크게 바뀌지 않았을 것으로 여겨 뒷부분을 논의하는데 참고한다. 〈배비장전〉의 전체 서사 구조도 정의현감으로 부임하고 애랑을 첩으로 들이는 데까지 보아야 한다.

53 「예술감독 인사말」, 『창극 배비장전』(공연책자), 국립극장, 2013.12.

리를 이끌어 나갈 수 없다는 것이다. 이는 창을 선호하는 19세기 세련된 판소리 향유층에게 공감력을 확보하기 힘들어 더늠형 사설 창출이 중단되면서 「배비장전」의 창이 사라진 것과도 무관하지 않다고 한다.[54]

말하자면 「배비장전」에서 서사의 중심이 되는 후반부는 소리꾼의 창보다는 재담형의 아니리가 중심이 되어 구성된다고 하겠는데, 이는 역설적으로 창 중심의 판소리보다는 대사를 통한 연극화 내지는 무대화가 용이하다는 증거가 된다. 대부분 「배비장전」의 공연물에서 애랑의 목욕 장면과 궤 속에서 조롱당하는 장면이 주를 이루는 것도 이러한 연유일 것이다. 대표적인 것이 장면을 중시하는 마당놀이 〈배비장전〉인데, "원래 배비장전의 원본은 크게 6개의 장면으로 나누어져 있으나 오늘은 시간 관계상 후반의 3장면만 요약해서 보여드리겠습니다"[55]라면서 아예 애랑의 목욕 장면 이후의 사건들만으로 〈배비장전〉을 구성하고 있는 것을 보더라도 그 사태를 짐작할 수 있다.

그러면 이제 「배비장전」을 공연콘텐츠로 재생산한 뮤지컬, 마당놀이, 창극, 오페라 등의 대표작을 살펴보고 그 의미를 찾아보도록 한다.

1) 해학과 어울린 낭만적 사랑, 뮤지컬 〈살짜기 옵서예〉

예그린 악단의 '대한민국창작 뮤지컬 1호'인 〈살짜기 옵서예〉는 단장인 박용구朴容九(1914~2016)의 작품으로 1966년 10월 26~29일 서울 시민회관

---

54 박일용, 「구성과 더늠형 사설 생성의 측면에서 본 판소리의 전승문제」, 『판소리연구』 14, 판소리 학회, 2002, 123~124면 참조.
55 김상열, 〈배비장전〉, 『마당놀이 황진이』, 백산서당, 2000, 358면.

에서 초연되었다. 작품은 모두 2부 12장으로 구성되어 있다. 애랑이 해남 가는 부인으로 위장해 배비장을 다시 속이고 붙잡아 두는 뒷부분이 생략되어 궤 속에서 나와 사태를 수습하고 바로 정의현감 칙지를 받는 장면으로 막이 내린다. 전체 2부 12장으로 구성된 뮤지컬의 소제목은 아래와 같다.

[제1부]

1장 : 해남관두(海南關頭)의 배안

2장 : 바다가 보이는 갯벌, 아침

3장 : 망월루(望月樓), 밤

4장 : 돌하르방이 있는 풍경

5장 : 동헌(東軒)

6장 : 돌담이 있는 골목길

7장 : 천제연 폭포가 있는 울창한 숲속,

[제2부]

8장 : 배비장의 방과 애랑의 방

9장 : 노상(路上)

10장 : 개구멍이 난 돌담과 애랑의 방

11장 : 바닷가

12장 : 동헌

이 작품은 바로 전 해에 개봉된 영화 〈배비장〉과 유사하게 배비장을 홀아비로 등장시켜 사별한 부인에 대한 맹세를 지키려는 배비장과 이를 훼절시켜 유흥에 적극 참여시키려는 복사와의 갈등으로 사건이 전개된다. 하지만 상처喪妻했다는 사실만 제시된 영화보다는 사별한 부인에 대한 맹세가 각별히 부각돼 그 정황이 1장에서 〈동곳의 노래〉로 불러진다. 배비장의 부인이 환영으로 등장하여 "이승의 기약으로 동곳을 드립니다. / 산호 동곳 잡힐 때마다 제 생각하여주오"[56]라며 노래를 부르고, 배비장도 "태산이 가리워도 바다가 막히어도 / 사나이 맹세를 믿어만 주오 그려"(뮤, 468면)라며 여기에 화답한다.

첫 장면에서부터 이렇게 〈동곳의 노래〉가 중요하게 부각된 것은 사별한 부인과의 맹세를 지키려는 의지가 강력하게 작용되고 그것이 사건 진행에서 중심 갈등임을 암시한다. 반면 제주목사는 5장에서 기생들과 엽색의 춤을 추며 등장하고 기생들이 "이번 신관 사또는 바람쟁이 풍각쟁이"(뮤, 479면)라고 말할 정도로 방탕한 인물로 등장한다. 영화에서는 목사를 못 믿어 부인이 배비장을 딸려 보내기에 그 두 인물의 대결구도가 사건의 중심축을 형성하지만, 뮤지컬에서는 배비장 스스로의 다짐과 이를 훼절시키려는 애랑의 유혹이 갈등의 주요 요인이 된다.

애랑이 등장하는 것은 자발적이라기보다 목사의 주선에 의해서다. 원작과 유사하게 "배비장을 후려서 녹일 기생이 있으면 후히 상을 주겠다"(뮤, 480면) 하자 애랑이 나서는데 상으로 상투를 달라고 한다. 왜 하필 상투일까? 바로 이어지는 애랑과 기생들의 합창, 〈상투의 노래〉를 보자.

> 양반의 상투는 꼿꼿이 끄덕
> 양반의 상투는 안하무인 끄덕

---

56 박용구, 『바리』, 지식산업사, 2003, 468면. 앞으로 작품의 인용은 괄호 속에 '뮤'라 표시하고 면수만 표시한다.

양반의 상투는 어느 때나 끄덕끄덕

양반의 상투는 어느 때나 무섭지요

상투를 사렵니다 상투를 주십서

상투를 잡으면 마음이 흐뭇헙주(뮤, 480면)

상투는 남성성의 상징이면서 동시에 "어디서나 무섭고, 어느 때나 무섭"(뮤, 480면)다는 양반 계층의 권위를 상징하는 것으로 등장한다. 애랑이 상투를 달라고 하는 것은 애초 남성성을 제압하면서 동시에 양반의 권위를 꺾으려는 계층 갈등의 의도도 내포하고 있는 것이다.[57]

그런데 애랑이 등장함으로써 사건은 목사나 방자가 아닌 유혹을 하여 남성성을 제압하고 양반의 기를 꺾으려는 애랑과 사별한 부인에 대한 정절을 지키려는 배비장의 갈등이 중심에 오게 된다. 애랑이 등장하면서 배비장과 애랑의 밀고 당기는 사랑 이야기가 중심이 된 것이다. 배비장은 애초 여색을 탐하거나 양반의 권위를 내세우지도 않았기에 풍자의 대상으로 적당한 인물이 아니다. 그래서 7장에서 목욕하는 애랑의 모습을 보면서 방자와 문답하는 장면에서도 방자의 날 선 비판이 사라지고 없다.

방자	이제 그만 내려가십시다.
배비장	애야, 가자 소리 그만 하거라. 네 눈엔 저것이 보이지 않느냐?
방자	아— 저기요? 목욕하는 여인 말입니까. 헤헤 나으리도,

---

57 유인경, 「예그린 악단의 뮤지컬 〈살짜기 옵서예〉 연구」(『한국 연극학』 20, 한국연극학회, 2003, 26면)에서는 〈상투의 노래〉를 남성성의 상징으로만 보아 처음에 거세의 의미였다가 나중에는 결합을 적극적으로 주선하는 의미로 바뀌었다고 하지만 양반의 권위를 상징하는 면이 크다.

배비장	오냐, 이제야 보았느냐. 상놈의 눈이라 할 수 없구나.
방자	헤헤, 저 눈!
배비장	다시는 안 본다.(돌아선다)
방자	나으리! 요사이 서울 양반들 양반이랍시고 함부로 덤비다가 봉변도 많이 당합디다.
배비장	오냐, 그만 가자.(하면서도 바위 뒤를 기웃거린다)(뮤, 486면)

원작에서 자신의 눈은 반상班常이 달라 저런 것이 안보이지만 마음도 반상이 달라 양반은 컴컴하고 음탐하냐고 쏘아대는 방자의 날선 풍자가 여기서는 봉변을 많이 당한다는 식으로 두루 뭉실하게 처리되었다. 서사의 중심이 배비장에 대한 풍자가 아니고 애랑과의 애정성취이기 때문이다.

여기서 애랑이 등장해 이 뮤지컬의 주제곡인 〈살짜기 옵서예〉(노래 12)를 부른다. 천제연 폭포에서 목욕하면서 배비장을 유혹하려고 부르는 노래지만 이 노래의 내용은 실상 유혹이나 풍자와는 거리가 먼 자신의 짝을 생각하면서 "꿈에도 못 잊을 그리운 님"을 향한 갈망의 노래다. 그렇다면 출발부터가 배비장을 유혹해서 호색적인 성격을 드러내 풍자를 하겠다는 것이 아니고 사랑의 대상을 찾겠다는 의도로 해석된다. 이 곡은 작품에서 중요한 기능을 하는 주제곡으로 전체 장면에서 세 번이나 반복된다.

두 번째는 8장에서 배비장이 아내에 대한 맹세와 애랑을 향한 사랑의 마음 사이에서 갈등하다가 정절의 상징인 산호 동곳을 내던지는 장면에서 다시 등장한다. 그 순간에 애랑은 가야금을 타다가 이 〈살짜기 옵서예〉(노래 17)를 다시 부른다. 여기서는 사랑의 갈구를 드러냈다기보다도 사랑을 느끼는 진정한 상대를 만나 가슴 설렘을 형상화한 것이다.[58] 그 뒤에 이어지는 〈애타는 사연〉(노래 19)은 바로 그런 설렘이 그대로 드러난다. "삼삼한 이내 심사 / 눈에 암암 그 얼굴뿐이니 / 무례하다 탓하지 마시고 / 애타는 이내 마음 걷어주시오"(뮤, 492면)라고 〈상사별곡〉조의 노래가 이어지는 것이다. 상황이 이러니 조롱과 풍자가 이루어질 수가 없다.

9장에서 방자가 배비장이 내던진 산호 동곳을 애랑에게 주며 일생을 두고 주색을 가까이 하지 않기로 맹세했다고 하자 애랑은 "무심거? 일생을 두고 맹세를? 그런 분이 나 때문에…… 암만해도 우리가 장난이 지나친 것 같으다"(뮤, 496면)라며 배비장을 '후리기'로 한 자신의 선택을 후회하고 뒤 이어 〈어떡할까?〉(노래 21)를 부른다. 그 노래는 애랑의 마음을 담은 것으로 "그랬다가 그 분이 정말로 좋아지면 / 쓴 잔을 드는 것은 나뿐이니 어떡하랴!"(뮤, 497면)고 목사와의 약조로 배비장을 조롱해야 하는 자신의 처지와 좋아지는 마음 사이에서 갈등을 느낀다.

10장에 등장하는 세 번째 〈살짜기 옵서예〉(노래 22)는 "제주라 비바리는 마음이 고와 / 언제나 정든 님을 기다리지예"(뮤, 498면)라며 그런 애랑의 마음을 전한다. 약속대로 배비장은 애랑을 찾아와 "내 그대를 만나려고 양반의 체면도 다 버리고 끝내 개구멍으로 기어 들어왔오!" 하자 애랑은 진심으로 "갯벌에 널린 모래알처럼 천한 이 몸을! 나으리!"(뮤, 500면)라며 마음을 열고 맞이한다. 양반의 권위와 체면도 내던지는 진정한 사랑에 감격하여 배비장의 사랑을 받아들인 것이다. 그 뒤에 이어지는 배비장과 애랑의 이중창 〈애타던 그 얼굴〉(노래 24)은 연인들이 서로의 사랑을 확인하고 마음껏 구가

---

58 위의 글, 26~27면에서 이 뮤지컬의 리프라이즈인 〈살짜기 옵서예〉는 세 번 반복되면서 극의 중심사상을 드러내고 극의 새로운 국면에 배치되어 흐름을 주도한다며 7장에서는 '유혹'의 의미로, 8장에서는 참 '사랑을 갈구하는 것'으로, 10장에서는 '앞으로 닥칠 수난을 암시하는 것'으로 불러진다고 하지만 7장에서는 '사랑의 갈구', 8장에서는 '가슴 설렘'으로 보아야 한다.

하는 환희의 노래다. 두 사람은 "이 밤은 우리들의 포근한 요람 / 하늘과 땅은 숨을 죽이라"(뮤, 501면)라며 사랑으로 하나가 된다.

그렇다면 그 뒤에 전개되는 피나무 궤 속과 동헌에서의 봉변은 무엇인가? 남편으로 가장한 방자의 등장으로 배비장은 궤 속으로 들어가지만 조롱하는 과정이 단순하게 처리되어 궤를 판다고 흥정하다 바로 동헌으로 들어간다. 거기서 원작에서처럼 "유부녀 겁탈하다 이 지경이 됐"(뮤, 507면)다고 고백하게 하고 궤 속에서 나와 헤엄치지만 애랑이 뛰어내려와 배비장을 부축해 일으킨다.

애랑	나으리!
배비장	(눈을 뜬다) 앗! 낭자!
애랑	나으리! 용서하세요. 제가 나쁜 년이었어요. 쇤네는 규중 처녀도 유부녀도 아닌 기생 애랑이에요.
배비장	(놀라서) 뭣이?
애랑	나으리! 정비장의 이를 뽑은 애랑이어요. 순직하신 나으리를 정비장 같은 줄만 알고 그만……. 나으리!(안겨서 흐느껴 운다) (뮤, 507~508면)

애랑은 목사와의 약조로 어쩔 수 없이 배비장의 훼절을 시도한 것이지만 정비장처럼 "허랑방탕한 오입쟁이"(뮤, 482면)로 알고 혹시라도 속을까봐 마지막 확인을 했던 것이다. 진정한 사랑을 성취하기 위한 일종의 '통과의례'인 셈이다. 그러기에 여기서는 목사의 개입이나 방자의 존재가 두드러지지 않는다. 오히려 사랑의 확인이 중요하게 부각된다. 마지막 확인은 사별한 부

인이 주었다는 산호 동곳이다. 애랑이 방자에게서 얻은 동곳을 돌려주자 배비장은 오히려 어이없어 하며 "이제 이 동곳을 꽂으면 무엇하랴. 내 마음은 이미 동곳의 맹세를 떠나버린 것을……"(뮤, 508면)이라며 애랑과의 사랑을 재차 확인한다.

상황이 이러기에 배비장이 정의현감으로 부임하는 것은 다시 배비장을 속이고 붙잡아 두는 과정을 필요로 하지 않는다. 이어서 칙지를 받는 상황은 두 사람의 사랑이 지속되기 위한 조건이자 일종의 선물인 셈이다. 바로 새 관복을 입히며 목사는 "배비장, 그대 잠시 속은 것은 괘념치 말고 애랑을 데리고 새 도임지로 가서 부디 치민 선정하여 성의에 보답"(뮤, 508~509면) 하라고 한다. 애정 수난과 이를 극복한 완벽한 사랑의 승리다. 뮤지컬 〈살짜기 옵서예〉는 호색한 인물의 풍자를 위주로 한 세태서사의 문법을 따르지 않고 애정 수난과 극복이라는 애정서사의 문법을 구현하고 있는 것이다. 원작에서 양반 계급의 위선과 권위를 비판하고자 배비장을 조롱한 것이 오히려 애정 수난의 요소로 작용된 셈이다.

풍자가 두드러진 「배비장전」을 왜 이렇게 변개시켰을까? 이는 '최초의 뮤지컬'이라는 시도에서 성공하기 위해 작가적 예술성이나 작품성보다는 대중성을 적극적으로 추구한 결과다. 곧 팜플렛의 문구처럼 "갑돌이와 갑순이에서 공자님까지 즐길 수 있는 예그린 뮤우지컬!"을 만들기 위해 "눈물의 감상성, 성의 관능성, 웃음의 해학성, 몽상의 환상성"을 강조한 것인데, 그러기 위해서 우선 이른바 '고무신 관객'들을 극장으로 모으기 위해 풍자가 아닌 순애보적 사랑을 기본 구조로 하여 상처한 배비장의 갈등과 애랑의 유혹으로부터 진정한 사랑을 추구하기까지 사랑의 성취에 초점을 맞추고자 했다. 그 결과 비판과 풍자보다는 해학적이고 낭만적인 이야기인 '낭만적 희극'으

로 바뀌게 된 것이다.[59]

이는 예그린 악단이 5·16군사쿠데타 핵심 세력인 김종필의 주도로 "한국의 전통적인 민속예술의 계승과 활성화 및 대중화"라는 취지로 창단된 것과 무관하지 않다. 당시의 예그린 악단은 정치적 혼미와 사회적 불안을 겪은 국민들의 민심을 한시 바삐 수습하고 고무하기 위해 5·16군사쿠데타 핵심 세력들에 의한 민심 안정책의 일환으로 기능하게 되었다 한다.[60] 그런 정치적 지향을 지닌 예그린 악단의 첫 작품이 바로 〈살짜기 옵서예〉다. 당연히 당대 집권층인 양반 계급을 풍자하고 조롱하는 것은 있을 수 없는 일이고, '전통적인 민속예술의 계승'이라는 미명 아래 심각함 없이 유쾌하게 웃고 즐길 수 있는 해학과 낭만적 사랑으로 일관하게 된 것이다.

구체적으로 1965년 한일협정체결과 1966년 여당 단독으로 처리한 베트남 파병에 대한 국민들의 반발이 거세였던 정국에서 이를 전환시키기 위해 신나고 경쾌한 대규모의 '한국적 뮤지컬'이 필요했던 것이다. 작품의 선정은 설화, 야담, 소설 등 다양한 소재 81편 중에서 1차로 「춘향전」, 「심청전」, 「흥부전」, 「배비장전」 등 34편이 선정되었고, 그중에서 코믹한 요소와 탐라의 토착적 서정이 두드러진 「배비장전」이 결정된 것이다.[61] 「배비장전」은 무엇보다도 희극성이 두드러지고, 「흥부전」이나 「심청전」처럼 현실의 처절함도 드러나지 않으며 풍자를 제거하고 배비장과 애랑의 사랑으로 서사의 초점을 맞추면 뮤지컬의 관습대로 '낭만적 사랑'을 부각시킬 수 있기 때문이다.

애랑 역으로 당시 최고의 인기를 구가했던 패티 김이 맡아 1966년 10월

---

59 위의 글, 17~35면 참조.
60 위의 글, 15면.
61 최창권, 「뮤지컬」, 『한국음악총람』, 한국음악협회, 1991, 521면 참조.

26~29일에 무려 7회나 상연해 1만 6천 명의 관객을 동원했으며, 이 작품은 한국 뮤지컬의 대명사로 2013년까지 무려 7대에 이어 공연될 정도로 인기를 누렸다.[62] 결과적으로 최초의 한국적 뮤지컬 〈살짜기 옵서예〉는 5·16쿠데타 주도 세력의 정치적 의도가 개입돼 신랄한 풍자를 제거하고 해학과 낭만적 애정을 버무린 한국 뮤지컬의 '기획된' 정전正典으로 만들어졌던 것이다.

2) 현실을 반영하지 못한 해학극, 마당놀이 〈배비장전〉

김상열의 마당놀이 〈배비장전〉은 민주화의 열기로 뜨거웠던 1987년 11월 마당세실극장에서 초연된 작품으로 같은 시기 극단 '미추'의 마당놀이 〈배비장전〉도 있다. 우선 김상열의 마당놀이 〈배비장전〉은 채만식의 소설을 비롯하여, 영화와 뮤지컬에서 제거됐던 풍자가 다시 회복되는 특징을 보여준다. 배비장이란 인물도 상처한 양반이 아닌 "돈을 주고 비장직위를 사서 양반 행세를 하는 속된 인물"로 설정된 데다가 "본색이 건달인 배비장인지라 미녀가 많은 제주도에 가면 필경 방탕하게 될 것을 두려워한 그의 부인이 감시자로서 방자를 딸려 보내"[63]는 정도다. 원작처럼 호색적인 성격으로 등장하니 풍자 대상으로 필요조건을 갖춘 셈이다. 그래서 「배비장전」 중에서 풍자가 잘 드러난 세 장면, 즉 배비장과 방자의 내기 장면, 애랑의 유혹 장면,

---

62 1대 공연 : 1966.10.26~29 / 2대 공연 : 1967.2.22~29 / 3대 공연 : 1971.1.1~6
   4대 공연 : 1978. 9 추석특집 / 5대 공연 : 1978.10.6~10 / 6대 공연 : 1996.1.31~2.4.
   7대 공연 : 2013.2.16~3.31.
63 김상열, 「배비장전의 해설과 줄거리」, 『마당놀이 황진이』, 백산서당, 2000, 355면. 앞으로 이 작품의 인용은 괄호 속에 '마당'이라 적고 면수만 표시한다.

궤 속에서 조롱당하는 장면 등으로만 구성되었다.

배비장과 방자의 내기 장면은 원작에서 정비장과 애랑의 이별 장면을 목격하고 발단된 것인데 여기서는 배비장의 아내가 방자를 감시자로 딸려 보내면서 둘 사이에서 시작된다. 방자가 제주의 일등 명기 애랑을 거론하자 배비장이 '양반의 정체'를 들먹거리며 "애랑이 아니라 천하일색 양귀비를 내 앞에 갖다 줘 봐라. 눈 하나 깜짝하나"(마당, 351면)라며 호언장담하면서 내기를 하게 된다. 원작에서는 말을 달라고 하는데 여기서는 상투를 달라고 한다. 상투는 뮤지컬에서 애랑이 달라고 했던 것처럼 양반의 권위를 상징한다. 방자는 상투를 달라고 하면서 양반의 권위를 꺾으려는 시도를 한 셈이다.

두 번째는 애랑의 유혹 장면으로 저 유명한 목욕 장면이 등장한다. 목욕하는 애랑을 보면서 배비장이 "쌍놈의 눈이라 양반의 눈보다 대단히 무디구나" 하자, 방자가 "예, 눈에도 양반 쌍놈이 따로 있어 소인의 눈깔은 나리보다 무디어 저런 잡것은 아니 보입니다만 나리의 눈깔은 양반의 눈깔이라 남녀유별의 체면도 모르고 규중처녀 목욕하는 거나 은근히 구경하시는군요. 조심하십시오. 나리 근래 한양 양반들 양반 행세하며 그저 계집이라면 이것저것 가리지 않고 욕심을 부리다 봉변당하는 게 한 둘이 아니옵니다"(마당, 368면)라며 쏘아댄다. 이 대목에서 이전의 작품과 다르게 방자의 신랄한 풍자가 두드러지는데 원작의 내용을 그대로 가져왔기 때문일 것이다. 다만 상황을 흥미롭게 이끌어 갈 수 있는 '애드리브adlib'를 넣어 분위기를 살렸다.

세 번째는 피나무 궤 속에서 조롱당하는 장면으로 원작의 사건들을 그대로 재현했는데 애랑이 배비장의 이빨 뽑는 장면을 추가했다. 마당놀이에서는 정비장과의 이별 장면이 없기에 이 부분에 넣어 봉변당하는 항목으로 추가한 것이다. 그 뒤 원작에서처럼 거문고로 만들어 조롱하고, 피나무 궤 속에 넣어 불, 톱, 쇠꼬챙이 등으로 온갖 장난을 치며 배비장을 희롱하다가 바닷물에 띄워 보낸다며 동헌 마당에 놓는다. 이 부분은 열려진 마당놀이의 특성상 가장 핵심이 되는 장면으로 1987년 당시 시대적인 상황들을 대입시켜 얼마든지 내용의 변개와 애드리브가 가능한 부분이다.

하지만 마당놀이 〈배비장전〉은 그런 장점을 잘 살리지 못하고 원작의 사건을 그대로 가져와 "제주의 배걸덕쇠"(마당, 386면)임을 고백하게 하고 벌거벗은 몸으로 궤 속에서 나와 헤엄치는 모습을 관아의 사람들이 지켜보게 했다. 그런데 마당놀이에서는 그 절정의 장면에서 사또, 방자, 애랑 세 사람만 등장한다. 지문을 통하여 "궤짝의 문을 연다. 배비장 두 눈을 질끈 감고 궤에서 뛰어나와 땅에 엎드려 열심히 개헤엄을 친다. 사방에 머리를 들이 박는다. 사또, 방자, 애랑, 배꼽을 잡고 웃는다"(마당, 386면)라고 설명한다.

원작에서는 "한참 이 모양으로 헤어 갈 제 동헌 댓돌에다 대궁이를 딱 부딪치니, 배비장이 눈에 불이 번쩍 나서 두 눈을 뜨며 살펴보니, 동헌에 사도 앉고 대청에 삼공형三公兄이며 전후좌우에 기생들과 육방관속六房官屬, 노령배奴令輩가 일시에 두 손으로 입을 막고 참는 것이 웃음이라"(원작, 92면)고 했다. 원작에서는 관아의 모든 사람들이 이 정황을 지켜보도록 함으로써 열린 공간에서의 풍자로 매듭지었는데, 마당놀이에서는 오히려 풍자의 범위가 축소돼 사또, 방자, 애랑, 배비장의 네 사람만 등장하는 일종의 '밀실 게임'으로 만들었다.

이는 마지막 대사에서도 차이를 보인다. 피나무 궤에서 나와 헤엄치는 배비장을 보며 원작에서는 "자네 저것이 웬 일인고?" 하자 배비장이 어이없어 하며 "소인의 친산親山이 동소문東小門 밖이옵더니, 근래 곤손풍坤異風 들어 이 지경이 되었"(원작, 92면)다고 한다. 마지막 순간까지 문자를 쓰며 위신을 세우려는 양반의 허위의식을 여지없이 보여주지만 마당놀이에서는 사또가 "(웃으며) 내 육십 평생에 땅 위에서 개헤엄 치는 사람 처음 봤"다고 하자 배비장이 "(주위를 확인한 뒤 털썩 주저앉으며 큰소리로) 나두요."(마당, 386면)라며 해학으로 일관한다.

마당놀이는 마당극과 달리 전통소재를 차용하여 현실을 반영하고자 하는 장르로 1981년 MBC 창사 20주년을 맞아 마당놀이 〈허생전〉에서 시작되어 이후 방송매체를 중심으로 연례화되면서 하나의 공연양식이 되었다. 그러기에 재야에서 주로 공연됐던 마당극이 '치열한 현실개혁'을 목표로 한다면 방송사에서 주도하는 마당놀이는 '신명나는 놀이'를 목표로 했던 것이다.[64]

제5공화국 시절인 1981~1988년에 공연된 마당놀이 작품들, 〈허생전〉(1981), 〈별주부전〉(1982), 〈놀부뎐〉(1983), 〈이춘풍전〉(1984), 〈방자전〉(1985), 〈봉이 선달전〉(1986), 〈배비장전〉(1987), 〈심청전〉(1988) 등이 군부독재 아래에서 사회고발적인 발언을 할 수 없기에 고전을 통해서 우회적으로 현실의 모습을 풍자하여 관객들의 지지를 받으면서도 정부의 탄압 없이 공연을 계속할 수 있었다고 한다면[65] 이는 현실을 반영한 풍자보다는 현실과 무관한 웃음을 유발시키고 신명나는 놀이판을 만들었던 해학에 기반했기 때문일 것이다. 마당놀이 〈배비장전〉 역시 그러한 해학성이 두드러지고 당시 현실과 연관된 어떤 풍자도 보여주지 못했다.

이 작품이 공연됐던 1987년 11월은 1980년대 민주화운동이 가장 절정에 달했던 시기이며 대선정국이기도 했다. 자연 마당놀이의 특성상 군부독재와 대선에 관한 언급이 없을 수 없는데 여기서는 이에 대한 언급을 전혀 찾아볼

---

64 이유라, 「극단 '미추'의 마당놀이 연구」, 동국대 석사논문, 2005, 16~17면 참조.
65 위의 글, 21~22면.

수 없다. 오히려 같은 해에 공연된 미추의 마당놀이 〈배비장전〉이 당시 민감했던 대선정국을 흥미롭게 그리고 있다. 배비장과 애랑의 후보가 난립하면서 방자의 입을 통해 "저마다 하겠다고 나서도 말썽이요, 모두 안하겠다고 물러서도 말썽입니다. 그려. 여하튼 시끄럽게 싸우면 엉뚱한 일이 일어나게 마련입니다. 제 말이 무슨 뜻인지 다 아시겠지요?"[66]라고 국민의 염원이었던 대통령 직선과 야당후보 통합이 잘 이루어지지 않았던 당시 대선정국의 문제를 거론하고 있다. 1987년에 공연된 〈배비장전〉은 원작의 풍자 구조를 가져왔지만 당시 뜨거웠던 민주화운동의 요구와 현실에 대한 풍자를 작품에 충실하게 반영하지 못하고 해학으로 일관함으로써 당대의 시대적 요구를 담아내지 못한 아쉬움을 남겼다.

3) 흥겨운 해학의 유쾌한 무대, 창극 〈배비장전〉

국립창극단의 창극 〈배비장전〉은 2013년 12월 14~18일 다시 공연된 작품이다. 마당놀이가 마당을 활용한 연극적 표현과 놀이성을 중시한 반면 창극은 판소리 창唱 자체의 연극적 표현성에 절대적으로 의지하고 있는 장르다.[67] 그러기에 창극 〈배비장전〉은 재담 중심의 마당놀이와는 달리 노래(창)를 중심으로 연극적 대사와 춤이 수반되는 형태를 띠고 있다. 더욱이 「배비장전」은 애초 판소리 열두 마당에 속한 작품이니만큼 창극으로의 변개가 어떤 장르보다도 가장 손쉬웠을 것이다. 1936년 조선성악연구회에서 정정렬丁

---

66 김지일, 「마당놀이 배비장전」(공연대본, 1987, 7면), 위의 글, 31면에서 재인용.
67 백현미, 「심청전을 읽는 두 가지 독법」, 『연극평론』 28, 한국연극평론가협회, 2003, 122면.

貞烈(1876~1938)의 연출에 의해 이미 창극으로 공연됐거니와 해방 이후에는 1963년 국립창극단의 제3회 정기공연으로 선을 보였으며, 1973년, 1975년, 1988년, 1996년, 2000년, 2012년, 2013년 꾸준히 무대에 올랐다. 판소리로는 창을 잃을 정도로 인기를 끌지 못했던 「배비장전」이 오히려 창극으로는 인기를 누린 셈이다.

창극 〈배비장전〉은 2012~2013년 시즌과 2013~2014년 시즌의 경우 12월에 공연하는 전통을 지켜오고 있다. 한 해를 마무리 하면서 심각함이나 골치 아픈 것을 잊고 부담 없이 홍겨운 시간을 갖기 위해서일 것이다. 창극 〈배비장전〉의 기본적인 미학과 기능 역시 해학과 홍겨움이며, 그것이 힘겹고 복잡한 현대 사회에서 절실하게 필요했던 것이기에 창극으로 인기를 끌었던 것이다. 그러기에 '희창극' 혹은 '코미디 창극'으로 불릴 정도로 풍자보다는 '홍겨운 해학성'에 중심을 두고 있다. 일종의 '고전 코미디물'로 2013년 공연된 창극 〈배비장전〉의 노래 구성은 아래와 같다.

판을 여는 마당	배비장전 서곡(모두)/ 한양성중 선달 하나(도창)/ 삼다도라 천리 제주(어머니, 배비장, 아내)
첫째 마당	전패령 비껴 차고(도창)/ 선왕도에 대풍하여(도사공, 노꾼들)/ 미역섬을 바삐 지나(모두)/ 백발성성 양친부모(비장들)/ 천지건곤 일월성신(도사공, 노꾼들)/ 민요 '이어도 사나'(해녀들)
둘째 마당	잘 있거라 나는 간다(정비장, 애랑)
셋째 마당	민요 '둥그래 당실'(기생들)/ 민요 '용천검'(기생들, 행수 기생)/ 만물만사가 무릇(김경, 배비장)

넷째 마당	이튿날 날 밝으니(도창) / 민요 '봄노래(기생들)' / 민요 '봉지가(애랑)' / 저 여인 거동보소(비장들, 방자)
다섯째 마당	한라산 고운 정기(배비장) / 어허라 좋을씨고(도창)
여섯째 마당	민요 '통영 개타령' / 어두운 야삼경에(배비장) / 둘이 방안에 들어서자마자(도창) / 에헤여루 다리어라(방자, 남자들)
일곱째 마당	민요 '서도·뱃치기 소리'(방자, 합창) / 민요 '이어도 사나'(여자들) / 허망하네(배비장)
판을 닫는 마당	귀경났수다 귀경났어(도창, 합창)[68]

김삼불본에 따라 정의현감에 부임하는 뒷부분이 생략되고 궤 속에서 나와 망신당하는 대목까지 판이 짜진 것이다. 그렇다면 사건 전개의 주요 갈등은 무엇인가? 대본을 쓴 오은희는 "이번 공연에서는 배비장이 조상대대로 새우젓갈 장사로 지내온 것을 감추고 학자인 척, 도도한 양반인 척하는 허위의식을 좀 더 부각시켰"으며, "제주 해녀와 공방고자 등의 대사를 통해 한양에서 오는 목민관들의 수탈을 제주도민 나름의 유쾌한 방법으로 풍자하며 목민관들의 권위에 도전하는 모습을 강조했"(4면)다고 한다.

첫째 마당에서 해녀들이 〈이어도 사나〉를 부르고 나서 새로 도입하는 목사 일행을 보고 "저기 또 한 패거리 내려온다"며 "가는 놈 가는 길에 털고 오는 놈 오는 길에 터니 우리는 무얼 먹고 사나"[69]라고 한탄한다. 그리고 뒤 이

---

68 「창극 〈배비장전〉」(공연책자), 국립극장, 2013, 12면. 인용 시 「공연책자」로 적고 해당 면수만 적는다.

69 둘째 마당 마지막 부분. 창극의 인용은 국립극장 공연예술박물관 자료실 소장 촬영본(2013.12.18, 이소연 촬영/123분)에 의한다. 공연기록 영상은 공연 시기에 따라 애드리브가 있기에 대사에 약간의 차이를 보인다. 작품의 인용은 촬영본에 의거하기에 별다른 표시를 하지 않는다.

어 정비장과 애랑의 이별 장면에 앞서 "저 보라. 참말로 애랑이가 정비장을 홅는구나"라고 한다. 이는 둘째 마당에서 전개되는 애랑의 행위가 바로 한양 관리들의 수탈에 대한 저항의 의미로 연결됨을 암시한다. 정비장의 앞니를 뺀 공방고자 역시 이를 빼어 들고 애랑과 같이 "여기가 제주도라!"고 당당하게 외치며 한양의 관리들을 향하여 올 테면 와봐라 하는 과장된 동작도 보여준다.

한양의 권력을 상징하는 비장들과 수탈을 당해야 하는 제주도민들의 저항을 제주민들, 곧 해녀와 공방고자, 애랑을 통해서 드러낸 셈이다. 「작품해설」에서도 "창극 〈배비장전〉은 시공간적으로 보면 한양과 제주, 중앙관리와 제주민의 저항이 묘하게 걸쳐 있다. 제주도는 늘 말한다. 육지로부터의 착취와 이에 대한 저항의 역사가 있다"(「공연책자」, 7면)고 하며 2013년 창극 〈배비장전〉은 특히 이런 제주민의 저항을 적극적으로 형상화했다고 한다.

그런데 실제 창극을 보면 중앙에 대한 제주민들의 저항이 주요 갈등을 차지하거나 사건 전개의 중심 계기로 부각되지 않는다. 작가의 말처럼 해녀와 공방고자, 애랑 등 주변 인물들의 행위를 통해서 부차적으로 나타날 뿐이다. 무엇보다도 작품의 중심 갈등이 배비장과 제주목사를 통해서 구현되기 때문이다. 작품의 서두에서 해설자가 등장하여 "제주는 여자가 많고, 한양은 한량이 많기로 유명하"다며 이 작품이 한양 한량들의 호색함이 제주에서 어떻게 수난 당하는가를 부각시키려 함을 보여준다.

배비장은 이름이 '배걸덕쇠'로 등장하며, "직업이 비장"으로 "마포에서 새우젓 장사로 돈을 많이 벌어" 행세하는 허랑방탕한 인물로 설정되었다. 작가도 "배비장이 조상대대로 새우젓갈 장사로 지내온 것을 감추고 학자인 척, 도도한 양반인 척 하는 허위의식을 좀 더 부각시켰"(「공연책자」, 4면)다고 한다. 게다가 배비장은 "옥골선풍 타고나니 인물값을 하느라고" 여색을 밝혀 여난이 끊이질 않자 가훈이 아예 '여색조심'일 정도다. 그러니 여자 많다는 제주로 떠날 때 모친과 부인이 "주색잡기 했다가는 가문망신이니 구대정남九代貞男 잊지마라"라고 단단히 당부한다. 배비장도 내심과는 달리 "여자는커녕 강아지라도 희롱하면 뒷집 개아들"이라고 다짐한다.

배비장은 모친과 부인에게 여색을 가까이 하지 않겠다고 다짐했으니 본심은 주색을 즐기고 싶지만 이를 지키느라 참아야 하는 형국이다. 어찌 보면 주색의 유혹과 이를 물리쳐야 하는 자신과의 싸움이 주요 갈등으로 부각된 것이다. 제주목사가 "자네도 수청기생 하나 데리고 가서 객고를 풀게나" 하자 "부모처자에게 약조했으니 남아일언중천금이라, 어찌 그 약조를 어기리까?"라는 대답은 그 정황을 잘 보여준다. 정비장과 애랑의 이별 장면에서 방자와의 내기가 없는 것도 이런 이유에서다. 장담을 말라는 방자의 말에 "이놈, 니가 양반의 성정을 어찌 알고 주둥이를 함부로 놀리느냐. 구대정남 양반이 그깟 천한 기생쯤이야"라고 일축한다. 상황이 이러니 방자와의 계급적 갈등은 아예 드러나지도 않는다.

인물의 대립과 갈등이 두드러진 부분은 제주 목사의 도임 후 기생점고에 서다. 기생들이 등장하여 〈둥그래 당실〉을 부르며 목사, 비장들과 즐기는 판에 배비장이 등장하여 "사또 나리, 우국충정의 밤을 어찌 한낱 기생의 수청으로 보낸다 하오"라고 문제를 제기하며 "첫 부임행차에 미색부터 탐하니 심히 염려되오!"라고 대들자, 목사는 여기에 발끈하여 내기가 시작된다. 제주 목사는 "자네가 여기 있는 동안 구대정남 약조를 지킨다면 내가 제주 정의현감 자리를 내어줌세. 허나 만약 그 약조를 어긴다면 자네는 제주도민 모두가 보는 앞에서 발가벗고 환풍정을 한바퀴 돌아야 할 거야"라고 제안하고 배비장이 "예, 그리하고 말고요"라 하여 내기가 시작된다.

목사와의 내기는 "허어, 배비장 어지간히 하게나"라는 대꾸에서 보듯 원작이나 다른 번개 작품에서처럼 경직된 성격을 고쳐 준다는 의도를 넘어서 자존심을 건 싸움으로 발전한다. 목사의 생각은 "만물이 음양이치로 생겨나 음과 양이 조화를 이루지 못하면 병사가 생기는 법, 천리타향에 와서 기생수청 받는 것이 무슨 큰 허물이 되겠나?"는 것이다. 바람직한 것은 아니지만 주색을 즐기는 것은 어쩔 수 없다는 논리다. 그런데 그 기생들을 관장하는 것이 바로 예방비장인 배비장의 소임이다. 그러기에 배비장의 도도한 척 하는 언행은 주색을 마음껏 즐기기 위해서라도 제압할 필요가 생기는 것이다.

지방관이 새로 부임하여 관아에 속한 기생과 질탕하게 놀고 수청을 들이는 것은 당시의 관례였다. 다산茶山도 『목민심서』에서 "창기들과 방탕하게 노는 것은 三代의 先王의 풍속이 아니다. 후세에 이르러 오랑캐의 풍속이 점차 중국으로 물들어가서 드디어 우리나라에 미친 것이다. 백성의 수령된 자는 결코 창기와 친해서는 안 된다"[70]고 했지만 당시 지방관들의 방탕한 세태를 교정하기는 어려웠다. 심지어 "관리가 창녀를 끼고 노는 데 대해서는 법률이 지극히 엄하다. 그러나 이미 기강이 해이하고 어지러워 습속이 굳어진 지 오래 되었으므로 이제 갑자기 이를 금하는 것은 소동을 일으키는 일이다"[71]라고까지 말할 정도였다.

불법이지만 관례에 따라 즐기려는 목사와 즐기고 싶지만 약조가 있어 명분을 내세우는 배비장 간의 팽팽한 내기가 중심 갈등과 사건을 형성하기에

---

70 정약용, 『역주 목민심서』1, 창작과비평사, 1978, 95면. "娼妓縱淫 非三古先王之俗 後世夷俗 漸染於中國 遂及吾東 爲民牧者 決不可狎昵娼妓."
71 정약용, 『역주 목민심서』5, 창작과비평사, 1985, 106면. "官吏挾娼 法律至嚴 然 旣弛旣亂 久已 膠合 今猝禁之 騷擾之術也."

방자와 애랑은 보조적인 위치로 밀려난다. 애랑은 목사의 지시를 받아 배비장을 훼절시키는 일에 참여하고, 방자 역시 주체적인 풍자자로서의 역할을 제대로 수행하지 못한다. 앞에서 배비장과의 내기도 없었거니와 애랑의 목욕 장면을 훔쳐보는 대목에서도 배비장이 "쌍놈의 눈이라 대단히 무디구나" 하자 "쌍놈, 쌍놈, 말끝마다 쌍놈! 듣는 쌍놈 참"이라며 불평을 토로하는 정도다. 원작에서 보이는 계급적 갈등에서 촉발된 통렬한 풍자는 보이지 않는다.

그 뒤에 이어지는 배비장의 훼절과 궤 속에 넣어 조롱하는 장면에서도 풍자는 사라지고 흥겨운 해학만이 남는다. 훼절과 조롱 부분에 해당하는 여섯째 마당과 일곱째 마당의 노래들, 〈어두운 야삼경에〉, 〈둘이 방안에 들어서 자마자〉, 〈에헤여루 다리어라〉, 〈서도 뱃치기 소리〉, 〈이어도 사나〉는 대부분 자진모리나 중중모리 가락으로 구성되어 흥겨우면서도 골계미가 두드러진다. 배비장이 자신의 신세를 한탄하는 〈허망하네〉만 중모리 장단이다. 잘난 척하는 배비장을 제물로 관아의 모든 사람들이 한바탕 신나는 잔치를 벌이는 형국이다.

그런데 이 잔치판에 제주민의 목소리는 들리지 않는다. 모든 일들이 목사의 주도와 계획으로 진행됐기 때문이다. 뱃사람 흉내를 내며 배비장에게 거주와 성명을 묻고 "분명 유부녀 통간하다 그 지경이 되었수까?"라고 확인까지 하는 것이 제주목사다. 그리고 발가벗고 궤에서 나와 헤엄치는 배비장을 보고 다른 텍스트에서는 그 지나침을 불쾌하거나 미안한 마음에 정의현감을 주선하고 애랑을 첩으로 내어주는 역할을 수행하지만, 여기서는 배비장을 회복하기 어려운 지경까지 밀고 나간다. 애랑에게 "너의 영민한 꾀로 배비장을 훼절시켰으니 상금 만 냥을 내주"도록 지시한 다음 죽여 달라는 배비장을 보고 "죽이다니? 우리 내기를 하지 않았던가? 자네는 그 모양, 그 모습으로 환풍정 한 바퀴 돌고 오게. 한 입으로 두 말 할까? 방자야, 배비장 어여 모시고 다녀 오거라"라 한다.

제주목사는 배비장과의 이른바 '주색 논쟁'에서 완전한 승리를 거두고 약속한 벌칙까지 제시하여 배비장을 철저하게 망신시킨다. 목사의 의도는 무엇일까? 목사의 행위는 경직된 것을 고쳐준다는 것 이상의 강한 대결의식을 보여준다. 바로 적법한 명분을 내세우는 예방비장을 꺾어야만 주색을 마음껏 즐길 수 있기 때문이다. "맑은 물에는 고기가 살지 않는 법!"이라며 배비장의 고고함을 꺾었지만 실상 목사도 도덕적 우위에 설 수 있는 입장이 아니다. 당시 관례에 따라 주색을 즐기는 것이 별 허물이 되지 않는다는 생각인데 명분을 내세우며 대들어서 자존심을 걸고 꼼짝 못하게 제압한 것이다. 이런 주색 논쟁에서 발단된 사건을 활용하여 원작에서처럼 경직함을 교정시키기 위한 것도, 양반의 위선을 풍자하는 것도 아닌 그저 흥겹고 신나는 무대로 만든 것이다. 판을 닫는 마당에서 해설자가 등장하여 "유쾌, 상쾌, 통쾌한 귀경 잘 하셨수까?"라며 유난히 흥겨움을 강조하는 것도 그런 맥락이다. 마지막 노래인 〈귀경났수다 귀경났어〉는 그런 정황을 잘 보여준다.

귀경났수다 귀경났어.
우리 제주 환풍정에 횐횐장부 알비장 배걸덕쇠,
미인미색 절세가인, 천하 좋은 귀경났소.
홀랑 벗고 뛰고 보니, 잘 나고 못나기가 손바닥 뒤집기요,
귀하고 천하기는 동전의 양면이라.(13면)

인간의 품위과 귀천이 별 차이 없다는 것이 판을 닫는 마당에 당부하는 말

이다. 그럼 무엇인가? 잘 나 봐야 별거 없으니 그저 폼 잡거나 따지지 말고 돌고 도는 세상 즐기며 살라고 하는 것이 아닌가. 그러기에 창극 〈배비장전〉은 잘난 척 하는 배비장을 제물로 마음껏 조롱하며 홍겨운 해학으로 일관한 것이다.

4) 풍자도 해학도 없는 신파 '미기담', 제주 오페라 〈拏 : 애랑＆배비장〉

「배비장전」의 콘텐츠 중에서 제주의 지역성과 관련하여 유난히 눈에 띄는 작품이 있다. 제주 오페라단에 의해 2013년 11월 15∼17일에 제주 아트센터에서 공연된 된 오페라 〈拏 : 애랑＆배비장〉(이하 〈拏〉로 약칭)이다. 더욱이 제주 오페라 〈拏〉는 2013년 6월 제주 문화콘텐츠 개발사업(보조금 3억, 자부담 3천 3백만)에 선정되어 무대화된 작품으로 제주의 특성을 다수 반영했다 한다. 주인공인 애랑 역으로 제주 출신의 성악가 강혜명을 캐스팅하여 감칠맛 나는 제주 방언을 자연스럽게 구사했으며, 〈오돌또기〉, 〈느영나영〉, 〈이어도 사나〉, 〈봉지가〉 등 제주의 민요와 민속적 리듬을 잘 살려 제주의 정서를 오페라로 구현했다고 한다. 제주 오페라단의 단장은 "앞으로 계속 수정 보완해 정말 제주를 대표할 수 있는 오페라로 만들겠다"는 포부를 밝히기도 했다.[72]

〈拏〉는 분명 대부분의 「배비장전」 콘텐츠들이 중앙에서 만들어진 것과 달리

---

72 이상의 내용은 장일범, 「제주 오페라단 〈拏 : 애랑＆배비장〉 리뷰」, 다음 카페 '제주 오페라 사랑 (http://cafe.daum.net/jejuoperalove)' 참조.

대본, 음악, 연출, 출연자 모두 제주 사람들로 구성된 제주 오페라단에 의해 창작, 공연되었다. 일견 제주 사람들이 주체가 되어 제주 지역의 특성을 살려 「배비장전」에서 애랑, 방자, 해녀, 사공 등 제주민 들의 모습을 제대로 형상화했으리라 보인다. 대부분의 문화적 인프라가 중앙에 집중된 어려운 여건 속에서도 지역의 문학, 음악인들이 중심이 되어 지역적인 문화콘텐츠를 만든 점은 대단하지만 과연 그 내용이 얼마나 제주의 시각을 반영하고 있을지는 의문이다.

오페라 〈拏〉는 모두 3막 7장으로 무대배경과 노래의 구성은 아래와 같다.[73]

프롤로그 　　〈오돌또기(합창)〉

1막 1장　　　제주 바닷가 나루터－〈애랑과 정비장의 이중창〉, 〈배비장과 김경의 이중창〉

1막 2장　　　애랑의 집－〈애랑의 독창〉

1막 3장　　　제주 관아(향연)－〈배비장과 방자, 기생들의 합창〉

2막 1장　　　방선문－〈옛날 옛적에(합창)〉, 〈내일이면(합창)〉, 〈영구춘화(애랑의 독창)〉

2막 2장　　　배비장 처소－〈배비장의 독창〉

3막 1장　　　애랑의 집－〈애랑의 독창〉, 〈배비장과 애랑의 이중창〉, 〈가슴이 금착금착(합창)〉

3막 2장　　　동헌－〈이어도 사나(합창)〉, 〈꿈에 그리던 내 사랑이여(배비장과 애랑의 이중창)〉,

73　창작 오페라 〈拏 : 애랑&배비장〉의 대본과 악보는 작업에 참여한 제주대 양진건 교수의 도움으로 얻어 볼 수 있었다. 어려운 여건 속에서도 제주의 작품을 만들려 노력했던 제주 오페라단과 양 교수의 호의에 감사를 표한다. 자료의 인용은 여기에 의거하며 인용은 괄호 속에 대본의 면수만 적는다.

〈봉지가 개사(합창)〉

「배비장전」은 앞서 살펴보았듯이 배비장이 정의현감으로 부임하는 뒷부분까지 포함하여 「배비장전」의 전체 서사 구조를 장면화하면 ① 제주까지의 여정, ② 애랑과 정비장의 이별, ③ 향연과 목사·애랑의 공모, ④ 한라산 유산遊山과 애랑의 유혹, ⑤ 편지를 통한 구애, ⑥ 자루와 궤 속에 들어가 조롱당함, ⑦ 정의현감으로의 부임 등의 일곱 장면으로 짜여 있음을 알 수 있다. 오페라 〈拏〉에서는 장면수는 같지만 「배비장전」 서두의 제주까지 여정과 맨 뒤의 정의현감 부임은 제외시키고 대신 원작에는 없는 애랑의 집 장면(1막 2장)을 추가하였다. 애랑이 자신의 처지를 한탄하며 진정한 사랑을 갈구하는 부분이다. 마지막 장면인 3막 2장은 배비장과 애랑이 부르는 사랑의 이중창 〈꿈에 그리던 내 사랑이여〉로 마무리 된다. 더욱이 작품의 제목도 〈拏: 애랑&배비장〉으로 애랑과 배비장이 각각 '프리마 돈나Prima Donna'와 '프리모 우오모Primo Uomo' 역을 맡고 있어 이 오페라가 작품의 전체 구조나 인물의 설정에서 이미 '애랑과 배비장의 사랑 이야기'에 초점을 맞춰 작품화했음을 보여준다. 이런 방식의 작품화는 「배비장전」 변개와 콘텐츠의 주류를 차지하는 경향으로 채만식의 소설 「배비장裴裨將」, 신상옥 감독의 영화 〈배비장裴裨將〉과 뮤지컬 〈살짜기 옵서예〉의 계보를 이은 셈이다.

배비장의 인물 캐릭터는 "선비로서의 자부심이 강하다. 자존심이 무척 강하다. 다른 사람들의 이목에 신경을 쓴다. 깊이 생각을 해서 말을 하기보다는 상황을 쉽게 따라가는 성격이다. 그 때문에 의도하지 않은 말이나 행동까지 하게 된다. 다른 사람들의 말에 쉽게 속을 정도로 순수하기도 하지만 어기석기도 하다"(2면)라고 설정되어 있다. 이런 자존심 강하고 순수한 인물이니 애초 풍자의 대상으로는 부적합하고, "장난끼 많은 풍류가객 제주목사"(2면)의 장난에 휘말릴 수밖에 없게 된다. 게다가 채만식의 소설과 영화, 뮤지컬에서 드센 부인이 있거나 상처喪妻한 홀아비로 설정된 것과 달리 미혼으로 등장하니 애랑과의 애정이 별다른 갈등 없이 이루어질 수 있는 전제가 된다.

그렇다면 애랑은 어떤 인물인가? "권위를 내세우던 양반들이 모든 것을 내던지고 구애를 할 정도로 외모가 뛰어나다. 자신을 따르는 남자들을 이용하여 재물을 취하는 것에 거리낌이 없다. 애교를 부리면서 양반들의 입 안의 치아를 뽑거나 옷을 모두 빼앗아 버리기까지 하지만 눈도 깜짝하지 않는다"(2면)고 한다. 이런 도도한 애랑의 짝으로 오히려 순수하고 자존심 강한 배비장이 선택된 것이다. 왜 애랑은 배비장을 좋아하게 됐을까? 그 진행 과정을 보자.

1막 1장에서 배비장과 제주목사가 등장해 자신의 처지에 따라 이중창을 부르는데, 배비장은 "공자 맹자 학문을 이어받아 / 입신양명하여 이름을 남기는 것. / 나랏님이 내 맘 아시고 / 제주에 비장 자리 주셨네. / 낮에는 맹자를 배우고 / 밤에는 공자를 익혀 / 하늘의 이치 깨달아 큰 선비 되리라"(7면) 하고 굳게 다짐하지만, 제주목사 김경은 "논어 맹자 백날을 읽어서 / 하늘의 이치를 어찌 알까? / 음양오행 남녀정욕 / 그게 바로 하늘의 뜻 / 나랏님이 그 뜻 알고 / 제주에다 비장 자리 주었으니 / 논어 맹자 때려 치고 / 운우지정 사랑부터 알아보자"(7~8면)고 둘러 댄다. 여기서 순진하고 고지식한 선비 배비장과 '풍류가객' 김경의 성격이 대조적으로 드러난다. 서로의 입장이 이렇게 팽팽히 맞서다 김경이 "내기하지?"(8면) 하자 배비장도 "좋소"(8면)라며 딱히 필연적 계기도 없이 갑자기 내기로 발전한다. 배비장이 여색에 넘어가느냐 마느냐를 두고 넘어가지 않으면 김경은 현실성이 없는 "배비장의 말"(8면)이 되겠다고 하고 넘어가면 배비장은 "나리의 종"(8면)이 되겠다고 한다.

「배비장전」의 원작이나 대부분 콘텐츠에서 배비장이 기생들과 어울리지 않고 홀로 고고하게 지내는 것을 보고 목사가 내기를 제안하는데 여기서는 그런 전제 없이 바로 내기로 들어간 다. 사건의 인과관계가 치밀하지 못한 데다 원작처럼 풍자의 발단이 되는 방자와의 내기는 아예 등장하지도 않는다. 배비장과 애랑의 사랑에 초점이 맞춰졌기에 다른 요소들은 배제하고 이를 중심으로 사건이 진행되기 때문일 것이다.

그 단초를 만들기 위해 1막 2장에서 원작에도 없는 애랑의 한탄 장면을 〈애랑의 노래〉로 삽입했다. "젊은이나 늙은이나 / 원하는 건 내 몸뚱아리뿐 / 양반이나 상놈이나 / 바라는 건 내 입술뿐 / 가엾구나. 애랑아 / 사랑이 넘쳐나라 애랑인데 / 금은보화 정표가 넘쳐도 / 내 손 잡아줄 진짜 사랑은 없네"(9면)라며 한탄한다. 수많은 남자들을 상대해야 하는 노류장화路柳墻花인 기생으로서 육체가 아닌 영혼을 나눌 수 있는 진실한 상대를 원하는 것은 당연한 일이다. 그 상대를 찾고 싶은 간절한 소망이 "그 사람 오거든 / 설운 이야기 쏟아내고 / 어깨에 기대 울어볼테야 / 그런 사내 있었으면 / 그런 사랑 있었으면"(9~10면)으로 드러난다.

노골적으로 자신의 마음에 드는 상대를 찾겠다는 바람을 드러내기에 그 행위가 중심이 되고, 원작에서 중요하게 제기되는 목사와의 공모는 문제가 되지 않는다. "배비장 마음 한번 빼앗아봐라"(10면)는 목사의 제의에 애랑은 "나리 장단에 춤출 생각 없소"(10면) 하다가 붓통을 주자 "생각 한번 해보리다"(10면)라고 시큰둥하게 대답할 정도다. 붓통 하나에 넘어가 목사의 제안을 받아들인 걸까? 확실한 공모의 계기와 확답은 보이시 않는다.

1막 3장에 가서 비로소 애랑과 배비장이 조우한다. 목사의 제의와는 관계없이 원작이나 어떤 콘텐츠에도 없는 거지 모녀에 대한 호의로 둘은 서로에 대해 호감을 가지게 된다. 향연 자리에 거지 모녀가 등장해 구걸을 하고 이를 본 배비장이 자신의 밥과 돈을 건네며, 애랑 역시 약값으로 선뜻 노리개를 내준다. 이 과정에서 애랑은 "저 사내는 누굴까? / 마음이 흔들리네"(12면)라 고백하고, 배비장은 "저 여인은 누굴까? / 마음이 설레이네"(12면)라고 속내를 드러낸다.

〈挐〉는 일단 풍자가 두드러진 「배비장전」의 서사와는 전혀 다른 방식을 취하고 있다. 배비장이 대쪽 같이 자존심이 강한 선비로 등장하는 것은 물론 목사와의 내기나 애랑과의 공모도 서사에서 별로 중요하게 작용하지 않는다. 모든 요소들이 오직 애랑과 배비장의 만남과 애정 성취를 위하여 기능하고 있다. 목사와 배비장의 내기도 애랑을 만나기 위한 계기에 불과하고, 목사와 애랑의 공모도 애랑에게 배비장을 주선하는 역할을 한다. 원작에서 풍자의 주체였던 방자는 아예 존재감이 없으며 오히려 애랑과 배비장 사이를 이어주는 가교 역할을 하는 정도에 그친다.

거지 모녀에게 호의를 베풀어 서로가 호감을 가진 뒤 목사가 등장하여 배비장을 지목하자 애랑은 "(놀란, 하지만 미소 짓는) / 뺏어보리라. / 배비장의 마음. / 가져보리라. / 배비장의 사랑"(13면)이라며 배비장을 자신의 짝으로 만들리라고 다짐한다. 상황이 이러하니 애랑이 방선문 계곡에서 목욕하는 자신의 모습을 보이며 배비장을 유혹할 절차가 무슨 필요가 있겠는가? 2막 1장에서 방자는 공모자가 아니라 오히려 애랑의 부탁으로 배비장을 허기지고 기갈 들게 하여 애랑에게 인도하는 사랑의 중매자 역할을 수행한다. 지친 배비장에게 애랑이 술을 주는 것으로 방자와의 공모를 대신했다. 배비장을 유혹하여 꼼짝 못하게 하는 것이 아니라 호의를 베풀어 자신을 좋아하도록 한 것이다. 유혹의 핵심이 되는 목욕 장면은 벗은 저고리를 배비장이 주어 주는 것으로 대체했다. 이는 마치 채만식의 소설 「배비장」에서 애랑이 배비장과 마주쳐 "싱긋 한번 웃는 것"[74]으로 유혹을 대신하는 것처럼 유혹이 필요 없다는 증좌다.

애랑은 이미 1막에서 배비장에게 마음을 빼앗겼고 배비장을 자신의 사람으로 만들려고 다짐한 바 있다. 반면 2막 2장에서는 상사병에 걸린 배비장이 책을 읽으면서 애랑을 못 잊어 말끝마다 애랑이 등장하는데, 「춘향전」에서 이몽룡이 춘향을 보고 싶어 책을 읽는 과정에서 말끝마다 춘향이라 읊는 것을 가져와 변개하였다. 원작에서는 상사병에 걸린 배비장을 방자가 애랑과 공모해 희롱하는데 여기서는 그런 장면은 없다. 작품의 서사가 방자를 통한 배비장에 대한 풍자가 아니라 애랑과의 애정 성취에 맞춰져 있기 때문이다.

게다가 애랑의 서찰이라고 주는 것이 바로 저 유명한 이옥봉李玉峰의 「자술自述」(혹은 「몽혼夢魂」)이라는 한시다. 주지하다시피 이옥봉은 승지 벼슬하는 조원趙瑗(1544~?)의 첩으로 허난설헌許蘭雪軒(1563~1589)과 같은 시대에 살아 한시로 허난설헌과 쌍벽을 이루던 인물이다. 허균許筠(1569~1618)은 『성수시화惺叟詩話』에서 "나의 누님 蘭雪軒과 같은 시기에 李玉峯이라는 여인이 있었는데 바로 趙伯玉(조원의 字)의 첩이다. 그녀의 시 역시 맑고 굳세어서 얼굴단장이나 하는 여인들의 태도가 아니다"[75]라고 칭찬할 정도였다. 이 시를 쓰게 된 사연인즉 소도둑으로 몰린 이웃의 고소장을 견우와 직녀의 비유

---

74 채만식, 「裵裨將」, 『채만식전집』 6, 창작과비평사, 1989, 110면.
75 허균, 「惺叟詩話」, 『許筠全集』, 성균관대 대동문화연구원, 1981, 238면. "家姉蘭雪一時, 有李玉峯者, 卽趙伯玉之妾也, 詩亦淸壯, 無脂粉態."

를 들어 시로 대신 써준 것으로 조원의 분노를 사서 집안에서 쫓겨나 남편의 부름을 기다리는 자신의 처지를 시로써 표현하게 된 것이다.[76]

여기서 "만약 꿈속의 혼이 자취를 남긴다면若使夢魂行有跡 / 문 앞의 돌길은 반은 모래가 됐을 겁니다門前石路半成沙"라는 표현은 시인의 혼이 님이 그리워서 잠을 못 이루고 배회하느라 집 앞의 돌길이 반은 모래가 됐다는 원망을 담은 말이다. 그만큼 님을 그리워 배회하니 나를 얼른 불러달라는 의도다. 그런데 〈挐〉에서는 이 부분을 "꿈속의 혼이라도 다녀가신다면"(20면)이라고 배비장이 다녀가라는 말로 오역해서 바꿨다. 그렇다면 그 뒤에 이어지는 "문 앞의 돌길은 모래가 될"(20면)거라는 표현은 어울리지 않는다. 단단한 돌길이 모래가 되려면 그만큼 무수한 시간을 지나다녀야 한다. 그 기나긴 기다림의 시간을 표현한 것인데, 어떻게 배비장이 한번 와서 그렇게 되겠는가? 모든 것이 배비장과 애랑의 사랑으로 수렴되기에 전후 문맥 없이 이러저러한 구절들을 다 가져와 사랑을 수식하니 무리가 따른 것이다.

이렇게 서로를 그리워하고 애타게 기다리는데 「배비장전」의 핵심이라고 할 궤에 넣어 조롱하는 장면이 어떻게 가능할까? 애랑은 "오늘 밤은 오시겠지? 비장나리 안 오시면 제주 바다 빠지리라"(21면)라고 할 정도로 배비장을 애타게 그리워한다. 그런데 배비장이 도착하자 애랑은 원작에서처럼 속여서 궤에 넣어 조롱하는 것이 아니라 "꿈이 아냐. / 그대의 숨결, 그대의 온기 / (손을 잡으며) 이렇게 따스한걸. / 꿈은 아냐. / 그대의 입술, 그대의 두 눈. / (안으며) 이렇게 아름답네"(23면)라고 품에 안겨 〈사랑의 이중창〉을 부르며 하나가 된다.

76　박용구, 『韓國奇譚逸話選』, 을유문화사, 1976, 162~164면 참조.

이런 상태에서 어떻게 사랑하는 사람을 궤에 넣어 조롱할 수 있을까? 작품을 보면 "사실은…… 사실은……(무슨 말을 하려다 망설인다)"(23면) 하다가 "(혼잣말) 사내란 믿을 게 못돼! 관기면천이나 생각하자"(23면)라고 입장을 바꾼 것으로 처리했다. 「배비장전」에서 가장 핵심이 되는 궤에 넣어 조롱하는 장면을 제외시킬 수 없으니 사실을 말하려고 고백하려는 장면을 넣었지만 서사적 필연성이 약하다. 애랑과 배비장의 사랑에 초점을 맞추었지만 「배비장전」의 주요 장면은 그대로 유지하자니 이런 부조화가 발생한 것이다.

방자가 남편 행세를 하며 들어오고 배비장이 궤 속으로 숨는 일련의 과정은 일사천리로 진행되고 원작에 보이는 희롱하는 과정은 모두 생략되었다. 3막 2장에서 애랑은 "내가 무슨 짓을 한 거지?"(25면)라며 뒤늦게 사태를 깨닫고 사랑하는 사람, 배비장을 속인 죄책감에 제주목사에게 "멈추세요. 고약합니다"(26면)라고 나서서 제지하기도 한다. 더욱이 궤를 바다에 빠뜨리는 척하는 장면에서는 배비장이 죽을 줄 알고 유언을 전하기도 하는데 그것이 "애랑에게 잘 살라 전해주오"(26면) 라는 말이다. 완연한 신파조다. 마지막은 궤에서 나온 배비장이 애랑을 껴안고 〈꿈에 그리던 내 사랑이여〉라는 이중창을 부르는 것으로 작품은 끝을 맺는다. 이 이중창은 〈拏〉가 풍자나 해학 등 「배비장전」의 다양한 지향을 배제시킨 채 오로지 지순한 사랑의 이야기로만 변개시킨 것이라는 주제적 지향을 단적으로 보여준다.

[함께]   꿈에 그리던 내 사랑이여
[배비장] 나 영원히 그대를 사랑하리라
[애랑]   나의 모든 것을 그대에게 바치리
[함께]   그대의 품에 안겨 그대의 숨결 간직하리

[배비장]　이 밤이 다하도록 [애랑] 이 밤이 다하도록

[함께]　이대로 영원히 (28면)

〈挙〉는 '애랑&배비장'이라는 부제가 의미하듯이 애랑과 배비장의 사랑에 초점을 맞춰 전형적인 '신파 애정극'을 만들었다. 제주목사와의 내기도 목사와 애랑의 공모도, 방자와의 공모도 모든 것이 두 사람의 애정을 위한 장치로 수렴되고 있다. 풍자는 아예 배제했으며 대부분의 콘텐츠에서 빈번하게 나타나는 해학조차도 보이지 않는다. 두 사람의 사랑을 위해 모든 요소가 기능하기에 그리했으리라 여기지만, 이 때문에 「배비장전」의 고정적인 각 장면들과 〈挙〉는 서로 부조화를 이루고 충돌한다. 실상 원작 「배비장전」의 각 부분들은 신랄한 풍자를 위해 구조화된 것이었다. 정비장과 애랑의 이별 장면, 방자와의 내기, 제주목사와 애랑의 공모, 한라산 유산遊山, 애랑의 목욕 장면 훔쳐보기, 유혹에 걸려 든 배비장의 상사병, 애랑 집 방문, 자루와 궤 속에서의 조롱당하기, 벌거벗고 궤짝에서 나와 헤엄치기 등 원작 「배비장전」은 이런 장면들을 통해 양반의 권위와 위선을 신랄하게 풍자하고 웃음거리로 만들었던 것이다.

　그런데 이런 주요 장면들의 틀은 그대로 유지한 채, 순진하고 고지식한 선비와 사랑을 갈구하는 기생의 순수한 사랑으로 작품을 만들었으니 각각의 서사가 서로 충돌하고 부조화를 보이는 건 당연하다. 풍자서사와 애정서사의 문맥은 이질적이어서 서로 맞지 않는다. 서사의 지향이 애초에 다르게 설정됐기 때문이다. 그러다 보니 상황에 맞지 않게 무리하게 서사를 전개시켜 나갈 수밖에 없는 지경에 이른다. 그 결과 〈挙〉에서는 연행예술에서 가장 중요한 요소인 갈등이 제대로 드러나지 않는다. 대부분의 「배비장전」 콘텐츠

들에서 그 갈등은 제주목사와의 주색에 관한 내기로 드러나고 자존심을 건 팽팽한 대결로 작품의 서사를 이끌어 나간다. 〈拏〉와 가장 유사한 장르인 뮤지컬 〈살짝기 옵서예〉에서는 목사와의 내기보다는 죽은 아내와의 약속이 중요한 갈등요인으로 부각되어 배비장은 죽은 아내와 애랑 사이에서 갈등을 느끼다 그 상징인 산호 동곳을 버림으로써 애랑과의 진정한 사랑을 이루게 된다.

그런데 〈拏〉에는 애랑과 배비장의 사랑만을 강조하다보니 그 사랑이 어떻게 수난을 당하며 어떤 과정을 통해서 성취되는가는 잘 드러나지 않는다. 처음 거지 모녀에게 호의를 베푼 사건으로 애랑과 배비장은 서로에게 호감을 느끼고, 방선문에서 애랑을 만나면서 사랑이 시작되지만 이 두 사람의 애정에 심각한 갈등이 수반되지는 않는다. 그런데 그토록 애타게 기다리던 배비장이 방문했을 때 목사와의 공모와 사랑 사이에서 약간의 갈등을 느끼지만 약조를 생각하고 실행에 옮긴다. 갈등이라고 할 수 없을 정도로 약간의 주저함을 보인 것에 불과하다. 앞부분에서 "배비장 마음 한번 빼앗아봐라"(10면)는 목사의 제의에 "나리 장단에 춤 출 생각 없소"(10면)라며 별 반응을 보이지 않았는데 어떻게 사랑하는 배비장을 궤 속에 넣을 지경까지 갔을까? 게다가 애랑을 면천시킨다는 약조는 앞부분 어디에도 없었는데 그 장면에서 느닷없이 '관기면천官妓免賤'이란 말이 등장한다. 적어도 관기를 면천시키려면 애초부터 약조하는 것이 중요한 대목으로 등장해야 함은 물론 애랑은 배비상과의 사랑과 자신의 기생신분 면천을 놓고 고민을 거듭해야 한다. 그 갈등과 고민의 정도가 깊을수록 〈拏〉의 서사는 필연성을 획득하게 된다.

결국 〈拏〉는 원작에 비해 핵심이 되는 풍자는 물론 흥겨운 해학조차도 반영하지 못하고 배비장과 기생인 애랑의 미기담美妓談식 서사로 일관했지만 그조차도 애정 갈등이 제대로 형상화되지 못해 어설픈 신파로 끝나고 말았다. 「배비장전」을 원소스로 제주 지역민들이 주체가 되어 새로운 콘텐츠를 만들었지만 원작의 풍자적 서사와 애랑과 배비장의 애정서사 사이에서 방향을 잃고 표류하다가 어설픈 신파조 미기담으로 정착된 것이다. 이는 원작 「배비장전」의 풍자에 드러난 제주의 실상과 지역의 문화적 정체성에 대한 깊은 고민 없이 작품에 드러난 소재만 차용해서 콘텐츠를 만들었던 결과일 것이다.

5) 풍자가 제거된 흥겨운 해학의 공연콘텐츠, 〈배비장전〉

「배비장전」을 원전으로 한 다양한 공연콘텐츠 중에서 대표적 공연 장르인 뮤지컬, 마당놀이, 창극, 오페라 등의 대표적 작품 양상과 의미를 시대별로 살펴보았다. 4편의 공연콘텐츠 양상을 정리하면 우선 인물의 갈등 양상과 사건의 전개방식에 따라 크게 두 부류로 나눌 수 있다. 하나는 배비장이 정의현감에 제수되고 애랑을 첩으로 들인다는 신구서림본 계열로 뮤지컬 〈살짜기 옵서예〉(1966), 제주 오페라 〈挈〉(2013)가 여기에 해당된다. 배비장을 순진하고 고지식한 인물로 설정하여 장난이 심하고 주색에 적극적인 제주목사에게 조롱을 당하는 사건으로 구성하였다. 배비장이 순진하고 고지식한 인물이니 위선적 인물에 가해지는 풍자가 성립될 수 없고 해학이 두드러지는 것은 당연하다.

제주목사의 주도로 이루어지는 배비장 길들이기를 어떻게 보느냐가 문제인데 뮤지컬과 오페라는 길들이기의 과정에서 오히려 배비장에게 사랑을 느낀 애랑이 적극적으로 애정을 추구하는 사건으로 변개시켰다. 뮤지컬과 오페라는 배비장에 대한 풍자가 아니라 아예 '배비장과 애랑의 사랑 이야기'로 만든 것이다. 뮤지컬에서는 배비장을 도덕적 부담감에서 자유롭게 상처喪妻한 처지로 설정했으며 애정 요소를 더욱 심화시켜 사별한 아내를 잊지 못하는 '순애보적 사랑'을 강조하기도 했고, 오페라에서는 아예 미혼으로 설정하여 사랑의 찾는 이야기로 만들었다.

원작에서 양반의 위선에 대한 풍자를 적극적으로 수행한 방자의 존재가 여기서는 미미하다. 정비장과 애랑의 이별 장면에서 방자와의 내기도 등장하지 않으며 특히 애랑의 목욕 장면을 훔쳐보는 대목에서 드러나는 방자의 신랄한 풍자도 보이지 않는다. 목사와의 '주색 논쟁'이나 궤 속에서 조롱을 당하는 사건도 애정의 저해 요소로 애랑과의 진정한 사랑을 이루기 위한 통과의례로 위치한다.

이런 내용은 애랑이 배비장의 첩이 됐다는 신구서림본의 뒷부분을 중심으로 인물과 사건의 구도를 변개시킨 결과이며, 1960년대 시대적 상황과 긴밀한 관계를 지닌다. 뮤지컬은 5·16군사쿠데타의 주도 세력이 관여하여 다분히 정치적 의도를 가지고 제작된 것이다. 곧 민심수습 차원에서 '전통적인 민속예술의 계승'을 빙자하여 풍자를 제거하고 유쾌하게 웃고 즐길 수 있는 해학과 낭만적 사랑을 버무린 대규모 뮤지컬로 기획된 것이다. 지역성을 내세우며 제주에서 만들어진 오페라는 별다른 고민 없이 뮤지컬의 문맥을 답습했다.

다음은 어느 정도 풍자가 드러난 마당놀이 〈배비장전〉(1987)과 창극 〈배비장전〉(2013)으로 김삼불이 교주한 원작을 바탕으로 변개시킨 작품들이다. 배비장이 궤 속에서 나와 헤엄치는 장면으로 마무리 했으며, 정의현감에 제수되거나 애랑을 첩으로 들인다는 후일담은 보이지 않는다. 주인공인 배비장은 호색적이며 놀기를 좋아하는 허랑방탕한 인물로 풍자의 대상으로 적합하게 설정되었다. 마당놀이에서는 아예 부인이 감시자로 방자를 딸려 보냈으며, 창극에서는 모친과 부인에게 여색을 조심하겠다고 맹약을 할 정도로 호색적 인물로 나온다. 여기서는 방자의 역할도 중요해 목욕 장면을 훔쳐보는 대목에서 원작처럼 신랄한 풍자가 드러나기도 한다.

그런데 우선 마당놀이는 전통 소재를 가져와 당대를 다루기에 무엇보다도 현실의 구체적 문제와 연결돼야 한다. 「배비장전」에서 절정을 이루는 장면인 궤 속에서 나와 망신당하는 장면에서 열린 공간에서 이루어지는 통렬한 풍자를 목사와 애랑, 방자, 배비장만이 등장하는 '밀실게임'으로 변개시켰다. 시정공간이나 적어도 관아의 모든 사람이 지켜보아야 풍자가 효력을 발휘하는데 여기서는 그러지 못했다. 1987년 민주화운동의 정점에서 시대를 반영한 풍자 구조를 만들지 못하고 흥겨운 놀이로만 판을 구성한 결과일 것이다.

창극은 오히려 더 심해 풍자는 아예 보이지 않고 목사와의 자존심을 건 주색에 대한 내기로 사건을 구성했다. 방자와 애랑은 하수인에 불과하고 '주색논쟁'이 사건을 전개시키는 계기가 된다. 원작 「배비장전」을 창극으로 변개시켜 골치 아픈 세상을 잊고 유쾌하게 살라는 식으로 흥겹고 신나는 무대를 만들었던 것이다.

이렇게 다양한 장르로 변개시킨 「배비장전」 콘텐츠들의 가장 두드러진 특징은 대부분 궤 속에서 조롱당하는 장면을 중심으로 유쾌한 해학이 두드러지고 신랄한 풍자가 보이지 않는다는 점이다. 배비장의 호색함이 폭로되는 궤 속 조롱 부분에서 촉발되는 강렬한 웃음은 풍자적 냉소를 일시에 소거시키는 효과를 발휘하는 바, 이러한 축제적 웃음의 장은 너무 강렬해서 작품

전편에 흐르는 풍자의 공격성을 급격하게 완화하고 폭소와 냉소라는 두 이질적인 웃음 사이의 힘의 균형을 폭소 쪽으로 기울게 했다고 한다. 그래서 결국 「배비장전」 텍스트가 가지는 힘은 청중 또는 독자로 하여금 부정적 인물들이 펼쳐내는 음란한 사건을 공모자적 태도로 관람하면서, 모두가 함께 웃을 수 있는 희극적 카타르시스의 장을 마련해준다는 데 있다는 것이다.[77]

이제까지 다양한 「배비장전」의 문화콘텐츠 들이 보여준 양상은 분명 폭소 혹은 유쾌한 해학 쪽으로 가 있는 것은 분명하다. 「배비장전」의 콘텐츠들에서 배비장을 제물로 한바탕 축제적 웃음으로 마무리 짓는 공연물이 주류를 이루기 때문일 것이다. 그래서 풍자가 아니라 사랑의 이야기거나 호색적인 배비장을 제물로 유쾌하고 흥겨운 무대를 만든 것이다. 「배비장전」을 변개시켜 공연했던 주체들이 바로 그런 입장을 견지하고 관객 또한 거기에 익숙해져 있었기 때문이다. 「배비장전」의 풍자 구조를 회복하는 것이 시급한 과제다.

---

77 이상일, 「〈배비장전〉 작품세계의 재조명」, 『판소리연구』 39, 판소리학회, 2015, 244~254면.

제5장

'연애비극'·'가정비극'과 '의적전승'의 영상화

영화콘텐츠로의 재생산

1. 한국영화사에서 고전소설 영화콘텐츠의 출현과 근거

1) 한국영화사 초창기 고전소설의 영화화 전사前史

1923년 최초의 민간제작 영화로 일본인 영화감독 하야가와 고슈早川孤舟(?
~1926)의 〈춘향전〉이 개봉된 이래 한국영화의 기념비적 작품인 1926년 나운
규羅雲奎(1902~1937)의 〈아리랑〉이 나오기까지 한국영화사 초창기인 1923~
25년에 모두 12편의 영화가 만들어졌다. 나운규의 〈아리랑〉은 식민지 시대
민족현실을 탁월하게 형상화하여 한국영화의 질적 발전에 새로운 이정표를
제시했으며, 같은 해 윤심덕의 〈사의 찬미〉도 등장하여 1926년은 '쇼와昭和
시대'의 시작과 더불어 본격적인 대중문화가 등장한 해이기도 하다.[1] 그 이전

대중문화의 모색기인 1923~1925년에 상영된 한국영화를 상영 연도, 감독, 날짜순으로 정리하면 이렇다.[2]

1923년 　〈萬古烈女 春香傳〉(하야가와 고슈) 군산좌 : 1923.10.18/공진회협찬회 활동사진관 : 1923.10.21/황금좌 : 1923.12.5/조선극장 : 1924.9.5~9.7(재개봉)

1924년 　〈장화홍련전〉(박정현) 단성사 : 1924.9.5~9.13.

〈海의 秘曲(일명 바다의 비곡)〉(왕필렬) 단성사 : 1924.11.12~11.16.

〈悲戀의 曲〉(하야가와 고슈) 조선극장 : 1924.11.28~12.2.

1925년 　〈寵姬의 戀(운영전)〉(윤백남) 단성사 : 1925.1.14~1.18.

〈토끼와 거북〉(하야가와 고슈) 조선극장 : 1925.3.7~3.10.

〈심청전(일명 江上蓮)〉(이경손) 조선극장 : 1925.3.28~4.3.

〈神의 粧(원제 闇光)〉(왕필렬) 조선극장 : 1925.4.11~4.17.

〈흥부놀부전(일명 燕의 脚)〉(김조성) 조선극장 : 1925.5.16~5.22.

〈開拓者〉(이경손) 단성사 : 1925.7.17~7.21.

〈동네의 豪傑(일명 村의 英雄)〉(윤백남) 단성사 : 1925.9.8~9.13.

〈雙玉淚〉(이구영) 단성사 : 1925.9.26~30.(전편)/1925.10.1~5(후편)

1　강헌, 『사랑에 속고 돈에 울고』, 이봄, 2016, 150~154면.

2　김종욱 편저, 『실록 한국영화총서』 (상)(국학자료원, 2001, 154~230면)을 참조하여 목록을 작성했다. 당시 제목을 그대로 적고 괄호 속에 달리 표기한 부제를 넣었으며 뒤에 감독명과 상영극장, 상영일자를 적었다. 최초의 무성영화인 윤백남의 〈月下의 盟誓〉는 조선총독부 체신국의 의뢰로 만든 저축장려영화로 민간제작 영화로 볼 수 없어 제외했다. 왕필렬(王必烈)은 일본인 감독 다카시 간조[高佐貫長]의 예명이다. 진하게 표시한 것은 고전소설을 영화화한 작품이다.

한국영화사 초창기의 판도를 보면 12편의 작품 중에서 고전소설을 영화화한 작품이 무려 6편으로 반을 차지한다. 왜 고전소설이 대거 영화의 소재 혹은 내러티브narrative[3]로 차용된 것일까? 영화화된 텍스트를 보면 당시 사람들에게 읽혔을 신소설은 한 편도 없으며, 근대소설 작품으로는 이광수의 『개척자』가 유일하다. 그 외에 〈비련悲戀의 곡曲〉은 1923년 당시 대구 부호의 아들과 이루어질 수 없는 사랑으로 자살을 택한 기생 강명화康明花의 실화이며, 〈해海의 비곡秘曲〉, 〈신神의 장粧〉, 〈동네의 호걸豪傑〉은 출생의 비밀이나 활극이 가미된 통속 신파물로 보이고, 『쌍옥루雙玉淚』는 조중환趙重桓(1884~1947)이 번안한 전형적인 신파소설이다. 이로 본다면 초기 영화의 일반적인 내러티브가 동반자살이나 남자에게 버림받아 비극적으로 끝나는 멜로드라마melodrama로 이른바 관객들의 눈물샘을 자극하는 '신파'가 주류를 이루고 있었던 셈이다.

그런데 이렇게 신파가 주류를 이루는 초기 영화계의 판도에서 이질적인 고전소설의 내러티브가 어떻게 영화의 중심 서사로 등장할 수 있었을까? 이를 살펴보기 위해 당대 상영됐던 영화의 양상을 분석하고 그것을 토대로 내러티브의 문제, 텍스트 수용의 문제에서 고전소설 영화화의 근거를 찾아보고 그것이 당대 어떤 문화사적 의미를 갖는가를 알아보도록 한다.

초창기 한국영화의 보관 상태는 필름은 고사하고 시나리오도 그나마 〈심청전〉 한 편밖에 남아 있지 않은 상황이다. 고전소설의 영화콘텐츠를 검토한다는 것은 쉬운 일은 아니지만 당대 신문, 잡지 자료를 최대한 참고하여 당시의 상황을 재구성하고 그 영화적 양상과 문화사적 맥락을 살펴보려고 한

---

3   내러티브(Narrative)는 '서사' 혹은 '이야기' 등과 같은 개념으로 영화 분석에 주로 사용하는 용어이기에 여기서는 영화의 서사를 지칭하는 용어를 내러티브로 통일한다.

다. 필름이 남아 있지 않으니 영화의 완성된 모습은 살펴볼 방법이 없겠지만 그것이 당대 문화사적 맥락 속에서 어떻게 논의됐는가의 담론을 통해서 적어도 그 영화적 양상과 지향은 가늠할 수 있을 것이며 이를 통해 고전소설의 영화적 변개가 어떻게 시작됐으며 그 의미가 무엇인가는 규명이 가능할 것이다.

초창기 한국영화사에서 고전소설이 영화화된 것은 앞서 보듯이 전체의 반을 차지하는 6편인데, 여기서는 주로 「춘향전」, 「장화홍련전」, 「운영전」, 「심청전」 4편을 대상으로 초기 영화사에서 고전소설이 어떤 방식으로 영화화됐는가의 양상과 지향을 살펴본다. 「토끼와 거북」, 「흥부놀부전」은 자료가 빈약해 당시 영화의 양상을 간략히 언급할 수밖에 없다.

「토끼전」의 영화인 〈토끼와 거북〉은 하야가와에 의해 동아문화협회 제3회 작품으로 제작되어 1925년 3월 7~10일 조선극장에서 상영되었다는 기록이 보이지만[4] 그 외의 다른 자료에는 〈토끼와 거북〉의 상영 기록이 보이지 않는다. 단성사의 선전부장으로 당시 영화 개봉상황을 잘 알고 있는 이구영 李龜永(1901~1973)은 "24년, 25년, 그 이태에, 쉽게 말하면 한국, 국산영화가 초기죠. 이게 완전 초기죠. 이태 동안 열한 편이 나오지 않았어요? 그거 보면 11편이 나왔는데, 조선극장이 여섯 편이 상영이 됐고, 단성사는 다섯 편이 상영이 됐어요"[5]라고 증언하여 앞의 목록으로 제시한 11편을 거론했는데 「토끼와 거북」은 언급하지 않았다. 더욱이 『동아일보』에 실린 글에서는 동아문화협회의 작품으로는 〈춘향전〉, 〈비련의 곡〉, 〈흥부놀부전〉 등 3편만이

---

4   김종욱 편저, 앞의 책, 185면.
5   이영일, 「이구영 증언」, 한국예술연구소 편, 『한국영화사를 위한 증언록-김성춘·복혜숙·이구영 편』, 소도, 2003, 295면.

제작되었다고 명시하기도 했다.[6]

그런데 허찬은『동아일보』1925년 3월 11일 "敎育映畵 兎와 龜 全一卷"이라는 광고를 근거로 〈토끼와 거북〉은 1권 분량의 단편영화로 추정하였다.[7] 이것이 사실이라면 〈토끼와 거북〉은 장편 극영화가 아닌 단편 교육영화로 상영됐고, 이 때문에 영화 관계자들의 증언에서 빠지지 않았나 싶다.

〈흥부놀부전〉은 동아문화협회에서 〈춘향전〉, 〈비련의 곡〉에 이어 장편 극영화로는 제3회 작품으로 제작했다. 감독은 〈춘향전〉에서 변사를 맡았고, 〈심청전〉의 각본을 썼던 김조성金肇盛(1901~1950)이 맡았다. 영화는 1925년 5월 16~22일 조선극장에서 상영하였는데『동아일보』는 〈흥부놀부전〉을 일주일간 상영한다는 기사에 이어 "개심한 놀부가 천벌을 받아서 박덩이에서 나온 불한당에게 얻어맞는 광경"을 사진으로 제시했다.[8] "일명 燕의 脚"이라는 부제도 명시했거니와 왈짜E쪄들이 박에서 나타나 놀부를 징치하는 장면도 등장하여「연의 각」을 토대로 각색했으리라 짐작된다. 하야가와 감독이 대본을 썼는데 어떤 방향으로 각색했는지 이 기사 외에는 근거 자료가 전무한 실정이다.「흥부놀부전」에 대한 기사나 평문이 거의 없는 것으로 미루어 흥행에서 별로 좋은 평가를 받지 못했던 것으로 보인다. 작품의 질에 대해서는 임화林和(1908~1953)도 "동아문화협회에서 기생 姜明花의 實記「비련의 곡」과「흥부전」등을 만들었으나 모두 유치한 것이어서 결국 흥행사의 技巧主義와 열성 있는 초기 영화인들의 盲目的 試驗의 域을 넘지 아니했다"[9]고 혹평했을 정도였다.

6   이구영,「조선영화의 과거와 현재 (5) – 현재의 영화제작소」,『동아일보』, 1925.11.24.
7   허찬,「고소설 원작 무성영화 연구」, 연세대 박사논문, 2016, 116~117면 참조.
8   「活動寫眞으로 現出할 '흥부놀부' – 16일부터 일주일간 조선극장에서 상영」,『동아일보』, 1925.5.15.

2) 한국영화사 초창기 고전소설 영화콘텐츠의 양상

(1) '열녀기생'의 표상으로서 〈춘향전〉

조선극장의 주인인 하야가와 고슈가 감독으로 동아문화협회에서 민간영화로 〈춘향전〉을 처음 만들었을 때 마땅한 시나리오도 없어 당시 사람들에게 가장 많이 읽혔던 이해조李海朝(1869~1927)의 「옥중화」를 대본으로 촬영했다고 한다. 당시의 상황을 이구영은 이렇게 증언한다.

> 변사는 이제 결국 김조성이가 했는데, 자기가 했는데, 주연이자 각색이자 해설사입니다. 그런데 이것은요, 지금도 눈에 선합니다만은 「옥중화」가 원본입니다. 「춘향전」에 보면 「옥중화」라는 책이 있습니다. 또 여러 가지 책이 있는데, 「옥중화」 책을 그냥 한권 구했습니다. 김조성 자신이, 그 영화는 그 배역을 죽 올라가면 화면이 따라가는 겝니다. 연기가 다 필요없어요. 그러니까 해설은 이건 한 개의 슬라이드지, 영화에 대한 몽타주가 아무 것도 없어요. 그리고 화면이 어두우면 물감 갖다 들이부어서 파랑 칠, 노랑 칠을 하는 것입니다. 좀 컴컴하면 이것은 재배합시켜서 좀 올리고, 노랑 칠 하고 남색 물 먹여가지고 그래가지고 이것을 돌립니다. 그러니 김조성이 이걸 사진은 안 보고 그냥 그대로 외워서 잘 하는 겝니다. 안 봐도 사진은 돌아가면 자기가 그렇게 해설하면서 찍은 거니까, 서서……. 그니까 연기가 필요하겠습니까? 사진이 필요하겠습니까? 그래 다가섰다, 울었다, 하는 정도만 되는 이야기지, 잔잔하게 감정묘사고 다 하는 일 없고, 그러니 손님은 그 해설에 기가 막히게, 「옥중화」 한 권을 그냥 보는 거예요. 그게 초기 영화인데, 그러나 그거 만 명 들었어요.[10]

---

9   임화, 「朝鮮映畫發達小史」, 『三千里』, 1941.6. 자료는 『실록 한국영화총서』 (상)에 실린 것으로 한다. 김종욱 편저, 앞의 책, 74~75면.

초기 영화인 이구영의 증언에 의하면 민간제작 최초의 영화인 〈춘향전〉은 하야가와 감독 보다는 당시 유명변사였던 김조성이 영화의 전촬 과정을 주도한 것으로 보인다. 김조성이 이몽룡 역과 해설을 맡아 "주연이자, 각색이자, 해설자"로서 구성지게 「옥중화」를 읽어주고 거기에 따라 배우들의 연기가 뒤따르니 연기나 영상편집 기법은 그리 중요한 사항이 아니었다. "연기가 다 필요 없"다거나 "영화에 대한 몽타주가 아무 것도 없다"는 증언은 그런 표현인 셈이다. 화면은 변사의 해설을 보조하는 장치에 불과했다. "좌우간 본 영화는 실패였다. 인기를 이끈 것이 영화보다도 「춘향전」이란 위대한 소설의 힘이었던 것이다"[11]라는 당시의 평가는 이런 정황을 잘 보여준다.

주지하다시피 「옥중화」는 제2장에서 「춘향전」의 근대적 변개를 다루는 부분에서 언급했듯이 당시 유행했던 숱한 「춘향전」의 저본이 됐던 작품으로, 이해조가 1912년 『매일신보』에 연재하고 같은 해에 박문서관과 보급서관에서 출판한 활자본 고소설이다. 신재효의 〈춘향가〉를 바탕으로 근대적 합리주의의 입장에서 개작하여 남녀동등의 새로운 애정윤리를 제시하고 있지만, 이를 올바른 정치의식으로 끌어올리지 못하고 다분히 '풍속개량'에 머물고 있는 작품으로 평가된다. 중심이 되는 것은 당시 정치적 상황이 아니라 춘향과 이몽룡의 애정관계일 것인데 영화 역시 거기에 초점을 맞춰 제작된 것으로 보인다.

당시 신문에 의하면 영화 〈춘향전〉을 "조선 고대소설의 대표적 傑作으로 在來의 舊道德을 基礎로 하고 熱烈한 戀愛와 군세인 貞操의 觀念을 가장 완전하게 표현한 戀愛悲劇"[12]이라고 규성하고 있다. 행복한 결말로 끝나는데 왜

---

10 이영일, 앞의 책, 203~204면.
11 이구영, 「朝鮮映畫의 印象」, 『매일신보』, 1925.1.1.

〈춘향전〉을 '연애비극'이라 불렀을까? 근대적인 새로운 애정윤리보다는 기생인 춘향의 정조를 더 강조했으며, 수난의 과정이 영화에서 중심 내러티브로 부각했기에 '연애비극'이라는 표현을 썼던 것이 아닌가 싶다. 원제목도 「만고열녀춘향전萬古烈女 春香傳」으로 정조를 지키기 위해 수난당하는 모습을 부각시키고자 했다. 왜 〈춘향전〉을 이렇게 정조에만 초점을 맞춰 영화화했을까? 감독인 하야가와는 〈춘향전〉의 제작에 대해 이렇게 말했다.

> 나도 興行界에 십 오년간을 종사하였지만 이번 같이 全力을 다 써보기는 처음이다.
> 첫째, '춘향전'의 原本이 극히 簡略하므로 그 자세한 내용을 조사하기 위하여 적지 않은 金錢과 많은 세월을 虛費하였고, 둘째는 출연자 選擇에 대하여 無限한 苦心을 하였는데 幸히 김조성 군같이 적당한 배우를 얻게 되었고 또 춘향이가 기생의 딸이란 관계상 춘향으로 扮裝할 배우는 반드시 조선 기생 중으로 적당한 자를 선택키 위하여 무한히 애를 썼는데 開城 朴宇鉉씨의 助力으로 한명옥 같은 기생을 얻게 되었고 (…중략…) 제일 고심한 것은 사진의 배경 속에 전선주나 벽돌집이나 일본제의 가옥이나 인력거 등속과 통행하는 사람 중에도 머리를 깎은 자나 양복을 입은 자는 물론이오, 구두나 經濟靴를 신은 자까지도 하나도 들어가지 않게 한 것이라.[13]

우선 감독은 〈춘향전〉의 대본을 충실히 만들기 위해서 많은 시간과 돈을 썼다고 한다. 일본인인 하야가와 감독이 우리 고전소설의 대표작인 「춘향전」을 어느 정도 깊이 이해하고 있었는지 알 수는 없지만 많은 이본 중에서 영화화하기에 가장 적합한 이본을 선택하느라 고심했었고, 결국 그가 선택한 것이

---

12 「映畫劇으로 表現된 "春香傳"」, 『매일신보』, 1923.8.22.
13 위의 글, 1923.8.24.

이구영의 증언처럼 당대 가장 널리 읽히는 텍스트인 이해조의 「옥중화」였던 것이다.

그런데 하야가와가 주목한 것은 춘향의 배역이었다. 그래서 당시 명월관의 기생으로 개성 출신 한명옥韓明玉을 춘향 역으로 발탁한 것이다. 한명옥은 한룡韓龍이라는 예명으로도 불리며 "기생 紅裙 叢中에 가장 일반 청년의 周圍를 끌고 있는 대표적 미인으로 그의 평소의 언어와 동작이 모두 극적일 뿐 아니라 항상 연극을 憧憬하고 여배우 되기를 志願한"[14] 인물이니 알맞은 배역임이 분명하다.

영화 촬영 기법이 발달된 것도 아니고 뛰어난 연기력이 필요한 것도 아닌데 왜 그렇게 배역에 고심했을까? 이는 당대 식민지 자본주의의 상품으로서 기생의 이미지가 필요했던 것이 아닌가 싶다.[15] 그래서 "일반 청년의 주위를 끌고 있는 대표적 미인"인 명월관 기생 한명옥을 캐스팅한 것이다.

기생은 '노류장화路柳墻花'라는 별칭처럼 일반 남성들이 누구나 쉽게 접근할 수 있는 상대였지만 상대 남성은 그 기생이 '연애'의 상대이길 요구했다. 누구나 가까이 할 수 있지만 자신에게만은 정절을 지키길 바라는 남성들의 이중적 욕망이 당대 '열녀기생烈女妓生'의 표상을 만들어냈고, 그것이 실상 「옥중화」에서 구현된 것이다. 이런 열녀기생의 표상은 「옥중화」를 거쳐 「약산동대藥山東臺」, 「부용芙蓉의 상사곡相思曲」, 「청년회심곡靑年回心曲」 등의 신작 애정소설과 『무정無情』의 영채에 이르기까지 당대 애정서사의 흐름에서 빈번하게 나타나는 바,[16] 그것을 영화의 주제로 취했던 것이다. 그래서 자유롭

---

14 위의 글, 1923.8.23.
15 백문임은 「침범된 고향」(『민족문학사연구』 35, 민족문학사학회, 2007, 237~242)에서 「춘향전」은 일본인에 의해 스테레오타입화한 '기생의 표상'과 '남원의 이국적 풍경'에 초점을 맞추었다고 밝혔다.

지만 한 사람에게만은 정절을 지키는 것을 부각할 필요가 있었던 것이다. 이런 당대 문화적 분위기 속에서 남성 관객들은 영화를 통해 누구나 그 기생의 상대역이 될 수 있었고, 여성의 주요 관객 역시 여염집 부인이기보다 시간적 여유가 있고 주인공과 같은 처지의 기생들이기에 흥행에 도움이 될 수 있었다. 작품성에는 크게 미흡했지만 인기 있던 작품 「춘향전」(실상은 「옥중화」)을 영화로 보여준다는 것만으로도 관객이 몰려 만 명 이상이 볼 정도로 흥행에 큰 성공을 거두었다고 한다.[17]

한편 임화는 "원작이 유명한 「춘향전」인 관계도 있었고, 또 처음으로 대중적 장소의 스크린에 비치는 조선의 인물과 풍광을 보는 親近味가 대단히 관객을 즐거이 했던 모양"[18]이라고 했다. 인물들의 연기보다 우선 〈춘향전〉의 내용이, 다음으로는 춘향의 모습이나 영화의 배경으로 조선의 풍경이 나오는 것이 흥미를 자극했다는 것이다. 〈춘향전〉이 나오기까지 당시의 영화는 대부분 외국영화를 틀어주는 것이 전부였다. 그러니 화면을 통해 자신이 살고 있는 조선의 인물과 풍경을 본다는 것은 신기한 일이었다. 당시의 신문들에서도 그것을 대대적으로 언급하여 "조선 사람의 배우를 써서 순조선 각본으로 촬영한 최초의 영화"[19]라거나 "재래에 조선 인물과 풍경이 활동사진에 나타난 것이 결코 그 예가 드물지 아니 하나 일만 척에 가까운 순수한 영화극이 완성된 것은 이것이 처음이라"[20]고까지 극찬했다.

---

16 권순긍, 「근대의 충격과 고소설의 대응」, 『고소설연구』 18, 한국고소설학회, 2004, 199~214면.
17 정종화, 『자료로 본 한국영화사』 1, 열화당, 1997, 24면; 김남석, 『한국 문예영화 이야기』, 살림, 2003, 12면 참조.
18 임화, 앞의 글, 72~80면.
19 「朝鮮映畫界의 過去와 現在 (2)-最初 映畫는 "春香傳"」, 『동아일보』, 1925.11.19.
20 「映畫劇으로 表現된 "春香傳"」, 『매일신보』, 1923.8.23.

(2) '가정비극'에 초점을 맞춘 〈장화홍련전〉

다음 해인 1924년에는 "조선에서 조선 사람의 손으로 된 조선 사람의 생활을 표현한 영화"[21]인, 박정현朴晶鉉(1893~1939) 감독의 〈장화홍련전〉이 9월 5~13일 단성사團成社에서 개봉하였다. 마침 경쟁관계에 있는 조선극장에서도 1923년 군산좌와 황금좌의 상영에 이어 1924년 9월 5~7일에 〈춘향전〉을 재상영하였다. 〈장화홍련전〉과 〈춘향전〉 두 경쟁 작품이 묘하게도 조선극장과 단성사에서 동시에 상영되었는데 당시의 상황을 『매일신보』는 이렇게 전한다.

> 이제 단성사에서는 〈장화홍련전〉, 조선극장에서는 〈춘향전〉이 두 극이 한 날 한 시에 각기 상영된 이래 이삼일 동안 전일 滿員으로 定刻에서 한 시간이 지나지 못하여 各等 만원의 牌가 붙는 形便이며, 한층 단성사 '장화홍련전'의 인기는 조선의 활동사진이 생긴 이래 初有의 盛況이라 한즉 이는 一便으로 우리가 얼마나 우리의 것에 굶주려 그리워하여 오던 나머지 이 같은 현상을 보이게 된 것을 雄辯으로 證明하는 것이라 할 수 있으며 또한 將次 일어나고자 하는 우리 키네마 계로 하여 금 적이 믿음과 安心과 歡喜를 주어 一大 新 基軸을 지었다 할 것이다.[22]

〈장화홍련전〉이 조선 사람들이 만든 것이고, 조선의 생활상을 잘 그렸다 하여 오히려 일본인 하야가와가 만든 〈춘향전〉 보다 많은 관객이 몰렸다고 신문은 전한다. 그것은 곧 "우리가 얼마나 우리의 것에 굶주려 그리워하여 오던 나머지 이 같은 현상을 보이게 된 것"이라고 한다. 〈춘향전〉은 기생의

---

21 「朝鮮映畫製作所 當局者들에게―自由鍾 短評欄」, 『동아일보』, 1925.10.10.
22 「人氣의 極度에 達한 兩館의 朝鮮映畫」, 『매일신보』, 1924.8.10.

이미지와 남원의 풍광을 일본인의 시각으로 왜곡시켜 제시한 데 비해 〈장화홍련전〉은 '우리의 것'을 현실에 맞게 잘 영상화시켰기에 많은 관객을 불러모을 수 있었다.

당시 신문에서는 〈장화홍련전〉의 성공을 "통 털어놓고 말하면 이 사진이 이만치 성공한 것은 '장화홍련전'이 '춘향전'이나 '심청전'과 對等할 만한 이름 높은 고대비극인 중 그중에 가장 현대성을 많이 가진 까닭이라"[23] 했으며, 이 작품의 각색에 참여했던 이구영도 "고대소설을 아무런 規則이나 연구도 없이 되는대로 現代劇化 시켰음에 觀客은 盲目的 歡呼를 하게 되었다고 느끼지 않을 수 없다. 現代人情風俗에까지 이끌어다 붙였던 까닭이다"[24]라고 한다. 고전소설을 아무런 원칙도 없이 각색했지만 관객들이 현대성 혹은 당대의 인정풍속을 보여주었기에 열광했다는 것이다. 현대성이란 바로 당시에도 상당수 존재했고 현실적으로도 체험할 수 있는 가정 내의 가부장권이나 계모박해의 문제일 것이다. "신소설이 대부분 소위 가정소설에 속하는 것임을 기억할 필요가 있다"[25]고 한 임화의 지적처럼 당시 많은 신소설이나 수많은 신파극에서 주로 다루었던 주제 역시 계모박해이기에 대다수 관객들이 호응할 수 있는 여지가 있는 것이다.

한국영화가 출현하기 이전에 신파극에 이어 신파 연쇄극이 인기를 얻었고 그 연장선상에 한국영화가 위치하고 있었다. 더욱이 단성사의 사주 박승필朴承弼(1875~1932)은 신파극단을 운영하면서 신파 연쇄극으로 활로를 모색한 인물이기에 단성사에서 야심차게 제작한 첫 장편 극영화 〈장화홍련전〉은 그

---

23 「'薔花紅蓮傳' 團成社의 시사회를 보고-朝鮮의 映畫界」, 『매일신보』, 1924.9.2.
24 「朝鮮映畫의 印象」, 『每日新報』, 1925.1.1
25 임화, 『新文學史』(『조선일보』, 1940.2.10), 한길사, 1993, 169면.

런 신파의 연장선상에 위치한 작품인 것은 자연스럽다.[26] 〈장화홍련전〉이 신파의 분위기를 물신 풍기는 '가정비극'이란 표제를 붙였던 것도 이런 이유에서다.

조선인이 만든 '최초의 조선영화'인 〈장화홍련전〉은 어떤 내용을 담고 있을까? 당시 각색에 참여했던 이구영은 「장화홍련전」을 "단순하고 간단한 것"으로 여겨 "각색하기 쉬운 작품"[27]으로 보았다. "직접 가서 보니, 그냥 「장화홍련」 책을 놓고 (단성사에 들어가셨었나요? 아니 안 들어갔어요.) 금을 죽죽 거 놓고 촬영을 하니 저렇허는 게 아닌데, 내 생각에…… 시나리오가 있으면 왜 저렇게 하나, 가서 보면 가만히 있으란 말이야, 촬영하는데 무슨 얘기냔 말이야"[28]라고 당시 상황을 전하고 있다. 시나리오도 없이 「장화홍련전」 책을 가지고 직접 줄을 그어가며 촬영했다는 것이다. 그 책이 활자본 고소설이었을 가능성이 높다. 「장화홍련전」은 1915년 여러 출판사에서 비슷한 시기에 발매되었는데[29] 대부분이 경판 자암본紫岩本 계열로 장화의 신원伸冤뿐만 아니라 환생 및 결혼담이 추가되어 있는 것이 특징이다.

그런데 당시 유성기 음반에 수록된 변사 김영환金永煥(1898~1936)의 「해설」을 보면 환생 및 결혼담이 빠져 있다. 영화는 활자본 고소설을 바탕으로 하고 있지만 '가정비극'에 어울리게 뒷부분을 생략한 것이다. 김영환의 「해설」을 시퀀스sequence별로 나누어 보면 이렇다.[30]

---

26 백문임, 앞의 글, 237~238면 참조.
27 「朝鮮映畫의 印象」, 『每日新報』, 1925.1.1
28 이영일, 앞의 글, 205~206면.
29 당시 출판 상황을 정리하면 모두 16군데 서적상에서 37회나 출간되었다. 1915년에 한성서관(漢城書館), 경성서적조합(京城書籍組合), 영창서관(永昌書館), 세창서관(世昌書館), 동명서관(東明書館), 조선서관(朝鮮書館) 등에서 「장화홍련전」이 출판됐다. 최호석, 「활자본 고전소설의 총량에 대한 연구」, 『고전문학연구』 43, 한국고전문학회, 2013, 278면 참조.
30 김만수·최동현 편, 『일제 강점기 유성기 음반 속의 극·영화』, 태학사, 1998, 262~264면.

① 저물어가는 철산 고을의 풍경

② 장화를 외가로 내쫓는 배좌수

③ 장화와 홍련의 이별

④ 장화가 물에 빠져 죽자 호랑이가 나타나 팔을 물어뜯음

⑤ 홍련의 죽음

⑥ 철산부사 앞에 나타나 한을 풀어달라는 장화·홍련의 원귀

⑦ 배좌수와 계모 허 씨의 심문

⑧ 계모 허 씨의 판결과 장화·홍련 원귀의 사례(謝禮)

⑨ 배좌수의 탄식과 절망

　실제 영화 〈장화홍련전〉은 8권의 장편으로 2시간 정도 상영됐기에 상당히 많은 장면들이 이어졌을 것으로 보인다. 필름이나 대본이 없어 구체적으로 어떤 장면들로 구성됐는지 알 수 없지만, 김영환의 「해설」을 참고하면 3개의 시퀀스가 중심이 됨을 알 수 있다. 첫째는 ② 장화를 죽이기 위해 장쇠를 시켜 외가로 보내는 시퀀스이고, 둘째는 ④ 장화가 물에 빠져 죽고 호랑이가 나타나 장쇠의 한 쪽 팔을 물어뜯는 시퀀스이며, 셋째는 ⑦ 계모 허 씨의 심문과 판결 시퀀스다. 이 3개의 시퀀스가 영화에서 강조하고자 한 부분으로 본다면 영화 〈장화홍련전〉은 전반부의 '계모박해'보다는 후반부의 장화·홍련의 죽음과 이에 대한 신원을 내러티브의 중심에 두고 있음이 분명하다.

　계모 허 씨의 박해와 음모는 해설로 처리하여 "배좌수의 딸 장화·홍련은

COLUMBIA 40250 A-B 면에 수록. 자료의 인용은 팔호 속에 「해설」이라 적고 해당 면수만 적는다.

계모의 구박이 자심하야 밤이나 낮이나 눈물로 세월을 보내다가 계모의 독한 계략은 쥐를 잡아 껍질을 벗기어 낙태의 증거물을 삼아 빙설 같은 홍련에게 누명을 씌워 가지고 배좌수에게 참소를 하였다"(「해설」, 262면)고 한다. 하지만 당시 신문에서는 그 장면의 끔찍함을 문제 삼아 "繼母의 凶計로 장화가 落胎한 것처럼 만든 장면, 즉 장화의 이불 안에 피를 바르고 가죽 벗긴 쥐[鼠]의 고기 덩이를 彷佛시킨 그 장면"[31]을 지적한 것을 보면 실제 그 장면이 영화에 등장해 이를 변사가 해설한 것으로 보인다.

영화에서 핵심적인 사건은 장화의 죽음과 이에 대한 신원伸冤이다. 영화의 전반적인 내러티브는 장쇠에게 이끌려 장화는 산 속의 연못에 빠져죽자 홍련이 뒤를 따라 죽었으며, 철산부사에게 원귀의 모습으로 나타나 '철천지원 히徹天之冤恨'을 풀어달라고 부탁하고 쥐의 시체를 내밀자 배를 갈라 보라고 조언을 하는 등 원작 『장화홍련전』과 유사하게 진행된다.

다만 고소설에서는 "소녀 │ 죽기는 원통치 아니ᄒ오나 형이 불측흔 루명을 신셜홀 길이 업ᄉ온고로" 원혼이 됐다고 하며 "쇼녀 형졔의 하늘에 ᄉ모친 원한을 풀어주시샤 빅빅무하흔 형의 루명을 벳겨쥬시면 그 은혜을 미자 갑흘터이오며 이 고을이 무ᄉ틱평ᄒ오리니"[32]라고 말함으로써 자신들의 '사무친 원한' 뿐만 아니라 장화가 쓴 '흉측한 누명'도 벗겨달라고 하지만 영화에서는 누명에 대한 언급은 없고 억울하게 죽은 원한만을 문제 삼는다.

영화가 대본으로 삼았던 활자본 고소설에서는 뒤에 장화와 홍련이 배좌수의 세 번째 부인인 윤 씨의 몸을 빌려 환생하여 못다 한 인연을 이어가고 평양의 윤필·윤식 형제와 결혼하여 행복을 누린다. 이렇게 본다면 이들의 원

---

31 「朝鮮映畫製作所當局者들에게─自由鍾 短評欄」, 『동아일보』, 1925.10.10.
32 『薔花紅蓮傳』, 경성서적조합, 1915, 25~26면.

한이 단순히 억울하게 죽었다는 데에 기인한 것이 아니라 정상적인 삶을 누려보지 못했다는 데에 근거하고 있다. 그 정상적인 삶을 이어가기 위해서는 통과의례로 당시 여성들에게 '정절'이 요구되었고, 낙태를 했다는 모함은 바로 그런 정절에 치명적인 결함을 주기에 '흉측한 누명'을 벗겨주는 일이 원한을 푸는 일에 선행됐던 것이다.[33]

하지만 영화에서는 대본으로 삼았던 소설과 달리 환생 부분이 없다. 살인 사건의 해결을 통해 진상을 밝혀낸 것에 초점을 맞추었기 때문이다. 게다가 고전소설과 다르게 배좌수는 비록 장화와 홍련의 요청으로 석방되었더라도 비참한 삶을 이어가다 여생을 마친다. 그 부분을 「해설」은 이렇게 전한다.

배좌수 기가 막혀 땅바닥을 치고 울며,

"이 천하의 죽일 년아. 백옥 같은 내 자식이 무슨 죄가 있다고 누명을 씌워 죽였단 말이냐?"

장쇠란 놈은 벌벌 떨며,

"아이구머니, 인제는 내 차례가 돌아오는구나."

대전통편에 의지하여 허 씨 부인은 능지처참이 되고 명관의 힘으로써 장화 홍련의 설분은 가시었다. 제 자식을 오해했던 미련한 배좌수는 영원한 탄식과 슬픈 눈물 가운데 속절없이 여생을 마치고 말았습니다.(「해설」, 264면)

'가부장권의 수호'라는 미명 아래 장화 살해를 공모하고 교사했던 배좌수가 능지처참당한 허 씨와 달리 아무런 벌도 받지 않고 무죄방면 되는 고전소

---

33 백문임, 『월하의 여곡성』, 책세상, 2008, 150~155면 참조.

설에 비해 영화에서는 당대 시청자들이 납득할 만한 합당한 조치로 배좌수
가 탄식과 슬픔 속에서 비참한 삶을 살아가는 것으로 그리고 있다.

(3) '사랑의 도피'와 음독자살을 부각시킨 신파조 〈운영전〉

〈총희寵姬의 연戀〉이라는 제목으로 개봉된 〈운영전〉은 단성사에서 1925
년 1월 14~18일에 상영한 것으로 기록되었다. 그런데 『매일신보』 1924년
12월 13일 자에는 "부산 조선키네마회사에서는 이번에 제2회 작품으로 조
선 시대극 '壽聖宮 祕史' 「雲英傳」을 〈寵姬의 戀〉이라 이름을 고치고 상, 하 6
권의 영화극으로 제작하여 오는 이십일일부터 시내 단성사에서 封切 公開할
터이라"[34]는 기사가 등장한다. 여러 정황을 볼 때 애초 그 무렵인 11월 20일
경에 개봉하려고 했지만 감독과 배우들의 불화[35] 등 내부문제로 상황이 여
의치 않아 다음 해 1월에 개봉한 것으로 보인다.

감독 윤백남尹白南(1888~1954)은 이미 1912년 신파극단 문수성을, 1916
년에는 예성좌를 창단 및 조직하여 활발한 연극 활동을 전개했으며, 1917년
백남프로덕션을 만들어 영화에도 관여하여 1923년 조선총독부 체신국의 의
뢰로 제작한 최초의 극영화 〈월하月下의 맹세盟誓〉의 감독과 각본을 맡기도
했다. 이런 연극과 영화의 경력으로 〈운영전〉의 감독과 각본을 맡았다.

---

34 「古代祕史 '雲英傳' 21일 團成社에 上映/조선키네마회사의 力作으로 내용의 장려함은 누구나
수긍」, 『매일신보』, 1924.12.13.
35 『매일신보』 1924년 11월 26일 자 기사 「조선키네마 활동배우 촬영 중에 알력/舊巢로 돌아온
月華양/촬영감독의 無理解로 劇團 속에 暗鬪가 생겨」를 보면 윤백남 감독이 1회 작품인 〈海의
祕曲〉에서 주인공 역을 맡았던 이월화들 제치고 신인인 김우련(金雨蓮, 18세)을 운영역으로
캐스팅했을 뿐더러 그 여자와 부적절한 관계를 맺어 이월화가 촬영을 중지하고 잠적했다가 다시
돌아온 사건을 대대적으로 보도하였다. 윤백남 감독과 주연배우인 김우연의 애정행각은 당시
"일반 배우의 근심과 배척이 심한 모양"이라고 할 정도로 영화사 내부의 심각한 불화를 야기시켰
다. 이런 일로 인해서 개봉이 늦어진 것으로 보인다.

「운영전」은 1925년에 영창서관에서 활자본 고소설로 처음 출판되지만 영화 개봉보다는 훨씬 뒤인 6월 5일에서야 발간되었다. 그런데 호소이 하지메細井肇가 편찬한 『선만총서鮮滿叢書』 11집으로 「운영전」이 자유토구사自由討究社에서 1923년 8월에 간행되었다. 허찬은 이것이 영화의 원천이 되었으며 영창서관본은 바로 이를 중역한 작품이라고 한다.[36] 윤백남은 이미 1918년 『수호전水滸傳』을 번역하여 『동아일보』에 연재할 정도로 한문에 능통하여 한문 원문도 보았겠지만 일역본을 주로 참고해서 영화 대본을 만들었을 것으로 추정된다.

그러면 윤백남이 각색한 영화 〈운영전〉의 내러티브는 고전소설 원작과 어떻게 다른가? 안종화가 『한국영화측면비사韓國映畵側面祕史』에서 소개한 내용[37]을 보면 운영과 김 진사가 만나 사랑을 하게 되는 앞부분은 원작과 큰 차이가 없지만 뒷부분에서는 김 진사의 교활한 종인 특 대신에 수성궁의 늙은 노복에게 운영과 김 진사의 밀애 현장이 발각되고, 이를 빌미로 노복이 많은 돈을 요구하게 되어 부득이 사랑의 도피를 감행하게 되는 것으로 변개되었다. 원작에서도 둘이 도피를 감행하기 위해 준비를 하지만 결국 특의 간계로 운영의 재물만 뺏기고 도피는 무산되게 되는데, 영화에서는 두 사람의 도피가 중요한 사건으로 다루어지고 있는 것이다. 더욱이 이들을 잡기 위해 안평대군은 사람들을 풀고 현상금까지 거는 등 여기에 따른 새로운 내러티브도 추가된다. 결국 김 진사와 운영은 살아남기 어려울 줄 알고 비상을 먹고 동반 음독자살을 감행하기에 이른다.

영화 〈운영전〉의 전체 내러티브를 간략하게 도식하면 ① 운영과 김 진사

---

36 허찬, 「고소설 원작 무성영화 연구」, 연세대 박사논문, 2016, 75~78면 참조.
37 安鍾和, 『韓國映畫側面祕史』, 춘추각, 1962, 69~70면 참조.

의 만남과 사랑, ② 죽음을 무릅쓴 밀회와 발각, ③ 사랑의 도피 행각, ④ 동반 음독자살 등으로 ③, ④는 원작 고소설에는 없는 부분이다. 왜 영화에서는 사랑의 도피 행각을 중요하게 다루고 그 결과 동반 음독자살하는 것으로 변개시켰을까?

당시 문화사적 맥락을 살펴보자. 〈운영전〉에 앞서 1924년 11월 28일~12월 2일에 조선극장에서 개봉된 영화가 바로 하야가와 감독이 만든 〈비련의 곡悲戀의曲〉으로 이는 1923년 당시 조선을 떠들썩하게 했던 평양기생 강명화姜明花의 음독자살 사건을 다룬 것이다. 이 자살 사건은 강명화가 대구 부호의 아들 장병천과 이룰 수 없는 사랑 때문에 목숨을 끊은 일이다. 사랑에 빠진 두 사람은 반대하는 가족들과 동료 유학생들을 피해 동경으로, 서울로 도피행각을 이어갔고 결국 온양온천에서 음독자살을 감행함으로써 사랑의 도피는 막을 내리게 되었다. 그 뒤 장병천도 강명화의 뒤를 따르는데 이 사건으로 인해 당시 "사랑을 위해 목숨을 바친다"는 '연애지상주의'가 유행처럼 번졌으며 사랑의 도피와 동반자살이 하나의 풍조가 되었다. 영화가 개봉된 1925년에만도 이해조의 「강명화실기姜明花實記」(회동서관)와 최찬식의 「강명화전姜明花傳」(신구서림)을 비롯하여 작자 미상의 「강명화전姜明花傳」(박문서관), 「강명화 설움」(영창서관) 같은 작품들이 대거 출판돼 이른바 '강명화 붐'을 이루었다. 이런 사랑의 도피와 음독자살이라는 당시 유행하는 연애풍조를 영화 〈운영전〉에 반영하여 뒷부분을 변개한 것으로 보인다.

〈운영전〉을 이렇게 고전판 「강명화전」으로 만들다 보니 운영을 통해 드러나는 봉건제도의 억압적 상황이니 운영을 변호하기 위해 봉건제도에 맞서 인간성을 옹호하는 동료 궁녀들의 주장은 영화의 문맥에서 사라지고 신분과 처지가 다른 남녀의 이루어질 수 없는 사랑과 비극적 결말만이 두드러지게 되었다. 원작 「운영전」 역시 '금지된 사랑'을 다루었기에 비극적으로 결말지어질 수밖에 없는 내러티브를 지니고 있지만, 이 과정에서 인간의 개성을 옥죄는 봉건제도의 모순을 문제 삼았다. 그런데 영화에서는 봉건제도의 억압을 문제 삼지 못하고 사랑의 도피를 감행함으로써 운영을 사이에 두고 안평대군과 김 진사의 사랑 싸움으로 내러티브를 전개시켰다. 당시 신문에서도 〈운영전〉을 "4백 년 전 世宗朝 시대에 權勢가 一國에 떨치던 安平大君을 중심으로 하고 불붙는 듯 하는 연애의 싸움을 그려낸 雄篇"[38]이라고 소개하고 있어 작품의 내러티브를 삼각관계에 근거한 근대 신파조 사랑의 비극으로 몰고 간 것이다.

(4) 심청의 희생을 강조한 '가정비극' 〈심청전〉

한국영화사 초창기에 고소설을 영화화한 작품 중에서 가장 문제가 됐던 작품은 아마도 〈심청전〉이 아닌가 싶다. 이미 영화의 제작 전부터 〈심청전〉의 촬영권 문제로 단성사와 백남프로덕션 간에 분쟁이 일어나 법적 소송이 제기될 상황에 이르기도 했다.[39] 「심청전」이 이렇게 '뜨거운' 소재가 될 수 있었던 이유는 그 작품이 당시 영화의 주류였던 신파적 속성을 많이 지니고 있기 때문일 것이다. 이영일도 "당시 영화 만드는 현장에서 '슬프고 재미있게'가 금과옥조"였다고 하며 "「심청전」은 눈물을 왕창 흘리게 하는 인기 있는 소재이기에 이경손李慶孫(1903~1976) 감독은 영화화하기 좋은 소재로 단연 「심청전」을 꼽았다"[40]고 한다. 「심청전」에 드러나는 심청의 지난한 삶과

---

38 「古代祕史 '雲英傳' 21일 團成社에 上映/조선키네마회사의 力作으로 內容의 壯麗함은 누구나 首肯」, 『매일신보』, 1924.12.13.
39 이영일, 『한국영화사 강의록』, 소도, 2002, 128면.
40 위의 책, 128면.

그 드라마틱한 극복 과정은 당시 어느 신파보다도 곡절이 심해 눈물을 자아내기에 충분했을 것이다. 결말은 '해피엔딩'으로 끝나지만 영화의 전반적인 분위기는 비극적이어서 개봉 시에 '가정비극'이란 표제를 내걸고 상영했을 정도였다.

그렇다면 영화 〈심청전〉의 내러티브는 어떤가? 현재 영상도 대본도 없어 그 정황을 알 수 없다. 대신 단성사에서 만들고자 했던 〈효녀 심청전〉은 초창기 영화들이 대부분 대본도 없이 촬영한 것에 비해 한국영화 최초의 시나리오로 불린 본격적인 대본을 갖추고 있었다.[41] 이 대본을 통해 초창기 영화사에서 「심청전」의 영화화 양상을 추측해 보기로 한다.

〈효녀 심청전〉은 시퀀스 중심의 주요 자막[M]과 다수의 보조 자막[S]이 등장하는데, 허찬은 모두 92개의 장면과 총 22개의 시퀀스로 구성된다고 분석했다.[42] 「심청전」의 전반적인 이야기가 대부분 포함되어 있으며 22개의 시퀀스를 정리하면 이렇다.

① 몽운사 불공과 임당수에 제물 바치는 삽입 장면

② 심청이의 동냥과 곽 씨 부인의 죽음 회상

③ 장승상 부인 심청에 대한 배려

④ 심봉사 아이를 구하려다 봉사 된 과거 회상

⑤ 임당수를 지나가는 상인의 배

---

41 1925년 3월 27일 박승필(朴承弼)을 저작 겸 발행인으로 단성사(團成社)에서 『映畵劇 孝女沈淸傳』라는 제목으로 발행된 영화각본이 한국영상자료원 영상도서관 [ㅅ-0541]항목에 보관되어 있다. 조선극장의 유명변사로 〈춘향전〉에서 주연과 해설을 맡았던 김조성(金肇盛, 1901~1950)이 각색한 것이다.
42 허찬, 앞의 글, 170~172면 참조.

⑥ 몽운사를 나서는 화주승

⑦ 맹인 안 씨의 다짐

⑧ 장승상 부인 심청에게 양녀 요청

⑨ 물에 빠진 심봉사 몽운사 화주승에게 구출됨

⑩ 재물을 구하러 다니는 선인들

⑪ 심청 공양미 300석 시주 약조를 듣고 선인들에게 몸을 팔기로 부탁

⑫ 박 총각의 유혹을 물리치는 뺑덕어미

⑬ 죽기 전날 심봉사 옷가지를 준비하고 괴로워하는 심청

⑭ 심청의 생이별과 심봉사의 발악

⑮ 심청 임당수에 제물로 뛰어듦

⑯ 황성 가는 심봉사의 봉변(뺑덕어미 도망, 옷 도난)

⑰ 심황후 아버지를 못 만나 낙담함

⑱ 심봉사 안 씨 맹인 만남

⑲ 심봉사 심황후 만나 눈을 뜸

⑳ 심청이 죽은 줄 알고 슬퍼하는 장승상 부인

㉑ 심청이 부친에게 다시 살아나 황후가 된 사연 들려줌

㉒ 만조백관이 축배를 들어 만세를 부름

영화 제목에서도 "일명 '강상련江上蓮'"이라 표기할 정도로 「심청전」 이본 중에서도 완판 71장본을 충실히 계승한 이해조의 「강상련」을 그대로 따르고 있지만, 첫 부분에 삽입 장면으로 몽운사에서 불공을 드리는 장면과 임당수에 산제물을 바치는 장면을 제시하여 영화의 주제와 지향이 어디에 있는가를 암시했다.

전체적인 사건은 순차적으로 진행되지만 ② 곽 씨 부인의 죽음, ④ 심학규의 봉사된 내력, ⑪ 몽운사 화주승에게 공양미를 바치게 된 연유, ㉑ 심청이의 황후된 사연 등 영화에서 중요한 계기가 되는 사건은 플래시백flashback으로 처리했다. 무성영화이기에 중요 시퀀스의 내용을 자막으로 먼저 제시한 다음 이를 해설과 장면들을 통해서 보여줘야 되기 때문이다.

「강상련」과 비교해 원작과 다른 부분을 보면 첫째로 심학규의 봉사된 내력은 소설에는 없는 부분으로 24세 때에 나무에 묶인 아이를 뱀으로부터 구해주다가 나뭇가지에 눈을 찔려 봉사가 되었다 한다. 「강상련」에서는 "가운이 영톄ᄒ야 이십에 안밍ᄒ니"[43]라 하여 집안의 가세가 기울어 눈이 멀게 되었다고 했지만, 영화에서는 곤경에 처한 아이를 구해주다가 눈이 멀게 된 것으로 바꾸었다. 의로운 일을 행하다가 봉변을 당한 것으로 처리하여 소설과는 다르게 처음부터 해학을 허용하지 않는 '의로운 주인공'으로 설정한 것이다. 이는 이미 「강상련」에서부터 동네 아낙네들과 방아 찧으며 농담을 주고받는 장면도 "〈방아타령〉에 우슌 말이 만치마는 잡되야셔 다 쌔둔 것이엿다"(「강」, 394면) 하여 완판본과는 달리 해학적인 인물로 경사되지 않도록 배려한 것과 맥을 같이 한다.

둘째로 심봉사와 짝이 될 안 씨 맹인 역시 비중 있는 인물로 다루어 소설에서는 맹인 잔치 가는 길에 만나지만 영화에서는 미리 심봉사의 봉사된 내력 바로 뒤에 등장한다. 「강상련」에서는 "간밤에 꿈을 꾼즉 하늘에 일월이 써러져 뵈이거늘 싱각에 일월은 사름의 안목이라 ᄂᆡ 빅필이 나와 갓흔 소경인줄 알ᄀᆞ 물에 잠기기ᄂᆞᆯ 심 씨인쥴 알고 청ᄒ얏사오니 나와 인연인가"(「강」,

---

43 자료는 정하영 역주, 『심청전』, 고려대 민족문화연구원, 1995, 388면. 앞으로의 「강상련」의 인용은 괄호 속에 「강」이라 약칭하고 면수만 적는다.

392면) 하여 꿈을 통해 짝을 알려준 것인데, 영화에서는 이를 더 확대하여 안 씨는 아버지에게 "밤마다 밤마다 신령님은 가르쳐주셨습니다. 저와 같은 장님 한 사람이 저 먼 산을 넘어 온다구요……. 그래서 저는 저는 그것을 기다리고 있습니다"[44]라고 하여 심청을 중심으로 진행되는 사건의 축과는 달리 심봉사와 안 씨 맹인의 인연도 중요한 축으로 다루고 있다. 마지막 부분에서 "'신도 이제는 고독한 몸이 아니외다' 하며 안 씨의 손목을 쥐"(「심청」, 220면)는 장면에서도 그 사실이 확인된다. 심봉사도 또 다른 주인공으로 승격시켜 그에 맞는 짝을 만나 인연을 맺는다는 멜로드라마의 방식을 내러티브에 추가한 것이다.

셋째로 그러다 보니 뺑덕어미의 존재감도 높여 심봉사에 대하여 적대적 인물로서 해학적 역할을 수행하도록 했다. 뺑덕어미는 거의 주연급 조연으로 ③ 시퀀스에서부터 등장하여 황봉사에게 수작을 벌여 술값을 뜯어내거나 자신을 짝사랑하는 동네의 멍텅구리 박 총각에게 퇴짜를 놓기도 하고, ⑫ 시퀀스에서는 박 총각의 구애를 뿌리치고 본격적으로 심봉사를 유혹하는 코믹 릴리프comic relief 역할을 충실히 수행하는 인물로 격상시켰다.

뺑덕어미의 존재는 소설에서는 "본촌에 뺑덕어미라 ᄒᆞ는 년이 힝실이 괴약ᄒᆞᆫ되 심봉ᄉᆞ의 가셰 넉넉ᄒᆞᆫ 줄 알고 ᄌᆞ원ᄒᆞ고 첩이 되야 심봉ᄉᆞ와 ᄉᆞ는되"(「강」, 366면)라 하여 살아온 과정이나 자세한 내력은 나오지 않는데 영화에서는 동네의 문제적 인물로 일찍부터 등장하여 활약을 펼친다. 소설과 마찬가지로 영화도 전반적으로는 비장한 분위기로 사건이 진행되지만 뺑덕어미와 주변 인물들로 인해 원작에 없는 서사를 메우고 해학적인 묘미를 더해

---

44 자료는 김종욱 편저, 앞의 책, 203면에 실린 것으로 한다. 표기는 현대 표기를 따른다. 앞으로의 인용은 괄호 속에 「심청」이라 적고 면수만 표시한다.

준다. 뺑덕어미의 존재는 그 뒤 계속되는 〈심청전〉 영화에서 심청을 남경 뱃사람들에게 소개하는 주모 등의 비중 있는 인물로 확대되는데 그 시초가 초기 영화에서부터 만들어진 셈이다.

영화 〈심청전〉이 소설과 다르게 심봉사를 심청 못지않은 복수 주인공의 반열에 올려놓음으로써 뺑덕어미와의 적대적 관계와 안 씨와의 인연이나 행복한 결말을 추가하여 영화의 디테일을 보완했던 것인데 그렇다면 중심인물인 심청을 통해 드러내고자 하는 의도는 무엇일까?

영화는 서두 ① 시퀀스에 임당수(완판의 '인당수'와 달리 「강상련」은 '임당수'로 표기)에 뛰어드는 희생물을 삽입 장면으로 제시한 것처럼 심청의 죽음을 중심에 두고 있다. 삽입 장면의 뒤를 이어 ② 시퀀스에서부터 북풍한설 몰아치는 가운데 동냥 바가지를 들고 오는 심청을 등장시켜 죽음을 향하여 내러티브가 진행되도록 장면이 배치했다. 공양미 삼백 석을 마련하기 위해 선인들에게 몸을 팔고, 보름 정도의 시간을 통보받은 뒤 부엌 벽에 숯검정으로 먹줄을 그어 죽을 날을 표시하여, "죽을 날을 앞으로 보름 동안을 두고 심청은 아침마다 일어나서 한 개씩 그어놓은 것이 벌써 열세 개가 되었으니 이미 죽을 날을 하루를 經하였다. 그는 하나 둘씩 헤어보고는 하나를 더 그어놓고 그는 주저앉아 눈물을 흘린다"(「심청」, 206면)며 죽을 날이 가까워 온다는 절망감을 시각화시키기도 했다. 그 절정은 임당수에 빠지는 장면으로 ⑮ 시퀀스의 자막과 해설은 이렇다.

M. 임당수!

무서운 물의 결 밑!

싸늘한 죽음의 왕국!

구비치는 파도 위에 쇠북 소리 흘러올 때 가엾은 목숨은 사라져 가노나.

(…중략…)

S. '불쌍하신 우리 부친, 심청은 죽사오니 부디 눈을 뜨옵소서.'

그는 치마를 쓴다.

(總舞臺) 배 전면 — 심청은 일어섰다.

(大寫) 파도.

(總舞臺) 배 전면 — 심청은 **빠졌다**.

(總舞臺) 선상 — 도사공은 북을 치고 선인들은 울며 祝手한다.(二重露出).

(二重露出) (大遠寫). 임당수 — 배는 떠나간다.(溶暗).

(溶明)(大寫) 심청이 그어놓은 벽의 먹 줄.

(七分身) 족자 앞의 장 부인.

(七分身) 홀로 된 부친.

(大寫) 부처님 — (溶暗) (〈심청〉, 자막은 진하게 표시, 213~214면)

이 시퀀스에서 심청이가 임당수에 빠지고 나서 원경으로 배가 떠나는 장면이 이어지고, 클로즈업 기법으로 죽음을 기다리며 그어놓은 먹줄과 심청의 분신인 족자, 심봉사의 모습, 불상佛像이 차례로 비춰지며 장면을 마무리한다. 심청의 죽음이라는 비극적 상황을 극대화하기 위해 여러 장면들이 몽타주montage 기법으로 동원된 것이다. 이제까지 죽음을 향한 심청의 몸부림을 영상화하고 아무런 힘도 행사하지 못하는 침묵의 불상을 마지막에 전체 화면으로 제시함으로써 심청의 비극은 더욱 극대화된다.

다음에 이어지는 장면이 소설에서는 물에 빠진 심청이 용궁에 들어가 용왕에게 환대를 받는 장면인데, 영화에서는 이 중간 과정을 모두 건너뛰고 바로 ⑯시퀀스에서 황성 맹인 잔치에 가는 심봉사를 등장시켰다. 가는 길에 뺑덕어미는 황봉사와 도망하고, 기이한 인연으로 안 씨 맹인을 만나며, 맹인 잔치 자리에서 심청을 만나 눈을 뜨는 등 고난을 극복하는 과정은 단 4개의 시퀀스(⑯~⑲)를 통해 일사천리로 진행된다. 게다가 심봉사가 눈을 뜨고 나서 심청이를 만나 지난 얘기를 듣는 것으로 살아나 황후가 되는 중간 과정도 플래시백으로 처리했다. 「심청전」의 비극적 주조를 유지하기 위하여 임당수에 뛰어드는 절정의 순간을 중심으로 뒤에 이어지는 시퀀스들은 간략하게 회상 장면으로 처리한 것으로 보인다.

그런데 심청이 용궁에서 환생하여 황후가 되는 부분의 주요 자막(M)은 "과거의 이야기 / 모녀상봉 / 며칠 후 옥제의 하명으로 모녀이별 / 옥제의 하명으로 심청은 연꽃에 싸여 다시 임당수로 나왔다 / 천신의 지도로 선인들이 그 꽃을 고이 모셔 천자전에 진상차로 오던 길을 다시 보고. 임당수 배가 간다. / 천자 황후 상사 당하신 후였다. 선인의 현몽으로 화초실에 와보니, 화초실. 천자 화초실로 들어와 연꽃을 보니 연꽃이 홀연 심청으로 화하여 고개를 숙이고 미소를 띠운다. 천자 정신이 황홀하여 그의 손을 쥐었다. 심청은 부끄러워한다"(「심청」, 219~220면)로 제시되었다. 이 시퀀스는 임당수에 빠져 선녀들이 교자를 태워 용궁으로 가고, 거기서 어머니를 만나며, 연꽃에 싸여 다시 환생하여 천자를 만나는 장면들로 구성되어 있다.

하지만 당시 이경손 감독이 만든 〈심청전〉의 영화평에서는 "용궁이 용궁다워 보이지 않는 것이 모두 다 돈을 맘대로 쓰지 못한 결함"[45]이라거나 "용궁이라는 상면의 유치하고도 더러운 트릭에 대하여는 차마 웃고 볼 수도

---

45 「白南 프로덕션의 處女作 '沈淸' 朝鮮劇場에 上映中」, 『조신일보』, 1925.4.1.

없"[46]다고 혹평한 것을 보면 영화사 초창기에 용궁 장면을 제대로 찍을 정도의 자본과 기술력을 갖추지 못했음을 알 수 있다. 그렇기 때문에 〈효녀 심청전〉의 대본에서도 임당수에 뛰어 들어 죽는 장면을 절정으로 환생 장면은 간단히 처리하고 심봉사가 눈을 뜨는 장면에서 마무리 짓는 전체적인 구도를 보여 주도록 한 것이다.

무엇보다도 영화적 테크닉과 영화의 중요 장면을 설명하는 자막이 돋보인다. 당시 유명변사인 김조성이 각색했기에 특히 자막과 해설에 공을 들여 거의 시적인 표현에 가깝게 자막을 만들었다. 이영일도 〈효녀 심청전〉을 분석하면서 "화려한 테크닉을 사용하고 있어서 영화적인 흥미가 매우 풍부하다"며 "시인으로서 시적 이미지가 강하다"[47]고 하기까지 했다.

한편 임화는 『조선영화발달소사』에서 〈심청전〉이 "조선영화가 좀 더 확실한 예술적 노선상에 오르는 감을 주었"으며 이는 "〈춘향전〉이나 〈운영전〉에 비하여 제작 태도가 진지하여 관중으로 하여금 비로소 조선영화를 호기심 이상의 태도로서 대하게 한" 작품[48]이라고 호평하였다. 무엇보다도 "감독으로서의 이경손 씨와 천품있는 연기자로서 나운규 씨를 세상에 보낸 기념할만한 작품"[49]이기 때문일 것이다. 영화 〈심청전〉은 이런 평가에서 보듯이 초창기 영화사에서 작품성이 뛰어남에도 불구하고 자본의 부족과 촬영의 미숙으로 대중적 취향에는 잘 맞지 않아 "제작비 1천 원에서 500원을 건질 정도로"[50] 흥행에 참패를 안겨준 것으로 보인다.

---

46 三淸洞 사팔뜨기生, 「珍奇한 '沈淸傳' 지식 없고 돈 없어서 완전히 실패하였다」, 『매일신보』, 1925.4.3.
47 이영일, 앞의 책, 127면. 이영일은 이 〈효녀 심청전〉 대본이 이경손 감독이 만든 〈심청전〉 영화의 대본이라고 여기고 영화 〈심청전〉의 논의를 펼친 것으로 보인다.
48 임화, 「朝鮮映畵發達小史」, 74면.
49 위의 글, 74면.

3) 초창기 영화사에서 고전소설의 영화화 근거

(1) 내러티브narrative의 동질성

임화는 「조선영화론朝鮮映畫論」에서 초창기 한국영화가 '자본의 은혜'를 받지 못한 대신 문학에서 많은 원조를 받았으며 특히 고전소설을 주목하여 "전통적인 고소설은 조선영화의 출발에 있어, 무성영화 시대의 개시와 吿畫로의 재출발에 있어, 한 가지로 중요한 토대가 된 것은 의미심장한 일이다. 고소설은 조선영화의 출발과 재출발에 있어 그 고유한 형식을 암시했을 뿐만 아니라 풍부한 내용을 제공했다"[51]고 한다. 고전소설이 암시한 '고유한 형식'은 무엇일까? 이는 고전소설에서 '해피엔딩'으로 마무리되는 '대중서사' 방식으로 비참하거나 어려운 처지의 주인공이 이를 극적으로 극복하고 행복한 결말을 맞이한다는 내용일 것이다.

당시 촬영 기술로는 대규모 전쟁 장면을 찍기 어려운 상황에서 「유충렬전」과 같은 영웅소설보다도 특히 〈춘향전〉이나 〈심청전〉과 같은 판소리가 영화로 많이 소환됐는데 이는 판소리 자체가 이미 '창극' 등의 공연물로 연행되어 장면화하기 용이할뿐더러 내용면에서 현실적 삶의 일상적 국면을 잘 묘사하여 리얼리티를 확보할 수 있는 것은 물론 비장과 골계가 반복되는 서사 구조가 디테일의 측면에서 재미를 주기 때문일 것이다.

〈심청전〉 대본을 보면 추운 겨울 날 동냥하는 심청이로부터 인당수의 제물로 바다에 뛰어들기까지 영화의 내러티브는 심청의 죽음을 향해 질주한

---

50 김종욱 편저, 앞의 책, 222면.
51 임화, 「조선영화론」, 『조선영화란 하오』, 창비, 2016, 713면. 원래 이 글은 1941년 11월 『춘추』 제2권 11호에 게재된 글이다.

다. 주조는 비장이지만 뺑덕어미를 중심으로 동네 멍텅구리 총각이나 황봉사 등 해학적 인물들이 대거 등장하여 비장과 골계를 반복하여 작품에 생동감과 재미를 준다.

그런데 초창기 영화사에서 많이 소환된 고전소설 작품이 당시 '조선 4대 비극'으로 불렸던 「춘향전」, 「심청전」, 「흥부전」, 「장화홍련전」이다. 「춘향전」은 '연애비극'으로 불렸으며, 다른 작품들은 '가정비극'으로 불렸다. 실상 이 작품들은 비극이라 불릴 정도로 비극성을 지니고 있지 않고 행복한 결말로 끝난다. 하지만 초기 영화에서 "영화는 울려야 한다"는 신파가 주류를 이루고 있어 이런 분위기에 편승하여 비극성이 강조됐던 것이다. 「춘향전」은 수청 거부로 인한 수난이, 「심청전」과 「흥부전」은 극도의 가난과 처참한 삶이, 「장화홍련전」은 계모박해와 죽음에 이르는 과정이 각각 강조되어 비극성을 강조했다. 게다가 그 비극적 처지의 극복 과정 또한 극적이다. 춘향은 일개 기생에서 명문대가 양반의 정실로, 심청은 공양미 삼백 석에 몸을 판 인당수 제물이었다가 송나라의 황후로, 흥부는 굶어죽을 처지에서 엄청난 거부로, 장화와 홍련은 계모의 모함으로 죽었다가 자신의 신원을 위해 원귀로 나타나 이를 해결하는 등 인물의 운명이 극과 극을 오르내린다. 신파의 서사적 특징이 "인물의 운명을 극에서 극으로 대조적으로 그린다"[52]고 볼 때 고소설의 내러티브는 바로 당대 연극과 영화에서 주류를 형성했던 신파의 문맥과 분위기를 그대로 지니고 있는 셈이다.

「운영전」역시 「춘향전」과 같이 '연애비극'이기에 영화의 소재로 채택될 수 있었고 당시 유행했던 자살풍조에 편승하여 사랑의 도피와 동반자살을

---

52 이영일, 앞의 책, 74면.

강조한 전형적인 신파조 멜로드라마의 틀을 지니고 있다. 하지만 궁중을 배경으로 하여 서민들의 실생활과 거리가 있으며 영화 제작상 어려움이 많아 더 이상 영화화되지 못하고 이 작품 한 편으로 종말을 고했다.

이런 점에서 고전소설의 서사와 영화의 내러티브는 이른바 '대중서사' 내지는 '통속서사'란 점에서 서로 통한다. 주지하다시피 고전소설은 '소설의 시대'라고 일컫는 18~19세기에 문학사의 주류로 등장하여 많은 대중들에게 향유되고 읽혔다. 그런데 조선 후기에 성행했던 이야기들이 어떻게 근대 문학기에도 살아남아 영화로 변개된 것일까? 바로 1912년부터 새로운 방식으로 등장하여 널리 읽혔던 활자본 고소설의 존재를 주목할 필요가 있다. 1910년대에는 이렇다 할 서사가 없었던 것이 사실이다. 신소설은 독자적인 이야기 구조를 갖추지 못했고, 근대소설은 아직 본격적으로 출현하지 않았다. 그 시기 서사의 공백을 당시 '이야기책'이라 불렸던 활자본 고소설이 메웠던 것이다.

활자본 고소설들은 근대적인 인쇄·출판 방식에 의해 간행됐고, 책의 체제 역시 전대와는 다른 방식을 보여주었으며 120여 개소에 달하는 서적상과 수많은 서점, 책장수들에 의한 근대적인 유통망을 갖추고 있었다. 게다가 1912년부터 『매일신보』 1면에 「옥중화」와 「강상연」 등의 판소리 개작소설이 연재되고 나서 활자본 고소설들이 본격적으로 출판되기 시작했는데, 근대 대중매체인 신문에 실렸고 또 단행본으로 출판되었다는 점에서 활자매체를 통한 근대적인 대중출판물로의 변개가 일어났다고 볼 수 있다.

1929년 카프의 소설 대중화 논쟁 과정에서 김기진은 활자본 고소설인 '이야기책'이 당시에 많은 대중들에게 읽혀지는 것에 주목하여 그 대중서사의 방식을 빌어 노동자, 농민들을 위한 새로운 대중소설을 쓰자고 주장했던 바,

'울긋불긋한 표지에 4호 활자로 인쇄한 백면 내외의 소설' 곧 당시 '이야기 책'이라 불렸던 활자본 고소설들이 신진 작가들의 통속소설보다 비교할 수도 없을 정도로 많이 대중 속으로 파고들었다고 증언한다.

그런데 활자본 고소설이 대중 독서물로서의 매체적 특성뿐만 아니라 내용이 비현실적이어서 오히려 더 호응한다고 한다. '재자가인才子佳人의 이야기'며 '부귀공명富貴功名의 이야기'가 그들로 하여금 참담한 식민지 현실을 잊게 해줄 뿐 아니라 '호색남녀好色男女의 이야기'가 성적 쾌감까지 준다고 한다.

> 그들은 이야기冊의 表裝의 惶惚, 定價의 低廉, 인쇄의 大, 문장의 '韻致'에만 興味를 가질 뿐만 아니오 實로 그 이야기冊의 內容思想―卑劣한 享樂趣味, 忠孝의 觀念, 노예적 奉仕精神, 宿命論的 思想 등―에 까지 興味와 同感을 갖는 것이 쏘한 움즉일 수 업는 事實인 點에 문제의 困難은 橫在하여 잇다. 才子佳人의 이야기, 富貴功名의 이야기, 好色男女의 이야기, 忠臣烈女의 이야기가 아니면 재미가 업다는 것이 오늘날 그들의 傾向이다.[53]

김기진이 지적한 것은 '비열한 향락취미', '충효의 관념', '노예적 봉사정신', '숙명론적 사상' 등 봉건적·퇴영적 내용이지만 이를 뒤집어 본다면 고전소설의 서사가 어려운 처지의 주인공이 극적으로 이를 극복하고 승리자가 되는 이야기로, 당시 사람들에게 흥미를 주는 대중서사 방식이기에 대중들에게 전폭적으로 수용된 것으로 보인다. 즉 '재자가인의 이야기', '부귀공명의 이야기', '호색남녀의 이야기', '충신열녀의 이야기' 등에 해당하는 고전소설의 이

53　김기진, 「大衆小說論」, 『동아일보』, 1929.4.18. 강조는 인용자.

야기 방식은 일찍부터 대중서사의 길을 개척했다. 이런 이야기는 갖은 고난을 극복하고 악인을 제거하여 자신이 뜻한 바를 이룬다거나 서로 헤어져 그리워 하던 남녀 주인공이 수난을 극복하고 사랑을 성취하는 것으로 현실에서는 불가능하지만 대중들은 자신을 주인공과 동일시하여 보상심리에 호소하거나 대리만족을 느끼게 된다. 대중들이 살아가고 체험하는 실제의 현실은 처참하지만 이야기 세계는 늘 화려하고 달콤하여 식민지 시대 대중들의 고달픈 삶에 위안이 됐던 것이다. 오늘날에도 영화나 TV드라마의 대중서사가 바로 이런 이야기에 근거하고 있지 않은가.

"이야기에 무엇을 담는가?"라는 주제·사상적 측면이 아니라 "이야기가 어떻게 만들어지는가?"라는 이른바 '스토리텔링story-telling'의 방식에 초점을 맞추어 본다면 고전소설은 이처럼 오랜 시기 대중들에게 익숙한 서사방식을 축적해 왔음을 알 수 있다. 이런 대중서사의 방식을 통해 활자본 고소설이 1910년대 이래로 많은 사람들에게 널리 수용될 수 있었던 것이다. 「춘향전」 이 당시 최고의 베스트셀러가 됐던 것도 바로 '이야기의 힘'에 기인한다.

초기 영화사에서 고전소설의 내러티브가 활자본 고소설을 통해 영화로 수용된 것은 이런 대중서사 방식 때문이었다. 그러기에 초기 영화 제작에 참여했던 이구영이 "이 무렵만 해도 「춘향전」이니, 「흥보전」이니, 「장화홍련전」 이니 하는 영화는 시나리오가 따로 없었다. 당시 유행하던 10전소설(활자본 고소설)의 원본에다 줄을 죽죽 긋고 촬영하는 상황이었다"[54]고 증언할 정도로 활자본 고소설의 이야기는 바로 영화의 내러티브로 즉각적인 활용이 기능했다.

54　영화진흥공사 편, 「한국시나리오사의 흐름」, 『한국시나리오선집』 1, 집문당, 1986, 295면 참조.

(2) '말'을 통한 텍스트의 수용 방식—변사辯士와 전기수傳奇叟

주지하다시피 소설은 문자로 전달되고, 영화는 음성이 포함된 영상으로 전달된다. 하지만 초창기 무성영화는 음성은 없고 영상만 전달되는 것이었으며 음성의 역할을 변사가 대신해 주었다. 그러기에 "영화가 상영上映되는 것이 아니라 상연上演됐던 것이다"[55]라고 할 정도로 무성영화 시대 영화의 중심은 변사에게 있었다.

최초의 극영화인 하야가와 감독의 〈춘향전〉은 이구영의 증언에 의하면 당시 유명변사이던 김조성이 '주연이자, 각색이자, 해설자'로서 「옥중화」를 따라가며 읽어주는 것이 전부였다고 한다. 배우의 연기나 카메라의 기법은 크게 문제될 것이 없이 구성지게 「옥중화」를 읽고 해설하는 것이 가장 긴요한 일이었다. "그러니 손님은 그 해설에 기가 막히게, 「옥중화」한 권을 그냥 보는 거"[56]라고 한다. 배우의 연기나 영화의 기법보다 변사의 목소리가 영화의 중심이었던 셈이다. 그래서 "무성영화 시대의 영화 흥행 성적은 오로지 변사들의 해설이 그 성패를 결정해 주었다고 해도 과언이 아니었다. 변사의 입이 바로 대사였음을 생각해 보면 쉽게 알 수 있는 일이다"[57]라고 당시의 정황을 증언하기도 한다.

조희문은 공연자로서의 변사의 기능에 주목하였다. 영화 해설자로서의 제한된 기능을 넘어 오히려 변사가 영화의 중심적 인물이 되어버리는 역설적인 현상을 심화시키는 요인이 되어 관객의 입장에서는 영화를 보는 것이 아니라 변사의 설명에 더욱 귀를 기울일 수밖에 없는 현상이 생겨나게 되었으

---

55 백문임 외, 『조선영화란 하오』, 창비, 2016, 58면.
56 이영일, 「이구영 증언」, 앞의 책, 204면.
57 안종화, 앞의 책, 33면.

며, 이 같은 여건에서 변사가 영화의 사업적 성패를 좌우할 수 있을 만큼 절대적인 위치를 차지하게 된 것은 당연한 일이었다고 한다.[58]

변사가 영화에서 중심을 차지했던 상황 속에서 단성사의 주임변사로 〈장화홍련전〉의 각색과 해설을 맡았던 김영환은 영화 해설이 창작이라고까지 주장하기도 했다.

이에 해설자는 작자와 감독의 사상, 감정으로써 이중 창작이 된 작품 그것의 정신과 예술적 가치를 훼손시키지 않고, 능히 관중의 앞에서 취급할 만한 創意가 없어서는 안 되겠다는 말이외다. 여기서 해설자는 어느 작품이든지 능히 그 생명을 죽이고 살릴 수 있는 권리를 소유한 것을 알게 되는 동시에, 또한 무거운 책임을 느끼게 됩니다. 말하자면 해설자는 작자와 觀賞者의 중간에 있어 가지고, 흡사 외국문학의 번역자인 처지와 관찰자로부터, 해설은 일종의 창작이라는 것을 알게 됩니다.[59]

영화는 작가와 감독에 의해 이중의 창작이 되고, 그것이 다시 변사의 입을 거쳐 삼중 창작이 된다고 하는데, 영화 작품의 생명을 죽이고 살릴 수 있는 막강한 권리와 책임을 가진 존재가 바로 영화 해설자, 곧 변사라고 한다. 안종화는 "변사의 존재가 이렇듯 빛나기 시작하자, 각 극장에서는 다투어 명성 있는 변사를 확보하고자 금전공세를 서슴치 않았다. 당시 변사의 월급이 70원 내지 80원은 보통이었는데…… 당시 일류 배우가 고작 40원이나 50원의 월급을 받았고, 고급 관리들의 월급이 30원 내지 40원 정도였으니, 변사들

---

58 조희문, 「무성영화 시대의 해설자 변사 연구」, 『영화연구』 13, 한국영화학회, 1997, 212면.
59 김영환, 「영화 해설에 대한 나의 淺見」(『매일신보』, 1925.1.18.), 백문임 외, 앞의 책, 66면.

의 생활이 얼마나 호화판이었겠는가를 쉽게 짐작할 수 있을 것이다"[60]라고 변사들이 얼마나 인기 있었는지를 증언한다.

당시 초창기 영화판에서 배우들의 연기나 영화 기법보다는 변사의 말솜씨가 흥행을 좌우했으니 각 극장은 유명변사를 모시기 위한 경쟁이 치열하게 전개될 수밖에 없었다. 변사의 영화 해설은 흔히 '전설前說', '중설中說', '후설後說'로 나뉘는데, 내러티브를 중시하는 극영화가 본격적으로 제작되면서 영화를 개략적으로 소개하는 전설보다 장면의 내용이나 배우의 대사를 연기하는 중설의 비중이 높아지면서 변사의 몸값도 점차 높아지게 되었다. 결국 무성영화 시대 영화의 내러티브를 변사가 장악했다고 할 수 있으며, 그러기에 변사의 해설은 영화에 대한 재해석 혹은 창작의 영역으로도 확대될 수 있었다.

그렇다면 변사는 영화 해설을 어떻게 했는가? 안종화는 "영사 개시 전에 의례히 악대樂隊가 흥겹게 행진곡도 연주했고, 한껏 모양을 낸 변사가 무대에 나타나면 우뢰 같은 박수가 터져 나왔는데, 지정된 자리에 앉은 변사는 온갖 애교를 다 부리면서 청산유수와 같은 열변을 한바탕 늘어놓기 일쑤였다"[61]고 당시의 정황을 전한다. 변사였던 김영환은 이렇게 말한다.

해설자는 극의 줄기와 화면의 정경을 파손시키지 않을 만한 범위 내에서 客이 받는 교화적 감명이라는 것을 着念해가지고 자유로운 해설을 가하는 것이 좋을 줄 압니다. 白熱같이 뜨겁게 하고 얼음같이 싸늘하게 하라. 비로드보다 더 보드랍게 하고 톱니보다 더 껄끄럽게 하라. 먼저 관중을 울리려고 하지 말고 내가 먼저 울어야 할 것입니다. 그리하여 해설자는 설명적 창의를 갖고 연구적 태도를 잡아

---

60 안종화, 앞의 책, 33면.
61 안종화, 앞의 책, 30면.

야 하겠습니다.[62]

변사의 창의성을 중시했던 김영환이 주장하는 해설 방식은 변사가 영화의 중심사상과 전체적인 내용을 파악한 다음 자유롭게 하는 것이 좋다고 한다. 게다가 감정을 조절하여 관객들을 감동시키기 위해서는 자신이 먼저 감동해야 한다고 덧붙였다.

그런데 소설가와 영화감독으로 활약했던 심훈沈熏(1901~1936)은 변사들이 "쓸데없는 문자를 늘어놓고 美文朗讀 식이나 신파배우 본을 떠서 억지로 우는 聲色을 써가며 저 홀로 흥분하는 것으로 餘事를 삼는 사람도 있고, 남의 작품을 사뭇 자기 일개인의 취미에 맞는 내용으로 만들어 보이는 대담한 사람도 있다"고 억지 해설과 작품의 왜곡을 지적한 다음 "요컨대 영화 해설이란, 원작자의 정신을 받아서 자막을 사이에 충실히 번역하고, 컷과 컷에 흐르는 리듬의 맥락을 교묘히 붙잡아가지고 전체적으로 템포에 어그러지지 않을 정도 안에서 극적 효과를 도와주면 임무를 다하는 것"이라고 한다.[63] 즉 원작을 손상하지 않는 범위에서 영화의 리듬에 맞게 극적 효과를 주라고 주문한다.

김영환과 심훈이 주장하는 변사의 역할은 서로 차이가 있지만 공통점을 요약하자면 원작을 손상시키지 않으면서 작품에 생명을 불어 넣어 감동을 주게 하자는 것인데, 이는 곧 전前시대에 고전소설을 읽어주던 이야기꾼, 전기수傳奇叟의 낭독 방식과 유사하다.[64] 전기수는 다수가 한글을 해독할 수 없

---

62 김영환, 앞의 글, 68면.
63 심훈, 「관중의 한 사람으로 해설자 제군에게」(『조선일보』, 1928.11.18), 백문임 외, 앞의 책, 68면.
64 옥미나, 「변사의 매개적 위상 및 의미에 관한 연구」(중앙대 석사논문, 2003, 56~58면)에서 변사가 전통예술의 형태인 판소리 광대나 전기수의 방식을 계승했다고 밝혀 참고가 된다.

었던 시대에 청중을 모아 놓고 고전소설을 읽어주던 직업적인 이야기꾼으로 이자상李子常이나 이업복李業福 등의 인물이 활약하기도 했으며, 무성영화가 상영됐던 당시도 고전소설을 읽어주던 전기수는 인기가 있었다. 당시 문맹률이 80%나 될 정도로 높았기에[65] 자력으로 '이야기책'을 읽을 수 있는 사람은 많지 않아 대다수가 이야기꾼의 낭독으로 고전소설을 접했다. 전시대 고전소설을 읽어주던 전기수인 이업복에 대한 관련 기록을 보자.

> 이업복은 겸인(傔人)의 부류다. 아이적부터 언문 소설책들을 맵시있게 읽어서 그 소리가 노래하듯이 원망하듯이 웃는 듯이 슬픈 듯이, 가다가는 웅장하여 영걸의 형상을 나타내기도 하고, 가다가는 곱고 살살 녹아서 예쁜 계집의 자태를 짓기도 하는데, 대개 그 소설 내용에 따라 백태를 연출하는 것이었다. 그래서 부자로 잘 사는 사람들이 그를 서로 불러다 소설을 읽히곤 했다.[66]

전기수 이업복이 소설을 읽는 방식을 설명하는 대목으로 소설의 내용에 따라 각기 다른 방식으로 낭독을 하여 백태를 연출했다고 하는데, 무성영화 시대의 변사와 크게 다르지 않다. 변사 역시 전문 분야가 있어 희극이라도 비극 전문 변사가 맡으면, 슬픈 내용으로 둔갑하곤 했다 한다. 「춘향전」의 변사였던 김조성과 「장화홍련전」의 변사였던 김영환은 '애정극' 전문이고, 당시 수려한 외모로 인기가 가장 높았던 우정식禹正植은 '인정극' 전문 변사였으며,

65 최준, 「언론의 활동」, 『한국사 21』, 국사편찬위원회, 1981, 57면 참조.
66 이 자료는 『破睡篇』과 『靑邱野談』에 「失佳人 數歎薄倖」이란 제목으로 실려 있는데 원문은 이렇다. "李業福 傔輩也. 自童稚時 善讀諺書稗官. 其聲 惑如歌 惑如怨 惑如笑 惑如哀 惑豪逸而作傑士狀 惑婉美而做美娥態 盖隨書之境 而各逞其態也. 一時豪富之流 盖招而聞之." 이우성 · 임형택, 『李朝漢文短篇集』(上), 일조각, 1973, 271면.

인기 변사 서상호徐相昊(1890~1938)는 '활극' 전문이었다고 전한다.[67]

이처럼 무성영화 시대의 텍스트 수용 방식은 고전소설과 마찬가지로 낭독 혹은 해설을 통한 수용이었고, 이런 유사한 방식 때문에 초기 영화사에서 고전소설이 자연스럽게 영화화되어 수용될 수 있었다. 안종화의 증언에 의하면 "그 당시의 극장으로 말하면, 야시장에서 싸구려로 파는 이야기책 또는 고대소설을 읽을 때에나 나옴직한 목쉰 말투로 전설前說을 끝내야만 의례히 영사가 시작되기 마련이었다"[68]고 변사들의 해설 방식이 바로 고전소설을 읽어 주던 이야기꾼의 방식과 유사함을 말했다.

그러기에 이미 형성되었던 활자본 고소설의 독자층을 끌어들이는 데 영화는 매우 효과적이었다. 고전소설과 영화의 경쟁관계에서 최승일崔承一(1901 ~?)은 "사실상 영화는 소설을 정복하였다. 왜 그런고 하니 그것은 대체상으로 소설은 지식적·사색적이고 영화는 시선 그것만으로도 능히 머리로 생각하는 사색 이상의 작용의 능력을 가진 까닭이다. 또한 경제상으로도 하루 밤에 3, 4십전만 내어 던지면 몇 개의 소설(연출)을 직접 사건의 움직임으로 보는 까닭이며, 또한 소위 바쁜 이 세상에서 적은 시간을 가지고서 사건의 전 동작을 볼 수가 있는 것이었다"[69]고 하여 초창기 영화들이 어떻게 활자본 고소설의 독자층을 흡수했나를 설명했다.

결국 초창기 영화는 변사를 통해 고전소설과 같은 낭독의 방식으로 활자본 고소설의 독자층을 흡수했던 것이다. 「춘향전」이 영화로는 작품성이 부

67　정종화, 앞의 책, 63면 참조.
68　안종화, 앞의 책, 30면.
69　승일, 「라디오, 스포츠, 키네마」(『별건곤』, 1926.12), 김진송, 『서울에 딴스홀을 許하라』, 현실문화연구, 1999, 185면 참조. 이 자료에는 1월호로 되어 있으나 원본 대조 결과 12월호로 바로잡는다.

족했지만 흥행에 성공할 수 있었던 것은 이런 이유에서다. 「심청전」의 경우는 이와는 반대로 흥행에 참패를 한 것은 변사라는 방식에만 의존하지 않고 임당수 장면에서 보여주듯이 신선한 방식으로 몽타주를 통하여 화면을 구성하고자 한 데에 있다. 실상 무성영화 시대에 화면은 보조적인 장치에 불과하고 익숙한 내러티브를 변사가 얼마나 구성지게 해설하느냐가 영화의 승패를 좌우했던 것이다.

고전소설을 영화화한 무성영화는 그 뒤 이경손 감독의 〈숙영낭자전〉(1928)과 김소봉·이명우 감독의 〈홍길동전〉(1935)이 더 만들어졌으며, 발성영화로는 최초로 제작된 이명우 감독의 〈춘향전〉(1935)을 비롯하여 〈홍길동전〉(1936), 홍개명 감독의 〈장화홍련전〉(1936), 안석영 감독의 〈심청전〉(1937)이 식민지 시대에 만들어진 전부였다. 고전소설을 영화화한 것이 무성영화는 8편인데 비해 발성영화는 단 4편에 불과할 정도로 고전소설과 무성영화가 깊은 친연성을 보이는 것도 결국 전기수와 변사를 통해 '말'에 의한 텍스트 수용이라는 방식에 공통적으로 근거하기 때문일 것이다.

2. 한국형 멜로드라마의 원형으로서 '연애비극', 〈춘향전〉

1) 한국영화사의 최고 인기작 〈춘향전〉의 화려한 여정

이미 앞서 검토한 것처럼 1923년 조선극장의 주인인 하야가와 고슈가 감독으로 동아문화협회가 제작한 민간영화로 〈춘향전〉을 처음 만들었을 때 마땅한 시나리오도 없어 당시 베스트 셀러였던 이해조의 「옥중화」를 대본으로 촬영했다고 밝혔다. 우리 고전소설을 제대로 이해할 수 없는 일본인이 제작하여 작품성이 크게 미흡했지만 당시 인기 있던 작품 「춘향전」을 영화로 보여주고, 조선의 풍광이 나온다는 호기심에 관객이 몰려 홍행에 큰 성공을 거두었다고 한다.

이제 소설을 영상으로 보는 '영화의 시대'가 시작된 것이다. 초창기 영화사에서 고전소설이 유난히 많이 영화화된 것은 마땅한 아이디어나 소재가 없기에 당시 대중들에게 많이 읽히고 있던 활자본 고소설의 작품을 선택한 것이다. 〈춘향전〉을 비롯하여 〈장화홍련전〉, 〈운영전〉, 〈심청전〉, 〈흥부전〉 등이 모두 한국영화사 초창기에 제작되었다. 활자본 고소설에 익숙한 대중들을 극장으로 불러들이겠다는 것이다.

더욱이 영화는 소설의 수용보다 훨씬 간편하고 효과적이었다. 당시 문맹률이 80%나 될 정도로 높았기에 스스로 소설을 볼 수 있는 사람은 많지 않았다. 김기진도 「대중소설론」에서 "우리의 노동자와 농민은 반드시 눈으로 소설을 보지 않고 흔히 귀로 보는 까닭"[70]이라고 했다. 이런 까막눈인 대중들을 끌어들이는 데 영화는 매우 효과적이었다. 그래서 최승일은 소설보다

영화가 훨씬 효과적으로 고전소설의 독자층을 흡수했음을 지적했다.

게다가 당시 영화들이 "2·3의 고대소설을 각색하여 낸 것 외에는 「장한 몽」, 「농중조」를 보았을 따름"[71]이라고 고전소설이 영화의 주요 소재가 됨을 밝혔다. 앞서 밝힌 것처럼 초기 영화의 대부분을 고전소설이 장악했으며, 그 중심에 〈춘향전〉이 있었다. 〈춘향전〉은 이미 익숙한 내러티브를 가졌기에 이름만으로도 사람들이 몰려들 수 있었던 것이다. 영화라는 새로운 매체를 통해 익숙한 내러티브를 따라가며 구체적 사건들을 눈과 귀로 확인할 수 있게 하기 때문이다. 게다가 조선 사람이 출연하고, 자신들이 살고 있는 조선의 풍광이 등장하기에 〈춘향전〉 영화에 열광할 수 있었다.

1923년 하야가와에 의해 제작된 〈춘향전〉은 앞서 밝힌 것처럼 영화 제작상의 미숙에도 불구하고 조선 사람이 출연한 최초의 조선영화라는 점에서 관객이 몰렸다. 그 뒤 발성영화가 시작되면서 1935년에 제작된 이명우李明雨(1901 ~?) 감독의 〈춘향전〉은 최초의 발성영화란 점에서 주목을 끌었다. 한국 최초의 촬영감독 이필우가 동생 이명우에게 감독을 맡기고 자신은 녹음, 현상, 촬영을 담당해 변사가 아닌 배우들의 목소리를 직접 들려주는 새로운 방식을 선보였다. 유난히 소리를 강조한 이 영화는 홍난파가 작곡한 주제가를 김복희가 불러 최초의 주제가를 선보이기도 했다. 여기서 춘향 역은 〈임자 없는 나룻배〉로 당대 최고의 배우가 된 문예봉이 맡았는데, 1923년 제작된 무성영화 〈춘향전〉에서 춘향 역을 맡았던 기생 한명옥의 조카였다. 이런 여러 대중적 흥미 요인으로 인하여 비록 영화적 완성도는 떨어졌지만 흥행은 대성공을 거두었다. 당시에는 영화관이 보통 50전이었는데 발성영화라서 그 두 배인 1원으로

---

70 김기진, 앞의 글, 1924년 4월 19일 자 참조.
71 위의 글.

올렸음에도 불구하고 단성사에 관객이 몰려 연일 매진을 기록했다 한다.[72]

이런 〈춘향전〉의 폭발적인 인기는 영화촬영 과정이나 후일담을 다시 영화로 만드는 속편까지 등장시키기도 했다. 1936년 김상진 감독의 〈노래조선〉은 악극 〈춘향전〉 공연을 영화로 수록한 것이며, 1941년 이병일 감독의 〈반도의 봄〉은 〈춘향전〉의 영화촬영 과정을 소재로 하여 만들어진 영화다.

1936년 이규환李圭煥(1904~1982) 감독은 1935년 〈춘향전〉에서 춘향 역을 맡아 인기를 얻었던 문예봉을 다시 기용해 〈그 후의 이도령〉이란 속편을 만들기도 했다. 춘향이를 구해낸 이몽룡이 계속 민정을 시찰하러 암행에 나섰다가 산중의 외딴집에서 묵게 되는데, 이 집 주인이 고개를 넘는 손님들의 물건을 터는 화적이어서 이들을 잡아 관가로 넘긴다는 내용이다. 〈춘향전〉에 공안이나 활극적 요소를 가미한 일종의 통속영화다.

1955년 이규환 감독은 다시 〈춘향전〉을 제작해 한국영화 부흥의 계기를 만들었다. 한국전쟁 후 한국영화는 반공계몽영화 일색이어서 영화계가 침체되었고 관객들도 영화를 외면했는데 〈춘향전〉이 등장하면서 일대 전환의 계기를 만들었다. 춘향과 이몽룡의 사랑과 이별 그리고 재회를 현대적인 관점에서 서정적인 영상으로 재구성하여 큰 호응을 얻었다 한다. 특히 원작에도 없는 바닷가 신(변학도와 춘향이가 쫓고 쫓기는 장면)을 넣어 새로운 감각을 선보이기도 했다. 국도극장에서 개봉했는데 2개월 동안이나 장기 상연을 하여 당시 서울 인구 150만 명 가운데 12만 명이 보는 흥행을 기록했다 한다. 지금까지 수없이 제작된 〈춘향전〉 가운데 가장 뛰어난 작품으로 거론된다.[73]

1961년 홍성기洪性麒(1924~2001) 감독의 〈춘향전〉과 신상옥申相玉(1925~

---

72 김남석, 『한국 문예영화 이야기』, 살림, 2003, 33~35면; 정종화, 앞의 책, 74면 참조.
73 김남석, 앞의 책, 48~50면 참조.

2006) 감독의 〈성춘향〉은 여러 면에서 한국영화의 새로운 지평을 열었다. 그해 1월 개봉된 홍성기 감독의 〈춘향전〉은 한국영화 최초로 컬러 시네마 스코프Cinema-Scope 방식[74]으로 제작되어 한국영화 기술을 한 단계 높였으며, 두 영화가 동일한 「춘향전」을 가지고 영화화한 것은 물론 홍성기와 신상옥의 감독 대결과 그들과 부부였던 주연배우 김지미와 최은희의 연기 대결로도 관심을 모았다. 결과는 신상옥 감독의 〈성춘향〉이 압승을 거두었다. 75일간이나 장기 상연하여 38만 명의 관객을 끌어들였다 한다.[75]

〈춘향전〉의 이런 인기는 다시 후일담을 그린 속편으로 이어졌는데, 1963년 이동훈 감독의 〈한양에 온 성춘향〉이 그것이다. 이 작품은 한양으로 올라온 이몽룡·성춘향 부부와 변학도의 재대결을 그린 작품으로 복수심에 불타는 변학도가 당파 싸움에 편승해 소론에 속해 있던 이몽룡과 춘향을 괴롭힌다는 내용이다.

그 이후에도 「춘향전」은 꾸준히 제작됐는데 영화사에서 주목되는 작품은 1971년 이성구 감독의 〈춘향전〉이다. 35밀리가 아닌 70밀리로 제작한 최초의 한국영화가 되었다. 이 영화의 각본은 이어령이 썼으며 춘향 역을 공개 모집하여 문희가 그 역을 맡아 관심을 불러일으켰으나 관객은 10만 명을 겨우 넘었다.

1970년대는 산업사회로의 급속한 이행과 고도 경제성장을 이루었던 시기다. 이제 낡은 춘향의 시대는 지나간 것이다. 그 뒤 만들어진 1976년 박태원朴太遠(1940~) 감독의 〈성춘향전〉은 인기배우 장미희를 남겼지만 서울 개봉 관객은 2만 명을 넘지 못했고, 1987년 서울올림픽을 앞두고 제작된 한상훈韓相勳

---

74 시네마 스코프 방식은 화면의 가로 대 세로 비율이 2.35:1인 광폭화면(Wide Screen)을 가리킨다. 이전엔 대부분 1.33:1의 표준화면이었으나 TV와 차별화하기 위한 방식으로 긴 화면이 등장했다.
75 김남석, 앞의 책, 60~62면 참조.

(1941~) 감독의 〈성춘향〉은 관객이 고작 748명이었다.[76]

　이런 상황 속에서 「춘향전」의 영화사에 새로운 전환점을 만든 것은 2000년 임권택 감독의 〈춘향뎐〉이다. 이제까지의 작품들이 고전소설 「춘향전」을 각색한 데 비해 이 작품은 조상현 창본 〈춘향가〉를 바탕으로 하여 판소리의 가락을 영상화하는 데 주력했다. 그 결과 한국의 전통과 판소리의 독특한 미학을 구사한 것으로 평가되어 한국영화사상 처음으로 칸영화제 본선에 진출하기도 했다.

　한국영화사에서 「춘향전」의 위치는 단연 독보적이다. 20편이나 계속 제작된 점도 그렇거니와 주요한 시기마다 한국영화사의 새로운 지평을 열어갔다. 1923년 하야가와 감독의 〈춘향전〉은 최초의 민간 제작영화(실상 최초의 극영화인 셈이다)이며, 1935년 이명우 감독의 〈춘향전〉은 최초의 발성영화이고, 1955년 이규환 감독의 〈춘향전〉은 전쟁으로 폐허가 된 한국영화 부흥의 계기가 되었다. 1961년 홍성기 감독의 〈춘향전〉은 최초의 컬러 시네마 스코프 영화이고, 1971년 이성구 감독의 〈춘향전〉은 최초의 70밀리 영화로 제작되었으며, 2000년 임권택 감독의 〈춘향뎐〉은 한국영화 최초로 칸영화제 본선에 진출했다.

　무엇이 「춘향전」을 이렇게 인기 있는 작품으로 만들었을까? 신분이 다른 청춘남녀의 사랑과 이별, 그리고 수난의 과정을 거쳐 다시 행복한 재회에 이르기까지 전형적인 멜로드라마의 틀을 그대로 지니고 있을뿐더러, 그 이야기가 대중들에게 아주 익숙한 내러티브를 갖추고 있기 때문일 것이다. 이미 식민지 시대 최고의 베스트셀러로서 200종 이상의 이본을 파생시키고 가장

76　「다시 우리 앞에 선 '누이 같은 여인'」, 『한겨레』, 1999.3.11.

많이 읽혔다는 점이 그렇다. 게다가 양반과 기생이라는 신분적 격차와 기생이기에 변학도의 수청 요구를 거절하기 불가능하다는 상황, 그 사랑을 지키기 위해서 모진 고난을 겪으며 마지막에는 죽을 수밖에 없는 처지에 이몽룡이 암행어사가 되어 나타나 춘향을 구출해 주었다는 극적 반전에 이르기까지 「춘향전」은 이미 멜로드라마적 요소를 충실히 갖추고 있기에 영화로도 성공할 수 있었던 것이다.

하지만 1970년대 이후 고도성장의 영향으로 서구문화가 본격적으로 유입되면서 〈춘향전〉은 더 이상 관객들을 모을 수 없었다. 보다 흥미롭고 자극적인 헐리우드 영화들이 대거 밀려들어 왔을 뿐 아니라, 익숙한 내러티브에만 의존해 현대적으로 재해석하거나, 영화적 표현의 신선함을 주지 못했기 때문이다. 이런 점에서 「춘향전」의 영화화는 한국영화사에서 그 화려한 족적 못지않게 많은 과제를 남겨주고 있는 셈이다.

2) 〈춘향전〉 영화콘텐츠 양상

그러면 영화로 만들어진 「춘향전」은 어떤 모습을 하고 있을까? 초기의 영화들은 자료가 거의 없어 저자가 확보한 1960년대 이후의 자료를 중심으로 「춘향전」 영화콘텐츠 양상을 영화의 서사 구조와 주제 구현, 인물, 공간적 배경, 영화적 특징 등을 중심으로 검토하고자 한다. 검토할 자료는 1960년대 이후 등장한 홍성기 감독의 〈춘향전〉(1961), 신상옥 감독의 〈성춘향〉(1961), 박태원 감독의 〈성춘향전〉(1976), 한상훈 감독의 〈성춘향〉(1987), 임권택 감독의 〈춘향뎐〉(2000) 등 5편이다.[77]

(1) 평면적이고 단순한 내러티브, 홍성기의 〈춘향전〉(1961)

이 작품은 한국 최초의 '컬러 시네마 스코프'라는 장점을 충분히 살리지 못하고 내러티브나 인물의 성격, 영화적 기교 등을 평면적이고 단순하게 처리했다. 첫 장면으로 소설에도 없는 활터에서 활을 쏘는 이몽룡을 등장시켰으나 그것이 그 뒤의 다른 장면들과는 유기적으로 연결되지 않을뿐더러 이몽룡의 복장도 패랭이를 쓴 모습이어서 여러모로 어색하다. 춘향 또한 색동옷을 입고 등장하여 컬러영화의 장점을 살려보려 했지만 오히려 어색하다. 영화에 등장하는 두 주인공의 모습과 소설 「춘향전」에 묘사된 인물 형상은 너무 편차가 심하다.

게다가 월매가 이몽룡에게 춘향을 오작교로 내보낼 테니 만나보라고 하는 장면은 이른바 현대적 '데이트'의 개념을 도입한 것으로 보이나 당시 남녀의 만남이 자유롭지 못하다는 점으로 본다면 〈춘향전〉의 분위기와 어울리지 않는다. 영화적 리얼리티가 결여된 것이다. 고전소설에서 백주대로에 청춘남녀가 서로 걸어가면서 사랑을 나누는 장면은 등장하지 않는다. 이른바 '연애'가 성립된 것은 시공간이 확대된 근대에 와서야 가능했다. 그러기에 춘향과 이몽룡의 사랑은 밀폐된 공간인 방안에서만 이루어질 수 있었다.

광한루 장면도 실제 광한루가 아닌 조그만 정자에서 촬영해 리얼리티를 떨어뜨렸다. 광한루 뿐만 아니라 그네 터 역시 춘향과 향단만 있어 소설에 묘사된 단옷날의 흥겨운 분위기와는 사뭇 다르다. 이 영화의 가장 큰 문제는 인물들이 살아있지 못하고 평면적이라는 점이다. 춘향(김지미 분)은 그저 얌전한 규

---

77 이 자료들은 인하대 조희문 교수의 도움으로 확보할 수 있었다. 다만 영화 필름이 아닌 비디오 형태로 된 것들이어서 애초 개봉될 때의 모습과는 차이가 있을 것이다. 자료 수집과 논의를 마련하는 데 많은 도움을 준 조희문 교수에게 감사드린다.

수로만 등장하고 이몽룡(신귀식 분) 역시 점잖은 호인으로 개성을 전혀 드러내지 못했다. 첫날밤 장면에서도 사랑의 열정을 느낄만한 아무런 행위나 대화도 없이 창문에 어리는 실루엣으로 사랑의 행위를 처리했다. 오히려 그 실루엣을 바라보는 월매의 모습이 인상적이다.

주연이 이런 모습인데다 분위기를 살려야하는 조연들도 별반 다르지 않다. 영화에 활력을 불어 넣어야 할 방자(김동원 분), 향단(양미희 분), 월매(유규선 분)가 전혀 제 역할을 하지 못했다. 이 작품이 흥행에 참패할 수밖에 없었던 요인으로 방자와 향단 역의 '미스캐스팅'을

〈그림 3〉 흥행에 참패한 홍성기의 〈춘향전〉

지적하는 소리가 높았다 한다.[78]

탐관오리의 전형이며 호색한으로 적대자의 역할을 수행해야 할 변학도야말로 〈춘향전〉에서 매우 중요한 인물일 텐데, 이 작품에서는 너무 늙은 변학도(최남현 분)가 등장해 관객들이 익숙하게 알고 있는 원작 「춘향전」의 내러티브와 충돌한다. 인자한 옆집 할아버지 같은 사람이 춘향에게 수청을 강요하고 양민을 수탈한다고 하니 당시 관객들이 영화를 통해 느끼는 것과 상당히 어긋난 것이다. 이처럼 인물의 형상이 평면적이고 영화적 리얼리티가 결

---

78   김남석, 앞의 책, 60면 참조.

여되어 결국 〈춘향전〉은 아무런 흥미도 느낄 수 없는 평범하고 싱거운 사랑 이야기로 끝나고 말았다.

이는 영화의 촬영 방식과도 관련이 있다. 즉 홍성기의 〈춘향전〉은 롱테이크long-take에 의존하는 촬영 방식을 고집했고[79] 인물에 대한 클로즈업을 거의 사용하지 않았다. 이것은 '넓은 배경 속에 작은 인물'이라는 극단적인 화면 배치를 가져왔다. 또 고정된 카메라 위치를 고집함으로써 대중들의 시야를 제한했다. 이것이 극중 인물에 대한 감정 몰입을 방해했고, 이몽룡과 춘향의 사랑 이야기에 몰입하고 싶어 하는 관객들의 요구를 차단한 것이다.[80]

(2) 입체적 연기와 촬영, 신상옥의 〈성춘향〉(1961)

신상옥의 〈성춘향〉은 같은 해에 개봉돼 경쟁관계였던 홍성기의 〈춘향전〉과 여러 면에서 스타일을 달리했다. 춘향(최은희 분)을 중심에 세우고 이몽룡(김진규 분)과의 사랑에 초점을 맞추어 보다 입체적이고 절절한 사랑 이야기로 영화를 끌고 갔다. 영화의 내러티브를 소설과 비교해 보면 이런 영화적 특징들을 효과적으로 드러냈음을 알 수 있다.

우선 내러티브에 따라 '만남' 장면을 보면 첫 장면에서 춘향이 광한루로 가는 길에 봉사에게 자신의 손금을 보게 하여 자신이 누구인지 알아맞히게 하며, 방자가 가져간 신발 한 짝을 통해 이몽룡과 직접 대면의 계기를 만든다.

다음 '사랑' 부분을 보면 창본唱本에 빈번하게 등장하는 월담 장면을 넣어 사랑을 갈구하는 이몽룡의 심정을 표현했다. 하지만 직접적인 성행위 장면

79　이 작품은 롱테이크를 영화전반에 걸쳐 가장 많이 사용했다고 한다. 이 영화의 스크린 지속 시간은 약 1시간 50분이며 총 쇼트수는 453개로, 한 쇼트당 평균 지속 시간은 약 14.5초가 넘는다. 김종식, 「영화 및 TV드라마 〈춘향전〉 비교 연구」, 중앙대 석사논문, 2000, 81면 참조.
80　김남석, 앞의 책, 61~62면 참조.

〈그림 4〉 '사극시대'를 열었던 신상옥의 〈성춘향〉

은 없고 둘이 부부처럼 오손도손 살아가는 모습을 길게 삽입했다.

'이별' 부분에서는 처음 만난 장소였던 그네 터에서 서울로 간다는 얘기를 하고, 이별 술자리에서 가야금을 타다 줄을 끊는 장면을 부각시켰다. 음향 효과는 물론이고 줄이 끊어진 가야금을 통해 애절한 이별의 심정을 영상으로 재현했다.

'수난' 부분에서는 소설에서와 같이 변학도에게 '유부녀 강간'임을 알리고 관장에게 발악한 죄로 옥에 갇힌 후 「춘향전」에 등장하는 것처럼 "앵도화 떨어지고, 신물로 받은 거울이 깨지며, 허수아비가 매달린" 꿈을 꾸는 장면이 부각된다. 게다가 감옥을 찾아온 이몽룡에게 "살고 싶어요"라고 고백하여 나약한 인간임을 보여줌으로써 관객들의 동정심을 유발시켰다.

마지막 '재회' 부분에서는 어느 영화에나 등장하는 것이지만 춘향이를 참수하려는 망나니가 등장해 영화의 극적 효과를 높이고, 그 순간 암행어사가 나타나서 이몽룡의 입을 통해 춘향의 수청 거부가 "포악무도한 관의 압박에 몸소 죽음으로 항거"했다는 역사적 의미를 부각시키려 하였다.

이처럼 영화는 내러티브를 통해 관객들이 춘향과 이몽룡의 사랑 이야기에 몰입하도록 유도했고, 영상 또한 클로즈업을 많이 사용하고 유연한 카메라 테크닉과 편집으로 몰입에 무리가 없도록 했다. 어느 장면은 급격히 전환하지만 어느 장면은 느리게 진행됨으로써 영화의 흐름을 관객의 감정과 일치시켰다. 영화의 중심 내러티브는 관객을 몰입하게 하지만 또한 조연들을 통해 골계적 장면들을 삽입함으로써 영화 진행에 생동감을 주고 있기도 했다.

월매(한은진 분), 방자(허장강 분), 향단(도금봉 분) 등 조연들은 영화의 진행에 개입하여 활력을 불어넣고 때로는 무거운 분위기를 골계적으로 반전시키기도 했다. 특히 이몽룡을 조종하는 방자의 역할이 절대적인데 그런 점에서 다소 무거워 보이는 이몽룡을 충분히 보완해 준다. 심지어는 변학도(이예춘 분)까지 다소 골계적으로 등장해 비장과 골계를 적절한 선에서 조율하였다. 이런 골계적 처리는 어느 영화에도 부각되지 않는 포졸(김희갑 분)이 춘향집에서 술을 먹고 와 횡설수설하는 데까지 이른다. 이 장면은 고전소설 「춘향전」에도 일부 등장하는 장면으로 영화의 중심 내러티브와 무관한 일종의 영화적 '더늠'이지만 작품의 감칠맛을 더해 주는 것으로 손색이 없다. 이런 기법과 배역을 통해 춘향과 이몽룡의 사랑을 완성도 높은 영상미로 재현하게 된 것이다.

(3) 사회성을 제대로 구현하지 못한, 박태원의 〈성춘향전〉(1976)

소설 「춘향전」의 전통적인 내러티브를 대폭 변형시켜 특이하게 영상화한 것이 바로 박태원 감독의 〈성춘향전〉이다. 우선 이몽룡(이덕화 분)은 비록 개구멍으로 기어들어왔지만 춘향(장미희 분)에게 "정식으로 청혼할 것이다"라고 호언장담하며, 월매(도금봉 분)는 "춘향이와 백년가약 맺고자 하니 허락해 수오!"라는 말을 세 번 반복하게 하고서야 이를 허락한다. 그런 과정을 거치게 하여 이몽룡과 성춘향의 정식 혼인과 같은 인상을 주게 했다.

이는 뒤에 등장하는 김 진사(박근형 분)의 존재와 연결된다. 변학도(신구 분)

〈그림 5〉 사회성을 구현하려 했던 박태원의 〈성춘향전〉

는 권모술수에 능한 탐관오리로 등장하여 지조 있는 김 진사와 서로 충돌한다. 변학도는 역적 누명을 씌워 김 진사를 하옥시키고 서로가 언쟁을 벌이는 과정에서 춘향의 이름이 거론된다. 김 진사는 변학도에게 절개를 지키는 춘향을 본받으라고 하고, 변학도는 나의 권세로 수청 들게 만들겠노라고 내기를 제안한다. 내기인즉 춘향이 수청을 들면 김 진사가 이 고을을 떠나고, 절개를 지켜나가면 변학도가 사또를 그만두는 것이다. 이런 내기에 의해 춘향이 변학도와 김 진사 사이의 정치적 희생물로 위치한다.[81]

그 후 변학도는 춘향의 미색 때문이 아니라 "미천한 계집 하나 때문에 망가진 체통을 살리려고" 수청을 강요하게 되는 것이다. 이제 김 진사는 영화에서 사라지고 변학도의 권모술수와 광기에 저항하는 춘향의 항거가 부각되는데 그것이 청순가련형 연기로 머무르기에 폭압에 저항하는 당찬 모습으로 발전하지 못하는 한계를 보인다. 보다 강인한 캐릭터가 필요한 것이다. 생일잔치에 모인 여러 수령들 앞에서 대놓고 준민고택浚民膏澤을 하겠다고 장담하는 변학도를 향해 "유부녀를 겁탈하려는

---

81 김종식, 앞의 글, 49면에서 "탐관오리라는 권세를 가진 부패세력과 힘을 가지지 못한 양심세력 간의 갈등의 희생물로서의 춘향이라는 극적 동기를 추가로 부여함으로써, 내러티브의 논리적 필연성을 공고히 구축시킨다"고 한다. 하지만 그 뒤 춘향은 단순한 희생물이 아니라 변학도와의 대결구도로 나아감으로써 사건을 주도한다.

사또님의 죄는 어찌되"냐고 반문하거나 마지막 유언으로 "만백성의 원망이 가슴에 박히기 전에 어진 원님이 되어주오"라는 요구는 보다 강렬한 연기나 영화적 장치가 필요했던 것인데 충분히 영상화되지 못한 한계를 보인다.

이 작품은 「춘향전」을 비교적 사회성을 강렬하게 드러내게 변개시켰지만 영화를 통해서 그리 효과적으로 주제가 구현된 것 같지는 않다. 인물의 형상을 당시 하이틴 스타였던 이덕화와 청순가련형 이미지를 지녔던 장미희가 제대로 구현해내기 어려웠던 것으로 보인다. 그래서 기껏 변학도 생일잔치에서 글을 못 지으면 내몰겠다고 하니 이몽룡이 "내가 글을 잘 지으면 본관을 내어몰까?" 하는 정도의 대사를 통해서만 저항적인 의미를 전달하고자 했다.

혹독한 유신시절, 영화를 통해 불의에 항거하는 메시지를 전하고자 당찬 춘향의 모습을 부각시키려 했지만 영화는 그렇게 영상화되지 못했다. 김종식의 지적처럼 "이 영화의 스타일은 철저하게 헐리우드의 관습에 의존하고, 대중성을 위한 희화화가 지나침으로써 주제를 확장시키는 것을 스스로 방해하는 결과를 가져와 결국 어정쩡한 상태가 되고 말았다"고 한다.[82]

(4) 〈춘향전〉의 무의미한 왜곡, 한상훈의 〈성춘향〉(1987)

이 작품은 1980년대 이후 제작된 유일한 「춘향전」 영화다. 1980년대 민주화에 대한 사회적 요구가 뜨거웠던 만큼 한국영화 역시 사회변혁의 목소리를 담으려는 시도가 많이 있었다. 하지만 이 영화는 그 어떤 시도도 없이 삼류 「춘향전」으로 전락하고 말았다.

내러티브 자체는 별 특이한 것이 없다. 소설 「춘향전」의 내러티브를 그대

---

82 위의 글, 90면 참조.

〈그림 6〉 메시지가 없는 밋밋한 한상훈의 〈성춘향〉

로 유지했다. 다만 인물의 형상에서 이몽룡(김성수 분)은 너무 도련님 같고, 춘향(이나성 분)은 인형처럼 수동적이어서 그 다양한 얼굴을 가진 춘향을 도저히 표현해 낼 수 없었다. 오히려 변학도(연규진 분)가 개성적인 인물로 등장하는데 좌충우돌하다보니 우스꽝스러운 호색한으로 드러난다.

터무니없는 장면은 변학도와 기생 월선의 정사 장면이다. 춘향에게 질투심을 유발할 목적으로 월선과의 정사 장면이나 재물보상 장면이 등장하는데 상당히 노출 수위를 높여 마치 〈고금소총〉이나 〈변강쇠〉처럼 삼류 '토속에로영화' 흉내를 냈다. 게다가 춘향이 매를 맞는 장면에서 변학도는 매를 맞는 춘향을 보면 자신과 포옹하는 춘향을 상상하고, 춘향은 매를 맞는 고통을 감내하면서 눈밭에서 이몽룡과의 사랑을 상상한다. 변학도의 욕망과 상반되는 춘향의 소망 장면이 몽타주와 오버랩 기법에 의해 교차되면서 애절한 사랑의 얘기가 아닌 방해자의 성적 욕망과 이로부터의 도피라는 도식으로 영화가 읽혀진다.[83]

이 작품은 수난 부분이 유난히 강조되고 있는 바, 춘향의 항거를 중심에 놓

---

83 이혜경, 「문학작품의 영화로의 전환방식」(『어문연구』 35, 어문학회, 2001, 172면)에서 이 장면을 들어 "감독의 역량이 가장 잘 나타나는 대목"이라 했는데 동의할 수 없다. 「춘향전」의 의미를 현대적으로 해석한 것이 아니라 삼류 토속에로물로 심하게 왜곡시킨 것으로 보인다.

고 그 의미를 영화에서 재해석해야 할 텐데 지루할 정도로 성적 욕망에 집착한 변학도의 회유와 협박이 이어짐으로써 원작 「춘향전」에서 신분 해방을 이루어내는 춘향의 항거와 수난을 제대로 드러내지 못하고 심하게 왜곡시켰다.

(5) 판소리의 서사 구조를 재현한, 임권택의 〈춘향뎐〉(2000)

임권택林權澤(1936~) 감독의 〈춘향뎐〉이 여느 작품과 다른 것은 소설이 아닌 판소리 조상현 창본을 영화로 만들었다는 것이다. 영화 첫 장면도 그렇고 중간 중간과 마지막 장면에 조상현의 판소리 공연 장면을 삽입하여 영화가 판소리를 바탕으로 만들어졌음을 보여주고 있다. 어찌 보면 잘 만들어진 판소리 뮤직비디오 같은 것이 바로 이 작품이다. 배우들의 동작이나 장면의 전환이 판소리의 가락과 그대로 일치하며, 영화 중간 중간에 판소리 공연 장면을 삽입하여 브레히트Bertolt Brecht(1898~1956)의 '서사극'처럼 영화로의 몰입을 차단하고 있다.

몰입과 해방 혹은 비장과 골계를 반복하면서 영화의 내러티브를 이끌어가는 것이 판소리의 '서사적 구조'[84]와 그대로 닮아있다. 임권택 감독이 이런 판소리의 이론을 바탕으로 영화를 만들었던 것은 아니다. 판소리의 특성을 그대로 영화로 재현하려다보니 이처럼 몰입/해방, 긴장/이완, 비장/골계의 내러티브 구조를 만들게 된 것이다. 영화 제작 과정에서 임권택 감독은 조승우(이몽룡 역)와 이효정(춘향 역)에게 "조상현 씨가 완창한 판소리 〈춘향가〉를 3번 이상 들을 것"[85]을 지시했다 한다. 그만큼 판소리의 미학을 영상으로 재현하고자 노력했던 것이다.

---

84 김흥규, 「판소리의 서사적 구조」, 『판소리의 이해』, 창작과비평사, 1978, 116~126면 참조.
85 「다시 우리 앞에 선 '누이 같은 여인'」, 『한겨레』, 1999.3.11.

〈그림 7〉 판소리 서사구조를 영상으로 재현한 임권택의
〈춘향뎐〉

그런데 임권택 감독은 판소리의 문맥을 그대로 따르지 않고 〈춘향가〉를 약간 변개시켜 영화화함으로써 감독의 의도를 노골적으로 드러냈다. 우선 춘향의 인물 형상을 좀 더 적극적이고 주체적으로 그리려했다. 이제까지 보아온 「춘향전」 영화 중에 유일하게 첫날밤의 정사 장면이 직접 형상화되어 있으며, 이별을 통보했을 때 치마를 찢고 거울을 내동댕이쳐 깨뜨리며 발악을 하는 장면도 춘향을 적극적인 캐릭터로 그리기에 손색이 없다. 실상 이런 춘향의 형상은 새로운 것이 아니라 오히려 원작 「춘향전」, 특히 조상현 창본이 바탕을 삼고 있는 84장본 「열녀춘향수절가」에 그대로 드러나 있어 원작으로 돌아간 셈이다.

이런 연장선상에서 암행어사 출도 후 상대가 이몽룡이란 걸 확인하고서 어떻게 행동하는 가를 보면, 조상현 창본에서는 "아이고, 서방님. 아무리 잠행인들 그다지 속이였소. 기처불식이란 말은 사기에도 있지마는 내게조차 그러시오? 어제 저녁 옥문 밖에 오셨을 제 요만끔만 통정했으면 마음 놓고 잠을 자지. 간장 탄 걸 생각허면 지나간 밤 오늘까지 살어있기 뜻밖이요. 이거 생신가? 꿈과 생시으 분별을 못허겄네" 하며 "두손으로 무릎을 짚고 바드드드득 떨고 일어서며 '얼씨구나. 얼씨구나. 좋구나'"[86]라며 신이나서 춤을 춘다. 죽음의 문턱까지 간 절망의 바닥에서 이제 살아난 기쁨이 폭발하여 해방감을 마음껏 즐기는 것이다.

그런데 영화는 암행어사가 이몽룡임을 확인하고 오히려 혼절한 다음 상방에서 정신을 차려 "그리 마셔요. 그리 마셔요. 어젯밤에 오셨을 때 한말씀이라도 하셨으면 잠이라도 편히 자지. 밤새도록 애태웠소. 하룻밤에 열두 번이라도 살고 죽었소"라며 발악하는 모습을 보여준다. 이 부분은 분명 주체적 여성상을 드러내기 위한 변개다. 대부분의 「춘향전」은 체면 불구하고 좋아 날뛰는 모습을 통해 민중적 발랄함을 보여주었다. 조상현 창본도 마찬가지다. 그런데 영화 〈춘향뎐〉은 오히려 마지막 순간까지 자신을 시험했던 이몽룡의 몰인정함을 원망하고 있는 것이다. 사랑이란 남녀동등의 관계 속에서 서로에 대한 존중과 신뢰가 수반돼야 하는데 이몽룡의 태도는 그렇지 못했다는 것이다. 춘향이가 원망한 것은 바로 이것이다.

이는 「춘향전」의 근대적 개작이라는 이해조 「옥중화」에서 그 부분을 차용했으리라 보인다. 제2장에서 「춘향전」의 근대소설로의 변개를 검토했듯이 「옥중화」를 보면 "춘향이가 대상에 뛰어올라 어사또를 안고 울며 춤추고 논다 하되 춘향이가 무삼 그럴 리가 있나냐 (…중략…) 우름 울며 모지도다 모지도다 서울 양반 모지도다"[87]라고 발악하다 기절하는 장면이 나온다. 바로 이 부분을 차용해서 보다 근대적이고 주체적인 여성상으로 만들었던 것이다.

다음은 변학도에 대한 인물 형상이다. 〈춘향가〉에서는 "여러 골을 살았기로 호색하기 짝이 없어, 남원의 춘향 소식 높이 듣고 간신히 서둘러 남원부

---

86 조상현 창본 〈춘향가〉, 『춘향전전집』 2, 박이정, 1997, 196면. 앞으로 이 자료는 일일이 주를 달지 않고 괄호 속에 면수만 표시한다.
87 이해조, 『獄中花』, 박문서관, 1912, 150~151면.

사 허였것다"(159면)라고 단지 호색한 것만 강조했는데 영화에서는 냉철하고 엄격한 엘리트 관료로서의 빈틈없는 모습을 보여준다. 그래서 부임할 때에 잡인을 출입시켰다고 경호 책임자를 태형 십도로 다스리는 엄정한 모습을 부각시켰으며, 암행어사 출도 시에도 여느 「춘향전」처럼 골계적이고 희화된 모습으로 바뀌지 않고 사태에 의연하게 대처한다.

왜 그렇게 「춘향전」에도 없는 변학도의 형상을 만들었을까? 이는 단순한 탐관오리가 아닌 정치적 역학관계, 즉 보수 세력과 진보 세력 혹은 양반과 민중이라는 계급적 대립관계 속에서 〈춘향뎐〉의 의미를 찾으려고 했기 때문이다. 임권택 감독은 이몽룡과 변학도를 '남자 대 남자'로 만난다고 설명했다.[88] 어느 한 쪽이 권력이나 도덕적 우위를 점거하여 다른 쪽이 희화된 모습으로 전락하는 것이 아니라 모든 정치적 관계가 그렇듯이 팽팽한 접전 속에서 서로의 각기 다른 입장을 보여 주고자 했던 것이다.[89] 그러니 마지막 부분에서 "수청 거절한 춘향이의 괘씸죄를 왜 그렇게 과하게 다루셨소?"라는 이몽룡의 물음에 "사농공상 엄연한 질서가 있거늘, 어미 신분을 좇아 기생이 되고 종놈이 되는 종모법을 아니라 하니, 이는 나를 향한 발악이 아니라 이 나라의 근본을 부정하는 국사범에 다름 아닐 것이오"라며 항변할 정도로 당당함을 잃지 않는다. 오히려 이몽룡이 "그것이 당신의 지나친 폭압에 대한 사람이고자 하는 의지였다고 생각지 않으시오?"라고 응수함으로써 '인간 해방'이라는 작품의 주제에 대한 감독의 의도를 너무 노골적으로 드러낸 느낌을 준다.

---

88 「판소리로 보고 영상으로 듣는거요」(임권택 감독 인터뷰), 『동아일보』, 2000.1.31.
89 김종식, 앞의 글, 61면에 "내러티브에 있어서도 갈등의 상대방이 강하면 강할수록 그것을 극복해야 하는 고난과 투쟁도 더욱 힘들어지고, 이에 상응하여 주인공도 부각되며 관객의 심정적 지원과 동일화가 잘 이루어진다"고 했지만 이는 단순히 극적 긴장감을 통해 흥미를 주기위한 것이 아닌 보다 정치적인 목적을 함의하고 있다고 봐야 한다.

변학도가 당대의 일반 규범이나 보수 양반층을 대변한다면 이몽룡은 민중 층과 연대한 진보 세력을 의미한다. 그래서 〈춘향뎐〉을 통해 춘향이 '인간 해방'을 주장하려 했다고 아예 대놓고 얘기하는 것이다. 이 부분은 분명 임 권택 감독의 지나친 개입이다. 감독의 의도가 영상을 통해 구체적으로 형상 화되지 못하고 인물의 대사를 통해 노골적으로 드러남으로써 영화의 문맥으 로 자연스럽게 영상화되지 못한 한계를 지니고 있기도 하다.

3) 〈춘향전〉 영화콘텐츠의 문화사적 의미

「춘향전」의 영화화 여정에서 20편이나 반복됐던 「춘향전」 영화화는 어떤 의미가 있는 것일까? 영화 〈춘향전〉은 소설과 달리 몇 가지 공통점을 지니 고 있는 바, 이는 영화가 고전소설 「춘향전」을 어떻게 변개하여 콘텐츠화 하 고 있는지의 공식인 셈이다.

첫째, 춘향의 신분이 거의 모든 영화에서 '성 참판의 서녀庶女'로 등장하고 있다는 점이다. 「춘향전」 중에서 소수인 비非기생계 이본을 따르고 있는 셈 이다. 북한에서 신상옥 감독이 만든 〈사랑 사랑 내사랑〉(1984)만이 '기생의 딸'로 등장해 이몽룡이 "공자가 큰 원수요, 우리 아버지가 작은 원수라"며 신 분 갈등을 드러내고 있다. 춘향의 지위를 격상시켜 신분 갈등보다는 애정 갈 등에 초점을 맞추고자 하기 때문일 것이다. 실상 신분 갈등을 현실로 느낄 수 없는 현대 관객의 취향에 맞추기 위한 배려다. 그래서 '불망기'를 쓰는 장 면이 영화에서 중요하게 부각된다. 박태원 감독의 〈성춘향전〉(1976)에서는 이몽룡이 춘향 집을 찾아가 월매에게 정식으로 청혼하고 허락해 달라는 말을 세 번이나 반복하여 허락을 받는다. 신분에 대한 갈등이 없이 대부분 조촐하나마 정식 혼인 절차와 다름없는 과정을 밟는다.

둘째, 그렇기 때문에 변학도가 탐관오리의 전형으로 위치하기보다는 대부분 애정의 방해자인 호색한으로 등장한다. 박태원 감독의 〈성춘향전〉(1976)에서 교활하고 비열한 관리로 등장하고, 임권택 감독의 〈춘향뎐〉(2000)에서만 냉철하고 엄격한 보수관료로서 등장할 뿐 대부분의 작품에서 만사를 제쳐놓고 춘향을 차지하려고 애쓰는 모습으로 나온다.

그 대표적인 예가 이몽룡에게 보내는 춘향의 서찰을 강탈하는 장면이다. 소설에는 등장하지 않는 반면, 박태원 감독과 임권택 감독의 영화를 제외하고 모든 영화에 그 장면이 등장한다. 심지어는 신상옥 감독이 만든 북한 영화에서도 편지를 강탈하는 장면이 등장한다. 이몽룡에게 서찰을 보내는 족족 성문에서 압수되어 변학도의 손에 들어가고 이 편지를 본 변학도는 춘향의 처지를 헤아려 미리 손을 쓰는 것이다. 일종의 정보전이나 심리전인 셈인데, 편지를 통해 춘향의 심리 상태를 파악하여 옥에 찾아가 춘향을 타이르기도 하고, 월매에게 선물을 보내 환심을 사는가 하면 행수기생을 시켜 춘향을 설득시키기도 한다.

셋째, 춘향의 형상이 대부분 소극적이고 청순가련한 인물로 등장한다는 점이다. 야무지고 강인한 춘향의 모습은 영화에서 별로 보이지 않는다. 이별시에도 발악을 하는 것은 대부분 월매다. 오히려 춘향은 어머니에게 그러지 말라고 말린다. 비교적 사회성을 부각시키려고 한 박태원 감독의 〈성춘향전〉(1976)조차 "원망은 않겠어요. 잊지나 마옵소서"라며 울기만 한다. 임권택 감독의 〈춘향뎐〉(2000)만 치마를 찢고 면경을 던지며 발악하는 춘향이 등장한다. 이별시에도 이러니 변학도에 저항하는 모습은 아예 찾기 힘들다. 소설에서처럼 "충효열녀 상하 있소"라며 다부지게 대드는 춘향의 모습은 어디에도 없고 기껏해야 "유부녀 겁탈하려는 사또의 죄"를 들먹거릴 뿐이다.

왜 이렇게 춘향이 나약하고 청순가련한 모습으로 등장할까? 영화 〈춘향전〉을 철저하게 사랑의 이야기로 초점을 맞춰 영화화했기 때문이다. 정치적인 저항이나 사회적인 신분 갈등을 배제한 채 애정 갈등에만 초점을 맞췄기 때문에 춘향이를 더 이상 개성적인 인물로 확대시키지 못했다. 그저 매사에 순종하고 일이 잘못되면 눈물만 흘리는 가련한 모습, 사랑하는 사람과 이별할 때도 원망하지 않으며 슬퍼하기만 하는 모습, 사랑의 방해자가 나타나 폭력을 휘두를 때도 대차게 대들지 못하고 그 폭력을 감당함으로써 동정심을 유발하는 모습, 바로 이런 형상이 한국적 멜로드라마에 전형적으로 등장하는 청순가련형 여성상이었으며 영화 〈춘향전〉을 통해 형성되었던 것이다. 임권택 감독의 〈춘향뎐〉(2000)에서만 유독 춘향의 형상을 적극적이고 개성적으로 그리려고 했지만, 15세의 어린 여고생이 감당하기에는 벅찬 배역이었다.

물론 이런 강인하고 저항적인 모습만이 정답일 수는 없다. 개성적인 인물로 부각시키지 못하고 멜로드라마의 전형적 틀 속에 안주했다는 것이 문제다. 무수히 반복된 〈춘향전〉 영화에서 춘향은 대중들이 공감할 수 있는 신선하고 개성적인 인물로 형상화하지 못한 한계를 지니고 있다.

넷째, 춘향이의 형상이 이러하니 첫날밤 사랑을 나누는 장면이 대부분 영화에서 삭제되거나 간략하게 처리되어 있다.(검열상 상영금지 처분을 받아 잘릴 수도 있겠지만) 임권택 감독의 영화만 그 장면이 등장하고 대부분은 옷을 벗다가 촛불을 끄는 것으로 '페이드 아웃fade out' 돼버린다. 고전소설 「춘향전」에서 이 부분은 개성적이고 발랄한 춘향의 모습을 잘 보여주는 장면으로 청춘 남녀의 성性이 얼마나 아름다울 수 있는지를 영혼과 육신의 교감을 통해 보여주는 바, 분명 「춘향전」의 영화적 변개에서 아쉬운 대목이다.

다섯째, 영화적 효과를 높이기 위해서 소설에는 없는 장면들이 삽입되는데, 춘향과 이몽룡의 직접 대면을 위해 방자가 춘향의 신발이나 옷을 훔쳐오는 장면과 변학도의 생일잔치에 춘향을 참수하려는 장면이다. 신발이나 옷을 훔쳐오는 것은 영화의 흥미소로 가능하나 참수 장면은 좀 억지스럽다. 사극 액션영화의 문법에서 빌려왔을 것인데, 당시 역사상 실정으로는 불가능한 일이다. 참수형을 집행하기 위해선 지방관아에서는 불가능하고 진상을 상세히 적은 보고서를 올려 의금부義禁府에서나 집행이 가능한 일이다. 영화에서는 관객의 긴장감을 고조시키고 극적 반전을 위해 영화적 장치로 활용했을 것이나 리얼리티가 결여되기에 그만큼 영화의 작품성을 떨어뜨린다.

언어를 통해 상상력을 환기시키는 소설과는 달리 영화는 프레임frame 속에 그 모든 이미지를 담기에 많은 제한이 있는 것은 사실이다. 하지만 「춘향전」의 영화콘텐츠는 한국영화사에서 가장 많이 제작되었고 새로운 지평을 열어갔다는 화려한 명성만큼 내실이 있어 보이지는 않는다. 대부분 멜로드라마라는 장르의 관습을 그대로 답습했으며 「춘향전」의 새로운 해석이나 영화 스타일의 신선함은 보이지 않는다. 그저 「춘향전」의 도식대로 '만남-사랑-이별-수난-재회'를 따라가면서 '통속애정영화'를 만들었던 것이다. 200편이 넘는 고전소설과 판소리의 이본에 나타난 다양한 내용들을 영화는 외면했다. 관객의 취향에 맞춰 그 공통요소를 뽑아 이른바 통속 〈춘향전〉 영화를 만들었던 셈인데, 그럼에도 관객이 몰렸던 것은 「춘향전」 내러티브가 가지고 있는 익숙함이나 명성일 것이다. 1970년대 들어와 할리우드의 자극적인 영화들이 무차별로 들어오면서 더 이상 「춘향전」이 힘을 발휘할 수 없었던 것도 어찌 보면 당연하다.

이점은 「춘향전」을 변개한 현대소설과 비교해 보아도 자명하다. 「춘향전」을 변개한 현대소설은 이광수의 「일설 춘향전」을 비롯하여 최인훈의 「춘향면」, 김주영의 『외설 춘향전』, 임철우의 「옥중가」 등 12편에 이르고 유치진의 희곡 〈춘향전〉과 김용옥의 시나리오 〈새춘향면〉을 보태면 영화화할 수 있는 자료는 무려 14편에 이른다.[90] 유치진의 희곡 〈춘향전〉이나 김용옥의 시나리오 〈새춘향전〉은 바로 영화화할 수 있는 장점이 있음에도 수용되지 않았다. 영화 〈춘향전〉은 이처럼 원전이나 심지어는 변개한 현대소설도 아닌 무슨 틀이 있었다. 아마도 통속 「춘향전」 내러티브일 텐데, 이것이 처음에는 대중들의 감수성에 맞았는데 계속 반복되다 보니 구태의연하게 되어 현대의 관객들로부터 외면당하게 된 것이다.

2010년에 개봉한 김대우 감독의 〈방자전〉은 그런 점에서 분명 새로운 시도를 보였다. 춘향과 이몽룡, 방자의 관계를 새롭게 설정한 것으로 진정한 사랑의 의미를 현대적 관점에서 파악하고 형상화했다. 이몽룡과 춘향의 사랑이 아니라 방자와 춘향의 진실된 사랑을 그림으로써 「춘향전」의 인물 구도를 전복시킨 것이다. 현실적으로 볼 때 춘향과 신분이 맞는 상대는 사실 같은 계급인 방자다. 이런 점에 착안하여 「춘향전」 인물의 관계를 전도시킨 것이다. 그럼으로써 작품의 현실성을 더하고 천민들도 감정을 가진 인간으로서 당당하게 자신의 사랑을 찾아 행복을 누려야 한다는 메시지를 전달했다. 마치 보마르셰Beaumarchais.P.A.C의 희곡 〈피가로의 결혼〉에서 하인인 피가로가 자신의 애인을 넘보는 주인 알마비바 백작에 당당히 맞서 기지를 발휘해 애인 수잔느를 찾아와 결혼식을 올리는 장면을 연상시킨다.

---

90   이에 대한 자세한 고찰은 제2장의 「새로운 애정 담론과 정치적 알레고리, 「춘향전」」을 참고 바란다.

「춘향전」의 영화화에서 보듯이 고전소설의 영상콘텐츠는 고전서사를 단순히 영상으로 바꾸는 것이 아니라 현대에 맞추어 새롭게 해석하고 재창조하는 방향으로 나아가야 한다. 1993년 칸영화제 대상을 수상했던 첸 카이거 陳凱歌(1952~)의 〈패왕별희霸王別姬〉는 고전서사가 어떻게 현재화될 수 있는지를 보여 준 좋은 사례다. 치욕스런 중국의 근대사가 경극 〈패왕별희〉의 맥락과 일치하면서 『초한지楚漢志』를 형상화한 경극의 장면들이 중국 근대사의 알레고리로 읽혀지고, 여기에 경극배우의 모진 운명이 겹치면서 항우項羽가 우희虞姬와 사별하는 『초한지』의 결말과 경극의 마지막 장면은 '문화혁명'이라는 치욕스러운 시대와의 결별을 선언하는 의미를 드러냈던 것이다.

〈표 2〉「춘향전」영화 목록(20편)

연도	제목	제작사	감독	주연	비고
1923	春香傳	東亞文化協會	早川孤舟	김조성(변사), 한룡, 최영완	〈춘향전〉최초의 영화화, 민간영화
1935	春香傳	京城撮影所	李明牛	박제행, 문예봉, 이종철 김연실, 임운학, 노재신	최초의 발성영화
1936	그 후의 李道令	嶺南映畵社	李圭煥	독은기, 이진원, 문예봉	〈춘향전〉의 후일담(속편)
1941	半島의 봄	明寶映畵社	李炳逸	김일해, 김소원	〈춘향전〉영화촬영 과정을 다룬 영화 (미완)
1948	春香傳	高麗映畵社	李慶善	미상	제작중단, 미완성
1955	春香傳	東明映畵社	李圭煥	이민, 조미령, 전택이 노경희, 이금룡, 석금성	작품성 가장 뛰어남. 한국영화 부흥의 계기
1957	大春香傳	三星映畵企業社	金鄕	박옥진, 박옥란 조양금, 조양녀	여성국극영화
1958	春香傳	서울칼라라보	安鍾和	최현, 고유미, 허장강 김현주, 김승호, 전옥	
1959	脫線 春香傳	宇宙映畵社	李慶春	박복남, 복원규, 김해연	〈춘향전〉패러디, 넌센스 코미디
1961	春香傳	洪性麒프로덕션	洪性麒	최귀식, 김지미, 김동원 양미희, 최남현, 유계선	컬러 시네마 스코프 촬영 (최초)
1961	成春香	申필림	申相玉	김진규, 최은희, 허장강 도금봉, 이예춘, 한은진	흥행 대 성공
1963	漢陽에서 온 成春香	東星映畵社	李東薰	서양희, 신영균	〈춘향전〉의 후일담(속편)
1968	春香	世紀商社	김수용	신성일, 홍세미, 허장강 태현실, 박노식, 윤인자	
1971	春香傳	泰昌興業	이성구	신성일, 문희, 박노식 여운계, 허장강, 도금봉	최초의 70밀리 영화
1972	방자와 향단이	(株)合同映畵	이형표	신성일, 박지영 박노식, 여운계	〈춘향전〉의 패러디, 코미디
1976	成春香傳	宇星社	박태원	이덕화, 장미희, 장욱제 최미나, 신구, 도금봉	사회성 부가
1984	사랑 사랑 내 사랑	申필름映畵 撮影所	신상옥	장선희, 리학철, 최창수 김명희, 손원주, 방복순	북한 영화, 뮤지컬, 신분 갈등 강조
1987	成春香	禾豊興業 株式會社	하상훈	김성수, 이나성, 김성찬 곽은정, 인규신, 사미사	흥행 참패(748명)
1999	성춘향뎐	투너 신 서울	앤디 김		애니메이션
2000	춘향뎐	泰興映畵(株)	임권택	조승우, 이혜정, 김학용 이혜은, 이정헌, 김성녀	칸느국제영화제 본선 진출
2010	방자전	㈜바른손, ㈜시오필름	김대우	김주혁, 류승범 조여정, 류현경	〈춘향전〉의 패러디

3. 고난과 희생, 그리고 구원의 메시지, 〈심청전〉

1) 한국영화사에서 '가정비극' 「심청전」의 소환

「심청전」은 남북합작 애니메이션 〈왕후 심청〉(2005)을 포함하면 현재까지 모두 8편의 영화가 만들어졌다. 이는 「춘향전」(20편), 「홍길동전」(12편) 다음으로 많이 만들어진 수치며 한국영화사 초창기인 1925년부터 2014년까지 꾸준히 만들어졌다는 점에 주목할 필요가 있다. 모더니티modernity의 관점으로 보면 낡은 내러티브를 지닌 「심청전」이 왜 이렇게 현대의 대중매체인 영화로 계속 소환되는 것일까?

일찍이 이해조가 '처량교과서'라 불렀던 것처럼 「심청전」은 어떤 작품보다도 눈물을 많이 흘리게 하는 비극적 내용을 지녔기에 초창기 영화사映畫史에서 영화화하기 좋은 소재로 감독들이 「심청전」을 꼽았다고 한다. 주지하다시피 초창기 무성영화의 주류적 정서는 단연 '신파'였고, 이런 경향 속에서 험한 세상에 내던져진 여주인공이 지독한 가난과 고통 속에서 결국 자신을 희생제물로 바치는 「심청전」은 "감정의 과도한 표현으로 눈물을 끌어내는"[91] 신파의 정서와 잘 어울릴 수 있는 작품으로 인기가 높았던 것이다.

유성영화 시대가 시작되면서 당대 화가로 유명한 안석영安夕影(1901~1950) 감독이 만든 〈심청〉(1937)은 뛰어난 작품성으로 인해 조선에서 최초로 개최된 제1회 조선일보영화제에서 유성영화 부문 1위를 차지하기도 했

---

91 이영일, 『한국영화사 강의록』, 소도, 2002, 122면.

다. 사극이 붐을 이루었던 1960~1970년대에도 「심청전」은 신상옥 사단의 신필름에 의해 두 번이나 소환됐으며, 북한에 가서도 1985년에 「심청전」은 다시 제작된다. 무슨 이유로 「심청전」은 이렇게 시대마다 새로운 영화콘텐츠로 만들어지는 것일까?

서유경은 "「심청전」 내부에서 대중문화에 적합한 속성을 찾자면, 심청이 겪는 이별과 슬픔이 주는 눈물과 가난이라는 동정할 수밖에 없는 상황, 돈 문제라는 세태와 관련되는 서사 등을 들 수 있다"고 하여 '슬픔과 가난 이야기'가 비장미의 형태로 지속되고 있음을 밝혔다.[92] 「심청전」은 분명 비장미가 두드러져 초창기 영화에서부터 '가정비극'으로 불렸으며 영화의 소재로 가장 적합하다고 여겨졌다.

영화는 근대의 새로운 매체와 결합된 대중예술이고 분명 소설과는 다른 문법을 지니고 있다. 이 때문에 영상을 통해 원작과는 전혀 다른 이야기를 할 수도 있으며 거기에는 분명 대중들의 요구나 감독의 의도가 개입한다. 감독의 의도가 대중들의 요구와 만나는 지점에서 시대가 필요로 하는 메시지를 찾을 수 있다. 영화는 대중예술이기 때문이다. 그러면 「심청전」에서 시대가 요구하는 메시지는 무엇인가?

「심청전」은 1925년 이경손李慶孫(1903~1976) 감독에 의해 무성영화로 제작된 이래 현재까지 모두 8편이 제작되었다. 「심청전」 영화사의 목록은 이렇다.[93]

---

92 서유경, 「20세기 초 「심청전」의 대중성」, 『판소리연구』 42, 판소리학회, 2016, 302면.
93 자료의 정리는 김종욱 편저, 『실록 한국영화총서』 (상), 국학자료원, 2001, 191~224면과 『실록 한국영화총서』 (하), 국학자료원, 2002, 362~369면 참조. 해방 이후 기록은 당시 신문, 잡지 참조.

① 이경손 감독, 〈심청전〉(1925), 조선극장 : 1925.3.28~4.3 상연.

② 안석영 감독, 〈심청〉(1937), 단성사 : 1937.11.19~11.28 상연.

③ 이규환 감독, 〈심청전〉(1956), 단성사 : 1956.10.16 개봉.

④ 이형표 감독, 〈대심청전〉(1962), 명보극장 : 1962.9.13 개봉.

⑤ 신상옥 감독, 〈효녀 심청〉(1972), 국도극장 : 1972.11.17 개봉.

⑥ 신상옥 감독, 〈심청전〉(1985), 북한에서 뮤지컬로 제작.

⑦ 넬슨 신 감독, 〈왕후 심청〉(2005), 2005.8.12. 개봉. ※남북합작 애니메이션

⑧ 임필성 감독, 〈마담 뺑덕〉(2014), 2014.10.2 개봉.

이 중에서 영상이 남아 있는 것은 1960년대 이후 제작된 〈대심청전〉, 〈효녀 심청〉, 〈마담 뺑덕〉이며, 안석영 감독의 〈심청〉은 4개의 시퀀스로 이루어진 13분 정도의 분량만 한국영상자료원에 보관되어 있어 영화의 일면을 볼 수 있다. 처음 만들어진 이경손 감독의 무성영화 〈심청전〉은 신문기사만 있지만 같은 시기 영화화하려고 단성사에서 출판한 〈효녀 심청전〉의 대본이 현재 한국영상자료원 영상도서관에 보관돼 있다. '한국 최초의 시나리오'인 〈효녀 심청전〉은 이미 초창기 한국영화사를 다루는 앞부분에서 분석한 바 있다.

8편의 영화 중에 자료가 거의 없는 이규환 감독의 〈심청전〉을 제외하고 영상이 남아 있는 3편을 중심으로 논의를 전개한다. 〈마담 뺑덕〉은 「심청전」의 특이한 변개 양상을 보여주지만 중심 내러티브에서 너무 벗어났기에 여기서는 다루지 않는다. 작품의 분석은 영상을 중심으로 진행하되 대본을 참고하여 그 영화화 양상을 검토하고, 영상과 대본이 존재하지 않는 경우에는 당시의 신문기사와 잡지의 영화평을 참고하여 영화화의 맥락을 검토한다.

2) 〈심청전〉 영화콘텐츠 양상

(1) '선량한 인간들'의 고난과 절망을 다룬, 안석영의 〈심청〉(1937)

안석영 감독의 〈심청〉은 대본은 존재하지 않지만 4개의 시퀀스로 이루어진 13분가량의 영상이 현재 한국영상자료원에 보관되어 영상화의 일면을 엿볼 수 있다. 그 시퀀스는 이렇다.

① 심청이 심학규와 어머니 산소를 다녀오다 귀덕 어미를 만나다.
② 죽기 전날 밤(판소리 시퀀스)
③ 심봉사가 공양미 300석 약속한 사실을 심청에 말하다.
④ 물을 떠놓고 신령님께 빈 후 찾아온 귀덕 어미를 다시 만나다.

안석영은 당대 유명화가로 활동하던 경력에서도 알 수 있듯이 화면을 만들면서 특히 미장센mis-en-scène에 주력했다. 심청이 죽기 전날 자신의 죽음을 받아들이고 아버지의 옷을 지으려 바느질을 하다가 넋을 놓고 망연히 앉아있거나 혼자 우는 장면은 현재적 시점에서 보아도 손색이 없을 정도의 탁월한 미장센을 보여준다.(자료사진 참조) 임화도 "고대소설을 영화화하는데 새로운 機軸과 더불어 화면의 繪畫的인 美를 보여주었다"[94]고 영화의 미장센을 주목한 바 있다.

게다가 이 장면은 대사도 없이 판소리 〈심청가〉로 채워져 비장미를 잘 드러냈는데, 〈심청〉을 기획했던 기신양행紀新洋行의 이기세李基世(?~1945)가 기획

---

94 임화, 앞의 글, 79면.

〈그림 8〉 미장센이 뛰어난 안석영 감독의 〈심청〉의 한 장면

한 바로는 원래 "가요(판소리-인용자)를 주체로 만들어보자고 하였으나 가요가 주체가 되면 영화가 안 된다고 내가 반대를 하여 나의 企圖대로 필요한 데만 노래를 넣기로"[95] 하였다고 한다. 제작자 이기세는 애초 판소리 중심의 음악영화를 만들려고 했는데 감독인 안석영은 배경음악으로만 활용한 것이다.

그러면 안석영은 영화 〈심청〉을 어떻게 만든 것일까? 안석영은 감독뿐만 아니라 시나리오도 직접 썼기에 영화 〈심청〉에 관한 전권을 가지고 있었던 셈이다. 그는 「〈沈淸〉을 制作하고서」라는 글에서 "나는 〈沈淸〉을 맨들게 된 動機가 다른 데 있다손치드래도 나는 우선 善良한 人間들을 그려보는 첫 試驗으로 이 〈沈淸〉 制作에 ─映畫制作에 아무런 體驗도 없이─ 着手하게 된 것이다"[96]라고 했다. 안석영의 의도는 영화 〈심청〉을 통해서 심청을 중심으로 악한 세상과 대비되는 '선량한 인간들'을 그려보는 것이었다.

그래서 〈심청〉에서는 악역 혹은 해학적 역할을 담당하는 뺑덕어미도 등장하지 않는다. 서광제徐光霽(1901~?)가 시사평에서 이를 문제 삼아 "뺑덕어미 같은 것도 없애버렸으나 영화라는 것은 繪畫와 같이 한 개의 아름다운 風景畫만의 연속으로 되는 것은 아니다. 영화라는 것은 절대적으로 리드미컬한

---

95 안석영, 「'沈淸' 및 制作日記 抄」(『三千里』 복간 제6호, 三千里社, 1948.10), 김종욱 편저, 앞의 책, 354면.

96 안석영, 「〈沈淸〉을 制作하고서」, 『映畫報』 1, 1937.11, 18면.

맛이 없으면 작품은 실패다. 영화 〈심청〉에 있어서 어디서 우리가 클라이맥스를 찾아볼 수 있으며 어디서 리드미컬한 데를 찾아낼 수 있는가? 여기에 영화 〈심청〉은 시추에이션이 없어 관중에게 흥미와 기대와 초조와 내지 희비극의 자극이 없다"[97]고 혹평했을 정도로 인물 구도나 내러티브를 단순하게 만들었다. 이는 여러 평자들에 의하여 지적된 바, "각색은 본래의 스토리에 拘碍되지 않고 어디까지 대담하되, 종시 평면적 敍述帶였다는 것이 커다란 결점이 아닐 수 없"[98]다고 지적되기도 했다.

영화 〈심청〉이 내러티브가 단순하고 평면적이라는 지적은 여러 평자들에서 거듭 확인된다. 감독의 의도대로 선량한 사람들을 그리기 위해서 그렇게 내러티브를 단순화했을 것이며, 그 대신 전날 밤 장면에 보듯 유려한 미장센을 사용하여 자신의 의도를 드러내고자 했을 것이다. 영화 〈심청〉의 전체적인 내용이 어떤지 알 수 있는 자료가 전무한 편이지만 당시 영화평이나 제작기를 참고하면 〈심청〉의 내러티브는 다음의 내용들을 지니고 있을 것으로 보인다.

첫째, 첫 장면부터 우는 것으로 시작하여 효녀임을 강조했다. 어린 심청은 등장하지 않고 심봉사를 봉양하는 14~15세의 심청으로 시작한다.[99]

둘째, 심청이가 동네 아이들과 까막잡기(술래잡기)하는 장면이 등장한다. 이는 안석영의 독창적인 개작으로 감독은 "눈 먼 부친의 답답한 심정을 깨닫게 되는 것에 묘사를 치중하려 하였다. 여기에 공양미 3백 석에 몸이 팔려가는 동기도 될 수 있다"[100]고 강조한 바 있다. 이 까막잡기 장면은 여러 평자들에 의해 가장 탁월한 장면으로 선정되기도 했으며[101] 이 때문에 그 뒤에

97 서광세, 「映畫 '沈淸' 試寫評」, 『동아일보』, 1937.11.19.
98 몽구생, 「安夕影監督 '沈淸' 試寫評」, 『조선일보』, 1937.11.19.
99 서광제, 앞의 글 참조.
100 안석영, 「'沈淸' 및 制作日記 抄」, 김종욱 편저, 앞의 책, 364면.

만들어진 「심청전」 영화에 단골로 등장하는 명장면이 되었다.

셋째, 심청이 인당수에 빠지는 장면이 등장하지 않는다. "심청이가 죽는 장면 같은 것도 이 '심청전'에 있어서는 누구나 보고 싶어 하는 장면이나 그것도 없었"[102]다고 한다. 당시 영화 제작 과정에서 수중 촬영 기술이 부족하여 그 장면을 넣지 않았던 것으로 보인다.

넷째, 심청의 용궁 환생도 없고, 모녀상봉도 이뤄지지 않는다. 심청의 용궁환생과 모녀 상봉, 봉사 개안 등은 「심청전」을 이루는 가장 중요한 내러티브며 '고정화소'다. 그런데 안석영의 〈심청〉은 이 부분이 없으며, 〈심청〉의 「내용」에는 결말을 이렇게 소개했다.

결국 아버지를 위하여 꽃다운 시절도 버리고 슬픔만 있는 세상을 떠납니다. 청이는 이 세상에 행복이 무언지를 모르고 갔습니다. 그러나 저 세상에 가서도 아버지의 일 때문에 슬퍼 지나는 지도 모릅니다. 한 가지, 어머님과 같이 근심하게 된 것만이 다행이랄 수 있을는지요. 그리고 또 한 가지 청이의 그 아름다운 희생에 그 아버지의 눈이 띠어지지 않을 수 없는 것입니다. 청이는 기쁠 것입니다. 한 편에 심학규는 눈이 띠어져서 잃었던 광명을 다시 찾았을 때는 청이는 이 세상에 없습니다.

그는 청이를 부르며 집밖으로 튀어나왔습니다. 그때는 해는 넘어가고 하늘에 노을이 드리운 구름에는 영광스러운 저 세상에 있는 청이의 幻影이 비치어 있습니다. 황혼이 되었을 때, 심학규는 지팡이 막대도 없이 걸어갔습니다.[103]

---

101 서광제는 앞의 글에서 이 장면을 "「심청전」을 개작 각색하여 이번 영화를 만든 중에서 제일 좋은 착상을 잡았다"고 극찬했다.
102 서광제, 앞의 글, 1937.11.20.
103 김종욱 편저, 앞의 책, 363면.

이 「내용」을 참고하면 영화 〈심청〉은 심청이의 죽음으로 심봉사는 눈을 뜨나 딸은 이미 이 세상에 없어 절망 가운데 끝을 맺는다는 것이다. 이런 내용으로 영화가 전개됐다면 인당수에 빠진 이후 「심청전」의 후반부는 절망적인 내용으로 완전히 바뀐 셈이다. 안석영은 왜 이렇게 「심청전」의 내러티브를 변개하여 전혀 다른 영화를 만들었을까?

영화를 만들던 무렵인 1936년에 등장한 채만식의 희곡 〈심봉사〉에서도 심봉사가 눈을 뜨지만 자신의 딸 심청이 인당수에 빠져 죽었다는 사실을 알고 괴로워 자신의 눈을 찌른다는 설정이 등장한다. 더욱이 채만식이 〈심청〉 영화의 제작자인 이기세에게 도움을 받았다는 '부기'는 여러 모로 희곡과 영화의 연관성을 시사해준다.[104]

(2) 세계의 폭력에 맞서는 꿋꿋한 심청, 이형표의 〈대심청전〉(1962)

1961년 〈성춘향〉과 〈연산군〉의 성공으로 '사극' 붐을 일으킨 '신필름'에서 1962년 제작한 영화가 바로 이형표李亨杓(1922~2010) 감독의 〈대심청전〉이다. 신상옥申相玉(1925~2006)의 최측근인 이형표 감독은 1958년 신필름에 입사하여 1961년 〈성춘향〉의 촬영감독을 거쳐 1961년 〈서울의 지붕 밑〉을 개봉하여 감독으로 데뷔했으며, 차기작이 바로 〈대심청전〉이었다. 그러기에 〈대심청전〉은 사극시대를 열었던 〈성춘향〉을 잇는 고전소설 영화의 계보로서 중요한 위치를 차지한다. 더욱이 감독이 "내가 보기에는 마 그 「심청전」으로서는 여태까지 맨들어 준 중에서 제일 좋지 않았나 생각"[105]할 정도로

---

104 제4장 연극 〈심청전〉을 다루는 부분에서 이 문제를 언급했으며, 서유경도 앞의 글, 297면에서 이 문제를 제기했다. 후반부를 완전히 달리 한 것은 채만식과 제작자 이기세, 감독 안석영이 같은 지향으로 〈심청전〉을 변개한 증거가 될 수 있는데 희곡과 영화의 관련성을 밝힐 중요한 단서가 된다.

자부심을 가졌던 작품이다.

한국영상자료원에 중국어로 더빙된 필름(VOD)과 대본이 남아 있는데 모두 136장면으로 구성되어 있다. 한국영상자료원에 보관된 〈대심청전〉의 수록영화정보에는 각본은 시나리오 작가인 오영진吳泳鎭(1916~1974)으로 명시됐지만, 내용을 보면 오영진의 〈심청〉과는 차이를 보인다. 전반적인 내용은 "그 「심청전」 뭐 아주 그냥 머 담담하게, 담담하게 있는 그대로, 전해오는 얘기대로 그대로"[106] 만들었다고 회고하듯이 완판 「심청전」을 충실히 따르고 있는 것으로 보이며 오리지널 시나리오와 영화도 다소 차이가 난다. 영화를 심의하고 제작하는 과정에서 1962년 1월 군사정부에 의해 공포된 '영화법'에 영향을 받아 다수의 장면이 변개 혹은 삭제된 것으로 보인다. 영화의 중요 시퀀스를 정리하면 이렇다.

① 심청의 심봉사 봉양
② 장승상 댁 부인의 초청
③ 몽은사 화주승의 심봉사 구출과 공양미 300석 약조
④ 남경 선인들의 제수처녀 구하기
⑤ 심청이 선인들에게 몸을 팔기로 약조함
⑥ 죽기 전날 밤 부친 옷가지 준비
⑦ 동네 사람들이 심청의 행렬 막음
⑧ 심청, 임당수에 빠짐
⑨ 용궁에서 모녀 상봉

---

105 이순진 채록,『한국영화회고록―이형표』, 한국문화예술위원회, 2006, 199면.
106 위의 책, 200~201면.

⑩ 심청 연꽃에 싸여 왕에게 진상

⑪ 선인의 지시로 왕과 심청의 만남

⑫ 부친 찾기 위한 맹인잔치

⑬ 모녀상봉과 봉사 개안

〈대심청전〉은 복사꽃이 핀 도화동에서 심청이 심봉사를 봉양하는 것으로 시작한다. 대본에는 곽 씨 부인의 죽음과 심청의 젖동냥이 나오지만 영화에서는 제외했으며 뒤를 이어 등장하는 까막잡기 장면도 마찬가지다. 이렇게 〈대심청전〉은 「심청전」의 고정 내러티브인 심청과 심봉사가 겪는 고통스러운 삶의 과정을 모두 제거했다. 그러면 무엇이 그 자리를 대체했을까?

③시퀀스에서 몽은사 화주승과의 문답을 통해 공양미 3백 석을 바치게 되는 과정이 자세히 전개된다. 우선 화주승이 개울에 빠진 심봉사를 구출하고 나서 부처님께 불공을 드리라 하고 이를 의심하는 심봉사에게 "숱한 사람이 불공을 드려 눈을 떴는데요"[107]라는 말로 솔깃하게 한 다음 심학규를 공양미 3백 석의 시주자 명단에 적고 "그리고 저 공양미는 우리 절 대웅전 중창역사를 새달 보름에 시작할 터이오니 그때까지 바치도록 해 주십시오"(#26) 라는 다짐까지 하고 간다. 몽은사 화주승은 감언이설로 순진한 사람을 꼬여 내어 시주를 바치게 하는 비열한 장사치와 같은 형상을 하고 있다. 게다가 남경 뱃사람들이 제수로 쓸 처녀를 사러 다니는 중에 화주승이 심봉사에게 다시 나타나 "우리 절 중창역사가 바빠 와서 되도록 일찍이 마련하여 주셨으면 할 뿐"이라며 독촉까지 하고 못 비치면 어떻게 되느냐는 물음에 "만약 그럴 진

---

107 오리지널 시나리오 『大沈淸傳』, 신필름, 1962, #26. 이 시나리오는 한국영상자료원 [ㄷ-0083]에 보관되어 있다. 앞으로 영화 장면의 인용은 괄호 속에 장면 번호만 적는다.

<그림 9> 꿋꿋한 심청을 형상화한 이형표의 〈대심청전〉

대는 자손 대대로 고된 벌역을 받게 됩니다"(#35)라고 겁박까지 하고 간다. 심청에게 화가 닥칠 것을 걱정하는 아비의 마음까지 이용한 것이다.

④시퀀스에서 남경 선인들이 제수로 쓸 처녀를 구하러 다니는 과정도 「심청전」에 비해 자세하게 전개된다. 심청이 공양미 3백 석을 마련하기 위해 애를 태우고 천지신명께 기원할 무렵 남경 뱃사람들이 등장하여 온 동네를 헤집고 다니며 제수 처녀를 물색하고 결국 심청이 여기에 자원해 성사가 되는 과정이 무려 11장면(#15, #30~#34, #39~#43)에 걸쳐 전개된다.

공양미 3백 석 시주에 따르는 화주승의 태도와 제수 처녀 구하러 다니는 남경 뱃사람들의 행위는 고전소설 「심청전」과는 분명 다른 모습을 보여 준다. 「심청전」에서는 심봉사나 심청이 주체가 되어 자신에게 절실한 것을 찾는 과정에서 화주승과 남경 선인들을 만나게 되는데, 영화 〈대심청전〉에서는 화주승과 남경 선인들이 오히려 주체가 되어 심봉사나 심청에게 다가간다는 것이다. 대신 심봉사나 심청은 타자로 전락하여 그들의 행위를 수동적으로 강요당하는 입장에 서게 된다. 남경 선인들의 행태에 대한 동네 아낙네의 대화 장면을 보자.

귀덕이	남은 간이 콩알만 해져서 죽겠는데……
아낙네 C	애들이 남경장사 뱃사람들에게 처녀제수로 팔려갈까봐 겁들이 나서 이런단다.
심청	남경장사 뱃사람들이 아직 안 갔나요?
아낙네 A	가는 게 다 뭐냐? 섣달 호랑이처럼 어슬렁어슬렁 골목을 휘돌고 있다 는데……
간난이	앗 저기 뱃사람들이……

언덕 위에서 내려다보는 사공일행

도망치는 처녀들(#32)

호랑이처럼 어슬렁거리며 골목을 휘돌아다니고 처녀들을 지켜보며 물색하는 형상에서 남경 뱃사람들은 심청과 동네 사람들에게 위협적인 존재로 나타난다. 그 결과 심청의 고귀한 희생은 육친에 대한 사랑에서 비롯된 자기 스스로의 선택이 아니라 외부세계의 어떤 힘이나 폭력에 의해 강요되는 느낌을 준다. 화주승은 심봉사에게 공양미 3백 석을 강요하였고, 남경 뱃사람들은 궁지에 몰린 심청에게 "어떤 복많은 아가씨가 (E) 백미 삼백 석을 차지할는지?"(#34)라며 미끼를 던져 자신들이 원하는 제물을 거의 포획하는 수준에 이른다. 차마 목숨을 내놓기 싫어 다급해진 심청이 장승상 댁을 찾아가 도움을 청하려 하지만 집에 없어 만나지 못하고 돌아서는 장면(#39A)도 대본에는 등장한다. 심청이 궁지에 몰려 죽음으로 내몰리는 형국이다.

심청이 부친에게 임덩수에 숨으러 간다고 고백하고 심봉사가 발악하는 장면이 대본에는 여러 장면에 걸쳐 있는데, 영화에는 단 한 장면(#66)으로 압축했다. 처음부터 동냥젖을 얻어 먹이는 장면 등 부녀의 애틋한 관계를 느러내는 장면이 영상화되지 못함으로써 공동운명체적인 유대에서 심봉사는 제외되고 저 폭력의 세계에 심청이 홀로 맞서는 모습만이 부각된 것이다.

대신 외부세계의 폭력에 대해 동네 사람들의 집단적인 반발이 등장한다. ⑦시퀀스에서 남경 뱃사람들에게 제수로 끌려가는 심청을 구하고자 동네 사람들이 행렬을 가로막는데 심청이 나서서 이들을 타이른다. 귀덕 아버지가 나서서 "청아! 우리들이 추렴 공론하여 공양미 삼백 석을 돌려줄 것이니 가지 마라!"고 하지만 심청은 "말씀은 고마우나 제 정성을 다 하자면 어찌 남의 제물로 공양할 수 있겠으며 사람이 남에게다 한번 약속하였던 일 어찌 어길 수 있습니까. 할아버지, 아저씨, 아주머니, 오빠네들 부디 부디 안녕히들 계시오며 혈혈단신 우리 아버지 동중에 부탁드리옵니다"(#67)라고 동네 사람들의 호의를 거절한다. 이는 원작에서 장승상 부인에게 3백 석 대납 제의를 거절하며 했던 말이니 그 역할을 동네 사람들이 대신 한 셈이다.

심청이 임당수에 몸을 던지고 용궁으로 들어가는 ⑧, ⑨시퀀스는 이 영화의 가장 큰 볼거리로 "일본 동보 '라보'에서 본격적인 수중 색채촬영을 하였"고 "임성남 발레단 멤버 30명이 보여주는 인어춤이며 갖가지 춤도 멋이 있다"[108]고 당시 신문은 전한다. 실상 수중촬영 기술은 그때까지 우리 영화계가 보유하지 못했고 이 때문에 이전 「심청전」 영화에서 항상 수중 장면에서 영상화의 한계를 노출하기도 했다. 이 무렵부터 본격적인 수중 촬영이 도입된 셈이어서 「심청전」을 어떻게 만들었느냐는 것보다는 수중 장면이 나온다는 것이 당시의 관심거리였다. 이형표도 회고록에서 당시 '미라워크mirror work' 방식을 써서 수중촬영의 새로운 시도를 했다고 강조하기도 했다.[109]

---

108 「추석대목 노리는 영화계—6편 중 5편이 사극물」, 『서울신문』, 1962.8.16.
109 이순진 채록, 앞의 책, 193~201면.

그런데 놀랍게도 화려한 용궁 장면에 등장하는 인물 모두가 여성이다. 용왕도 여성(최은희 분)이 맡았고, 시녀나 등장하는 신하들도 모두 여성으로 '여성'들만의 세계를 구축하고 있다. 마치 지상에서 벌어졌던 '남성'들의 폭력적인 세계와는 구별되는 별천지를 보여준다. 왜 남성이 등장하지 않을까? 이에 대해 이영일은 다음과 같이 말한다.

이 시대의 희극과 사극에는 남성이 존재하지 않는다. (…중략…) 1960년대 영화는 전체적으로 남성의 이니셔티브(initiative)가 없고 대신에 생활력을 가진 부인, 예컨대 날개부인, 또순이, 왈순아지매와 같은 캐릭터가 등장한다. 또순이는 차를 몰며 야채장사를 한다. 생활력 없는 남자를 대신하는 행상여성이 자주 발견되는데 최은희가 이러한 역할을 주로 맡았다. 요컨대 여성이 가정의 안정과 평화를 꾸리는 리더십을 보유한 인물로 그려졌다. 이 같은 변화는 박정권의 통치가 국민에게 긴장을 주었기 때문이다. 남성의 리더십은 전쟁으로 파괴되고 건설에 대한 여망은 여성을 통해 드러났다.[110]

남성성의 왜소화 내지는 무력화는 한국전쟁으로 인한 남성 주도권의 파괴와 5·16군사쿠데타로 인한 군사정권의 폭력성에 기인한다는 것이다. 지상에서 펼쳐지는 남성의 세계는 무력하거나 폭력적이어서 용궁의 공간은 그와 다른 평화로운 여성들의 세계로 그려진 것이다. 이 여성들에 의해 결과적으로 불구자인 봉사들이 개안하는 구원을 받는다. 심청이 용궁에서 하늘로 올라가는 어머니를 따르겠다고 하자 아직도 눈을 뜨지 못한 심봉사를 가리키

---

110 이영일, 앞의 책, 72면.

며 "청아! 만사에 하늘의 때가 있느니라. 그때까지 아버님 지성으로 봉양하고 몸성히 잘 있거라"(#91)며 저 폭력의 세상으로 심청을 다시 보내는 옥진부인의 심정은 이를 분명히 보여준다.

심청이 왕과 혼례를 올리는 것도 심봉사가 개안한 뒤 마지막 장면에서다. 심청은 폭력의 세상과 홀로 맞서서 싸워 이긴 뒤에야 남성들과 화해하고 결합한 것이다. 심청 역으로 당시 억척스러운 역할을 주로 했던 도금봉을, 심봉사로 왜소한 체구의 허장강을 캐스팅한 것은 그런 이유에서일 것이다. 당시 신문에서 심청이 "在來의 宿命的인 비관의 모습보다도 꿋꿋하고 힘차다"[111]고 했을 정도로 심청은 폭력의 세계에 맞서는 강인한 형상을 지니고 있다.

(3) 육친애와 희생을 통한 구원의 메시지, 신상옥의 〈효녀 심청〉(1972)

1962년 신필름에서 〈대심청전〉을 제작하고 나서 10년 뒤인 1972년에 신상옥은 다시 「심청전」을 영화로 만든다. 〈효녀 심청〉은 '10월 유신'이 선포된 한 달 뒤인 1972년 11월 17일 개봉했지만, 이미 뮌헨올림픽 초청작으로 제작되어 8월 21일 뮌헨에서 7차례 상영을 하였고, 9월 1일 '한국의 날' 행사에 민속무용과 함께 상영된 바 있다.[112] 세계적인 재독 음악가 윤이상尹伊桑(1917~1995)의 오페라 〈심청〉이 뮌헨올림픽 개막작으로 초청되어 바이에른 주립오페라극장에서 8월 1일부터 세 차례 공연한 것에 구색을 맞추기 위한 상영으로 보인다.[113]

이는 이미 이상현李相沄(1936~)이 각색한 시나리오 단계에도 드러난다.

---

111 「神祕로운 칼라의 構成—大沈淸傳」, 『마산일보』, 1962.9.11.
112 「날로 높아가는 '코리아'의 인기」, 『동아일보』, 1972.8.16; 「선수촌 '한국의 날' 큰 인기」, 『경향신문』, 1972.9.2.
113 「尹伊桑 씨, 오페라 〈沈淸〉 공연 뒤 회견 "東西文化의 調和"에 온힘」, 『동아일보』, 1972.10.2.

무대를 「심청전」에 등장하는 황해도가 아닌 제주도로 바꿨으며, 마을 장면의 지문에서는 "이 부분은 본래 초파일에는 놀이가 없는 줄 아나 이 영화의 해외진출을 염두에 두고 갖가지 민속놀이를 소개하기로 한다"[114]고 해외진출을 명시하고 다양한 민속놀이를 여러 장면에 걸쳐 제시하고자 했다.

그러면 신상옥 감독은 「심청전」을 어떻게 변개하여 영화화했을까? 〈효녀 심청〉의 주요 시퀀스를 정리하면 이렇다.

① 제주도의 경치

② 심청의 부친 봉양

③ 장승상 댁 부인의 초청과 수양딸 제안

④ 곽씨 부인의 죽음과 심청의 젖동냥(회상)

⑤ 어린 시절 술래놀이와 부친 인도

⑥ 장승상 댁 부인의 제안에 대한 심청의 고민

⑦ 심청 위해 사라지려던 심봉사가 개울에 빠짐

⑧ 몽은사 화주승의 구조와 공양미 3백석 약속

⑨ 처녀를 물색하고 다니는 남경 뱃사람들

⑩ 심청이 도사공에게 몸을 팔기로 약조함

⑪ 몽은사 인경 소리에 심청 부녀의 몽은사 방문

⑫ 죽기 전날 밤 심봉사 의복 장만

⑬ 임당수로 가는 심청과 가로 막는 동네 사람들

---

114 오리지널 시나리오 『대심청전』, 안양영화제작공사, 1972, 26면(#72). 영화명은 〈효녀 심청〉인데 시나리오는 이형표 작품처럼 『대심청전』으로 표기되어 있다. 촬영 이후 영화명을 변경했던 것으로 보인다. 앞으로 영화의 인용은 괄호 속에 장면번호만 적는다.

⑭ 심청, 임당수에 빠짐

⑮ 용궁에서 모녀 상봉

⑯ 심청, 찢어진 돛폭에 실려 용녀도에서 왕을 만남

⑰ 왕비가 환생한 것으로 여기는 왕과 혼인

⑱ 맹인잔치 가는 길에 뺑덕어미 심봉사 돈을 훔쳐 황봉사와 도망

⑲ 모녀 상봉과 봉사들 개안

⑳ 오랜 가뭄 끝에 단비가 쏟아짐

이 주요 시퀀스들을 1962년 신필름에서 이형표가 만들었던 〈대심청전〉과 비교해보자. 우선 ③시퀀스에서 원작과 마찬가지로 장승상 부인의 수양딸 제의가 구체적으로 이루어진다는 점이다. 〈대심청전〉의 경우는 대본에는 있지만 영화에서는 그 장면이 빠져 있었다. 심청을 모델로 그린 그림을 놓고 얘기를 나누는 것으로 그 장면은 마무리 된다.

하지만 〈효녀 심청〉에서는 서두부터 심청이를 데려오게 하고 수양딸로 삼겠다는 제의가 이어지고 심청도 여기에 대해 ⑥시퀀스에서는 고민을 거듭한다. 장승상 댁의 제안은 귀덕어미를 통해 심봉사에게로 전해지고 ⑦시퀀스에서는 심봉사가 장승상 댁 수양딸로 가지 못하는 심청의 앞날을 위해 자신이 사라져야 한다는 결심를 하기에 이른다. "심봉사 지긋이 입술을 깨문다. 그 얼굴에 서리는 어떤 결의"(#30)를 보여주려는 것이다. 늦게 오는 심청을 기다리다 걱정돼 나간 것이 아니라 심청의 앞날을 위해 죽으려는 결심을 하고 집을 나가려다 개울에 빠지고 몽은사 화주승에 의해 구출되기에 이른 것이다.

〈대심청전〉과 달리 〈효녀 심청〉은 심청과 심봉사의 관계에 유난히 배려를 많이 했다. 이는 ④시퀀스의 곽 씨 부인의 죽음과 심청의 젖동냥에서도

드러나며, ⑤시퀀스의 어린 시절 술래 놀이에서도 잘 드러난다. 이 술래놀이 시퀀스는 안석영의 〈심청〉에서부터 심청이 아버지의 처지를 이해하게 되는 명장면으로 반복되어 오던 터이다. 이런 여러 시퀀스들을 통해서 심청과 심봉사의 끈끈한 유대를 보여준다. 그 절정은 심청이 수양딸 제의를 거절하며 심봉사와 나누는 대화다.

심봉사	(일어나며) 귀덕이 어머니한테 다 들었다. 얼마나 좋은 일이냐?
청	아버지 그게 무슨 말씀이세요?
심봉사	네 나이 이제 열여섯, 꽃같이 피어날 시절에 앞 못 보는 병신 애비 탓에 아침저녁 끼니 걱정 피일 날이 없든 차에 승상 댁 양딸이라니 하늘이 내리신 복이 아니냐.
청	아버지 사람이 사는 것이 부귀영화에 금은보화만 있으면 다인가요?
심봉사	청아, 내 마음도 섭섭킨 마찬가지다만 내가 바라는 건 너 하나 잘되는 것뿐이야. 다른 소리 말고 승낙하도록 해라.
청	아버지 부모면 다 부모인가요. 아버지가 절 어떻게 키웠길래 아버질 버리고 떠난단 말이예요. 저를 보고 죽으라면 죽어도 이 일만은 못 듣겠어요.

심봉사 무릎 위에 엎으러지며 어깨를 떤다.(#29)

심봉사와 심청 간에 이런 강한 유대가 있었기에 심청은 아버지를 위해 임당수에 몸을 던질 수 있었던 것이다. 이런 강한 유대는 아버지를 위해 죽으려는 각오를 하고 (가)도사공과 (나)동네 사람들에게 자신의 결심을 말하는 데서도 드러난다.

(가) 저는 오래 전부터 하늘에 맹세를 해왔어요. 아버지의 눈을 뜨게만 할 수 있다면 목숨이라도 바치겠다구요. 여러분은 하늘이 제 뜻을 알고 보내주신 분들이라고 생각해요.(#63)

(나) 어르신네들 말씀은 고마우나 제가 죽는 것은 부처님께 정성을 다하자는 것이고 사람이 한번 약조한 일을 어찌 어길 수 있겠어요. 옛날에도 부모 위해 목숨 버린 사람들은 흔한데 남다른 아버지 은덕으로 자라온 저로선 백번을 죽어도 갚을 길이 없어요. 부디 제 정성을 막지 마시고 의지 없는 외로운 우리 아버지 틈틈이 돌봐주시면 황천에서라도 은혜를 갚겠어요.(#91)

심청이 아버지를 위하여 죽고자 결심한 것은 태어난 지 이레 만에 어머니를 잃은 핏덩이인 자신을 젖동냥을 해가며 극진히 보살펴 준 "남다른 아버지의 은덕" 때문이라고 한다. 아버지에 대한 사랑, 곧 육친애로 인해서 심청은 스스로 희생제물이 되고자 했던 것이다.

몽은사 화주승의 공양미 3백 석에 대한 강요나 득달도 여기서는 보이지 않는다. 가난한 심봉사가 어떻게 공양미 3백 석을 바칠 수 있는지를 묻는 수좌의 질문에 화주승은 "심봉사를 믿는게 아니야. 인연을 믿고 부처님을 믿는 게지"(#47)라고 대답하며 기다릴 뿐이다. 심청이 몸을 팔아 대가로 받은 공양미로 몽은사에 인경을 달고 그 소리에 기뻐하며 심청 부녀가 몽은사를 방문해 연등 아래서 정을 나누는 장면도 끈끈한 유대를 보여 준다.

심청 부녀를 궁지로 몰아붙이는 것은 〈대심청전〉과 마찬가지로 남경 뱃사람들이다. "마을 입구에서 이쪽으로 감때사납게 생긴 사내 사오명이 오고 있다. 아이들이 공연히 겁이 나서 나무 뒤로 슬금슬금 숨는다"(#48)고 등장을

알리고, 공공연히 '처녀 도둑놈'이라고
불러 "섣달 그믐날 호랑이 같이 어슬렁거
리고" 다니며 마을 처녀들을 제숫감으로
고르려 한다. 정치적 함의가 두드러진 남
경 뱃사람들의 행태는 고전소설 「심청
전」에는 없는 부분으로 〈대심청전〉부터
영화의 중요 시퀀스로 계속 이어져 온 장
면들이다.

빵덕어미가 주모로 등장하여 남경 뱃
사람들의 하수인 노릇을 하는 장면도
〈대심청전〉에서부터 지속되었지만 〈효
녀 심청〉에 와서 그 성격이 더 강화되었
다. 마을 여자들의 대화 속에 "아니 그것
들을 왜 동네에서 못 쫓아내요?" 라는 질

〈그림 10〉 희생과 구원의 메시지를 전하려 했던 신상옥의
〈효녀 심청〉

문에 귀덕모가 "그 사람들도 내어 놓고 그런 소리 하겠어? 미운 건 빵덕어미
라구. 그게 또 중간에 나서서⋯⋯"(#53)라고 빵덕어미가 주모로 등장하여 심
청이를 고르도록 주선했음을 보여준다.

여기서도 궁지에 몰린 심청이 장승상 댁을 찾아가지만 승상 부인을 만나
선 아무런 말도 못하고 돌아선다. 아무런 구조자도 없이 심청 홀로 몸을 팔
아 공양미를 마련하고 죽음으로 내몰리는 형국이지만 여기에는 부친과의 끈
끈한 유대가 자리하고 있다. 마을 사람들이 심청 일행을 가로 막고 심청이
이들을 설득하는 장면도 〈대심청전〉과 동일하게 전개된다. 다만 심봉사와의
육친애를 강조한 〈효녀 심청〉에서는 심봉사가 뒤늦게 심청이 공양미를 마련

하기 위해 제숫감으로 팔려간다는 소식을 듣고 뛰어나와 절규하는 장면이 추가되었다.

임당수에 빠져 용궁으로 인도되어 어머니와 상봉하는 ⑭, ⑮시퀀스는 현실이 아닌 환상적인 장면으로 처리된다. 동굴과 같은 곳에서 물고기와 용녀들이 춤을 추는 장면이나 곽 씨 부인을 껴안자 몸이 연기처럼 빠져 벽속으로 사라지는 장면 등이 그렇다. 당시 신문에서도 "이 작품에서 가장 처리하기 힘든 환상의 세계로 이끄는 과정의 샤머니즘을 현대 감각으로 돌려 심청이 바다에 표류하다 살아나게 했고, 용궁의 환상세계는 주인공의 희망적 환상으로 바꿈으로써 작품 자체를 현대화했다"[115]고 전한다.

심청이 임당수에 빠졌다가 용궁에서 환생하여 꽃에 싸여 나왔다는 「심청전」의 고정화소는 여기서 완전히 변개되어 ⑯시퀀스에서 바다에 표류하다 돛폭에 실려 떠오는 것으로 처리했다.

> **상감**   (버럭) 저것이 무어냐?
> 손을 들어 바다를 가리킨다.
> 놀란 노신 가리키는 곳을 본다.
> **노신**   무엇이옵니까?
> **상감**   저기 저 물결위에 떠도는 것이 보이지 않느냐?
> **노신**   (애써보지만) 노신의 눈에는 아무 것도 보이지 않사옵니다만
> **상감**   에이 노안이로고! 저기 저 섬 쪽에 떠도는 것 말이다!
> 아 섬 쪽으로 흐른다.

---

115 「"영화 〈심청전〉 충효바탕 고유 미덕 살려", 『경향신문』, 1972.8.19.

#118

바다

황금빛으로 반짝이는 물결위에 떠돌고 있는 것은 찢어진 돛폭 위에 잠든 듯 실려 있는 청이다.

찢어진 돛폭은 차츰 가까운 섬 쪽으로 흘러간다.

용궁환생은 모든 「심청전」 영화에서 후반부 내러티브를 이끌어가는 중요한 계기가 되는 사건이다. 그런데 〈효녀 심청〉에 와서 비로소 현실적인 문맥으로 변개된 것이다. 이는 이미 1916년 박문서관에서 간행된 「몽금도전」에서부터 시도된 방식으로 그 작품에서 심청이 환생한 것이 아니라 널빤지를 타고 몽금도에 밀려와 그 소식이 왕에게 전달되어 왕비가 되는 것으로 변개됐던 것이다.[116] 그런 화소가 〈효녀 심청〉에 삽입되어 용궁환생의 내러티브를 변개시킨 것이다. 그 뒤 죽은 왕비가 환생한 것으로 여긴 왕과 이를 정치적으로 활용하여 왕을 정사에 전념하게 하자는 중신들의 간언으로 심청은 왕비가 되고 맹인잔치를 통해 심봉사를 만나게 된다.

그런데 〈효녀 심청〉에서 느닷없이 가뭄이 극심하여 온 나라와 백성들이 고통을 당하는 장면이 무려 5장면(#132~#136)에 걸쳐 이어지며 왕이 웃옷을 벗고 앉아 고통스럽게 기우제를 지내는 장면도 등장한다. 가뭄은 흔히 정치적 시련으로 비유된다. 영화에서는 왕이 죽은 왕비를 못 잊어 정사를 돌보지 않아 "백성들 사이에서도 감히 보위를 바꾸어야 한다는 소리가 돌고"(#125) 있을 정도로 왕이 무능하기에 가뭄이 발생한 것으로 내러티브는 전개된다.

---

116 이에 대한 자세한 고찰은 서유경, 「「몽금도전」으로 본 20세기 초 「심청전」 개작의 한 양상」(『판소리연구』 32, 판소리학회, 2011, 139~169면) 참조.

여기에 심청이 구원자로 등장한다. 심청이 자신은 왕비의 환생이나 용녀가 아니라 미천한 심봉사의 딸이라 하자 "예로부터 나라 안에 천륜을 배반하고 원혐怨嫌을 품은 자 그 수가 많으면 천재지변이 일어난다고 하였거늘 딸은 그 몸이 귀하여 왕비의 위치에 올랐는데 부원군의 몸인 장인은 아직도 벽촌에서 공양미 삼백 석에 팔려간 딸을 목매여 부르고 있을 테니 이보다 더한 슬픔이 어디 있겠소?"(#137)라며 모셔오기를 제안하여 맹인 잔치가 성사된다.

고전소설 「심청전」처럼 심청을 만난 심봉사가 눈을 뜨고 "수십 수백의 봉사들"도 모두 눈을 뜨는 것뿐만 아니라, 모든 불구자들까지 정상으로 돌아온다. 게다가 오랜 가뭄 끝에 단비가 내리기 시작한다. 그 장면을 보자.

> 아무튼 모조리 눈을 뜨기 시작하는데 걷다가 뜨고 앉았다가 뜨고 눈 부비다가 뜨고 웃다가 뜨고 하품하다가 뜨고……
> 어이없는 기적이 연발되면서 눈을 뜬 맹인들이 환희에 겨워 덩실덩실 춤을 추기 시작한다.
> 그대 갑자기 엄청난 뇌성벽력이 일더니 순식간에 하늘을 덮는 구름. 상감을 비롯하여 두려움에 찬 시선으로 하늘을 보는데 쏴아 엄청난 장대비가 쏟아지기 시작한다.
> 와! 터지는 환호성
> 기다리고 기다리던 장대비 속에 상감도 광희(狂喜)하고 청이도 광열(狂悅)하고 모든 사람들이 거의 미쳐서 울부짖고 뛰고 뒹굴다가 춤을 추기 시작한다.
> 그들 가운데 손에 손을 잡고 춤을 추는 상감과 청과 심봉사
> 그들의 대부감
> (唱 12 비가 온 뒤로 창이 시작되어 나라 안에 환희가 넘치고 불구자가 다 쾌유되었다는 것을 코믹하게 표현한 내용)(#153)

그야말로 모든 고난과 문제가 일시에 해결되는 한바탕 축제의 장이다. 고전소설 「심청전」처럼 심청이를 통해서 심봉사 뿐만 아니라 모든 봉사, 모든 불구자가 치유되고 왕까지 도움을 받아 온 나라가 구원받는 것으로 영화는 마무리 된다.

신상옥 감독은 뮌헨올림픽 초청작인 〈효녀 심청〉을 통해 우리문화를 세계에 알리고자 했다. 영화는 효, 곧 육친애와 구원을 유난히 강조했던 바, 신상옥 감독은 "퇴폐적인 모럴에 빠져 고민하는 동서양의 가족관계에 대해 효孝를 바탕으로 한 우리 전통이 이 작품에 깊이 부각돼 참된 우리 사회를 서구에서 재인식하는 계기가 될"[117] 것이라고 했다.

3) 〈심청전〉 영화화의 여정, 그 시대적 의미

「심청전」은 얼핏 보면 현실과 맞지 않는 낡은 이야기 구조를 지니고 있다. 천상계 인물로 지상에 적거한 심청, 이레 만에 모친 사별, 앞 못 보는 부친과 생존하기 위한 사투, 심봉사의 공양미 3백 석 약속, 남경 선인들에게 몸을 팔아 제물로 인당수에 죽음, 용궁환생, 용궁에서 모녀 상봉, 꽃으로 싸여 황후로 봉해짐, 맹인 잔치와 부녀 상봉, 봉사개안 등 각각의 사건들은 필연적인 인과관계로 연결되지도 않고 현실적인 근거도 적다. 게다가 「춘향전」과 같은 판소리에 비해 유난히 환상적인 요소들이 많기도 하다. 그럼에도 이미 조선 후기부터 「심청전」은 지깃거리의 이야기꾼에 의해 널리 읽혀왔던 레퍼토

---

117 「"영화 〈심청전〉 충효바탕 고유 미덕 살려"」, 『경향신문』, 1972.8.19.

리였다. 그 사실은 조수삼의 『추재집秋齋集』에서도 확인된다.

전기수(傳奇叟)는 동대문 밖에 산다. 언문소설책을 입으로 외웠는데 「숙향전」, 「소대성전」, 「심청전」, 「설인귀전」 같은 소설들이었다.[118]

이야기꾼에 의하여 저잣거리에서 읽혀지던 고소설에 애정소설, 영웅소설과 같이 「심청전」이 들어있다는 것은 그것이 대중들의 취향에 잘 들어맞는다는 증거이기도 하다. 그래서 이 이야기를 듣고 "아녀자는 상심하여 눈물을 뿌린다"[119]고 했을 정도로 「심청전」의 이야기는 호응이 좋았다. 이런 「심청전」의 대중적 호응은 근대에도 그대로 지속되었다.

1920년대 「대중소설론」을 개진했던 김기진은 「심청전」 등을 들어 당시 노동자, 농민들에게 많이 읽히던 진정한 대중소설이라고까지 정의하기에 이른다.

그러면 조선의 大衆小說은 누구의 小說인가? 뭇지 안하도 勞動者와 農民의 小說이다. 〈春香傳〉, 〈沈淸傳〉, 〈九雲夢〉, 〈玉樓夢〉은 第一 만히 누구에게 읽히어지는 소설인가? 뭇지 안하도 勞動者와 農民에게 읽히어지는 小說이다. 단순히 이 意味에 잇서서 〈春香傳〉, 〈沈淸傳〉, 〈九雲夢〉, 〈玉樓夢〉은 大衆小說은 大衆小說이다.[120]

이런 독서계의 판도 속에서 초창기 영화에서 「춘향전」, 「심청전」과 같은 고소설이 영화의 소재로 소환된 것이다. 이는 이미 창극 등의 공연물로 연행

---

118 趙秀三, 『秋齋集』 권7 「紀異」. '傳奇叟' "叟居東門外, 口誦諺課稗說, 如淑香, 蘇大成, 沈淸, 薛仁貴等傳奇也."
119 위의 글. "兒女傷心涕自雰."
120 김기진, 앞의 글, 1929.4.15.

된 바 있어 장면화하기 용이할 뿐더러 내용면에서 현실적 삶의 일상적 국면을 잘 묘사하여 디테일을 확보할 수 있고 비장과 골계가 반복되는 서사 구조가 재미를 주기 때문이다. 특히 「심청전」이 영화의 소재로 인기가 있었던 것은 그 비극성에 있다. '신파'가 주류였던 초기 영화계의 판도에서 「심청전」의 파란만장한 내러티브는 어느 작품보다도 비장미가 두드러져 '가정비극'으로 불렸으며 단성사와 윤백남 프로덕션 간에 경쟁이 일어나기도 했다.

「심청전」은 태어난 지 7일 만에 어머니와 사별하고, 앞 못 보는 아버지와 살아가기 위해 갖은 고생을 하며 아버지의 눈을 뜨게 하려고 공양미 3백 석에 제물로 팔려 인당수에 빠졌다가 용궁에서 환생하여 황후가 되어 아버지를 만나 눈을 뜨게 되기까지 이야기는 엄청난 굴곡을 지니고 있다. 이런 「심청전」의 내러티브를 단순화시키면 다음의 세 부분, 즉 고난, 희생, 구원이라는 문제의식으로 요약할 수 있다.[121]

① 심청의 출생에서 선인들에게 팔려갈 때까지(도화동) ― 고난
② 제물로 희생된 후 다시 살아날 때까지(임당수) ― 희생
③ 왕후가 되고 부녀상봉한 후까지 ― 구원

이런 문제의식은 심청 개인에 국한된 문제가 아니라 집단 혹은 사회, 더 나아가 인간 구원의 보편적인 문제로까지 확산될 수 있는 자장을 지니고 있기에 깊이 있는 변개 혹은 재창작이 가능하다. 「심청전」이 여느 작품보다도 변개의 편폭이 다양한 까닭이 여기에 있다.

---

121 정하영, 「沈淸傳」, 『한국고전소설작품론』, 집문당, 1990, 547면 참조. 문제의식은 저자의 소견.

1925년에 이경손 감독이 만든 〈심청전〉은 영상이나 시나리오도 없어 그 전모를 짐작할 수 없지만 대신 같은 시기 시나리오로 만들어진 〈효녀 심청전〉은 심청의 희생에 초점을 맞추었다. 첫 장면부터 희생제물을 바치는 장면을 제시하고 심청의 죽음을 중심으로 그 뒤의 사건들은 회상 장면으로 처리할 정도로 심청의 희생을 강조했다. 인당수에 몸을 던지는 심청과 대비되어 침묵의 불상을 확대화면으로 제시함으로써 어린 생명의 희생에 아무 것도 하지 못하는 식민지 사회를 암묵적으로 비난하고 있는 셈이다. 게다가 어린 심청이 눈밭을 헤매며 동냥하다 탈진하여 쓰러지는 모습을 통해 1920년대의 궁핍상을 그리고 있어 주목된다. 〈효녀 심청전〉은 「심청전」의 이야기를 가져와 1920년대에 상황에 맞추어 희생을 강요하는 식민지 현실을 영화화하려고 했던 것이다.

1937년 안석영 감독이 만든 〈심청〉은 기존 「심청전」의 서사 구조를 완전히 해체하고 새롭게 구성한 작품으로 주목된다. 즉 「심청전」의 후반부 심청이 제물로 인당수에 빠지고 용궁에서 환생하여 왕후가 되어 아버지를 찾기까지의 모든 고정된 내러티브가 바뀐 것이다. 심봉사가 눈을 뜨지만 이미 심청은 죽고 없는 절망적 상황을 영화로 만들었다. 당시 잡지에서도 "새 해석의 沈淸傳 〈沈淸〉"[122]이라고 불렀다.

안석영이 〈심청〉을 만들던 1937년은 일본의 군부가 쿠데타로 정권을 장악하고 7월에 중일전쟁을 일으켜 11월에는 상해를 함락시키고 12월 남경함락을 목전에 두었던 시점이다. 파시즘의 진군과 살육 앞에서 심청에게 가해지는 세계의 횡포와 절망을 그리려고 하지 않았을까 싶다. 그러기에 〈심청〉

---

122 「화백 안석주씨의 처녀작」, 『영화보』, 1937.11, 37면.

은 1937년 중일전쟁을 계기로 파시즘으로 치닫는 일제 식민지 상황에 대한
알레고리로 읽힌다. '선량한 인간'을 그리려는 했다는 안석영의 영화 제작
동기와 심청의 환생이나 모녀 상봉이 없는 절망적인 결말이 이를 대변한다.

1920년대부터 '백조白潮 동인'을 시작으로 '파스큘라PASKYULA'를 거쳐 카
프KAPF의 일원으로 활약한 안석영의 행보가 이를 뒷받침 한다. 1941년 안석
영은 일제에 투항하여 〈지원병〉과 같은 친일영화를 만들지만 〈심청〉을 만들
무렵에는 일제 경찰의 요시찰 인물이었다고 안종화는 증언한다.[123] '사상불
온'으로 낙인찍힐 정도로 사회주의 사상을 지니고 있었기에 〈심청〉을 통해
흉포한 파시즘의 횡포와 극복할 수 없는 절망감을 그리지 않았나 싶다.

제1회 『조선일보』 영화제에서 〈심청〉이 발성영화 부문 1위를 차지하게
됐는데, 일반 관중에게 받은 득표수가 무성영화 〈아리랑〉의 득표수(4,947표)
보다 많은 5,031표에 이른다.[124] 안석영은 "이 영화가 향토색이 농후한 까닭
이요, '심청' 이야기에 대해서는 일반이 잘 아는 까닭"[125]이라고 했지만 그만
큼 〈심청〉에 대한 대중들의 호응이 뜨거웠다는 증거다. 여러 영화평에서 단
조로운 내러티브를 지적했지만 〈심청〉에 대한 지지가 압도적이라는 것은 영
화의 재미보다도 뒷부분을 바꾸어서 시대에 대한 절망감을 표현한 것에 공
감한 바 크다. 출구가 봉쇄된 채 극단의 파시즘으로 치닫는 식민지 현실의
절망적 상황을 안석영의 〈심청〉은 탁월한 '미장센'으로 담아냈던 것이다.

1960년대 한국영화의 지형도를 보면 1950년대 중반부터 주류를 차지하
던 멜로드라마에 새로이 '사극史劇'[126]이 등장하여 붐을 이룬 형세였다. 한국

---

123 안종화, 『韓國映畵側面秘史』, 춘추각, 1962, 284~286면.
124 이영일, 『한국영화전사』, 소도, 2004, 190면.
125 안석영, 「'沈淸' 및 制作日記 抄」, 385면.
126 1950년대부터 한국영화의 장르가 본격적으로 규정되면서 고소설을 포함한 고선물을 영화화한

전쟁 후 이렇다 할 작품이 없는 가운데 1955년 이규환 감독의 〈춘향전〉이 성공을 거두면서 사극 붐이 일어났고, 1961년 1월 18일 국제극장에서 개봉한 홍성기 감독의 〈춘향전〉에 비해 1월 28일 명보극장에서 개봉한 신상옥 감독의 〈성춘향〉은 75일간 40여만 명의 관객을 동원하는 한국영화사상 최고의 흥행 기록을 세워[127] 본격적인 '사극 시대'를 열게 되었으며 그 중심에는 '신필름'이 있었다.

신필름은 1960년대에 〈백사부인〉(1960)을 시작으로 〈성춘향〉(1961)의 성공에 이어 〈연산군〉(1961)을 비롯하여 1970년대 초까지 사극만 25편을 제작하였던 바, 특히 〈성춘향〉과 〈연산군〉으로 고전 사극영화 열풍을 일으키기도 했다.[128] 왜 신상옥은 사극에 집착했을까? 신상옥은 "내가 사극을 비교적 많이 만든 이유는 역사에 대한 관심이 컸기 때문이기도 하지만 그보다 검열을 피해 하고 싶은 이야기를 할 수 있는 방편이었기 때문이다"[129]고 한다.

영화 검열은 5·16쿠데타로 집권한 군사정부에 의해 주도된 바, 1962년 1월 20일 법률 제995호로 이른바 '영화법'이 공포되기에 이른다. 이 법은 영화산업의 육성을 명분으로 제정된 것이지만 12월 26일에 공포된 제3공화국 '개정 헌법'에는 "공중도덕과 사회윤리를 위해서는 영화나 연예에 대한 검열을 할 수 있다"고 명시되어 있어, 언제라도 정부가 개인의 기본권을 제한할 수 있는 길을 열어두었다.[130] 군사정부에 의해 영화 제작이 검열을 받는 시대에 이르러 뭔가 돌파구가 필요했고, 신필름은 '하고 싶은 이야기'를

것은 '역사극' 혹은 '사극' 장르로 분류하였다.
127 신상옥, 『난 영화였다』, 랜덤하우스코리아, 2007, 71면 참조.
128 조희문, 「연대기로 보는 신상옥의 영화인생」, 『영화감독 신상옥』, 열화당, 2009, 216면.
129 신상옥, 앞의 책, 82면.
130 이정배, 「1960년대 영화의 검열 내면화 연구」, 『드라마연구』 110, 한국드라마학회, 2010, 119면.

할 수 있는 통로로 사극을 선택했다.

사극은 소재를 대개 1930년대 역사소설에서 찾았다. 역사소설은 이미 일제 당국의 검열을 통과하여 신문이나 잡지에 연재된 작품으로 군사정부의 검열을 피해갈 수 있는 가능성이 높았으며 정통성을 확보하기 위해 민족의 주체성을 강조했던 군사정부의 요구와도 잘 맞았다. 더욱이 사극은 소재와 흥행면에서 자유로웠다. 대부분 고전은 대중들이 잘 알고 있는 이야기여서 여기에 스펙타클한 요소만 삽입하고 극적인 서사 구조로 재편성하면 그만이었다. 대중들은 오히려 원작과 비교하면서 흥밋거리를 찾아냈다. 이러한 전략은 영화 제작에 그대로 적용되었고, 이 때문에 1960년대 신필름의 사극은 늘 검열과 흥행에 보장받았다.[131]

하지만 검열을 피해 '하고 싶은 이야기'가 군사정부의 요구에 부응하는 것은 아닐 것이다. 의도하지는 않았지만 무도한 왕이 반정에 의해 쫓겨난다는 「연산군」과 「폭군 연산」이 5 · 16군사정권의 쿠데타를 미화시키는 알레고리로 읽혀 신필름이 군사정권 영화정책의 최대 수혜자[132]로 부각되었지만 신상옥은 늘 검열에 대해 불만을 가지고 있었다.

> 너무 앞서 갔던 점도 문제였지만 군사정부의 횡포와 제도의 벽이 너무 높았던 현실이 결정적 원인이었다. 부조리한 영화정책에 이중삼중으로 갇혀 꼼짝달싹할 수가 없었다. 자신의 의지대로 영화를 만들 수도 없고, 수출도 마음대로 할 수 없고, 더구나 창작의 자유는커녕 사고마저 원천적으로 차단된 상태에서, 하루하루가 머리털 깎인 삼손이 되어 헤맬 수밖에 없었다.[133]

---

131 위의 글, 127~129 참조.
132 조준형, 『영화제국 신필름』, 한국영상자료원, 2009, 21면.

군사정부의 최대 수혜자였지만 그 역시 검열로부터 자유로울 수 없었고, 자신의 갑갑한 처지를 '머리털 깎인 삼손'으로 표현하기도 했다. 그래서 5·16군사쿠데타를 미화한 〈연산군〉 연작을 지우고 싶었다고까지 고백했다. 북한의 감옥에 갇혔을 때 남한의 형님에게 몰래 보낸 편지에 〈연산군〉 원판을 불살라 버리라고 부탁했고, 당시의 심정을 기록한 수기에서 "내 작품 가운데 〈연산군〉 전, 후편은 당장 폐기해 버리고 싶은 졸작 중의 졸작이었다. (…중략…) 이 작품이야말로 견딜 수 없는 치욕이라고 생각했다"[134]고 적고 있다. 이런 사실로 본다면 신상옥은 군사정권의 최대 수혜자의 지위를 누렸지만 결코 군사정권의 입맛대로 영화를 만들려고 하지는 않았음을 알 수 있다.

사극의 전성기인 1962년 제작한 이형표 감독의 〈대심청전〉도 그런 일면을 엿볼 수 있다. 〈대심청전〉에서 강조한 것은 세계의 폭력성이다. 공양미 3백 석을 강요하다시피 하는 몽은사 화주승이 그렇고 제수 처녀를 물색하러 다니는 남경 뱃사람들이 그런 폭력적인 형상을 지니고 있다. 반면 심청이 환생하는 용궁의 세계는 여성들만으로 이루어진 평화로운 모습이다. 지상의 폭력에 훼손되지 않은 순결한 모습을 간직하고 있다. 게다가 임당수로 죽으러 가는 심청 일행을 저지하는 마을 사람들의 기세는 미약하여 심청이의 설득에 맥없이 무너진다.

왜 원작 「심청전」에도 없는 몽은사 화주승과 남경 뱃사람들의 모습을 부각시켜 세계의 폭력성을 영상화했을까? 이는 폭력으로 정권을 탈취한 5·16군사쿠데타에 대한 알레고리로 해석될 수 있다. 여기에 저항하는 마을 사람들의 기세가 미약한 것도 당시의 군사 쿠데타에 대한 민중들의 저항이 미

---

133 신상옥, 앞의 책, 19면.
134 위의 책, 82면.

약하다는 당시의 정세와 무관하지 않아 보인다.

반면 이 폭력의 세계에 꿋꿋하게 맞서는 존재가 바로 심청이다. 뺑덕어미를 통해 도사공과 만나자고 통지를 하고 도사공에게는 3백 석을 몽은사로 보내고 자신을 사가라고 제안하며, 임당수에서는 한 치의 주저함도 없이 죽음과 대면한다. 용궁의 세계도 남성들의 폭력성과 무관한 여성들만의 세계로 그려지고 있다. 이영일도 지적했듯이 남성성은 한국전쟁과 쿠데타로 무너졌으며 이를 건설할 몫은 여성들에게 맡겨졌기에 1960년대 사극영화에서 여성들의 형상이 두드러진 것과도 연관된다.

1972년에 뮌헨올림픽 초청작으로 만든 신상옥의 〈효녀 심청〉은 10년 전 자신이 제작자로 만든 이형표의 〈대심청전〉에서 많은 부분을 가져왔다. 특히 폭력적인 남경 뱃사람들이나 뺑덕어미의 형상이 그렇고 인당수로 가는 심청 일행을 저지하는 동네 사람들의 모습이 그렇다. 용궁 장면에서 남성 위주의 폭력적인 세계를 배제하고 여성들만으로 평화적인 세계를 구축한 것도 그렇다. 이 부분들은 분명 당시 시대적인 의미와도 무관하지 않을 것으로 보인다.

5·16군사쿠데타로 정권을 잡은 군사정권은 삼선개헌을 통해 1972년 10월 17일 '10월 유신'을 단행하기에 이르고 그 한 달 뒤에 〈효녀 심청〉이 개봉되었다. 자신이 제작자로 만든 〈대심청전〉의 폭력적인 부분들이 오히려 더 공고해졌기에 이런 장면들이 〈효녀 심청〉에 그대로 차용되었던 것으로 보인다.

여기서 신상옥은 「심청전」을 육친애에 근거한 희생을 통한 구원의 무제로 확대시켰다. 앞 장면에서 심청과 심봉사의 끈끈한 유대를 통한 육친애를 부각시켰으며 이 연장선상에서 아버지를 위한 희생이 가능해졌던 것이다. 심청이 도사공과 저지하는 동네 사람들에게 "님다른 아버지의 은덕" 때문에 아버지를 위해서 희생될 수밖에 없다고 말한 것을 주목할 필요가 있다. 바로 육친애, 아버지에 대한 사랑 때문에 자신을 희생시켰기에 이는 구원으로 확대된다. 그래서 아버지뿐만 아니라 모든 봉사와 심지어는 불구자들까지 모두 정상으로 돌아온다.

그런데 신상옥은 여기에 지독한 가뭄으로 온 나라가 고통 받는 상황을 추가하였다. 무려 5장면에 걸쳐 이글거리는 태양과 갈라진 논밭, 백성들의 흉흉한 민심을 보여준다. 가뭄은 흔히 정치적 부패나 실정失政으로 비유되곤 한다. 영화에서도 가뭄의 이유를 "천륜을 배반하고 원혐怨嫌을 품은 자 그 수가 많으면 천재지변이 일어난다"(#137)고 말한다. 그래서 왕이 이를 만회하기 위해 웃옷을 벗고 뜨거운 태양 아래서 기우제를 지내는 장면이 등장한다.

엄혹한 유신시대, 대중문화의 코드에서 '가뭄'은 당시의 억압적 상황을 보여주는 확실한 징표였다. 1971년 발표된 김민기의 〈아침이슬〉에서 "태양은 묘지 위에 붉게 타오르고 / 한낮에 찌는 더위는 나의 시련일지라"라고 했으며, 1974년 나온 한대수의 〈물 좀 주소〉에서는 "물 좀 주소 물 좀 주소 목마르요 물 좀 주소 / 그 비만 온다면 나는 다시 일어나리 아! 그러나 비는 안 오네"라고 당대의 절망적인 시대 상황을 노래했다. 비가 온다면 모든 게 해결되지만 당시 유신시대의 상황은 전혀 그렇지 못했다. 영화에서도 천륜을 배반하고 원혐을 품은 자가 많아 그렇게 된다고 발언하지 않았던가.

영화에서는 심청이 고귀한 희생을 통해 속죄를 했기에 천륜이 이어지고 원혐이 풀려 모두가 구원받는 세상이 된 것이다. 모든 봉사가 눈을 뜨고, 불구자가 정상으로 돌아왔으며 기다리던 단비가 내려 고통에서 해방되는 축제의 한마당이 된 것이다. 완판본 「심청전」에서도 이 해방과 환희의 한바탕을 "천지기벽"135이라고 표현했다. 심청은 고귀한 자기희생을 통해 아버지뿐만 아니라 온 세상을 구원했던 것이다. 아마도 신상옥 감독은 그런 세상이 오길 원했던 것이고, 뮌헨올림픽을 맞아 세계에 그런 희생과 구원으로 해방된 모습을 보여주고자 했던 것이다.

이는 같이 공연됐던 윤이상의 오페라 〈심청〉에서도 그대로 나타난다. 윤이상은 공연을 마치고 왜 특별히 〈심청〉을 택했느냐는 기자들의 질문에 "「심청전」 속에 숨어 있는 자기희생을 통해 타인을 구제하는 정신이 오늘날 퇴폐해 가는 서양세계에 경종을 울릴 수 있으리라고 생각했기 때문"[136]이라고 답했다. 중앙정보부(현 국정원)에 의해 '동백림 사건'으로 조작돼 간첩으로 몰려 고통을 당해야 했던 윤이상으로서는 「심청전」에 들어있는 희생과 구원의 메시지가 절실했을 것이고 이를 통해 남북화해와 통일의 열망을 세계에 알리고자 했을 것으로 보인다.

135 정하영 역주, 『심청전』, 고려대 민족문화연구원, 1995, 204면.
136 「尹伊桑 씨 오페라 〈沈淸〉 公演뒤 회견 "東西文化의 조화에 온힘"」, 『동아일보』, 1972.10.2.

4. 복수의 '활극'에서 정의구현까지, 〈홍길동전〉

1) 한국영화사에서 〈홍길동전〉의 등장

「홍길동전」은 「춘향전」과 더불어 어느 작품보다도 전승의 편폭이 넓으며, 다양한 매체로 변개되거나 콘텐츠로 만들어지기도 했다. 더욱이 대부분의 공문서 견본 양식에 '홍길동'이라는 이름이 예시될 정도로 대중적으로 널리 알려져 있다. 왜 이렇게 홍길동은 우리에게 익숙한 이름이 됐을까? 그것은 연산군 때의 도적 홍길동이 당대 사회의 폭압과 부조리 속에서 민중들이 소망하는 '정의'를 실현하고자 했던 인물로 '의적전승'되었기 때문일 것이다. 완벽하게 정의로운 사회는 어느 시대나 존재하지 않는다. 더욱이 연산군 때는 폭압과 황음이 극도에 달했던 시기이기도 했다. 그래서 이야기로나마 정의를 실현시킬 인물이 필요했던 것이다. 이 때문에 후대의 변개 작품이나 콘텐츠들은 「홍길동전」에 드러난 '의적전승'을 비롯한 다양한 문제의식을 수용하여 당대에 필요한 화두로 삼고자 했다.

여기서는 「홍길동전」의 내러티브를 수용한 극영화와 애니메이션 등 영화화된 것을 다루고자 한다. 「홍길동전」이 영화화된 작품은 극영화 9편, 애니메이션 3편 등 「춘향전」 다음으로 많은 빈도수를 보인다. 이를 정리하면 무려 12편에 이른다.[137]

---

137 자료의 정리는 김종욱 편저, 앞의 책 (상), 909~910면; 위의 책 (하), 351~353면; 정종화, 『자료로 본 한국영화사』 1, 열화당, 1997, 71면; 노승관·임경미, 『한국 애니메이션 결정의 순간들』, 쿠북, 2010, 230~232면 참조.

영화

① 이명우 · 김소봉 감독, 〈홍길동전〉, 1935.

② 이명우 감독, 〈홍길동전 후편〉, 1936.

③ 김일해 감독, 〈인걸 홍길동〉, 1958.

④ 권영순 감독, 〈옥련공주와 활빈당〉, 1960.

⑤ 임원식 감독, 〈의적 홍길동〉, 1969.

⑥ 최인현 감독, 〈홍길동〉, 1976.

⑦ 김길인 감독, 〈홍길동〉, 1986. ※ 신상옥 지도로 만든 북한영화[138]

⑧ 조명화 · 김청기 감독, 코미디 시리즈 〈슈퍼 홍길동〉(7편), 1988.

⑨ 정용기 감독, 〈홍길동의 후예〉, 2009.

애니메이션

① 신동헌 감독, 〈홍길동〉, 1967.

② 용유수 감독, 〈홍길동 장군〉, 1969.

③ 신동헌 · 야마우치 시게야스[山內重保] 감독, 〈돌아온 영웅 홍길동〉, 1995.

17세기 허균許筠(1569~1618)에 의해 창작됐다는 「홍길동전」이 시대를 초월하여 어떻게 이렇게 다양한 모습으로 영상화됐는가? 「홍길동전」은 '사회소설'이라고 불릴 정도로 다른 작품에 비해 사회성이 강하다. 주지하다시피 「홍길동전」은 적서차별이나 농민저항, 이상국 건설 등을 문제의식으로 드러내고 있는 바, 영상화 역시 여기에 기인한 바가 크다. 영상화의 실상과 근거

---

138 신상옥, 앞의 책, 118~119면을 참고하면 신상옥이 직접 감독한 작품이 〈사랑 사랑 내 사랑〉(춘향전)과 〈심청전〉이고, 〈홍길동전〉은 제작 지도한 작품으로 명시되었다.

를 찾아보고 그것이 소환된 당대 시대적 의미를 파악하고자 한다.

최초로 만들어진 이명우·김소봉[139] 감독의 〈홍길동전(전·후편)〉(1935·1936)과 현재 영상이나 대본이 남아 있는 임원식林元植(1935~) 감독의 〈의적 홍길동〉(1969), 최인현崔寅炫(1928~1990) 감독의 〈홍길동〉(1976), 신동헌申東憲(1927~2017) 감독의 애니메이션 〈홍길동〉(1967)을 중심으로 다룬다. 최초의 〈홍길동전〉(1935·1936)은 당시의 신문, 잡지에 실린 기록을 근거로 영화화 양상을 가늠해보고 그 사회적 의미를 파악한다. 원작 「홍길동전」의 내러티브를 가져와 어떻게 변개시켜 다르게 만들었는가를 중점적으로 파악하고자 하기에 「홍길동전」에서 '활빈活貧'의 문제의식만을 빌려와 원작의 내러티브와 무관하게 현대액션물로 만든 〈홍길동의 후예〉(2009)는 논의에서 제외한다. 애니메이션 〈홍길동 장군〉(1969)은 원작 「홍길동전」에 비해 내러티브도 완전히 다르고 작품의 완성도도 낮으며[140] 〈돌아온 영웅 홍길동〉(1995)은 일본 감독과 합작으로 완전히 다른 이야기를 일본 애니메이션 〈드래곤 볼〉처럼 만든 것이어서 본격적으로 논의하지는 않고 보조적으로 언급하는 데에 그친다.

---

139 김소봉은 일본인 영화감독 야마자키 후지에[山崎藤江]로 조선으로 건너와 〈전과자〉, 〈대도전〉, 〈홍길동전〉 등의 활극을 주로 감독했다. 정종화, 「식민지 조선영화의 일본인들」, 『일본어 잡지로 본 조선영화』 2, 한국영상자료원, 2011, 361~362면.

140 〈홍길동〉을 제작한 이후 신동헌 감독과 제작사인 세기상사는 불화로 결별했는데, 세기상사에서는 〈홍길동〉의 흥행에 힘입어 그 뒤의 이야기로 프로듀싱을 담당하던 용유수에게 감독을 맡겨 〈홍길동 장군〉을 만들었다. 이 작품은 〈홍길동전〉과 완전히 다른 내러티브를 지니고 있으며 작품의 완성도와 질도 현격히 떨어진다.

2) 「홍길동전」의 영화화 양상

(1) 활극 장르의 등장과 이명우의 〈홍길동전〉(1935·1936)

〈홍길동전〉 영화는 1920년대 중반부터 제작된 여느 영화에 비해 늦은 1935년에 처음 무성영화로 만들어졌다. 1935년에는 이미 〈춘향전〉 유성영화가 출현하기도 했다. 당시 신문기사를 보면 "일세의 義賊 홍길동의 一代記가 영화화되었"[141]다고 선전하며, 윤백남 각색, 김소봉·이명우 감독을 소개하고 있다. 최초의 「홍길동전」 영화인 셈인데, '의적'이란 점을 강조하여 홍보한 것을 보면 「홍길동전」의 여러 문제의식 중에서 특히 의적으로서 활약한 활빈당 활동을 중심에 두고 영화화했다는 제작의도를 드러낸 것으로 보인다.

작품의 질에 대해서는 박기채가 "이는 조선의 고대소설을 윤백남 씨의 각색으로 영화화된 것이었으나 우리는 이 작품에서 영화적으로 香氣로운 藝術味를 취할 수 없었다. 본래 저급한 영화 팬을 상대로 하여 흥행 가치를 본위로 한 영화이었기 때문에 과연 흥행성적에 있어는 성공을 하였었다"[142]고 하여 「홍길동전」이 '연애비극'과 '가정비극'이 주류를 차지한 당시 조선에서는 낯선 활극 장르를 시도하여 '저급한 영화팬'을 상대로 질은 형편없었지만 흥행에는 성공했음을 알렸다. 영화인들이 모여 좌담하는 자리에서도 〈홍길동전〉 영화가 지방과 서울 모두 흥행 성적이 좋았다고 입을 모았다.[143]

그러면 영화 〈홍길동전(전편)〉의 내러티브는 어떤가? 현재 영화는 전하지

---

141 「新映畵 〈洪吉童傳〉」, 『매일신보』, 1935.4.9.
142 박기채, 「영화 1년의 개관적 회고─특히 제작된 영화를 중심으로」, 『조선일보』, 1935.12.12.
143 「名俳優, 名監督이 모여 '朝鮮映畵'를 말함」(『三千里』8-11, 삼천리사, 1936)에서 김유영(金幽影)이 "지방 성적 조키는 〈洪吉童傳〉이라더구만" 하자 나운규(羅雲奎)가 "서울서도 좋았지요"라고 응수하여 당시 〈홍길동전〉이 흥행에 성공했음을 알렸다. [한국사데이터베이스] http://db.history.go.kr

않아 영상화의 전모는 알 수 없지만『가정지우家庭之友』라는 잡지에 윤백남이 각색했다는 영화의 줄거리가 소개되어 있다. 5개의 삽화에 각각 제목을 붙였는데 이를 제시하면 이렇다.

① 길동과 그 어머니
② 길동의 도망
③ 장자의 딸을 살렸습니다
④ 길동의 술(術)
⑤ 길동이 형 앞에 자백했습니다[144]

①~② 삽화는 「홍길동전」의 첫 번째 부분인 가정 내의 적서차별을 다룬 부분으로 자신을 살해하려던 자객 특재를 처치하고 망명도생하는 내러티브를 지니고 있다.

그런데 ③~④ 삽화는 「홍길동전」과 전혀 다른 내용으로 이장자의 딸을 취하려는 고을 사또를 징치하고 그 딸을 구해내는 이야기다. '관탈민녀官奪民女' 삽화에 탐관오리 징치삽화를 결합한 것으로 홍길동이 둔갑술을 써서 장자의 딸을 빼내고 그 일이 계기가 되어 관가에 쫓기는 몸이 된 것이다. 농민저항의 흔적은 찾을 수 없을 정도로 의적으로서 활동이 제대로 형상화되지 않고 이장자의 딸을 빼내는 것만이 중요하게 부각되었다. 처음 길동이 이장자 딸로 변신하여 산적에게 납치된 뒤 산적들에게 도둑들이 지켜야 할 도리를 일장훈시한 정도가 활빈당의 명분을 획득하는 것으로 대체되었다.

---

144 「洪吉童傳 : 映畫」,『家庭之友』1-2, 朝鮮金融聯合會, 1937, 48~56면. 표기는 현대 맞춤법에 따른다.

⑤의 삽화는 관가에 쫓기는 홍길동이 경상감사로 내려온 인형을 찾아가 자수하고 서울로 압송되는 얘기로 내러티브가 「홍길동전」과 유사하게 전개된다. 하지만 어머니 춘랑이 잡혔다는 얘기를 듣고 둔갑술로 어머니가 갇힌 옥에 숨어들어가 사약을 대신 먹고 죽음을 맞는다. 그 대목을 보면 "'어머님 모든 죄를 용서해주소서' 하고는 그 독약을 자기가 먹고 어머니대신 죽었습니다. 그리해서 길동의 혼은 승천했다 합니다"[145] 한다. 홍길동이 조선을 떠나 율도국을 정벌하고 왕이 된 것이 아니라 어머니의 사약을 대신 먹고 엉뚱한 죽음을 맞는다.

〈그림 11〉 '활극'의 길을 연 이명우의 〈홍길동전〉

소설 「홍길동전」에서 내러티브의 일부를 차용했지만 전혀 다른 의외의 결말을 보인다. 왜 이렇게 전혀 다른 내용으로 변개했을까? 허찬은 이런 변개를 검열과 관련된 제작진의 '자기검열'로 파악한 바 있다. 즉 활빈당 활동을 통해 체제에 저항했던 「홍길동전」의 메시지는 1930년대 수용자들에게 총독부를 상대로 무장투쟁을 감행했던 독립투사에 대한 은유로 읽혀질 수 있다는 것이며, 이 때문에 검열을 위해 '체제와 맞서는 영웅의 이야기'에서 '한 사람의 탐관오리와 맞서는 길동의 이야기'로 축소·변개됐다는 것이다.[146]

---

145 위의 글, 56면.
146 허찬, 「고소설 원작 무성영화 연구」, 연세대 박사논문, 2016, 104~106면.

타당해 보이는 지적이지만 영화가 상영될 1930년대 당시에도 활자본 「홍길동전」이 인기를 얻어 읽히고 있었음을 생각한다면 일제의 검열을 염두에 둔 '자기검열'보다는 각색을 맡았던 윤백남의 통속적 경향에 기인한 바가 크다. 윤백남은 초기 〈운영전〉을 감독하고, 〈심청전〉과 〈개척자〉를 제작한 바 있지만 〈홍길동전〉을 기획했던 1934년 10월에 『월간야담月刊野談』을 창간하여 야담을 구연하고 가공하는 일에 몰두하고 있었다. 허찬도 의외의 결말을 예로 들어 윤백남의 창작 방식에 주목한 바 있다. 소설의 일부를 가져와 다른 사건과 연결시키는 영화 〈대도전〉의 방식을 「홍길동전」에 응용하여 전혀 다른 사건을 접목시켜 대본을 만들었다는 것이다.[147]

〈홍길동전〉을 촬영·편집했던 이필우李弼雨(1897~1978)는 당시 윤백남에게 각본을 맡겼던 상황을 "그래 「홍길동전」을 백이자. 「홍길동전」을. 그래도 원작이 누구라는 것이 있어야 되지 않겠냐?" 하여 "누굴 찾아간고니, 윤백남 씨를 찾아갔습니다. 야담사 할 적이예요. 백남 씨를 찾아가서 그 얘길 허고, '암만해도 함자를 좀 빌려야 되겠습니다'" 하고 "'선생님 이름을 좀 빌려야 될테니깐 각본 하나 써주시오.' '그럭 허겠다.' 인제 각본을 쓰거든요. 그래 그것만 각본 몇 자 되겠느냐. '홍길동' 대개 똑같지"라 증언했다.[148] 「홍길동전」은 누구나 아는 뻔한 내용인데 유명한 사람의 이름이 필요했으며 직전에 개봉했던 윤백남 각본의 〈대도전〉을 보고 〈홍길동전〉의 각색자로 윤백남이 적당하리라 여겼던 것 같다.

마침 윤백남은 〈홍길동전〉을 각색할 당시는 『동아일보』에 '칠서지옥七庶之

147 위의 글, 107~112면 참조.
148 이영일, 『한국영화사를 위한 증언록—유장산·이경순·이창근·이필우 편』, 소도, 2003, 259면 참조.

獄'을 다룬「흑두건」을 연재하고 있을 무렵이었다.[149] 주지하다시피 '칠서지옥'은 박응서, 서양갑 등 장안 명문가의 서자들이 조령에서 은상銀商을 죽이고 은을 강탈한 일로 정치적 역모인 '계축옥사癸丑獄事'로 비화되어 인목대비의 아버지인 김제남이 처형되고 영창대군이 사사되는 대대적인 옥사로 확대됐던 사건이다.「홍길동전」의 작가인 허균도 여기에 연루된 바 있다. 윤백남은 그중에서 박응서와 박치의를 주인공으로 하여 서자들의 반란을 다루었던바,「흑두건」에 대해서는 "이렇게 이어지는 비슷한 작품에서 반역이 저질러지지 않을 수 없는 사회상에 대한 해명은 언제나 관심 밖에 두었고, 세상이 달라져야 한다는 주장을 편 것도 아니었으며, 예상을 넘어서는 활극을 펼쳐 보여 독자를 사로잡으려 했기 때문에 긍정적인 의의를 인정할 수 없다"[150]고 평가된다. 이로 보건대「흑두건」은 역사에 대한 문제의식보다는 주로 활극의 통속적인 재미를 추구한 것으로 읽힌다.

윤백남이 각색한 〈홍길동전〉 역시 그런 경향을 보인다. 앞부분에서「홍길동전」에서와 같이 적서차별의 문제를 다루었지만 그것이 지속적으로 이어지지 못하고 농민저항을 형상화한 활빈당 활동은 아예 언급하지도 못한 채 장자의 딸을 구하는 등의 흥밋거리 소재로 내러티브를 이어가다가 어설픈 죽음으로 끝을 맺었다. 홍길동의 죽음은 중요한 의미를 지니는데, 왜 홍길동이 어머니를 대신해 사약을 먹고 죽어야 하는 지가 분명하게 설명되지 못한 것이다. 그렇다면 영화의 광고에 '의적 홍길동의 일대기'라 내세운 것은 내용과는 다르게 홍길동에 동반되는 '의적'이라는 관용적 표현으로 보인다.

그런데 조선에서는 처음 시도된 활극 장르인 까닭에 〈홍길동전〉이 흥행에

149 「흑두건」은『동아일보』1934년 6월 10일~1935년 2월 16일에 총 226회 연재되었다.
150 조동일,『한국문학통사』5, 지식산업사, 1988, 303면.

성공하자 죽은 홍길동을 다시 살려내 1936년 발성영화로 〈홍길동전(후편)〉을 다시 제작했다. 〈홍길동전〉의 촬영을 맡았던 이필우의 증언록에 의하면 「심청전」을 하려다가 윤백남의 전례처럼 흥행에 참패할 것 같아 〈홍길동전(후편)〉으로 바꾸었다 한다.[151] 감독과 각본을 모두 이명우가 맡았는데[152] 유장산은 "그것도 시방 식으로 앉아서 얘기를 죽 허는 거예요"[153]라고 증언하여 감독을 중심으로 제작팀들이 서로 이야기를 보태 시나리오를 만든 것으로 보인다. 일본 영화잡지 『키네마 준보』 582호에 소개된 줄거리는 이렇다.

권력과 영화를 자랑하는 황승상은 어느 날 검은 복면을 한 일당에게 습격을 당해 보물금고의 열쇠를 내놓으라는 협박을 당한다. 그러나 말을 듣지 않았기 때문에 목숨을 빼앗기고 아내도 살해를 당한다. 또 다른 일파는 그 아들인 황철과 황식을 습격하여 둘의 목숨도 빼앗는다. 노복은 막내딸 봉이를 데리고 산속으로 도망가고 막다른 곳에 이르렀을 때 요술을 쓰는 홍길동이 나타나 두 사람을 구해준다. 사정을 들은 그는 산적의 수령에게 감금당한 랑랑도 구하고 요술로 산적들을 골치 아프게 만든 후 이윽고 보물금고 수정전을 습격한 수령을 쓰러뜨렸다. 그런데 그 수령은 의외로 노복의 손자 수동이었다. 그는 주인인 황승상이 노복의 딸에게 낳게 한 서자였다. 그러나 황승상은 세상의 이목을 생각하여 노비의 아들로 비천하게 키웠던 것이다. 노복의 눈물 젖은 이야기를 들은 길동은 자신과 같은 처지로 태어난 수동의 시체를 보면서 쓸쓸하게 사라져간다.[154]

---

151 한국예술연구소 편, 앞의 책, 276면.
152 김종욱 편저, 『실록 한국영화총서』 (하), 351면.
153 한국예술연구소 편, 앞의 책, 176면.
154 『일본어 잡지로 본 조선영화』 2, 한국영상자료원, 2011, 116면.

홍길동이 서자로 태어나 서러움을 받았다는 것을 제외하고는 고전소설 「홍길동전」과 전혀 관계가 없는 내용으로 요술을 부리는 홍길동의 활약상과 출생의 비밀 등의 화소가 잡다하게 얽혀 통속적인 볼거리를 강조한 작품이다. 게다가 여러 사건들이 인과관계도 없이 뒤섞여 있어 중심적인 내러티브도 드러나지 않는다.

당시 이 영화에 대하여 "이 시대 이야기 「홍길동전」을 영화화한 의도가 흥행을 주로 한 것이고 하등 예술적인 것은 아님은 알 수 있다"고 전제하고 "홍길동이라는 초인적 요술사가 어디서 온 지도 모르게 나타나서 黑裝盜賊을 습격하고 역시 어디론지 모르게 자취를 감추고 말았다는 것은 도대체 홍길동이가 무슨 이유로 흥분하고 怪盜를 죽이고 하는지가 명백하지를 않다. 그렇다고 노복의 半生을 주체로 한 것도 아니므로 작자(감독)는 무엇을 말하려 했는지 묻고 싶다. 스토리가 애매하다"고 하여 "작품으로서 구성되지 못한 미숙한 각색은 화면에 흐르는 영상미를 말살시켜 버린 셈이다"[155]라고 혹평했다.

영화 〈홍길동전〉의 시작은 원작에 형상화된 적서차별이나 농민저항, 이상국 건설 등 사회적인 문제를 제대로 구현하지 못하고 싸움을 위주로 하는 활극 장르의 문법에 맞추어 흥미 위주의 눈요기 거리만 제공하는 것으로 그쳤다. 흥행에는 성공했지만 "저급 팬에게는 환영될 만한"[156] 영화에 불과했다는 평가가 늘 따라다녔다. 여기에 윤백남의 역할 또한 적지 않다. 그럼으로써 「홍길동전」을 통해 깊이 있게 당대 사회적인 문제를 다룰 수 있는 '정치영화'의 길은 처음부터 잃어버린 셈이다

---

155 金管, 「'洪吉童傳'을 보고―新映畫評」, 『조선일보』, 1936.6.25.
156 위의 글, 『조선일보』, 1936.6.26.

(2) 액션무협 복수극, 임원식의 〈의적 홍길동〉(1969)

1961년 홍성기 감독의 〈춘향전〉과 신상옥 감독의 〈성춘향〉의 대결구도 속에서 〈성춘향〉이 흥행에 대대적인 성공을 거두면서 다양한 형태의 사극영화가 제작되어 사극붐을 이루었다. 사극의 하위 장르를 ① 사극 멜로드라마, ② 궁중사극, ③ 사극액션물, ④ 영웅전기물로 분류할 때[157] 「홍길동전」은 대표적인 사극액션물로 "권선징악이라든가 인과응보라든가 하는 소박한 모럴이나 정의감을 뒷받침으로 하고 어디까지나 대중적인 오락으로서 만들어지는 사극영화"[158]로 이미 1935년 첫 작품부터 원전이 지니고 있는 사회적인 문제의식보다는 활극을 강조한 오락적 경향을 보였던 바, 임인식 감독의 〈의적 홍길동〉에서도 그런 활극적 경향이 주도적으로 계승된 것으로 보인다. 영화의 내러티브를 주요 시퀀스 중심으로 정리하면 이렇다.

① 현감의 아들로 파문당한 박호가 찾아와 스승인 대안법사를 독침으로 공격한다.
② 홍길동이 해독약을 구하러 길을 떠난다.
③ 홍길동의 도움으로 농민들이 현감의 딸 숙향을 볼모로 잡는다.
④ 관군의 공격과 연실의 체포로 홍길동이 대신 잡혀간다.
⑤ 백의녀(숙향) 도움으로 길동은 탈출하여 현감에게 다짐장을 받는다.
⑥ 박호에게 독침을 맞고 쓰러진 길동을 백의녀가 구출한다.
⑦ 길동이 태백산 청운도사를 찾아가 무술 수련을 한다.
⑧ 박호가 대안법사를 죽이고 연실을 납치한다.
⑨ 홍길동 계책을 써서 현감을 사로잡아 나무에 묶어 놓는다.

---

157 이영일, 『한국영화사』, 소도, 2004, 378면.
158 위의 책, 384면.

⑩ 집 떠나는 홍길동(회상)

⑪ 홍길동 대문에 홍정승은 강화로 귀양가고, 춘섬은 옥에 갇히다.

⑫ 길동이 파옥하고 사람들을 구출한다.

⑬ 박호와 포졸들을 제압하고 사람들을 데리고 사라진다.

홍길동이 홍 판서의 서자로 태어나 집을 떠났다는 것만 「홍길동전」에서 차용했고 대부분이 활극의 영화 문법에 맞게 재창작된 것이다. 오히려 '역적질'을 했다는 홍길동 때문에 옥에 갇힌 춘섬을 구하는 것은 부차적인 내러티브로 전락하고 중심은 홍길동과 현감, 박호와의 대결에 있다. 현감과 박호/대안 법사와 홍길동의 대결구도가 영화의 중심적인 내러티브로 영화의 전체 흐름을 지배한다. 파문당한 현감의 아들 박호에 의해 독침으로 공격당한 스승 대안법사를 구하고자 홍길동이 나서지만 오히려 관군과 박호에게 공격을 당해 곤란한 처지에 처한 것을 현감의 딸인 백의녀(숙향)가 구해주고 태백산 청운 도사를 찾아가 수련한 끝에 박호와 관군을 제압하고 스승의 원한도 갚으며 옥에 갇힌 춘섬도 구한다는 것이 전반적인 내러티브다.

그러면 제목에서 명시하듯이 '의적'이라는 명분은 무엇인가? 스승의 해독약을 구하는 과정에서 길동은 가혹한 세금에 시달리는 농민들과 조우하고 이들을 위해 사또의 딸인 숙향을 납치함으로써 의적으로서의 명분을 얻는 것으로 나타난다. 그 장면을 보자.

농부	소인들은 지금 너남즉 없이 풀뿌리 나무껍질로 목숨을 이어가는 형편이온데 무엇으로 세금을 바쳐야 합니까? 예?
노인	그래서 생각다 못해 이런 어려운 형편을 사또님께 이뢰고 올해만

이라도 세금을 탕감해 줍시사고 마을의 장노 어른들이 관가로 찾아갔습니다만 사또께선 오히려 그들을 모두 하옥시키고 죽이신다 하오니 이런 변이 어디 있습니까?

숙향   뭐라고 나를 볼모로 삼겠단 말이요? [159]

〈그림 12〉 의적이 사라진 액션무협복수극, 〈의적 홍길동〉

처음부터 농민들을 위해 그들과 같이 싸운 것이 아니라 해독약을 구하기 위해 길을 가다가 이들의 딱한 사정을 보고 도움을 준 것이다. 하지만 "이왕에 일은 벌어졌소. 끝까지 버티어 당신들의 뜻한 대로 성취할 결심이라면 나도 돕겠소"(#13)라며 이들과 같이 한다. 이 일로 길동은 관군의 적이 되어 대대적인 공격을 받게 된다.

하지만 길동은 현감을 사로잡아 "첫째로 이 고을 백성들에게 금년 세납을 면제 한다. 둘째 곡간을 열어 궁[구]휼미를 나누어 준다. 셋째 이상의 두 가지를 즉각 시행하고 일을 마치는 대로 군수의 자리에서 물러난다"(#23)는 다짐장까지 받아내지만 홍길동의 역할은 여기서 끝난다. 제2장에서 '의적전승'의 수용으로 살폈듯이 조선 후기 숱한 '군도담群盜談'에서 사회에 불평불만을 지닌 사대부가 군도의 우두머리가 되어 일을 수행하다가 다시 자신의 자리로 돌아가는 것처럼 〈의적 홍길동〉에서도 길동은 농민들과 끝까지 같이 하지 못하고 청운 도사를 찾아가 도술을 배우고 박호를 처

---

159   유일수 각본, 〈의적 홍길동〉 시나리오, S#10. 이 시나리오는 한국영상자료원에 [ㅎ-0204]로 보관되어 있으며 앞으로 이 작품의 인용은 괄호 속에 장면 번호만 표시한다.

치하는데 주력한다.

이는 홍길동이 부모인 홍 정승과 춘섬을 구하는 데서도 드러난다. 대부분 활극이 그렇듯이 홍 정승과 춘섬은 길동을 잡기 위한 미끼로 제시된다. 원전에서도 홍 판서를 하옥하고 형인 인형으로 하여금 홍길동을 잡도록 하자 신출귀몰한 홍길동도 자수할 수밖에 없게 된다. 당시 유교의 덕목인 효가 중요했기에 이를 어기면 당대 사회의 구성원들로부터 지지를 얻을 수 없었기 때문이다.[160] 그러기에 부모를 구하는 장면은 영화에서 중요하게 제시된다. 이를 부각시키기 위하여 「홍길동전」과의 연관성을 드러내는 장치로 과거 집을 떠나는 회상 장면이 등장하기도 한다.

홍정승의 방

초립을 잡은 춘섬의 손

길동 대감 떠나겠습니다.

부인 너의 결심이 그렇다면 하는 수 없지.

길동 대감 떠나기 전에 한가지 소원이 있습니다.

정승 뭐냐?

길동 아버님 아버님이라고 한번만 불러 보고 싶습니다.

보고 있는 부인과 정승

길동 안되겠습니까?

춘섬 본다.

---

160 E. J. 홉스보움, 황의방 역, 『의적의 사회사』(한길사, 1978, 49면)에서도 '신사강도' 곧 의적들이 "만일 그가 자기가 속한 공동체의 도덕적 기준에서 보아 '진실로' 범죄자였다면 어떻게 무조건의 지지를 받을 수 있었을 것인가?"라고 당대 공동체의 도덕률을 충실히 따랐음을 제시하였다.

외면하는 정승

길동　이제 떠나면 언제 다시 뵐지 모릅니다. 아버님을 아버님이라고 한번만

마음 놓고 부르게 해 주십시오.

정승　좋다 불러라.

길동　그럼, 아버님 감사합니다.(#72)

　하지만 집을 떠나는 홍길동이 왜 집을 떠나는 지가 드러나지 않는데, 이는 가출이 이 영화에서 별의미가 없음을 보여준다. 원작에서는 적서차별로 인한 설움을 견디지 못한데다가 자신을 죽이려던 자객을 처치하고 살인자가 되어 집을 떠날 수밖에 없었다. 그런데 여기서는 원작의 문맥에 따라 그냥 아무런 이유 없이 집을 떠나는 것으로 설정되어 있고, '호부호형呼父呼兄'을 못하는 서자로서의 문제가 제기되지만 그것이 일관성을 갖지는 못한다. 원전의 문맥에 있으니 그냥 삽입된 것에 불과하다. 영화 어디에서도 서자의 문제의식은 드러나지 않는다. 오히려 "그렇다면 천마산을 찾아 법안 대사에게 가거라"(#72)는 홍정승의 말로 인해 집을 떠나는 행위가 홍길동을 법안 대사와 연결하는 고리로서의 역할만 수행할 뿐이다. 영화 〈의적 홍길동〉은 철저하게 액션무협복수극으로서 볼거리를 위한 격투의 장면을 중시했으며 부모를 구하는 것도 현감이나 박호와의 결투를 위한 계기에 불과한 부수적인 내러티브로 위치시켰다.

(3) '충신'으로서 명예회복을 추구한, 최인현의 〈홍길동〉(1976)

　대작사극 영화 연출에 능숙하여 '사극의 대인'[161]이란 별칭으로 불렸던 최인현 감독의 〈홍길동〉은 어느 작품보다도 비교적 원작 「홍길동전」의 문제의

식에 접근하고 있다. 그렇다면 영화는 「홍길동전」의 서사를 어떻게 변개했는가? 우선 영화를 주요 시퀀스를 나눠 본다.[162]

① 홍길동이 퇴기 초향의 딸 춘선을 괴롭히는 권세가 자제들과 시비 끝에 구종이 죽는다.

② 초향의 집에 숨어 있다 급습한 포졸들에게 사로잡힌다.

③ 홍 판서가 길동을 나무에 묶어 놓고 벌을 준다.

④ 춘선에게 구출 받은 길동은 자신을 죽이려던 자객을 퇴치하고 집을 나선다.

⑤ 금화군수에게 채홍사로 잡혀가는 신부를 구하다.

⑥ 고개를 넘다가 산적들을 만나 제압하고 스승을 소개받는다.

⑦ 길동이 금강산 불영암의 대사를 찾아가 제자되기를 청한다.

⑧ 엄장한이 충신인 성희안 대감을 구하다.

⑨ 길동이 2년 동안 금강산에서 대사에게 수련하다.

⑩ 길동이 활빈당을 결성하고 행수가 되어 탐관오리 징치하는 일을 수행한다.

⑪ 어전에서 대책회의를 열어 홍 판서와 춘섬을 하옥하고 홍길동에게 자수를 권유한다.

⑫ 충신들이 대사와 연결되어 길동을 비호한다. (오리지널)

⑬ 여덟 길동이 압송돼 소란을 피우고 춘섬을 구출한다.

⑭ 길동이 간신 집을 습격하고 반정군과 합세해 대궐로 가서 홍 판서를 구출한다.

---

161 『경향신문』, 1990.11.21.
162 자료는 신봉승 각본, 오리지널과 심의대본 시나리오 〈홍길동〉, 주식회사 삼영필림, 1976이다. 영화 필름이 네거티브 상태로 보존되어 실재 영상을 어떻게 만들었는지 확인할 길이 없다. 일단 영화와 근접하리라 짐작되는 심의 대본을 중심으로 분석하되 필요에 따라 오리지널을 활용한다. 영화의 인용은 괄호 속에 장면만 표시한다.

⑮ 반정이 성공한 뒤 서얼차별이 폐지되고 홍길동은 병조판서로 등용되나 집을
떠난다.

적서차별과 활빈당 활동 등 「홍길동전」의 문제의식을 대부분 수용하여 앞
부분에서는 적서차별을, 뒷부분에서는 활빈당 활동을 주로 다루고 있다. 하
지만 원작과 다르게 새로운 인물과 사건들이 등장하고 추가된다. 우호적인
인물로 퇴기 초향의 딸 춘선과 홍길동에게 무술을 수련시키는 대사 및 활빈
당 부하인 범수와 조력자인 장한이 등장하고, 적대적 인물로 임사홍의 아들
인 임승구가 등장하여 새로운 사건들이 벌어진다.

우선 현대에 만들어진 대부분의 영화에서 홍길동을 따르거나 좋아하는 여
성이 등장하는데 최인현의 〈홍길동〉에서는 춘선을 사이에 두고 권세가 자제
들과 다툼을 벌임으로써 신분의 문제가 표면화된다. 퇴기 초향의 딸인 춘선
을 희롱하려는 권세가의 자제들에 맞서 서자인 길동이 "사람은 다 마찬가지
지. 천기의 딸, 종의 자식은 사람이 아니란 말요?"(#2)라고 항변함으로써 우
회적으로 신분의 문제를 제기한 것이다.

이런 신분차별의 문제의식은 그 일로 인해 사단을 일으킨 결과 길동이 홍
판서에게 나무에 묶여 벌을 받으면서도 드러난다. "무슨 죄가 있단 말씀입니
까? 만일 죄가 있다면 지체가 하늘같이 높으신 대감 마님의 자식으로 태어나
서 뭇사람의 수모를 받아가며 아버님을 아버님이라 부르지 못하고 살아온
죄밖에 없습니다"(#19)라고 서자로서의 울분을 토로한다. 원작에서는 검술
을 익히다 벼슬을 할 수 없는 자신의 처지를 한탄하는데, 여기서는 보다 구
체적인 사건으로 퇴기의 딸 춘선의 구출을 통해 드러나게 한 것이다.

춘선은 원작에서 초란으로 형상화된 퇴기 초향의 딸인데, 적서차별의 문

제를 드러내는 계기가 되고, 위험에 처한 길동을 구출하는 역할까지 맡게 된다. 자객을 시켜 길동을 죽이려는 초향의 흉계를 춘선이 엿듣고 길동에게 그 사실을 알려줌으로써 길동이 목숨을 구하는 결정적 계기가 된다. 하지만 원작에서 자객 특재를 죽이는 것과 달리 자객인 장한의 목숨을 살려주고 용서함으로써 나중에 홍길동의 심복으로 역할이 바뀌는 것이 흥미롭다. 춘선 역시 길동을 따르려다 거절당하고 나중에는 홍판서를 구하고 대신 죽음을 맞는 비운의 여성으로 등장한다.

〈그림 13〉 반정에 기여한 '충신'을 내세운 최인현의 〈홍길동〉

현대 〈홍길동전〉 영화에서 두드러진 내러티브가 바로 홍길동의 무술 수련인데 금강산 불영암의 대사를 찾아가 2년 동안 무술을 연마하는 장면이 무려 17장면(#46~#62)에 걸쳐 전개된다. 왜 이렇게 무술연마에 공을 들일까? 원작에서는 홍길동 스스로가 검술을 연마하거나 '육도삼략'과 '천문지리'를 스스로 공부해 깨치지만 비범한 능력을 갖추고 태어난 영웅소설의 문맥으로나 가능한 일이다. 현대에 이를 영화로 만들기 위해서 보다 합리적인 해설책이 필요했고 그것이 바로 뛰어난 스승을 찾아가 무술을 연마하는 것으로 대체되었다. 그래서 "병들고 썩어 빠진 이 나라를 바로 잡고 토색질과 노략질로 백성을 등쳐먹는 양반 관속들의 행패를 숙청하는데 필요한 지혜와 힘을"(#32) 키우기 위해서 긴 수련 기간이 필요했던 것이다. 그 수련의 과정을 끝내고 홍길동은 비로소 활빈당 행수가 되어 탐관오리들을 징치하는 활빈당 활동을 수행하게 된다. 주목되는 것은 원작 「홍길동전」처럼 활빈의 과업 수행에 앞서 의적으로서의 명분을 천명하는 장면이 등장한다는 점이다.

> **길동** 그러나 어떠한 경우에나 살생은 금하라. 언제나 악은 선에 지고 불의는 의에 지는 법. 비록 상대가 탐관오리라 하더라도 그들을 살생하면 인심이 흉흉해 질 것이며 백성들은 우리들과 멀어진다는 사실을 명심하기 바라오. 끝으로 남의 물건을 가로채지 말 것이며, 백성들을 놀라지 말게 할 것이며, 각자는 죽음으로써 책임을 완수할 것이며, 명령에 복종할 것이로다. 만일 범하는 자가 있으면 군율에 비추어 참할 것이오. (#46)

> 이후로 길동이 즈호를 활빈당이라 ᄒ여 됴션 팔도로 단니며 각읍 슈령이 불의로 모은 지물이 이시면 탈취ᄒ고, 혹 지빈무의 ᄒ 지 이시면 구졔ᄒ며 빅셩을 침범치 아니ᄒ고, 나라의 쇽한 지물은 츄호도 범치 아니ᄒ니, 이러므로 졔젹이 그 의취를 항복ᄒ더라.[163]

앞의 인용은 영화의 한 장면이고 뒤의 인용은 경판 「홍길동전」에서 의적으로서 명분을 획득하는 부분이다. 원작에서는 활빈당이 의적으로서 백성의 재물은 조금도 손대지 않으며 불의한 재물을 **빼앗아** 가난한 백성들에게 나

---

163 김일렬 역주, 『홍길동전 · 전우치전 · 서화담전』, 고려대 민족문화연구원, 1996, 36면. 이하 작품의 인용은 괄호 속에 면수만 표시한다.

뉘 주고, 공적인 나라의 재산에는 결코 손을 대지 않았다 한다. 그런데 영화에서는 사람을 해치지 말라는 금기가 첫 번째로 등장한다. 실상 의적은 불의한 재물을 뺏어 가난한 사람들을 돕는 일 외에도 "자기 방어나 정당한 복수를 하는 경우 외에는 살인하지 않는다"[164]고 한다. 영화에서도 이런 의적으로서의 규율을 추가한 것이다.

그 뒤에 이어지는 일련의 사건은 「홍길동전」과 마찬가지로 홍 판서와 춘섬을 하옥하고 홍길동의 자수를 기다리는 것이다. 당연히 홍길동은 부모를 구하기 위해 형인 인형을 찾아와 스스로 잡히고 관군은 이를 기회로 홍길동을 죽이려 하지만 결코 죽지 않고 살아나 부모를 구하게 된다. 여덟 길동이 나타나 소란을 피우는 것도 「홍길동전」과 유사하다.

그런데 원작 「홍길동전」에서는 홍길동이 왕이나 홍 판서와 결코 함께 일을 도모하지 않는다. 서자로서 벼슬을 하지 못한 것이 한이 되어 병조판서를 요구했을 뿐, 그 직책에 연연하지 않고 제수됨과 동시에 사퇴하고 조선을 떠난다. 경판본 「홍길동전」에서 이를 확인할 수 있다.

신이 젼하를 밧드러 만셰를 뫼올가 ᄒ오나, 쳔비쇼싱이라 문으로 옥당의 막히옵고 무로 션쳔의 막힐지라, 이러므로 ᄉ방의 오유ᄒ와 관부와 작폐ᄒ고 됴졍의 득죄ᄒ요믄 젼히 ᄋ르시게 ᄒ오미러니, 신의 쇼원을 푸러 쥬옵시니 젼ᄒ을 하직ᄒ고 됴션을 ᄱ러나가오니, 복망, 젼ᄒ는 만슈무강ᄒ쇼셔.(60면)

홍길동이 왕의 충성스러운 신하로 남지 않는 것은 적서차별의 제도가 현

---

164 E. J. 홉스보움, 황의방 역, 앞의 책, 47면 참조.

존하는 조선에서는 자신의 포부를 펼칠 수 없기 때문이다. 그러기에 조선을 떠나 새로운 세계인 율도국으로 가서 왕이 된다는 것은 조선이라는 한계를 뛰어넘는 사건으로서 의미를 갖는다.

하지만 영화 〈홍길동〉에서는 이 부분을 바꾸어 홍길동을 왕의 충성스런 신하로 복속시켰다. 혼란스러운 정국 속에서 홍 판서, 삼청동 대감과 대사가 연결되어 충신 집단을 만들어 간신에 맞서 나라를 지켰던 것이고, 거기에 홍길동을 가담시킨 것이다. 고전소설과 달리 특이하게 오리지널 대본에서는 ⑫시퀀스에 충신들이 연대하여 홍길동을 비호하는 장면이 등장한다.

84 방

대감 대사는 자네 어르신네와 나와 함께 천하대세를 우려하시던 분이요. 그 분이야말로 지승, 도승을 겸비한 분일세. 자네가 온다는 소식도 대사를 통해서 들었지.

길동 네 그렇습니까?

대사 길동이, 세상이 비록 어지럽다 하되 애국지사가 절종이 된 것은 아닐세. 장안 일은 우리들이 맡을 테니 자네는 전국 각 고을의 탐관오리들에게 경각심을 불러 일으켜 주게.

길동 네 중임을 다하겠습니다.

충신을 (굳게 악수하며) 고맙소. 이렇게 만나보니 우리들에게 백만 대군을 얻은 것같이 마음 든든하구려.

이 장면을 보면 이제까지 홍길동이 홍 판서와 대사에 의해 '애국지사'의 일원으로서 길러지고 훈련됐다는 것을 알 수 있다. 홍 판서가 길동을 강하게 키우려고 혹독하게 대하고 대사에게 보내 무술을 연마하게 한 것도 모두 그런 훈련 프로그램의 하나였던 셈이다. 이런 연장선상에서 결국 홍길동은 뒤에 반정군에 참여하여 중심 역할을 맡게 된다.

실상 첫 장면에서부터 「홍길동」은 배경을 조선 초 연산군 때로 하여 "죄수들이 묶여 있고 망나니의 칼춤"(#1)이 난무하는 폭압적이고 혼란스런 정국으로 설정했다. "백성들은 헐벗고 굶주리고 있는데", "소위 삼공의 귀한 자리에 앉은 대감들의 소행이 이 모양이니 방방곡곡 수령방백은 말할 것도 없거니와 관속들까지도 매관매직과 노략질 해먹기에 혈안이"(#37)된 부정부패의 사회 속에서 간신들에 맞서 충신들이 나라를 지키고자 했고, 거기에 힘을 행사할 홍길동과 활빈당 집단이 필요했던 것이다.

충신과 간신의 대립구도에서 본다면 홍길동과 활빈당은 「홍길동전」처럼 범법자가 아니라 충신 집단의 일원으로 불의한 세력과 맞서 나라를 바로 세우는 일에 동참한 친위조직인 셈이다. 간신 세력과의 마지막 대결에서 민중들의 함성이 높아지자 홍길동은 "승구 이놈, 네 귀에는 저 함성이 안 들리느냐? 이제 세상은 바뀌었어!"(#82)라고 자신들이 정의의 편에 섰음을 강조했다. 홍길동은 비록 서자의 몸으로 태어났지만 충신 집단을 도와 탐관오리들을 처단하고 간신배들을 일소하여 나라를 바로 세우는 역할을 수행한 셈이다.

그 귀결점은 바로 반정이다. 홍길동은 박원종과 같이 중종中宗 반정군에 참여하여 "홍길동 장군은 수백 명의 활빈당원을 이끌고 이미 선봉으로 나서서 행동을 개시"(#69)하고 지대한 공을 세워 반정을 성공시킨다. 그러기에 길동이 승구에게 "이 밤이 새기 전에 네 따위 일당은 소탕이 될 것이야. 그래야만 새나라가 서는 거지"(#82)라고 유난히 '새나라'를 강조한 것은 중종반정의 완성을 의미한다.

영화에서 홍길동은 결코 나라의 근본인 왕의 적은 아니며 왕의 어진 정치를 방해하는 탐관오리나 악덕 지주의 적일뿐이었다.[165] 마지막 장면에서 새로 등극한 왕이 직접 "그대의 용맹과 높은 경륜의 뜻을 과인은 미처 몰랐으니 허물치 마오. 그리고 그대를 병조판서를 제수할 것이"(#84)라 한다. 원작에서처럼 적서차별의 한을 풀기 위해 병조판서를 받으려고 한 것이 아니라 반정의 공으로 당당히 병조판서에 제수된 것이다. 반정을 성공시킴으로써 홍길동은 드디어 왕의 어진 덕화를 실현시킨 충성스런 신하로 명예를 회복한 것이다.

하지만 길동은 왕에게 "황공하오나 신의 재주는 미급하옵고 또 세상을 어지럽힌 죄 크오니 소신은 초야에 묻히어 일생을 보낼까 하옵니다"(#84)라고 병조판서를 거절하고 어디론가 떠나간다. 활빈당의 행수에서 왕의 충직한 신하로 복속되는 것이 아니라 어디론가 떠남으로써 여운을 남긴다. 그것이 율도국처럼 새로운 세계가 아닌 것만은 분명하다. 영화는 그 전망의 부분을 제시하지 않았다.

(4) '서자' 홍길동의 아버지 구하기, 애니메이션 〈홍길동〉(1967)

1967년 1월 27일 개봉한 신동헌 감독의 애니메이션 〈홍길동〉은 한국 최초의 극장용 장편 애니메이션으로 1965~1969년 『소년조선일보』에 1,300회가량 연재한 친동생인 신동우申東雨(1936~1994)의 만화 〈풍운아 홍길동〉을 바탕으로 하고 있다. 신동헌 감독이 직접 〈풍운아 홍길동〉을 각색해 각본을 만들었다고 한다.[166] 당시 국내 기술력으로 장편 애니메이션을 만드는 것이 쉽지 않았는데 신동헌 감독의 과감한 도전과 제작사인 세기상사의 투자

---

165 위의 책, 49면.
166 심혜경, 『한국영화사 구술채록 연구시리즈−신동헌』, 한국영상자료원, 2008, 183면.

가 만나 완성도 높은 최초의 애니메이션을 탄생시킨 것이다.

그런데 그 많은 이야기 중에 왜 「홍길동전」을 택했을까? 신동헌 감독은 「홍길동전」 창작 당시 사회가 부패해서 허균이 이것을 바로 잡고자 '혁명'에 가담하여 처형되고 그런 사상을 실현하고자 「홍길동전」을 창작하게 됐으며[167] 「홍길동전」 역시 사회 개혁적인 내용을 담고 있어 이런 면을 애니메이션을 통해 부각시키고자 했다 한다.[168] 마침 『소년조선일보』에 연재되던 동생 신동우의 〈풍운아 홍길동〉이 그런 내용을 주조로 다루고 있어 "이걸 베이스로 해가지고 하면 '어, 아 좋겠다.' 이렇게 해서 〈홍길동〉을 하게 하도록 낙찰이"[169]이 되었다 한다. 이런 과정을 거쳤기에 애니메이션 〈홍길동〉은 당연히 탐관오리를 징치하는 활빈당 활동에 중심을 두고 있다. 한국영상자료원에 소개된 〈홍길동〉의 시놉시스synopsis는 다음과 같다.

이조 중엽 홍 판서의 생일잔치 날 묘령의 점술가가 방문하여 가문에 재해가 닥쳐올 거라는 점괘를 내놓는다. 액풀이로 서자인 길동을 처치하라고 이르자 홍 판서는 길동에게 부모의 인연을 끊겠다고 선언한다. 길동은 홍 판서의 아내 초란 마님의 흉계임을 알게 되고 친어머니에게 이별을 고하고 집을 떠난다.

길동은 백성을 괴롭히는 고을 사또 엄가진에게 매를 맞고 세상을 뜬 아버지 때

---

167 위의 책, 181면. "그때 관리들이 특히 지방의 관리들 부패랑 그런 게 심하고 아주 그럴 땐데, 에, 허균이라는 사람이 조금 어 그런 혁명적이라 할까? 그런데서 그 저 이 참 '이래선 안 되겠다' 해서 그런 어 참 그런 사상 가진 분이었죠. 그래서 소설로나마 그걸 뭘 해서, 후에 그 말하자면 요새 표현으로 말하자면 일종의 혁명인데, 거기 가담했다 해서 참형당한 사람인데 허균이기. 그래서 어 그러니까 홍길동 어, 그 내용도 결국은 그런 거라구요."

168 위의 책, 181면. "사회 부조리에 대해서 홍길동 자신이 어린 마음에 그 서자로 태어난 신분이거든, 홍길동, 게서 그런 여러 가지 그런 그, 이런 거 저런 거 사회적인 거기서 상당히 그 저 이 훈계하고, 어 그래서 말하자면 에, '사회를 좀 이렇게 바뀌야겠다.' 그런 사상을 가진 주인공이었죠."

169 위의 책, 183면.

문에 양반이 미워 도둑질을 하게 된 어린 차돌바위를 만나게 된다. 둘은 엄가진에게 고문당하고 있는 곱단이의 아버지를 구하고, 검술을 배우기 위해 백운도사를 찾아 떠난다. 그러나 차돌바위는 백운도사가 허드레 일만 시키자 참지 못하고 산을 내려가고 길동은 자신의 몸과 마음을 다 바쳐 오랜 수련 끝에 무술을 깨치고 칼을 하사받는다.

백운도사는 갈동에게 단발령에 덥석부리라는 사람을 찾아가라고 이르고 길동은 혼자서 검술 공부를 하고 있던 차돌바위를 만나 함께 곱단이를 만나러 간다. 길동과 차돌바위는 활빈당인 덥석부리와 함께 탐관오리들을 응징하기 시작한다. 이에 병조판서 최불훈은 홍길동의 아버지 홍 판서와 생모를 잡아 가두고 홍길동은 부모를 구하기 위해 최불훈과 결투를 벌인다. 결국 홍길동은 최불훈을 처치하고 활빈당은 대승을 거둔다.[170]

이상의 시놉시스를 원작 「홍길동전」과 비교해 보면 우선 전체 인물의 구도에서 원작에는 없지만 우호적 인물로 백운도사를 비롯해 차돌바위와 곱단이, 활빈당 덥석부리가 등장하여 적대적 인물인 사또 엄가진, 병조판서 최골(불)훈과 대립한다.

홍길동에게 검술을 가르쳐주는 도사의 존재는 원작에는 없지만 영화에서는 반드시 필요한 존재이기에 예외 없이 등장하는데 여기서도 홍길동과 차돌바위에게 미리 나타나 그들의 능력을 시험한 다음 "내가 바로 너희들을 기다리고 있던 백운도사다"[171]라고 미리 예고할 정도로 존재감을 확실히 드러

---

170 소책자『홍길동』, 한국영상자료원, 2016, 3면.
171 오리지널 시나리오『홍길동』, 세기상사, 1967, #62. 앞으로 작품의 인용은 괄호 속에 장면 번호만 적는다.

〈그림 14〉 부패한 권력에 대한 저항을 영상화한 신동헌 감독의 애니메이션 〈홍길동〉

낸다. 활빈당을 이끌고 탐관오리들과 대적하기 위해서 홍길동에게 무술은 절대적으로 필요한 것이며 이에 대한 합리적인 해결책으로 홍길동에게 무술을 가르쳐주는 도사가 비중 있는 인물로 등장한 것이다.

여기서 중요한 인물은 홍길동의 조력자인 차돌바위다. 차돌바위는 아버지가 고을 사또 엄가진에게 "생일잔치에 쓸 소를 안 바쳤다는 죄로 호되게 매질을 당하고 나선 끝내 돌아가시게" 되었으며, 이 때문에 "모든 세상 사람들이 원수같이 여겨지고 더욱이나 양반이라 하면 이가 갈리고 치가 떨리게 미워"(#25)하는 인물로 등장한다. 이 때문에 서자인 홍길동과 같이 지배층인 양반에 대한 반감이 강해 탐관오리인 엄가진을 대적하고 징치하는 일에 누구보다도 앞장선다. 홍길동의 분신과 같은 존재로 후편인 〈호피와 차돌바위〉(1967)에서는 주인공으로 격상되기도 한다. 반면 적대적 인물인 사또 엄가진과 병조판서 최골훈은 탐관오리와 간신의 전형으로 등장한다.

〈홍길동〉은 이들 인물이 중심이 되어 이야기가 전개된다. 무술수련을 마친 홍길동은 활빈당 소굴을 찾아가 장군으로 추대되어 활빈당 무리를 이끌고 "무고한 백성을 괴롭히기로 악명이 높은 사또 '엄가진'"(#91)을 쳐부수는 일에 주력한다. 이미 홍길동과 차돌바위는 무술수련에 앞서 사또 엄가진을 징치하고 곳간을 열어 사또에게 억울하게 빼앗긴 재물을 사람들에게 돌려준 일이 있기도 하다. 그러기에 중심을 차지하는 내러티브는 활빈당 무리와 엄가진의 공방으로 짜여있다. 결국 활빈당은 여러 번의 진퇴 끝에 엄가진의 본부를 공격하여 승리를 거둔다.

병조판서 최골훈은 엄가진의 패배 후 새로운 적대자로 등장한다. 최골훈은 홍 판서와 홍길동의 생모를 잡아 가두고 홍길동에게 항복을 권유하지만 우여곡절 끝에 오히려 활빈당은 이들 관군을 공격한다. 원작에서는 임금의 명으로 홍 판서를 하옥하고 인형으로 하여금 홍길동을 자수케 하는 방법을 취했지만, 여기서는 최골훈 단독으로 홍 판서를 체포하고 죽이려고 하다가 무술이 뛰어난 홍길동에 의해 제압당해 처참한 최후를 맞는다.

애니메이션 〈홍길동〉은 홍길동의 무술연마를 중심으로 앞부분에서는 가정 내에서의 홍길동 제거 음모가 뒷부분에서는 탐관오리의 징치가 중심 내러티브를 형성한다. 홍길동과 맞서는 주요 적대자는 지방의 탐관오리인 엄가진이지만 대단한 무술을 익히고 500명의 활빈당 군사까지 거느린 홍길동의 적수는 되지 못한다. 그렇다면 주목되는 인물이 최골훈인데 존재감을 인식하지 못할 정도로 뒷부분에서 잠깐 등장해 홍 판서를 죽이려고 시도하지만 홍길동에게 쉽게 제압당함으로써 팽팽한 대결을 보여주지는 못한다.[172] 이 때문에 영화는 홍길동의 활빈당이 너무 쉽게 대대적인 관군을 제압하고 승리를 거두는 식상한 결말 구조가 되고 말았다.

아마도 아동들을 대상으로 한 애니메이션으로 아이들 눈높이에 맞춰 내러티브나 인물 구도를 단순화시켰기에 그런 결말에 이른 것으로 보인다. 신동헌 감독의 증언으로는 당대 사회상을 반영한 사실적인 것과 만화적인 것을 절충해서 만들었기에[173] 탐관오리 엄가진의 형상이 백성들을 수탈하지만 다소 과장, 희화되고, 활빈당이 손쉽게 승리를 거두는 결말을 보인 것이다.

애초 병조판서 최골훈을 공격하고자 한 것은 아버지 홍 판서와 생모를 빼내기 위함이었다. 처음에는 홍길동 혼자 이 일을 수행하려다가 불의의 습격으로 홍길동이 다치는 바람에 활빈당 모두의 일이 되었던 것이다. 작품에서도 "오천의 군을 내려 보내서 모조리 처잡도록 해라!"(#116)라고 명령할 정도로 병조판서를 중심으로 한 대대적인 관군을 상대하기에는 500명의 활빈당이 아무래도 역부족인데, 몇 번 싸우지도 않고도 손쉽게 승리를 거둔다. 내러티브가 현실적 측면이 아닌 만화적인 상상력에 기인하기 때문일 것이다.

그러기에 이처럼 만화적인 상상력에 기인하여 관군과 싸워 쉽게 승리를 쟁취한 내러티브보다도 홍길동이 아버지와 생모를 구했다는 점이 더 선명하게 부각된 것이다. 작품의 마지막 부분에서 홍길동이 홍 판서를 구해내고 '대감님'이라고 부르자 "오, 길동아. 내 아들 길동아! 이제 아버지라 불러라."며 "너를 그렇게 천대하던 내가 너에게 구출되다니 부끄럽기만 하구나. 용서

---

172 이 점은 한승태, 「아버지를 찾는 모험과 한국 최초의 장편 『홍길동』」, 소책자 『홍길동』, 13면에서도 "석서자별과 탐욕적 권력의 상징으로 등장하는 최골훈의 캐리디는 빈약히여, 미지막 홍길동과의 대결에서 그다지 크게 긴장이 발생하지 않는다"고 지적했다.

173 심혜경, 앞의 책, 191면. "허균이 맨 처음 쓸 때 어떤 사실적인 사회상이라든가 그거를 배경으로 해서 어, 생긴 그 얘기기 때문에 너무 이 후세 사람들 맨들어 버리고 이렇게 하면 좀 거리가 멀어"져 "영화 자체 내용은 만화적인 요소가 많습니다마는, 거기 나오는 인물들은 될 수 있는 대로 사실에 가깝도록 게서 전부 내가 다 영화용은 내가 새로 맨든 거"라고 증언했다.

해라"(#142)라고 '호부呼父'를 허락하는 장면이 이 영화의 절정에 위치한다.

앞부분에서 "너는 천첩의 소생. 나를 아버지라 못 부른다. 이제부터는 너하고 나하고는 아무 상관도 없는 몸인 줄 알아라"(#9)라며 길동을 모질게 내쳤고, 홍길동 역시 "난 이렇게 된 몸으로 이 세상에 태어났기에 아버지를 아버지라 부르지 못하고 내 집을 떠나야 하나?"(#11)라고 갈등을 겪어왔기에 영화의 마지막에 호부를 허락하는 장면은 작품 전체를 관통하는 주제로서 의미를 갖는다. 즉 홍길동에게는 탐관오리를 징치하고 간신을 제거하여 사회 정의를 구현하는 일보다 아버지에게 자식으로 인정받는 일이 더 중요하게 부각된 것으로 보인다. 그런 연유로 병조판서 최골훈과의 대결은 대대적인 관군과의 싸움이라기보다 아버지를 구하기 위해 어쩔 수 없이 거쳐야 되는 통과의례로서의 의미가 더 크다. 고마워하는 홍 판서의 말에 "아버님, 그런 말씀 마세요. 자식된 도리를 다한 것 뿐"(#142)이라는 홍길동의 말은 이 영화의 지향이 어디에 있는지를 극명하게 보여준다.

3) 영화 〈홍길동전〉의 '의적전승' 변개와 시대적 의미

「홍길동전」은 주지하다시피 적서차별, 농민저항, 이상국 건설 등 당대 사회의 모순을 복합적으로 문제 삼은 작품이다. 이런 세 가지 문제의식은 후대로 수용되면서 다양한 변개와 콘텐츠를 만들어 냈는데, 근대 문화콘텐츠의 중심인 영화는 대중들의 취향에 맞게 정의를 구현하는 의적으로서 활빈당 활동을 주로 다루었다. 이는 애초 『택당집澤堂集』에서 「홍길동전」을 문제 삼은 대목과도 관련된다.

세상에 전하는 말에 의하면,『수호전』을 지은 사람의 집안이 3대 동안 농아(聾啞)가 되어 그 대가를 받았는데, 그 이유는 도적들이 바로 그 책을 높이 떠받들었기 때문이라고 한다. 그런데 허균과 박엽 등은 그 책을 너무도 좋아한 나머지 적장의 별명을 하나씩 차지하고서 서로 그 이름을 부르며 장난을 쳤다고 한다. 그런가 하면 허균은 또 「홍길동전」을 지어서『수호전』에 비겼는데, 그의 무리인 서양갑과 심우영 등이 소설 속의 행동을 직접 도모하다가 한 마을이 쑥밭으로 변하였고, 허균 자신도 반란으로 처형되기에 이르렀으니, 이것은 농아보다도 더 심한 응보를 받은 것이라고 하겠다.[174]

택당은 앞서『삼국지연의』를 들어 소설의 허구가 역사적 실상을 어떻게 왜곡시키는지를 언급한 다음『수호전』을 예로 들어 작가가 그 책을 받들었기에 3대가 농아가 되는 벌을 받았다 한다. 도적을 의적으로 그려 이를 미화시킨 것이 문제가 된 것이다. 실상『수호전』에 등장하는 '양산박의 108 호걸'들은 부당한 수탈과 억압에 대항해서 정의를 실현하는 의적으로 그려져 있다. 그런데 「홍길동전」이 이런 의적의 형상을 부각시킨『수호전』을 본받아 지었으니 핵심적인 문제의식은 '홍길동'이라는 도적을 의적으로 그린 데에 있다. 말하자면 허균이 지었다는 모본母本「홍길동전」의 본질은 다름 아닌 '의적전승'의 소설화인 셈이다.

홍길동 역시 연산군 때에 활약했던 도적으로 실록을 보면 "강도 홍길동이 옥정자玉頂子와 홍대紅帶 차림으로 첨지僉知라 자칭하며 대낮에 떼를 지어 무

---

174 李植,『澤堂別集』권15「雜著」. "世傳作水滸傳人, 三代聾啞, 受其報應, 爲盜賊尊其書也. 許筠, 朴燁等, 好其書, 以其賊將別名, 各占爲號以相謔, 筠又作洪吉同傳, 以擬水滸, 其徒徐羊甲, 沈友英等, 躬蹈其行, 一村蘁粉, 筠亦叛誅, 此甚於聾啞之報也."

기를 가지고 관부官府에 드나들면서 기탄없는 행동을 자행하였"[175]다고 하며, 1500년(연산군 6년)에 잡히자 "듣건대, 강도 홍길동을 잡았다 하니 기쁨을 견딜 수 없습니다. 백성을 위하여 해독을 제거하는 일이 이보다 큰 것이 없으니, 청컨대 이 시기에 그 무리들을 다 잡도록 하소서"[176] 할 정도로 조정을 시끄럽게 했던 인물이다. 당시는 폭정과 패륜이 만연한 연산군 때이기에 도적 홍길동은 실재와는 다르게 의적의 형상으로 전승됐고, 허균이 이를 소설화했던 것이다.

의적의 형상화는 중세보다 근대에 들어와서 오히려 위력을 발휘했다. 변개된 작품이나 콘텐츠들에서 근대 현실과 무관한 적서차별보다는 불의에 항거하는 의적의 존재가 더 부각될 수 있는 여지가 있기 때문이다. 흔히 다양한 문제의식이 내포된 이야기가 전승되는 과정에서 그것이 수용되면서 당대에 유용한 것만을 취하게 되는데 「홍길동전」이야말로 사회의 불의에 저항하는 '의적전승'의 이야기가 근대에 매력적인 스토리텔링으로 자리 잡게 됐던 것이다.

초창기 한국영화사는 「춘향전」으로 대표되는 '연애비극'과 「심청전」으로 대표되는 '가정비극'이 주류를 차지하고 있었는데 여기에 새롭게 활극 장르가 등장했다. 대규모 전쟁 장면이 등장하는 「유충렬전」 같은 작품은 당시 촬영 기술로는 도저히 불가능하기에 가능한 대안은 개인적 활약이 돋보이는 것이어야 했다. 이런 연유로 이금룡 감독의 〈어사 박문수〉(1930)와 김소봉 감독의 〈대도전〉(1935)이 개봉됐으며 뒤 이어 〈홍길동전〉(1935·1936)이 등장한 것이다.

---

175 『연산군일기』 39권 연산군 6년 12월 29일 己酉. "强盜洪吉同頂玉帶紅, 稱僉知, 白晝成群, 載持甲兵, 出入官府, 恣行無忌."
176 위의 책, 연산군 6년 10월 22일 己卯. "領議政韓致亨、左議政成俊、右議政李克均啓: '聞, 捕得强盜洪吉同, 不勝欣抃, 爲民除害, 莫大於此, 請於此時窮捕其黨' 從之."

그런데 활극 장르의 문법에 맞추어 대결을 위주로 내러티브가 구성되니 싸움의 진행 과정이나 방식, 승패의 결과 등 싸움 자체에 관심이 집중되고 활빈당 활동이 갖는 사회적 의미는 텍스트에서 사라지게 된다. 이명우·김소봉 감독의 〈홍길동전〉(1935)에서 홍길동의 역할은 고을 사또에게 납치된 이장자의 딸을 구하는 데에 있고 가난한 백성을 구제하는 활빈 활동은 어디에도 없었다. 게다가 〈홍길동전(후편)〉은 황정승 집안의 보물금고를 습격하고 출생의 비밀이 밝혀지는 등 다분히 자극적인 요소로 채워져 있다. 「홍길동전」에서 '서자'라는 신분만 빌려왔을 뿐 통속적인 볼거리를 강조했으며, 그 뒤 이어지는 대부분의 〈홍길동전〉 영화들도 활극 장르의 문법에 맞게 복수와 결투를 중심으로 한 싸움 자체에 집중하게 된 것이다. 오사카 극장의 상영금지 예에서 보듯이 당시 조선영화는 민족저항의식을 결집할 수 있는 계기를 제공했지만 〈홍길동전〉 영화는 〈아리랑〉 못지않은 좋은 내러티브를 갖추고 있음에도 그 길을 피해 간 것이다.

이런 〈홍길동전〉 영화의 활극화 길은 1969년 개봉한 임원식 감독의 〈의적 홍길동〉으로 연결된다. 현감과 그의 아들인 박호와 홍길동의 대결구도가 작품의 중심적인 내러티브를 차지함으로써 스승을 독살한 박호를 처치하여 복수를 하는 것이 중요하게 다루어지며, 활빈 활동은 거의 드러나지 않고 옥에 간힌 부모를 구하는 것이 오히려 부차적인 사건으로 위치한다. 왜 〈의적 홍길동전〉을 의적과는 관계없는 무협물로 만들었을까?

1960년대 한국영화는 멜로드라마가 주류를 차지한 판도 위에 새로이 액션영화가 가세한 형국이었다. 액션영화 중에서도 볼거리를 강조한 사극액션물이 많이 등장하게 되었는데 액션사극은 "1961년에서 65년까지의 상반기에 한동안 성행했다가 1967년, 68년, 69년 등 60년대 후반에 들어와서 다시 크게 활기를 띠었다"고 한다. 그 이유를 이영일은 "1967년부터 수입되어 크게 관객을 동원한 홍콩이나 대만의 검객영화가 크게 히트한 데서 다시 자극을 받은 것도 하나의 원인으로 지적할 수 있다"[177]고 했다.

1960년대 후반 홍콩의 '쇼 부라더즈' 영화사에서 제작한 장철張徹(1923~2002)의 〈의리의 사나이 외팔이〉(1967)와 〈대협객〉(1967), 호급전胡金銓(1931~1997)의 〈대취협〉(1965)과 〈용문객잔〉(1967) 등 홍콩 검술영화가 붐을 이루어 한국 관객들에게 크게 인기를 얻었고 여기에 자극받아 한국영화에서도 무협액션영화가 활발하게 만들어졌다. 이런 분위기 속에서 〈의적 홍길동〉역시 원작과 무관하게 무협 부분이 확대되어 홍길동이 무술을 연마하는 과정이 등장하고 스승의 복수를 갚는 무협영화의 공식이 도입된 것이다. 「홍길동전」과 유사하게 '일지매 일화'에서 소재를 취한 작품으로 장일호 감독의 〈일지매 필사의 검〉(1967), 〈일지매 삼검객〉(1967) 등도 마찬가지 경우다. 오히려 '의적'이라는 제명을 내세워 호기심을 자극했으나 영화는 의적과는 관계없는 무협액션에 중심을 두고 있다. 대중들에게 익숙한 영웅적 인물을 내세워 무협액션을 구현한 것이다.

하지만 싸움 위주의 사극이 주류를 형성한 1960년대 제작된 신동헌의 애니메이션 〈홍길동〉(1967)은 「홍길동전」의 내러티브를 대부분 수용하여 오히려 가정 내의 적서차별과 탐관오리 엄가진에 맞서 홍길동의 활약상을 그리고 있어 주목된다. 이는 부패한 사회를 바로 잡는 홍길동의 활약상을 보여주려 했다는 감독의 제작의도에도 드러난다.

1961년 군사쿠데타로 집권한 제3공화국은 정치적 정통성의 부재를 1차

---

177 이영일, 앞의 책, 385면.

경제개발 5개년 계획으로 돌파하고자 했으나 숱한 민중들의 저항에 부딪혔고 한일국교정상화에 대한 반발인 6·3항쟁으로 나타나게 되었다. 그럼에도 1965년 한일국교가 이루어졌으며, 1966년에는 명분이 없는 월남파병이 거행되기도 했다. 이반된 민심은 온갖 관권의 개입에도 불구하고 1967년에는 제6대 대통령 선거가 실시돼 박정희가 윤보선을 30만 표차로 아슬아슬하게 이기는 일이 벌어지자 권력의 폭력과 탄압이 점점 교묘해져 문화 전반에 대한 검열이 강화되기에 이르렀다.[178]

애니메이션 〈홍길동〉은 이 무렵에 제작되고 개봉되었다. 일단 신동우의 아동용 만화 〈풍운아 홍길동〉을 토대로 하였기에 당시 민감한 정치적인 문제와 무관한 듯 보이지만 탐관오리 엄가진을 징치하는 일을 통해서 부패한 권력에 대한 문제를 환기시켰다. 엄가진은 죄 없는 백성을 잡아다 돈을 바치라고 족치는 일을 능사로 삼고 있는 인물이다. 이 때문에 차돌바위의 아버지가 "사또의 생일잔치에 쓸 소를 안 바쳤다는 죄로 호되게 매질을 당하고 나서 끝내 돌아가시게"(#25) 되었으며, 곱단이의 아버지는 돈을 바치라는 사또의 명을 어긴 죄로 죽도록 매를 맞고 홍길동에 의해 구출되기에 이른다. 이런 권력의 횡포에 희생당한 차돌바위와 곱단이가 홍길동의 조력자로 등장하여 홍길동과 같이 활빈 활동을 수행하고 사또에게 억울하게 재물을 빼앗긴 백성들을 향해 "여러분 주저하지 말고 마음 놓고 찾아가셔요. 이 안에 있는 물건들은 원래가 여러분의 재산입니다. 억울하게 빼앗긴 물건을 도로 찾는 것이 왜 못할 일입니까?"(#43)라고 목소리를 높이기도 한다.

---

[178] 1967년 3월 음반에 관한 법률을 제정하고, 1968년 8월 만화검열제를 시행했으며, 1969년 3월 도서출판윤리위원회를 신설했으며, 1970년에는 한국예술문화윤리위원회가 영화 시나리오의 사전 심의를 실시하였다.

하지만 탐관오리 엄가진보다 더 큰 권력인 병조판서 최골훈에 대해서는 확실한 싸움의 명분을 마련하지 못했다. 병조판서는 부패한 지방관의 문제라기보다 국가권력에 해당되기 때문이다. 영화에서 부패한 권력에 대한 구체적 현실상이 제공된 것이 아니고 다만 홍 판서와 춘섬을 가두고 죽이려했기 때문에 홍길동이 여기에 맞섰던 것이다.

그 결과 〈홍길동〉은 홍길동과 최골훈의 개인적인 대결로 그치게 되니 부패한 국가권력에 맞서는 것이 아니라 서자인 홍길동의 아버지 찾기가 중요하게 부각된 것이다. 당대 사회의 부패와 부정을 문제로 삼았지만 병조판서로 대변되는 1960년대 군사정권에 대한 대응 논리를 만들기가 쉽지 않았던 것이다. 그래서 〈홍길동〉의 후편인 〈호피와 차돌바위〉(1967)에서는 최진달 대감이 여진족의 도마술과 결탁하여 북녘 3도를 넘겨주려 하였지만 호피와 차돌바위가 이를 물리치고 나라를 위기에서 구하는 것으로 바뀌어 있다. 국가권력과 맞서는 게 아니라 외세와 맞서 나라를 구하는 '애국'으로 주제가 바뀐 것이다.

서자 홍길동의 아버지 구하기는 1960년대 가부장제의 해체와 회복의 문제와 결부되어 있다. 윤지혜는 홍길동의 가족으로의 인정은 홍 판서로 대표되는 가부장제의 긍정이면서 동시에 새로운 세대의 부상을 통해 공고한 권력의 해체를 보여주는 중층적 의미를 지니고 있다고 한다.[179] 하지만 홍길동의 아버지 구하기는 해체보다는 회복에 더 초점이 맞춰져 있다. 이영일은 1960년대 한국영화에서 남성성의 왜소화를 제시했다. 남성성의 왜소화 내지는 무력화는 한국전쟁으로 인한 남성주도권의 파괴와 5·16군사쿠데타로

---

179 윤지혜, 「장편 만화영화 〈홍길동〉 서사의 중층적 의미 연구」, 『한국극예술연구』 48, 한국극예술학회, 2015, 337~341면.

인한 군사정권의 폭력성에 기인한다는 것이다.[180]

전쟁과 쿠데타로 인한 남성성의 무력화는 무능하게 최골훈에게 잡혀간 홍 판서의 모습과 겹쳐진다. 이런 아버지를 위험을 무릅쓰고 구하는 홍길동은 가부장권의 회복을 실현하는 인물로 보인다. 홍길동은 아버지를 구출함으로써 오히려 적서차별의 원인을 제공했던 가부장권을 해체시키는 것이 아니라 이를 회복시키고자 했다. 여기서 홍 판서는 적서차별의 가해자가 아니라 병조판서의 폭력에 의해 타자로 전락한, 구출해야만 하는 대상이 되었기 때문이다. 그러기에 가부장제의 회복은 역설적이게도 당시 민주주의의 정통성에 대한 바람으로도 읽혀질 수 있으며 곧 병조판서 최골훈으로 표상되는 당대 군사정권에 대한 비판으로도 연결되는 것이다. 홍길동의 아버지 구출은 바로 그런 폭력성으로부터 아버지, 곧 가부장권을 지키는 의미를 지닌다.

국민들의 자유와 권리를 제압했던 유신시대, 1976년에 제작된 최인현 감독의 〈홍길동〉은 이조 초기 혼란스런 정국 속에서 충신 집단과 간신 집단의 대결구도로 내러티브를 끌고 갔다. 충신 집단에 의해 홍길동이 길러지고 훈련받아 간신 집단을 제거하고 나라에 평안을 가져온다는 얘기지만 충신집단이 과연 어떤 성격을 갖느냐에 따라 다양하게 해석될 여지를 남긴다.

충신 집단이 유신시대에 민주화를 열망하는 집단으로 본다면 홍길동과 활빈당은 '정의의 함성'과 '민심'을 따르는 무리로 자연스러워 보인다. 이 때문에 심의 대본에서는 '이조 초기'로 설정한 오리지널과 달리 시대 배경을 연산군 때로 설정하고 실존인물인 간신 임사홍의 아들 임숭구를 포도대장으로 등장시켰으며, 충신 집단은 박원종을 중심으로 한 반정군으로 설정했다. 반

---

180 이영일, 『한국영화사 강의록』, 소도, 2002, 72면.

정에 참여한 공으로 홍길동이 왕으로부터 병조판서를 직접 제수받지만 굳이 사양한다.[181] "신의 재주는 미급하옵고 또 세상을 어지럽힌 죄 크"(#84)기 때문이라 하지만 실상은 그 뒤의 전망을 제시할 수 없기 때문이 아닌가 싶다. 박정희 군사정권의 영구집권 기도가 분명하게 드러나는 유신시대에 민주화에 대한 전망을 당시 영화에서는 제시하기 어려웠던 것이다.

의도한 바는 아니지만 신상옥은 〈연산군〉(1961)과 〈폭군 연산〉(1962)을 통해 5·16군사 쿠데타를 중종반정으로 미화한 바 있다. 하지만 〈홍길동〉 영화가 제작된 1976년 시점에서 홍길동의 집단을 민주화를 열망하는 무리로 본다면 유신시대 군사정권의 폭압적인 모습을 연산군 때의 그것으로 환치시키고 홍길동을 여기에 맞서게 함으로써 신상옥이 〈연산군〉과 〈폭군 연산〉에서 다루었던 사극의 구도를 전도시킨 셈이다.

---

181 홍길동의 활빈당 활동을 중종반정과 연결시키려는 기도는 이미 앞서 2장에서 살핀 것처럼 근대 〈홍길동전〉을 토대로 한 역사소설의 변개에서 시도된 바 있다. 특히 정비석의 『홍길동전』(1956)에서는 반정을 도운 공으로 홍길동이 병조판서 제의를 받으나 거절하고 금강산으로 들어간다. 정비석의 작품은 여러 면에서 최인현의 영화와 유사하여 먼저 출판된 정비석 『홍길동전』의 서사와 문제의식을 최인현의 영화가 계승했을 것으로 추측된다.

제6장

고전소설 변개와 콘텐츠의 문화사적 의미와 활용

1. 고전소설 변개와 콘텐츠의 문화사적 의미

1) 고전소설의 근대적 변개와 콘텐츠에 소환된 작품들

고전소설이 근대소설이나 전래동화로 변개되거나 공연과 영상 콘텐츠로 만들어진 경우는 많은 작품에서 두루 이루어진 것은 아니다. 아래 〈표 3〉에서 보듯이 대중들에게 널리 알려진 일부 작품들에서만 변개와 콘텐츠의 양상이 집중적으로 나타나게 됐는데 빈도수가 높은 작품들을 분야별로 정리하면 다음과 같다.[1]

---

[1] 이 자료의 빈도수는 필자가 직접 조사한 것으로 새로운 자료가 추가될 가능성을 배제할 수는 없다. 이미 해당 장에서 자세히 소개한 바 있으며 괄호 속의 작품의 편수다. 1960년대 이후 현대 전래동화 목록은 너무 번다하여 논의의 중심이 되는 해방 이전 자료들만을 위주로 정리하였다. 공연은 동일한 작품이 계속되는 것은 한 종으로 잡았다. 자세한 목록은 책 뒤에 [부록]으로 제시한다.

<表 3> 고전소설의 변개·콘텐츠 목록

순위＼분야	근대소설	전래동화	공연물	영화	TV드라마
1	춘향전(12)	토끼전(6)	춘향전(51)	춘향전(20)	춘향전(14)
2	심청전(7)	흥부전(5)	심청전(16)	홍길동전(12)	심청전(5)
3	흥부전(6)	콩쥐팥쥐(2)	배비장전(11)	심청전(8)	홍길동전(4)
4	홍길동전(4)	심청전(2)	흥부전(7)	장화홍련전(6)	흥부전(2)
5	허생전(4)	장화홍련(1)	토끼전(6)	흥부전(5)	배비장전(2)

빈도수를 나타내는 통계 결과에 의하면 변개나 콘텐츠의 해당 작품은 대부분 「춘향전」, 「심청전」, 「흥부전」 등의 판소리나 판소리계 소설이며, 그 외에는 사회성이 강한 「홍길동전」이나 계모박해를 통해 가정비극을 다룬 「장화홍련전」이 자주 활용된 편이다. 판소리계 소설 중에서도 특히 「춘향전」, 「심청전」, 「흥부전」에 집중되어 있다. 이들 작품이 왜 이렇게 변개나 콘텐츠의 빈도수가 높을까?

주지하다시피 판소리계 소설 중에서도 이들 작품들은 판소리 문학의 특징이라고 할 사건과 인물의 일상성이 두드러지고, 구체적 현실의 모습이 핍진하게 그려져 있다. 근대적 시각에서 볼 때 어떤 작품보다도 현실의 세부묘사가 뛰어나 리얼리즘의 성취가 두드러지게 드러난다. 그러기에 「춘향전」, 「심청전」, 「흥부전」의 세 작품이 유난히 많이 변개나 콘텐츠의 텍스트로 활용되게 된 것이다. 「배비장전」의 경우는 해학성이 두드러진 공연물에 집중되어 있다.

양반과 기생이라는 신분이 다른 남녀의 사랑이 숱한 어려움을 겪으며 마침내 이루어지는 이야기나 태어난 지 7일 만에 어미가 죽고 가장은 앞 못 보는 봉사여서 살 길이 막막한 심청이 결국은 아비를 위해 인당수에 몸을 던졌으나 살아나 황후가 되고 아비의 눈을 뜨게 했다는 이야기, 극도의 가난 속에서 제비가 물어다 준 보은박에 의해 착한 흥부는 부자가 되고, 탐욕스러운 놀부는 복수박에 의해 패망하게 됐다는 이야기는 당대 사람들과 같은 평범한 인물들이 등장하여 그들이 겪었음직한 가난과 시련, 그리고 결국에는 이를 극복하고 행복한 결말을 맞이하는 등의 기복이 심한 사건들을 통해서 재미와 감동을 준 것이다. 이른바 누구나 흥미를 느끼는 '대중서사'의 기반 위에서 구체적 현실의 모습이 잘 묘사되었기에 근대에 들어와서 변개된 작품이나 다른 매체로 전이된 콘텐츠들에서도 인기를 얻을 수 있었다.

반면 「토끼전」의 경우는 우화의 형태로 봉건통치에 대한 강한 정치적 풍자성을 지니고 있지만 내용이 동물 우화를 통한 알레고리allegory로 구성되어 있어 근대소설로의 변개나 영화 같은 다른 장르의 콘텐츠로 만들기는 쉽지 않다. 알레고리라는 필터를 거쳐야 메시지가 제대로 전달되기에 다른 매체로의 변개는 내용 전달이 쉽지 않기 때문이다. 그러기에 「토끼전」은 근대작품으로의 변개에서 오히려 풍자성이 사라진 동물담 위주의 전래동화나 동극童劇으로 주로 변개되었다. 하지만 이제 전자매체 시대에 맞추어 고전소설 변개의 전망으로 우화 양식을 활용한 「토끼전」의 변개나 콘텐츠가 주목된다.

실상 근대문학이 본격적으로 개진되었던 1920년대에도 고전소설이 가장 많이 읽히고 있었다. 대중서사에 기반한 마땅한 근대소설이 이광수의 『무정』 이외에는 없었기 때문이다. 그렇기에 근대소설이 대중서사의 기반이 허약하다는 것을 인식하고 고전소설이 근대에 들어와 대중 독서물로서 대중 속에 파고들었던 것을 주목한 사람은 바로 카프KAPF의 논객이었던 김기진金基鎭(1903~1985)이었다. 1929년 카프의 소설 대중화 논쟁 과정에서 김기진은 당시 고전소설이 대중출판 방식인 활자본 고소설, 곧 '이야기책'으로 출판되어 당시에 대중들에게 널리 읽히는 것에 주목하여 그 방식을 빌어 노동자, 농민들을 위한 새로운 대중소설을 쓰자고 주장하기도 했는데, 그 대중소설적인 특징을 다음과 같이 설명해 주목된다.

재래의 소위 '이야기冊'이라는 「玉樓夢」, 「九雲夢」, 「春香傳」, 「趙雄傳」, 「劉忠
烈傳」, 「沈淸傳」 가튼 것은 년년히 數萬卷式 出刊되고 이것들 外에도 「秋月色」이니
「江上淚」니 「再逢春」이니 하는 二十錢 三十錢하는 小說冊이 十餘版씩 重版을 거듭
하야오되 이것들은 모다 通俗小說의 圈外에도 참석하지 못하여 왓다. 이것들 욹읏
붉읏한 表紙에 四號活字로 印刷한 百頁 內外의 小說은 '古談冊' '이야기冊'의 代名
詞를 바다 가지고 文學의 圈外에 멀리 쫏기어 온 것이 事實이다. 그러나 新聞紙에
서 길러낸 文藝의 使徒들의 通俗小說보다도 이것들 '이야기冊'이 훨씬 더 놀라울
만큼 比較 할 수도 업게 대중 속으로 傳播되어 잇는 것도 또한 사실이다.[2]

김기진은 '울긋불긋한 표지에 4호 활자로 인쇄한 백면 내외의 소설' 곧 당
시 '이야기책'이라 불렀던 활자본 고소설들이 신진 작가들의 통속소설보다
비교할 수도 없을 정도로 많이 대중 속으로 파고들었다고 증언한다. 그래서
대중유통 방식으로 출판된 활자본 고소설들이야말로 당시의 노동자, 농민들
에게 많이 읽히는 진정한 대중소설이라고 정의하기에 이른다.

당시 신문이나 잡지의 발행부수를 보면 유일한 신문인 『매일신보』는 1만
부 내외이며, 『청춘靑春』은 매월 2천 부를 찍고 가끔 재판하여 4천 부씩 나갔
다 한다. 가장 인기 있었던 근대소설인 이광수의 『무정』은 1918년 초판 발
행 이후 1924년까지 총 1만 부를 넘을 정도였다.[3] 그러니 활자본 고소설이
각각 1년에 만여 권씩 판매되는 현상은 출판계의 대단한 사건이었으며 고전

---

2 김기진, 「大衆小說論」, 『동아일보』, 1929.4.14. 앞으로의 인용은 괄호 속에 연재된 날짜만 적는다.
3 천정환, 『근대의 책 읽기』, 푸른역사, 2003, 31면 참조.

소설이 대중들에게 그만큼 많이 읽히고 있다는 확실한 증거였다.

특히 「춘향전」이나 「심청전」의 인기는 대단하여 "지금 조선서 가장 많이 팔리는 책이 무엇이냐 하면 「춘향전」이나 「심청전」이라고 한다. 이 「춘향전」과 「심청전」의 애독자는 만히 중류 이상 가정 부인이다"[4]라고 하는 1929년 『동아일보』의 기사나 "잘 팔리고 말구요. 지금도 잘 팔리지요. 예나 이제나 같습니다. 「춘향전」, 「심청전」, 「유충렬전」 이 셋은 농촌의 교과서이지요"[5]라는 박문서관博文書館의 주인 노익형盧益亨(1884~1941)의 인터뷰는 그 작품들의 인기가 당시 얼마나 대단했는가를 증거한다.

왜 「춘향전」과 「심청전」이 근대문학기에 들어와서도 많이 읽혔을까? 이 이야기는 신분이 다른 남녀의 사랑과 아비의 눈을 뜨게 하기 위해 희생하는 어린 딸의 이야기로 누구에게나 흥미를 끄는 대중서사 방식이기에 당시 대중들에게 전폭적으로 수용된 것으로 보인다. "이야기에 무엇을 담는가?"라는 주제적 측면이 아니라 "이야기를 어떻게 만들었는가?"라는 스토리텔링의 방식에 초점을 맞추어 본다면 고전소설은 오랜 시기 대중들에게 익숙한 대중서사 방식을 축적해 왔다.

판소리는 특히 광대들에 의해 청중과의 소통이 활발히 이루어지면서 그들이 원하는 형태로 스토리텔링이 만들어지게 된 것이다. 근대 초기 개화의 담론 속에서 이를 제대로 구현할만한 서사는 등장하지 않았으나 대중들의 흥미를 만족시키는 대중서사 방식이 이미 고전소설에 있었던 것이다. 이야기 속에서 주인공이 벌이는 기막힌 사건들과 해결방식은 소설 속의 시대와 비록 다르다고 하더라도 그 시대와 동일시할 만큼 당시 대중들에게 흥미를 주었던

---

4   H. K生, 「가정과 구소설」, 『동아일보』, 1929.4.2.
5   『조광』 4권, 조선일보사, 1938.12.

것이다. 김기진의 비판을 뒤집어 본다면 바로 이런 대중들에게 흥미를 주었던 대중서사 방식을 통해 고전소설의 이야기가 당시의 많은 사람들에게 널리 수용될 수 있었던 것을 알 수 있다. 김기진이 신경향파 소설을 '「춘향전」식'으로 쓰자고 주장한 것은 그런 실상을 보여 준다.

더욱이 판소리 작품들은 장르적 특성상 '부분의 독자성'으로 인해 공연이나 연극, 영화로 제작하기 용이하도록 장면화되어 있다. 이런 점 때문에 바로 변개나 콘텐츠화로의 전환이 수월하여 공연물이나 영화에서 두드러지게 나타났던 요인이 된다. 이미 20세기 초부터 서양 연극의 영향을 받아 판소리는 창극으로 무대화되어 공연되고 있었으니 실상 근대적 콘텐츠의 길을 스스로 개척한 셈이다. 그러니 연극, 영화, 뮤지컬, 마당극으로의 전환이 손쉬울 수밖에 없었다.

「춘향전」, 「심청전」, 「흥부전」의 주요 세 작품 외에 허랑방탕한 서울 양반 배비장을 향한 풍자와 해학이 두드러지는 「배비장전」은 무엇보다도 공연물로 인기가 높았다. 심각한 사건이 없이 배비장을 조롱하는 것으로 흥겨운 무대를 만들 수 있기 때문이다. 한국 최초의 뮤지컬인 예그린의 〈살짜기 옵소예〉(1966)는 공연에 적합할 무수한 작품을 고른 끝에 그렇게 탄생되어 한국 뮤지컬의 길을 열었다. 뮤지컬로 적당한 우리 고전의 다양한 소재 중에서 「춘향전」, 「심청전」, 「흥부전」, 「배비장전」 등이 우선 선정되었고, 그중에서도 해학적 요소와 토착적 정서가 두드러진 「배비장전」으로 결정된 것이다.

판소리가 아닌 다른 작품의 경우, 「홍길동전」이 근대소설이나 영화에서 두드러진 것은 '의적전승'을 통해 정치서사로 나가거나 활극으로 만들 수 있었기 때문이다. 근대소설에서 홍길동의 활빈당 활동이 당대 사회적 모순을 문제화하여 저항과 개혁의 메시지로 담아내려고 하였다. 그 때문에 대부분 작품에서 홍길동을 실존 인물의 생존연대인 연산군 때로 잡아 폭정에 항거하는 모습을 그렸다. 그래서 활빈당 활동으로 그치는 것이 아니라 정치적 폭압이 극도에 치달았던 연산군에 맞서 반정군에 가담한 것이다. 「홍길동전」의 대표적인 근대 변개소설인 박태원과 정비석의 작품에서 그런 방식으로 활빈당 활동이 전개되었다. 특히 박태원의 작품은 근대적 리얼리티를 확보하기 위한 전략으로 고전소설 「홍길동전」의 문맥을 역사적 사실과 일일이 대조하면서 실제의 역사적 사실인 것처럼 이야기를 펼쳐 나갔다.

「홍길동전」 영화의 경우는 대중적인 파급력을 고려한 검열에 직면했기 때문에 정치서사로 영화화하는 것이 쉽지 않아 초창기부터 활극영화의 길로 들어 개인적 싸움과 도술, 복수 등에 집중되어 있다. 하지만 「홍길동전」 자체의 내러티브가 적서차별, 농민저항, 이상국 건설 등 당대 사회적 문제의식을 다수 지니고 있기에 이런 사회 의식은 어떤 방식으로라도 영상으로 재현될 가능성을 지니고 있다. 그중에서 특히 '의적전승'의 삽화가 많은 영화에서 차용됐는데 활극의 문법으로도 맞을 뿐 아니라 사회 정의를 드러낼 수 있는 방식이기도 했다.

한편 「장화홍련전」이 특히 영화콘텐츠에서 두드러진 이유는 그것이 계모 박해에 의해 가정 내에서 일어나는 비극을 다루었기 때문이다. 주지하다시피 근대적 서사의 토대는 가정이었다. 근대적 서사의 형태로 가장 먼저 출현했던 신소설은 고전소설 중에서도 특히 가정소설의 서사를 집중적으로 활용하고 있다. 임화는 "사실 대부분의 신소설은 그 구조와 생기하고 발전하고 전개하고 단원團圓되는 사건에 있어 구가정소설의 역域을 얼마 넘지 못하고 있"기에 "신소설이 대부분 소위 가정소설에 속하는 것임을 기억할 필요가 있다"[6]고 단적으로 지적한 바 있다.

왜 근대 초기의 서사들이 가정의 범주를 벗어나지 못하는 것일까? 당시 개화와 계몽의 이념을 형상화할 수 있는 가장 적절한 이야기 방식이 가정서사였기 때문이다. 청산해야 할 봉건적 문제들을 피부로 느낄 수 있는 지점이 가정이기에 서사는 가정과 가족관계에 집중될 수밖에 없었다. 아직 사회현실의 구조를 총체적으로 인식할 수준에는 도달하지 못했기에 객관적 전망은 그만큼 제한적일 수밖에 없었다. 개화를 외치는 목소리는 높았지만 그것을 육화시켜 구체적 형상을 가진 이야기로 만드는 것은 쉬운 일이 아니었다. 작가가 주변에서 실질적으로 보고 듣고 느낄 수 있는 공간과 인물이 바로 가정이고 가족이기에 당시의 시각으로는 구체적 형상과 세부묘사가 이를 통해서 가능했던 것이다. 즉 가정이라는 공간이 그만큼 이야기를 구체적으로 만들 수 있는 터전이었던 것이기에 가정서사가 많이 등장할 수 있었다.

그러기에 1924년 「장화홍련전」이 「춘향전」의 뒤를 이어 조선 사람이 만든 최초의 영화로 등장했을 때 당시 신문에서는 「장화홍련전」의 성공을 "통털어놓고 말하면 이 사진이 이만치 성공한 것은 '장화홍련전'이 '춘향전'이나 '심청전'과 對等할 만한 이름 높은 고대비극인 중 그중에 가장 현대성을 많이 가진 까닭이라"[7] 했으며, 이 작품의 각색에 참여했던 이구영도 "고대소설을 아무런 規則이나 연구도 없이 되는대로 現代劇化 시켰음에 觀客은 盲目的 歡呼를 하게 되었다고 느끼지 않을 수 없다. 現代人情風俗에까지 이끌어다 붙였던 까닭이다"[8]라고 한다. '현대성'을 지녔다고 하는 것은 바로 당시에도 상당수 존재했고 현실적으로도 체험할 수 있는 계모박해와 같은 가정 내

6   임화, 임규찬·한진일 편, 『신문학사』, 한길사, 1993, 165~169면.
7   「薔花紅蓮傳」團成社의 시사회를 보고─朝鮮의 映畫界」, 『매일신보』, 1924.9.2.
8   이구영, 「朝鮮映畫의 印象」, 『매일신보』, 1925.1.1.

의 문제일 것이다. 당시 관객들이 느낄 수 있었던 가정서사를 영화화했기에 「춘향전」보다도 높은 호응을 얻었던 것이다.

2) 근대적 변개와 콘텐츠의 장르·매체별 특징과 의미

(1) 근대소설

고전소설의 다양한 근대적 변개나 콘텐츠 중에서 아마도 가장 문제의식을 두드러지게 드러낼 수 있는 분야는 근대소설일 것이다. 다양한 사람들과 장르가 혼합된 공연물이나 영화에 비해 개인적인 창작이 용이할 뿐더러 검열로부터도 비교적 자유로울 수 있기 때문이다. 그래서 작가는 자신이 말하고 싶은 메시지를 고전소설의 서사를 활용하여 전달하게 된다. 물론 그 메시지는 작가가 살고 있는 당대의 시대성과 긴밀한 관련이 있다. 근대소설로의 변개가 두드러진 작품은 「춘향전」, 「심청전」, 「흥부전」, 「홍길동전」 등이다. 다른 분야와 마찬가지로 판소리계 소설 세 작품과 「홍길동전」이 근대소설로의 변개가 두드러진 셈인데, 해당 작품들은 이 고전소설들을 통해서 무슨 메시지를 전하려고 한 것일까?

우선 「홍길동전」의 메시지는 앞서 보았듯이 부당한 현실에 저항하여 이를 개혁하고자 하는 정의구현이다. 원작 「홍길동전」의 여러 부분 중에서 특히 활빈당 활동이 변개의 주요 삽화로 차용되었으며, 이 때문에 작품의 배경이 되는 시대도 대부분 작품에서 정치적 폭압이 극심했던 연산군 때로 설정하였다. 문제는 활빈당 활동이 어떤 방식으로 변개되고 어디까지 나아갈 수 있느냐는 것이다. 그것은 변개의 방식에 따라 당대 사회에 대한 저항이나 개혁,

혹은 혁명으로까지 나아갈 수 있기 때문이다.

「홍길동전」의 활빈당 활동을 작품의 중심서사로 설정하여 본격적으로 다룬 근대 장편소설은 박태원의 『洪吉童傳』(1947)과 정비석의 『홍길동전』(1956)이다. 「홍길동전」의 의적전승을 수용하여 연산군 때의 폭압적인 정치 현실 속에서 탐관오리를 징치하는 활빈당 활동을 전개시켜 나가다 한계를 깨닫게 된 것이다. 그 한계는 봉건체제의 정점에 위치한 왕에 관한 것이다. 대부분 의적전승에서 왕은 의적의 적이 아니었다. 왕의 어진 덕화德化를 어지럽히는 탐관오리가 문제여서 여기에 맞서는 것이 의적전승의 중심이었다. 그래서 원작 「홍길동전」에 등장하는 왕은 연산군이 아니라 조선 최고의 성군인 세종대왕이었다.

하지만 변개된 근대소설에서는 실재 홍길동이 활약했던 시대를 배경으로 왕을 연산군으로 설정하여 탐관오리를 징치하는 활빈당 활동을 봉건체제의 정점에 위치한 왕에 저항하는 반정反正으로 발전시켰다. 박태원의 『洪吉童傳』에서는 그 정황을 "이제까지의 활빈당 사업은 뿌리는 버려두고 오직 풀잎만을 뜯어 온, 슬프고 헛된 노력이었다. '뿌리를 뽑자! 그렇다. 인군을 갈자! 그를 그대로 두어 두고는, 모든 일이 다 헛된 수고다!'"[9]라고 했으며, 정비석의 『홍길동전』에서도 홍길동이 반정을 주도하려는 성희안에게 "세상을 바로잡자면, 제 생각 같아서는 암만해도 연산군을 폐위시키는 도리밖에 없을 것 같습니다"[10]라는 주장을 노골적으로 제시하기도 한다.

'활빈'에 머무는 것이 아니라 '반정'으로 나아가는 것이 활빈당의 행수 홍길동의 활동을 확대시키는 길임에는 틀림이 없다. 박태원의 『洪吉童傳』에서

---

9   박태원, 『洪吉童傳』(협동문고 4-4), 금융조합연합회, 1947, 159면. 인용은 괄호 속에 면수만 적는다.
10   정비석, 『소설 홍길동』 2, 고려원, 1985, 239면.

는 수하인 이흡이 반정군과 접촉했지만 거절당하고, 반정이 성공하던 날 홍 길동은 농군의 복장을 하고 군중들 틈에 섞여 있다가 어디론가 사라지며, 정 비석의 『홍길동전』에서는 반정을 도운 공으로 홍길동이 병조판서 제의를 받 으나 거절하고 금강산으로 들어간다.

뭔가 마지막 부분에서 활빈당의 미래에 대한 구체적 전망을 담보하지는 못하고 있다. 그럼으로써 활빈당 활동이 탐관오리를 징치하는 일에 제한되 고 실제적으로 그 이상의 외연을 확장하지 못했다. 심지어는 원작 「홍길동 전」에 보이는 것처럼 율도국을 건설해 왕에 이르는 과정조차도 없다. 해방 직후나 1950년대 정치 현실 속에서 저항과 개혁을 통한 정의구현의 메시지 를 공공연히 드러내어 새로운 나라 만들기의 전망을 제시하기는 쉽지 않았 던 까닭으로 보인다.

실상 박태원은 『洪吉童傳』은 대부분의 내용이 전국적인 조직으로서 활빈 당의 세력 확장에 있었다. 홍길동의 노력으로 활빈당을 대규모 조직으로 갖 추어 봉건정부와 맞서게 했으며 결국은 나라의 뿌리를 뽑자며 임금을 바꿀 계획까지 세운다. 비록 반정군으로 동참를 거절당해서 거기까지는 나가지 않았지만 그 의지만은 충분했다. 실상 반정군 측에서 거절했다면 독자적으 로 움직여도 될 일이었다. "정말 홍길동이가 팔도의 활빈당을 모조리 거느리 고, 당장, 이 자리로 쳐들어 온다더라도, 내 모를 일이다"(157면)라고 언급한 것처럼 홍길동의 활빈당 연맹은 썩은 봉건 정부와 전면전을 펼쳐도 전력면 에서 충분히 승산이 있을 정도로 막강했다. 박태원이 다루려 했던 것은 바로 이런 '혁명'으로 완수하지 못한 봉건왕조에 대한 민중들의 대규모의 저항을 보여주고자 하는 것이었다. 그것이 오히려 반정군에 참여하여 연산군을 폐 위시키는 일보다 역사적 실상에 부합하여 리얼리티를 확보할 수 있었다.

반면 정비석의 『홍길동전』은 홍길동을 탐관오리를 징치하는 의적으로서 보다는 과도하게 영웅시하여 중종반정의 핵심인물로 만들어버렸다. 이는 애초 홍 판서와 성희안을 연결해서 홍길동이 집을 나가면서부터 기획되었던 일이었다. 그리하여 홍길동은 민중들에 의해 만들어진 영웅이 아니라 조정의 충신 집단들에 의해 길러진 '치세治世의 영웅'으로서 형상이 너무 강하다. 활빈당 연맹을 통해 조정에 맞섰던 박태원의 『洪吉童傳』에서는 결국 위로부터의 개혁인 반정에 참여하지도 못하는데, 정비석의 『홍길동전』에서는 반정을 주도하는 것이 여기에 기인한다. 나중에 병조판서를 거부하면서 '죄인' 논리를 내세우는 것도 그런 단적인 증거가 된다. 정비석은 『홍길동전』을 통해 정의를 구현하는 진정한 치세의 영웅을 그린다고 했지만 그 형상이 당시의 역사적 실상과 어긋나기에 황당한 활극에 머물고 말았다.

근대소설 『홍길동전』은 일종의 역사소설로 변개되었다. 시대를 연산군 때로 설정하고 실존인물들이 등장하며 홍길동을 여기에 맞서게 했던 것이 이 때문이다. 박태원의 작품에서는 「홍길동전」의 문맥을 시대에 맞추어 고증하기까지 했다. 역사적 실상에 부합시키려는 작업이었지만 원작 「홍길동전」의 서사를 너무 의식해 서자와 의적전승의 틀 속에 갇힌 모양이다. 다만 왕의 어진 신하가 아니라 반정에 참여함으로써 왕을 바꾸는 데에 기여했지만 그 이상은 나아가지 못했다. 이를 해결하기 위해선 반정의 과정을 지켜보거나 반정이 끝나고 사라짐으로써 전망을 확보하지 못했다. 중세에 존재했던 의적의 형상에서 보다 발전적인 혁명가의 모습이 필요하다. 「홍길동전」에서 변개의 주요 삽화는 활빈당 활동으로 드러나는 '의적전승'인 바, 홍명희洪命熹(1888~1968)의 『임꺽정』이나 황석영의 『장길산』처럼 의적전승을 변개하여 당대의 문제를 다루려 하는 폭 넓은 시도가 필요한 것이다.

정치서사를 지향했던 「홍길동전」에 비해 애정서사를 중심으로 한 「춘향전」은 변개의 편폭이 훨씬 넓다. 중심 서사가 춘향과 이몽룡의 애정이기에 애정을 통해 다양한 방식의 메시지가 가능하기 때문이다. 「춘향전」의 근대적 변개 양상을 보면 애정 자체를 직접 문제 삼는 작품도 있고, 인물들의 구도를 문제 삼는 작품들도 있으며 애정의 방식을 당대 정치적 혹은 사회적 상황의 알레고리로 활용한 작품도 있을 정도로 다양하다.

우선 첫 번째 변개의 방식을 「춘향전」의 애정 방식을 근대적으로 새롭게 변개하는 것이다. '근대소설'은 아니지만 「춘향전」의 애정 방식을 변개한 「옥중화」(1912)의 새로운 애정윤리는 근대 초기 폭발적인 것이어서 수많은 아류작들을 양산시켰고 최고의 베스트셀러로서 지위를 누리기도 했다. 그만큼 「춘향전」의 변개가 성공적이었음을 의미한다. 성공의 요인은 새로운 애정윤리와 애정 방식에 기인한 것임은 분명하다.

뒤를 이어 근대소설의 변개로는 가장 먼저 1925~1926년 이광수의 「일설 춘향전」이 등장하였다. 오히려 「일설 춘향전」은 「옥중화」의 인기를 의식하여 차별화하려고 「춘향전」 원본에 해당하는 「열녀춘향수절가」의 문맥에 토대를 두고 「춘향전」을 변개했지만 변개가 "전통적인 「춘향전」을 완전히 탈피하고 춘원만의 독특한 춘향으로 인물혁명을 부조浮彫시키기는 어려웠"다고 한다. 그것은 '현대적 대작'인 『재생』을 완성한 뒤에 한숨 돌리려는 '가벼운 기분'으로 썼기 때문이다. 그럼에도 "「일설 춘향전」은 '완형完形의 현대소설'로 만든 솜씨는 유작類作 중에서 가장 뛰어"났다고 한다.[11]

하지만 「일설 춘향전」은 그리 특별한 변개의 내용이 없이 오히려 「옥중화」

11 김용제, 「해설」, 『이광수전집』 3, 삼중당, 1962, 566면.

의 애정 방식보다 후퇴한 느낌이다. 춘향과 이몽룡의 만남에서 춘향이 은근히 이몽룡에 대해 호감을 갖는다거나 이부사가 밤마다 나가 춘향과 지내고 오는 이몽룡의 행실을 알아 기생 작첩作妾을 하면 과거에 참여할 수도 없다고 으름장을 놓는다거나 이몽룡이 과거에 급제하고 암행어사로 내려오기까지 춘향이가 옥중에서 3년의 세월을 보내는 등 근대적 합리성의 시각에서 내용을 변개하고 표현을 현대적으로 고쳤을 뿐이다. 변개의 가장 두드러진 부분은 옥에 갇힌 춘향을 찾아온 이몽룡이 자신의 초췌한 몰골을 보고 혹시 춘향이 자결할까봐 자신을 잠깐이라도 만나보고 죽기 살기를 결단하라고 부탁하는 장면이다. 봉명사신奉命使臣으로서 자신의 처지와 춘향에 대한 배려 사이에서 갈등하면서 춘향에게 죽지 않을 거라고 언질을 주는 장면 정도가 근대적 변개로 돋보이는 부분이다. 이런 면을 고려한다면 「일설 춘향전」은 작품 구조보다는 근대적 디테일의 차원에서 「춘향전」의 문맥을 변개한 것이다.

〈춘향전〉은 판소리 원전 자체가 수많은 '더늠'에 의한 변개 과정을 거쳐 형성됐거니와 현대에 와서도 이몽룡과 춘향의 관계, 그리고 변학도에 의한 수청 강요와 춘향의 거부, 이어지는 수난의 과정은 그 스토리텔링이 워낙 탁월하기에 다양한 의미화나 알레고리가 가능하도록 텍스트가 열려 있다. 특히 춘향의 수청 거부와 수난은 그것이 관권에 의해 자행되는 것이기에 정치적 담론을 생산하는 주요 사건으로 역할을 했다.

변개의 두 번째 방식은 「춘향전」의 사건을 따라 가되 그것을 근대의 정치적 담론과 연결시키는 것이다. 그러기 위해서는 필연적으로 시대착오적인 사건들이 개입할 수밖에 없다. 인물은 조선시대의 형상인데 근대적 정치의식을 드러내자니 사건이 시대와 맞지 않아 웃음을 자아낸다. 이주홍의 『탈선 춘향전』(1951)에서 민주정치에의 염원, 여성의 동등한 권리를 주장하기 위해서 1950년대 자유당 정권의 시대배경이 등장한 이유가 여기에 있다. 주요 인물들은 여기에 맞춰 정치의식을 드러내는 역할을 수행하기 때문에 춘향과 이몽룡의 애정서사는 논쟁으로 이어져 어긋나며 그 빈자리는 방자와 향단의 사랑으로 대체하였다.

김주영의 『외설춘향전』(1994)은 새로운 인물 장돌림과 최씨 부인을 추가하여 장돌림의 주도로 사건을 변개하여 춘향과 이몽룡의 사랑이 성사되도록 하였다. 새로운 인물에 의해 새로운 사건이 추가되어 「춘향전」의 애정서사를 양반이 아닌 피지배 계층인 민중에 의해 주도되는 일들로 변개하고자 했다. 이런 변개의 방식을 통해서 상대적으로 지배층인 양반 계층의 무능과 한계를 '풍자'하여 1980년대 이후 성장된 민중의식을 보여주고자 했다.

세 번째 방식은 「춘향전」의 이야기를 온전히 알레고리화하여 정치적 문맥으로 해석케 하는 것이다. 그러기 위해서 기존의 이야기로 해석되지 못하는 부분을 변개하거나 새로운 이야기를 보태 정치적 알레고리의 틀을 만들었다. 최인훈의 「춘향뎐」(1967)은 춘향의 수청 거부와 그로 인한 수난을 1960년대 정치적 알레고리로 삼아 '멸문지화'를 당한 이몽룡은 춘향을 구할 수 없는 데다 신임 암행어사는 춘향을 자신의 첩으로 요구하는 처지에서 이들은 '밤도망'을 해서 소백산 속에 숨어들어가는 것으로 변개했다. 당대 정권의 탄압을 보여주기 위해 이몽룡 집안이 멸문지화를 당한 사건을 새로이 추가했으며, 변학도와 신임 암행어사는 각각 자유당 정권과 5·16 군사정권으로 알레고리화 했다. 이들의 사랑이 산삼으로 남았다는 설정은 자유당 독재와 군사정권의 폭압 속에서도 민주주의에 대한 희망의 씨앗을 남겨두었던 것으로 읽힌다.

임철우의 「옥중가」(1990)는 「춘향전」의 서사를 대폭 변개하여 1990년 '3

당 합당'이라는 정치적 배신 행위를 드러내고자 했다. 이몽룡이 변판서의 사위가 되기로 약조하여 암행어사가 되었던 탓에 변학도가 있는 남원에는 가지도 못하고, '안방 차지'를 하려고 '열녀' 시늉을 하던 춘향은 이 소식을 듣고 변학도의 첩으로 들어가는 이야기로 「춘향전」을 변개했다. 변학도의 수청을 거부함으로써 민중들의 지지를 얻었던 춘향이 변학도의 첩으로 들어가는 변개를 통해 민주주의에 대한 민중들의 열망을 배신한 야당 정치인을 노골적으로 풍자한 것이다.

「춘향전」은 주지하다시피 남녀의 애정서사지만 양반과 기생이라는 신분 격차로 인해 애정을 이루어나가는 과정에서 여러 문제를 노정하고 결국에는 자신이 원하지도 않는 변학도의 수청에 직면하게 된다. 변학도는 양반의 노리개로서 기생의 역할을 요구한 셈인데 춘향은 이를 거부함으로써 주체적 여성으로서 인간의 존엄성을 찾고자 했다. 이는 변학도로 대변되는 관의 폭력과 전횡에 대하여 저항한 것으로, 바로 이 지점에서 많은 변개가 일어나 이를 통해 정치의식을 드러냈다. 춘향이 변학도의 요구를 수용할 것인가, 아니면 이를 어떻게 거부할 것인가? 혹은 춘향을 구출하려던 이몽룡은 어떻게 되었는가를 통해 그 언행과 생각들을 정치의식의 잣대나 알레고리로 삼았던 것이다.

이처럼 현대의 작가들이 현실적인 인물이나 사건을 소설화하지 않고 익숙하고 오래된 이야기를 가져와 비틀어 정치서사로 변개한 것은 독자들의 기대지평을 깨뜨려 반전의 쾌감을 줌으로써 그 행위를 강조하고자 함이다. 『탈선 춘향전』에서 춘향이 이몽룡과 변학도에게 민주정치와 여권 신장을 주장하고, 「외설춘향전」에서 장돌림이 사건을 주도하고, 「춘향뎐」에서 암행어사조차 춘향에게 자신의 첩이 될 것을 요구하는 상황에서 '밤도망'을 해서 소백산으로 들어가고, 「옥중가」에서 이몽룡이 변학도 숙부의 사위가 되고, 춘향이 첩으로 가는 "확실한" 선택을 한 것은 이를테면 익숙한 서사에 대한 반전이자 전복으로 사건의 의미를 다시 생각할 계기를 주는 것이다. 익숙한 서사의 흐름과는 다른 행위를 왜 하게 됐는가의 문제를 던지면서 변개된 고전의 이야기는 현재의 정치의식이나 알레고리로 그 기능을 발휘하게 되는 것이다. 변개 혹은 패러디의 묘미가 바로 이런 익숙한 서사를 비튼 데에 있다.

「춘향전」이 분명 최고의 고전으로 자리 잡은 데는 그 탁월한 스토리텔링으로 예전에만 그런 것이 아니라 식민지 시대에 가장 많이 읽혔으며 오늘날에도 수많은 변개와 콘텐츠로 그 이야기의 유전자가 살아 움직이면서 여러 형태의 담론으로 활용되기 때문일 것이다. 이미 앞서 보았듯이 춘향과 이몽룡의 사랑이나 변학도에 의한 수난을 사회문제나 정치적 알레고리로 삼을 수 있는 탁월한 스토리텔링을 갖추고 있는 것이다.

한편 「흥부전」은 주지하다시피 흥부와 놀부의 빈부 갈등을 통해 돈과 가난의 문제를 제기한 작품이다. 그러기에 「흥부전」의 근대적 변개는 당연히 돈과 가난의 문제에 집중될 수밖에 없다. 넓게 본다면 식민지 시대에서 현대에 이르기까지 빈부 문제나 자본(돈)의 문제를 다룬 모든 작품은 실상 「흥부전」에서 제기한 문제의식의 자장 안에 있다고 할 수 있다.

채만식의 『태평천하』(1938)는 주지하다시피 식민지 시대를 대변하는 현대판 놀부 윤 직원을 등장시켜 그를 통해서 당대를 풍자하고 있는 작품이다. 하지만 식민지 시대 현실을 동화적 색채로 그린 「興甫氏」(1939)에서는 흥부의 착한 심성만을 근대로 가져와 그것이 험한 세상에서 어떻게 부대끼는가를 보여주었다. 하지만 현 서방의 행위들이 당대 현실과 긴밀하게 연결되지 않아 현실적인 가난에 대해서는 아무런 문제도 제기하지 못했다. 현대판 홍부를 통해 가난에 시달리는 식민지 민중들의 현실을 문제 삼기보다는 착하고 여린 심성만을 가져와 그 세계가 어떻게 훼손되는지를 보여줌으로써 현실에 대해서는 아무런 문제도 제시하지 못하고 동화적 세계로 도피한 꼴이 되었다.

1939년 무렵부터 채만식은 『태평천하』와 「치숙」 등 풍자를 통해서 현실을 비판하는 작품을 더 이상 쓰지 못 하고 현실 문제에 관한 한 식물인간 행세를 했다고 한다.[12] 「興甫氏」가 발표된 때는 이른바 '전시동원령'이 내려졌고, 그 다음 달에는 악명 높은 '창씨개명'이 시작되기도 했다. 이런 상황으로 인해 채만식은 궁핍한 현실에 대해 아무런 문제도 제기하지 못한 채 현대판 흥부, 현 서방을 동화의 세계에 가두어 놓고 그 여린 심성만을 어정쩡한 모습으로 그렸던 것이다.

하지만 해방 후 씌어진 「흥부傳」에서는 「흥부전」의 문맥을 따라 가면서 세부묘사를 변개해 흥부의 가난을 현실적으로 형상화하였다. 흥부의 가난과 이를 벗어나기 위한 노력을 현실의 맥락 속에서 사실적으로 그리고자 했으며 그러다 보니 놀부에게는 다소 풍자가 허용되지만 흥부에게는 해학적인 면이 사라지고 처절한 비장만이 남게 되었다. 흥부의 형상은 작품에서는 비록 몰락양반인 '연 생원'으로 등장하지만 최하층민의 모습이다. 채만식은 해방공간에서 이미 「논 이야기」(1946)에서 보여주듯이 잘못 돌아가는 세상에 대해서는 풍자를 해댔지만 가난한 사람들에 대해서는 마땅한 대안을 제시할 수 없었다. 그래서 현대판 흥부를 통해 가난을 벗어나는 것이 얼마나 힘든 것인가를 얘기할 수밖에 없었던 것이다.

---

12 이주형, 「蔡萬植의 생애와 작품세계」, 『채만식 전집』 10, 창작과비평사, 1989, 627면 참조.

최인훈의 「놀부뎐」(1966)은 자본주의적 삶의 방식을 체득한 놀부를 통해서 오히려 냉혹한 세상에 대해 풍자를 가하고 있는 작품이다. 근검절약하는 생활 자세와 부지런한 노동, 그리고 합리적인 재산 관리로 놀부는 물신이 지배하는 시대가 요구하는 인물이지만 그가 동생을 도와 인간성을 회복하는 순간 고초를 겪는다는 설정으로 이 타락한 세상을 풍자했다. 그가 풍자한 세상은 구체적으로는 1960년대 부정이 판을 치는 관료자본주의의 사회다. 작가가 「놀부뎐」에서 행했던 비판의 메시지가 여기에 있다. 곧 놀부의 파멸을 통해 국가권력에 의한 관료자본주의의 폐해를 통렬하게 비난하고 풍자한 것이다. 단지 「흥부전」을 뒤집어 놀부를 현대 자본주의 사회를 살아가는 긍정적 인물로 보고자 한 것이 아니라 그의 득세와 파멸을 통해서 그 시대의 본질을 간파해내고 이를 풍자로 활용한 것이다. 「흥부전」이 제기한 돈과 가난의 문제의식은 자본의 탐욕이 증대되어 경제적 양극화가 날로 심화되고 있는 오늘날 오히려 더 유효하여 다른 작품보다도 변개의 편폭이 다양할 수 있는 여지가 있다. 특히 근대소설로의 변개는 다른 분야에 비해서 형상화할 수 있는 가능성이 높기에 다양한 현대소설로의 변개가 전망된다.

　고전서사의 근대소설로의 변개에서 「홍길동전」은 활빈당 활동을 통한 의적전승을 가져와 사회개혁과 정의구현을 메시지로 하고 있으며, 「춘향전」의 변개 소설은 사랑의 방식을 다양하게 해석하여 새로운 윤리를 제시하거나 그들의 사랑을 알레고리로 해석하여 현대 정치적 상황을 풍자하기도 했고, 「흥부전」은 돈과 가난의 문제를 통해 우리 사회의 경제적 부패와 빈부갈등을 풍자하고 있다. 오랜 기간 동안 이어진 익숙한 이야기이기에 대중적으로 흥미를 유발함은 물론 그만큼 변개와 해석의 공간이 확대될 수 있는 여지가 많다. 오래된 이야기가 가지고 있는 포용력일 텐데 이른바 누구나 좋아하는 대중서사의 든든한 기반뿐만 아니라 수많은 작자와 광대들에 의해서 부연되고 첨삭된 풍부한 디테일도 갖추고 있기에 가능한 일이다. 이를 기반으로 현대사회를 다룰 수 있는 다양한 서사의 변개로 나아가야 할 것이다. 그런 점에서 봉건체제에 대한 풍자 구조를 탄탄히 갖춘 「토끼전」이야말로 현대사회와 정치상황을 알레고리화할 수 있는 좋은 장점을 지니고 있어 근대소설로의 변개가 주목되지만 아직 이런 날카로운 문제의식을 형상화한 작품은 등장하지 않았다.

(2) 전래동화

고전소설의 전래동화로의 변개는 동화가 정착한 초창기인 1920년대부터 특히 「흥부전」, 「토끼전」, 「콩쥐팥쥐전」 등의 세 작품에서 많이 이루어졌다. 아동문학을 개척했던 소파小波 방정환方定煥(1899~1931)이 「새로 개척되는 '동화'에 관하야」라는 글에서 동화의 대표적인 예로, "동화라는 것은 누구나 아는 바 「해와 달」, 「흥부와 놀부」, 「콩쥐 팥쥐」, 「별주부(토끼의 간)」 등"[13]을 들었을 정도였다.

처음 방정환이 동화운동을 전개하면서 전래동화의 예로 들은 것이 바로 「흥부와 놀부」, 「콩쥐 팥쥐」, 「별주부」 등이다. 대표적인 고전소설이 전래동화의 주요 작품으로 둔갑한 것이다. 전래동화는 민담을 동화 작가가 재화再話의 과정을 거쳐 가공한 것이기에 우선 민담을 채록하여 재화하기도 했지만 전래동화의 마땅한 자료가 많지 않아 당시 대중들에게 많이 읽히던 고전소설 중에서 민담적 성격이 강한 것을 전래동화로 변개시키기도 했다.

---

13 방정환, 「새로 개척되는 '동화'에 관하야」, 『개벽』 31, 개벽사, 1923, 19면.

그래서 "민간에 읽혀진 흥부전興夫傳이나 또는 별주부전鼈主簿傳이나 박천남전朴天男傳 등이 동화 아닌 것은 아니나 그것은 영리를 위하는 책장사가 당치 않은 문구를 함부로 늘어놓아 그네의 소위 소설체를 만들어 고대소설古代小說이라는 관冠을 씌워 염가로 방매한 까닭이요, 책의 내용 그것도 동화의 자격을 잃은 지 오래였고, 그것을 구독하는 사람도 동화로 알고 읽은 것이 아니고 古代小說로 읽은 것이었다"[14]고 하였다. 동화를 부흥시켜야 하는 방정환의 입장에서 보자면 민담적 요소가 다수 들어있는 고전소설은 전래동화의 적합한 재료가 되는 셈인데 이미 성인들이 읽는 '고대소설'로 만들어 놓아서 안타깝다고 한다. 오히려 방정환은 소설 이전의 민담적 형태, 곧 전래동화로 읽히길 바랐다.

고전소설이 전래동화로 변개되는 것은 어떤 의미가 있을까? 아이들에게 민족문화의 내용이 담긴 우리의 고전소설을 읽힌다는 것은 풍부한 디테일에서 느끼는 재미는 물론이고 민족문화의 계승이라는 차원에서 중요한 의미가 있다. 문제는 아이들의 눈높이에 맞춘다고 고전소설의 생명을 죽여서는 안 된다는 것이다. 고전소설이 지니고 있는 풍부한 스토리텔링을 바탕으로 디테일을 통해 본래의 맛을 느끼게 해야 하고 메시지가 제대로 전해져야 한다는 것이다. 그런데 고전소설들을 변개한 전래동화가 제대로 재화됐는지를 보면 오히려 회의적이다.

1924년 조선총독부에서 펴낸 최초의 동화집인 『조선동화집』에 실린 「놀부와 흥부」는 경판본 「흥부전」을 가져와 변개한 것으로 흥부와 놀부의 박에서 나온 인물과 물품들이 그대로 일치한다. 하지만 동화는 각 인물들의 현실

---

14 위의 글, 21면.

감 있고 생동적인 모습을 단순화시켰으며, 첨예하게 드러나는 빈부 갈등 등 현실 반영의 요소들을 제거하고 관념적인 화해를 이룸으로써 이야기를 단순한 '형제우애담'으로 만들었다. 이는 결국 당시 소학교 교재에 실려 '내선일체'를 강조하는 역기능을 수행하기도 했다.

반면 1926년 심의린이 편찬한 『조선동화대집』에서는 의례적인 개과천선과 관념적인 화해 대신 "흥부한테 가서 머리를 숙이고 얻어먹다 죽었다"[15]는 식의 놀부에 대한 분노와 응징이 나타나며, 박영만의 『조선전래동화집』에서는 흉물들이 나와 놀부를 괴롭히고 결국 똥에 파묻혀 죽게 되었다는 결말을 통해 놀부에 대한 철저한 응징이 돋보인다.

우화의 양식 본래의 장점을 활용하여 봉건체제를 풍자한 「토끼전」은 더 심각하다. 『조선동화집』에는 「토끼전」과 관련된 두 편의 동화가 실렸는데 「심부름꾼 거북이」는 『삼국사기』에 있는 '구토지설'을 그대로 가져와 아동들에 맞게 각색한 것이고, 「교활한 토끼」는 「토끼전」의 창본이나 이해조의 「토의간」에 등장하는 '그물 위기'와 '독수리 위기'의 삽화를 차용하여 변개한 것이다. 원래 이 삽화들은 세상의 어려움을 헤쳐나가는 토끼의 지혜를 강조한 것인데 동화에서는 악한 토끼에게 천벌을 내리는 계기로 작용하여 의미 자체를 완전히 전도시켰다.

『조선동화대집』의 「별주부」는 여러 「토끼전」의 이본을 취사선택하여 동화로 재구성한 작품이다. 「토끼전」의 다양한 내용들을 속고 속이는 기지담의 형태로 변개하였다. 그러다보니 봉건체제에 대한 풍자는 이루어질 수 없었다. 하지만 송영의 동화극 「자라사신」은 「토끼전」의 풍자 구조를 그대로

---

15 심의린, 신원기 역해, 『조선동화대집』, 보고사, 2009, 214면.

가져와 당대 식민지 시대의 친일파들을 빗대고 있어 주목된다.

한편 「콩쥐 팥쥐」는 적어도 세 가지 경로를 통해 전래동화가 재화됐다. 고전소설 「콩쥐팥쥐전」을 토대로 전래동화로 변개된 경우와, 다음은 혼인담이 없는 승천담에서, 마지막은 혼인담이 포함된 선악 대립형 민담에서 각각 전래동화가 재화된 경우 등이 있다.

첫 번째의 경우는 1936년 전영택에 의해 전래동화로 재화됐으며, 두 번째는 1926년 심의린에 의해 처음 재화되고 박홍근, 이원수, 손동인으로 이어졌다. 세 번째 경우는 1918년에 전북에서 채록한 민담을 토대로 1971년에 임석재에 의해 전래동화의 형태로 재화되었다. 세 종류의 동화는 각기 종교적 지향이나 교훈성과 사실성, 민담적 사유방식이 두드러지게 드러나 보인다. 하지만 전래동화 「콩쥐 팥쥐」가 정전화正典化되는 과정에서 「콩쥐팥쥐전」을 변개한 전영택의 동화가 정전으로 자리잡게 된다. 우리의 대표적인 동화를 선별하는 과정에서 『세계걸작동화집』의 '조선편'에 대표성을 가지고 전영택의 동화가 선정된 것이다.

여기서 우리는 민담이나 고전소설이 동화로 재화 혹은 변개되는 과정에서 근대적 합리성의 침윤을 목격하게 된다. 전래동화는 분명 민담과 다른 근대적 기획이다. 그러다보니 '콩쥐팥쥐 이야기'에서 발가락을 칼로 자른다거나 암소가 항문에서 음식을 꺼내주는 등의 잔인하고 생경한 민담적 사유는 설득력을 얻기가 어려웠다. 결국 거칠고 생경한 민담보다는 비교적 사건들이 인과관계에 의해 잘 정리된 고전소설 「콩쥐팥쥐전」을 토대로 전래동화가 재화되는 것이 손쉽고도 합리적인 일이었다.

소파 방정환이 전래동화의 대표작으로 주목한 것이나 이를 토대로 재화한 전영택의 동화가 정전으로 선택된 것은 바로 이런 근대적 합리성 때문일 것이다.

게다가 소파가 주장하는 '영원한 아동성' 곧 '동심 천사주의'에 입각하여 발가락이나 발 양옆을 칼로 자르는 등의 잔혹한 행위나 암소의 항문에서 음식을 꺼내는 거칠고 생경한 표현이 제거되기에 오히려 동화의 정전으로 자리 잡기가 수월했을 것이다. 거기에는 소설가였던 전영택의 묘사력도 큰 역할을 했다.

고전소설의 전체 혹은 일부가 동화로 변개되어 정착한 것은 무슨 의미가 있는가? 고전소설이 지니고 있는 민담적 구조와 초현실적인 요소들이 전래동화의 형태나 성격과 동질적이어서 동화가 정착되는 과정에서 전래동화로 쉽게 개작 됐다고 할 수 있다. 하지만 그 개작의 과정에서 고전소설의 풍부한 디테일이 주는 현실의 구체적이고 역동적인 모습이 사라지게 되었다. 특히 현실의 일상적인 모습을 다룬 판소리계 소설은 치밀한 세부묘사를 통해 당대의 시대상을 풍부하게 반영하고 있지만, 전래동화는 아동들을 위한 이야기라는 장르적 특성으로 인해 이를 제대로 담아내지 못했다. 게다가 후대로 갈수록 아동성이 강조되어 이야기의 다양성은 사라지고 의례적인 개과천선과 화해만이 드러나고 있다.

이는 무엇보다도 방정환을 비롯한 초기 아동문학 개척자들이 내세운 아동문학관인 '동심 천사주의'에 입각하고 있기 때문일 것이다. 방정환은 '영원한 아동성'을 강조하여 '깨끗하고, 곱고, 맑은' 아이들의 마음이 곧 우리들 마음의 고향이고 동화가 보여줘야 하는 세계라는 것을 강조했다. 전래동화는 이런 순진무구한 세계만을 보여주어야 한다고 믿기 때문에 현실의 어두운 모습이나 모순과 갈등은 가능하면 배제하는 방식으로 재화나 변개가 이루어진 것이다.

전래동화의 재화와 변개 과정을 볼 때 아이들에게 과연 어른들의 시각으로 조작된 순진무구한 세계만을 보여주는 것이 과연 온당한 일인가는 재고

할 여지가 있다. 이 복잡한 현실세계에서 무엇이 옳고 그른 지를 무비판적으로 수용할 것이 아니라 따져볼 수 있도록 적어도 동화 작품에서는 다양한 해석의 길을 열어줘야 하지 않을까? 이른바 '비판적 읽기'가 바로 그것이다.

고전소설은 현실의 풍부한 디테일을 통해 현실의 모습을 문제로 제기한다. 「토끼전」을 보면 토끼와 자라와 용왕이 어떻게 될 것인가의 다양한 결말 구조를 통해 자신이 몸담고 있는 봉건국가에 대한 정치적 입장을 얘기하고 있다.[16] 이에 비해 전래동화 「별주부」는 고전소설 「토끼전」에서 봉건국가에 대한 비판이나 풍자를 제거하고 토끼와 자라의 단순한 기지담으로 이야기를 변개시켜 해석의 일방적인 통로만을 강요하기에 문제가 된다.

고전소설이 전래동화로 변개되면서 현실의 풍부한 디테일들이 사라진 것은 분명하다. 문제는 아동들이나 청소년들에게 고전소설보다 전래동화가 많이 읽혀 왔다는 사실이다. 단양 지역의 중학생들을 대상으로 고전소설의 수용 실태를 조사했더니 놀랍게도 가장 많이 읽은 책이 「콩쥐팥쥐전」이었다. 그런데 대부분 아동용 동화를 통해서 접했다고 응답했다. 실제 고전소설의 형태로 읽은 학생은 6명인데, 동화로 읽은 학생은 103명으로 월등히 많았다.[17] 고소설보다는 전래동화의 수용이 압도적이었으며, 대부분 초등학교 저학년에서 읽었다고 응답했다. 오늘날 아이들이 대부분 전래동화를 통해서 「콩쥐팥쥐」 서사를 접하는 셈이다.

이렇게 전래동화를 통해 고전소설을 접하게 되면 살아있는 구체적 현실의 풍부한 형상을 보지 못하고 동화 재화자들에 의해 재단된 단순한 이야기의

---

16 이에 대한 자세한 고찰은 정출헌, 「봉건국가의 해체와 「토끼전」의 결말 구조」(『고전소설사의 구도와 시각』, 소명출판, 1999) 참조.
17 2005년 4월 1일 단양중학교 2학년 학생들 150명을 대상으로 고전소설의 독서실태(수용 양상)를 조사한 결과다.(조사자-송석표)

골격만을 보게 된다는 것이다. 그러기에 고전소설로부터의 전래동화 재화는 세심한 배려가 필요하다. 우선 비록 아이들이라고 하더라도 고전소설이 지니고 있는 본질을 훼손시키지 않으면서 메시지를 분명히 전달할 수 있어야 한다. 그것은 우리가 사는 현실을 제대로 인식한다는 점에서 중요하다. 왜 「흥부와 놀부」에서 놀부의 악행과 패망을 얘기하지 못하는가? (그러기에 놀부가 오히려 추앙되는 기이한 현상이 일어난다) 왜 「별주부」에서 아무 힘도 없는 토끼의 간을 빼내려는 봉건체제의 부당함을 얘기할 수 없는가? (전래동화에서는 오히려 토끼를 잡아 바치려는 별주부가 충신으로 높여지지 않았던가?)

다음은 고전소설의 풍부한 스토리텔링을 바탕으로 얼마든지 재미있게 변개 혹은 재화할 수 있는 여지가 있다. 판소리가 지니고 있는 풍부한 사설을 감칠맛 나게 살려 오늘날의 어린이들에게 맞는 전래동화를 만들 수 있는 실례로 이청준의 '판소리 동화 시리즈'(파랑새어린이, 2005)가 좋은 대안이 될 수 있다. 「흥부전」의 빈부 갈등을 사람살이의 서로 다른 두 모습을 그려 「놀부는 선생이 많다」로, 「토끼전」은 기지담을 중심으로 지혜롭게 사는 법을 강조한 「토끼야 용궁에 벼슬 가자」로, 「심청전」은 사람의 참 도리인 효를 따라 사는 법으로 변개한 「심청이는 빽이 든든하다」로, 「춘향전」은 사람 사이의 약속, 곧 신의를 지키기 위해 온갖 시련과 싸우는 「춘향이를 누가 말려」로, 「옹고집전」은 물질주의 시대에 나눔의 의미를 담은 「옹고집이 기가 막혀」로 각각 펴냈다. 판소리의 맛을 살리고 원작이 지니고 있는 메시지를 온전히 살려 오늘날 아이들에 맞게 전래동화로 변개한 것이다. 이처럼 원래의 스토리텔링과 디테일을 되살려서 고전소설을 오늘에 맞는 전래동화로 만든다면 훨씬 흥미로운 이야기가 될 것이다.[18]

(3) 공연콘텐츠

고전소설이 연극을 비롯하여 뮤지컬, 마당놀이, 창극, 오페라 등 다양한 장르로 변개된 공연콘텐츠의 양상과 의미를 연극적 요소가 강한 「심청전」과 공연물이 두드러진 「배비장전」을 중심으로 살펴본 바 있다.

우선 「심청전」의 연극 콘텐츠를 살펴보면 원작에서 보여주는 비극성처럼 현실에서의 절망과 좌절이 주류를 이룬다. 채만식은 두 편의 〈심봉사〉를 통해 희생을 왜곡하는 '거짓 현실'을 문제 삼았다. 〈심봉사〉(1936)에서는 살아 돌아왔다는 말에 심청을 보려고 심봉사가 눈을 떴지만 거짓 심청이 나타난 것을 보고 다시 눈을 찔러 멀게 함으로써 왜곡되고 거짓된 현실과 절연한 것을 보여주고자 했다. 거짓된 현실은 이른바 '전시동원체제'가 시작되기 직전 광범위 하게 시행된 '조선민족 말살정책'을 비롯한 일제의 만행이며, 민족 정체성이 완전히 말살되고 되찾을 희망이 없다는 절망감이 자신의 눈을 찔러 다시 멀게 하는 행위로 표현된 것이다.

한편 해방 이후에 쓴 〈심봉사〉(1947)에서는 고려 왕실에서 조직적으로 주도한 것이 아니라 심청의 약혼자인 송달을 좋아하는 주모 홍녀가 심청의 역할을 자원한 것으로 심봉사가 눈을 찌르는 행위는 과거에 집착한 자신의 그릇된 욕망에 대한 자책의 의미가 더 크다. 이를 사회적 의미로 확대한다면 해방 정국의 혼란 속에서 당대 현실의 실체를 정확히 파악하지 못한 조급한

---

18 저자도 여러 명의 동화 작가들과 함께 기획하고 참여하여 2014년부터 고전소설을 전래동화로 변개하여 재화하는 일을 장영출판사에서 해왔다. 동화 작가로는 이상교, 송언, 김진경, 강벼리, 권문희, 강민경, 권혁래, 권순긍 등이 참여하여 「장화홍련전」, 「전우치전」, 「토끼전」, 「옹고집 전」, 「장끼전」, 「심청전」, 「콩쥐팥쥐전」, 「홍길동전」, 「박씨전」 등을 펴냈다. "고전소설에는 우리들에게 필요한 삶의 지혜, 인간애, 세상을 바라보는 눈이 담겨 있습니다. 그림책으로 풍성한 고전소설들, 그 즐거운 이야기 보따리를 펼쳐보십시오"라고 원전의 메시지와 디테일의 맛을 살리자는 기획의도를 내세웠다.

주장과 이념의 대립들이 결국 통일된 민족국가의 수립을 저해한 것으로 읽힌다.

최인훈은 심청의 '고난'에 초점을 맞추었다. 〈달아 달아 밝은 달아〉(1978)는 중국의 색주가에 팔려가고 왜구에게 잡혀간 심청의 고난과 인삼장수 김서방과 이순신 장군에 의한 구원의 구조를 반복하여 심청의 고난을 70년대 말기 유신정권의 폭압으로 알레고리화하고 있지만 고난을 헤치고 승리하는 이야기가 아닌 끝내 좌절할 수밖에 없는 절망을 말하고 있다.

오태석의 〈심청이는 왜 두 번 인당수에 몸을 던졌는가〉(1990)는 세상 구경을 하려고 현대의 시공간에 들어온 심청을 통해 '구원'의 문제를 제기했다. 빚 때문에 섬으로 팔려가는 여자들을 위해 심청이 다시 바다에 뛰어들었지만 결코 구원의 전화는 오지 않는다는 내용으로 이는 다국적 자본주의의 체제가 강화되면서 공동체적 가치들이 무너지고 개인적이고 파편적인 욕망들이 드러나는 냉혹한 1990년대 사회에 대한 고발이자 절규인 것이다.

이강백의 〈심청〉(2016)에서는 '희생'이 아닌 보다 근원적인 '죽음'을 문제 삼았다. 죽지 않으려는 희생제물 간난을 설득하기 위해 선주가 지은 「심청전」이 동원됐지만 결코 죽음에 이르게 하지는 못한다. 하지만 간난은 자신의 주체를 자각하고 아홉 척 뱃사람들을 위해 스스로 죽음을 받아들이게 되면서 선주가 먼저 죽음을 맞는다. 〈심청〉은 선주와 심청의 죽음을 통해 삶을 말하는 것이다.

「심청전」은 이야기 자체가 어느 작품보다도 드라마틱하여 연극으로 변개하기가 좋다. 그만큼 다양한 연극적 해석과 심오한 주제 구현이 가능하다고 하겠는데, 실제 한국의 연극 무대에서 「심청전」에 시대적 메시지를 담으려는 시도는 그리 많아 보이지 않는다. 이를테면 심청의 희생은 여러 시대의 고난으로 얼마든지 알레고리화할 수 있으며, 앞 못 보는 심봉사는 암울한 우리 근대사의 행로와 유사하다. 심청의 희생처럼 잘못된 우리의 역사를 바로 잡아보려는 민중들의 무수한 시도가 있었지만 심봉사 만이 아니라 모두가 눈을 뜨는 '천지개벽'의 역사가 과연 이루어졌는가는 의문이다. 어쩌면 우리 역사 속 애달픈 희생들이 바로 '심청'이 아니겠는가!

다음 「배비장전」의 공연 콘텐츠를 살펴보면, 우선 인물의 갈등 양상과 사건의 전개 방식에 따라 크게 두 부류로 나눌 수 있다. 하나는 배비장이 정의현감에 제수되고 애랑을 첩으로 들인다는 신구서림본 계열로 뮤지컬 〈살짜기 옵서예〉(1966)와 제주 오페라 〈拏〉(2013)가 여기에 해당되며, 다른 하나는 어느 정도 풍자가 드러난 마당놀이 〈배비장전〉(1987)과 창극 〈배비장전〉(2013)으로 김삼불의 교주본을 바탕으로 변개시킨 작품들이다.

첫 번째 계열은 배비장을 순진하고 고지식한 인물로 설정하여 장난이 심하고 주색에 적극적인 제주목사에게 조롱을 당하는 식의 사건으로 공연을 구성하였다. 배비장이 순진하고 고지식한 인물이니 위선적 인물에 가해지는 풍자가 성립될 수 없고 해학이 두드러지는 것은 당연하다. 제주목사의 주도로 이루어지는 배비장 길들이기를 어떻게 보느냐가 문제인데, 뮤지컬 〈살짜기 옵서예〉는 고지식한 배비장을 길들이는 과정에서 그 역할을 담당했던 애랑이 오히려 배비장에게 사랑을 느껴 적극적으로 애정을 추구하는 사건으로 변개시켰다. 당연히 배비장을 도덕적 부담감에서 자유롭게 상처喪妻한 인물로 설정했으며 애정 요소를 더욱 심화시켜 사별한 아내를 잊지 못하는 '순애보적 사랑'을 강조하기도 했다.

제주 오페라 〈拏〉는 정도가 더 심해 아예 애랑과 배비장의 신파 '미기담美妓談'으로 만들었다. 그러기에 풍자는 물론이고 흥겨운 해학도 보이지 않는다. 그렇다면 「배비장전」이 무슨 의미가 있는가?

이는 1960년대 시대적 상황과 긴밀한 관계를 지닌다. 뮤지컬 〈살짜기 옵소예〉는 5·16군사쿠데타의 주도 세력이 관여하여 다분히 정치적 의도를 가지고 제작된 것이다. 1965년 한일협정 체결과 1966년 베트남 파병에 대한 국민들의 반발이 거세지자 이를 전환시키기 위해 신나고 경쾌한 대규모의 '한국적 뮤지컬'이 필요했던 것이고 이런 까닭에 '전통적인 민속예술의 계승'을 빙자하여 풍자를 제거하고 단지 유쾌하게 웃고 즐길 수 있는 대규모 뮤지컬로 기획된 것이바로 〈살짜기 옵소예〉다.

다음은 두 번째 계열로 어느 정도 풍자가 드러난 마당놀이와 창극이다. 대부분 배비장이 궤 속에서 나와 헤엄치는 장면으로 마무리했으며, 정의현감에 제수되거나 애랑을 첩으로 들인다는 후일담은 보이지 않는다. 주인공인 배비장은 호색적이며 놀기를 좋아하는 허랑방탕한 인물로 풍자의 대상으로 적합하게 설정되었다. 마당놀이에서는 아예 부인이 감시자로 방자를 딸려 보냈으며, 창극에서는 모친과 부인에게 여색을 조심하겠다고 맹약을 할 정도로 호색적 인물로 나온다. 여기서는 방자의 역할도 중요해 목욕 장면을 훔쳐보는 대목에서 원작처럼 신랄한 풍자가 드러나기도 한다.

그런데 우선 마당놀이는 전통 소재를 가져와 당대를 다루기에 무엇보다도 현실의 구체적 실상과 연결돼야 한다. 「배비장전」에서 절정을 이루는 장면인 궤 속에서 나와 망신당하는 장면에서 열린 공간에서 이루어지는 통렬한 풍자를 목사와 애랑, 방자, 배비장만이 등장하는 '밀실게임'으로 변개시켰다. 1987년 민주화운동의 정점에서 시대를 반영한 풍자 구조를 만들지 못하고 흥겨운 놀이로만 판을 구성한 결과일 것이다.

창극은 오히려 더 심해 풍자는 아예 보이지 않고 목사와의 자존심을 건 주색에 대한 내기로 사건을 구성했다. 방자와 애랑은 하수인에 불과하고 '주색논쟁'이 사건을 전개시키는 계기가 된다. 원작 「배비장전」을 변개시켜 골치아픈 세상을 잊고 유쾌하게 살라는 식으로 흥겹고 신나는 무대를 만들었던 것이다. 이렇게 다양한 장르로 변개시킨 「배비장전」 공연콘텐츠들의 가장 두드러진 특징은 대부분 궤 속에서 조롱당하는 장면을 중심으로 유쾌한 해학이 두드러지고 신랄한 풍자가 보이지 않는다는 점이다.

이제까지 다양한 「배비장전」의 문화콘텐츠 들이 보여준 양상은 분명 폭소 혹은 유쾌한 해학 쪽으로 가 있는 것은 분명하다. 그래서 대부분 배비장을 제물로 한바탕 축제적 웃음으로 마무리 짓는 공연물이 주류를 이루었던 것이다. 허랑방탕한 서울 양반 배비장을 풍자하는 것이 아니라 애랑과의 사랑이거나 호색적인 배비장을 제물로 유쾌하고 흥겨운 무대를 만든 것이다. 「배비장전」을 변개시켜 공연했던 주체들이 바로 그런 입장을 견지하고 관객 또한 거기에 익숙해져 있었기 때문일 것이다.

그렇다면 창극, 뮤지컬, 마당극과 제주에서 만들었던 오페라 〈擊〉 등 기존 콘텐츠들의 검토를 토대로 이제 「배비장전」 문화콘텐츠에 대한 몇 가지 방안을 새롭게 구상해 보자. 우선 「배비장전」은 장면화가 두드러진 판소리로서의 특성상 공연물이 주류일 수밖에 없다. 공연물의 대표적인 장르로 들 수 있는 것이 노래와 춤이 어우러지는 창극, 뮤지컬, 오페라, 마당놀이 등이다. 이 장르들은 상호간에 얼마든지 교섭이 가능하다. 마당놀이에서 창이나 뮤지컬이 가능하고, 창극에서 새로운 퓨전음악이 결합될 수도 있으며 뮤지컬이나 오페라에서도 판소리가 불려질 수 있다. 공연됐던 마당놀이나 창극, 뮤지컬, 오페라 등을 보더라도 어느 한 장르의 노래로 국한하지 않고 민요와 가곡, 대중가요, (창삭)판소리 등이 자유롭게 결합되었다.

창극이나 뮤지컬, 오페라는 음악이 중심이 되는 공연이기에 작품의 특성을 잘 살린 창작은 물론 제주 무가나 민요를 비롯하여 제주민의 정서를 잘 표현해낸 노래의 발굴과 도입이 필요하다. 그런데 공연됐던 뮤지컬과 창극의 음악에서 민요는 많았지만 무가巫歌는 별로 없었다. 뮤지컬 〈살짜기 옵서예〉와 창극 〈배비장전〉, 오페라 〈拏〉에 활용된 제주민요를 살펴보자.

①뮤지컬 〈살짜기 옵서예〉   〈뱃노래〉(합창), 〈이어도 사나〉(합창/어부와 해녀), 〈답전요〉(합창/농부), 〈오돌또기〉(방자와 기생들), 〈출어의 노래〉(합창), 〈날 데령가거라〉(합창/해녀들)

②창극 〈배비장전〉   〈이어도 사나〉(해녀들), 〈둥그레 당실〉(기생들), 〈용천검〉(기생들/행수기생), 〈봄노래〉(기생들), 〈봉지가〉(애랑), 〈통영 개타령〉(여자들), 〈서도 뱃치기소리〉(방자/합창), 〈이어 도 사나〉(여자들)

③제주 오페라 〈拏〉   〈오돌또기〉(합창), 〈이어도 사나〉(합창), 〈봉지가〉(합창/바람이 분다)

기존의 창극이나 뮤지컬, 오페라 등의 공연물에서 제주민요는 대부분 흥겨운 분위기를 살리기 위해 합창의 형태로 불려졌다. 〈뱃노래〉나 〈이어도 사나〉, 〈오돌또기〉, 〈봉지가〉 등이 빈번하게 활용된 것이 그 때문이다. 흥겨움을 강조하자니 집단적으로 부르는 민요는 가능하지만 무겁고 비장한 분위기를 지닌 무가는 자연스럽게 제외된 것으로 보인다.

하지만 무가는 제주로 가는 뱃길에 풍랑을 잠재우기 위해 용왕에게 제사를 지내는 장면이나 제주 사공이나 해녀들의 출어시나 배비장이 자신의 신세를 한탄하는 장면에서 활용이 가능하다. 판소리가 흔히 비장과 골계가 반복되면서 서사성을 획득하듯이 흥겨운 민요와 구슬픈 무가가 어울린다면 작품이 보다 역동적이고 입체감이 있게 된다. 실상 너무 흥겨운 해학으로만 일관하는 것은 문제가 있다. 기존의 「배비장전」 콘텐츠들에서 너무 흥겨움을 강조하거나 배비장과 애랑의 지고지순한 사랑으로만 몰고 가서 풍자가 사라지게 했던 점이 그런 경우다. 이에 공연물의 특성상 다양한 음악적 배려가 필요하다.

한편 마당놀이는 마당극과 달리 전통적인 소재를 차용하여 현실의 문제를 담으려는 장르 특성상 「배비장전」의 해학과 풍자 구조를 적극 활용해 오늘의 문제를 제기하고 이에 대한 전망을 제시해야 한다. 「배비장전」에 부각된 서울 양반들, 곧 경래관京來官의 제주민에 대한 수탈 양상을 서울 자본의 제주도 잠식이나 현재 진행되는 중국 상업자본의 제주도 침탈로 변개하여 마당놀이를 만들면 효과를 거둘 수 있을 것이다. 이를 더 확대하면 19세기에 일어났던 제주민란이나 현대사의 비극인 4·3과 같이 중앙으로부터 소외되고 수탈을 당해야 했던 제주도의 역사가 실상은 모두 마당놀이 〈배비장전〉의 소재가 될 수 있다. 그러기에 「배비장전」의 풍자 구조를 근현대사의 수탈 양상으로 변개시킨다면 훨씬 효과적으로 메시지를 전달할 수 있을 것이다.

(4) 영화콘텐츠

한국영화사의 초창기에 전체 12편 중에서 고전소설이 6편이나 대거 영화화될 수 있었던 것은 무엇보다도 고전소설이 지니고 있는 내러티브가 비참하고 어려운 처지의 수인공이 이를 극적으로 극복하고 행복한 결말을 맞이

한다는 대중서사 방식으로 영화의 문법에 잘 들어맞기 때문이다. 이는 필사본이나 방각본과 같은 전대의 고전소설이기보다 1910년대 이래로 널리 읽혔고 대중들에 익숙한 활자본 고소설의 내러티브가 영화화된 것이다. 영화 대본이 따로 없이 활자본 고소설을 가지고 영화를 찍었다는 영화 관계자의 증언은 이런 정황을 잘 보여준다.

하지만 대중서사 방식을 잘 갖춘 영웅소설은 당대 사회문제를 다룬 「홍길동전」을 제외하고는 거의 영화화되지 못했다. 전쟁 장면을 찍기에는 변변한 세트장 하나 없는 당시 상황과 열악한 촬영 장비로는 불가능했기 때문일 것이다. 반면 「춘향전」, 「심청전」 등의 판소리나 판소리계 소설이 많이 소환됐는데, 이는 이미 창극 등의 공연물로 연행된 바 있어 장면화하기 용이할뿐더러 내용면에서 현실적 삶의 일상적 국면을 잘 묘사하여 리얼리티를 확보할 수 있으며 비장과 골계가 반복되는 서사 구조가 서사성을 확보하여 관객들에게 재미를 주기 때문이다.

작품의 내용면에서 뿐만 아니라 텍스트 수용의 측면에서도 고전소설과 영화는 친연성을 지니고 있다. 무성영화 시대에 변사는 영화를 이끌어가는 가장 중요한 기제였다. 그런데 변사의 구성진 해설은 전시대 고전소설을 읽어주던 이야기꾼, 곧 전기수의 방식과도 유사하다. 무성영화 시대의 텍스트 수용 방식은 고소설과 마찬가지로 낭독 혹은 해설을 통한 수용이었고, 이런 유사한 방식 때문에 초기 영화사에서 고소설이 자연스럽게 영화화되어 수용될 수 있었다.

그런데 고전소설이 대거 영화화된 것이 당대 어떤 문화사적 의미를 가질까? 1923년 〈춘향전〉이 상영되기 이전 1903년 〈대열차강도〉부터 외국영화는 계속 상영되고 있었다. 〈춘향전〉이 상영될 때 사람들이 열광한 것은 '조선의 인물과 풍광'을 본다는 것이었고, 〈장화홍련전〉은 "조선 사람의 손으로 된 조선 사람의 생활을 표현한 영화"라는 데에 있었다. 말하자면 조선적인 것을 화면에 담았다고 할 수 있는데, 당시 신문에서는 "얼마나 우리의 것에 굶주려 그리워하여 오던 나머지" 이런 영화에 열광했다고 한다. 게다가 "이때는 사진 의 좋고 그른 것을 돌아볼 여지도 없이 다만 조선 사람의 배우가 출연한 순 조선 각본의 활동사진을 보겠다는 호기심으로 영화 필름은 물론이요, 아무 것 도 모르는 여염閻閻집 부녀자들까지도 구경을 하고자 하던 때"[19]라고 한다.

〈홍길동전 후편〉이 영화의 내용과는 관계없이 1936년 7월 15일부터 오 사카 파크극장에서 일주일만 상영되고 이후 상영금지 처분을 받게 되어 제 작사 측에서 항의를 하는 소동이 벌어졌는데, 이 경우도 마찬가지다. 조선인 이 출연하고 조선말로 된 발성영화이기에 '내선동화운동內鮮同化運動'에 적합 지 않고, 조선인이 모여 치안, 위생상 문제가 있다고 상영금지 조치를 내린 것이라 하지만[20] 실상은 〈홍길동전 후편〉의 통속적인 내용과 관계없이 당시 30만 명에 달하는 재일조선인에게 조선에서 만든 영화가, 조선 사람들이 출 연하고, 조선어를 사용하여, 빼앗긴 조국 '조선'을 환기시킴으로써 일제에 대항하여 민족저항의식을 결집하는 구심점 역할을 할 가능성이 크기에 사전 에 금지시킨 것으로 보인다.

'활동사진'이라는 서구적이고 근대적인 미디어를 통해서 우리의 모습인 '조선의 인물과 풍광'을 확인한다는 것은 근대의 프레임 속에서 현재 자신의 정체성을 확인하는 의미가 있다. 말하자면 조선인이라는 주체를 활동사진이 라는 서구적이고 근대적 매체를 통해 타자화 시켜서 이를 확인하고 향유했

---

19 『동아일보』, 1925.11.25.
20 「'同化'에 支障된다고 朝鮮映畫 上映禁止」, 『조선중앙일보』, 1936.7.20.

던 것이다. 초기 한국영화의 관객들이 우리의 고전소설을 영화화한 작품에 깊은 애정을 보여준 것은 서사적 전통성에 대한 그들의 애정과 함께 그것을 통해 근대인으로서의 자아 정체성을 확인하려 했다는 것을 의미하며, 이는 외국인, 외국 민족에 대하여 자국인, 자민족이라는 근대적 인식의 한 면모를 보여주기 때문이라고 한다.[21]

"우리는 누구인가?"라는 질문에 비록 어설프지만 우리의 실상을 확인시켜 준 것이 바로 고전소설을 영화화한 작품들이다. 예전부터 존재했고 당시 사람들도 좋아했던 고전소설의 이야기가 조선인들에 의해 대중적으로 시각화 됐기 때문이다. 서구영화에 비해 작품의 완성도가 낮아도 「춘향전」과 「장화홍련전」에 열광했던 것은 이런 이유에서다. 거기서 낯선 타자인 근대라는 시공간 속에서 자신들의 실상을 발견했던 것이다. 임화가 "처음으로 대중적 장소의 스크린에 비치는 조선의 인물과 풍광을 보는 친근미親近味"라고 했던 것이 바로 그것이다.

그러면 고전소설의 영화콘텐츠 양상은 어떤가? 우선 한국영화사에서 20편이나 되는 가장 많은 영화를 양산했던 「춘향전」의 영화콘텐츠는 앞서 확인했듯이 한국영화사에서 가장 많이 제작되었고 새로운 지평을 열어갔다는 화려한 명성만큼 내실이 있어 보이지는 않는다. 대부분 한국형 멜로드라마라는 장르의 관습을 그대로 답습했으며 「춘향전」의 새로운 해석이나 영화 제작상의 신선함은 보이지 않는다. 그저 「춘향전」의 익숙한 내러티브의 도식대로 '만남─사랑─이별─수난─재회'를 따라가면서 '통속애정영화'를 반복해 왔던 것이다.

21 　김대중, 『초기 한국영화와 전통의 문제』, 커뮤니케이션북스, 2013, 71면 참조.

영화 〈춘향전〉은 이처럼 원전이나 심지어는 변개한 현대소설도 아닌 무슨 틀이 있었던 것 같다. 아마도 멜로드라마로 만든 통속 〈춘향전〉일 텐데, 이 것이 처음에는 대중들의 감수성에 맞았는데 계속 반복되다 보니 구태의연하 게 되어 현대의 관객들로부터 외면당하게 된 것이다. 영화 〈춘향전〉은 이제 분명 새로워져야 한다. 그 단초를 임권택 감독의 〈춘향뎐〉(2000)과 김대우 감독의 〈방자전〉(2010)이 보여주었지만 여러 가지로 많은 과제를 많이 남겼 다. 「춘향전」의 경우 청춘남녀의 사랑과 수난이 변개 소설에서처럼 고난에 찬 우리의 역사나 정치에 대한 풍자로 알레고리화할수도 있고, 자유분방한 성담론으로 확대될 수도 있다. 「춘향전」은 누구나 공감할 수 있는 애정서사 이기에 변개와 콘텐츠의 편폭이 넓을 수 있다.

남녀의 사랑이 아니라 부모와 자식 간의 깊이 있는 사랑을 다룬 「심청전」 도 현대물로 콘텐츠화하는 것에 있어서는 「춘향전」의 경우와 크게 다르지 않 다. 「심청전」은 실상 우리 고전소설 가운데 가장 깊이 있는 주제를 끌어낼 수 있는 작품 중의 하나다. 가난과 고통으로부터 육친애와 이를 근거로 한 자기 희생과 구원에 이르기까지 그 편폭은 넓고도 깊다. 게다가 이야기 자체가 극 적이어서 연극과 같은 공연물이나 영화로의 변개가 두드러지기도 하다.

1925년 발표한 〈효녀 심청전〉은 심청의 희생에 초점을 맞추었다. 식민지 현실의 궁핍상을 그대로 드러내며 우리 민족에게 희생을 강요하는 현실을 심청이 희생될 수밖에 없는 상황으로 치환한 것이다. 1937년 상영된 안석영 감독의 〈심청〉은 유난히 '신량헌 인간들'의 고난을 강조했고, 심청이 인당수 에 빠져 살아나지 못하는 절망감을 영상화했다. 이는 1937년 중일전쟁을 계 기로 파시즘의 진군과 살육 앞에서 심청에게 가해지는 세계의 횡포와 절망 을 그리려고 하지 않았을까 싶다. 곧 〈심청〉은 파시즘으로 치닫는 식민지 상황에 대한 알레고리인 셈이다.

1962년 개봉한 이형표 감독의 〈대심청전〉은 몽은사 화주승과 남경 뱃사람들을 통해 세계의 폭력성을 문제 삼고 여기에 맞서는 꿋꿋한 심청의 모습을 그렸다. 이는 1961년 5·16군사쿠데타에 대한 영화적 해석으로 보이며, 심청을 통해 1960년대 사극에서 빈번히 나타나는 강인한 여인상을 드러낸 것이다. 1972년 뮌헨올림픽 초청작으로 상영된 신상옥 감독의 〈효녀 심청〉은 심청이 심봉사 뿐만 아니라 모든 봉사, 심지어는 불구자와 가뭄으로 인해 피폐해진 온 나라를 구원한다는 데서 심청의 희생을 통한 구원을 문제 삼았다. 마침 같이 공연됐던 윤이상의 오페라 〈심청〉에서도 "「심청전」 속에 숨어 있는 자기희생을 통해 타인을 구제하는 정신"을 드러내고자 했다고 밝힌 바 있다.

이렇게 본다면 4편의 〈심청전〉 영화는 각기 고전소설 「심청전」 이야기 속에 들어있는 희생(1925), 고난과 절망(1937), 폭력성(1962), 구원(1972)을 문제 삼아 영화화한 셈이다. 게다가 1985년 북한에서 만든 뮤지컬 〈심청전〉도 "북한에서 빛이 바랜 효도와 육친애라는 미덕을 되살리려 했다"[22]고 한다. 〈효녀 심청〉과 마찬가지로 육친애에 바탕으로 한 구원의 문제를 다룬 것으로 보인다.

한편 임필성 감독이 2014년 '치정멜로'를 표방해 만든 〈마담 뺑덕〉은 기존 「심청전」의 고정적인 내러티브를 완전히 뒤틀어 새로운 작품을 만든 것이다. 학규로부터 버림받은 여인인 덕이(뺑덕)가 학규의 눈을 멀게 만들어 배신에 대한 복수를 감행하고, 이를 목격한 딸 청이가 일본 폭력배(용왕)의 도움으로 다시 학규를 구한다는 극적 반전에 이르기까지 영화는 현대인들의

---

22 신상옥, 앞의 책, 135면.

뒤틀린 욕망과 복수를 그리고 있다. 감독도 "품격있는 막장"으로 불러주길 바랄 정도로 「심청전」을 통해 이 시대 비정상적인 '욕망'의 문제를 다루고 있어 주목된다.

「심청전」은 내러티브가 워낙 극적이어서 앞서 분석했듯이 영상을 통해 의미 있고 다양한 주제들을 이끌어낼 수 있는 길이 얼마든지 있다. 「심청전」의 환상적이고 낭만적인 부분들을 알레고리로 해석해서 많은 이야기를 담을 수도 있다. 이를테면 앞 못 보는 아버지는 서구 열강의 침략 속에 결국 식민지로 전락한 우리 근대사의 운명과 같다. 심청의 희생은 어쩌면 우리 역사의 물줄기를 긍정적인 방향으로 돌리기 위한 부단한 시도일 것인데, 빛나던 시절이 없었던 것은 아니지만 과연 진정한 해방에 이르렀는지는 의문이 아닐 수 없다. 이런 우리 근대사의 굴곡진 이야기들을 「심청전」의 내러티브로 담아 영상화할 수도 있는 것이다. 결국 「심청전」의 영화콘텐츠들은 내러티브를 시대에 맞추어 새롭게 해석하고 재창조하는 방향으로 나가야 할 것이다.

「춘향전」 다음으로 많은 영화콘텐츠를 보유한 「홍길동전」은 고전소설 중 어느 작품보다도 사회성이 강한 소설로 알려졌지만 이를 내러티브로 차용한 한 영화는 활극의 문법에 따라 개인적 싸움과 도술, 복수 등에 집중되어 있다. 영화는 어떤 콘텐츠보다도 대중들에 대한 선동성이 크기에 근대 검열의 제도 속에서 「홍길동전」 영화를 정치서사화 하는 일은 결코 쉽지 않기 때문일 것이다. 그러기에 1935년 이명우·김소봉 감독이 만든 초기 영화에서부터 「홍길동전」 영화는 정치서사가 아닌 활극영화의 길로 들어섰다.

하지만 「홍길동전」의 내러티브가 적서차별, 농민저항, 이상국 건설 등 사회적 문제의식을 풍부하게 지니고 있기에 「홍길동전」 영화는 당대 사회성을 표출하는 방식으로 영상화될 가능성을 지니고 있다. 특히 '의적전승'의 내러티브가 많은 영화에서 차용됐는데 활극의 문법으로도 맞을 뿐 아니라 사회정의를 드러낼 수 있는 길이기 때문이었다. 이 때문에 당국의 검열과 영화감독 간에 늘 갈등관계를 형성했고, 의적 활동의 영상화는 결코 만만치 않은 과제가 된 것이다. 대부분 영화들은 아예 활빈당 활동을 통해 사회정의를 구현하는 길을 포기하고 활극 장르의 문법에 맞게 개인적인 무술과 복수의 드라마로 일관했던 것도 이와 무관하지 않다.

신동헌 감독의 애니메이션 〈홍길동〉(1967)은 이런 점에서 '한국 최초의 극장용 애니메이션'이라는 칭호보다는 정의실현이라는 「홍길동전」의 주제를 구현하려 했다는 점에서 영화사적 의의를 가진다. 5·16군사정권의 엄혹한 통치 아래서 비록 제한적이기는 하지만 탐관오리를 징치하고 부당한 권력에 맞서는 모습을 영화화 하는 것은 결코 쉽지 않은 일이다. 홉스보움E. J. Hobsbawm이 "의적들을 싸고 있는 지방적·사회적 틀을 벗기면 거기에는 무엇인가가 여전히 남아 있다. 거기에는 자유, 영웅적 행위, 그리고 정의의 꿈이 존재하는 것이다"[23]라고 지적한 것처럼 오히려 아동용 애니메이션을 통해 그런 의적의 영웅적 행위와 정의의 꿈을 담을 수 있었던 것이다. 아동용이기에 크게 문제될 것 없다고 여겨 군사정권의 검열에 통과되어 상영됐지만, 「홍길동」의 개봉관 흥행 성적이 8만 5천 명으로 「청춘극장」의 뒤를 이어 2위에 이르자[24] 다음 해에 만화나 애니메이션에 대한 검열을 대대적으로 시행하기도 했다.[25]

최인현 감독의 〈홍길동〉(1976)은 비록 '사극' 장르를 활용했지만 유신시

---

23 E. J. 홉스보움, 황의방 역, 『의적의 사회사』, 한길사, 1978, 50면.
24 심혜경, 『한국영화사 구술채록 연구시리즈―신동헌』, 한국영상자료원, 2008, 186~187면 참조.
25 강헌, 『한국대중문화사』 2, 이봄, 2016, 181면.

대의 탄압과 저항의 모습을 「홍길동전」의 내러티브를 통해서 재현했다는 점에서 중요한 의미가 있다. 당대 현실을 연산군 때의 그것으로 환치시킨 다음 홍길동과 활빈당으로 하여금 정치적 폭압에 맞서게 하여 사회적 정의가 무엇인가를 드러내는 방식을 취했다. 여기서 홍길동은 변개된 소설에서처럼 도적집단의 행수가 아니라 충신 집단의 일원으로 참여한 저항군의 핵심 인물로 위치한다. 영화에서 "저 정의의 함성이 들리느냐?"는 홍길동의 외침은 바로 유신시대 민중들의 항거로 읽히도록 콘텍스트를 배치시켰던 것이다. 「홍길동전」은 분명 적서차별, 농민저항, 이상국 건설 등 당대 정치적인 함의를 다수 지니고 있으며 영화콘텐츠로서 손색이 없을 정도로 잘 짜진 '의적전승'의 스토리텔링을 갖추고 있다. 그러기에 〈홍길동전〉 영화는 활극보다는 정치적 탄압과 저항을 그리는 정치서사로 나가야 당대 현실의 진면목을 깊이 있게 담을 수 있을 것으로 보인다.

2. 고전소설 콘텐츠화의 방향과 전망

2013년 7월 『조선일보』를 비롯한 주요언론사와 인터넷 업체 '네이버 NAVER'의 한판 전쟁이 있었다. 신문사의 대표주자인 『조선일보』는 이례적으로 7월 11~22일에 「온라인 문어발 재벌 네이버」라는 제목의 특집기사를 5회에 걸쳐 연재함으로써 네이버에 집중 포화를 퍼부었고, 네이버 측도 기자회견을 열어 『조선일보』의 특집기사를 조목조목 반박했다. 전쟁의 이유는 당연히 인터넷에 비해 종이신문의 매출이 저조한 데 따른 것이었다. 2012년도 네이버의 총매출은 무려 2조 4천억 원으로 우리나라 35개 주요 신문사의 총매출 2조 4890억 원과 맞먹는 수치다. 더욱이 종이신문의 대표이자 '언론재벌'로 불렸던 『조선일보』의 2012년 총매출은 겨우 3,620억 원으로 인터넷 업체인 네이버와는 상대도 되지 않는다. 게다가 네이버는 코스피 상장 회사 중에서 시가총액이 14조원으로 전체 상장회사 중에서 13위를 차지하고 있어 삼성, 현대, 엘지 등을 제외한 웬만한 재벌보다 더 큰 업체로 성장했다. 1999년에 인터넷망 하나로 시작하여 겨우 14년 만에 이렇게 엄청난 수익을 창출하는 거대한 주식회사로 성장한 것이다.

이 인터넷 업체 네이버와 기존 언론사의 싸움은 신구 미디어 간의 전쟁인 셈인데 문자미디어에 비해 디지털 미디어의 위력이 막강함을 실감케 하는 대목이다. 그동안 '조·중·동'으로 불리며 부동의 지위를 고수했던 유력 신문사의 목소리는 억지가 많은 데 비해 인터넷 업체 네이버의 대응은 힘이 있고 확신에 차 보인다. 미래는 분명 그들의 것이다. 맥루안이 명명했던 '구텐베르크 은하계The Gutenberg Galaxy'[26]의 종착지가 다가오고 있음을 느끼게 한다.

마침 맥루한과 옹은 매체에 따라 문화사를 구술 시대, 필사 시대, 활자 시대, 전자매체 혹은 디지털 시대로 나누었다.[27] 이제는 이른바 '디지털 미디어' 혹은 '멀티미디어'의 시대가 도래하고 있음을 기존 신문사와 네이버의 충돌에서 보거니와 우리 주변에서도 스마트 폰의 대중적 확산 등 디지털 기

---

26 맥루안, 임상원 역, 『구텐베르크 은하계』, 커뮤니케이션북스, 2001 참조.
27 월터 J.옹은 『구술문화와 문자문화』(이기우·임명진 역, 문예출판사, 1995)에서 매체의 변천에 따른 인류의 문화사를 구술문화에서 쓰기문화로, 쓰기를 보편화한 인쇄문화로, 쓰기와 인쇄를 바탕으로 한 전자문화로 나누었으며, 맥루안도 『미디어의 이해―인간의 확장』(박정규 역, 커뮤니케이션북스, 1997)에서 이와 유사하게 인류의 역사를 크게 구두 커뮤니케이션 시대, 문자 또는 필사시대, 구텐베르크[인쇄]시대, 전자시대로 나누었다.

기가 일상화된 것에서 어렵지 않게 확인할 수 있다.

문제는 문자로 이루어진 문학의 운명이다. 과연 문학은 그 자리를 다른 분야에 내주고 이제는 역사에서 사라져야 할 것인가? 이에 대한 해답을 얻기 위해서는 디지털 시대에 대한 총체적인 분석이 필요하겠지만 단순하게 본다면 적어도 아직까지는 그러지 않으리라 여겨진다. 언어로 이루어진 '바벨탑의 신화'는 아직까지는 유효한 것이다.

우선 언어가 지니고 있는 추상적 논리화가 전자매체를 통한 영상이나 소리와 같은 것으로는 쉽게 구성되지 않는다. 소리와 영상은 어떤 이미지나 느낌을 만들 수는 있어도 추상적 논리를 체계적으로 구성할 수는 없다. 언어야말로 유일한 '사고의 틀'이기 때문이다. 여기에 문학이 디지털 미디어 시대에도 살아남을 수 있는 여지가 생기는 것이다. 물론 전자책이나 메일과 같은 문자의 전송은 별개의 문제다. 디지털을 활용한 것이지 온전히 디지털 전달체계라고 볼 수는 없는 것이다.

다음은 상상력의 부분이다. 문학작품에서 사건이나 인물, 배경의 묘사, 아름다운 시구는 상상력을 통하여 그 외연을 무한히 확장시키면서 미적 쾌감을 불러일으킨다. 영상이나 소리로 하나의 이미지를 만들 수는 있어도 작품 전체를 체계적으로 연결시킬 수는 없다. 어떤 디지털 미디어보다도 인간의 상상력이 만들어내는 이미지는 무궁무진하다. 이 때문에 문학의 존재가치는 인간의 상상력이 고갈되지 않는 한 어느 시대가 오더라도 유효할 수 있다.

그러면 이제 문학이 대답할 차례다. 도대체 이 현란한 디지털 미디어 시대에 과연 언어만으로 무장한 문학이 무엇을 할 수 있는가? 혹은 이 시대에 한국문학이 어떤 방식으로 우리 문화를 풍요롭게 할 수 있는가? 이에 대한 대답은 당연한 말이지만 문학 자체의 질적 발전도 세을리할 수 없지만 보다 첨단적인 방식으로 디지털 미디어와의 소통과 융합을 통해서 그 대안이 가능할 것으로 보인다. 디지털은 엄청난 양의 자료를 처리하는 속도나 재구성하는 방식이 아날로그와의 상대가 안 될 정도로 빠르고 편리하여 많은 사람들이 쉽게 활용할 수 있기 때문이다. 게다가 한국은 세계 최고 수준의 IT 강국으로 디지털 인프라를 제대로 갖추고 있다. 이를 최대한 활용하여 한국문학이 새로운 방식의 생산과 유통 시스템을 만들고, 문학의 외연을 넓혀 간다면 우리 문화를 보다 풍요롭게 할 수 있을 것이다.

1) 고전소설 콘텐츠화의 방향

(1) 문화콘텐츠와 자본의 문제

이제는 문학이 능력을 발휘할 수 있는 고유한 영역이 점차 줄어들고 있다. 그래서 한국문학이 '콘텐츠contents'가 되어 다양한 장르로 확대돼야 한다고 말한다. 이른바 '원 소스 멀티 유즈OSMU'가 그것이다. 문화콘텐츠진흥원(2002)은 "창의력, 상상력을 원천으로 '문화적 요소'가 체화되어 경제적 가치를 창출하는 문화상품Cultural Commodity"인 음반, 방송, 게임, 애니메이션, 캐릭터, 만화 등의 장르로 문화콘텐츠를 정의하였고, 문화관광부(2002)는 디지털 기술의 발전이 기존의 문화콘텐츠(출판, 영상, 게임, 음반 등)의 제작, 유통, 소비되고 있는 것을 문화콘텐츠로 규정하였다.[28] 말하자면 창의력을 기반으로 문학 작품이 하나의 소스가 되어 영상, 게임, 만화, 캐릭터, 음반 등으로 다양하게 나타나는

---

28 함복희, 『한국문학의 문화콘텐츠화 방안』, 북스힐, 2007, 5면 참조.

것이 문화콘텐츠인 것이며, 디지털 미디어의 시대 문학이 생존할 수 있는 길이 그것이고 말한다.

게다가 이 문화콘텐츠는 고사위기에 처해 있던 인문학에 혜성처럼 등장해서 구원의 빛을 던져주었다. 책상머리에 앉아 고뇌만 하던 인문학은 구원자인 디지털과 만남으로써 드디어 거리나 광장으로 나오게 되었다. 중등학교 '국어과'의 새로운 교육과정에도 '매체교육'이 포함되었거니와, 많은 대학에서 인문학의 핵심 분야인 국문학과, 사학과, 철학과 등이 문화콘텐츠학과 혹은 문학콘텐츠학과로 서둘러 전환하였으며, 이런 형태의 대학원도 생겨났다. 그만큼 문화콘텐츠 분야가 지속 가능하고 전망이 좋다는 말일 수 있다.

그런데 최근 대세로 부각되는 이른바 '문화산업' 혹은 '문화콘텐츠산업'에서 심각하게 고려해 보아야 할 것이 있다. 그것은 이 산업이 시장 논리 곧 문화자본의 요구를 반영하고 있다는 것이다. 작품의 질이나 공익성에 대한 고민보다는 그저 잘 팔리고 수익을 창출하면 된다는 논리다. 문화콘텐츠는 이른바 '굴뚝 없는 산업'으로서 앞서 확인한 것처럼 네이버는 2012년 총매출이 2조 4천억 원으로 국내기업 13위를 달성했으며, 게임회사 넥슨NEXON은 게임 하나로 1조 5,275억원의 매출을 올렸다. 대단한 고부가가치이지만 이런 추세를 인정한다면 문화콘텐츠 산업이 폐광을 살린다는 명분으로 카지노를 양성화한 것처럼 게임, 오락산업을 양산시켜 우리 문화를 풍성하게 하는 것이 아니라 단순한 돈벌이로 전락할 우려도 있다.

문제는 자본은 아무런 윤리의식이 없다는 것이다. 오히려 그 탐욕성을 드러내어 공익은 고려하지 않고 투자와 수익의 창출을 끝없이 확대하고 있다. 게임산업의 예에서 보듯이 폭력성이나 도박성에 대한 논란은 끊임없이 제기되는데 기업은 이와는 무관하게 게임 프로그램 하나로 엄청난 수입을 올리고 있다. 이런 면에서 보자면 문화콘텐츠 산업은 원자재나 노동력 없이도 분명 잘 되는 사업이지만 적어도 자본의 탐욕성을 제어할 수 있는 내용에 대한 고민이 필요하다는 것이다. 그것은 자동차나 핸드폰을 생산하는 것이 아니라 바로 인간이 향유할 '문화'를 만드는 것이기 때문이다.

(2) 고전소설 콘텐츠화의 방향

문학콘텐츠 역시 문화콘텐츠의 한 부분이면서 영상, 게임, 만화, 애니메이션, 캐릭터 등 모든 분야에 문학은 가장 중요한 역할을 한다고 해도 과언이 아니다. 모든 콘텐츠에서 핵심이 되는 이야기를 만드는 스토리텔링이 바로 문학이 해야 할 일이며 그것을 통해서 대부분의 문화콘텐츠에 생명을 부여하기 때문이다. 스토리텔링이 없는 문화콘텐츠는 생각할 수 없다. 스토리텔링을 통해서 문화콘텐츠는 생명을 얻고, 다양한 문화콘텐츠를 통해서 스토리텔링은 소통할 수 있는 양식을 얻게 된다.

이제 한국문학 콘텐츠화의 바람직한 방향에 대하여 생각해보자. 우선 무엇을 가지고 다양한 콘텐츠의 소스로 활용할 것인가? 우선 필수적으로 요구되는 것은 작품의 질이다. 작품의 질에 대한 고민 없이는 결코 우수한 문화콘텐츠를 만들어낼 수 없다. 그 질은 높이기 위해서는 어떻게 할 것인가? 기본적으로 문화콘텐츠의 중심 성격은 인간과 사회에 대한 이해의 힘과 재미를 더해 주어서, 인문사회과학의 본질적 에너지를 제공하는 것이어야 한다.[29] 문학콘텐츠가 인간과 사회의 본질을 다루는 인문학 본연의 사명을 바꾸어 오락게임이나 소비적 문화산업에 전적으로 기여할 수는 없는 일이다.

---

29 이지양, 「문화콘텐츠의 시각으로 고전텍스트 읽기」, 『고전문학연구』 30, 한국고전문학회, 2006. 93면.

IT 시스템은 보조적인 도구에 불과하다.

게다가 인문학적 사명을 기본 바탕으로 하여, 한국문학 작품의 콘텐츠가 세계화로 나아가기 위해서는 민족적 주체의 확립을 위하여 민족적, 지역적 구체성을 지닌 우리의 고유한 문화적 유전자를 발굴하거나 활용해야 한다.[30] 앞서 1장에서 언급한 문화적 DNA인 '밈meme'이 세계화의 격랑 속에 우리의 문화콘텐츠가 존재의미를 가질 수 있는 근거가 된다.

고전문학의 경우 민족 원형이나 문화정체성을 찾아내는 일이 필요하다. 다양한 장르 중에서도 특히 서사 구조를 잘 갖추고 있으며 858종에[31] 이르는 고전소설은 한글이라는 우리의 문자로 기록되어 있으면서 오랜 세월 대중들에게 익숙한 이야기를 만들어 왔다. 그 이야기들은 '영웅소설', '가정소설', '애정소설', '우화소설' 등의 다양한 방식으로 유형화되어 구현되기도 하지만 신화로부터 이어온 '영웅의 일생'과 '여성 수난' 구조를 계승하여 '기반서사' 혹은 '대중서사'를 구축해 왔던 것이다. 이는 오늘날 대중서사가 바탕이 된 한국영화나 TV드라마의 스토리텔링으로 빈번하게 드러나고 있다.

고전소설은 이 첨단 디지털 시대에도 결코 낡거나 뒤떨어지지 않았다. 동아시아 서사문학을 대표하는 『삼국지연의』를 보면 '천년의 베스트셀러'라는 이름에 걸맞게 송나라 시절에는 이야기꾼[說話人]을 통한 '듣는『삼국지』'로, 원나라 때는 연극을 통한 '보는『삼국지』'로, 명청明淸 시절에는 소설을 통한 '읽는『삼국지』'로, 오늘날에는 무수한 게임을 통한 '참여하는『삼국지』'로 변신을 거듭하면서 이 시대 최고의 문화콘텐츠로 인정받고 있다. 거기에는 오랜 세월 수많은 사람들에 의해 다듬어져 온 탁월한 스토리텔링이 있기 때

---

30 임형택, 「민족문학의 개념과 그 사적 전개」, 『새민족문학사강좌 01』, 창비, 2009, 23면.
31 조희웅, 『고전소설 이본목록』(집문당, 1999)에서 모두 858종의 목록을 제시하였다.

문일 것이다.[32]

우리의 「춘향전」도 오랜 세월 광대들과 수많은 독자들에 의해 만들어지고 다듬어져 무려 20편의 영화로 만들어질 정도로 인기를 누렸다. 거기에도 물론 대중들에게 익숙한 스토리텔링이 있기 때문이다. 실상 「춘향전」은 이런 전형적인 멜로드라마적인 요소와 익숙한 서사 구조로 인해 고전 시기 뿐만 아니라 근대문학 시기에도 최고의 베스트셀러로 등극했다. 작품의 질이 문학콘텐츠 원형으로서 얼마나 중요한 것인가를 알 수 있는 대목이다.

그런데 원형이 되는 고전소설의 스토리텔링이 그 자체로도 의미가 있지만 현대와 들어와 재해석되거나 오늘에 맞게 변개됨으로써 살아있는 콘텐츠로 재탄생할 수 있는 것이다. 신분이 다른 사랑하는 남녀의 애정을 다룬 「춘향전」의 스토리텔링은 그 자체로도 재미있지만 그것을 알레고리로 새로운 이야기를 하거나 오늘에 맞게 변개시킴으로써 더 큰 효과를 거둘 수 있다. 20편이 넘는 「춘향전」 영화가 후대로 올수록 새로운 변개를 시도하지 않고 계속 낡은 스토리텔링에 의존했기에 관객들에게 외면받았던 것은 그런 이유에서다. 반면 『초한지』의 마지막 장면을 다룬 중국의 〈패왕별희霸王別姬〉(1993)가 세계적 영화로 극찬받았던 것은 기존의 스토리텔링에 안주하지 않고 항우項羽와 우희虞姬의 사별을 중국의 역사적 상황과 연결시켜 새롭게 해석해서 변개했기 때문이다.

우리의 고전소설은 원형이 되는 뛰어난 이야기를 보유하고 있지만 지금의 시대와는 잘 맞지 않는 무엇인가가 있다. 매체환경이 다르기 때문이다. 어떻게 할 것인가? 우선 오래된 이야기를 오늘에 맞는 알레고리로 해석해서 작품

---

32 『삼국지』의 콘텐츠화에 대한 논의는 조성면, 「대중문학과 문화콘텐츠로서의 『삼국지』」(『한국문학, 대중문학, 문화콘텐츠』, 소명출판, 2006, 107~144면) 참조.

화하는 방법이 있다. 「춘향전」을 변개한 최인훈의 「춘향뎐」(1967), 임철우의 「옥중가」(1991) 등이나 「흥부전」을 변개한 최인훈의 「놀부뎐」(1966) 등의 근대소설이 그런 방식을 취했다. 가장 손쉬운 방식이기에 많은 변개 작품들이 이 방식을 활용했다. 여기서는 원작품을 얼마나 깊이 있게 해석할 수 있는가가 관건이 된다.

다음은 인물과 사건을 변개시켜 오늘에 맞는 의미를 찾는 방식이다. 연극과 영화 등의 콘텐츠에서 많이 시도됐는데 「심청전」을 변개한 연극 〈달아 달아 밝은 달아〉(1978)나 「춘향전」을 변개한 영화 〈방자전〉(2010), 「심청전」을 변개한 영화 〈마담 뺑덕〉(2014) 등의 작품들이 그렇다. 여기서는 원작의 이야기를 얼마나 기막히게 변개하여 오늘에 맞는 의미 구조를 만들어낼 것인가가 작품의 성패를 좌우한다. 〈달아 달아 밝은 달아〉는 중국의 색주가와 왜구에게 성적 폭행과 유린을 당한 심청을 통해 유신정권의 폭압을 드러내며, 〈방자전〉은 인물 구도를 달리하여 오늘에 맞는 진정한 사랑이 무엇인가를 제시한 반면 〈마담 뺑덕〉은 인물을 현대에 맞게 변개시켜 희생과 구원의 메시지를 전하는 「심청전」을 치정과 복수의 막장드라마로 만들었다.

한편 현대소설의 경우는 민족 원형의 발굴보다는 오늘을 사는 우리에게 던져주는 민족사의 문제, 특히 분단이나 남북이데올로기와 같은 민족문제가 질 높은 문학콘텐츠로 만들 수 있는 소스가 된다. 한국문학이 세계문학의 개별적 총체로서가 아니라 세계사적 과제에 역동적으로 대응하는 가치 있는 존재로 위치하기 위해서 민족문제는 중요한 코드가 될 수 있다. 한국이 세계에서 유일한 분단국가이니만큼 민족사의 문제는 우리만의 것이 아닌 세계사의 과제로 공감을 얻을 수 있는 부분이다.

분단과 이념문제를 정면에서 다룬 조정래의 『태백산맥』이 2009년에 이미

200쇄를 돌파해 1,300만 부나 팔렸으며 영국의 카셀Cassel출판사에서 선정한 『죽기 전에 읽어야 할 1001권의 책』에 한국 작품으로는 박경리의 『토지』와 함께 선정되어 세계문학 속의 당당히 자리를 차지했다. 이것은 무엇을 의미하는가? 분단과 이념의 문제가 이 시대 세계문학사에 남을 과제로서 의미가 있다는 말이다.

2) 고전소설 콘텐츠화의 방안과 전망

(1) 한국문학 자료의 데이터베이스, '디지털 한국문학관'의 구축

한국문학 작품이 문화 전반에 유용한 콘텐츠가 되기 위해서 먼저 그 자료들이 디지털의 형태로 데이터베이스화[DB]돼야 한다. 일종의 전자자료 도서관인 셈인데, 현재 한국문학 작품이 DB화되어 자료를 제공하는 웹사이트는 '누리미디어', '동방미디어', '디지털 한국학', '이텍스트 코리아', '한국민족문화대백과사전' 등이 있다.[33] 현재 고전문학에서 현대문학에 걸쳐 고전시가, 고전소설, 현대시, 신소설, 현대소설 등 많은 작품이 DB화되어 있지만 가장 큰 문제는 그것이 많은 돈을 들여 구축한 것인 만큼 유료화되어 일반인이 접근하기에는 쉽지 않다는 점이다. 공공기관과 도서관의 네트워크를 통해서 접할 수 있지만 이것 역시 제한되어 있고 현장에 가야만 볼 수 있다는 단점이 있다. 한국문학 작품이 우수한 콘텐츠로 활용되기 위해서는 원 소스에 대한 디지털 자료의 제공이 국가적 차원에서 무상으로 이뤄져야 할 것이

---

33 우정권, 『한국문학콘텐츠』, 청동거울, 2005, 48면 참조.

〈그림 15〉 한국박물관에 구축한 '고전소설 자료전시관'

다. 이를테면 '디지털 한국문학관'을 국립국어원과 같은 국가 기관에서 구축하여 자료를 보고자 하는 사람들에게 무상으로 문학 작품이 제공돼야 한다. 비근한 예로 현재 국립국어원의 '디지털 한글박물관'은 다양한 콘텐츠들이 무상으로 제공되고 있는 실정이다.

저자도 장경남, 양승민, 이정원 교수와 같이 디지털 한글박물관의 콘텐츠로 '고전소설 자료전시관'을 2012년에 만들었는데 현재 '디지털 한글박물관'의 '한글, 이야기와 만나다'로 구축되어 있다. 모두 네 부분으로 나누어 '호기심이 소설을 낳다(한글소설의 발생)', '사랑과 야망, 이야기를 엮다(한글소설의 유형과 작품)', '책에 침 바르지 마오(한글소설의 생산과 유통)', '심청전에 뺑덕어미가 없다고?(한글소설의 이본)' 등으로 구성되어 있다. 애초 저자의 구상은 50편가량의 고전소설 주요 작품의 원문과 현대역을 제시하고, 강독사까지 등장하여 맹인들을 위하여 고전소설을 읽어주는 음성서비스까지 염두에 두었다. 하지만 엄청난 예산이 드는 관계로 원문과 번역은 고사하고 주요 작품의 개관만 제시하는 것으로 그쳤다.

이런 방식을 확대해 나간다면 '디지털 한국문학관'의 구축이 가능하리라 본다. 한국문학 주요 작품들의 원문과 현대역을 제시하고 맹인들을 위하여 음성서비스까지 추가한다면, 완벽한 한국문학 작품의 디지털 도서관을 구비하는 셈이다. 물론 개발비, 사용료 등을 포함한 초기 구축 비용은 국가가 부담해야 할 것이며, 사용자는 무상이나 적은 비용으로 자료를 접할 수 있어야 한다. 문학 작품들은 공공의 자산으로 도서관에서 책을 보듯이 언제, 어디서나 디지털 한국문학관에 접속하여 읽을 수 있으면 좋다.

여기에는 종이책의 저작권과 작가의 인세 등 만만찮은 법적인 문제가 결부되어 있다. 원자료를 가공한 것에 대해서는 나름대로 저작에 대한 권리를 인정해야겠지만 애초 소스가 됐던 원자료는 무상으로 제공돼야 한다. 「홍길동전」을 활용해서 영상물이나 게임을 만든 것은 일정한 저작권료를 지불해야 하겠지만 「홍길동전」 자체는 무상으로 제공돼야 수많은 콘텐츠를 양산할 수 있지 않겠는가? 고전문학의 경우 인세문제가 민감하지 않지만 작가가 현존하는 현대문학 작품 특히 동시대 문학인 경우는 전자책의 관례에 따라 인세 혹은 사용료가 지불되는 것이 당연할 것이다.

DB화된 고전소설 자료는 출판의 형태와는 다소 차이가 나야 한다. 출판은 일반인과 청소년들이 접하기 쉬운 아날로그 형태로 가공된 것이지만, DB화된 자료는 원문 및 현대어 역과 그것을 디지털 환경에 맞춰 활용해 콘텐츠화할 수 있는 다양한 형태로 제공될 필요가 있다. 「홍길동전」을 보면 원문과 현대역 뿐만 아니라 적서차별에 관한 당시 법령이나 실존인물 홍길동에 대한 당대 기록 등 필요한 정보까지 제공돼야 한다. 게다가 맹인들을 위하여 책을 읽어주는 음성서비스까지 포함돼야 한다. 그래야만 콘텐츠로 가공하기가 수월해진다. 함복희는 가사의 콘텐츠화 방향으로 먼저 원문자료의 채취가 있어야 하고, 원문을 현대어로 복원한 자료가 있어야 하고, 현대어로 바꾼 자료는 단위별로 분절하여 내용을 압축한 제목을 따로 달도록 하고, 작가와 작품에 관련된 에피소드를 소개하고, 작품과 관련된 정보 즉 창작동기나 작품의 문학성 등을 정리하여 제시해야 한다고 한다.[34]

하지만 이렇게 문자로만 제시되는 것은 아날로그 방식과 별차이가 없다. 문자뿐만 아니라 영상, 음성 등이 동시에 제공되는 디지털 미디어의 장점을 최대한 활용해야 할 것이다. 또한 당대 역사와 사회의 모습, 생활사 등에 관한 종합적인 자료가 입체적으로 제공돼야 한다. 당시를 생생하게 재구할 다양한 분야의 자료와 연구성과가 종합적으로 제공되는 것이다. 그것이 자료를 무제한으로 DB화할 수 있는 디지털 미디어의 장점이 아닌가? 우정권도 이 문제에 대해 자료의 DB화가 "멀티미디어의 환경을 충분히 발휘하지 못하고 단순히 자료들만 입력되어 있는 점에서 바로 산업화로 나아가지 못하는 한계가 있다"[35]고 지적한다. 당연한 말이다. 결국 DB의 구축은 지식 정보의 재편성, 재편집 속도를 다르게 만들며 지식 정보의 양적 질적 활용성의 수준을 다르게 만드는 것임을 명심해야 한다.[36]

---

34 함복희, 앞의 책, 141면.
35 우정권, 앞의 책, 54면.
36 이지양, 앞의 글, 110면.

(2) 고전소설 콘텐츠의 개발 방안과 전략

고전소설을 소스source로 하여 '원 소스 멀티 유즈OSMU'의 방식으로 다양한 콘텐츠를 만들고자 할 때 가장 문제가 되는 것은 우선 원재료가 특정한 몇 편의 작품에 집중되어 있다는 점이다. 앞서 살폈듯이 콘텐츠로 많이 만들어진 작품이 「춘향전」, 「심청전」, 「흥부전」, 「배비장전」 등의 판소리 혹은 판소리계 소설이나 사회문제를 다룬 「홍길동전」, 가정문제를 다룬 「장화홍련전」 등에 불과하다. 판소리 작품들은 이미 판소리, 창극 등으로 공연되었으며, 「홍길동전」과 「장화홍련전」은 오랜 기간 대중들에게 널리 읽혀졌던 것은 사실이지만 고전소설의 콘텐츠가 몇몇 작품에 집중됐다는 것은 풍성한 콘텐츠로 나아갈 수 있는 가능성을 차단한다. 고전소설을 콘텐츠로 한 영화들이 새로운 해석의 방향으로 나아가지 못하고 계속 같은 내러티브를 반복하는 것도 이런 원자료의 제한적인 활용에 기인한 바가 크다.

그래서 몇 작품에 집중하기보다 우선 고전소설 속의 다양한 이야기를 콘텐츠로 개발해야 한다. 실상 우리의 고전소설은 850종이 넘는 많은 이야기들을 보유하고 있다. 이를 콘텐츠로 개발하기 위해서는 연구자들의 도움을 받아 기막힌 스토리텔링을 선별하여 데이터베이스화하는 작업이 우선 필요하다. 대작 장편소설의 경우 아직 완전하게 현대어로 번역되지도 않는 데다 표기나 문장이 고어古語여서 개발자가 작품을 읽고 해독하여 알맞은 소스를 찾아내는 것은 불가능하다. 그중에서 콘텐츠화하기 좋은 이야기들을 골라 정리하고 분류하는 일이 필요한데 이는 전문 연구자의 몫이다. 예를 들어 많은 장편소설에 등장한 '사랑'에 관한 이야기를 사랑의 대상, 사랑의 방식, 사랑의 진행 과정, 방해자의 존재와 유형, 애정 수난의 형태 등으로 나누어 이야기를 정리하면 그 스토리텔링을 통해 콘텐츠를 제작하기가 용이해 진다.

그리하여 콘텐츠화할 수 있는 대상 작품을 선정하는 일도 중요하지만 무엇보다도 고전소설의 풍성한 이야기 창고를 열어 그 많은 이야기들을 분류하고 유형화하는 일이 우선돼야 한다. 민담에서는 이미 60여 년 전에 민속학자 톰슨Stith Tompson에 의해 『민속문학 화소 색인』[37]이 만들어졌다. 민담에 나타난 다양한 이야기의 화소를 유형별로 분류한 것이다. 고전소설은 민담과 달리 당대 현실에 입각한 치밀한 디테일을 지니고 있다. "신분이 다른 남녀가 서로 사랑했다"라는 화소로는 설명할 수 없는 복잡한 디테일을 「춘향전」은 지니고 있다. 그러기에 고전소설에 등장하는 사랑도 다양한 방식으로 분류하여 유형화할 수 있는 것이다.

고전소설의 이야기는 만들어지는 방식에 따라 일단 '영웅소설', '가정소설' 등으로 크게 유형화할 수 있지만, '영웅소설'이라는 같은 유형의 이야기라도 인물과 사건에 따라 얼마든지 다양하게 세분될 수 있다. 그 이야기들을 분류하는 것은 보다 복잡하고도 치밀한 작업을 요하기에 전문 연구자들의 공동 작업이 필요하다. 중국에서 『삼국지연의』를 영화나 드라마로 만들 때 수십 명의 전문 학자나 연구자들이 고증과 협력을 한다. 이처럼 우리도 고전소설을 전공하는 전문 연구자들과 학자들이 공동으로 참여하여 콘텐츠화할 수 있는 이야기를 분류하고 유형화 하는 일이 필요해 보인다.

이렇게 이야기를 유형화한 다음에 콘텐츠로 만들 수 있는 이야기의 덩어리, 곧 삽화episode를 추출해낼 수 있게 된다. 영화에서 한 장면이 아닌 연관된 여러 장면의 시퀀스sequence처럼 화소가 연결된 하나의 독립된 이야기인 삽화를

---

37 Stith Tompson, "Motif index of fork-literature : a classification of narrative elements in forktales", *myths, fables, mediaeval romances* Vol 1~, Bloomington : Indiana University Press, 1955.

추출할 수 있고 그것이 다양한 매체와 결합하는 콘텐츠가 될 수 있는 단위가 된다. 앞서 스토리텔링에서 검토했던 '신숙주 부인 일화'는 "남편인 신숙주가 사육신과 같이 처형된 줄 여기고 부인도 같이 죽으려 했다"는 짧막한 삽화지만 시간적 배경과 사건을 달리 설정함으로써 다양하게 변개될 수 있었고 박종화의 역사소설 「목 매이는 여자」로까지 나아갈 수 있었다. 바로 이런 독립된 이야기 구조를 지닌 삽화가 콘텐츠화될 수 있는 '이야기의 씨앗'인 것이다.

다음은 콘텐츠의 소재가 확대되는 것이 아니라 다양한 콘텐츠의 방식을 주목해 보자. 현재 고전소설이 콘텐츠로 만들어진 경우는 영화나 드라마 등의 영상콘텐츠와 창극, 마당놀이, 뮤지컬, 오페라 등의 공연콘텐츠 정도가 '고전의 창조적 계승'이라는 명맥을 유지하고 있다. 만화나 애니메이션, 캐릭터, 게임이나 전시, 축제 콘텐츠 분야는 흔적을 찾아보기 힘들 정도로 미미하다.

20편의 영화와 13편의 드라마를 지니고 있는 최고의 고전소설 「춘향전」의 경우도 만화나 애니메이션의 경우는 흔적을 찾기 어려울 정도로 콘텐츠가 적다. 아동용이나 교육용 만화로 나온 것을 제외하고 창작만화로 출간된 것은 일본만화 창작집단 클램프CLAMP에서 1992년 제작한 「신춘향전」이 있다. 「춘향전」에서 이몽룡과 춘향의 인물 관계와 암행어사라는 신분만 차용하여 완전히 새롭게 만든 판타지물이다. 모두 3부로, 1부는 '연희', 2부는 '수월', 3부는 '회고담'으로 구성되어 있다. 1부에서는 춘향의 어머니 명화는 사제인 '비술사'인데 변학도에 해당하는 '양반'의 수청을 거부하고 자결하자 무술의 고수인 춘향과 암행어사인 이몽룡이 양반궁으로 쳐들어가 양반을 처단하고, 2부에서는 길을 함께 떠난 이몽룡과 춘향이 비 한 방울도 내리지 않는 수월 지역에서 그곳 세력가와 결탁한 비술사 암청을 처단하고 백성을 구제한다는 내용이다. 전형적인 판타지물로 「춘향전」의 서사가 어디까지 확장될 수 있는가를 보여주지만 내러티브가 황당하여 작품성은 매우 낮다.

게다가 20편이나 만들어진 영화에 비해 정작 애니메이션은 매우 빈약한 편이다. 실상 고전소설은 그 내용 자체가 환상적인 것이 많아 다른 장르보다도 애니메이션으로 콘텐츠화하기가 손쉽다. 앞서 5장에서 살폈듯이, 이미 1956년 신동우의 그림을 바탕으로 신동헌 감독이 「홍길동」을 한국 최초의 애니메이션으로 만든 바 있다. 「춘향전」의 경우는 재미교포이자 〈배트맨〉, 〈톰과 제리〉 등의 제작에 기술 감독으로 참여한 앤디 김이 1999년 '투너신 서울'에서 만든 〈성춘향뎐〉이 극장용 애니메이션으로는 처음이라고 한다.[38] 「춘향전」을 현대적으로 각색하여 사실적 묘사보다는 과장된 기법으로 슬픔과 웃음을 교차시키면서 이야기를 이끌어 갔다. 특히 애니메이션이기에 원작에는 없는 강아지 '왕방울'을 등장시켜 웃음과 재미를 유발하도록 했으며, 콜라, 삐삐, 휴대폰 등 당시 젊은이들이 주로 사용했던 소도구들이 등장하기도 했다.

「춘향전」을 만화나 애니메이션으로 만드는 작업은 어느 장르로의 전환보다 손쉬울 것이다. 이미 서사 자체가 대중성을 지니고 있으며, 골계미를 주조로 한 판소리의 미학은 만화나 애니메이션화 하기에 적합한 구조를 지니고 있다. 문제는 고전을 대하는 만화나 애니메이션 작가들이 별로 재미있는 소재가 아니라고 여기는 데 있다. 만화에서 주로 현대물이나 판타지가 많고 고전물이 없는 것이 이런 이유에서다. 국내 제작진들이 미국과 일본의 애니메이션 제작에 많이 참여하였기에 제작환경은 그리 열악하지 않고 제작에 필요한 전문기술도 충분히 갖추고 있다. 우리 고전소설을 애니메이션으로 만드는 일에 많은 작가들의 관심과 노력이 요구된다. 최근 우리 신화를 소스로 '웹툰

---

38 『동아일보』, 1999.5.26.

webtoon'에서 시작하여 영화로 성공한 〈신과 함께〉가 좋은 사례를 보여준다.

다음 캐릭터character를 살펴보면, 개발하기 이전에 고전서사를 바탕으로 '둘리'의 예처럼 만화나 애니메이션이 만들어져 많은 사람들에게 인기를 얻고 사랑받아야만 한다. 「춘향전」의 경우는 친숙한 서사에도 불구하고 극장용 애니메이션은 겨우 1편밖에 없으며 이마저도 985명의 관객만 볼 정도로 철저하게 외면당했기에 캐릭터로서 필요충분한 조건을 갖추지 못하게 된 것이다. 당연히 춘향의 캐릭터도 앞서 살펴 본 것처럼 남원시가 개발하여 등록한 것밖에 없는 실정이다.

캐릭터가 성공하기 위해선 '월트 디즈니Walt Disney'나 '스튜디오 지브리 Studio Ghibli'처럼 일단 애니메이션이 인기를 얻고 많은 사람들에게 공감을 얻어야 한다. 2002년 개봉하여 일본 최대인 2,400만 관객을 동원했고, 베를린 영화제 황금공상을 수상한 〈센과 치히로의 행방불명〉은 그런 선례를 보여주었다. 그런 과정을 거치지 않고 지자체에서 캐릭터만 개발하고, 시청 홈페이지에 올린다고 그것이 유명해지는 것은 아니다. 모든 사람들에게 친숙하고 공감을 주는 서사를 갖추고 있음에도 '홍길동'이나 '춘향'이 미미한 캐릭터로 일반인들에게 알려지지 않은 것은 이런 이유일 것이다.

우리의 '영원한 고전'이라는 「춘향전」은 20편에 이르는 영화와 14편의 TV 드라마를 제외하고는 활발하게 콘텐츠로 재창조되지 못하고 지지부진한 상태다. 더욱이 본격적인 게임은 아예 엄두도 내지 못하고 있다. 2012년 NC소프트에서 개발한 「블래이드 앤 소울Blade&Soul」에 서브 퀘스트sub quest로 성춘향이 등장해 할매 주막에서 변사또 무리를 소탕하는 장면이 삽입돼 있을 뿐이다. 이를 타개하기 위해 고전소설을 콘텐츠화하는 일에 많은 인력과 자본, 집약된 기술력이 요구된다.

한편 테마공원과 축제 콘텐츠의 경우 지자체에서 우후죽순 격으로 연고만 있으면 지역의 정체성을 찾는다고 고전과 관련된 테마공원을 조성하고 축제를 하지만 그것이 원 작품의 스토리텔링을 얼마나 제대로 구현하는지는 의문이다. 저자는 「배비장전」을 중심으로 제주도에서 '배비장 테마공원'과 '배비장 축제'를 설계한 바 있는데 이를 소개하면 다음과 같다.

「배비장전」을 콘텐츠로 활용한 테마공원을 보면. 현재 서귀포시 안덕면 서광리 일원의 중산간 지역에 JDC가 추진하고 있는 '제주 신화역사공원'의 부정적인 사례를 검토하여 바람직한 대안을 만들 수도 있다. 제주신화역사공원은 현재 홍콩의 란딩藍鼎그룹과 싱가포르의 켄팅 싱가포르의 투자를 유치하면서 애초 의도했던 제주의 역사, 신화, 문화를 테마로 한 가족형 복합리조트에서 벗어나 10,683평방미터의 카지노(제주도 내의 모든 카지노를 합친 것보다 더 넓다)를 중심으로 한 이른바 '도박공원'의 형태로 가고 있다고 한다. 문화적인 배려 없이 이윤만을 창출하고자 하는 외국자본의 침탈 앞에 지역의 정체성과 문화가 여지없이 망가지는 국면을 맞고 있는 실정이다.[39]

제주 신화역사공원의 사례를 보면 위장된 외국 자본의 침탈과 환경파괴를 일단 막아야 한다. 배비장전 테마공원은 춘향 테마공원이나 양평의 '소나기마을'을 참고하면 순수 민간자본이나 도내 문화예산으로도 가능한 규모다. 규모보다는 관람객들이 문화를 생산하고 향유할 수 있는 프로그램을 갖추는 것이 중요하다. 장소는 한라산 계곡의 폭포가 수려한 곳이나 중산간 지역이 적당하다. 「배비장전」과 일치하는 장소는 방선문訪仙門 계곡이며 원래는 '들렁궤(들렁귀)'로 불렸다 한다. 위가 가려지고 땅 속으로 깊숙이 패여 들어간

---

39 '밀려오는 중국자본, 제주의 딜레마', 〈KBS 추적 60분〉, 2015년 2월 28일 방영분 참조.

굴을 뜻한다. 영주 10경의 하나인 '영구춘화瀛丘春花'로 잘 알려져 있다.[40] 여기가 목사 일행이 한라산 유산遊山가서 노닐던 곳이며 배비장이 혼자 남아 애랑의 목욕 장면을 훔쳐본 곳이라 한다.[41]

이 부근에 애랑의 집과 유산遊山한 장소를 조성하여 이를 둘러보며 「배비장전」 이야기를 몸으로 느껴보거나 궤 속에 들어가 풍자와 조롱의 대상이 되어 자신이 저지른 잘못을 뒤돌아보는 체험 프로그램도 좋다. 남원의 춘향 테마 공원이나 양평의 '소나기 마을'처럼 무엇보다도 「배비장전」의 이야기를 토대로 이를 느끼고 체험할 수 있는 다양한 형태의 테마공원이 돼야 한다. 책의 낭독이나 판소리 혹은 영상 이미지를 만들어 스토리 속에 들어가 실제로 「배비장전」을 보고, 듣고, 체험할 수 있어야 한다. 갑자기 소나기를 뿌려 실제 소나기를 만난 상황을 재현하는 등 소설의 이야기 속으로 들어가 실제 체험함으로써 「소나기」의 스토리텔링을 잘 구현하고 있는 양평의 소나기 마을이 좋은 참고가 된다.

여기에 「배비장전」을 비롯하여 다양한 창극, 뮤지컬, 오페라, 마당놀이 등을 공연할 수 있는 복합 공연장을 건설하여 이른바 '제주 공연문화 복합타운'의 조성으로 나가야 할 것이다. 여기서 무엇보다도 제주를 주제로 「배비장전」의 공연 콘텐츠를 비롯하여 '설문대 할망'과 같은 신화나 제주의 지역성을 담고 있는 다양한 설화와 민요, 무가 등을 콘텐츠로 만들어 공연해야 할 것이다. 물론 테마 공원의 개발은 철저하게 제주의 환경을 파괴하지 않는 범위에서 이루어져야 한다.

「배비장전」의 콘텐츠들을 모아 일정한 시간과 장소에서 집약적으로 축제의

---

40 『濟州市 옛 地名』, 제주시·제주문화원, 1996, 176면.
41 김동윤, 「「배비장전」에 나타난 제주도」, 『탐라문화』 31, 제주대 탐라문화연구소, 2007, 186~188면

형태로 구성할 수도 있다. 축제의 무대는 제주목 관아를 중심으로 산지항이나 화북포까지 연결하는 공간으로 설정했으며, 그 내용으로 김동윤은 다섯 가지를 들어 첫째는 판소리 〈배비장타령〉의 재현, 둘째는 사공의 배 젓는 소리와 관련하여 〈해녀 노 젓는 소리〉 공연, 셋째는 제주목사 부임 장면의 재현, 넷째는 등장인물의 캐릭터 작업, 다섯째는 마당극 〈배비장전〉의 공연을 제시하였다.[42]

축제를 지내기 위하여 일단 제의의 형태로 시작할 필요가 있는데 축제의 서두에 제주도를 대표하는 설문대 할망이나 「배비장전」의 서두에 제시되듯이 사해용왕에게 고유제를 지낸 다음 본격적인 행사를 시행할 수 있다. 흔히 축제는 농경사회의 풍속에 따라 처음에는 제의를 통해 극도의 경건함 속에서 신을 불러들이고 그 뒤에는 지역민들 모두가 참여하여 신명나는 놀이판을 만드는 것이다. 축제의 제의와 놀이는 불가분의 관계로 긴장과 이완, 경건함과 흥겨움, 신성함과 세속성 등이 어우러져 축제를 보다 의미 있고 생동감 있게 만든다.

제주도는 섬이고 해녀나 사공 등 바다로 나가 생업을 해결해야 하는 경우가 많으므로 사해용왕에게 무사안녕을 비는 것은 축제의 기원으로서 의미가 있으리라 여겨진다. 이 〈배비장전〉 축제의 놀이판에서 다양한 공연과 전시 그리고 체험행사가 가능할 것이다.

축제의 주무대는 김동윤의 제안처럼 제주목 관아나 관덕정이 좋으며 일부는 배비장전 테마공원을 활용할 수도 있다. 이곳에 특설무대를 설치하여 행사의 취지와 일치하는 수공연을 하면 된다. 앞서 제시된 배비장전 테마공원에서는 보다 세분화된 공연이나 영화, 애니메이션 상영, 체험행사, 전시, 학

---

42   김동윤, 「제주소설의 문화콘텐츠 방안」, 『영주어문』 13, 영주어문학회, 2007, 119~121면 참조.

술대회 등이 적합할 것이다.

축제의 기획과 집행은 민간인으로 구성된 '배비장전 축제위원회(가칭)'에서 주도하여 제주민이 주체가 되어 「배비장전」과 관련된 자생적인 제주문화를 일구는 방향으로 나아가야 한다. 예산이 많이 드는 가수 초청 등의 대규모 공연은 가능한 배제하고 내실 있는 행사가 위주가 돼야 한다. 무엇보다도 배비장전 문화축제는 「배비장전」의 풍자와 다양한 콘텐츠들을 통해 내적으로는 제주민들이 자신들의 정체성을 확인하는 것에, 외적으로는 제주의 문화와 제주민들의 당당함을 알리는 일에 중점을 두어야 한다. 「배비장전」을 통해 제주의 정체성과 목소리를 확인하고 재현하는 일은 전지구적 자본주의의 아찔한 속도를 제어하고 중앙 중심의 수직적 문화질서를 전복하는 것이며 지역민의 삶에 기반한 건강한 지역문화를 만들어 나가는 길임을 명심할 필요가 있다.

3. 고전소설의 디지털 미디어적 특성과 교육적 활용

이 첨단 정보화의 시대, 엄청난 양의 정보와 지식이 순식간에 이동하고 저장되며 검색되는 현실 속에서 지난 시대의 케케묵은 고전소설은 학생들에게 무슨 의미가 있을까? 게다가 그것을 어떻게 가르쳐야 할까? 참으로 난감한 문제가 아닐 수 없다. 그리하여 어려운 한자어나 자구풀이에 매달리는 고전문학은 지혜의 보고寶庫이자 삶의 길을 밝혀주는 '고전古典'이 아닌 입시 때문에 '고전苦戰'을 치러야 하는 국어과 '문학' 영역의 한 부분으로 자리하고 있을 뿐이다. 그것도 점차 축소되는 추세에 있다.

도대체 이 시대에 어떻게 고전문학을 가르쳐야 하는가? 고전문학도 문학 영역인 만큼 중등교육의 교육목표를 보면 2009 개정 「국어과 교육과정」의 『국어 I』의 '목표'에서 "'문학'영역에서는 교양인으로서의 문학적 능력을 갖추기 위해 문학의 기본 갈래를 이해하고 이를 바탕으로 하여 작가의 개성을 이해하고 작품을 감상하며, 나아가 문학 자체가 사회적 소통 활동의 하나라는 사실을 이해하도록 한다"[43]고 명시하고 있다. 문학의 갈래에 대한 이해뿐만 아니라 작품을 온전히 감상해야 하며 사회적 소통 구조로서 문학을 활용할 수 있어야 한다는 말이다. 문학에 대한 모든 지식과 활동을 종합한 말이지만 학생들에게 '문학' 영역에서 무엇이 필요한지에 대한 적실한 해답은 보이지 않는다. 문학이 이럴진대 고전문학은 더 말할 것도 없을 것이다. 『국어』I에서 고전문학은 이전 교육과정에 비해 그 비중이 훨씬 약화되었다.

그러면 좀 더 심화된 『국어 II』의 경우는 어떨까? 문학 교육의 목표에서, "문학 영역에서는 한국 문학의 전승과 흐름을 이해하고, 문학에 내재된 다양한 가치를 고려하여 작품을 수용·생산하며, 이를 바탕으로 문학 활동을 생활화하여 공동체의 문화 발전에 능동적으로 이바지하도록 한다"라고 밝히고 있으며, 이에 대한 세부 내용으로 "(13) 전승 과정에 유의하여 한국 문학의 흐름을 이해한다, (14) 문학이 정서적, 심미적 삶을 고양함을 이해하고 작품을 수용·생산한다, (15) 문학의 수용과 생산 활동을 통해 다양한 가치를 비평적으로 이해하고 실현한다"[44]고 한다.

문학사에 대한 이해, 작품의 창작과 감상을 통한 정서적, 심미적 삶의 고양,

---

43 교육과학기술부고시 세2012-14호[별책5], 『국어과 교육과정』, 교육과학기술부, 2012, 72면.
44 위의 책, 91면.

다양한 가치의 삶에 대한 이해와 실현 등이 2009 교육과정의 문학교육 목표로 설정된 셈이다. 고전문학의 경우는 전승 과정에 유의하여 우리 문학사의 구도 속에서 '고전작품의 갈래와 특성을 이해하는 것'이 국어과에서 고전문학에 맡긴 소명이다. 말하자면 고전문학을 우리 문학이 이어져 내려온 전통으로 이해하고 이에 대한 계승의 방법을 찾자는 것이 현재 국어과 교육과정에서 가르쳐야 할 핵심이다. 이런 목표로 인해 고전문학은 대부분 문학의 갈래를 설명하는 단원이나 전통과 계승을 점검하는 단원에 배치되어 있다.

하지만 이 첨단 디지털 시대에 문자 자체도 힘을 잃어 가는데 갈래나 점검하는 고전문학 교육이 무슨 소용이 있을까? 우선 문자만으로 이루어진 문학의 활로에 대해 생각해 볼 필요가 있다. 앞서 본 것처럼 맥루안과 옹은 매체에 따라 문화사를 구술시대, 필사시대, 활자시대, 전자매체 혹은 디지털 매체시대로 나누었다. 이제는 활자의 시대가 아니라 '디지털 미디어Digital Media' 혹은 '멀티미디어Multi Media' 시대가 도래하고 있음을 인터넷 업체인 '네이버'의 급성장에서 보거니와 우리 주변에서도 유 튜브의 활용과 스마트 폰의 대중적 확산 등 디지털 기기가 일상화된 것에서 어렵지 않게 확인할 수 있다.

첨단 정보화 시대에 문자로만 무장한 문학이 논리적 체계와 상상력만으로 홀로 살아남기는 쉽지 않아 보인다. 오히려 새로운 방식으로 디지털 미디어와의 소통과 융합을 통해서 문학의 외연을 보다 넓힐 수 있을 것이다. 디지털은 엄청난 양의 자료 처리 속도나 재구성하는 방식이 아날로그와의 상대가 안 될 정도로 빠르고 편리하여 많은 사람들이 쉽게 활용할 수 있기 때문이다. 게다가 한국은 세계 최고 수준의 IT 강국으로 디지털 인프라를 충분히 갖추고 있다. 이를 최대한 활용하여 문학이 새로운 방식의 생산과 유통 시스템을 만들고, 콘텐츠를 만드는 등 외연을 넓혀 간다면 지금보다도 오히려 더

활성화될 가능성이 높다.

이런 전제 아래 문학 교육에서도 디지털 미디어와의 소통과 융합을 두 가지 방향에서 고려해 볼 수 있다. 하나는 아날로그적인 문학 작품을 디지털 미디어의 특성을 이용해 교육하는 방안이고, 다른 하나는 다량의 문학작품을 디지털로 데이터베이스화하여 교육에 활용하는 일이다. 이제는 문학 교육에서도 문자만이 아닌 이런 디지털 미디어와의 소통과 융합을 고려해야 할 시점에 와 있다. 여기서는 고전문학, 특히 고전소설을 중심으로 디지털 환경과 문학 교육에 대한 전망을 모색해 본다.

첨단 디지털 시대에 고전소설은 일견 존재 가치가 사라진 것으로 보인다. 하지만 자세히 들여다보면 오히려 고전소설이 디지털 미디어의 특성과 잘 어울리는 것을 알 수 있다. 그 하나가 고전소설의 수많은 이본異本들을 통해 드러나는 '상호소통방식Inter-Activity'이며, 다른 하나는 근대 합리주의를 바탕으로 하는 리얼리즘의 공식과는 다른 고전소설이 다수 지니고 있는 '환상성Fantasy' 혹은 '낭만성'의 부분이다.

1) 디지털 미디어의 상호소통방식과 고전소설 이본異本의 존재

디지털 미디어의 특성 중 하나는 상호소통성이다. PC통신이나 핸드폰 문자 메시지 혹은 게임을 생각해보면 쉽게 알 수 있다. 어떤 고정된 서사나 틀이 있는 것이 아니라 메시지를 상호소통을 하면서 하나의 줄거리를 만들어 나가는 것이다. 여기서 더 발전하면 이른바 '하이퍼텍스트Hypertext'로 나아가게 된다. 곧 꾸며 내거나 심어 넣지 않는 이상, 선은 사실상 존재하지 않는다. 시작하는 이들을 위한 어떤 중심점도 어떤 가장자리도 끝도 경계선도 없는 유동적인 텍스트가 가능해지는 것이다.[45]

작가가 존재하고 활자로 인쇄된 근대문학은 고정된 텍스트이며, 독자를 향해 던지는 작가의 메시지였다. 대부분의 근대소설은 일단 신문이나 잡지를 통해 무작위의 독자들에게 유포되었으며, 뒤에 단행본의 형태로 출판되는 것이 관례였다. 신문이나 잡지를 통한 이러한 일방적 유통은 근대적인 문학의 소통방식이었으며 거기에는 상호소통이 있을 수가 없었다. 작가의 일방적인 전달체계만 있는 것이다.

하지만 고전소설은 다른 소통방식으로 존재해 왔다. 무수한 이본異本들의 존재가 그것인데, 다양한 종류의 텍스트를 만들어내면서 수많은 사람들이 작가와 독자로 참여했던 것이다. 문학 담당층 모두가 작가이며 독자였다. 말하자면 서로 다른 이본들을 통해 작가와 독자가 의사소통의 통로를 만들어냈던 것이다. 이는 청중과 창자唱者가 소통하면서 텍스트를 만들어가는 판소리의 경우도 마찬가지였다. 처음에는 개인적인 경로로 통로를 개척하지만 점차 집단화·계층화되면서 그들의 이데올로기를 작품에 반영하게 된 것이다.

천재교육의 『국어 I』을 보면 7차 교육과정과 마찬가지로 '능동적인 의사소통' 방식을 파악하기 위해 「구운몽」이 등장한다. 작품을 중심으로 작가와 독자가 상호소통하는 '문학적 의사소통 행위'를 학습하기 위한 배려다. 그런데 「구운몽」을 통해 17세기 여성 독자들은 어떻게 상호소통을 이루어냈을까?

여기에 대해 김종철은 두 가지 경로를 말하고 있다. 하나는 상당한 정도로 여성들의 독자적 세계를 허용하고 배려한다는 점이다. 애정 실현에서의 여

---

45 구광본, 『소설의 미래』, 행복한 책읽기, 2003, 98~99면 참조.

성들의 적극성, 여성들의 독자적인 인간관계의 형성, 여성들의 대사회적 발언 등 여성들이 소설을 자기 이야기를 그려놓은 것으로 받아들일 수 있게끔 되어 있다는 것이다. 또 다른 하나는 소설의 내용 중 상당 부분이 여성세계를 드러내는 데 바쳐지고 있는 것이다. 즉 여성들을 중심으로 한 규방의 여러 행적을 드러내고 있다고 한다. 그리하여 소설이 하나의 의사소통 틀 속에 존재하며, 독자는 수동적인 향유자가 아니라 그러한 틀을 구성하는 하나의 축임을 보여줌으로써 가부장제 사회의 주요한 자기 조절 장치로서의 역할을 했다고 한다. 그리하여 「구운몽」에서 17세기 규방의 여성 독자들이 작품 속의 여성세계를 통해 상호소통 구조에 편입되었다고 한다.[46]

「구운몽」의 경우가 직접 창작에 참여하기보다는 수용자로서 의사소통의 통로로 작품을 활용했던 것이라면, 중학교 국어교과서에 실려 있는 판소리계 소설 「토끼전」은 숱한 이본들을 통해 직접 창작에 참여하는 적극적인 의사소통의 실례를 보여준다.

한편 「토끼전」은 이본에 따라 결말이 각기 다르다. 토끼를 놓친 자라가 자결하고 용왕은 왕위를 물려주고 죽거나(경판본 「토생전」), 수궁으로 돌아가지 못하고 소상강에 망명해 살거나(가람본 「별토가」), 빈손으로 돌아가 공이 없다고 귀양 가거나(한문본 「토공전」), 토끼 똥을 받아가 용왕을 살리거나(신재효본 〈퇴별가〉), 명의名醫 화타에게 선약을 받아가 용왕을 살리는(신구서림본 「별주부전」) 등 참으로 다양하다. 이는 당대 민중들이 몸담고 살아가야 했던 봉건국가에 대해 어떤 입장을 가지느냐에 따라 편차를 보이는 것이다. 여기에는 당대 담당층의 바람뿐만 아니라 필사본, 방각본, 활자본 등 고전소설의 존재방

---

46   김종철, 「17세기 소설사의 전환과 소설교육론」, 『한국학보』 96, 일지사, 1999 참조.

식 곧 매체의 특성 또한 중요한 요소로 작용했다.[47]

우선 필사본인 가람본 「별토가」는 다양성과 혼재성이 가장 잘 드러나 있는 텍스트다. 사건 진행과 관계없는 사설이 이어지기도 하고 사설이 사건진행을 방해하기도 한다. 각각의 사건들은 완결되지도 않고 사설에 묻혀 버리는가 하면 딱히 결말을 맺지 않는 것도 있다. 그것은 이 필사본 텍스트가 용왕을 비롯한 기존 권력 혹은 권위에 대한 희화와 풍자를 주 내용으로 하고 있기 때문이다. 이 한바탕의 난장판은 끝없이 부연이 가능한 유일 텍스트인 필사본이기에 실현될 수 있었고, 자라가 소상강으로 망명하고 용왕도 병이 더하여 죽게 되는 결말 부분도 필사본이기에 가능했던 것이다.

이런 필사본의 다양성과 혼재성은 방각본坊刻本이라는 당시로는 '공식적인' 인쇄물로 변환되면서 정리되게 된다. 사건을 취사선택하거나 행문을 축약하는 데는 어떤 이데올로기가 내장되어 있었고, 그것은 당대의 사람들이 보편적으로 합의할 수 있는 것이어야 했다. 개개인이 가졌던 생각을 벗어나 공식화할 수 있어야 했다. 비록 봉건체제나 이념에 대하여 못마땅하게 생각하더라도 봉건체제가 존속하는 한 그것을 공식화하여 출판하기는 쉽지 않은 일이다. 경판본 「토생전」에서 용왕이 그 절대적 권위가 훼손되지 않고, 자라는 충신으로 장렬하게 죽으며, 토끼는 기지로써 사지에서 벗어나는 것으로 그려질 수밖에 없는 이유도 거기에 있다.

활자본 고전소설들은 1910년대부터 근대 인쇄 방식으로 출판된 대중 독서물이다. 1913년 신구서림에서 출간한 「별주부전」은 전체적인 줄거리는 유사하지만 판소리의 사설은 하나도 없고, 토끼와 자라의 대결 구도도 보이지 않는

---

47 권순긍, 「「토끼전」의 매체변환과 존재방식」, 『고전소설의 교육과 매체』, 보고사, 2007, 171~196면 참조.

다. 결말 부분에 가서는 어쨌든 토끼가 사지에서 벗어나는 이야기로 마무리지으며 전적으로 자라의 충성을 강조하고 미화하는 데 사건이 모아지고 있다. 이는 물론 당대 수용층들의 바람일 수 있으나 대중 독서물로서 매체변환과 깊은 관계가 있다. 곧 고전소설이 활자본으로 출판되면서 대중 독서물로 변환하게 되는데, 텍스트의 풍부한 사설들이 사건 중심으로 재편되고 봉건국가의 운명과 관련하여 용왕과 토끼, 자라가 벌이는 심각한 대결의 양상이 자라를 중심으로 재편되는 것이다. 이미 시대가 바뀌었기에 봉건체제에 대한 첨예하고 심각한 문제들은 흥미를 끌 수 없었으며, 이해조의 방식대로 "무한 유식하고 무한 재미있고 신출귀몰한"[48] 속고 속이는 '기지담'으로 이야기가 정리된 것이다.

한편 완판 방각본으로도 출판된 창본唱本인 신재효본 〈퇴별가〉는 봉건체제에 대한 풍자와 왕에 대한 충성을 적당한 선에서 조율하고 있는 작품이다. 즉 어느 이본 보다 조정중신들의 행태와 지방 통치체제를 신랄하게 풍자하고 있지만, 그 정점인 왕이나 봉건이념을 훼손시키지는 않는다. 보잘것없는 자라가 모든 역할을 떠맡고 있기 때문이다. 그래서 봉건체제의 모순은 풍자되지만 자라의 충성 또한 강조되고 있다. 결말 부분에 토끼똥을 가져가 용왕을 살리는 대목은 여러모로 상징적이다. 통렬한 풍자로도 읽히지만 용왕을 살리기 위한 자라의 충성을 강조한 것으로도 볼 수 있다. 신재효도 "즈릭의 즁흔 츙셩, 톡기의 죠흔 구변 즈랑ᄒ자"[49] 했다고 한다.

신재효본 〈퇴별가〉가 봉건체제에 대한 풍자와 충성을 미화하는 선에서 적당히 더 협히고 있다면, 가람본 「별토가」는 풍자하고 비판하는 쪽으로, 경판본 「토생전」과 신구서림본 「별주부전」은 미화하고 강조하는 쪽으로 각각 수

---

48 이해조, 「兎의 肝 예고」, 『매일신보』, 1912.6.7.
49 신재효본 〈퇴별가〉, 인권환 역주, 『토끼전』, 고려대 민족문화연구소, 1993, 144면.

용자들의 정치적 입장을 드러내고 있는 것이다. 서로 다른 지향의 「토끼전」
을 통해 논쟁하며 소통하고 있는 셈이다.

이런 소통방식은 우선 담당 집단들의 이데올로기를 반영하지만 매체나 매
체가 처한 환경의 영향, 즉 고전소설의 존재 방식과도 긴밀하게 연결되어 있
다. 이는 가창 방식, 필사 방식, (제한된) 목판인쇄 방식, (대중적) 활자인쇄 방
식으로 나눌 수 있는데 각각 창본, 필사본, 방각본, 활자본이 해당된다. 매체
의 특성을 살펴보면 상호소통되는 열린 텍스트(창본), 다중의 텍스트(필사본),
제한되고 일방적인 소통 텍스트(방각본), 다량의 대중적 소통 텍스트(활자본)
인 셈이다. 디지털 미디어처럼 다량의 자료가 상호소통되는 것이 아니라 오
랜 시간을 거치면서 집단의 생각이 반영되어 제한적으로 소통됐던 것이다.
그중에서도 판소리 창본은 '더늠'을 통해 변이를 보이거나 현장에서의 소통
이 일어났으며, 고전소설의 대부분을 차지하는 필사본의 경우 창본처럼 현
장에서의 소통이 일어나지는 않지만 독자가 창작에 참여하여 텍스트의 변개
와 재창작이 얼마든지 가능했다. 같은 제목의 다중 텍스트들이 나타난 것이
다. 말하자면 다수의 필사본을 통해 디지털 미디어처럼 동시에 상호소통이
일어난 것은 아니지만 시차를 두고 텍스트의 변개와 재창작을 통해 상호소
통이 일어났던 셈이다.

이런 소통방식을 활용하여 고전문학 교육의 일환으로 학생들이 직접 결말
부분을 써보아 상호소통의 장場에 같이 참여할 수 있는 방법이 있다. 일종의
새로운 이본을 만들어 보는 작업이다. 봉건국가의 운명과 결부된 「토끼전」
의 결말을 그룹별로 써보도록 하여 왜 그런 결말에 도달하게 됐는지를 설명
하고 토론하도록 할 수 있다. 물론 고전소설이나 판소리의 이본들은 오랜 기
간 다양한 계층과 집단이 참여하여 소통이 광범위하게 이루어졌다. 그러기

에 거기에는 「토끼전」의 결말에서 보듯이 각 계층 혹은 집단들 간의 이데올로기가 현저하게 드러나지만 학생들이 쓰는 「토끼전」의 결말은 동시에 여러 방향으로 상호소통이 일어나 개인적 취향이나 생각을 드러낼 수 있게 된다. 말하자면 디지털 미디어에서 일어나는 다방향의 상호소통을 고전소설의 이본을 다양하게 창작해 봄으로써 알 수 있게 되는 것이다.

이런 점에서 고전소설 이본 다시 쓰기의 작업은 고전소설을 디지털 미디어의 특성인 상호소통 방식으로 이해하는 것이면서 동시에 창작교육의 방안으로서도 의의가 있는 것이다. 김종철은 이본파생의 원칙이 모방에서 시작하여 변개 혹은 패러디를 거쳐 창조에까지 이르렀다고 전제하고 창작교육의 의의로 인간의 본질과 관련된 언어활동, 문학 교육에서의 자기화, 개별화에 머무르지 않는 집단화, 민족문학 교육과의 관련성 등을 들었다.[50] 특히 이본을 만드는 작업으로 하나의 놀이 양식에 주체적으로 뛰어들어 자기 나름대로 노는 것이라 볼 수 있다. 곧 놀면서 서사를 만들어 가는 게임과 유사해 새로운 이본을 만드는 과정은 흥미를 가지면서 고전문학을 이해하고 글쓰기를 할 수 있는 종합적인 문학 교육의 방안이 될 수 있다.

디지털 미디어 시대에 정보나 지식의 전달은 상호소통성을 특징으로 한다. 이런 점에서 많은 이본 텍스트를 보유하고 있는 고전소설이나 판소리는 디지털 미디어의 특징인 상호소통성을 활용하여 텍스트의 이해와 더불어 창작교육도 할 수 있는 좋은 자료가 된다.

---

50   김종철, 「소설의 이본파생과 창작교육의 한 방향」, 『고소설연구』 7, 한국고소설학회, 1999, 370
     ~374면.

2) '판타지' 장르와 고전소설의 환상성

설화나 고전소설들을 보면 현실적인 문맥으로는 이해하기 어려운 환상성이나 낭만성이 빈번하게 등장한다. 이 환상성은 근대 리얼리즘의 입장에서는 미흡한 서사로 비난받았지만 오늘날에는 '판타지Fantasy' 장르와 연결될 수 있는 가능성을 지니고 있다. 청소년들이 열광하는 판타지 소설은 물론이고 게임서사나 대작영화들을 보면 그 실상을 짐작할 수 있다. 판타지는 우리말로 번역하면 '환상문학'이다. 이때의 환상幻想은 실제로는 존재하지 않는 것이 마치 존재하고 있는 것처럼 보이는 환상幻像이나 환영幻影을 가리키는 것이 아니라 현실에서는 있을 수 없는 일을 생각하는 특별한 공상, 곧 특수한 형식의 상상력을 바탕으로 쓰어진 기이하고도 초자연적인 이야기를 뜻한다.[51]

판타지는 현실에서 일어날 수 없는 비현실적이고 초자연적인 이야기인 셈인데 바로 이런 지점에서 근대적 합리성에 의해 재단되지 않은 고전소설과의 조우가 가능해진다. 더욱이 '동양적 판타지'의 원조라 부르는 『봉신연의』, 『요재지이』, 『서유기』 등과 수많은 전기소설傳奇小說 등은 바로 우리 소설사에서 『금오신화』나 「구운몽」 등의 세계와 그대로 일치한다. 아쉽게도 현재 유행하고 있는 이른바 '동양적 판타지'는 이 같은 동양의 풍성한 서사적 전통을 잇지 못하고 격절隔絶된 채 서구 판타지의 일방적 영향과 자극 속에서 발전했다고 한다.[52] 그러기에 이런 동양적 판타지의 전통을 계승하고 발전시켜야 할 의무가 있다.

우리 소설사에서 환상성이 계승되지 못한 것은 근대적 리얼리즘의 정착

---

51 조성면, 「문화콘텐츠와 장르 판타지」, 『한국문학, 대중문학, 문화콘텐츠』, 소명출판, 2006, 326면.
52 위의 글, 352면.

때문일 것이다. 고전소설은 근대소설의 척도에서 볼 때는 분명 현실적이지 못하다. 앞서 살핀 것처럼 근대소설가인 이태준李泰俊(1904~1970)은 "「장화홍련전」, 「흥부전」, 「춘향전」 같은" 고전소설 작품들이 "우리의 고전문학으로 재음미되고 있기는 하나 현대인의 소설 관념에서는 극히 먼 거리에 떨어져 있는 것이다. 한마디로 말하면 표현에 진실이 없었던 까닭이다. 인물 하나를 진실성이 있게 묘사해 놓는 것을 찾기가 어렵다"[53]고 하여 리얼리티의 결여를 지적했다. 흔히 천상계와 지상계가 나뉘고 비현실적인 사건들이 발생하며 기이한 만남들이 이어지는 고전소설의 세계는 근대 합리성의 관점에서 보면 황당하기 그지없고 현실과 전혀 연관이 없는 것으로 보인다.

하지만 고전소설의 비현실적인 부분을 관점을 달리 생각해 보면 민중들의 소망을 반영한 낭만적 형태로 볼 수 있는 것이다. 가장 많이 읽혔던 「춘향전」에서 서울로 올라간 이몽룡이 순식간에 과거에 장원급제를 하고 호남 암행어사로 내려와 위기에 처한 춘향을 구출한다는 스토리텔링은 합리적으로 보자면 말이 안 되는 얘기지만 민중들의 바람은 춘향을 빨리 구해야 하기에 급제 후 단계를 밟아 암행어사가 되기에는 머뭇거리고 주저할 시간이 없는 것이다. 게다가 변학도의 모진 수난을 견디며 죽을 수밖에 없는 순간에 낭군이 암행어사가 되어 극적으로 춘향을 구해준다는 설정은 황당하지만 또한 얼마나 흥미로운가! 합리성을 넘어서는 민중들의 낭만적이고 역동적인 사고를 엿볼 수 있다.

그런가 하면 처절한 가난 속에서 몸부림치는 한 여성의 모진 운명을 그린 판소리계 소설 「심청전」조차 환상적인 요소가 다수 등장한다. 다른 판소리

---

53 이태준, 「조선의 소설들」, 상허학회 편, 『이태준전집』 5─무서록 외, 소명출판, 2015, 58면.

계 소설에는 등장하지 않는 천상계 개입은 물론 기자정성, 태몽, 용궁 환생, 심봉사 개안 등 일견 판소리의 서사문법과 동떨어져 있는 듯한 많은 환상적 요소가 등장한다. 그런데 이것이 작품의 질을 떨어뜨리지는 않는다. 모진 세계의 횡포에 유린된 한 어린 소녀의 처절한 삶이 이런 신이한 도움이나 환상적 장치 없이 어떻게 해결될 수 있겠는가? 인당수에 몸을 던진 심청이가 살아날 수 없는 것이 현실이지만 또한 환생하여 행복한 삶을 보상받는 것이 민중들의 꿈인 것이다.

이는 또한 극도의 가난 속에서 복을 받는 「흥부전」 보은박의 경우도 크게 다르지 않다. 빈손으로 놀부에게 쫓겨나 아무 것도 가지지 못한 채 수많은 자식을 먹여 살려야 하는 흥부의 처지를 보면 그가 결코 게으르거나 무능한 사람이 아니라는 점이다. 짚신 장수, 날품팔이 노동, 심지어는 매품까지 팔아 살아보려고 발버둥질을 쳤음을 알 수 있다. 하지만 냉혹한 현실 속에서 가난을 벗어날 현실적인 길은 없었다. 당시 현실 속에서 날품팔이 노동으로 그 많은 자식들을 먹여 살리는 것은 불가능하기 때문이다. 유일한 수단은 비현실적이지만 보은박을 통해 가난을 해결하는 방법 외에는 없다. 보은박이라는 설정은 낭만적이고 환상적이지만 박에서 나온 것들이 당시 흥부에게 필요한 물품이라는 사실은 지극히 현실적이다. 첫 번째 박에서 값 비싼 명약 名藥들이 나오자 "아직 효험 샌르기는 밥만 못ᄒ외"[54]다고 할 정도로 현실생활에 집착을 보였다.

근대소설은 리얼리즘의 시각을 통하여 냉혹한 현실의 모습을 그렸다. 하지만 고전소설은 환상적(혹은 낭만적) 해결을 보여줌으로써 현실의 장벽 너머

---

54 김태준 역주, 『흥부전/변강쇠가』, 고려대 민족문화연구소, 1995, 40면.

에 있는 민중들의 꿈과 소망을 그렸다. 여기서 소설의 효용을 따지자는 것은 아니다. 선풍적인 인기를 끌고 있는『해리포터』시리즈나『반지의 제왕』같은 판타지 문학을 보면 알 수 있듯이 이제 소설은 현실의 적나라한 모습을 보여주는 것이 아니라 꿈을 보여주는 데로 나아가고 있다는 것이다. 그것이 얼마나 풍부하고 정교하느냐가 작품의 질을 결정지을 것이다. 환상은 문학적 금기에 의해 묶인 욕망의 보상으로 제시되고 또 추구되는 측면이 있다. 그러나 그 보다도 더 중요하게는 이성을 기반으로 하는 근대사회의 억압성에 대한 저항이자 전복으로서 문학에서의 환상이 의미를 가진다는 것이다. 이른바 근대 이성주의에 반발하는 포스트모더니즘의 징후로서 환상성이 부각된다는 것이다.

이 때문에 근대 합리주의의 입장에선 평가절하 됐지만 지금 새롭게 부각되는 환상성에 의해 고전소설의 이야기들은 케케묵은 것이 아니라 오히려 신선한 스토리텔링으로 다가올 수 있는 것이다. 대표적인 작품이 8명의 여자와 서로 다른 시공간에서 얽히고 만나는「구운몽」일 것이다. 팔선녀가 화한 여덟 여자와 서로 다르게 인연을 맺고 결국에는 성대한 가문을 이룸으로서 세속적 욕망을 실현하는 성진의 삶은 상층 사대부들의 '꿈' 그 자체였다. 그리고 다시 성진으로 돌아왔을 때 그 모든 부귀영화가 꿈이었다는(마치 영화〈매트릭스〉의 결말처럼) 외화外話는 또 얼마나 신선한가! 게다가 이 세속적 욕망 실현의 내화內話와 도道의 추구인 외화가 어느 것이 꿈이고 어느 것이 꿈이 아니냐고 느닷없이 물음을 던지는 데서「구운몽」의 판타지는 완성된다. 영화〈메트릭스〉처럼 몇 겹의 이야기 속에 세속적 욕망과 도道의 추구에 관한 철학적 문제를 제기하고 해결하고자 했던 것이다.

여기서 흔히 김만중이 어머니를 위로하기 위해 지었다는 창작동기를 재음

미해 볼 필요를 느낀다. 『서포만필西浦漫筆』에 보면 "또 글을 지어 부쳐서 (윤부인의) 소일거리를 삼게 하였는데, 그 글의 요지는 '일체의 부귀영화가 모두 몽환夢幻이라'는 것이었으니, 또한 슬픔을 달래기 위한 것이었다"[55]고 한다. 여기서 '슬픔을 달래기[慰其悲]' 위한 것이었다는 언술은 바로 '위안' 혹은 '구원'으로서의 의미를 담고 있다. 거기에는 풍비박산한 가문의 몰락 앞에서 부서진 현실과 이상적 삶의 극대치인 꿈의 세계를 모두 인정해야만 하는 어려움이 가로놓여 있다. 비록 현실의 비참함이 확인되더라도 꿈의 세계를 인정함으로써 자신을 확인하고 살아나갈 수 있는 것이다. 꿈이 있음으로써 현실이 확인되고 또 현실이 비참할수록 꿈은 삶의 위안 혹은 구원으로 의미를 갖게 되는 것이다. 「구운몽」은 우리들 삶에서 '꿈' 혹은 '몽상'이 왜 필요한가에 대한 해답을 제시해주는 것이다.

국어교재 「구운몽」 부분을 보면 현실을 초극하는 욕구의 실현으로서 문제 제기를 하고 있음을 볼 수 있다. 하지만 정작 그 해결에 있어서는 "'양소유'는 불교에 귀의함으로써 문제를 해결했지만, 이러한 해결 방법이 모든 사람에게 공통되는 것은 아니다"라고 한다. 과연 '양소유'는 '성진'으로 돌아와 불교에 귀의함으로써 세속적 욕망의 문제를 해결했는가? 이렇게 문제가 해결된다면 현실과 꿈 혹은 '성진'과 '양소유' 모두를 인정해야 한다는 육관 대사의 설법을 아무 의미가 없게 된다.

문제는 대부분 학교 교육현장에서 아직도 「구운몽」의 주제를 천편일률적으로 '인생무상人生無常'이라 가르친다는 점이다. 초기 연구자들의 입장이 수정 없이 수용된 셈이다. 이렇게 된다면 「구운몽」의 꿈은 아무런 의미 없이

---

55 김병국 외역, 『西浦漫筆』, 서울대 출판부, 1992, 227면. "又著書寄途 伸作逍遣之資 其旨 以爲一 切 富貴繁華 都是夢幻 而慰其悲也."

깨달음에 이르기 위한 보조장치로만 기능하게 된다. 정작 '꿈'이 왜 필요한가에 대한 문학 교육적 고찰과는 정반대로 꿈을 꾸지 말라고 가르치는 것이다. 인간은 꿈을 통해 불가능한 욕망을 실현하고 그것이 삶에서 얼마나 소중한 것인가를 「구운몽」을 통해 가르칠 수 있어야 한다.[56]

고전소설은 분명 근대 리얼리즘의 코드로는 잡히지 않는다. 거기에는 근대소설과 완연히 다른 그 무엇이 있다. 이것이 바로 환상성이다. 이 고전문학의 환상성은 판타지 장르의 그것과 상당히 닮았다. 물론 「구운몽」이 지니고 있는 17세기 상층 사대부 계층이 지닌 욕망과 도道의 관계에 대한 심오한 철학적 사유와 판타지 장르의 단순한 주제가 동일할 수는 없을 것이다. 무엇보다도 판타지 장르는 복잡다단한 현실과 관계를 맺지 않는다. 일종의 현실도피인 셈이며 새로운 가상현실 속에서 위안을 얻는다. 하지만 현실을 비현실의 시각으로 바라보는 방식에 있어서는 유사성을 갖는다. 이런 판타지 장르의 현실 해석방식을 고전소설의 읽기에 도입하면 판타지에 익숙한 청소년들은 흥미를 가지며 작품을 접할 것이다.

그중 하나로 고전소설의 스토리텔링과 유사하며 대다수의 판타지가 의존하고 있는 '모험 이야기'의 공식을 제시하면 아래와 같다.[57]

① 주인공은 누군가에 의하여 또는 무엇인가에 의하여 모험과 여행을 시작해야 하는 동기를 부여받아야 한다.
② 주인공에게는 모험을 견뎌낼 만한 기질이 있어야 한다.
③ 주인공을 흥미롭고 위험한 상황 속에 처하게 만들어라.

56　권순긍, 「고등학교 고전소설 교육의 지향과 방법」, 앞의 책, 55~56면 참조.
57　조성면, 앞의 글, 332면.

④ 모험 자체에 초점을 맞춰라.

⑤ 추격전을 삽입하면 좋다.

⑥ (세 번째에 이르러) 가까스로 성공하게 만들어라.(이른바 삼세번의 원칙)

⑦ 모험에 로맨스가 동반되면 좋다.

⑧ 모험을 끝낸 주인공이 일상으로 복귀한다고 하더라도 모험을 겪기 전보다 한층 더 성숙(신분이 상승되거나 공동체의 영웅이 되어야 한다)해져야 한다.

이 판타지 장르의 공식을 보면 영웅소설의 구조와 상당히 유사함을 발견한다. 영웅소설에서는 모험이 아니라 외적의 침략인 국란이어서 막연한 모험보다 위기를 겪는 당대 현실을 반영한다. 어쨌든 마지막에 승리자가 되어 공동체(국가나 가문)의 영웅으로 추앙받는다는 점에서 영웅소설의 결구와 유사하다. 이른바 '영웅의 일생'의 코드를 약간만 바꾸면 판타지 장르의 공식이 되는 셈이다. 환상성이나 모험의 공식 등 판타지 장르의 문법을 활용하면 고전소설의 비현실성이나 환상성이 훨씬 재미있는 이야기로 읽혀질 것이다. 고전소설의 교육에서 이런 환상성이 적극적으로 해석돼야 오늘날에 보다 의미있는 문학 교육의 기제로 활용될 것이다.

4. 한국 고전소설의 근대적 변개로서 외국어 번역

1) 한국문화의 해석과 점유로서의 '번역'

하나의 언어체계에서 다른 언어체계로 의미를 전환하는 '번역'을 어떻게 볼 것인가? 이는 흔히 한 언어나 기호 체계를 다른 언어나 기호 체계로 단순히 해석하는 것을 의미하지는 않는다. 에코에 의하면 번역은 하나의 기호 체계 'A'에 따라 완성된 텍스트 'a'에서 출발하여, 하나의 기호 체계 'B'에 따라 완성된 텍스트 'b'로 이행하는 것을 의미한다. 그 과정에서 서로 다른 기호체계들 간의 충돌이 발생하며 해석에 따른 복잡한 의미의 층위를 구성한다고 할 수 있다. 말하자면 단순히 어떤 의미를 다른 언어로 치환하기만 하는 것이 아니라 넓게 본다면 문화에서 문화로, 세기에서 세기로 치환하는 것을 말한다.[58]

그러기에 번역이 하나의 텍스트를 다른 텍스트로 전환하는 것뿐만 아니라 하나의 문화를 다른 문화로 전환하는 것임을 전제한다면, 번역이 근거로 하고 있는 이데올로기를 의식하는 것이 얼마나 중요한 지를 깨닫게 된다. 번역가가 추가했던 것, 생략했던 것, 선택한 단어들, 그리고 그것들을 어떻게 배치했는지를 파악하는 것은 필수적이다. 번역가가 선택했던 것 뒤에는 자신의 역사를 드러내기 위한 자발적인 행위가 있고 그 번역가를 둘러싸고 있는 사회 · 정치적인 환경, 다시 말하면 그 자신의 문화가 있기 때문이다.[59]

---

58 움베르트 에코 외, 송태욱 역, 『움베르토 에코를 둘러 싼 번역 이야기』, 열린책들, 2005, 16~218면 참조.
59 로만 알루아레즈 및 아프리카 비달, 윤일환 역 「번역하기-정치적 행위」, 『번역, 권력, 전복』, 동인, 2008, 17~18면.

이런 입장에서 볼 때 근대 초기 이른바 서세동점西勢東漸의 시기에 일제의 관변학자들과 서양의 선교사들에 의해 주도되었던 우리 고전소설의 번역은 이러한 우리문화에 대한 일본과 서구의 해석과 충돌의 흔적일 뿐만 아니라 또 다른 언어 혹은 문화로 우리의 고전소설을 변개한 것이다. 게다가 그것은 단순히 타자의 언어로 이러저러한 의미들을 해석해 냈던 것이 아니라 주지하다시피 일본 혹은 서구의 문화에 의해 우리 문화를 식민화하고 점유하려는 시도를 보여주는 것으로 인식된다. 근대 초기 "開化란 인간세상의 천만 가지 사물이 지극히 선하고도 아름다운 경지에 이르는 것"[60]이라고 천명한 이래 고귀한 시대정신이 된 '문명개화文明開化'라는 미명 아래 자행됐던 언어적이고 문화적인 점유 혹은 근대적 변개의 일환인 것이다.

타자에 의해 번역이 이루어지던 근대 초기 우리의 언어적, 문화적 상황은 매우 복잡했다. 기존의 한문과 새롭게 자리를 잡아가던 '국문'은 물론 국한문체까지 등장하여 서구나 일본의 언어체계와 충돌을 빚었다. 이러한 근대 초기 복잡다단한 언어, 문화적 상황을 게일은 "오래된 것은 사라졌고, 새로운 것은 아직 도래하지 않았다. 일본적 관념들, 서구적 관념들, 신세계의 사상들이 그 존재가 명확히 정의되지도 못한 채, 마치 무선 전신과도 같이 허공중에서 서로 충돌하고 있다"[61]고 증언하고 있다. 근대 초기 번역이 중요한 이유도 여기에 있다. 흔히 "언어는 사고의 집"이라는 명제가 표명하듯 그 복잡다단한 사고들을 다른 언어의 체계 속에서 어떻게 형상화했는가는 그 실

---

60 유길준, 허경진 역, 『西遊見聞』, 사해문집, 2004, 393면. 원 저작은 1895년 일본 교순사에서 간행했으며, 「개화의 등급」은 『황성신문』 1898년 9월 23일 자의 논설로 발췌되어 게재되었다.
61 J. S. 게일, 황호덕·이상현 역, 「한국문학(1923)」, 『근대 한국의 이중어사전』 2(번역편), 박문사, 2012, 164면. 이 자료는 게일이 한국문학에 대해 쓴 본격적인 논문으로 한국문학에 대한 게일의 생각을 알 수 있는 흥미로운 글이다.

상과는 관계없이 하나의 이데올로기적 표상 혹은 해석과 점유로서 의미를 갖게 되는 것이다.

여기서 다루려고 하는 것은 서구의 문화가 근대 초기 우리의 복잡한 언어체계에 의해 번역되어 수용된 경우가 아니라, 우리의 문화가 그들의 언어에 의해 번역되고 해석됨으로써 일종의 변개가 일어난 경우다. 그중에서도 특히 한문이 아닌 우리말, 즉 '국문'으로 기록된 고전소설의 번역을 분석 대상으로 한다.

이를 통해서 근대 초기 한문이 아닌 우리말이 어떻게 타자의 언어로 번역되고 해석되었는가를 알아볼 수 있으며 우리 문화의 정체성이 타자에게 어떻게 수용됐는가를 잘 볼 수 있기 때문이다. 서세동점의 시기에 일본과 서구의 세력들은 번역을 통하여 우리 문화를 해석만 한 것이 아니라 이를 점유하고 동질화 하려고 무수한 노력과 시도를 했다. 거기에는 분명 어떤 이데올로기가 내장되어 있으며 그것은 번역자 개인의 것이 아닌 번역자가 속한 집단 혹은 국가의 자장 속에 근거한다고 할 수 있다. 그 과정에서 당연히 문화 간의 충돌과 점유가 일어나며 그 흔적들이 번역을 통하여 어떻게 변개됐는가를 파악하여 텍스트뿐만 아니라 텍스트를 둘러싸고 있는 콘텍스트적 의미까지 찾아보려 한다.

서양의 우리 문학 번역자로서 탁월한 업적을 남긴 선교사 J. S. 게일James Scarth Gale(1863~1937)은 서구문화를 모방한 근대문학보다 우리의 정체성을 온전히 담고 있는 고전에 주목하였다. 그는 근대화의 진통 속에서 "근대 문명이라는 미명 속에서, 한국의 가장 의미 있는 모든 것들, 영혼의 안식으로 인도하던 기호와 표식들이 온전히 씻겨 사라졌다"고 안타까워하면서 당시 통속소설인 「천리원정千里遠情」과 고전소설을 비교하여 "이 작품은 문학에는 전적으로 무지한 누군가에 의해 작성된 형편없는 작문이다. 「홍길동전」과 같은 옛이야기는 잘 숙련된 저자의 손에 의해 잘 씌어졌지만 오늘날의 것은 그렇지 못하다"라고까지 했다.[62]

게일의 이러한 언술은 문명개화라는 미명하에 이루어졌던 서구식 제도의 이식인 근대가 한국의 찬란한 전통들을 다 사라지게 했다는 슬픈 조사弔辭인 셈인데, 타자인 그가 왜 이런 생각에 도달하게 됐을까? 고전소설 중에서도 봉건체제에 대한 풍자를 극명히 드러내어 정치적 지향을 잘 가늠해 볼 수 있는 「토끼전」을 대상으로 게일의 번역 양상과 문화적 해석과 충돌 혹은 점유나 변개로서 번역이 가지는 의미를 살펴보고자 한다. 분석 대본은 경판본 「토생전」을 번역하여 타이핑 상태로 보존된 *The Turtle and the Rabbit*이다.

2) 게일의 〈토생전〉 번역, *The Turtle and the Rabbit*의 양상

주지하다시피 J. S. 게일은 1888년 개신교 선교사로 한국에 와서 선교활동은 물론이고 교육자, 한국학자, 번역가, 사전 편찬자, 저술가와 같은 다양한 활동을 했으며 특히 한국 고전문학의 번역에 지대한 관심과 열정을 가져 많은 업적을 남겼다. 그중에서 주목되는 것은 1917~1919년에 주로 행해졌던 고전소설의 번역이다. 이미 「구운몽」과 「춘향전」을 번역하여 단행본으로 출판하거나 잡지에 연재 발표했으며,[63] 미간행 원고들은 캐나다 토론토대학 도서관

---

62 위의 책, 164~168면 참조. 한편 게일의 다른 글 "Fiction"(*The Korean Bookman*, 1923.March)에서는 「토끼전」(토생전)을 제시하여 그 우수함을 극찬하였다.

63 「구운몽」은 *The Cloud Dream of the Nine*란 제목으로 런던 다니엘 오코너 출판사에서 1922년 출판했으며, 「춘향전」은 *The Korea Magazine*에 1917년 9월부터 1919년 4월까지 연재하였다. 이상현, 『한국 고전번역가의 초상, 게일의 고전학 담론과 고소설 번역의 지형』, 소명출판, 2013, 319~361면 참조.

의 '토마스 피셔 희귀본 장서실'에 『게일문서Gale, James Scarth Papers』로 보관되어 있다. 그중에 직접 자필로 작성한 17종의 고전소설 영역본과 이에 대한 교정원고로 추정되는 4종의 활자화된 영역본의 목록을 제시하면 아래와 같다.[64]

> 영문 필사본(17편) 「창선감의록」, 「운영전」, 「심청전」, 「숙영낭자전」, 「홍길동전」, 「백학선전」, 「토생전」, 「금수전」, 「흥부전」, 「임장군전」, 「금방울전」, 「이해룡전」, 「양풍운전」, 「제마무전」, 「장경전」, 「소대성전」, 「적성의전」.
>
> 영문 활자본(4편) 「춘향전(The Story of Choonyang)」, 「심청전(The Story of Sim Chung)」, 「토생전(The turtle and the rabbit)」, 「운영전(The Sorrows of Oon Yung)」

이 중에서 여기서 검토할 「토생전」은 1888년 자료를 입수하여 「심청전」과 같이 1919년에 한국에서 번역했던 것을 1933년 영국 바스Bath에서 다시 옮긴 것이다. 일기 18권에 수록된 고소설 목차에 '토싱전'으로 기재된 제명으로 보아 번역의 저본은 경판 16장본 「토생전」임을 분명하게 알 수 있다.[65] 원본과 번역본을 비교하면 서사의 단락은 거의 일치하지만 표현방식이나 세부묘사 등 디테일에서 차이를 보이는 곳이 많이 있다. 그 차이는 앞서 언급

---

64 게일에 대한 전반적인 사항들은 이상현, 앞의 책과 「게일의 한국 고소설 번역과 그 통국가적 맥락」,(『비교한국학』 22-1, 국제비교한국학회, 2014, 6~16면)을 참조했으며 『게일문서』는 이상현과 한재표가 복사해 온 자료들을 정리하여 권순긍 외, 「'게일문서' 소재 「심청전」, 「토생전」의 영역본 발굴과 의의」,(『고소설연구』 30, 한국고소설학회, 2010)로 학계에 소개한 바 있다. 「토생전」 영역 자료의 분석은 여기에 게재한 것으로 한다. 영문 활자본은 타이핑하여 정리한 것을 말한다.

65 권순긍 외, 앞의 글, 434면.

했듯이 개신교 선교사 게일을 둘러싸고 있는 여러 사회·정치적인 환경, 곧 서구의 기독교 문화와 한국문화와의 충돌에 따른 해석인 셈이다. 곧 우리 문화나 고전소설에 대한 일종의 변개라 할 수 있는데, 차이나는 곳을 중심으로 그 양상과 의미들을 규명해 본다.

(1) 벼슬 이름과 호칭의 변개

「토생전」에는 수궁의 수많은 벼슬들이 등장한다. 이를 서구의 선교사 게일은 어떻게 옮겼는가? 우선 자라를 지칭하는 '별주부鼈主簿'에 대하여 '주부' 벼슬이 언급되지 않았다. 주부는 『표준국어대사전』에 의하면 "고려 시대에, 여러 관아에 둔 육품에서 팔품까지의 벼슬. 선부, 사헌부, 춘추관, 전교시 따위에 두었다"고 한다. 주부라는 벼슬을 두드러지게 언급한 것은 용궁어전회의에 참석할 자격이 없는 하찮은 직위의 인물임을 나타내고자 해서다. 신재효본 〈퇴별가〉에서도 주부의 존재를 "평싱 모도 멸시ᄒᆞ든 쥬부 ᄌᆞ릐"[66]라 하였을 정도로 그 존재는 미미하다. 하지만 게일의 번역에서는 그것이 생략되어 "All looked to see who it was, and lo, it was the turtle, a cousin of the chara(tortoise)"[67]로 번역되었다. 주부라는 벼슬에 대한 언급은 없고 "(육지 거북) 자라의 사촌인 거북"으로만 명명하였다.

고전소설 「토끼전」의 이본들 모두 자라가 등장하는데, 번역본에서는 '(바다)거북'으로 통일되었다. 자라는 민물에 살며, (바다)거북이 바다에 사니 생물학적으로 본다면 합리적인 번역인 셈이다. 다만 뒷부분에 가서 별주부가

---

66 인권환 역주, 『토끼전』, 고려대 민족문화연구소, 1993, 68면.
67 권순궁 외, 앞의 글, 480면. 앞으로 이 게일의 번역 자료는 일일이 주를 달지 않고 괄호 속에 면수만 표시한다.

토끼에게 자신을 소개하는 대목을 보면 「토생전」에서는 "듀부 벼슬ᄒᆞ는 ᄌᆞ리"[68]로 나오는데 번역본에서도 이를 주목하여 문관文官이라는 의미의 'A literary official'(p.482)로 번역되었을 뿐이다. 여기서도 그 직무에 관한 것만 설명됐지 '하찮은 벼슬의 인물'이라는 의미는 드러나지 않는다.

주부라는 벼슬에 왜 주목해야 하는가? 주부라는 하찮은 벼슬의 자라는 조정중신 아무도 가지 않으려는 육지에 나가 갖은 고생을 하여 토끼를 잡아오거나, 이본에 따라서는 선약을 구해옴으로써 용왕에 대한 지극한 충성을 드러낸다. 이렇게 하찮은 인물인 별주부가 봉건체제와 이념을 적극적으로 신봉하는 행위는 거꾸로 이를 수호해야 할 조정중신들의 이기적인 행태를 드러내어 봉건체제를 비판함과 동시에 토끼의 무사귀환과 자라의 자살을 통해 '충忠'이라는 봉건이념이 이제는 더 이상 효력을 발휘할 수 없는 허망한 것임을 명료하게 보여주는 것이다.

그러기에 하찮은 인물이라는 의미의 '주부'는 모든 「토끼전」의 이본에서 존재감이 있고 신령한 동물인 (바다)거북이 아닌 자라로 등장한 것이다. 저본이 됐던 경판본 「토생전」이나 신재효본 〈퇴별가〉, 가람본 「별토가」 등 많은 이본에서 자라는 '주부'이며, 오히려 거북이 '대사성'이나 '좌승상', '좌의정'으로 등장하는 것을 보아도 이 사실은 분명해진다. 게일은 이 부분을 무시하거나 의도적으로 왜곡시켜 결과적으로 풍자의 문맥을 제거한 셈이다. 이 외에 벼슬을 지칭하는 몇 가지 특징적인 번역의 예를 들어 보면 아래와 같다.

'일등 공신'[자라가 간을 바치고 일등공신 자리에 오르겠다고 함] → 'Minister

68   자료는 김진영 외편, 「경판본 「토생전」」, 『토끼전 전집』 2, 박이정, 1998, 12면. 이 자료도 앞으로 괄호 속에 면수만 표시한다.

of State'[국무장관](p.482)

　'토선싱'[자라가 토끼를 높여서 부름] → 'Brother rabbit'[토끼 형제](p.482)

　'삼공위(三公位)'[토끼가 간을 가져오기 전에 미리 직위를 내림] → 'a prince of the Dragon Kingdom'[용궁의 왕자](p.489)

　'디ᄉ간(大司諫)'[대사간 자가사리가 토끼를 용궁에 두고 자라만 보내자고 건의] → 'The chief censor'[대감찰관](p.489)

　일단 벼슬이나 관직명을 서구의 관직체계에 맞추어 번역했다. '일등공신'이나 '대사간' 등이 그 예인데, 일등공신은 실제 직책을 뜻하는 것이 아니라 공신 책봉에 따르는 명예와 녹봉을 의미하는 것인데 '국무장관'으로 번역하여 이를 잘못 해석하였다.

　'삼공위'는 삼공의 지위, 즉 정승의 반열에 해당되는 지위를 준다는 것인데, 번역에서는 '용궁의 왕자'로 격을 달리 하였다. 하지만 뒤이어 나오는 토끼의 감사하다는 말에서는 "I am made a duke"(p.489)로 왕자가 아닌 공작의 지위를 준 것으로 나온다. 서양의 왕실에서 왕위 계승을 하는 왕세자가 아닌 다른 왕자의 경우 공작의 작위를 하사하기에 그리 불렸을 것으로 보인다.

　하지만 이는 게일이 '삼공위'를 몰랐다기보다는 어차피 죽을 목숨이니 확실하게 하기 위하여 파격적인 지위를 제공한 것으로 여겨 왕자로 번역한 것이 아닌가 싶다. 원문에서도 "The king then, in order to insure his faithful service for the future, highly honoured him and made him a prince of the Dragon Kingdom"(p.489)이라고 그 점을 강조했다. 왕위를 계승하는 왕세자가 아니더라도 그에 준하는 대군大君의 지위를 준 것은 조선시대에 아무리 중요한 직무를 수행했어도 있을 수 없는 일이니, 이는 게일의 오역이기보다는 명백한 개작으로 보인다.

흥미로운 것은 토끼를 부르는 자라의 호칭이다. '선생'이라는 말은 남을 높여 부르는 말로 흔히 "姓이나 직함 따위에 붙여 남을 높여 이르는 말"이다. 「토끼전」의 이본들에서 '토선생'(가람본)이나 '토생원'(신재효본) 등이 많이 사용된다. 그런데 게일은 'brother'라는 용어를 사용했다. 게일이 편찬한 『한영ᄌ뎐』(1911)에 의하면 '선생先生'은 "The first born-an elder; a senior; a teacher; Mr"로 풀이된다. 이로 미루어 보건대 게일은 이 어휘의 용례는 물론 그것이 존칭어라는 점도 분명히 알고 있었던 셈이다.

하지만 이러한 풀이에 부합되게 토끼에 대한 존칭을 번역하지는 않고 'brother(형제)'라는 말을 사용함으로써 자신의 의도를 드러냈다. brother(형제)라는 표현은 존칭보다는 남을 친근하게 부르는 말로 개신교에서 주로 사용하는 용어다. 성경을 번역하는 과정에서 3인칭 남성을 지칭하는 'brother'라는 말이 '형제'로 번역되어 널리 쓰이게 되면서 이 말은 "하나님을 믿는 신자끼리 스스로를 이르는 말"로 의미가 확대된 것이다. 개신교 선교사였던 게일로서는 선생이라는 말보다 형제라는 말이 호칭으로서 당연히 더 친근했을 것이고 이를 통해서 기독교적인 신앙관을 의도적으로 드러냄 셈이다.

(2) 비속한 표현의 제거

판소리는 당시 민중들의 생활어로 구연된 것이기에 골계적이고 비속한 표현이 많이 등장한다. 다른 판본에 비해 방각본인 경판본은 당시 공식적인 입장을 대변하기에[69] 그런 점이 비교적 적다고 하겠지만 판소리 사설의 흔적

---

69 권순긍, 「「토끼전」의 매체변환과 존재방식」, 『고전소설의 교육과 매체』, 보고사, 2007, 176~178면.

인 골계적이고 비속한 표현이 아주 없는 것은 아니다.

우선 자라가 산 중에 오게 된 내력을 말하는 대목에서 용왕이 '오즘소 틱'(13면)가 있어 동해 용왕의 생일잔치에 참석하지 못했다고 한다. 그런데 번역본에서는 "Unfortunately His Majesty has fallen ill of an internal complaint and is unable to go"(p.482)라고 '내환'이라는 보편적인 병명으로 처리했다. '오줌소태'는 방광염이나 요도염이 그 원인으로 나이가 들어서 방광근육 이상이나 염증으로 인해서 일어나는 질환으로 오줌이 자주 마려운 병이기에 한 자리에 오래 머무를 수 없어 잔치에 참여하는 것이 불가능하다. 바다를 통치하는 지존의 위치인 용왕의 지위에서 보면 비속하고 격이 떨어진다고 여겨 일반적인 내환으로 바꾼 것이다.

다음으로 토끼가 용왕 앞에서 자신의 간을 두고 왔다고 말하자 용왕이 화를 내며 고함을 지르는 대목에서, "톳기 망극ᄒ여 방귀를 즐즐흘니며 안싴이 여상ᄒ여 반만 웃으며 알오딕"(16면)라고 하는데, 번역본에서는 "The rabbit, not knowing what to do, but maintaining his composure, gave a slight grin and said"(p.487)라고 "어찌할 바를 몰랐지만 평정심을 유지하고 억지웃음을 지으며 말했다." 정도로 번역했다. 두려워하여 방귀를 잘잘 뀌는 모습을 골계적이고 비속하다고 여겨 삭제한 것이다. 원문에서는 용왕의 호통에 두려워 떠는 모습이 사실적으로 제시됐는데 번역은 추상화되어 그 진솔한 느낌이 전달되지 않는다. 물론 이런 우리말의 감칠맛 나는 세부묘사를 다른 언어로 온전히 번역하는 것이 쉬운 일은 아니지만 게일의 경우는 분명 비속한 표현에 대한 의도적인 제거로 보인다.

세 번째로 증거를 대라는 요구에 토끼가 "소싱이 다리 ᄉ이의 굼기 세히 이셔 한 굼근 딕변을 보옵고, 한 굼근 소변을 통ᄒ고, 한 굼근 간을 출입ᄒ오니

격간ᄒ여 보쇼셔"(17면)라고 말하는 것을 게일은 "I have a special opening in my body for the taking out of my liver"(p.488)이라고 번역했다. 「토생전」에서는 세 구멍을 통하여 대변, 소변, 간이 출입하는 것을 구체적으로 제시했는데 번역에서는 대변과 소변은 언급하지 않고 간을 출입하는 '특별한 구멍'으로 대체하여 비속한 표현을 제거하고자 했다.

이 대목은 「토끼전」의 이본 대부분에 등장하는 삽화로 토끼의 간 출입을 증명하는 명백한 징표가 되는 부분이다. 그런데 번역에서 특별한 구멍으로만 제시되어 논리적으로 보면 치밀하게 형상화되지 못하고 허점이 드러난다. 구체적으로 어느 곳을 지적하지 않고 특별한 구멍이 있다고 하는 것은 청자들이나 독자들이 납득하기 어렵다. 세 구멍이 있어야 대변, 소변을 제외하고, 간을 출입하는 곳이 가능해지는 것이다. 이 세 구멍은 토끼가 용궁에서 살아 돌아올 수 있는 결정적 증거를 제시하는 물증이 됐던 것이기에 더욱 그렇다.

(3) 형상적 묘사의 추상화

우리말 표현의 특징 중 하나는 구체적 형상화를 통하여 제시하는 상황묘사나 성격묘사다. 판소리는 민중들의 삶의 언어가 그대로 수용되었기에 이런 표현이 많이 보이는데 미약하지만 판소리의 흔적이 남아 있는 경판본 「토생전」도 예외는 아니다. 그러기에 형상적 묘사에서 구체적으로 형상화된 문맥을 제거하고 전달하고자 하는 의미만을 추출하면 그 풍부한 표현의 맛이 떨어진다. 묘사되는 상황에서 발생하는 형상적 이미지들이 서로 충돌하면서 독특한 분위기를 만들어 내기 때문이다.

자라가 토끼를 용궁으로 데려가는 중에 토끼가 아내에 용궁 다녀온다고 말을 하고 간다고 하자 "판관ᄉ령의 아들"(14면)이냐고 핀잔을 주는 대목이 있다. 판관사령은 "감영이나 유수영의 판관에 딸린 사령이라는 뜻으로, 아내가 하라는 대로 잘 따르는 남자를 놀림조로 이르는 말"이다. 여기에는 아내의 말을 고분고분 잘 따른다는 공처가적 의미와 특별한 권한이 없어 시키는 대로 하는 판관사령 벼슬에 대한 조소가 함께 어우러져 있다. 그런데 번역은 "Are you a hen-pecked husband?"(p.485)라고 '공처가'로 단순화시켰다.

토끼가 용왕에게 토간을 가져오는 행위가 "급ᄒᆞᆫ 곽난의 청심환 ᄉ라 보닉염즉 ᄒᆞ외다"(16면)라고 말한다. 급체에 청심환이 필요하듯이 토간이 시급히 요구되는 상황이라는 말이다. 번역에서는 그런 의미만을 추출하여 "Your Majesty's case is a serious one where medicine is most urgently needed"(p.487)라고 하여 "약이 매우 시급히 요구되는 상황"이라는 것만 강조했다.

비슷한 경우가 용왕의 병을 말하는 대목에서도 "목젼의 견양되기 날 듯 ᄒᆞ니 염ᄂᆞ딕왕이 삼촌이오 불노초로 두루마기를 ᄒᆞ고 우황감토을 ᄒᆞ여셔도 황당ᄒᆞ오니"(18면)라 했는데 번역에서는 "I fear there is growth in your throat. Your uncle king Yumna of hell, may lend a hand and provide a coat of never die grass, or a cap of the inner vitals, but the relief will be only temporary"(p.489)라고 하였다. "염라대왕이 삼촌"이라는 말은 생사를 주관하는 염라대왕과 그렇게 가깝더라도 아무 소용이 없다는 관용적 표현인데 번역에서는 불노초와 우황을 주는 구체적인 인물로 등장했으니 명백한 오역이다.

「토생전」에서 대사간 자가사리(번역에서는 게)가 아무래도 의심되니 토끼를 두고 자라만 갈 것을 주청하는데 이를 보고 토끼는 "소릭 업슨 조총으로 노코시브더니"(17면)라고 말한다. 이를 번역본에서는 "The rabbit shot a deadly glance at the crab"(p.489)으로 "죽일 듯이 게를 쏘아 보았다"라는 의미로 번역하여 실제 총으로 자가사리를 쏘아죽이고 싶다는 의도를 노려본 것으로 추상화시켰다.

형상적 묘사는 우리말의 독특한 표현방식이다. 특히 판소리에 그것이 많이 등장하는데 미세한 수사의 결을 외국인 선교사가 온전히 번역하는 것이 쉬운 일은 아닐 것이다. 하지만 이렇게 추상화시킴으로써 판소리 사설이 지니고 있는 독특한 맛과 풍부한 형상화를 살리지 못했던 것은 분명하다.

(4) 등장인물의 차이와 변화

앞에서 「토생전」에 등장하는 자라를 (바다)거북으로 했던 것처럼 원본과 차이나는 등장인물을 보면 우선 토끼의 자식 유무이다. 「토생전」에는 토녀兔女가 등장하여 "암톡기와 둘히 토녀를 업고 오좀 오좀ᄒ며 슈풀 가온듸로 싹 드러가"(19~20면)지만 번역에서는 "The rabbit then turned with his wife and giving a leap was lost in the forest"(p.492)로 되어 암토끼만 등장한다. 왜 토녀를 번역에서 제외했을까? 사건에 영향을 미치는 인물이 아니어서 무시했으리라 보이지만 실상 토녀가 있음으로써 한 단란한 가정의 모습이 완성된다. 토끼는 이미 작년 섣달(번역에서는 동지로 나옴)에 새 아내를 맞아 행복하게 신혼생활을 하고 있는 상태였다. 그 자식인 토녀의 존재는 "남의 빅년히로홀 늬 남편을 유인ᄒ여ᄃ가 간을 늬려ᄒ러라 ᄒ니"(19면)처럼 용왕을 살리기 위해 가장이자 남편을 죽임으로써 한 단란한 가정을 파괴하는 용궁의 횡포를 부각시키는 기능을 한다.

「토생전」에서는 자라가 바위에 머리를 부딪쳐 죽고 소식이 없자 용왕은 (이성사촌) 형인 대사성 거북을 보내 진상을 알아오게 하지만 번역본에서는 "so

he sent the turtle's older brother to find out and let him know"(p.492)
라고 그의 친형을 보낸다. 번역본에서 토녀의 존재는 제외했지만 오히려 거북
의 친형을 등장시켰다. 친형의 벼슬은 대사성이니 그의 존재는 거북의 가문이
용궁에서 제법 행세를 하는 집안임을 짐작케 한다. 게다가 거북이 자라의 시
신을 보며 애통해 하는 대목을 "and, to his horror, just before it lay the
body of his deceased brother. He looked at the writing and in his dis-
tress began to cry"(p.492)라고 번역하여, 장렬하게 자결한 동생의 시신을
목도하고 슬퍼하는 거북(형)의 행위를 통해 동생의 죽음이 국가적이고 영웅적
인 일임을 드러내고 있는 것이다. 게일은 이처럼 토끼 가족과 거북 가족의 인
물 유무를 달리 함으로써 토끼의 존재를 약화시키고 대신 거북의 존재를 용궁
에서 제법 행세하는 집안의 인물로서 용왕을 위하여 목숨을 바치는 국가적인
영웅으로 부각시켰던 셈이다.

(5) 게일의 혼령관靈魂觀에 따른 번역

게일은 개신교 선교사로 이 땅에 왔다. 그러기에 그의 가장 핵심적인 임무
는 기독교를 믿지 않는 사람들에게 신앙을 전파하여 전도傳道하는 것이었다.
전도의 과정에서 게일은 무리하게 기독교 신앙을 강요하지 않았으며, 한국
의 전통사상이 기독교 신앙과 크게 다르지 않음을 발견하고 이를 사료나 문
학작품 속에서 찾으려고 노력했다. 고전소설의 번역 역시 이런 그의 생각이
반영된 곳이 적지 않다.

용왕이 토끼 간을 구하러 가는 자라에게 어주御酒를 하사하는 대목에서 「토
생전」에 나오는 '어듀'를 번역본에서는 "sprit wine"(p.481)으로 번역하였다.
게일이 편찬한 『한영ᄌ뎐』(1911)에 의하면 "어주御酒"는 "Wine supplied by

the government"로 풀이되어 있다. 그런데 왜 그 용어 대신에 sprit wine을 사용했을까? 신령스런 존재인 용왕이 내린 술이어서 '신령스런 술'로 표시했을 수 있겠지만 그와 동시에 최후의 만찬에서 예수가 제자들에게 나누어 준 신성한 포도주인 'Holy wine'의 이미지를 덧씌운 것으로 보인다.

토끼가 자라에 속아 벼슬하기 위해 용궁에 가보니 자신을 데려 온 이유는 용왕의 병을 고치려고 자신의 간을 꺼내기 위해서였다. 이 사실을 깨닫고 보니 자신은 그야말로 사지에 들어 선 것이다. 「토생전」에서는 그 정황을 "톳기 혼비빅산ᄒᆞ여"(15면)라고 표현하였다. 그런데 게일의 번역본에서는 불필요할 정도로 자세히 풀어 "The rabbit's soul jumped from his skin, and his spirit melted like water"(p.486)라고 했다. 혼魂을 'soul'로, 백魄을 'spirit'으로 각각 달리 번역하고 거기에 따르는 서술어도 세심하게 배려하였다. 그냥 "넋(혹은 정신)이 나갔다" 하면 될 텐데 왜 이렇게 자세히 번역했을까?

자신이 편찬한 『한영ᄌᆞ뎐』(1911)에서도 '혼비백산魂飛魄散'은 "The 혼 flies up, the 빅 dissipates"로 풀이했다. 영어의 마땅한 어휘가 없어 혼과 백을 그대로 표기했을 정도다. 혼은 대체로 양陽의 성질을 갖는 것이며, 백은 음陰의 성질을 갖는 것으로 알려져 있다. 그러기에 하늘의 기운을 받는 것이 혼이며, 땅의 기운을 받는 것이 백인 것이다. 율곡栗谷은 "사람의 일신은 魂魄의 성곽입니다. 魂은 氣의 神이오, 魄은 精의 神입니다. 그 살아있는 때에는 펴있어 神이 되고, 죽었을 때는 굽혀져 鬼가 됩니다. 魂氣가 하늘에 오르고 精魄이 땅으로 돌아가며 그 氣는 흩어집니다"[70]라고 설명했다. 혼백 중에서 서구의 영혼과 상대적으로 더욱 근접한 개념이 '혼'이었기에 'soul'로 번역한 것이며,

---

[70] 李珥, 「死生鬼神策」, 『國譯 栗谷集』, 민족문화추진회, 1968, 304면. "人之一身, 魂魄之郭郭也, 魂者, 氣之神也. 魄者, 精之神也. 其生也伸而爲神, 其死也屈而爲鬼, 魂氣升于天, 精魄歸于地."

'백'은 그보다는 격이 낮은 'spirit'이라는 의미로 번역했다. 게일은 다른 저서에서 이 혼백에 대해 비교적 자세히 설명하기도 했다.

모든 인간은 두 개의 영혼으로 이루어진 것으로 여겨지고 있다. 하나는 남자의 영혼인 혼魂이며, 다른 하나는 여자의 영혼인 백魄이다. 시신이 조상의 무덤에 잠들고 있는 동안에 자연히 남자의 영혼은 천당으로 가고, 여자의 영혼은 지옥으로 간다. [71]

동양철학에서 포괄적 개념으로 사용되는 양과 음을 실제의 남자와 여자로 보았던 것은 분명 오류지만 서구의 'soul'이나 'spirit'과는 다른 한국의 영혼관을 분명히 인식하고 있었던 것은 사실이다. 그리하여 놀라울 정도로 정확하게 자신이 인지하고 있는 한국 영혼들의 다양한 층위를 구분해서 번역했으며 그중에서 보다 차원이 높은 한국의 혼이나 영혼을 soul과 같은 개념으로 사용했던 것이다.

3) 서구적 변개와 동질화의 기획

앞에서 살핀 것처럼 게일의 「토생전」 번역은 서사의 기본 구조를 그대로 유지하면서 표현 방식과 세부묘사에서 차이를 보였다. 작품의 중심서사는 번역자의 입장에서 존중해야만 하지만 표현 방식과 세부묘사는 번역자의 생각이 개입된다. '혼백'처럼 어떤 부분은 상당히 세밀하지만 '잠공위三소位' 같

---

71   J. S. Gale, 신복룡 역, 『전환기의 조선』, 집문당, 1999, 63면.

은 곳은 전혀 다른 의미로 바꾸기도 했다. 그 양상들은 이미 앞에서 검토했 거니와 이제 그 번역의 콘텍스트적인 맥락과 의미들을 따져 보자.

우선 방각본인 경판본 「토생전」을 선택했다는 점을 주목할 필요가 있다. 주지하다시피 경판본은 풍자와 해학이 거의 없는 줄거리 중심의 소설본이며 당시 방각본으로서 공식 출판됐기에 당대의 주류 이념인 왕권의 존중과 자라의 충성을 강조할 수밖에 없는 입장이었다. 경판본 「토생전」에서 비교적 사건에 대한 묘사가 자세한 곳은 자라와 토끼가 수궁과 세상에 대해 자랑하는 부분과 토끼가 죽을 고비에서 벗어나는 부분뿐이다. 유혹하는 장면과 사지에서 벗어나는 장면만 강조되었고 나머지는 간략한 사건전개만 있다. 이런 방식의 방각본 「토생전」은 봉건체제와 이념에 대한 풍자가 아닌 자라의 충성을 강조한 전형적인 기지담으로 재구성한 것이다.

사건을 취사선택하거나 행문을 축약하는 데는 어떤 이데올로기가 내장되어 있었고 그것은 당대를 살아가는 사람들이 보편적으로 합의할 수 있는 것이어야 했다. 개개인의 가졌던 생각을 벗어나 공식화할 수 있는 것이어야 한다. 비록 봉건체제나 이념에 대하여 못마땅하게 생각하더라도 그것을 공식화하여 출판하기는 쉽지 않은 일이다. 경판본 「토생전」에서 용왕이 충성의 대상으로 절대적 권위가 강조되고, 자라는 충신으로 장렬하게 죽을 수밖에 없으며, 토끼는 기지로써 사지에서 벗어나는 것으로 그려지는 이유도 거기에 있다. 공식 출판된 방각본에서 봉건체제나 이념을 희화하거나 풍자하기는 어려운 일이기 때문이다.[72]

게일은 「토끼전」의 여러 이본 중에서 가람본이나 신재효본과 같은 봉건체

---

[72] 권순긍, 앞의 책, 178면 참조.

제에 대한 풍자와 해학이 두드러진 창본을 피하고 용왕의 권위와 자라의 충성을 강조한 줄거리 중심의 「토생전」을 선택했다. 게일이 번역을 통하여 강조하고자 했던 것은 "(과거) 한국의 영혼을 수 세기 동안 가득 채우고 있었던 장대한 이상"[73] 곧 "조선인의 역사적으로 축적된 정신"인 '조선혼'[74]이었다. 근대가 시작되면서 문명개화라는 미명아래 "서양을 모조하려는 무기력하고 절망적인 시도"[75]로 그것이 사라진 것에 대하여 매우 안타까워하면서 "그들이 상실한 것이 얼마나 거대한 손실인지 입증해 주고"[76] 있다고까지 말할 정도였다.

게일은 분명 한국의 과거문화를 존중하고 찬양했으며 그 찬란한 영광을 재현하는 것을 번역의 주요 목표로 삼았던 것이다. 심지어는 "조선을 동양의 희랍"[77]이라고까지 추켜세우며 한국의 문화를 칭송했다. 게일이 높이 샀던 것은 한국의 고귀한 정신세계였다. '예의지국' 혹은 '예의지방禮儀之邦'[78]이라 일컬으며 유교의 규범을 엄격하게 지켜나갔던 것이 같은 정신세계를 다루는 개신교 선교사인 게일의 마음을 감동시켰던 것이다.

한편 스킬렌드W.E.Skillend(1926~2010) 역시 「심청전」의 영역 대상판본을 선정하면서 중국문학 작품을 이용하여 화려하게 꾸미고 때때로 음란한 삽화들까지 등장해서 관중을 즐겁게 하는 완판본에 비해 경판본은 꾸밈이 없어 지루한 감이 있지만 상당한 수준의 도덕적 내용을 담고 있다고 생각하였다. 그리하여 대중에 영합하지 않고 자신의 도덕적 이상을 구현해낸 경판본이야

---

73 J. S. Gale, 황호덕·이상현 역, 「한국이 상실한 것들」, 앞의 책2(번역편), 170면.
74 위의 책, 181면.
75 위의 책, 175면.
76 위의 책, 175면.
77 「구미인이 본 조선의 장래」, 위의 책, 179면.
78 위의 책, 173면.

말로 진짜 문학작품이며, 재미만을 추구하고 시장성에 영합한 결과물인 완판본은 진정한 소설이 아니라고 하여 경판본을 택했다.[79] 도덕적 이상을 구현했다는 점에서 '고귀한 정신세계'를 재현한 경판본을 택한 게일과 비슷한 이유에서다. 경판의 경우 완판에 비해 줄거리 중심으로 구성되어 판소리의 흔적이 비교적 덜 하기 때문에 번역하기 수월하며 난삽하지 않아 품격을 지킬 수 있었다고 여겨 대부분의 번역가들이 경판을 택했다. 이런 이유 말고도 판소리의 특징인 확장 부연된 사설이 적은 경판본이 번역하기 쉬운 점도 있고, 번역자들의 주거주지가 서울이어서 접할 기회가 많은 탓에 경판을 택했으리라 여겨진다.

다음은 게일이 이렇게 우리 문화를 과거의 시공간 속에 가두고 해석했기 때문에 봉건국가를 유지하려는 용왕의 권위는 존중되고, 그 용왕의 병을 치료하기 위해 토간을 구하려는 자라의 충성은 강조될 수밖에 없는 것이다. 용왕에 관계된 어떠한 골계적이거나 비속한 표현도 허용하지 않았으며, 자라는 (바다)거북으로 격상되어 '하찮은' 주부벼슬이 아닌 용왕을 위하여 죽음으로써 충성을 완성하는 장렬한 영웅의 형상으로 번역되었다.

게일은 고소설 제목의 번역을 대부분 주인공의 이름을 내세워 "The Story of Sim Chung"처럼 하였다. 하지만 「토생전」은 토끼를 내세우지 않고 오히려 거북을 앞에 내세워 "The Turtle and the Rabbit"으로 한 것을 보아도 거북을 이야기의 주인공으로 부각시키려는 그 의도를 짐작할 수 있다.

자라가 토끼를 용궁으로 데려가기 위하여 수작하는 대목에서 "듀부의 말를 드르니"(14면)라는 부분을 "Your words, turtle scholar"(P.485)로 번역했다.

---

79 오윤선, 「한국 고소설 영역의 양상과 의의」, 고려대 박사논문, 2004, 35~36면 참조.

'scholar'라는 말이 바로 '선비'이니 주부는 곧 '거북선비'를 지칭한 것이다. 이를 확대해 본다면 주부 벼슬인 문관文官이라는 의미의 'A literary official'는 구체적으로는 과거에 급제하여 벼슬길로 나간 홍문관이나 예문관의 '교리校理'인 셈이다. 게일이 "이단의 설과 그릇된 사도邪道를 금하는 영혼의 규율자 policeman"[80]로 규정지었던 바로 그 과거에 급제한 엄정한 선비들이 번역본에 보이는 교리인 거북의 모습이 아니겠는가? 그러기에 그의 친형이 성균관의 대사성大司成으로 등장하는 것은 자연스러운 일이다.

거북을 충성의 화신으로 높이자니 자연 그 대척적인 위치에 있는 토끼는 주연이 아닌 주변인물로 밀려나게 된다. '토선생'이 아닌 'brother'라는 일반적인 호칭으로 불러지며 단란한 가정의 상징인 토녀의 존재도 번역에서는 제외되었다. 더욱이 작년에 재혼하여 소중할 수밖에 없는 "빅년히로홀 늬 남편"이 번역의 문맥에서는 수식이 없는 'my husband'로 일반화되었던 것이다. 거북은 충성을 지키고자 하는 영웅의 형상으로 부각됐지만 토끼에게서는 단란한 가정의 이미지를 걷어냄으로써 '위대한 왕a great king'을 위하여 언제라도 간을 제공할 수 있는 '하찮은 짐승a little creature'으로 격하된 것이다.

과거 한국문화의 고귀한 정신세계를 강조하자니 자연 민중들의 삶의 형상이 그대로 드러난 '판관사령의 아들'이나 '염라대왕이 삼촌'과 같은 형상적 표현들이나 "(용왕이) 오줌소태"가 있어 잔치에 참여할 수 없다거나 "(토끼가 겁이 나서) 방귀를 잘잘 뀌"는 모습은 다소 천박하고 비속하게 여겨져 배제할 수밖에 없었다. 판소리 사설의 생동감을 잘 느낄 수 있는 창본을 배제하고 문장체로 서술된 경판본을 택한 것도 이런 이유다. 이는 같은 시기에 번역했

---

80 J. S. Gale, 황호덕·이상현 역, 앞의 책, 163면.

던 「심청전」에서 외설스럽거나 골계적이고 비속한 원본의 표현들을 생략한 것과 비슷한 경우다.[81]

게일이 과거 한국문화의 영광을 찬미하고, 근대 문명개화로 인한 상실을 끊임없이 슬퍼하고 안타까워하면서 그것의 회복을 염원하고 있는 저변에는 무슨 생각이 자리하고 있을까? 왜 게일은 한국의 과거문화에 집착하는 것일까?

게일은 한국의 「신神에 대한 관념」을 정리하면서 이를 '천天'으로 대체하였다. 수많은 문헌들에 나타난 천에 대한 개념을 정리한 결과 "신에 관한 한국인들의 참된 개념은 우리들의 그것과도 상당히 유사하다. 영적인 무한함, 그 존재의 영원불멸성, 지혜, 권능, 거룩함, 정의, 선하심과 진리가 바로 그것이다"[82]라고 역설했다. 기독교 신앙에서의 '하나님'과 한국문화에 두루 나타나 있는 '천天'이 결코 다른 개념이 아니라는 것이다.

더욱이 기독교의 유일신 사상을 통해 한국의 유일신이라 할 수 있는 단군사상을 고찰하였던 바, 김교헌金敎獻(1868~1923)의 『단군실기神檀實記』(1914)의 기록을 근거로 기독교 사상의 핵심인 '삼위일체三位一體', 곧 성부God−성자god man−성령spirit의 개념을 단군신앙의 환인桓因−환웅桓雄−단군檀君으로 동일시하여 기독교=한국인의 진리로 개념화 하였다.[83] '어듀'를 번역하는데 'sprit wine'이라는 기독교적 이미지를 덧씌우고, 혼비백신魂飛魄散을 번역하는데 '혼soul'과 '정신sprit'의 단계를 나누어 지나칠 정도로 세심하게 번역했던 것은 이처럼 한국인들의 정신세계를 기독교의 그것과 대비하여 깊이 해석하고 점유함으로써 동질화하고자 하는 바람이 있었기 때문이었다.

---

81 이상현, 앞의 책, 446면.
82 J. S. Gale, 황호덕·이상현 역, 앞의 책, 161~162면.
83 이상현, 앞의 책, 183~187면 참조.

이러한 기독교의 정신체계와 한국의 과거 정신체계가 다르지 않다는 게일의 생각은 바로 한국이 근대 문명개화를 통해 상실했던 것들을 당시에 기독교의 세계를 통하여 회복할 수 있다는 동질화의 가능성을 보여주는 것이다. 여러 글에서 게일은 「한국이 상실한 것들」을 강조했다. 그 항목은 ① 장대한 이상(혹은 조선혼), ② 종교(혹은 도덕), ③ 예의, ④ 음악과 예술, ⑤ 문학, ⑥ 남녀의 분별, ⑦ 의복 등이다.[84]

그 일곱 가지 중에서 종교 혹은 도덕이 한국인과 분리된 것에서 멸망의 원인을 찾았던 것을 보면, 한국은 예전부터 "수많은 종교적 영혼들이 존재해왔다."[85]고 전제하고 율곡을 예로 들어 "조선에도 일찍부터 기독교 이상으로 신을 발견하고 이해했던 사람이 많았다"[86]고 하여 율곡을 김유신, 세종대왕과 같이 '조선의 삼성三聖'으로 추켜세울 정도로 극찬하였다. 하지만 당시에는 "종교는 삶의 활기찬 무대로부터 멀어져갔고, 오늘날 한국에서는 바르게 행하고, 말하고, 생각하는 어떠한 기준도 찾아볼 수 없게 되었다"[87]고 한탄하였다.

주기론主氣論을 주장한 성리학자 율곡의 논리가 기독교 세계관과 어떻게 동질화할 수 있는지 자세한 근거를 게일은 제시하지는 않았다. 다만 "참으로 위대한 사람은 그의 쌓인 보화가 아니라 종교에 관해서 염려한다. 지상의 부정한 예법으로 네 마음을 채우지 말 것이며, 천상의 순수함으로 충만하게 하라. 너의 소명은 경서를 주의 깊게 공부하는 것이며, 너의 행동에 진정을 담아 바

---

84 게일은 영어로 작성한 「한국이 상실한 것들」("What Korea Has Lost", 1926)과 이를 일어로 축약하여 번역한 「한국멸망의 일곱 가지 원인」(『朝鮮思想通信』, 1928)을 각각 발표하였다. 일곱 가지 항목들은 여기서 뽑았다. 위의 책, 171~183면 참조.
85 위의 책, 172면.
86 위의 책, 182면.
87 위의 책, 173면.

르고 진실된 방법으로 그것을 지속하는 것이다. 이것을 너의 가장 참된 목적으로 삼아 너 자신의 이익을 위해서는 단 한 순간도 생각하지 말라"[88]는 율곡의 말을 인용하여 하늘의 이치[天理]를 따라 마음을 닦는 것[修己治人]이 기독교의 본질과 크게 다르지 않다고 역설했다. 종교의 개념을 넓혀 "생활의 의식 속에서 당연한 의무로 여겨지는 초인적인 힘에 대한 승인과 헌신이 타당하다고 인정되는 한"[89] 한국은 과거에 종교를 가졌다고 했다. 이를 근거로 게일은 근대에 들어와 과거의 찬란했던 정신세계를 상실한 한국인에게 기독교가 대안이 될 수 있으리라고 여겨 다음과 같은 주장을 하기에 이른다.

> 오늘날 선교사들에게 맡겨진 과제는 한국에 맞지 않는 방법과 관습을 없애어 한국의 세계를 혼란스럽게 하는 것이 아니라, 그들의 외부가 아니라 마음 속 깊은 곳에 보이는 모든 교의를 일깨우는 기독교를 조심스럽고 조용히 그들에게 전해주는 것이다. 고대의 사람들이 그들의 이상, 종교, 의식, 음악, 언어, 여성의 세계 그리고 심지어 의복까지도 상실한 장소, 이런 시기에는 이런 것들만이 가치를 지닐 것이며, 희망을 줄 수 있으리라.[90]

게일은 한국의 과거 사상이 기독교의 그것과 동질적이라고 여겼다. 그래서 기독교가 이제는 '한국이 상실한 것들'을 대체해 줄 수 있으리라 믿었기에 그 근거를 찾기 위해서 이처럼 한국의 찬란했던 과거의 유산을 정리하고 보존하는 차원에서 고전의 번역에 매달렸던 것이 아니었던가?

---

88   위의 책, 172면.
89   위의 책, 171~172면.
90   위의 책, 178면.

게일이 가장 먼저 번역해서 출간한 책이 *Korean Folk Tale*(1913)이다. 이 책은 임방任堕(1640~1724)의『천예록天倪錄』에 수록된 37편의 이야기와 이륙李陸(1438~1498)의『청파극담青坡劇談』에 실려 있는 13편의 이야기를 번역, 편집한 것으로 주로 귀신 이야기인데 '한국인의 불합리한 미신신앙(종교)'에 번역의 초점이 맞춰져 있다.[91] 부제가 *Imps, ghosts, and fairies*라는 것에서도 알듯이 이 번역은 한국의 귀신 이야기를 통해 한국인의 심령관心靈觀을 자세히 살펴 이를 기독교의 신앙체계와 일치시키고자 하는 의도가 보인다.

이런 점에서 보자면 게일이 한국의 과거문화를 찬양했던 의도는 분명해진다. 한국의 과거문화를 기독교 이데올로기에 입각해 번역하고 점유화하려 했던 것이다. 이는 어찌 보면 의도하지 않았다 하더라도 문화의 차이와 타자성을 타자로 인정하지 않으려는 동질화의 기획인 셈이다. 에드워드 사이드 Edward. E. Said(1935~2003)가『오리엔탈리즘』에서 강조했듯이 서양이 동양을 어떻게 이데올로기로 조작하여 인공의 지형 및 상상의 공간을 만들어 내고 문화의 차이와 타자성을 지워왔는지를 보여주는 것과 다를 바가 없다. 사이드에 의하면 동양은 서양의 가치 규범인 이데올로기가 투영된 상상의 공간이며, 상상적 배치 안에서 동양은 '동양화'되며 실제의 모습보다는 서양에 의해 조작되고 마땅히 그렇게 되어야 하는 것으로 그려진다는 것이다.[92]

하지만 게일은 기존의 오리엔탈리즘과는 분명 차별된다. 한국의 과거를 미개와 야만으로 그린 것이 아니라 찬란한 문명을 이루었던 것을 찬양한 점에서 기존 입장과는 구별된다. 말하자면 서구인의 상상 속에 있는 조선의 이

---

91 이상현, 앞의 책, 160~161면 참조.
92 E. W. Said, 박홍규 역,『오리엔탈리즘』, 교보문고, 2007, 97~137면 참조. 한편 이상현은 앞의 책, 28면에서 "게일의 한국학을 일종의 오리엔탈리즘, 타자의 그릇된 편견에서 생성된 한국관이라 일축할 수 없다"고 했다.

미지를 좀 더 긍정적으로 그리기 위해서 고전의 번역에 정성을 기울였다. 비록 그렇게 하더라도 그것을 서구 기독교의 정신세계와 일치시켰다는 점에서 본다면 결과적으로는 의도하지 않았더라도 서구의 이데올로기에 의해 동양의 타자성을 제거하고 재단하려는 오리엔탈리즘의 의혹을 부인하기는 어렵다. 일종의 '미필적 고의'인 셈이기에 한국고전을 면밀하게 번역했던 저변에는 다른 방식의 '오리엔탈리즘'의 기도企圖가 내재해 있는 것이다. 게일이 기독교 신앙을 전파하려는 목적으로 파견된 선교사기에 더욱 그런 혐의가 짙은 것이다. 이런 우리의 타자성을 제거하고 동질화시키려는 게일의 의도는 한국 고전소설이 가지는 본래의 의미를 왜곡한 일종의 서구적 변개인 셈이다. 게다가 그 변개는 서로 다른 문화와의 충돌에서 나타나는 필연적 현상이기에 더욱 문제가 크다.

(근대)소설

1. 「춘향전」(12편)

① 이해조, 『獄中花』, 박문서관, 1912.
② 이광수, 「一說 春香傳」, 『동아일보』 1925.9.30~1926.1.3.
③ 김규택, 「억지 춘향전」, 『조광』 7권 2호~7권 7호, 1941년 2월~7월.
④ 이주홍, 『脫線 春香傳』, 남광문화사, 1951.
⑤ 조풍연, 『나이롱 춘향전』, 진문사, 1955.
⑥ 조택원(조상원 편저), 『新稿 춘향전』, 현암사, 1956.
⑦ 조흔파, 「성춘향」, 『女苑』, 1956~1957.
⑧ 최인훈, 「춘향뎐」, 『창작과 비평』, 창작과비평사, 1967.여름
⑨ 임철우, 「옥중가」, 『물 그림자』, 고려원, 1991. ※『금호문화』 1990년 4월호(비매품)
⑩ 김주영, 「외설 춘향전」, 민음사, 1994.
⑪ 김연수, 「남원고사에 관한 세 개의 이야기와 한 개의 주석」, 『나는 유령작가입니다』, 창작과비평사, 2005.
⑫ 용현중, 『백설 춘향전』, 노블마인, 2014.

2. 「심청전」(7편)

① 이해조, 「江上蓮」, 『매일신보』 1912.3.17~4.26. 新舊書林, 光東書局, 1912.

---

* 이 목록은 저자가 해당 자료들을 자료집, 신문, 잡지 등에서 일일이 찾아 정리한 것이다. 근대소설과 영화의 자료들은 대부분 찾아 정리했으나 공연물의 경우는 너무 많아 초연 작품이나 중요도가 높은 작품을 위주로 정리했다. 전래동화 목록은 1920~30년대를 중심으로 해방 이전 자료를 위주로 정리하였다. 완전한 목록은 아니기에 계속 보완할 예정이다.

② 채만식, 「보리방아」(1936)·「동화」(1938)·「병이 낫거든」(1941) ※ '보리방아 연작', 『蔡萬植全集』 7, 창작과비평사, 1989.

③ 채만식, 장편소설 『심봉사』(미완), 『新時代』 1944.11~1945.2(4회 연재).

④ 채만식, 장편소설 『심봉사』(미완), 『協同』 1949.3~1949.9(4회 연재).

⑤ 김유정, 「심청」, 『산골나그네』, 정음사, 1972.

⑥ 황석영, 『심청』, 문학동네, 2003.

⑦ 방민호, 『연인 심청』, 다산책방, 2015.

3. 「흥부전」(6편)

① 이해조, 「燕의 脚」, 『매일신보』 1912.4.29~6.7. 新舊書林, 1913.

② 채만식, 「태평천하」(1938), 『채만식전집』 7, 창작과비평사, 1989.

③ 채만식, 「興甫氏」(1939), 『채만식전집』 7, 창작과비평사, 1989.

④ 채만식, 「흥부전」(1947), 『문학사상』, 문학사상사, 2004.3

⑤ 최인훈, 「놀부뎐」(1966), 『총독의 소리』, 문학과지성사, 1993.

⑥ 김소진, 「흥보가 기가 막혀」, 『바람 부는 쪽으로 가라』, 문학동네, 2002.

4. 「홍길동전」(4편)

① 김유정, 「洪吉童傳」, 『新兒童』 2호, 신아동사, 1935.10.

② 박태원, 『洪吉童傳』(협동문고 4-4), 금융조합연합회, 1947.

③ 정비석, 「홍길동전」, 학원사, 1956.[2]

④ 박양호, 『서울 홍길동』, 도서출판 은애, 1979.

5. 「허생전」(4편)

① 이광수, 「허생전」, 『동아일보』 1923.12.1~1924.3.21. ※ 『李光洙全集』 3권, 삼중당, 1962.

② 채만식, 『허생전』(협동문고 4-1), 금융조합연합회, 1946.

③ 이남희, 「허생의 처」, 『또 하나의 문화』 3호, 평민사, 1987.

④ 최시한, 「허생전을 배우는 시간」, 『모두 아름다운 아이들』, 문학과지성사, 1996.

---

2   정비석의 『홍길동전』은 '중학생 종합잡지'를 표방한 『學園』의 창간호인 1952년 11월호부터 연재되기 시작하여 1956년 학원사에서 단행본으로 출판됐다. 그 뒤 1985년부터 『소설 홍길동』으로 제목을 변경해 고려원에서 출판됐으며, 2008년부터는 같은 제목으로 열매출판사에서 발행하고 있다.

전래동화

1. 〈토끼전〉(6편)

① 〈자라 영감과 토끼 생원〉, 『아이들보이』 1호, 신문관, 1913.
② 〈심부름꾼 거북이〉(1924), 조선총독부편, 『조선동화집』, 집문당, 2003.
③ 〈교활한 토끼〉(1924), 조선총독부편, 『조선동화집』, 집문당, 2003.
④ 〈별주부〉(1926), 심의린, 『조선동화대집』, 보고사, 2009.
⑤ 송영, 〈자라사신〉(1927), 『별나라』 1927년 8~10월호, 별나라사, 1927.
⑥ 전영택, 〈별주부〉, 『세계걸작동화집』, 조광사, 1936.

2. 〈흥부전〉(5편)

① 〈흥부와 놀부 1~2〉, 『아이들보이』 2~3호, 신문관, 1913.
② 〈놀부와 흥부〉(1924), 조선총독부편, 『조선동화집』, 집문당, 2003.
③ 〈놀부와 흥부〉(1926), 심의린, 『조선동화대집』, 보고사, 2009.
④ 〈흥부와 놀부〉(1930), 송금선, 『조선동화집』, 덕성여대 출판부, 1978.
⑤ 〈놀부와 흥부〉(1940), 박영만, 『조선전래동화집』, 한국국학진흥원, 2006.

3. 〈콩쥐팥쥐전〉(2편)

① 심의린, 〈콩쥐 팥쥐〉, 『조선동화대집』, 한성도서주식회사, 1926.
② 전영택, 〈콩쥐와 팥쥐〉, 『세계걸작동화집』, 조광사, 1936.

4. 〈심청전〉(2편)

① 〈심청 1~2〉, 『아이들보이』 4~5호, 신문관, 1913~1914.
② 전영택, 〈심청전〉, 『세계걸작동화집』, 조광사, 1936.

5. 〈장화홍련전〉(1편)

① 〈장화와 홍연〉(1940), 박영만, 『조선전래동화집』, 한국국학진흥원, 2006.

공연

1. 〈춘향전〉(51편)

(1) 창극(12편)
① 조선성악연구회, 〈춘향전〉, 최독견 각색, 이동백 조창, 동양극장, 1936.1.24.
② 조선성악연구회, 〈춘향전〉, 김용성 각색, 정정렬 연출, 동양극장, 1936.9.24~9.28.
③ 국립창극단, 1회 〈춘향전〉(25장), 박황 각색, 김연수 연출, 몀동극장, 1962.3.22.
④ 국립창극단, 15회 〈춘향가〉(20마당), 박진 연출, 명동극장, 1970.9.15~20.
⑤ 국립창극단, 16회 〈춘향전〉(6장/8장), 창극정립위원회 편, 명동극장, 1971.9.29~10.4.
⑥ 국립창극단, 24회 〈춘향전〉(4막 21장), 이원경 각색, 국립극장, 1976.4.15~17.
⑦ 국립창극단, 35회 〈춘향전〉(14장), 허규 각색, 국립극장, 1981.9.8~14.
⑧ 국립창극단, 38회 〈춘향전〉(2부 11장), 이진순 편극·연출, 국립극장, 1982.11.2~13.
⑨ 국립창극단, 80회 〈춘향가〉(2막 11장), 강한영 각색, 국립극장, 1993.2.25~3.6.
⑩ 국립창극단, 89회 〈대춘향전〉(7막 11장), 전황 구성, 국립극장, 1996.5.3~8.
⑪ 국립창극단, 95회 〈춘향전〉(2막 31경), 김명곤 대본, 국립극장, 1999.2.14~26.
⑫ 국립창극단, 105회 〈성춘향〉(10장), 김아라 극본, 국립극장, 2002.5.3~12.

(2) 국극(6편)
① 여성국악동호회, 〈옥중화〉, 시공관, 1948.10.23.
② 여성국극동지사, 〈대춘향전〉, 부산극장, 1952.12.2.
③ 국극사, 〈열녀화〉, 동양극장, 1954.5.20.
④ 여성국악단, 〈원본춘향전〉, 시공간, 1954.6.19.
⑤ 임춘앵과 그 일행, 〈춘향전〉, 계림극장, 1954.6.27.
⑥ 우리국악단, 〈춘향전〉, 평화극장, 1955.7.20.

(3) 연극(11편)
① 박승희 각색, 〈춘향전〉(16막), 토월회, 1925.6 초연.
② 최독견 각색, 〈춘향전〉, 청춘좌, 동양극장 1936.1.24 초연.
③ 유치진, 〈춘향전〉(4막), 극예술연구회, 경성 부민관, 1936.8 초연.
④ 장혁주, 〈춘향전〉, 극단 신협, 동경 축지소극장 1938.3.23~4.14. 초연.
⑤ 동극문예부 편, 〈춘향전〉, 청춘좌, 동양극장 1940.9 초연.
⑥ 김건 각색, 〈춘향전〉, 청춘좌, 동양극장 1942.9 초연.
⑦ 박우춘, 〈방자전〉, 극단 우리네 땅, 공간사랑 1985.4.
⑧ 이근삼, 〈춘향아 춘향아〉, 국립극단, 국립극장 1996.9.5~9.14.

⑨ 장소현, 〈춘향이 없는 춘향전 사또 '96〉, 극단 민예, 마로니에소극장 1996.9.20~10.31.
⑩ 오태석, 〈기생비생 춘향전〉, 국립극단, 국립극장 2002.4.9~4.21.
⑪ 이주홍, 〈탈선 춘향전〉, 연희단거리패, 대학로 예술극장 2013.8.26~9.1.

(4) 오페라(5편)
① 현제명 작곡, 〈춘향전〉(5막 6장), 서울대 음대, 국립극장 1950.5 초연.
② 장일남 작곡, 〈춘향전〉, 국립오페라단, 국립극장 1966.10 초연.
③ 박준상 작곡, 〈춘향전〉, 서울시립오페라단, 국립극장 1986.6 초연.
④ 홍연택 작곡, 〈성춘향을 찾습니다〉, 국립오페라단, 세종문화회관 1988.12 초연.
⑤ 김동진 작곡, 〈춘향전〉, 김자경오페라단, 오페라극장 1997.11 초연.

(5) 뮤지컬(6편)
① 조선악극단, 〈춘향전〉, 부민관 1937.
② 다카라쯔카 소녀극단, 〈춘향전〉, 부민관 1940.
③ 반도가극단, 〈춘향전〉, 부민관, 1942.
④ 예그린악단, 〈대춘향전〉, 시민회관 1968.2.
⑤ 국립가무단, 〈춘향전〉, 국립극장 1974.5.
⑥ 서울시립가무단, 〈뮤지컬 성춘향〉(14장), 세종문화회관 1984.11.

(6) 마당놀이(5편)
① 〈마당놀이 춘향전〉, 극단 통인무대, 실험무대 1984.10.
② 김지일 극본, 〈방자전〉, 문화체육관, 1985.11.
③ 김지일 극본, 〈춘향전〉, 1990.
④ 김지일 극본, 〈변학도전〉, 1999.
⑤ 정진수 극본, 〈마당놀이 춘향전〉, 한국배우협회, 과천토리 큰 마당 1999.9.14. 초연.

(7) 무용(6편)
① 주리안무, 〈춘향전〉, 주리발레단, 1959.
② 박금자 안무, 〈춘향전〉, 광주시립무용단, 1982.
③ 임성남 안무, 〈춘향의 사랑〉, 국립발레단, 1986.
④ 문영 안무, 〈춘향전〉, 박금자 발레단, 2005.
⑤ 유병헌 안무, 〈춘향〉, 유니버설발레단, 2007.
⑥ 김긍수 안무, 〈라 춘향〉, 김긍수 발레단, 2009.

2. 〈심청전〉(16편)

① 여규형, 〈잡극 심청황후전〉, 『조선학보』 13, 1959년 12월. ※ 창작은 1921년.
② 만극 〈모던 심청전〉, 최동현 · 김만수, 『일제감점기 유성기 음반 속의 대중희곡』, 태학사, 1997, 363~
　　　367면. ※ 1934~1938 공연
③ 채만식, 희곡 〈심봉사〉(1936 · 1947), 『채만식전집』9, 창작과비평사, 1989.
④ 윤이상, 오페라 〈심청〉, 하랄드 쿤츠 연출, 1972.8.1. ※ 1972 뮌헨올림픽 개막 공연
⑤ 최인훈, 〈달아 달아 밝은 달아〉, 『옛날 옛적에 훠이 훠어이』, 문학과지성사, 1972.
⑥ 박용구, 발레 〈심청〉, 유니버설발레단 1986.9.21~9.22. 『바리』, 지식산업사, 2003.
⑦ 오태석, 희곡 『심청이는 왜 두 번 인당수에 몸을 던졌는가』, 평민사, 1994. ※1990년 초연 극단 목화
⑧ 박일동, 희곡 〈효녀 심청〉, 『달래 아리랑』, 한누리, 1992.
⑨ 서울 예술단, 뮤지컬 〈심청〉, 1997 초연.
⑩ 극단 미추, 마당놀이 〈심청전〉, 2002.
⑪ 국립창극단, 창극 〈청〉, 2006 초연.
⑫ 서울시무용단, 무용극 〈심청〉, 2006.
⑬ 유니버설발레단, 발레 뮤지컬 〈심청〉, 2008.
⑭ 이강백, 희곡 〈심청〉, 극단 떼아뜨르 봄날, 초연:2016.4.7~4.22. 나온씨어터 극장.
⑮ 김지일 극본, 마당놀이 〈심청이 온다〉, 국립창극단, 국립극장 2017.12.8~2018.2.18.

3. 〈배비장전〉(11편)

① 조선성악연구회 제1회 시연회 희창극 〈배비장전〉(1936.2.9~2.13.)
② 박용구, 뮤지컬 〈살짜기 옵서예〉, 예그린 악단, 서울시민회관, 1966.10.26~10.29.
③ 임성남 안무, 코믹발레 〈배비장〉, 국립발레단, 1984.4.
④ 김지일, 마당놀이 〈배비장전〉, 극단 미추, 서울문화체육관, 1987.11.10~11.29
⑤ 김상열, 마당놀이 〈배비장전〉, 1987.11. 마당세실극장.
⑥ 김지일 극본, 마당놀이 〈애랑전〉, 극단 미추, 1997.
⑦ 김상열 희곡, 〈신배비장전〉, 극단 진화, 대학로 단막극장 2001.2.14~4.22.
⑧ 김상열 작, 뮤지컬 〈Rock 애랑전〉, 극단 TIM, 대학로 인아소극장, 2006.1.14~2.5.
⑨ 국립창극단 〈배비장전〉, 해오름극장, 2012.12.8~16 · 2013.12.14~18.
⑩ 더 뮤즈 오페라난 〈배비장전〉, 해오름극장, 2015.1.17~18.
⑪ 제주 오페라단, 오페라 〈擎 : 애랑&배비장〉, 제주 아트센터, 2013.11.15~17.

4. 〈흥부전〉(7편)

① 김용승 각색, 창극 〈흥부전〉(3막), 정정렬 연출, 동양극장 1936.11.6~11.10.
② 최인훈 작, 허규 각색, 〈놀부뎐〉, 극단 민예극장, 세실극장 1977.6.23~6.30.
③ 김지일 극본, 〈마당놀이 놀보전〉, MBC 창사 22주년 기념 공연 1983.
④ 김상열, 〈마당놀이 흥보전〉, MBC 올림픽 특집 마당놀이, 1988.
⑤ 광주시립국극단, 창극 〈놀보전〉, 1990년 10월 ※ 창단기념공연
⑥ 김현묵 작, 〈놀부전〉, 극단 예성, 1995.
⑦ 박용구, 발레 〈제비 오는 날〉, 『바리』, 지식산업사, 2003.

5. 〈토끼전〉(6편)

① 국립창극단, 〈수궁가〉, 국립극장 1962.10.13~10.15.
② 안종관, 마당극 〈토선생전〉, 극단 고향, 남산드라마센터, 1980.5.22~6.2.
③ 김상열, 마당놀이 〈별주부전〉, MBC 공연장 1982.
④ 허규, 〈토생원과 별주부〉, 국립창극단, 국립극장 1983.4.6~4.29.
⑤ 박재운, 마당극 〈토끼의 용궁 구경〉, 극단 예성, 예술의 전당, 1996.8.
⑥ 국립창극단, 어린이 창극 〈토끼와 자라의 용궁여행〉, 국립극장 2001.12.21~12.30.

영화 및 애니메이션

1. 〈춘향전〉(20편)

① 早川孤舟 감독, 〈萬古烈女 춘향전〉, 동아문화협회, 1923. ※ 최초의 민간 제작 영화
② 이명우 감독, 〈춘향전〉, 경성촬영소, 1935. ※ 최초의 발성영화
③ 이규환 감독, 〈그 후의 이도령〉, 영남영화사, 1936. ※ 〈춘향전〉의 후일담(속편)
④ 이경선 감독, 〈춘향전〉(제작중단), 고려영화사, 1948.
⑤ 이규환 감독, 〈춘향전〉, 동명영화사, 1955. ※ 한국영화 부흥의 계기
⑥ 김향 감독, 〈대춘향전〉, 삼성영화기업사, 1957. ※ 여성국극 영화
⑦ 안종화 감독, 〈춘향전〉, 서울 칼라라보, 1958.
⑧ 이경춘, 감독, 〈탈선 춘향전〉, 우주영화사, 1959.
⑨ 홍성기 감독, 〈춘향전〉, 홍성기 프로덕션, 1961. ※ 최초 컬러 시네마스코프 사용
⑩ 신상옥 감독, 〈성춘향〉, 신필림, 1961.

⑪ 이동훈 감독, 〈한양에서 온 성춘향〉, 동성영화사, 1963. ※ 〈춘향전〉의 후일담(속편)
⑫ 김수용 감독, 〈춘향〉, 세기상사, 1968.
⑬ 이성구 감독, 〈춘향전〉, 태창흥업, 1971. ※ 최초의 70밀리 영화
⑭ 이형표 감독, 〈방자와 향단이〉, (주)합동영화, 1972.
⑮ 박태원 감독, 〈성춘향전〉, 우성사, 1976.
⑯ 신상옥 감독, 뮤지컬 〈사랑 사랑 내 사랑〉, 신필름영화촬영소, 1984. ※북한에서 제작
⑰ 한상훈 감독, 〈성춘향〉, 화풍흥업, 1987.
⑱ 앤디 김 감독, 애니메이션 〈성춘향뎐〉, 투너 신 서울, 1999.
⑲ 임권택 감독, 〈춘향뎐〉, 태흥영화, 2000.
⑳ 김대우 감독, 〈방자전〉, 바른손/시오필름, 2010.

2. 〈홍길동전〉(12편)

① 이명우·김소봉 감독, 〈홍길동전〉, 分島周次郎, 1935.
② 이명우 감독, 〈홍길동전 후편〉, 分島周次郎, 1936.
③ 김일해 감독, 〈인걸 홍길동〉, 1958.
④ 권영순 감독, 〈옥련공주와 활빈당〉, 1960.
⑤ 신동헌 감독, 애니메이션 〈홍길동〉, 세기상사, 1967.
⑥ 용유수 감독, 애니메이션 〈홍길동 장군〉, 세기상사, 1969.
⑦ 임원식 감독, 〈의적 홍길동〉, 대양영화, 1969.
⑧ 최인현 감독, 〈홍길동〉, 삼영필림, 1976.
⑨ 김길인 감독, 〈홍길동〉, 1986. ※ 신상옥 지도로 만든 북한영화
⑩ 조명화·김청기 감독, 코미디 시리즈 〈슈퍼 홍길동〉(7편), 서울동화프로덕션, 1988.
⑪ 신동헌·야마우치 시게야스[山內重保] 감독, 애니메이션 〈돌아온 영웅 홍길동〉, 돌꽃컴퍼니, 1995.
⑫ 정용기 감독, 〈홍길동의 후예〉, (주)어나라이더라이프컴퍼니, 시오필름, 2009.

3. 〈심청전〉(8편)

① 이경손 감독, 〈심청전〉, 백남프로덕션, 조선극장, 1925.3.28~4.3.
② 안석영 감독, 〈심청〉, 기신양행, 단성사, 1937.11.19~11.28.
③ 이규환 감독, 〈심청전〉, 해동영화사, 단성사 1956.10.16 개봉.
④ 이형표 감독, 〈대심청전〉, 신필름, 명보극장, 1962.9.13 개봉.
⑤ 신상옥 감독, 〈효녀 심청〉, 안양영화, 국도극장, 1972.11.17 개봉.
⑥ 신상옥 감독, 뮤지컬 영화 〈심청전〉, 북한에서 제작, 1985.
⑦ 넬슨 신 감독, 애니메이션 〈왕후 심청〉, 남북합작애니메이션, 2005.8.12 개봉.
⑧ 임필성 감독, 〈마담 뺑덕〉, (주)영화사 동물의 왕국, 2014.10.2 개봉.

4. 〈변강쇠가〉(7편)[3]

① 엄종선 감독, 〈변강쇠가 1〉, ㈜ 합동영화, 서울극장, 1986.5.3. 개봉
② 엄종선 감독, 〈변강쇠가 2〉, ㈜ 합동영화, 서울극장, 1987.10.31. 개봉
③ 엄종선 감독, 〈변강쇠가 3〉, ㈜ 합동영화, 서울극장, 1988.9.24. 개봉
④ 고우영 감독, 〈가루지기〉, 동방흥행주식회사, 1988.2.27. 개봉
⑤ 신한솔 감독, 〈가루지기〉, 프라임 엔터테인먼트, 2008.4.30. 개봉
⑥ 경석호 감독, 〈옹녀전〉, 늘푸른시네마, 2014.8.21. 개봉
⑦ 정진호 감독, 〈가루지기-변강쇠 더 비기닝〉, ㈜ 컨텐츠빌리지, 2017.9.7. 개봉

5. 〈장화홍련전〉(6편)

① 박정현 감독, 〈장화홍련전〉, 단성사제작, 단성사, 1924.9.5~9.13.
② 홍개명 감독, 〈장화홍련전〉, 경성촬영소, 1936.1.31 개봉.
③ 정창화 감독, 〈장화홍련전〉, 신생영화사, 1956.6.17 개봉.
④ 정창화 감독, 〈대장화홍련전〉, 정창화프로덕션, 1962.3.29 개봉.
⑤ 이유섭 감독, 〈장화홍련전〉, 안양영화주식회사, 1972.8.5 개봉.
⑥ 김지운 감독, 〈장화, 홍련〉, 영화사 봄, 2003.6.13 개봉.

6. 〈흥부전〉(5편)

① 김조성 감독, 〈흥부놀부전(일명 燕의 脚)〉, 동아문화협회, 조선극장, 1925.5.16~5.22.
② 이경선 감독, 〈놀부와 흥부〉, 신성영화사, 1950.5.8 개봉.
③ 김화랑 감독, 〈흥부와 놀부〉, 한국연예, 1959년 개봉.
④ 강태웅 감독, 인형애니메이션 〈흥부와 놀부〉, 은영필림, 중앙극장: 1967.7.30 개봉.
⑤ 조근현 감독, 〈흥부〉, 영화사 궁, 2018.2.14 개봉.

---

3 〈변강쇠가〉는 대부분이 '삼류 에로물'로 작품의 질이 현격히 낮아 학술적 논의에서는 거의 다루
   어지지 않았다. 여기서도 목록으로만 제시하고 콘텐츠 통계에는 포함시키지 않는다.

TV 드라마

1. 〈춘향전〉(14편)

① 일일연속극 〈춘향전〉, KBS, 1971.
② 〈대춘향전〉, TBC, 1971. ※뮤지컬 드라마
③ 일일연속극 〈성춘향〉, MBC, 1974.
④ 〈대춘향전〉, TBC, 1979.
⑤ 〈대춘향전〉, TBC, 1980.
⑥ 〈TV 춘향전〉, KBS1, 1984.
⑦ 〈탈선 춘향전〉, KBS2, 1984. ※ 코미디극
⑧ 〈춘향전〉, KBS1, 1988.9.24. ※ 서울올림픽 기념 특집 드라마(한국고전시리즈 1)
⑨ 〈춘향전〉, KBS2, 1994.
⑩ 〈월매상경기〉, KBS1, 1995. ※후일담 드라마
⑪ 〈춘향아씨 한양 왔네〉, MBC, 1996. ※후일담 드라마
⑫ 〈쾌걸 춘향〉(17부작), KBS2, 2005.1.3~3.1.
⑬ 〈향단전〉(2부작), MBC, 2007.9.3~4.
⑭ 〈T.V 방자전〉(4부작), 채널 CGV, 2011.11.5~26.

2. 〈심청전〉(5편)

① 일일드라마 〈심청전〉, KBS1, 1971.11.18~
② 〈달아 달아 밝은 달아〉(TV문학관), KBS1, 1987.5.16.
③ 〈심청전〉, KBS1. ※서울올림픽기념 특집드라마(한국고전시리즈 3), 1988.9.26.
④ 〈심청의 귀환〉, KBS2, 2007.2.
⑤ 일일드라마 〈용왕님 보우하사〉, MBC, 2019.1.14~

3. 〈홍길동전〉(4편)

① 〈홍길농〉(16부작), SBS, 1998.7.??~9.10.
② 〈쾌도 홍길동〉(24부작), KBS2, 2008.1.2~3.26.
③ 〈간서치열전〉(7부작), KBS2, 2014.10.13~10.19.
④ 〈역적〉(30부작), MBC, 2017.1.30~5.16.

4. 〈흥부전〉(2편)

① KBS 고전시리즈 〈흥부전〉 1972.
② MBC 창사19년 특집드라마(2부작) 〈흥부전〉, 1980.10.31.

5. 〈배비장전〉(2편)

① 〈배비장전〉, MBC, 1983.1. ※신년특집극
② 〈배비장전〉, KBS1, 1988.9.25. ※서울올림픽기념 특집드라마(한국고전시리즈 2)

참고문헌

자료

「世祖實錄」·「成宗實錄」·「宣祖實錄」,『朝鮮王朝實錄』, 조선왕조실록 DB

국립창극단 〈배비장전〉, 2012.12.8~16/ 2013.12.14~18. 해오름극장.

국사편찬위원회, [한국사데이터베이스] http://db.history.go.kr

김만수·최동현 편,『일제 강점기 유성기 음반 속의 극·영화』, 태학사, 1998.

김만중, 김병국 역,『西浦漫筆』, 서울대 출판부, 1992.

김삼불 교주,『배비장전·옹고집전』, 국제문화관, 1950.

김상열, 마당놀이 〈배비장전〉,『마당놀이 황진이』, 백산서당, 2000.

김용옥,『새춘향뎐』, 통나무, 1987.

김유정, 〈심청〉,『산골나그네』, 정음사, 1972.

김기진, 「通俗小說小考」,『조선일보』1928.11.9~20.

_____, 「大衆小說論」,『동아일보』, 1929.4.14~20.

김유정, 〈홍길동전〉,『新兒童』제2호, 신아동사, 1935.

김일렬 역주,『홍길동전/전우치전/서화담전』, 고려대 민족문화연구소, 1996.

김종욱 편저,『실록 한국영화총서』(상), 국학자료원, 2001.

김주영,『외설 춘향전』, 민음사, 1994.

김준형 편, 이고본「춘향전」,『李明善全集』2, 보고사, 2007.

김지일 극본, 〈마당놀이 방자전〉, 1985.

김대우 감독, 〈방자전〉, 바른손/시오필름, 2010.

김태준 역주,『흥부전/변강쇠가』, 고려대 민족문화연구원, 1995.

南孝溫, 「六臣傳」,『秋江集』[한국고전종합 DB].

박상조,『시을 홍길동』, 은애출판사, 1979.

박영만, 권혁래 역,『조선전래동화집』(1940), 한국국학진흥원, 2006.

박일동, 희곡 〈효녀 심청〉,『달래 아리랑』, 한누리, 1992.

박용구, 발레 〈심청〉, 1986.9.21~9.22.『바리』, 지식산업사, 2003.

_____, 뮤지컬 〈살짜기 옵서예〉, 예그린 악단, 1966.10.26~10.29. 서울시민회관.

朴鍾和, 〈목 매이는 女子〉,『白潮』3호, 문화사, 1923.

_____, 『月灘回顧錄』, 삼경출판사, 1979.

박태원, 『洪吉童傳』(협동문고4-4), 금융조합연합회, 1947.

박태원 감독, 〈성춘향전〉, 우성사, 1976.

방민호, 『연인 심청』, 다산책방, 2015.

송금선, 『조선동화집』, 덕성여대출판부, 1978.

송 영, 〈자라사신〉(1927), 『별나라』1927년 8월~10월호, 별나라사, 1927.

송 언, 『콩쥐팥쥐』, 애플트리테일즈, 2009.

설성경 역주, 『춘향전』, 고려대 민족문화연구소, 1995.

신동헌 감독, 애니메이션 〈홍길동〉, 세기상사, 1967.

신상옥 감독, 〈성춘향〉, 신필림, 1961.

_____, 〈효녀 심청〉, 안양영화, 1972.

_____, DVD『효녀 심청』, 동아상사, 2010.

申在孝, 『판소리사설집』, 민중서관, 1971.

申采浩, 『단재 신채호전집』, 한국독립운동사연구소, 2008.

심의린, 신원기 역해, 『조선동화대집』(1926), 보고사, 2009.

심혜경, 『한국영화사 구술채록 연구시리즈-신동헌』, 한국영상자료원, 2008.

안석영 감독, 〈심청〉(11분), 기신양행, 단성사: 1937.11.19~11.28.

안수길, 〈이런 춘향〉, 『자유문학』, 1958.11.

여규형, 〈잡극 심청황후전〉, 『조선학보』 13, 1959.12.

오태석, 희곡 『심청이는 왜 두 번 인당수에 몸을 던졌는가』, 평민사, 1994.

柳振漢, 송하준 역, 『국역 만화집』, 학자원, 2013.

윤병로, 『미공개 月灘 일기』, 서울신문사, 1993.

李 塈, 「松窩雜說」, 『국역 대동야승』 14권, 민족문화추진회, 1975.

李 植, 『澤堂別集』 권 15 「雜著」 [한국고전종합 DB]

李 珥, 『栗谷集』, 민족문화추진회, 1968.

이강백, 희곡 〈심청〉(미발표), 극단 떼아뜨르 봄날, 2016.4.7~4.22. 나온 씨어터.

이광수, 〈일설 춘향전〉, 『동아일보』 1925.9.30~1926.1.3./『이광수전집』, 삼중당, 1962.

李肯翊, 『燃藜室記述』 5권, 「世祖朝相臣」, 〈한국고전종합 DB〉.

이순진 채록, 『한국영화회고록-이형표』, 한국문화예술위원회, 2006.

이우성, 임형택 역편, 『李朝漢文短篇集』, 일조각, 1973.

이원수, 〈콩쥐 팥쥐〉, 『한국전래동화집』 3, 창작과비평사, 1980.

李允宰, 『文藝讀本』(한성도서출판주식회사, 1931.) 경진문화, 2009.

李人稙, 『鬼의 聲』上, 廣學書鋪, 1907.

이주홍, 『脫線春香傳』, 신구문화사, 1955.

李海朝, 『自由鐘』, 박문서관, 1910.

_____, 『獄中花』, 박문서관, 1912.

_____,『토의간』, 박문서관, 1916.

이형표 감독, 〈대심청전〉, 신필름, 명보극장: 1962년 9월 13일 개봉

인권환 역주,『토끼전』, 고대민족문화연구소, 1993.

임권택 감독, 〈춘향뎐〉, 태흥영화, 2000.

임석재, 〈콩쥐 팥쥐〉,『옛날이야기 3』, 교학사, 1971.

임원식 감독, 〈의적 홍길동〉, 대양영화, 1969.

임철우,「옥중가」,『물 그림자』, 고려원, 1991.

장지연,『녀ᄌ독본』, 廣學書舖, 1908.

조상현 창본 〈춘향가〉,『춘향전전집 2』, 박이정, 1997.

趙秀三,『秋齋集』권7,「紀異」'傳奇叟' [한국고전종합DB] http://db.itkc.or.kr

전영택, 〈콩쥐와 팥쥐〉,『세계걸작동화집』, 조광사, 1936.

정병욱 교주,『배비장전·옹고집전』, 신구문화사, 1974.

정비석,『소설 홍길동 1·2』, 고려원, 1985.

丁若鏞,『譯註 牧民心書』1/5권, 창작과비평사, 1978/1985.

정하영 역주,『심청전』, 고려대 민족문화연구소, 1995.

제주 오페라단, 오페라 〈拏: 애랑&배비장〉, 2013.11.15~11.17. 제주 아트 센터.

조선총독부,『조선동화집』(1924), 집문당, 2003.

최인현 감독, 〈홍길동〉, 삼영필림, 1976.

최인훈,「놀부뎐」(1966),『총독의 소리』, 문학과지성사, 1993.

_____,「춘향뎐」,『창작과 비평』1967년 여름호, 창작과비평사, 1967.

_____, 〈달아 달아 밝은 달아〉,『옛날 옛적에 훠이 훠어이』, 문학과지성사, 1972.

_____,『화두 제1부』, 민음사, 1994.

_____,『길에 관한 명상』(최인훈전집 13), 문학과지성사, 2010.

채만식,「동화」·「병이 낫거든」·「심봉사」,『채만식전집』7, 창작과비평사, 1989.

_____,「태평천하」·「興甫氏」,『채만식전집』7, 창작과비평사, 1989.

_____, 희곡 〈심봉사〉(1936/1947),『채만식전집』9, 창작과비평사, 1989.

_____,「흥부전」(1947),『문학사상』, 문학사상사, 2004.3.

한국영상자료원 [한국영화데이터베이스] www.kmdb.or.kr

한상훈 감독, 〈성춘향〉, 화풍흥업, 1987.

許筠,「惺翁識小錄」,「惺所覆瓿藁」권23,『許筠全集』, 성대 대동문화연구원, 1981.

홍성기 감독, 〈춘향전〉, 홍성기 프로덕션, 1961.

황석영,『심청-연꽃의 길』, 문학동네, 2003.

黃玹, 임형택 외 역,『역주 매천야록』, 문학과지성사, 2005.

〈大鼠豆鼠[콩쥐팟쥐뎐]〉, 대창서원, 1919.

『新訂繪像 裵裨將傳』, 新舊書林, 1916.

『映畵劇 孝女沈淸傳』, 단성사, 1925.

『薔花紅蓮傳』, 경성서적조합, 1915.

창극 〈배비장전〉 촬영본, 국립극장 공연예술박물관 자료실(2013.12.18, 이소연 촬영)

『한국구비문학대계』 디지털 사이트 http://gubi.aks.ac.kr

한국고전번역원 [한국고전종합DB] http://db.itkc.or.kr

한국영화사연구소, 『신문기사로 보는 조선영화 1923』, 한국영상자료원, 2011.

_____, 『신문기사로 보는 조선영화 1924』, 한국영상자료원, 2012.

_____, 『신문기사로 보는 조선영화 1925』, 한국영상자료원, 2013.

『일본어 잡지로 본 조선영화 2』, 한국영상자료원, 2011,

오리지널 시나리오 『大沈淸傳』, 신필름, 1962.

『東亞日報』, 『朝鮮日報』, 『朝鮮中央日報』, 『京鄕新聞』, 『서울신문』

국내 저서

강신항, 『신숙주』, 문화관광부, 2002.

강 헌, 『사랑에 속고 돈에 울고』, 이봄, 2016.

강현모, 『「홍길동전」의 서사 구조와 문화콘텐츠화』, 역락, 2013.

구광본, 『소설의 미래』, 행복한책읽기, 2003.

구자황·문혜윤, 「근대문학의 정전 형성과 『문예독본』」, 『문예독본』, 경진문화, 2009.

권순긍, 『우리소설 토론해 봅시다』, 새날, 1997.

_____, 『활자본 고소설의 편폭과 지향』, 보고사, 2000.

_____, 『고전소설의 교육과 매체』, 보고사, 2007.

김남석, 『한국 문예영화 이야기』, 살림, 2003.

김대중, 『초기 한국영화와 전통의 문제』, 커뮤니케이션북스, 2013.

김동권, 『송영과 채만식 희곡 연구』, 박이정, 2007.

김종철, 『판소리의 정서와 미학』, 역사비평사, 1996.

김태준, 『조선소설사』, 학예사, 1939.

김현실 외, 『한국 패러디 소설 연구』, 국학자료원, 1996.

노승관·임경미, 『한국 애니메이션 결정의 순간들』, 쿠북, 2010.

박찬승, 『한국 근대정치사상사 연구』, 역사비평사, 1992.

방민호, 『채만식과 조선적 근대문학의 구상』, 소명출판, 2001.

백문임, 『월하의 여곡성』, 책세상, 2008.

_____ 외편, 『조선영화란 하오』, 창비, 2016.

백현미, 『한국연극사와 전통담론』, 연극과인간, 2009.

서대석 외, 『우리 고전 캐릭터의 모든 것』 1~4, 휴머니스트, 2008.

설성경, 『춘향전의 형성과 계통』, 정음사, 1986.

신동흔, 『스토리텔링 원론』, 아카넷, 2018.

신상옥, 『난, 영화였다』, 랜덤하우스, 2007.

신선희, 『우리 고전 다시 쓰기』, 삼영사, 2005.

안자산, 『朝鮮文學史』, 韓一書店, 1922.

안종화, 『韓國映畫側面祕史』, 춘추각, 1962.

양승국, 『한국 신연극 연구』, 연극과인간, 2001.

오윤선, 『한국 고소설 영역본으로의 초대』, 지문당, 2008.

우정권 편저, 『한국문학콘텐츠』, 청동거울, 2005.

유권석, 『고전산문의 전통과 문화콘텐츠』, 보고사, 2013.

이강옥, 『한국야담연구』, 돌베개, 2006.

_____, 『일화의 형성원리와 서술미학』, 보고사, 2014.

이상현, 『한국 고전번역가의 초상, 게일의 고전학 담론과 고소설 번역의 지형』, 소명출판, 2013.

이영일, 『한국영화사 강의록』, 소도, 2002.

_____, 『한국영화사를 위한 증언록-김성춘·복혜숙·이구영 편』, 소도, 2003.

_____, 『한국영화사를 위한 증언록-유장산·이경순·이창근·이필우 편』, 소도, 2003.

_____, 『한국영화전사』, 소도, 2004.

이은숙, 『신작 구소설 연구』, 국학자료원, 2000.

인권환, 『토끼전·수궁가 연구』, 고대민족문화연구원, 2001.

임형택, 『문학미디어론』, 소명출판, 2016.

임 화, 임규찬·한진일 편, 『신문학사』, 한길사, 1993.

정재형, 『한국 초창기의 영화이론』, 집문당, 1997.

정종화, 『자료로 본 한국영화사』, 열화당, 1997.

정창권, 『문화콘텐츠학 강의』, 커뮤니케이션북스, 2007.

_____, 『문화콘텐츠 스토리텔링』, 북코리아, 2008.

_____, 『고전문학과 콘텐츠』, 월인, 2013.

정출헌, 『조선 후기 우화소설연구』, 고려대 민족문화연구원, 1999.

조동일, 『신소설의 문학사적 성격』, 서울대 한국문화연구소, 1973.

_____, 『한국설화와 민중의식』, 정음사, 1985.

조성면, 『한국문학 대중문학 문화콘텐츠』, 소명출판, 2006.

조준형, 『영화제국 신필름』, 한국영상자료원, 2009.

천정환, 『근대의 책 읽기』, 푸른역사, 2003.

최기숙, 『어린이 이야기, 그 거세된 꿈』, 책세상, 2001.

최시한, 『스토리텔링 어떻게 할 것인가』, 문학과지성사, 2015.

최연구, 『문화콘텐츠란 무엇인가』, 살림, 2006.

최운식·김기창, 『전래동화 교육의 이론과 실제』, 집문당, 1998.

최원식, 『한국 계몽주의문학사론』, 소명출판, 2002.

최창권, 『한국음악총람』, 한국음악협회, 1991.

최혜실, 『스토리텔링, 그 매혹의 과학』, 한울, 2014.
한채화, 『개화기 이후의 「춘향전」 연구』, 푸른사상, 2002.
함복희, 『한국문학의 콘텐츠화 방안』, ㈜북스힐, 2007
홍순석, 『한국문화와 콘텐츠』, 한국문화사, 2016.
황혜진, 『춘향전의 수용문화』, 월인, 2007.

국내 논문

강재언, 「활빈당 투쟁과 그 사상」, 『근대 조선의 민중운동』, 풀빛, 1982.
고은지, 「1930년대 대중문화 속의 '춘향전'의 모던화 양상과 그 의미」, 『민족문학사연구』 34, 민족문학사
　　연구소, 2007.
권순긍, 「「배비장전」의 풍자층위와 역사적 성격」, 『고전소설의 풍자와 미학』, 박이정, 2005.
＿＿＿, 「抗日義兵의 문학적 형상화」, 『반교어문연구』 19, 반교어문학회, 2005.
＿＿＿, 「「토끼전」의 매체변환과 존재방식」, 『고전문학연구』 30, 한국고전문학회, 2006.
＿＿＿, 「「콩쥐팥쥐전」의 형성 과정 재고찰」, 『고소설연구』 34, 한국고소설학회, 2012.
권혁래, 「조선동화집의 성격과 의의」, 『조선동화집』, 집문당, 2003.
＿＿＿, 「1920년대 민담의 동화화와 심의린의 『조선동화대집』」, 『민족문학사연구』 39, 민족문학사학회,
　　2009.
＿＿＿, 「고전소설 다시쓰기 출판물 연구시론」, 『고소설연구』 30, 한국고소설학회, 2010.
김남석, 「1940~50년대 〈탈선 춘향전〉의 변모과정 연구」, 『한국문학이론과 비평』 61, 한국문학이론과
　　비평학회, 2013.
김동윤, 「「배비장전」에 나타난 제주도」, 『탐라문화』 31, 제주대 탐라문화연구소, 2007.
＿＿＿, 「제주소설의 문화콘텐츠화 방안」, 『영주어문』 13, 영주어문학회, 2007.
김만수, 「설화적 형상을 통한 인간의 새로운 해석」, 『옛날 옛적에 훠어이 훠이』, 문학과지성사.
김미지, 「박태원 소설의 고전 수용 양상과 고전 새로쓰기의 방법론」, 『사이間SAI』 11, 국제한국문학문화
　　학회, 2011.
김응교, 「한국 「흥부전」과 일본 「혀 잘린 참새」 그리고 문학 교육」, 『인문과학』 41, 성균관대 인문과학연구소,
　　2008.
김종식, 「영화 및 TV드라마 〈춘향전〉 비교 연구」, 중앙대 석사논문, 2000.
김종철, 「흥부전」, 『고전소설연구』, 일지사, 1993.
＿＿＿, 「17세기 소설사의 전환과 소설교육론」, 『한국학보』 96, 일지사, 1999.
＿＿＿, 「소설의 이본파생과 창작교육의 한 방향」, 『고소설연구』 7, 한국고소설학회, 1999.
김치홍, 「놀부의 現代的 意味」, 『흥부전 연구』, 집문당, 1991.
김탁환, 「고소설과 이야기문학의미래」, 『고소설연구』 17, 한국고소설학회, 2004.
김풍기, 「고전문학 작품의 정체성과 그 현대적 변용」, 『고전문학연구』 30, 한국고전문학회, 2006.
김현철, 「판소리 〈심청가〉의 패로디 연구」, 『한국극예술연구』 11, 한국극예술학회, 2000.
김흥규, 「申在孝 改作 春香歌의 판소리사적 位置」, 『한국학보』 10, 일지사, 1978.

박일용, 「구성과 더늠형 사설 생성의 측면에서 본 판소리의 전승 문제」, 『판소리연구』 14, 판소리학회, 2002.

박현수, 「산드롱, 재투성이 왕비, 그리고 신데렐라」, 『상허학보』 16, 상허학회, 2006.

박혜령, 「〈심청전〉 소재 현대 희곡고」, 『외대논총』 18, 부산외대, 1998.

박희병, 「춘향전의 역사적 성격 분석」, 『전환기의 동아시아 문학』, 창작과비평사, 1985.

방정환, 「새로 개척되는 '童話'에 관하야」, 『개벽』 31, 개벽사, 1923.

백두산, 「심청―후계의 불안과 자기희생의 문제」, 『공연과 이론』 65, 공연과이론학회, 2017.

백문임, 「침범된 고향」, 『민족문학사연구』 35, 민족문학사학회, 2007.

백현미, 「심청전을 읽는 두 가지 독법」, 『연극평론』 28, 한국연극평론가협회, 2003.

사진실, 「〈달아 달아 밝은 달아〉의 구조와 의미」, 『한국 연극사 연구』, 태학사, 1997.

서유경, 「〈몽금도전〉으로 본 20세기 초 〈심청전〉 개작의 한 양상」, 『판소리연구』 32, 판소리학회, 2011.

_____, 「20세기 초 〈심청전〉의 대중성」, 『판소리연구』 42, 판소리학회, 2016.

설성경, 「실재했던 홍길동의 생애 재구 가능성」, 『동방학지』 96, 연세대 국학연구원, 1997.

송성욱, 「고소설과 TV드라마」, 『국어국문학』 137, 국어국문학회, 2004.

송　영, 「해방 전의 조선 아동문학」, 『조선문학』, 조선문학사, 1956.8

승　일, 「라디오, 스포츠, 키네마」, 『서울에 딴스홀을 許하라』, 현실문화연구, 1999.

신상철, 「놀부의 현대적 수용과 그 변형」, 『흥부전 연구』, 집문당, 1991.

신원선, 「〈춘향전〉의 문화콘텐츠화 연구」, 『石堂論叢』 52, 동아대 석당전통문화연구원, 2012.

염희경, 「소파 방정환 연구」, 인하대 박사논문, 2007.

영화진흥공사, 「한국시나리오사의 흐름」, 『한국시나리오선집』 1, 집문당, 1986.

오윤선, 「'콩쥐팥쥐 이야기'에 대한 고찰」, 『어문논집』 42, 안암어문학회, 2000.

옥미나, 「변사의 매개적 위상 및 의미에 관한 연구」, 중앙대 석사논문, 2003.

원종찬, 「한국 동화 장르에 관한 연구」, 『민족문학사연구』 30, 민족문학사연구소, 2006.

이기훈, 「1920년대 '어린이'의 형성과 동화」, 『역사문제연구』 8, 역사문제연구소, 2002.

이문규, 「허균·박태원·정비석 「홍길동전」의 비교연구」, 『국어교육』 128, 국어교육학회, 2009.

이민희, 「김유정 개작 『홍길동전』(1935) 연구」, 『인문학연구』 45, 조선대 인문학연구원, 2014.

이상일, 「「배비장전」 작품세계의 재조명」, 『판소리연구』 39, 판소리학회, 2015.

이원수, 「콩쥐팥쥐 설화 연구」, 『문학과 언어』 19, 문학과언어학회, 1997.

이유라, 「극단 '미추'의 마당놀이 연구」, 동국대 석사논문, 2005.

이윤경, 「고전의 영화적 재해석」, 『돈암어문학』 17, 돈암어문학회, 2004.

이정배, 「1960년대 영화의 검열 내면화 연구」, 『드라마연구』 110, 한국드라마학회, 2010.

이주형, 「蔡萬植의 생애와 삭품세게」, 『체만시점집』 10, 창작과비평사, 1989.

이지양, 「문화콘텐츠의 시각으로 고전텍스트 읽기」, 『고전문학연구』 30, 한국고전문학회, 2006.

이태준, 「조선의 소설들」, 상허학회 편, 『이태준전집』 5―무서록 외, 소명출판, 2015.

이혜구, 「宋晩載의 〈觀優戱〉」, 『판소리연구』 1, 판소리학회, 1989.

임명진, 「채만식의 『沈봉사』 4부작 고찰」, 『국어문학』 62, 국어문학회, 2016.

임형택, 「민족문학의 개념과 그 사적 전개」, 『새민족문학사강좌 01』, 창비, 2009.

임형택, 「홍길동전의 신고찰」, 『한국문학사의 시각』, 창작과비평사, 1984.

_____, 「홍부전의 역사적 현실성」, 『한국문학사의 시각』, 창작과비평사, 1984.

임 화, 「朝鮮 映畵發達小史」, (『三千里』 1941.6, 삼천리사), 『실록한국영화총서』 (상), 국학자료원, 2001.

임 화, 「朝鮮映畵論」, (『춘추』 제2권 11호, 1941.11.), 『조선영화란 하오』, 창비사, 2016.

장혜전, 「〈심청전〉을 변용한 현대 희곡 연구」, 『畿甸語文學』 12·13, 수원대 국문과, 2000.

정병설, 「고소설과 텔레비전 드라마의 비교」, 『고소설연구』 18, 한국고소설학회, 2004.

정우택, 「『문우』에서 『백조』까지」, 『국제어문』 47, 국제어문학회, 2009.

정출헌, 「〈심청전〉의 민중정서와 그 형상화 방식」, 『민족문학사연구』 9, 민족문학사연구소, 1996.

_____, 「근대전환기, 고전서사 전통의 이월과 갱신」, 『민족문학사연구』 66, 민족문학사학회, 2018.

정충권, 「홍보가(전)의 전승 양상 연구」, 『판소리 연구』 13, 판소리학회, 2002.

정하영, 「'심청전'의 주제고」, 『한국고전소설연구』, 새문사, 1983.

_____, 「심청전」, 『한국 고전소설 작품론』, 집문당, 1990.

조희문, 「무성영화 시대의 해설자 변사 연구」, 『영화연구』 13, 한국영화학회, 1997.

_____, 「연대기로 보는 신상옥의 영화인생」, 『연화감독 신상옥』, 열화당, 2009.

차봉준, 「최인훈 〈춘향뎐〉의 패러디 담론과 역사인식」, 『한국문학논총』 56, 한국문학회, 2010.

최원식, 「채만식의 고전소설 패러디에 대하여」, 『민족문학의 논리』, 창작과비평사, 1982.

_____, 「이해조 문학 연구」, 『한국 근대소설 사론』, 창작과비평사, 1986.

최윤영, 「1930년대 희곡의 고전 계승 양상」, 『미디어와 공연예술』 7-3, 청운대 방송예술연구소, 2012.

최혜진, 「김규택 판소리 문학작품의 근대적 특징과 의미」, 『판소리연구』 35, 판소리학회, 2013.

최호석, 「활자본 고소설의 총량에 대한 연구」, 『고전문학연구』 43, 한국고전문학회, 2013.

한혜선, 「최인훈의 「춘향뎐」을 읽는다」, 『한국 패러디소설 연구』, 국학자료원, 1996.

허 찬, 「고소설 원작 무성영화 연구」, 연세대 박사논문, 2016.

황혜진, 「전승사의 관점에서 본 채만식의 〈沈봉사〉 연구」, 『고전문학과 교육』 7, 고전문학교육학회, 2004.

국외 논저

Bruno Betterheim, 김옥순·주옥 역, 『옛이야기의 매력』, 시공사, 1998.

Christian Salmon, 류은영 역, 『스토리텔링』, 현실문화, 2010.

E. J. Hobsbawm, 황의방 역, 『의적의 사회사』, 한길사, 1978.

E. W. Said, 박홍규 역, 『오리엔탈리즘』, 교보문고, 2007.

G. Lukaćs, 이영욱 역, 『역사소설론』, 거름, 1999.

J. S. Gale, 신복룡 역, 『전환기의 조선』, 집문당, 1999.

_____, 황호덕·이상현 역, 『근대 한국의 이중어사전 2』, 박문사, 2012.

L. H. 언더우드, 〈한국의신데렐라〉, 이만열편역, 『언더우드자료집 III』, 연세대 국학연구소, 2007.

M. S. 까간, 진중권 역, 『미학강의 I』, 벼리, 1989.

Marshall Mcluhan, 박정규 역, 『미디어의 이해-인간의 확장』, 커뮤니케이션북스, 1997.

_____, 임상원 역, 『구텐베르크 은하계』, 커뮤니케이션북스, 2001.

Peter Brooks, 이승희 · 이혜령 · 최승연 역, 『멜로드라마적 상상력』, 소명출판, 2013.

Richard. Dawkins, 홍영남 · 이상임 역, 『이기적 유전자』, 을유문화사, 1993.

Román Álvarez&M. Carmen-África Vidal, 윤일환 역, 『번역, 권력, 전복』, 동인. 2008.

Seymour Chatman, 김경수 역, 『영화와 소설의 서사 구조』, 민음사, 1990.

Umberto Eco 외, 송태욱 역, 『움베르토 에코를 둘러 싼 번역 이야기』, 열린책들, 2005.

Watet. J. Ong, 이기우 · 임명진 역, 『구술문화와 문자문화』, 문예출판사, 1995.

찾아보기

인명

작품명